记忆重庆
JIYI CHONGQING

周勇 傅德岷 ○ 主编

重慶出版集團 重慶出版社

图书在版编目(CIP)数据

记忆重庆/周勇,傅德岷主编. —重庆:重庆出版社,2017.9(2022.5重印)

ISBN 978-7-229-12564-6

Ⅰ.①记… Ⅱ.①周… ②傅… Ⅲ.①诗集—中国—当代 Ⅳ.①I227

中国版本图书馆CIP数据核字(2017)第191379号

记忆重庆
JIYI CHONGQING
周 勇 傅德岷 主编

责任编辑:曾海龙
责任校对:谭荷芳
装帧设计:胡 越 卢晓鸣

重庆出版集团 出版
重庆出版社

重庆市南岸区南滨路162号1幢 邮政编码:400061 http://www.cqph.com
重庆出版社艺术设计有限公司制版
重庆恒昌印务有限公司印刷
重庆出版集团图书发行有限公司发行
E-MAIL:fxchu@cqph.com 邮购电话:023-61520646
全国新华书店经销

开本:787mm×1 092mm 1/16 印张:32.5 字数:550千
2017年9月第1版 2022年5月第2次印刷
ISBN 978-7-229-12564-6

定价:68.00元

如有印装质量问题,请向本集团图书发行有限公司调换:023-61520678

版权所有 侵权必究

记忆重庆　记住乡愁

重庆是一座山城,也是一座江城,江山之城,自有江山品格。

重庆人创造了灿烂的巴渝文化,形成了光荣的革命传统,涌现出一大批中华民族的优秀儿女,从而铸就了悠久的历史,书写了灿烂的篇章,养育了独特的精神。

一

早在204万年前,三峡一带就有直立的"巫山人"在生存、发展。龙骨坡"巫山人"的发现,证明三峡地区不仅是中国而且是亚洲人类的起源地。距今20万年前,重庆地区的长江两岸就出现了以采集和狩猎为主的人类活动。距今6000余年前,这里就出现了使用石斧、石锛、骨镞工具和饰品玉器、彩陶的先民,形成了"石之精灵,骨之魂魄"的"大溪文化"。4000多年前,大禹治水来到重庆,娶妻生子于涂山,"三过家门而不入",得神女之助,开凿夔门,导江入海,构成了生生不息的"大禹文化"。

据文字记载,重庆的历史大约起于商代武丁时期,距今已有3000多年。巴人建巴国,都江州(即今重庆市)。周武王灭商后,封姬姓族人于巴。公元前316年秦灭巴国,置巴郡,郡治在江州。直至南朝梁大宝元年(550年),梁简文帝置楚州,辖六郡,其治与原巴郡相当。北朝西魏时期,改楚州为巴州;到了北朝北周孝闵帝元年(557年),又改巴州为楚州。隋开皇三年(583年),取消郡,改楚州为渝州。隋大业三年(607年),改州为郡,置巴郡与涪陵郡。唐武德元年(618年),又改巴郡为渝州,改涪陵郡为合州。北宋崇宁元年(1102年)改渝州为恭州。南宋淳熙十六年(1189年)正月,孝宗封其第三子赵惇为恭州恭王。二月,宋孝宗传位给赵惇,为光宗皇帝。赵惇自以为在此先称王后即帝位是双重喜庆,遂升恭州为重庆府,"重庆"由此得名。宋代以降,重庆作为区域军政中心的地位得到进一步巩固,而且凭借两江交汇的自然特色和资源丰富的经济优势,逐渐成为区域商业中心。明清时期,重庆已成为西南地区最大的物资集散地。清朝末年,经《中英烟台条约》(1876年)及《中英烟台条约续增专条》(1890年),英国强迫重庆开埠,重庆迈入近代门槛。1911年辛亥革命爆发,重庆反正,成立蜀军政府,辖川东南57州县。1929年重庆正式建市。抗战全面爆发后,重庆成为中国战时首都。1949年11月30日,重庆解放。新中国成立初期,重庆是西南大区首府,为中央直辖市。1954年西南大区撤销后改为四川省辖市。1983年重庆率先进行经济体制综合改革试点,永川地区并入重庆市,实行计划单列,赋予省级经济管理权限。1992年,重庆辟为沿江开放城市。1996年9月,中共中央、国务院批准重庆市代管四川省万县市、涪陵市和黔江地区。1997年3月14日,第八届全国人民代表大会第五次会议决定,批准设立重庆直辖市,撤销原重庆市,重庆直辖市管辖原重庆市和万县市、涪陵市、黔江地区所辖行政区域。

在3000多年的重庆城市发展史上,中央政府曾四次对重庆实行一级行政机构管理——重庆曾经历过四次"直辖"。

第一次"直辖":在统一中国的大业中,秦置"巴郡"。战国时期,秦在统一中国的过程中灭巴国。公元前316年,秦置"巴郡",以江州城(今重庆市主城区)为首府。当时的"郡"相当于今省或直辖市一级行政机构。这既是统一的中国中央政府对重庆实行一级行政机构管理之始,也是重庆代表中央政府管辖巴渝地区之始,迄今已2333年。

第二次"直辖":在抗日战争时期,国民政府升重庆市为"特别市——陪都"。重庆建市于1929年,初为省辖"普通市"。抗战全面爆发后,国民政府迁都重庆,重庆遂以普通市担负起战时首都的重任。1938年9月,国民政府行政院决定重庆在作为四川省辖市的同时,照特别市(直辖市)组织,其行政地位开始超过省会城市和其他大城市。1939年5月5日,国民政府发布命令,正式将重庆升格为直隶行政院之"特别市"(直辖市)。1940年9月6日,国民政府发布训令:"明定重庆为陪都"。当"中华民族到了最危险的时候",重庆以"特别市——陪都"成为中国战时首都,为中华民族取得反对日本帝国主义侵略的彻底胜利,做出了历史性的贡献。

第三次"直辖":重庆"直辖市"伴随着新中国的成立而诞生。解放以后,中央人民政府设立重庆"直辖市"。当时的重庆是我国西南地区的政治、经济、文化中心,是西南地区党、政、军最高领导机关"中共中央西南局"(书记邓小平)、"西南军政委员会"(主席刘伯承)、"西南军区"(司令员贺龙)所在地。当"一唱雄鸡天下白","中国人民从此站立起来了"的时候,在邓小平、刘伯承、贺龙等老一辈无产阶级革命家的直接领导下,重庆成为新中国最早的"直辖市"之一。

第四次"直辖":重庆在世纪之交成为新中国第四个直辖市,也是西部地区唯一的直辖市。1997年3月14日,八届全国人大五次会议通过了关于设立重庆直辖市的议案。6月18日,重庆直辖市正式挂牌揭幕。如今,重庆正发挥着西部大开发重要战略支点作用,朝着城乡统筹发展的国家中心城市迈进。

二

江山养豪俊,文采竞风流。巴渝大地孕育了一代又一代的中华英杰和文坛巨匠。

爱国、重义、淳朴、刚烈的巴人是我们共同的先辈。巴国的蔓子将军以自己的头颅捍卫了国都的尊严,也践行了自己的诺言;在南宋抗元斗争中,以民族英雄张珏为代表,在合川钓鱼城创造了击毙蒙哥大汗,改变欧洲历史的奇迹;元末农民起义领袖明玉珍西征重庆,建立了农民政权"大夏国"。

在巴渝大地上,有"诗仙"李白"朝辞白帝彩云间,千里江陵一日还。两岸猿声啼不住,轻舟已过万重山"的千古绝唱;

有"诗圣"杜甫"无边落木萧萧下,不尽长江滚滚来"的壮美吟诵;

有李商隐"何当共剪西窗烛,却话巴山夜雨时"的缠绵流连;

有元稹"曾经沧海难为水,除却巫山不是云"的由衷赞叹;

更有苏东坡"山川之秀美,风俗之朴陋,贤人君子之遗迹,与凡耳目之所接者,杂然有触于中,而发于咏叹"的深切感慨;

还有白居易、刘禹锡、陆游、陈子昂、王维、范成大、文天祥、黄庭坚等一代文豪留下的瑰丽诗篇和灿烂墨宝。

大山大江是重庆特有的城市环境,是重庆人过去、现在和永远的家。大山大江决定了重庆人的生存方式,也孕育了重庆的文化特色,塑造了重庆人的性格特征。它植根于中华民族文化之中,与自强不息的民族精神融为一体。纵贯千年,巴渝文化源远流长、抗战文化影响深远、三峡文化灿若星河、移民文化开放包容、统战文化聚力同心,汇聚成"登高涉远,负重自强"的重庆城市精神,彰显着重庆人愚公移山的恒心,勇于攀登的意志,逆水行舟的顽强,激流勇进的胆略,开放兼容的胸襟,放眼天下的视野,体现了重庆人民志存高远、豪情万丈、无限宽广的博大胸怀。

三

近代以来,根据《中英烟台条约》和《中英烟台条约续增专条》的规定,1891年重庆开埠。随着欧美势力的入侵,民族资本的产生,西方文化的传播,重庆逐渐发展成为了长江上游的经济中心,也成为了中国西部革命运动的中心。

18岁的重庆青年邹容以"江流出峡,一泻千里"之势,"以汉魂而吸欧粹",写下了千古名篇《革命军》,第一个提出了建立"中华共和国"的构想,成为中国最著名的资产阶级革命宣传家;孙中山曾提出在重庆建立同盟会西方支部的设想,后来又实施过在重庆重建"中华民国"的计划。辛亥武昌起义爆发以后,重庆同盟会发动武装起义成功,建立了蜀军政府,辖川东南57州县,成为四川第一个省级革命政权。一批又一批先驱者从重庆趋东瀛,赴欧美,学苏俄,产生了赵世炎、杨闇公、刘伯承、聂荣臻、杨尚昆等无产阶级革命家,走出了邓小平这位中国改革开放的总设计师。

"五四"以后,马克思主义传入四川。1924年,重庆人杨闇公在成都创立了中国青年共产党。1926年1月,中国共产党重庆地方执行委员会成立,标志着四川革命运动领导核心的最终形成。1926年12月,中共重庆地方执行委员会领导了顺泸起义,以配合北伐战争。这是中共重庆地委直接领导的第一次武装起义,也是中国共产党人独立创建革命武装,举行武装起义的一次重要尝试。其后,中共四川省委、川东特委曾长期设在重庆。

抗战时期,重庆是中国的战时首都,是第二次国共合作的重要政治舞台,也是世界反法西斯同盟中国战区统帅部所在地。作为抗战大后方的政治中心,重庆人民团结在中国共产党主张建立的抗日民族统一战线伟大旗帜下,坚持抗战到底,直至最后胜利。作为抗战大后方的经济中心,重庆承接了中国战时生产力布局的重大调整,构筑了战时中国的经济基础,支撑了抗战危局。作为大后方的文化中心,重庆创造了一系列难以企及的成就,成为中国新民主主义文化的一座高峰。

特别需要指出的是,抗战时期,以周恩来同志为书记的中共中央南方局设在重庆,奉献了伟大的红岩精神,它同"井冈山精神"、"长征精神"、

"延安精神"一样，都是中国共产党和中华民族的宝贵精神财富。

重庆是毛泽东、周恩来、邓小平、朱德、董必武、吴玉章、陈毅、贺龙、叶剑英、邓颖超等工作和战斗过并且建立了丰功伟绩的地方。在这片壮丽的土地上，著名的民族英雄杨虎城，杰出的无产阶级革命家叶挺、廖承志、车耀先、罗世文，优秀的共产主义战士许晓轩、江竹筠、陈然、王朴等革命英烈在狱中与敌人进行过殊死的斗争，有的还流尽了最后一滴血。他们将永远受到巴渝人民的爱戴，他们是巴渝星空中最为灿烂的群星。

四

1949年重庆解放以后，邓小平驻扎重庆，主政西南，重庆这座光荣的城市为我国彻底完成新民主主义革命的任务，巩固和发展社会主义政权，再次发挥了独特的作用，也为60多年来的社会主义革命和建设奠定了重要的基础。

1954年7月1日，重庆市并入四川省，党中央仍然关心重庆的建设与发展。

1954—1958年，考虑到重庆的历史地位和它在西南的特殊区位优势以及经济上的巨大影响力，中央决定对重庆实行第一次经济计划单列。

1964—1967年，为加强对经济的统筹管理，中央将全国七个大工业城市纳入全国的计划综合平衡，第二次对重庆实行经济计划单列。国家大力着手三线建设，以重庆为中心进行工业布局，投入巨资，使重庆的工业门类更加齐全，整体经济实力与科技水平跃上了一个新的台阶。

党的十一届三中全会以后，党中央对重庆的改革、开放、发展给予了很大支持，把重庆作为中国改革的试验场，许多综合的、单项的改革试点都放在重庆进行。1983年，党中央、国务院批准重庆作为全国第一个经济体制综合改革试点大城市，从1984年起，对重庆实行第三次经济计划单列。

1997年3月14日，全国八届人大五次会议通过了关于设立重庆直辖市的议案。6月18日，重庆直辖市正式挂牌揭幕。设立重庆直辖市是邓小平同志对重庆人民的嘱托，是党中央、国务院为重庆市面向新世纪的崛起提供的最大的历史性发展机遇，是重庆历史上具有里程碑意义的大事，它体现了巴渝地区3000万各族人民的共同愿望，展示了8万平方公里巴渝大地未来发展的辉煌前景。

五

我们编纂这部《记忆重庆》,旨在进一步发掘和弘扬重庆深厚独特的历史文化底蕴,彰显重庆悠久灿烂的历史文化名城风采,力图使之成为"巴渝历史基因的权威解读,重庆文化底蕴的精彩展示"。

本书以古往今来名人名家眼中的重庆为对象,既有"史"的深度,又有"面"的广度,做到深、广结合,史、事交融,显现出历史与文化的厚重感。我们的编选原则是:

(一)写重庆。即写重庆的人、事、景、物。古今中外的重庆人或外地人外国人写的诗文均可入编,但一定要与重庆的人、事、景、物有关。

(二)求精不求全。本书所选诗文和一些重大事件的典籍文献,不求全,但求精。

(三)要可读。既要"美文+时文",所选诗文富有文采情韵和时代感;又要文献史料具有新奇性,鲜为人知;还由编选者为每一编写"编前语",对每篇文章作"注释"和"阅读提示",帮助读者阅读、理解。

(四)名篇名作。所选文章绝大部分为名篇名作,个别独特题材也不拘一格。

《记忆重庆》共入选古今中外183人的288篇名篇名作,分列如下:

序曲"山水之都,美哉乐土"。既有古人李白、范成大的颂唱,又有近代沈钧儒、赵熙的赞美,还有荷兰、日本学者的推崇,精美的诗文引领读者走进重庆,对重庆的"乐土"和历史文化有一个初步的认识和了解。

第一编"远古之光,惊震寰宇"。那是有关巫山猿人、大溪文化,尤其是大禹三过其门而不入的历史记载。

第二编"巴渝时空,群星璀璨"。这里有对巴人巴国和巴人歌诗的寻踪、舍身卫国的巴蔓子、先秦巴地的外交家与实业家、两宋状元冯时行与蒲国宝、横空出世的大足石刻、宋蒙鏖战钓鱼城、建立大夏国的明玉珍、擎天女豪秦良玉、除教安民之余栋臣。这些诗文以历史厚重感溯源重庆,对重庆之"源"的巴、巴族、巴国的由来、发展、兴亡作了颇具说服力的诠释。同时又展示了那些为国为民的刚直耿介之士,足证重庆是一片英雄辈出、地灵人杰之沃土。

第三编"千古三峡,神奇悠远"。三峡是永远说不完的话题,大山大峡,大江大水,"山鬼"与"神女",巫山十二峰,瑰丽的自然景观与人文景观,为古今墨客骚人提供了说不尽、道不完的素材。有朱熹、黄庭坚、周煌带你"走进三峡",有李白、杜甫、白居易、李贺的"三峡七百里",有刘禹锡、陆游、日本竹添进一郎笔下的"巫山十二峰",有屈原、宋玉、陈子昂、李商隐、苏轼眼中的"人文三峡"以及改革开放后诗人、作家的"三峡新韵",集中表现了诗人们爱山爱水,忧国忧民,情在三峡,志在千里、高洁壮美的情怀。

第四编"广纳百川,兼容开放"。重庆是一座移民城市,具有多民族、多地区文化的交融而形成的多元文化。巴渝大地既是多民族聚居区,又是多次移民之所在。自古以来,有廪君巴人的移入,秦统一中国后中原民众的迁进,三国蜀汉时期北方与两湖人口的入蜀,元末明玉珍率红巾军建都重庆,明清以来"湖广填四川"的大移民,近代开埠以后的西学东渐,抗战时期国民政府各机关、团体,各大专院校,各工厂的内迁和难民的流入,新中国成立后大量北方干部南下和"西南服务团"的东来,20世纪60年代"三线建设"的工厂内迁……大量外来人口不仅带来了先进的中原文化、荆楚文化、吴越文化和科学技术,同时也大大促进了巴渝地区文化的发展。另一方面,因三峡工程建设而进行的"百万大移民",自然也将巴渝人民吃苦耐劳、顽强拼搏的精神带到了祖国的四面八方,促成了巴渝文化与各地文化的交融和发展。这些诗文足以彰显重庆所具有的兼容性、开放性城市特征和宽广博大的襟怀。

第五编"抗战烽火,不屈之城"。抗日战争全面爆发后,国府西迁,重庆成为中国政府的战时首都,经受了日本侵略者长达6年多的狂轰滥炸。重庆依然挺立,愈炸愈强,成为中国抗战大后方经济、文化、军事和外交中心,成为抗日民族统一战线最重要的政治舞台。太平洋战争爆发后,重庆进而成为世界反法西斯同盟中国战区统帅部所在地,成为与美国华盛顿、英国伦敦、苏联莫斯科并列的世界反法西斯四大名都之一。本编的名篇名作,充分展现了中国人民尤其是重庆人民在日军猛烈轰炸之下"坚毅镇定,屹立不屈"的伟大民族精神,也收录了美国罗斯福总统《致重庆人民纪念状》、英国薛穆大使《中国屹立不移》、美国斯科特和李灵爱的《苦干》、韩国金九《致中华民国朝野人士告别书》,以及中国军民缅怀史迪威将军的诗文,展现了抗战时期中国人民与盟国一道共同抗击日本法西斯的艰难岁月。

第六编"红岩丰碑,巍巍屹立"。收录了吴玉章、田汉、陶行知、熊瑾玎、饶国模、李少石等写下的诗文,表现了红岩精神是一座丰碑,它镌刻着以周恩来为代表的中共中央南方局为中华民族的解放和中国民主革命的胜利,特别是为新中国的诞生所创立的不朽历史功勋;红岩精神是一个宝库,它蕴含和体现了中国共产党人在革命斗争中所培育和实践的崇高精神风范;红岩精神是一面镜子,昭示我们"弘扬红岩精神,沿着老一辈革命家开创的道路奋勇前进!"

第七编"歌乐忠魂,动地感天"。"歌乐忠魂"是解放战争末期被国民党反动派关押在重庆渣滓洞、白公馆集中营,在新中国成立以后被杀害的革命志士的杰出代表,他们是红岩精神的继承者和弘扬者,他们同敌人进行了不屈不挠斗争,表现出为人民勇于牺牲奉献的耿耿丹心和光照日月的凛然正气,他们以付出自己生命的代价诠释了伟大的红岩精神。本编收录的诗文就是他们坚定信念、不屈意志、浩然正气的真实记录和对革命后来者的血泪嘱托。

第八编"英杰名流,灿若星辰"。"数风流人物,还看今朝。"近代以降,帝国主义的侵略使中国成为半殖民地半封建国家。为了救亡图存、民族独立,中国人民抛头颅、洒热血,进行了不屈不挠的英勇斗争。巴渝大地亦涌现出不少"埋头苦干"、"拼命硬干"、"为民请命"、"舍身求法"的英杰名流。他们中有高举"革命军"大旗的革命军马前卒邹容,响应武昌首义成功的蜀军都督张培爵;无产阶级革命家赵世炎、杨闇公、聂荣臻;"杏坛艺苑"的才人学士钟云舫、向楚等以及科技界的领军人物邓稼先、侯光炯……他们为民族的独立和祖国的昌盛繁荣呕心沥血,奉献一生,是重庆人民的骄傲,更是中华民族的脊梁!

第九编"时代新元,春光无限"。收录了反映1949年重庆解放后新面貌新成就的名篇佳作。有郭沫若的《咏重庆人民大礼堂》,有记述风雨沧桑解放碑、重庆体育场馆、成渝铁路等的篇什,还有《红岩》、《一双绣花鞋》、《金子》、《巫山神女》等华彩篇章。

第十编"直辖新机,扬帆沧海"。"欲穷千里目,更上一层楼。"历史给了重庆新的历史机遇:1997年重庆直辖!重庆这艘蓄势待发的巨轮,鼓足了马力,启碇乘风,开始了扬帆沧海的新长征!"见证宏图"、"百万大移民"中的诗文,反映了重庆在新起点上的新追求,也展现出重庆特有的山雄莽苍苍,水劲浩荡荡,林泉有神韵,洞瀑别风光的景象,再现了重庆的雄、奇、幽、美,真可谓"山雄水劲,美哉乐土;文脉传扬,换了人间"。而今重庆扬帆,恰逢盛时;横渡沧海,直奔理想的彼岸!

瞻望"会当凌云顶,遥瞰新山城"。让我们在这里聆听《鹰之歌》,赞美《永远的黄桷树》,高奏《枇杷奏鸣曲》,凝望《飞翔吧!火凤凰》,乘上高速列车,向着中华民族伟大复兴的光辉前程,快速飞奔……

六

我们选编《记忆重庆》,希望具有以下鲜明特点:

(一)文学性。本书所选诗文,绝大部分都是优美的传世名篇。屈原、宋玉、司马迁、郦道元、陈子昂、李白、杜甫、刘禹锡、白居易、苏轼、范成大、冯时行、文天祥、陆游、杨慎、张问陶,以及近现代的赵熙、向楚、郭沫若、茅盾……他们的作品既有深厚的思想内涵,又有精湛的文采风韵,陶情冶性,有益于高尚情操的建塑。尤其要指出的是,1958年成都会议期间,毛泽东主席选编过一批古人描写四川风光的诗词,并将其命名为《诗词若干首——唐宋人写的有关四川的一些诗和词》(四川人民出版社1977年出版)。我们从中选了几首关于重庆的诗词,计有:李白的《峨眉山月歌》、《早发白帝城》、《上三峡》,杜甫的《登高》、《白帝城最高楼》、《秋兴八首》(其一)、《咏怀古迹五首》(其四),刘禹锡的《松滋渡望峡中》、《酬乐天扬州初逢席上见赠》,李贺的《巫山高》。2016年1月6日,习近平主席视察重庆时指出,"重庆具有好山好水的自然基础。历史上文人墨客对重庆美丽风光大加赞美"。随即他吟诵了唐朝诗人李白的《早发白帝城》、卢象的《峡中作》和王周的《巴江》,称"都是脍炙人口的好诗",嘱咐重庆"要把这些好山好水保护好"。我们将这些诗都收入本书之中,加以注释,推荐给读者。使大家既能欣赏文学巨匠的文字之美,更能体悟其中蕴含的家国情怀。

(二)文献性。本书部分文章极具珍贵的史料性和文献价值。常璩的《禹娶于涂山》和贾元的《涂山禹庙碑记》证明了禹娶涂山氏于重庆;司马迁关于春申君和巴寡妇清的记述,"大夏太祖钦文昭武皇帝玄宫碑"的碑记,秦良玉和余栋臣起义的"檄文";周煌的《琉球国志略——"封贡"节选》,以无可辩驳的史实证明:"琉球国"最早见于我国的《隋书》,明洪武五年(1372年)正式接受"册封",成为中国的藩属国。此文虽不是直接写重庆,却出自重庆人手笔,具有极强的历史和现实意义。孙中山的《祭蜀中死难诸烈士文》和《令陆军部追恤邹(容)、谢(奉琦)、喻(培伦)、彭(家珍)四烈士文》,邹容的《〈革命军〉绪论》,张培爵的《通告统一蜀军书》,抗战时期《国府移驻重庆宣言》,美国总统罗斯福《致重庆人民纪念状》,以及李鹏总理的《大江曲》和蒲海清的《我所知道的重庆成立直辖市经过》,均可折射出重庆从远古至今的时代风云和历史风貌。

（三）新颖性。本书所选诗文，不少是鲜为人知的，具有新颖之特点。如沈钧儒的《山城——永林先生嘱题》，是首次见之于世；蒲国宝的《金堂南山泉铭并序》是他收入《四库全书》里的唯一之文；张鹏翮的《桓侯庙（三首）》是编者抄自云阳张飞庙的碑刻，属"原生态"作品。

（四）国际性。我们着力于国际视野，选用美国罗斯福总统《致重庆人民纪念状》和大韩民国临时政府金九主席《致中华民国朝野人士告别书》，表达了对重庆人民抗战精神的敬仰，对中国政府和中国人民支持、帮助韩国民族反日复国斗争的无限感激之情。我们还搜集到一批日、荷、法、美、英人之作品，难得一见。如荷兰汉学家高罗佩的《巴渝旧事——文镜学兄两政》，是我们前往荷兰搜集到的一件珍品。抗战时期高罗佩以外交官的身份住在重庆。他结识了著名书画篆刻家、现代浙派古琴大师徐文镜，潜心学习琴棋书画。1951年，高罗佩从印度到香港，与徐文镜再度相遇，忆及"巴渝旧事"，杯茗相邀并作这首七律、手书相赠。这首按照中国诗词格律写作的七律，对许多中国人来讲都是难以写好的，从中我们可以窥见这位西方文化人的汉学水准。这是高罗佩传世的极有限的诗作之一。再如，日本竹添进一郎写的《重庆府》、《巫峡》。竹添进一郎为日本明治时代著名的外交家、汉学家。1875年随使中国。1876年5月从北京启程，南下巴蜀游历，再经湖北至上海回京。他以日记体的形式将此次旅途的见闻撰写成一部五万多字的著作，题名《栈云峡雨日记并诗草》，于1878年11月在日本奎文堂刊刻发行。该书由日中两国总理大臣伊藤博文、李鸿章作序，被认为是明治时代最具代表性的汉文体中国游记之一。他在重庆的游历，历经荣昌、永川到重庆府，后经丰都、忠州、万县、云阳、夔州、巫山入湖北。其间诗作、日记不少，《重庆府》、《巫峡》是其代表。书中张爱萍《史迪威尔名犹存》、端木蕻良《苍心犹记将军情》，均从美国史迪威将军后裔家中访得，首度面世。

（五）全面性。重庆既是山水之都，又有深厚的历史文化积淀。本书沿着巴渝文化、三峡文化、移民文化、抗战文化等的序列，以十编篇幅，全面展现重庆山水的壮丽雄阔之美和深厚的历史文化之美。

我们既是巴人的后代，也是湖广移民的后裔，我们生在重庆，长在重庆，读在重庆，创在重庆，对巴渝大地与山城人民始终怀有真切的爱恋。这些年来，那些浸润着巴山夜雨的文字，那些形成于爬坡上坎的诗篇，就像黑暗中的火炬点亮了我们的人生道路，滋养了我们的情感，锤炼了我们的灵魂，砥砺了我们的心志，也陪伴我们走过了人生最艰难的岁月。风风雨雨中,我们始终不能忘怀那种"怀瑾握瑜"的富足感,这是我们最大的财富。

我们始终有一个梦想,就是把这些散落在沧海之中的珍珠捡拾起来,奉献给我们的兄弟姊妹,传播给我们的子子孙孙,希望我们大家都能记住我们的家,我们的先人,我们的根之所在,即使某一天你能走遍世界,你能树高千尺,这里仍然是你的乡愁所在。

记忆重庆,记住乡愁。乡愁是每个人难以割舍的此情绵绵无绝期的故土情结和情感依托,乡愁是传承几千年深藏在文化基因中的传统美德和家国情怀。

重庆已迈上新征程,本书是我们献给这座伟大的历史名城的心香一瓣和深情祝福。但愿3000多万巴渝儿女能将它展现出的"质直好义,兼容开放,登高涉远,负重自强"的巴渝文化精神铭记在心里,融化在血液中,生生不息,世世代代传承下去……

编者
2017年元旦于重庆

目录

记忆重庆　记住乡愁　/1

序曲　山水之都，美哉乐土

　　李　白　峨眉山月歌　/3
　　范成大　恭州夜泊　/4
　　吴　皋　重庆　/5
　　龙为霖　月下登澄鉴亭观渝城夜景　/6
　　何明礼　重庆府　/7
　　冯誉聪　重庆旅次（之一）　/8
　　赵　熙　重庆　/8
　　沈钧儒　山城——永林先生嘱题　/9
　　[日本]竹添进一郎　重庆府　/10
　　[荷兰]高罗佩　巴渝旧事——文镜学兄两政　/12

第一编　远古之光，惊震寰宇

一、巫山猿人
　　李宣章　巫山猿人文化赋　/16
　　杨恩芳　寻找东方伊甸园　/19
　　王明凯　龙骨坡　/21
　　[附]朱松林　巫山猿人的发现　/23

二、大溪文化
　　任桂园　大溪独特的文化形态　/25

蒙和平　石之精灵,骨之魂魄——谒即将消失的大溪文化遗址　/28

三、大禹:三过其门而不入
常　璩　禹娶于涂山　/33
贾　元　涂山禹庙碑记　/34
王尔鉴　涂山禹庙　/35

第二编　巴渝时空,群星璀璨

一、巴国寻踪
李世平　巴人的传说　/38
范　晔　巴氏子务相　/40
常　璩　巴人参加武王伐纣　/41

二、舍身卫国
常　璩　巴蔓子　/43
王尔鉴　巴蔓子墓　/44

三、巴人歌诗
宋　玉　对楚王问　/45
常　璩　巴人歌谣(六首)　/46

四、先秦外交与实业家
司马迁　春申君说秦昭王结盟　/49
司马迁　用财自卫的巴寡妇清　/52
[附]刘德奉　巴寡妇清　/53

五、世界文化遗产——大足石刻
吕元锡　游南山诗并跋　/55
游　和　宝顶石刻　/56
李　德　宝顶烟云　/57
　　　　白塔悬岩　/58

杨家骆　大足石刻考察二则　/59
［附］郭相颖　大足石刻概述　/65

六、两宋状元：冯时行、蒲国宝
冯时行　论守令铨选疏　/69
　　　　见张魏公二首　/71
蒲国宝　金堂南山泉铭并序　/72

七、宋蒙鏖战钓鱼城
冯　衡　蒙哥无计屈王张　/74
文天祥　悼制置使兼知重庆府张珏　/75

八、明玉珍建立农民政权大夏国
大夏太祖钦文昭武皇帝玄宫碑　/77
张廷玉　明玉珍　/79

九、擎天女豪秦良玉
秦良玉　固守石砫檄文　/82
朱由检　赠秦良玉诗（四首）　/84
秋　瑾　题芝龛记——赞秦良玉　/86
郭沫若　咏秦良玉（四首）　/87

十、除教安民之余栋臣
余栋臣　起义军檄文　/90
［法］华芳济著，周敏译　我的被俘及其他——法国传教士谈余栋臣起义　/93

第三编　千古三峡，神奇悠远

一、走进三峡
曹彦时　伊川先生祠堂记　/100
朱　熹　北岩题壁　/102
黄庭坚　竹枝词二首　/103

　　　　　[木兰花令]黔中士女游晴昼　/104
　　　　　　　　　北窗　/105
　　王士禛　登白鹤梁题咏　/106
　　周　煌　游点易洞（二首）　/107
　　　　　　[附]琉球国志略——"封贡"节选　/109
　　杜一经　登玉印山　/112
　　张鹏翮　桓侯庙（三首）　/113

二、三峡七百里

　　郦道元　江水　/115
　　杨　炯　巫峡　/116
　　李　白　早发白帝城　/117
　　　　　　上三峡　/117
　　杜　甫　登高　/118
　　　　　　白帝城最高楼　/119
　　　　　　秋兴八首（其一）　/120
　　白居易　夜入瞿唐峡　/121
　　李　贺　巫山高　/122
　　卢　象　峡中作　/123
　　王　周　巴江　/124
　　　　　　志峡船具诗·舷　/125
　　杨　慎　竹枝词八首（选四）　/126

三、巫山十二峰

　　刘禹锡　巫山神女庙　/128
　　范成大　后巫山高　/129
　　陆　游　过巫山凝真观（节选）　/130
　　张问陶　巫峡同亥白兄作　/131
　　[日本]竹添进一郎　巫峡　/131

四、人文三峡

　　屈　原　山鬼　/134

宋　玉　高唐赋 /136
　　　　　神女赋 /142
陈子昂　白帝城怀古 /145
杜　甫　咏怀古迹五首(其四) /146
刘禹锡　松滋渡望峡中 /146
　　　　　酬乐天扬州初逢席上见赠 /148
　　　　　竹枝词二首 /149
元　稹　离思(其四) /150
李商隐　夜雨寄北 /151
苏　轼　望夫台 /151
　　　　　永安宫 /152
马致远　[南吕·四块玉]巫山庙 /153

五、三峡新韵
　　方　敬　三峡 /155
　　蓝锡麟　灵巫赋 /157
　　周　勇　江山红叶 /159

第四编　广纳百川，兼容开放

一、开埠：西学涌进
　　许增纮　重庆开埠 /165
　　刘重来　重庆近代新学的勃兴 /167

二、移民：八方汇渝，互融互强
　　潇　涌　君自湖广　梦圆重庆 /170
　　郎清湘　范永松　历史的追问：重庆人乡关在何方 /172
　　蓝锡麟　重庆湖广会馆修复碑记 /177
　　魏仲云　傅　真　西南服务团——无私奉献的新重庆人 /179
　　陈东林　"三线建设"在重庆——隐蔽在巨型山洞中的"816工程"
　　　　　　/183

三、民族：民俗风情，多姿多彩
  余云华 巴人的白虎图腾 /187
  李明忠 雄姿劲舞铜梁龙（节选） /189
  孙 因 秀山花灯（节选） /191
  黄晓东 土家摆手舞（词二首） /193
  林文郁 重庆火锅与重庆人 /194
  陈邦贵等 川江号子（三则） /197

四、文化：儒道释的并存与复合
  蔡振武 重庆府试院联 /201
  佚 名 重庆南山老君洞联 /202
  李惺翰 梁平双桂堂大山门联 /202
  刘建春 清溪太极神图 /203

第五编 抗战烽火，不屈之城

一、国府在渝
  国府移驻重庆宣言 /209
  国民政府明令重庆定为陪都 /210
  国民政府抗战胜利后颁布"还都令" /211

二、政要诗文
  宋庆龄 致王安娜 /213
      救济战灾儿童 /215
  黄炎培 敌机夜袭 /216
  冯玉祥 自嘲 /217
      我 /217

三、时代吼声
  郭沫岩 雷电颂（《屈原》节选） /219
  茅 盾 白杨礼赞 /221
  冰 心 从昆明到重庆 /223

沈尹默　听人说五月三四两日事　/225
杨沧白　悲愤歌　/226
胡厥文　抗战将士　/227
老　舍　"五四"之夜　/228
萧　红　放火者　/231
刘冰研　大江东去　/234
胡　风　残冬夜雨偶成——呈正舍予兄(二首)　/236
陈寅恪　庚辰春暮重庆夜归作　/237

四、忧元育才

吴芳吉　两父女　/239
　　　　重庆大学筹备会成立宣言　/243
陶行知　育才学校创办旨趣　/244
张伯苓　入川抒怀　/247
晏阳初　为和平而教育世界　/248
冯克熙　斯人虽去,风范犹存——纪念梁漱溟先生百岁诞辰　/250
吴　宓　由渝飞鄂　/252

五、友人情怀

[美]罗斯福　致重庆人民纪念状　/254
　　　　　　致蒋介石并转重庆人民的信函　/255
[英]薛　穆　中国屹立不移　/256
[美]雷伊·斯科特　[美]李灵爱　《苦干》解说词(节选)　/256
[韩]金　九　致中华民国朝野人士告别书　/261
张爱萍　史迪威尔名犹存　/263
端木蕻良　苍心犹记将军情　/264

第六编　红岩丰碑,巍巍屹立

一、邦国宏梁

饶国模　感时　/268
王维舟　悼若飞、博古、希夷、邓发诸同志及黄齐老之殉国　/269

田　汉　悼"四八"烈士　/270
　　李少石　何须　/273

二、喉舌投枪
　　陶行知　祝《新华日报》两周年　/275
　　田　沃　祝《新华日报》两周年　/276
　　梁　希　祝《新华日报》五周年　/277
　　熊瑾玎　和凡僧祝《新华日报》创刊五周年　/278
　　吴玉章　四川省委被迫撤返延安有感　/279

第七编　歌乐忠魂，动地感天

一、坚定信念
　　叶　挺　囚歌　/282
　　罗世文　故国山河壮　/283
　　车耀先　自誓诗　/284
　　杨虎城　诗二首　/286
　　宋绮云　留得清白上九霄　/287
　　许晓轩　除夕有感　/288

二、不屈意志
　　古承铄　宣誓　/290
　　陈　然　论气节（节录）　/291
　　周从化　仗剑虎山行　/292
　　王白与　狱中诗三首　/293
　　黎又霖　绝命诗四首　/294

三、浩然正气
　　傅伯雍　入狱偶成　/297
　　白深富　只为祖国不为家　/298
　　刘国鋕　就义诗　/298
　　蓝蒂裕　示儿　/299

何敬平　愿把牢底坐穿　/301
　　蔡梦慰　用枪托把牢门砸开——黑牢诗篇（第二章）　/302
　　何雪松　迎接胜利　/304

四、铁窗书简
　　车耀先　遗书：先说几句（节录）　/306
　　黄显声　给儿子黄耀华　/307
　　宋绮云　送含章同学赴金陵序　/308
　　江竹筠　狱中致谭竹安　/312
　　王　朴　狱中书二札　/314

第八编　英杰名流，灿若星辰

一、民主革命急先锋
　　孙中山　大总统孙中山祭蜀中死难诸烈士文　/318
　　　　　　大总统孙中山令陆军部追恤邹、谢、喻、彭四烈士文　/319
　　邹　容　《革命军》绪论　/321
　　　　　　涂山　/325
　　章炳麟　狱中赠邹容　/326
　　柳亚子　哭邹蔚丹烈士　/327
　　吴玉章　纪念邹容烈士　/328
　　张培爵　通告统一蜀军书　/329
　　杨沧白　（辛亥）咏怀八首（其六）　/332
　　宋育仁　甲午感事（三首）　/333
　　向　楚　题铁血斑斓图　/334
　　　　　　纪念辛亥五十周年五首（选二）　/336

二、无产阶级革命家
　　尹　凌　盖世华章动山城——毛主席《沁园春·雪》的写作
　　　　　　与在重庆的传诵　/337
　　聂荣臻　我的青少年时期（节选）　/343
　　赵世炎　说少年（节选）　/349

吴玉章　忆赵世炎同志　/352
杨闇公　日记三则　/354
罗世文　访闇公故居　/356
吴玉章　忆杨闇公同志　/358
魏　巍　聂帅颂　/359
三峡之子　刘伯承元帅赋　/360

三、杏坛艺苑

钟云舫　拟题江津县临江城楼联　/363
李殿元　李松涛　宣传家卞鼒　/368
李书敏　"中国梵高"陈子庄　/372
辛　芫　葡萄，一颗颗晶莹透亮的心——记著名画家苏葆桢　/374

四、科技前沿

邓稼先　我只是一个代表　/383
杨振宁　《邓稼先文集》序（节选）　/385
王　化　土壤学家侯光炯　/387
鲍　石　"中医五老"之一：任应秋　/390
文　英　"杂交水稻之父"袁隆平　/392

第九编　时代新元，春光无限

一、重庆解放

三峡之子　重庆解放赋　/397
董味甘　庆祝重庆解放五十周年（二首）　/400

二、新政新貌

郭沫若　咏重庆人民大礼堂　/402
周永林　风雨沧桑"解放碑"　/403
周裕良　仿沁园春·成渝铁路　/409
　　　　仿满江红·重庆体育场馆建设　/410
陆　荣　山城大街　/411

杨　山　咏空中索道缆车　/412

　　杨光彦　改革春风暖　/413

三、文艺奇葩
　　罗广斌　杨益言　红岩（节选）　/415
　　况浩文　一双绣花鞋（节选）　/421
　　隆学义　川剧《金子》（节选）　/425
　　张昌达等　巫山神女（节选）　/430

第十编　直辖新机，扬帆沧海

一、见证宏图
　　蒲海清口述　我所知道的重庆成立直辖市经过　/437
　　杨恩芳　感受磅礴与崇高——三峡工程挂职日记（二则）　/445
　　王川平　解读"重庆中国三峡博物馆"　/448

二、百万大移民
　　黄济人　命运的迁徙（节选）　/452
　　何建明　举城全迁的壮歌　/455

三、和谐山水
　　方　敬　山城　/459
　　凌泽欣　登缙云山　/460
　　　　　　彭水鞍子寨风情　/460
　　张一璠　哲思四面山　/461
　　孙善齐　彩山花海自多情——城口彩叶节纪盛　/464
　　李宣章　天下龙缸，云端廊桥　/467
　　罗荣汉　酉阳龙潭古镇掠影　/469
　　　　　　武隆仙女山风光　/470
　　王明凯　天生三桥　/470
　　肖　用　青龙横空出阿依　/472
　　周　勇　金佛杜鹃　/475

［附］又见金佛杜鹃 /477

瞻望　会当凌云顶，遥瞰新山城

傅德岷　鹰之歌　/483
邢秀玲　永远的黄桷树　/485
刘德奉　枇杷奏鸣曲　/487
梁上泉　飞翔吧！火凤凰　/490
董味甘　重庆铁路赋　/493

后　记　/496

序曲
山水之都,美哉乐土

美哉,重庆!

重庆之美,美在哪里?美在历史!溯古追源,巴渝乃长江文明的发源地之一。且不说巫山猿人将人类进化推进到至今两百多万年前的悠远,大溪文化的灿烂,大禹文化的瑰丽,仅就巴人建都江州(今重庆),已有3000多年的历史,重庆得名有800多年,开埠100多年,建市近100年。作为巴渝古城的重庆,可以无愧地屹立于华夏之邦,昂首于多民族文化之林!

重庆之美,美在哪里?美在人文!兼容开放,民族融合,孕育出独具特色的巴渝文化。巴人质直好义,有如大山般的胆魄和气量,有如大江般的开阔与豪放。甚至荷兰人高罗佩也盛赞巴渝人之深情厚谊。而巴渝文化之果,更是数不胜数。仅以世界文化遗产之大足石刻而言,佛道并存,其千手观音被誉为"世界石刻艺术之瑰宝"、"国宝中之国宝",令世人惊叹观止。

重庆之美,美在哪里?美在山水!四面环山,群峰叠翠,两江环绕,曲折旋流。依山傍水,层叠而上,构筑了"山在城里,城在山上"的独特风景;入夜,万家灯火,辉映两江,水天一色,流光溢彩,又绘成"江在城中,城在江里"的巨幅山水画。放眼而望,更有武隆喀斯特和南川金佛山两处世界自然遗产。映象武隆,可感地球之心跳;金佛朝拜,可领"山即是佛,佛即是山"之颖悟。再看长江三峡,雄奇幽险,天下称绝,神女仙峰,令人望而生恋,眷顾不忍离去……如今更有高峡平湖,创人间奇迹,为重庆之美抹上厚重一笔!

美哉,重庆!一座古老而又年轻的梦幻之城,一块充满古寨民族风情之地,一所满溢着人文奇观湖光山色之都,是3000万巴渝儿女敢为人先、建功创业之所!《序曲》所选古今中外十首讴歌重庆之诗,从多维视域展现重庆山水之都独特的自然美和人情美,让人们走进重庆,更好地认识重庆,了解重庆,为重庆文化之弘扬壮大,献智献力!

峨眉山月歌

李 白

　　李白(701—约763),字太白,号青莲居士。祖籍陇西成纪(今甘肃天水),先世罪迁碎叶(今哈萨克斯坦巴尔喀什湖附近),5岁时随父迁居绵州昌明县(今四川江油)青莲乡。遍读诗书,喜纵横术,好神仙,任侠仗义。25岁辞亲远游。先寓居安陆(今属湖北),继入长安,求取功名。不久又离京赴太原,游齐鲁。天宝元年(742)奉诏入京,供奉翰林。天宝三年(744)春,因权贵谗毁,被玄宗"赐金放逐",再次漫游各地。安史之乱中,入永王李璘幕府。璘兵败,被长流夜郎,中途遇赦东归,寓居当涂(今属安徽)县令李阳冰家。代宗宝应二年(763)初病逝。现存诗900多首,有《李太白诗文集》三十卷。其诗各体皆长,古风、歌行、绝句尤具特色。

　　峨眉山月半轮秋①,影入平羌江水流②。
　　夜发清溪向三峡③,思君不见下渝州④。

　　(选自《全唐诗》卷一六七,中华书局1960年4月第一版)

【注释】

　　①峨眉山:山名,在今四川峨眉山市西南,因两山相对似秀眉,故名。　半轮秋:半圆的秋月。　②平羌江:今青衣江,源出四川芦山县,流至乐山市入岷江。《寰宇记》:"平羌水上源曰邛崃水,又名平乡水……自眉州洪雅县界下,又名青衣水。"③清溪:四川犍为县清溪驿,在峨眉山附近。　三峡:指长江三峡,即瞿塘峡、巫峡、西陵峡。　④君:指峨眉山月。　渝州:重庆市古名。隋开皇元年(581)至宋崇宁元年(1102)称渝州,因古称渝水的嘉陵江在此汇入长江而得名。

【阅读提示】

　　唐玄宗开元十三年(725)秋天,李白25岁,怀着"仗剑去国,辞亲远游"的向往,先游峨眉,再从青衣江乘舟东下出川。《峨眉山月歌》正是他船到渝州反顾旅程而写下的诗句。全诗融情于景,情景交融,在短短的28个字中,充满了一个风华正茂的青年乍离乡土、出峡远游的豪情,以及初离家乡对故土、故人的依依不舍之情。

恭州夜泊①

范成大

范成大(1126—1193),字致能,号石湖居士,苏州吴县(今属江苏)人。宋绍兴二十四年(1154)进士。历任处州知府,知静江府兼广南西道安抚使,四川制置使,参知政事等职。曾使金,不畏强暴,几被杀。晚年退居故乡石湖。以善写田园诗著称。与尤袤、杨万里、陆游并称南宋四大家。有《石湖居士诗集》、《石湖词》、《吴船录》等著作。

草山硗确强田畴②,村落熙然粟豆收③。
翠竹江村非锦里④,青溪夜月已渝州⑤。
小楼高下依磐石⑥,弱缆东西战急流⑦。
入峡初程风物异⑧,布裙跣足总垂瘤⑨。

【注释】

①恭州:宋徽宗崇宁元年(1102)渝州人赵谂被诬叛逆而诛,朝廷乃改渝州为恭州。至宋孝宗淳熙十六年(1189)改恭州为重庆府。　泊:停船靠岸。　②硗(qiāo)确:硗薄,土地坚硬贫瘠。　强:勉强。　田畴:田地。　③熙然:欢笑愉悦貌。　④锦里:指成都。诗人任四川制置使时住成都。　⑤青溪:青山夹岸的江水。　⑥磐石:厚而大的坚硬的石头。　⑦弱缆:纤细而又柔软的纤绳。　⑧风物:一个地方特有的景物。　⑨布裙:指妇女装束,代指妇女。　跣(xiǎn)足:赤脚,光脚。　总垂瘤:束发为髻,垂于脑后。

【阅读提示】

淳熙元年(1174),诗人任四川制置使,知成都府。淳熙三年(1176),诗人为吏部尚书。此诗是诗人离成都赴京(临安)经重庆时所作。先写恭州山区农事,次写月夜江景,再写山城江城,后写峡江风情,全诗语言质朴清丽,寓情于景,是一幅南宋时期重庆独特的风情图。

重 庆

吴 皋

吴皋,元代人,生卒年不详。字舜举,临川人。曾官至临江路儒学教授。元亡后,拒不出仕,遁迹以终。

一片石头二水环①,天墉城阙破愁颜②。
逐家岚气生衣上③,隔市江光入座间。
莺语晴空明月峡④,树林春点缙云山⑤。
玉珍未必能胜此⑥,收拾清朝拟重关⑦。

【注释】

①一片石头:指渝中半岛。 二水:长江与嘉陵江。 ②天墉(yōng):高接天空的城墙。墉,城墙。 城阙:城垛,城墙上呈凹凸形的短墙。 ③岚气:山间雾气。 ④明月峡:重庆朝天门以东长江之一峡。因峡前壁高40丈,有圆孔如满月,故名。 ⑤缙云山:雄峙于市西北郊嘉陵江温塘峡西岸,海拔1030米,巍峨秀丽,素有"川东小峨眉"之称。 ⑥玉珍:明玉珍(1331—1366),元末农民起义军红巾军将领。至正十七年(1357),他西征,定夔州、万州。四月兵抵重庆,元朝守将右丞完者都连夜北逃果州(今四川南充市),左丞哈麻秃迎战被擒。明玉珍攻据重庆,再定四川各地。至正二十二年(1362),明玉珍称帝,定都重庆,国号夏,改元天统,建立大夏政权。至正二十六年(1366)殁。 ⑦清朝:清明之朝,指元朝。 重关:重整关隘。

【阅读提示】

山高水险,城墙高筑,雾气腾绕,江波浪涌,重庆是个易守难攻的军事要地。不用担心被占领,故能"破愁颜"。诗人再以轻松愉快之心情描绘东有明月峡之晴空莺语,北有缙云山之春点树林。因此,明玉珍未必能攻下重庆,摧毁清明之朝(元朝),重整关山。作者面对明玉珍兵临城下,站在元人的立场,以重庆的山雄水险来怀疑和否定明玉珍能够攻占重庆,表现出一定的局限性。

月下登澄鉴亭观渝城夜景①

龙为霖

龙为霖（1688—?），字雨苍，号鹤坪，重庆人。清康熙四十五年（1706）进士，以疾归。康熙四十八年（1709）补殿试，授中书。历云南太和知县、石屏知州，广东肇庆同知、潮州知府，政绩皆卓著。去官后，潮人追思立祠以祀。乾隆元年（1736）召见起用，坚请终养还里，奉母家居20年，与友人创诗社，极诗、酒唱和之乐。晚年好静，居九龙滩别业以终。

渝州形胜本崚嶒②，向夜清幽觉倍增③。
欲揽全城露中景④，宁辞绝飧晚来登⑤。
一亭明月双江影⑥，半槛疏光万户灯⑦。
独惜鸣钟人尽睡，探奇何处觅高僧。

【注释】

①澄鉴亭：位于重庆南岸涂山之巅真武宫之左。清乾隆年间，湘潭张九镒巡川东道时，更名为览胜亭。亭前有明代四川总兵刘挺所立铁桅杆一根，高10.5米，直径17厘米。清代时，铁桅杆前有一览胜亭（澄鉴亭），是观重庆美景之绝佳地。白天，登亭可环视大江两岸风光；入夜，可仰望天空繁星闪烁，俯瞰山城万家灯火。1992年，铁桅杆经重庆市人民政府公布为市级文物。　②形胜：风景优美。　崚嶒（léng céng）：山势高峻重叠。　③向夜：临夜。　④揽（lǎn）：挽住，收拢。　露中景：夜景。　⑤绝飧：最佳美的宴饮。飧，同餐（cān），餐饮之意。　⑥一亭：澄鉴亭。　⑦疏光：疏朗的月光。

【阅读提示】

这是诗人登涂山澄鉴亭观渝城夜景之作。先写渝城山高重叠，夜倍清凉；次写宁辞绝美的佳肴，也要来登亭观夜景；再写山城夜景之美：月升中天，两江映月影，城中万家灯火与月光交相辉映；后写诗人陶醉在如诗如画的景色之中，意欲进一步探奇觅胜，可惜夜深人睡，无人为我解析美景之奇。全诗写景抒情，表达了诗人无限赞美之意。

重 庆 府

何明礼

何明礼(1714—1768),字希颜,号愚庐,四川崇庆(今崇州市)人。乾隆二十四年(1759)解元。曾佐修《成都府志》及什邡、新都等县县志,所著《江原文献》为乾隆《崇庆州志》底本,一生著作颇丰。

城郭生成造化镌①,如麻舟楫两崖边②。
江流自古书巴字③,山色今朝画巨然。
烟火参差家百万④,波涛上下浪三千⑤。
锣岩月峡谁传去⑥,要使前贤畏后贤⑦。

【注释】

①造化镌:大自然的精心雕琢。　②如麻舟楫:形容两江舟船排列之多,港口繁荣。　③巴字:指嘉陵江与长江蜿蜒汇于朝天门,江流曲折如"巴"字。　④此句写城中高低错落的居民有百万之多。　⑤此句写重庆历史悠久,两江波涛浪去了三千年。　⑥锣岩、月峡:指朝天门以东的铜锣峡和明月峡。隐含两件史事:一是1371年朱元璋部将廖永忠率水师攻克铜锣峡,大夏王朝明玉珍之子明昇出降;二是1644年明末农民军张献忠率师攻占铜锣峡,控上游重镇江津,再顺江而下,夺浮图关,占枇杷山,夺取重庆。　⑦此句写廖永忠让贤。《明史·廖永忠传》:"永忠率舟师直捣重庆,次铜锣峡,蜀主明昇请降,永忠以(汤)和未至,辞侯和至,乃受降。"原来汤和是大将,廖永忠为副将,虽先下重庆,但主帅汤和未至,则谦让由汤和受降。以此表达诗人赞美长江后浪推前浪,一代新人胜古人之意。

【阅读提示】

此诗写当年重庆"如麻舟楫"、"烟火百万"的繁荣景象,江流书"巴"字的地域特色,"波涛上下浪三千"的亘古历史,笔触清丽,意境宏阔,气势磅礴。尤其结句充满豪情,表达"前贤让后贤"之意,有催人上进之力。

重庆旅次（之一）

冯誉聪

冯誉聪，四川什邡人，清代诗人。生卒年不详。著有《七砚斋诗草》。

涂山高拱碧云边①，禹迹于今尚宛然②。
千里岩疆吞北楚③，百年使节重东川④。
夕阳城郭巴人曲，暮雨帆樯估客船⑤。
打桨明朝三峡去，烟花如缕觉情牵。

【注释】

①涂山：重庆南岸沿长江自东迄南诸山，统称涂山，即今之黄桷垭、老君洞、真武山诸岭。《巴郡志》："山高七里，周围二十里。……刘先主置关于此山之上，禹庙及涂后祠在焉。" ②禹迹：相传大禹治水，"娶于涂山"、"三过其门而不入室，务在救时"之事迹。 ③北楚：指重庆北接湖北西北之地。 ④东川：四川东部，指重庆。 ⑤估：揣测，估计，估算。

【阅读提示】

此诗为诗人旅渝抒怀之作。首联写山势与大禹古迹，颔联写疆域和战略地位，颈联写歌舞商船的繁华，尾联写不忍离渝之情。全诗质朴清丽，情深意浓。以情作结，使人顿生流连不走之意。

重 庆

赵 熙

赵熙（1867—1948），字尧生，别号香宋，四川荣县人。清光绪十八年（1892）进士，授翰林院庶吉士；光绪二十年（1894）殿试一等，授翰林院编修。曾先后掌荣县凤鸣书院、重庆东川书院及川南经纬学堂等，并两度主持重庆府府考。光绪二十九年（1903）擢授翰林院国史馆协修、纂修。后转官御史，继补江西道监察御史。为官期间，主"讲学兴农"，赞同戊戌新政。刘光第遇难后存其诗文手稿,收其三子于门下,且撰《刘大夫传》予以表彰。辛亥革命后,不复为官,但同情革命。曾任《(民国)荣县志》总纂,并创荣县文学舍。精于诗词、书法及戏曲。有《香宋诗》、《香宋词》、《慈香小集》、《花引小集》等传世。

万家灯火气如虹, 水势西回复折东①。
重镇天开巴子国②, 大城山压禹王宫③。
楼台市气笙歌外④, 朝暮江声鼓角中⑤。
自古全川财富地, 津亭红烛醉春风⑥。

【注释】

①水:指形如巴字的江水。 ②巴子国:古巴国,指今重庆、鄂西一带。传说周以前巴人居今甘肃南部,后迁湖北武落钟离山,以廪君为首领,称廪君蛮,因以白虎为图腾,又称白虎蛮。周初封为子国,称巴子国。周慎靓王五年(前316)并于秦。 ③禹王宫:禹王庙。据晋·常璩《华阳国志》:"涂山有禹王庙及涂后祠"。 ④笙歌:本指簧管乐器吹奏的乐曲,此泛指歌舞。 ⑤鼓角:古代军中用以报时、警众或发号施令的鼓和号角。 ⑥津亭:渡口边的旗亭。 红烛:红色的烛。司空曙《寄书判官》:"红烛津亭夜见君,繁弦急管雨纷纷。"

【阅读提示】

清光绪十八年(1892),诗人考取进士后,情舒意畅,路过重庆时作此诗。先写重庆夜景,次写重庆古迹,再写闹市盛况,后写重庆为川中富庶之地,繁弦急管陶醉在春风之中。全诗意境开阔,充满了诗人对重庆这座历史悠久的文化名城的赞美之情。

山　城
——永林先生嘱题①

沈钧儒

沈钧儒(1875—1963),字秉甫,号衡山,原籍浙江嘉兴,生于江苏省苏州。清光绪进士。1905年9月入日本东京私立法政大学速成科学习。1907年秋回国,从事立宪运动。辛亥革命后转向革命。1938年10月到达重庆。1942年2月,与沙千里等人在重庆成立"平正法律事务所",受聘为

《新华日报》及重庆13家书店和出版社的法律顾问。新中国成立后,历任最高人民法院院长、民盟中央主席、全国政协副主席、全国人大常委会副委员长。

蜜蜂忙处菜花香,十里青城十里黄。②
遍地是金不须炼,于今生产在农乡。

【注释】

①永林先生:周永林(1920—2014),重庆巴县(今巴南区)人。1936年上半年就读巴县县立三里职业学校期间,秘密参加党领导下的重庆学生界救国联合会,负责学校的工作。1938年4月转为中国共产党党员,从事党的地下工作。 ②青城:指四周被青山围绕的山城重庆。

【阅读提示】

周永林先生回忆:"1938年,作为七君子之一的沈钧儒来到重庆。由于他是全国救国会的领袖,我们是重庆学生救国会的骨干,虽然两个救国会互不统辖,但由于名称相同,因此我们与他们有了联系。……这使得我有机会经常到沈钧儒那里,向他请教,受到教育。一来二去,彼此就熟悉起来,建立起亲密的合作关系。有一天,我向沈钧儒先生提出,请他为我写个条幅,他非常乐意地答应了。他问我学什么的,我回答是学农业的。他说好吧,我想一下写了送给你。后来,他写了以后,交给我的同学刘传苻转给我。"据查,沈钧儒1938年10月到重庆,"题赠"诗展现的是山城农村的春景,可见此诗当写于1939年春。诗中的蜜蜂、油菜花、"十里青城十里黄"的优美意象,画出了一幅颇有气势的色香俱佳的山城春光图;"遍地是金不须炼,于今生产在农乡",表达了对勤劳生产的农民对抗日战争做出了巨大贡献的赞美与歌颂之情。

重庆府

[日本]竹添进一郎

竹添进一郎(1842—1917),字渐卿,号井井,日本肥后人,为日本明治时代著名外交家、汉学家。1875年11月随日本驻华公使森有礼来到北京。1876年5月,与日本驻华公使馆秘书津田静一、向导北京人侯志行一起,从北京启程前往巴蜀游历。经河北、河南、陕西等省进入四川,于7月进入重庆境,顺江而下,到上海结束此行,耗时120日。其间还与中国的政坛、文坛的一批名人密切交往,如李鸿章、薛福成、俞樾、高心夔等。此行写成5万多字的汉文体《栈云峡雨日记并诗草》,于明治十一年(1878)11月由奎文堂刊刻发行,1879年3月再版,书中有40多位中外名人作序、辞、跋,被认为是明治时代最具代表性的汉文体中国游记之一。此书又作为"近代日本人中国游记"之一种,由中华书局于2007年1月在北京再次出版。竹添进一郎历任北京公使馆馆员、天津领事、朝鲜常驻公使等外交官职。辞官后在东京大学讲授汉学。主要著作除《栈云峡雨日记并诗草》外,还有《纪韩京之变》、《左氏会笺》、《毛诗会笺》、《论语会笺》等。

  盘石擎城耸半空①,大江来抱气蒙蒙②。
  山风带热水含毒③,身在蛮烟瘴雨中④。
（选自[日]竹添进一郎:《栈云峡雨日记并诗草》,奎文堂明治十一年〔1878〕刊刻）

【注释】

①盘石:即磐石,大而厚重的石头,俗称连二石。 擎(qíng):往上托起。 擎城:由磐石托起一座城。 耸:高高直立。 ②大江:长江、嘉陵江。 抱:两江环抱。 气:江水之气。 蒙蒙:细雨纷纷,迷糊不清。 ③带热:天气炎热。《栈云峡雨日记》7月17日记:"宿荣昌县。夜热如蒸。"7月18日记:"宿永川县。苦热,通夕不寐。" 水含毒:水有毒,不能饮用。7月20日记:"抵重庆府。府依山为城,高而长,如大带拖天际。蹑蹬而上百八十余级,始至城门。又历九十余级,乃出街上。范记云:'盛夏无水,山水皆有瘴。'询之,曰:'瘴气大减于昔时。但井不可食,特充洗涤之用而已。'""范记"指南宋诗人范成大《吴船录》中所论。 ④蛮:很。 蛮烟,很多烟。 瘴雨:雨中带瘴气,即空气湿热,令人室闷。据7月20日《日记》载:"比天明,雨点点下。……抵劳淳铺,雷渐雨急……" 渐(jiān),通荐,一而再之意。几天高温之后,突然大雨,空气闷热难受,被作者称为"瘴雨"。

【阅读提示】

  《重庆府》原载《栈云峡雨日记并诗草》。《栈云峡雨日记并诗草》分上、中、下三册,上、中册为《栈云峡雨日记》,下册为《栈云峡雨诗草》。中册详细记录了作者在巴蜀的见闻及顺江而下到上海的经过。下册收作者诗150多首,另附他在京城,滞留上海、苏杭时的38首诗,共190多首。全书不限于风光名胜之记录,还有对社会问题的大量观察,可视为一部关于中国近代社会的考察报告。日本著名史学家重野安绎评论此书时说："观国俗忧民瘼之念,犹隐隐动乎楮墨间,乃经世大文章,莫作一部游记看。"

作者经荣昌、永川到重庆,再经丰都、忠州、万县、云阳、夔州、巫山进入湖北。沿途的山水风光、古迹名胜、风俗物产、国计民生、治乱得失等,作者均有细致的考察和记载,并将内心的情感、思考诉诸笔端,写成一首首五言、七言诗。《重庆府》就是其中的一首七言诗。在诗中,作者描绘了重庆作为山城的险峻、高耸,两江合抱的气势,以及高温炎热和雨中令人窒闷的湿热气候,揭示了含毒不能饮用的井水。并引用了范成大的记载,说明南宋时这些现象尤甚。这与今天重庆的天蓝、地绿、山青、水碧迥然不同。所以,作者的汉文体《栈云峡雨日记并诗草》不仅是他高超的汉文化涵养的体现,而且对我们了解140年前的中国地理环境和社会问题,具有较高的文献史料价值,也是中日文化相互交流、影响的有力佐证。

巴渝旧事
——文镜学兄两政[①]

[荷兰]高罗佩

高罗佩(Robert Van Gulik,1910—1967),荷兰职业外交官,著名汉学家、东方学家、翻译家、小说家、收藏家。幼时在荷属东印度受到中华文化启蒙,后在欧洲汉学重镇——荷兰莱顿大学汉学院潜心攻读,再在荷兰驻日本大使馆工作时受到东亚文化浸濡。1943年3月,他来到战时首都重庆,先任荷兰驻华大使馆秘书与翻译,后晋为一等秘书。1946年4月离开重庆。在重庆三年间,他参加"天风琴社",从古琴大师徐文镜学习琴棋书画。他把文化的兴趣和研究放在第一位,外交官的工作则放在第二位。他弹古琴,写小说,练书法,作诗词,鉴书画……涉及语言、宗教、民俗、美术、文学、音乐等领域。他结交了许多学者兼政治家,在交往中巧妙地获取各种各样的情报。他是"天风琴社"唯一的外国人和最年轻的成员,他常以"吾华"自谓,多次在公开场合演奏古琴,为慈善事业、为中国的抗日战争努力募捐。这使他在人心、人情、人意上更加接近普通中国民众。在重庆的三年,他的汉学水准达到了他人生的巅峰,他具备了一个中国"文人"必备的"琴棋书画"、"诗词歌赋"的素质和才能。他以中华文化作为内心世界的价值标准,迎娶了"中国名媛"水世芳为妻。他的中国书法、篆刻、诗词、联语曾赠多位中国朋友,他亦收藏了沈尹默、冯玉祥、郭沫若等多位名家的诗书画卷,他是西方世界为数不多的谙熟中国传统文化的杰出的汉学家。

> 漫逐浮云到此乡②,故人邂逅得传觞③。
> 巴渝旧事君应忆④,潭水深情我未忘⑤。
> 宦绩敢云希陆贾⑥,游踪聊喜继玄奘⑦。
> 匆匆聚首匆匆别, 便泛沧浪万里长⑧。

(选自周勇:《在荷兰寻访的高罗佩有关重庆文物》,《巴渝旧事君应忆——"高罗佩在重庆"国际学术研讨会会议论文》,重庆大学出版社2016年11月出版)

【注释】

①文镜:徐文镜(1895—1975),著名书画篆刻家、现代浙派古琴大师。抗战期间来重庆,与章士钊、沈尹默、马一浮、张大千、齐白石、傅抱石、马衡、商承祚、董作宾等艺术名流频繁切磋。他早随父兄学琴,后自行读谱定拍、制琴、教琴,桃李遍布海内外。高罗佩是他著名的外国学生。1949年,他赴香港定居,从事书画篆刻和琴学研究。 两政:即两正,对手书与自己诗词作品进行审正。 ②漫逐:随意追逐。 浮云:本指空中飘浮之云,此喻飘忽不定之旅途。 此乡:指香港。 ③邂逅:不期而会。 觞:古代盛酒器,指酒杯。传觞,杯酒相传,指酒宴。 ④巴渝旧事:指高罗佩抗战时在重庆向徐文镜学习三年琴棋书画之事。 ⑤潭水深情:李白《赠汪伦》:"李白乘舟将欲行,忽闻岸上踏歌声。桃花潭水深千尺,不及汪伦送我情。"指1946年徐文镜送别高罗佩离开重庆时的深情厚谊。 ⑥希:稀少、罕见。 陆贾:汉初政论家,楚人,从汉高祖定天下,常出使诸侯为说客。即今谓出色的外交家。 此句意为:我作为荷兰外交官,政绩怎敢与帮助汉高祖定天下的稀少的外交官陆贾并论呢? ⑦玄奘(602—664):本姓陈,名祎,洛州缑氏(今河南偃师缑氏镇)人。唐高僧,通称三藏法师,俗称唐僧,佛教学者。他在国内遍访名师之后,于唐太宗贞观三年(629)从凉州出玉门关西行,历经磨难,赴天竺取经。历17年,于贞观十九年(645)回到长安,译出经、论75部,凡1335卷,引进、传承、弘扬了佛教文化。 此句意为:我到中国的游踪,是继玄奘的足迹来取中国文化之"经"的,这是极可喜慰之事。 ⑧泛:浮行,泛舟,泛海。 沧浪:水。此句意为:与故人匆匆一别之后,便将乘海船离开香港作万里之行。

【阅读提示】

1951年(辛卯)除夕,高罗佩从印度到香港,与徐文镜不期而遇。故人相逢,回顾往事,其情殷殷;杯酒相传,兴高采烈。高罗佩即席赋了这首诗,并手书赠与徐文镜。此诗语言朴实,情真意挚,表达了他对"巴渝旧事"的留恋,对不敢忘的"潭水真情"的回忆,对中华文化之景仰,对匆匆离别友人的遗憾,暗示两国人民友谊"万里长"的愿望,充满了他对巴渝人质直好义和对中华文化的崇敬与感恩之情。

第一编
远古之光，惊震寰宇

走进重庆，尚须了解它厚重的历史文化美，这就是：巫山的"龙骨坡文化"、"大溪文化"，涂山的"大禹文化"。"龙骨坡猿人文化"的发现，证明了"东亚人起源于长江三峡"之说，改写了科学界关于人类演化史的定论，将人类的起源推进到204万年以前，这既是华夏子孙的骄傲，也是重庆独有的一张名片。"大溪文化"以深厚的内涵向世人昭示：美丽的巫山早在5300年前的新石器时代，先民们在吃、穿、住、娱乐、丧葬等方面已形成过光辉灿烂的史前文化。"大禹文化"以无可争辩的史实证明：大禹娶妻生子、为治水三过其门而不入之地，就在重庆。三种文化构成了重庆文化独特的历史美，也是中华文明史的厚重美与绚烂美。

一、巫山猿人

巫山猿人文化赋

李宣章

李宣章(1959—)，重庆云阳人，研究生文化。中国诗赋学会理事，中华辞赋家协会副总编，重庆作家协会会员，三峡诗社副社长，重庆第二中级人民法院宣传教育处原副处长（正处级）、法官作家协会副会长。已公开出版个人诗词专集《平湖诗韵》、辞赋专集《采菊东篱》。

一个惊人的考古发现——公元1995年，巫山龙骨坡猿人遗址传世[1]，动摇了现有人类进化理论，让世界权威人士为之惊叹；一颗巨猿之臼齿，划破鸿蒙昊空，标志人类起源于中国长江流域，将中国人之进化史推进到200万年之前[2]；一首幽邃的牧歌，悠扬于人类历史长河，化作如霞之漫山红叶。龙骨坡之瑰丽文明，令重庆人为之骄傲，让中华民族为之自豪！有感于斯，遂作《巫山猿人文化赋》。

天生幽峡，地毓祥馨。猿人而相揖兮，惊龙骨坡之人类遗址；史前之故事兮，耀吾渝州之璀璨文明。巫山猿人之馆兮，庙宇耸立[3]；人类源头之域兮，举世震惊。步馆藏以探秘，思接万载；观化石而怀远，梦绕古今。载传奇于宇内，著神话于史真。南坡巨裂之缝隙兮，洞谷以勾划；巨猿臼齿之钙板兮，灵长而露英。国际权威以确认兮，科学佐证；人类历史而改写兮，重庆闻名。

遂乃仰龙脉，溯胜滨。曾经沧海兮难为水，除却巫山兮不是云。何以至圣哉？此水荡乎悠峡，卓形胜而归浩瀚；斯云飘渺乎仙境，翩神女以舞琼津。奇山以育灵性，神水而滋慧根。而况物候天然，钟灵秀而升五彩；

瑞风造化,厚底蕴而播甘霖。于是混沌初开,开洪荒于盘古;乾坤始奠,启文明而直行。脊柱直挺,智慧渐增。玉齿迥乎兽类,石器磨破愚冥。瞻远目光以顿亮,思阔头脑而渐新。于是奇迹演绎,万物灵长方显;秉魂天降,大千精气附身。

尝闻,劳动以创世界,手脑而扭乾坤。适者生存兮,古今不变之法则;勇者生智兮,史册可览之典经。因地利天时,奠人之雏状;而勤劳勇敢,则变猿为人。然上帝非皆恩赐,天地常伴险生。峻岭崇山,天果难以永享;洪波恶水,步履时感艰辛。处险境必当奋起,为生计再谋图新。斗之于天,双手以学制工具;争之于地,一生而勇探繁息。经万代之拼搏,智慧之花初绽;历千古之探索,文明之火始燃。且猎且耕,练就壮悍之体魄;亦栖亦辟,拓展生域之空间。依巫域之厚基,守望巴山蜀水,托峡江之腹地,开创吴楚良田。尔后争战数演,沧桑巨迁。涌长江之碧浪,染黄河之秀川。部落联盟,蚩尤之命丧于涿鹿[④];炎黄携手[⑤],神农火种播于中原。于是驱散茫茫之黑夜,迎来浩浩之尧天。

巍哉,巫山猿人文化!育巴人之忠勇,开渝州之智源。上下五千年兮,文明启于巫境;纵横九万里兮,崇光烁乎宇寰。洋洋美其峡谷,皇皇巍立世巅。龙坡之揭秘,洞开华夏远祖之迷雾;大溪之发现[⑥],续写巴渝史前之瑰篇。遂有三皇五帝[⑦],九鼎一缘[⑧]。尧舜布文,繁衍上古;大禹治水[⑨],奠定山川。而禹诞于蜀汶川,浚河三过家门而未入;妻娶以涂山氏,寺址千秋犹立于渝岸。启王虽作古,弹(诞)子尚留传。文王以演周易,揭示宇宙之玄妙;仲尼而作春秋,始载人类之纪元。故而令上帝感动,神女蹁跹。巴蔓许国[⑩],头颅相鉴赤肝胆;春申相楚[⑪],红池独茂伊甸园。屈原作离骚,秭归常萦忧国之梦;宋玉奉两赋[⑫],楚襄痴迷神女之翩[⑬]。昭君出塞,香溪永留青冢;郦元经注[⑭],三峡魅炳世间。太白纵情,两岸猿声兮何愁啼止;杜甫咏叹,萧森巫峡兮勇于攀援。豪让古今文墨倾倒,奇令五洲名达慨然。

壮哉,龙骨坡史前之文化!可歌可点,揭地掀天。故垒留胜迹兮,雅士纷登攀。人乎物乎,全系龙骨坡之遗址;荒也史也,可窥巫猿人于一斑。秉悠久文明兮,育巴人不屈之个性;承勤勇豪气兮,著移民精神之伟篇。美楚风于脉脉秀水,壮巴韵于巍巍雄峦。毛公游三峡,念神女欲截巫山云雨;后辈遂遗愿,筑宏坝而漾平湖奇观。聚两百万年之圣光兮,辉煌重庆;萃一方殊隅之神妙兮,壮美巴山!

(此赋曾发表于《重庆诗词》2016年第一期,重庆诗词协会出版,又见

(《重庆文化研究》2016年第2期)

【注释】

①巫山龙骨坡猿人遗址：龙骨坡化石点的发掘，经历了1985—1988年和1997—1998年两个阶段，出土的两件人类化石、一批石器制品和100多种脊椎动物化石，代表了中华大地最早的人类活动遗址和最原始的文化——龙骨坡史前文化。1995年，黄万波教授同美国古人类学家石汉博士合作的《亚洲的早期人类及其人工制品》一文，发表在国际权威科学杂志《自然》第6554期。文章指出：至少早在204万年前，就出现了亚洲直立人的最早祖先。　②本句论述了发现巫山猿人重大而深远的意义：巫山猿人的发现，进一步动摇了"人类起源于非洲"这一人类进化学说，不仅把中国人的进化史推进到200万年前，改写了现有的人类进化理论，而且为在中国境内寻找更为古老（400万年—200万年前）的人类化石以及文化遗存，从而为揭开人类起源之谜提供了更为真实的科学依据，也为重庆地区、中华民族深厚的历史底蕴张了本。③庙宇耸立：指遗址建所和陈列状况：1996年冬，经国务院批准，龙骨坡遗址被公布为第四批全国重点文物保护单位；1998年9月23日，在重庆市人民政府的大力支持下，巫山县在庙宇镇成立了"龙骨坡巫山古人类研究所"，将其文物列馆珍藏，并于新落成的研究所内召开了首次国际学术研讨会。　④蚩尤：中国神话传说中的部落首领，以在涿鹿之战中与黄帝交战而闻名。蚩尤在战争中显示的威力，使其成为战争的同义词，尊之为战神，是苗族相传的远祖之一。其活动年代大致与华夏族首领炎帝和黄帝同时。涿鹿激战中，黄帝不能力敌，请天神助其破之。蚩尤被黄帝所杀，帝斩其首葬之，首级化为血枫林。后黄帝尊蚩尤为"兵主"，即战争之神。　⑤炎黄：炎帝又称神农帝，传说中国远古时期姜姓部落的首领，中华民族的始祖之一。巫山之旁的神农架，因炎帝神农氏在此搭架采药而得名，故每年4月5日，民间组织"炎帝神农民间祭祀"活动。黄帝又号轩辕氏、有熊氏，姬姓，周文王之祖先，中国远古时代华夏民族的共主。　⑥大溪：指大溪文化遗址。它位于瞿塘峡东口，大宁河宽谷岸旁的大溪镇，是我国长江流域古文明的发祥地之一，它是中国新石器时代母系社会的重要遗迹。　⑦三皇五帝：三皇，指燧人氏（燧皇）、伏羲氏（羲皇）、神农氏（农皇）；五帝，指黄帝、颛顼、帝喾、尧、舜。　⑧九鼎：指九州。相传，夏朝初年，夏王大禹划分天下为九州，令九州州牧贡献青铜，铸造九鼎，象征九州，将全国九州的名山大川、奇异之物镌刻于九鼎之身，以一鼎象征一州，并将九鼎集中于夏王朝都城。从此，九州就成为中国的代名词。　⑨大禹：禹姓姒，名文命，字（高）密。史称大禹，为夏后氏首领、夏朝开国君王。禹是黄帝的玄孙、颛顼的孙子。相传，禹治理黄河、疏浚长江三峡有功，受舜禅让而继位。据《史记》载，禹诞于汶川，娶妻重庆涂山氏，其子启生于渝弹（诞）子石，至今涂山氏之庙遗址仍留重庆市南山。　⑩巴蔓：即巴蔓子，为古巴国忠州人，东周末期（约战国中期）的巴国将军。约公元前4世纪，巴国朐忍（今万州一带）发生内乱，时巴国国力衰弱，国君受到叛乱势力胁迫，百姓被残害。巴蔓子遂以许诺酬谢楚国三城为代价，借楚兵平息内乱。事平，楚使索城，蔓子认为国家不可分裂，身为人

臣不能私下割城。但不履行承诺是为无信,割掉国土是为不忠,蔓子告曰:"将吾头往谢之,城不可得也。"于是自刎,以授楚使。巴蔓子以头留城、忠信两全的故事,在巴渝大地传颂。 ⑪春申:即春申君(前314—前238),嬴姓,黄氏,名歇,生于巫溪红池坝,东周战国时期楚国公室大臣,是著名的政治家、军事家。与魏国信陵君魏无忌、赵国平原君赵胜、齐国孟尝君田文并称为"战国四公子",曾任楚相。 ⑫宋玉奉两赋:指《高唐赋》、《神女赋》,宋玉是楚国大臣。 ⑬楚襄:指楚顷襄王熊横(?—前263),芈姓,熊氏,名横,楚怀王之子,战国时期楚国国君。传说,因宋玉作《神女赋》,他读后,对巫山神女魂牵梦绕。 ⑭郦元经注:即郦道元作《水经注》,描绘三峡神奇风韵,魅吸世人而向往。

【阅读提示】

本文以骈赋之体式,用文学手法形象描述了巫山猿人的发展过程,并对其所在的独特地理环境、繁衍兴盛的状况、古三峡地域有关的重要历史人文,以及这些人物对中华民族的深远影响,作了合理的推演。与此同时,对巴人勤劳忠勇、豪放性格形成之原因,作了适度探求,彰显了重庆璀璨而深厚的文化底蕴,以激发强烈的爱渝兴渝的爱国主义的自豪感、责任感和使命感。

寻找东方伊甸园

杨恩芳

杨恩芳,女,中国作家协会会员,一级作家。享受国务院政府特殊津贴专家。1971年支边到云南西双版纳,返城后在教育、宣传理论、新闻出版、文艺、妇女等战线担任领导职务。2005年受中共中央组织部派遣,到中国长江三峡工程开发总公司挂职锻炼一年,任总公司枢纽管理部副主任。后任重庆市新闻出版局局长,现为政协重庆市委常委、文史委主任。出版长篇小说《魂系绿海》、《女人百年》,长篇纪实文学《感受磅礴与崇高》,散文诗集《芳心集》,演讲集《思语集》,散文集《流淌心河的歌》等多种。

黛色的巫山千嶂层叠,幽深的巫溪宁河碧蓝。大巫山终年云缭雾绕在若隐若现中。亿万年前地壳运动天成,与喜马拉雅相涌而起的这片奇景,是怎样孕育了人类的先祖,留下世世代代梦绕魂牵的神话。

翻开大巫山的历史,远古巫风扑面而来——龙骨坡204万年前猿人下颌骨的出土,撼动了人类源自东非大裂谷的推断,巫山,作为东亚人发源地令世界瞠目！玉米洞多功能套件石器的面世,闪耀着30万年前巫人的智慧光芒。源远流长的史前文明,厚积薄发于五千年前的大巫山,孕育了人类童年的巫文化,东亚人从此告别漫长的混沌与蛮荒,三峡升起了东方文明的第一道曙光！

"巫",按甲骨文解,是工巧人之叠加；象形字解,为立地通天之人,即人类从蒙昧走向文明的先知。巫文化,是人类对天地人的最早觉醒,涵天文地理、神话宗教、医药艺术多领域；其万物有灵、自然崇拜、天人感应、人神同位,尤其是先觉于世界神本文化的人本精神,渗透我中华民族血脉,成为传承五千年的文化原子和思想基因。它上集大成,开启了以巴、楚、吴、越为代表的南方文明；下开百代,影响了夏、商、周、秦为代表的中原文化,是我中华民族文化之根脉。站立于中华文化源头的重庆,找到了文化自信的第一个支点！

《山海经》记载,巫溪宝源山,即宁厂古镇一带,是巫文化创立者、十大灵巫聚集地。走进巫溪,更觉灵巫之神性灵魂千年浸润幽密山水,至今闪烁神奇魅力。

且不说梦幻仙境红池坝,奇峰拔云攀月的兰英大峡谷,且不论百年前西方人镜头中千丈绝壁下的沧桑古镇,幽蓝如天浪花如雪静影沉璧的大宁河。只要你走过十里幽谧峡谷,抬眼那神工鬼斧凿出的半山涵洞,就仿佛看见远古巫人炼丹的硝烟,化作浓云回还缭绕。万年不绝的盐泉飞瀑,仿佛远古巫咸国治盐采药,不耕而食不织有衣的盛景再现,八方生灵云集于此,寻求生命的永恒,以致这深山峡谷集聚成了七里半边街。蜿蜒秦巴腹心的巫盐古道,陕西街的断壁残垣,依稀可见盐夫蹚悬崖,淌宁河,南盐北送直抵陕西；依然可闻古人为盐而战的拼杀呐喊。古称天下之中的巫溪,居于中国版图腹心地带。站在这绝壁千丈,碧水涛涛的大宁河畔,我们难以想象这条链接南北的巫盐古道,是怎样千年交汇长江与黄河文明,世代融合农耕与游牧文化？在神农架以西,古称药山的大官山,草木花馨、仙气缥缈,恍若神仙下凡的人间天堂。在月冷星辉的峡谷静夜,三峰叠映出母亲子宫形天穹、北斗正对绝壁悬棺的汉风神谷,仿佛有一种生死轮回的天人感应。在耸立宁河峰巅,恍若云间飘移的云台观,更让人浮想联翩,仿佛听见屈原俯仰沧桑、叩心天问……

有文考证,《圣经》描述"伊甸园在东方"。寻找人间净土神秘乐园的西方人千年不绝,返璞归真回到童年的人文情结万年难了。巫文化的神秘灵性与人类童年的神本文化一脉相承;大巫山的神奇景观与西方神话的意象境界形神相通。《山海经》关于这片远古理想乐园的记载,与《圣经》关于伊甸园的描述,有惊人的形神之似。起源于巴楚的伏羲与女娲传说,与伊甸园亚当与夏娃造人神话,更有异曲同工之巧。难怪一位俄罗斯学者涉足此地拍案惊奇:这不就是东方伊甸园吗?

伊甸园在东方,伊甸园在巫山巫水,伊甸园在心中……

【阅读提示】

《寻找东方伊甸园》是一篇发掘与弘扬重庆厚重的文化底蕴的力作与美文。作者站在大巫山远古文化的高度,俯仰纵横,龙骨坡巫山猿人的发现,撼动了人类源于东非的推断,巫山作为东亚人的发源地令世界瞠目。巫文化涵天文地理、神话宗教、天人感应、人神同住、医药艺术等丰富的内涵,是人类从蒙昧走向文明的先知,是先觉于世界神本文化的人本精神,是我国传承5000年的文化原子和思想基因。它开启了以巴、楚、吴、越为代表的南方文明,影响了夏、商、周、秦为代表的数千年的中原文化,是中华民族文化之根脉。谁说重庆没有文化?这就是重庆站在文化源头的文化自信的第一个支点!

作者又从《山海经》中关于巫文化的灵性与源于巴楚的伏羲与女娲的传说同西方亚当与夏娃造人的神话惊人相似,说到人类的繁衍、生存、发展,借用《圣经》中"伊甸园在东方"和俄罗斯学者断言大巫山就是"东方的伊甸园"的论断,自豪地点赞:"伊甸园在东方,伊甸园在巫山巫水,伊甸园在心中……",充满对故土重庆的满腔挚爱之情!

作者以诗化的语言,澎湃的激情,深入的思辨,抒写绵绵无绝的乡情和缕缕不断的乡愁,令人深思猛省、记忆长存!

龙骨坡

王明凯

王明凯,中国作协全委会委员,重庆市文联原副主席,重庆市作家协会原党组书记。长期从事文化和文学事业管理工作。在《诗刊》、《文艺报》、《红岩》、《重庆日报》等报刊发表文学作品和文化、文学理论文章

400余篇。已出版《城市群众文化导论》、《跋涉的力度》、《蚁行的温暖》、《陈谷子烂芝麻》、《让谶言放射光芒》等多部文学作品和文艺理论专著，曾获文化部群星奖、重庆市"五个一"工程奖、重庆市和四川省哲学社科成果和文化科研成果奖多次。

在一个叫庙宇镇的地方
叩开龙骨坡的大门
我们惊奇地发现
你是一座，200万年前的山寨
两颗门齿，和带齿状的颌骨化石
是我的远祖，留在大地牙龈上的吻痕

我看见我的远祖，在洪荒的山坡
一万年一万年地行走
身体徐徐直立，手脚慢慢分开
用藤条和树叶遮住羞部
提一根木棒，围猎四只脚的野兔和獐子
用锋利的牙齿，咬断狼的喉管
森林中响起，咿咿呀呀，胜利的呼声

我的远祖，死于饥饿与寒冷
或者，与狼群的搏斗
他的骨头和牙齿，就埋在这龙骨坡上
替他活着的，是草，是树，是土地
是钻木取火，和结绳记事的子孙
204万年以后，它发出芽来
那芽，是我的父亲，和我父亲的儿子

（选自《重庆晚报》2016年5月20日）

【阅读提示】

　　诗人怀着崇敬的心情，在庙宇镇龙骨坡遗址缅怀人类的远古祖先巫山猿人，深情赞颂他们在劳动中与天与地与野兽斗争的进化精神，明确表示今天的人类正是巫山猿人204万年后的子孙。语言明晰，诗意沉郁，给人以深深的思考。

[附] 巫山猿人的发现

朱松林

1984年6月,中国科学院古脊椎动物与古人类研究所、重庆自然博物馆在四川省文化厅的协助下,组成三峡考古队,以古脊所黄万波教授为领队,首先对万县盐井沟及其他化石点进行实地考察。考古队按照常规,寻访当地村民、乡村中药医生或中药店,了解脊椎动物化石"龙骨"(中药名)的出产地。一位名叫牟之富的乡村医生,为考古队提供了新的线索——龙坪村龙洞堡西坡。黄万波先生后将其命名为"巫山龙骨坡遗址",地理坐标东经109°04′50″;北纬30°21′25″。

龙骨坡遗址系石灰岩构成的山体,它的南坡有一巨大裂隙,北侧与洞外沟谷相通,南侧伸向石灰岩内部,其中堆积大量的角砾、砾石、砂质黏土,堆积物由钙质胶结。考察队在堆积物中采集了剑齿虎、桑氏鬣狗、大灵猫、乳齿象、爪蹄兽、巨羊和大熊猫小种等已绝灭的古动物化石,初步推测这些古老的动物种群至少超过100万年,值得研究。

1985年10月4日,考古队对龙骨坡化石点进行系统发掘,终于在约30立方黏土中"淘"出一粒"真金"——一颗巨猿上臼齿。这种早已绝灭的高等灵长类化石的发现,为在龙骨坡寻找早期人类化石的可能性增加了一道筹码。10月13日,黄万波教授在发掘现场惊喜地发现一件明显经过加工和使用过的石制品,这是人类祖先文明进化的精品。下午一时许,发掘第二水平工作面"钙板"下方粉砂质黏土时,一件骨片引起了黄万波教授的兴趣,用棉花擦去骨片上的泥土,立刻出现了有人工刻画的痕迹,这又是一件难得的标本,随后又露出一件化石,由于它的表面泥土太厚,难以辨认。黄教授小心翼翼地用棉花擦去标本上的泥土,根据其形态特征,断定是人属的一块带有两颗(下第四前臼齿和下第一臼齿)牙齿的一段下颌骨。巫山能人(Homo habilis wushanensis)从此问世。10月15日和25日,在含人属化石的黏土层中又发现了两件巨猿牙齿。第一期发掘工作进行了28天,发掘任务圆满完成。

1986年秋,考古队对龙骨坡再次进行发掘。10月24日,一发掘民工在黏土中发现一件骨片化石,交给考古队员查看,将骨化石上的泥土剥去,一颗白色的、闪烁着珐琅质光泽的牙齿显露出来,鉴定为人属内上侧门齿。

龙骨坡化石点的发掘,经历了两个阶段(1985—1988年和1997—1998年),共计出土遗物包括两件人类化石(左下颌骨一段,一颗上内侧门齿)、一批石制品和120种脊椎动物,其中哺乳动物化石116种(含25个新种)。遗址绝对年代,经古地磁、ESR和氨基酸等三种方法测定,距今约240万—180万年。代表了中华大地迄今最早的人类活动遗址和最原始的文化——龙骨坡史前文化。

1995年,美国古人类学家石汉博士和黄万波教授合作的《亚洲的早期人类及其人工制品》一文,发表在国际权威科学杂志《自然》第6554期。文章指出:早在190万年前,就出现了亚洲直立人的最早祖先。巫山人的发现,其重要的意义在于为人类起源于中国、起源于长江流域提供了新的佐证。表明200万年前,中国就已出现了在长江三峡一带活动的古人类。在人类起源学说中,西方通常说法是起源于非洲,然后分散到世界各地,然而新中国成立以来的一系列考古发现,尤其是200万年前的巫山人的发现,动摇了这一学说。从800万年前的云南禄丰古猿,到400万年前的元谋古猿,170万年前的元谋人,到100万年前的陕西蓝田人;从50万年前的北京猿人,到30万年前的安徽和县猿人,这一系列发现,使中国成为世界上最有希望找到更早的古人类化石,从而进一步动摇了"人类起源于非洲"这一人类进化学说。巫山猿人的发现,不仅把中国人的进化史推进到200万年前,动摇了现有的人类进化理论,而且为在中国境内寻找更为古老(400万年—200万年前)的人类化石以及文化遗存,从而揭开人类起源之谜,提供了更为真实的科学依据。

1996年冬,龙骨坡遗址经国务院核定批准,被公布为第四批全国重点文物保护单位;1998年9月23日,在重庆市、巫山县人民政府的支持下,在巫山县庙宇镇成立了"龙骨坡巫山古人类研究所",并于新落成的研究所内召开了首次国际学术研讨会。

(选自《近代以来重庆100件大事要览》,重庆出版社2005年10月第1版)

二、大溪文化

大溪独特的文化形态

任桂园

任桂园（1945——　），重庆云阳人，重庆三峡学院教授，重庆市人文社科重点研究基地"三峡文化与社会发展研究院"学术带头人，四川省教育厅"中国盐文化研究中心"客座研究员。主要从事"长江三峡历史与文化"研究，已出版《大巫山文化》、《长江三峡地区盐业发展史研究》等著作。

举世闻名的中国大溪文化因首先发现于巫山大溪而得名，其绝对年代在公元前4400—公元前3300年。其首发遗址即位于瞿塘峡东口长江南岸的三级台地上。这一地理位置，无论时空，皆与位于大溪上游的"龙骨坡文化"遗址遥遥相望。

……

几十年来，随着考古工作的深入开展，尽管与大溪遗址同类型的文化遗址在川东、鄂西、湘北等广大地区多次发现与发掘，而且在这许多同类型的遗址中都有大溪文化的墓葬发现，诸如湖北枝江关庙山，宜都红花套，江陵毛家山，松滋桂花树，宜昌清水滩、中堡岛、白狮湾、三斗坪以及湖南澧县三元宫、安乡汤家岗和划城岗等等大溪文化遗址，然而，地处大巫山西区长江南岸三级台地上的大溪遗址中的210座墓葬却最富特色，最能集中代表大溪文化的丧葬制度和习俗。大溪遗址墓葬上下重叠，排列密集，墓坑竖穴，不见葬具，盛行单人葬。死者头向朝南。葬式分直肢和屈肢两大类，以仰身直肢葬为主，屈肢葬在其葬式中最具特色。屈肢葬有仰身屈肢、侧身屈肢和俯身屈肢三种。最普遍的则是仰身屈肢葬。葬式为两腿并拢、弯向一侧,双手交叉置于腹部,好似跪屈;有的蹲踞,下肢向上蜷曲,膝盖抵及胸侧,双手抱住臀部,显然,这种下肢弯曲甚大的屈肢葬是将死者捆绑后埋葬的。200多座墓葬密集在570平方米的范围内,无疑是一大氏族的公共墓地。从墓葬发掘情况看,一般女性墓的随葬品多于男性墓。随葬品多置于死者上半部,早期墓以随葬生产工具为主,晚期墓以随葬陶器为主。在发掘出来的众多墓坑中,唯一的一座合葬墓坑(M104)是为母子合葬;第三次发掘清理出的20座小孩墓亦多靠近女性墓而远离男性墓。墓葬的种种情况表明,巫山大溪人生活的年代在其前期尚处于母系氏族公社的全盛时期,晚期则是父系氏族公社的萌芽阶段。至于"跪屈"、"蹲踞"的屈肢葬式,则隐隐透露出远古时代巫山大溪先民回归母腹等原始宗教观念与在生之时跪坐起居的生活习俗。

从墓葬清理出的1700多件文物看,大量的是以打制石器为主的生产工具,多为打制之后加以琢磨而成,诸如石斧、石锛、石锄、石凿、石铲等,其数量之丰,令人吃惊。……在数量众多的石制生产工具中,以长条形大型石斧和磨制精细的圭形石凿最富特色,并已普遍采用对石料的切割和钻孔技术。打磨精细的石制生产工具的大量发现,充分展示出了巫山大溪先民们以农业为主的丰富多彩的生产活动图景。除石制工具外,还发现有针、锥、凿、匕、斧、纺轮等骨制工具。骨针与纺轮的发现,表明巫山大溪先民们早在5300多年前,已在用纺轮纺线,用线织布,用针缝制衣服。与此同时,在巫山大溪文化遗址中还出土了一批主要是生活用具的陶制品。这批陶器,以红陶为主,黑陶、灰陶次之,彩陶最少,绝大部分陶器为手制,多为素面,饰纹有戳印纹、刻纹等。彩陶多红底黑彩。其黑陶形制与黄河中下游龙山文化有一定的渊源关系,彩陶则与华北仰韶文化有相似之处。实用陶器的种类很多,炊具有釜、鼎,盛食器有豆、盘、碗、盆、钵、簋(guǐ,盛食物的器具,圆口,两耳)、罐,盛水器则有瓶、壶、曲腹杯和猪头形器等。此外,还有不少绘有几何图纹的实心红陶球和空心裹放泥丸的陶响球。这些陶球,很有可能是大溪先民为孩子们制作的玩具。更值得留意的是,在品种繁多的随葬品中,还发现了一批石镯、象牙镯、玉环、玉璜(半璧形的玉)、玉玦(jué,环形有缺口的佩玉)、蚌珠等装饰物件。这些装饰品,多作耳饰、项饰和臂饰之用。其中玉器出土数量尤为可观。以大溪第三次发掘为例,已清理的132座墓葬中,有28座发现玉器。尽管大溪玉器与长江下游史前玉器具有较多的相似和相同之处,但也有其独特之点,例如,将玉器边沿刻成连续锯齿状的装饰手法,则为长江下游河姆渡文化和崧泽文化玉器所无。可以说,大溪玉器的制作(如玦、璜等),虽然有可能渊源于长江下游,但并非全然依样画葫芦的仿制,其中有些体现出大溪先民的创造性加工,从而具有与长江下游史前玉器不同的特点。此外,尚发现有松绿石、海螺、蚌珠、象牙器等稀有之物。海螺、象牙、蚌珠等在大溪文化遗址地层中出现,雄辩地表明,早在5300年前的巫山地区,产品交易这种原始的商业贸易活动业已发生,随之而来的文化交流与涵化亦已在这块古老的土地上默默地进行着。

　　将边沿刻成连续锯齿状的装饰玉器,生动活泼、品种繁多的土陶制品,连同大量打磨精细的石制生产工具和骨制工具,无一不是大溪先民们精神的物化产品。它们是巫山大溪先民们智慧的闪光,意念的折射,是征服自然、追求完美之勇气与胆识的体现。这些古老的地下文物,无一不凝聚着大溪先民的思维方式和价值观念,心理特征和认知能力,以及审美情趣与生活习惯。看看它们吧,它们似乎在向人们娓娓叙说新石器时代巫山先民们顽强拼搏的生产斗争与创造实践和接洽四方的原始商业贸易与文化交流活动,以及绚丽多彩的生活情趣与美的追求。

　　更有意思的是,在大溪遗址210座墓葬中,不少墓用鱼随葬,从鱼骨所在位置看,有的把鱼尾衔在死者口中,有的把鱼放在死者身上,有的把两条大鱼分别垫在死者两臂之下。用鱼随葬的现象在中国新石器文化中实属罕见!这种用鱼随葬的丧葬方式,充分表明大溪先民尽管以农业生产为主,然而渔猎活动在他们的生产实践与生存空间中仍占据十分重要的位置。……

　　丰富多彩的大溪文化遗址正以其浑厚的内涵向世人昭示,美丽的巫山,早在新石器时代,即形成过光辉灿烂的史前文化。

　　　　　　　　(摘自《大巫山文化》,重庆大学出版社2001年8月版)

【阅读提示】

　　"跪屈"、"蹲踞"的丧葬式,大量的打磨精细的石制生产工具,骨针与纺轮,土陶制品和装饰玉器,随葬的鱼,以及海螺、象牙、蚌珠等,无不表明大溪先民回归母腹的原始宗教观、以农为主的生产图景,纺线织布缝衣、用盐腌鱼的技能,以及对美的追求和产品交易的发生。大溪以深厚的内涵向世人昭示:美丽的巫山,早在5300多年前的新石器时代,已形成过光辉灿烂的史前文化。

石之精灵，骨之魂魄
——谒即将消失的大溪文化遗址

蒙和平

蒙和平，女，重庆人，散文家。中国作家协会会员，曾出席中国作协青年作家创作会、全国青年作家代表大会、全国文联第七次代表大会。已出版散文集《相伴—河水》、《消失的三峡古镇》，长篇纪实文学《三峡之谜》等。

大溪文化遗址在瞿塘峡的东口，长江的南岸。大溪河从这里汇入长江，遗址就在两江的环抱中。长江边上，是在整个峡江里少见的沙滩，宽广平坦的沙滩上，沙子细腻极了，赤脚走在沙滩上，感觉温柔无比。沙滩呈一片月白色，凉爽的夏夜，站在大溪河对岸的大溪镇看过来，会以为沙滩就是一盘月亮。但是它的名字叫金沙滩，那是太阳照在沙滩上，沙粒折射出耀眼的光泽。由七曜山山脉中的盛家山山麓向江边河滩过渡的地带，是西高东低的坡状台地。就是在这一片条形的台地，留下了我们祖先的足迹。

这里的确是一处非常适宜人类聚居的地方。选择背靠青山，面临绿水的平缓地带居住，是人类一种聪明的选择。这种选择已经包含了对大自然的充分把握，以及对自身力量的信心。站在宽广的河滩上，仰望斜斜的坡状台地，一股崇敬之情油然而生。这种崇敬是由一种氛围产生的。在这里，一边是刀削斧劈般的瞿塘峡口，长江水日夜咆哮，浩浩荡荡，万马奔腾般地冲向东方。一面是大溪河急速地流淌，前赴后继地注入长江。江水的活力曾给祖先们带来过启示，生命的存在和追求是不能停息的。背后是丘陵直至往后绵延的巍峨大山。在这样一种背景之下，人的神经会是多么的强健，人的智慧喜悦地茁壮生长。这块地方，成了人类社会发展史上的一块奠基石。

这是一些大小不等的石斧。这十几种石斧从大到小地排列着，是一套非常精美的工艺品。大者如篮球运动员的巴掌，小的如两岁幼儿的手掌。其形状，和现代的斧头完全没有两样，磨制得非常光滑、对称、规则，而且光亮如现代经过抛光的物品。很有可能在制作完毕后又用兽皮摩擦进行了抛光,甚至比现代的斧头更精致。注目良久,万千感慨真不知从何说起。想一想吧,这些石质斧头离我们现在至少是6000年至18000年的时间了,竟和我们现在的劳动工具如此的相似。只不过我们用的是铁制的斧头。时间倒转50年,城市乡村,斧头是一种须臾不可离的劳动工具啊。我这里说的不是指现代人仍然落后,不是的,虽然我们还没丢弃原始的劳动工具,但高科技的产品、高精度的机械已经是人类生产工具的主流。人类的聪明才智,到了近现代,是一种突飞猛进的释放。我感叹的是:先人们发明创造的劳动工具,在近万年的历史长河中,竟然还能有它的一席之地。这让人想起萨特那句曾经风靡一时的名言:存在即合理。在斧这种劳动工具的身世中,我认可这句话。在以后漫长的岁月里,斧的一支系,演化成了一种战争的武器,那是另一回事了。

  然而我们想一想,这种工具能得以成千上万年的流传,是偶然的么?肯定不是。它是人类与大自然、与其他凶猛动物长期搏斗的结果,也是人类作为一个伟大物种的重要转折。石斧之所以磨成这样的形状是古人刻意地追求它砍伐和砍击的功能,是因为它的前部是双面都已经磨制得薄薄的锋利的刃,后部是能带来力量的厚重。我认为斧的刃其实是以后的刀、剑等器物的鼻祖。斧的砍伐针对的是乔木、灌木、藤蔓、竹类等;砍击的对象当然是动物,大到虎、豹,甚至有可能是犀牛、大象,小如山羊、岩兔。这两种行为的性质,决不能与现当代人们的行为相提并论。后一种是破坏性的,前者则是生存的必然,应该充分肯定古人那种英勇无比的行为,不然,地球上也许不会有人类这样一个伟大的物种存在了。

  与石斧的冷峻和厚重完全不同的,是石锛。这一群石锛也是从大到小的十几个。不过在整体上比石斧小了一些。大者如常人的巴掌,小的如婴儿的嫩手。对于我们来说,它们的面貌完全是工艺品了。石锛同样是工具,它和石斧不同的是,它的刃口是单面的,其主要功能是划、剥、切、割。外形上,锛口比石斧要圆一些,身体线条比斧柔和。最让人惊讶的是它们的色彩。

  最大的石锛是墨绿色。墨绿又称黛绿,就是形容绿得浓烈,绿得厚重。出土这些石器的遗址旁边的大溪河曾经就叫黛溪。想象得出,这条从深山里流出来的溪河曾经是怎样洋溢着原始的绿,那是群山把它染绿的。而磨制这个石锛的古人,一定是在黛溪河边清澈见底的水中捡到它的吧。他看中了它,许是他潜意识地喜欢这象征着大山的颜色,因为大山养育了他们。他认为,它既然具有大山一样的外表,用它来对付那些凶猛的兽类,剥它们的皮,肢解它们的身体,定是威力无比,异常好使的。

其次是一个土白色或者说是奶油色的锛。其实它介于这两种颜色之间,说是哪种颜色都可以。由于颜色之浅,质地的细腻感就特别突出。两者相互衬托,使得它无论如何不像是劳动的工具,怎么也不容易相信它是从几米深的土层里赤裸裸地出来的。如果它曾经用来切割肉食,就使人想到我们现在厨房里白色的瓷砖。可能人类的讲究从那时就有了,或者,正是有了这位古人的讲究,才开始了对餐饮用具的一种有品位的追求。

接下来一个石锛是土灰色。其实自然界里这种颜色很多,而且很不起眼,但是磨制成石锛,由于它的质感,竟也是鲜亮一色了。

这一个石锛最特别,它的两面竟然是不同的色彩。一面是赭红色,一面是乳白色,赭红色的一面显得富丽,乳白色的一面透出高贵,简直太漂亮了。世间竟有这样的奇石吗?这个宝贝,怕是部落首领或者她的女儿的手中之物吧。

这一个石锛的色彩透出中国传统文化的韵味:鸭蛋青的底色,上面有暗绿色的条纹,似柳枝飘摇状。这也是天然的,可见它的主人在选择材料时,是多么地追求美学效应。

接下来的石锛已经很小了,猪肝色一样深暗的红,摆在手心里,真的成了心肝宝贝了。

最小的这个石锛,是绿豆色,且形状也偏长,整个小巧秀气,就像是一粒夸张了的卡通绿豆。

看了这些石锛,内心深处的触动之深刻,久久不能平静:古人的生活质量远远超出了我们的想象。审美情趣表现得这样浓烈,劳动的热情和智慧是显而易见的,那是一种积极发挥创造性的劳动成果。我们必须重新描述古人,用文学的、艺术的、视觉的、听觉的各种形式,以弥补我们曾经的苍白。

石器带给我们的是启示,而骨器则给我们留下悬念。

这是一大把骨针、骨锥,还有骨镞。最使人感兴趣并引起强烈的认同感的,是那些骨针。骨针最长的有一尺多,与20世纪六七十年代几乎家家户户普及的毛衣针太接近了。短的也有半尺,也和那个特殊年代里随处可见的钩花边、茶巾、鞋帽的钩针极其相似。最短小的,简直就是我们用来缝铺盖的针,或者用来缝接毛衣各个部件的毛线针。这让人大吃一惊!我们太无知了!我们太不了解古人了!

这是数把大小不同的骨匕,每把骨匕通体呈米黄色,看上去就温柔了许多。骨匕的制作工艺,同样地不亚于现代技术。这些短剑或狭长的短刀,从手握的部分到刀尖剑尖,都是中间略厚,逐渐向两边弯薄,直到形成双锋双刃,锋刃的对称、均匀,使人啧啧惊叹,而中间的凹槽,就是俗话称之为血槽的,与现代通常所见更无二致。最使人兴奋的是,在它的手握部位,有一排图案,就像现代我们衣服的胸围或下摆上的花边。而那种几何形的图案现在也还在有些物品上存在着。这把骨匕上的图案,仿佛一下子缩短了我们与古人的距离。不管古人的任何工具制作得多么好,那都是囿于工具本身。这一个图案,则是在此之外的一种心境的表露。

比骨匕更有意思的,是一把骨勺。骨勺是半球形,稍为变异了一下,有点椭圆。长长的柄,柄的两边,是锯齿形的花边。这种花边不是画上去的,而是直接在柄的两边雕刻出来的。齿状不尖利,是方形的,就像城墙上的箭垛。这是一种多么奇特的装饰效果,制作它的古人,在几千年甚至接近一万年后的今天,也是不落伍的。如果现在照着这把骨勺来制造这种装饰的汤勺,也同样会是一种时髦的,而且销路很好的物品。骨勺本身就够稀奇的了,在它上面,却还有使人震惊的东西,那就是,勺上面刻有符号!再看骨匕,竟然也有符号!

骨勺上的符号很简单,只有一横。而骨匕上的符号,一个是"人"、一个是"十",它们的出现,就好像在我们头上响了一声炸雷。符号不是工具本身,它是想表达一种意思,潜在着一种交流的欲望。这种意思在器物的功能之外。它也许就是文字?或者,它只是一种记号。但是我猜测,这种记号至少是得到公认了的,大家都明白其内涵所指。如若不是这样,它就失去了任何意义,画它干什么?少了它物品还更完美。即或只是一种记号,它也应该是离文字不远了,或者说,是文字的雏形。

其实,大溪文化遗址对它的后人们,也是钟爱有加的。它在地下一躺数千年,懒得管你后世的事情。可是到了20世纪20年代觉得天地之间似乎要发生什么变化,便偶然地抬起头来晃了一下,让今人发现它的存在。又到了20世纪50年代末,它便正式露面了,人们也就知道了它的真实面貌,给它命名为"新石器时代大溪文化遗址"。新的世纪、新的千年开始了,还有那么一眨眼的时间,遗址将消失在滔滔江水之中。它在天地间存在数千年,它重新露面只有几十年。它为什么要选择在它永远地消失之前露面呢?它有太多太多的故事要告诉它的子孙后代,它想以它的经验启迪后世的人们。

遗址让我们看见的,不光有前面那些使人心潮澎湃、思绪万千的石器和骨器，而且还有许多异想天开的陶器、美艳惊人的玉器。更有一种超凡脱俗、气质高雅的装饰品贝珠，使人们看到了古人生产、生活的一种新境界。贝珠是一些非常小的用贝壳制成的圆圆的白色小珠子，外径6毫米，内径2毫米。这些贝珠有成千上万颗，装了一塑料口袋。这么多的小珠子制作得那么精细，如果说它是机械制作的吧，又没有任何根据；说它是手工制作的吧，叫人难以想象，同样不敢相信。它们自身也不可能诉说其身世，它们是被线串起一圈圈地围在主人的颈脖上的。前面那些精巧的石器会不会和这些贝珠有关，无论如何，精制的工具会生产出精美的器物的。古人啊，你们留给我们的思索太多！

　　遗址想告诉我们的事情似乎像江水一样倾吐不完，而我们所处的时代，大脑里充斥的各种信息也太多太多。然而，我们仍将永远记得大溪文化遗址，记住的是它的那些石器之精神、骨器之魂魄。

（选自《消失的三峡古镇》，重庆出版社2004年6月版）

【阅读提示】

　　作者从大小不等、制作精美的石斧、石锛中看到古之精灵，从骨器中探寻其悬念与奥妙；对骨器的把玩与玄思，让作者意会到远古先祖们表露的心境与交流的欲望，甚至推断出造字的先声。追怀远古，从先民的遗物石器和骨器中，玩味出石之精灵，骨之魂魄，体现出作者对文明史的崇拜、挚爱与责任感，也让我们读出了中华文明史的厚重与绚烂。

三、大禹：三过其门而不入

禹娶于涂山

常 璩

常璩(约291—361)，字道将，东晋蜀郡江原县(今四川崇州市)人。少好学，后曾在成汉李势时任散骑常侍，掌著作，人称"蜀史"。这给他接触大量文献资料、进行调查研究带来了方便，为完成《华阳国志》等著作创造了条件。所著《华阳国志》记述从远古到东晋穆帝永和三年(347)这一期间巴、蜀史事，是研究我国西南少数民族的重要史料，是最早以"志"为名的地方志专著，被称为"中国方志的初祖"，被中外史学界视作"中国地方志中一颗耀眼的明珠"。

五帝以来，黄帝、高阳之支庶世为侯伯。① 及禹治水，命州巴、蜀，以属梁州。禹娶于涂山②，辛壬癸甲而去③，生子启，呱呱啼，不及视，三过其门而不入室，务在救时——今江州涂山是也，帝禹之庙铭存焉。会诸侯于会稽，执玉帛者万国④，巴、蜀往焉。

(摘自《华阳国志》，刘琳校注本，巴蜀书社1984年7月版)

【注释】

①"五帝以来"二句：据《史记·五帝本纪》及《夏本纪》，黄帝正妃嫘祖生二子：一为青阳，降居江水(今岷江及其下之长江)；一为昌意，降居若水(今雅砻江)。昌意娶蜀山氏女，生颛顼，是为帝高阳。高阳生鲧，鲧生禹。因为江水、若水都在巴蜀，又传说禹生于汶川石纽，娶妻于江州(重庆)，故常璩说黄帝、高阳之支庶在巴、蜀，世为侯伯。 ②涂山：古代有几种说法：一说会稽山(今浙江绍兴)，一说在当涂(今安徽怀远)，一说在江州(今重庆)，常璩采后说。 ③辛壬癸甲而去：谓辛日娶妻，过完辛、壬、

癸三日,第四天(甲日)即离家外出治水。　④玉帛:古代诸侯会盟朝聘执以为礼物。

【阅读提示】

　　本文记述了大禹之世系,奉命治水,娶妻涂山,结婚四天(辛、壬、癸、甲)即去治水,生子不及视,三过家门而不入的事迹,表现了大禹为民公而忘私、"务在救时"的高度责任感和敬业精神。这是我国史书对大禹在重庆治水的最早记载,弥足珍贵。

涂山禹庙碑记

贾　元

　　贾元,生卒年不详,字长卿,号易岩,元代长寿(今属重庆)人。有文才,淹贯经史,以文章名世。不入仕宦,为人敬慕,清贫高雅,终于布衣。

　　《华阳志》云:渝郡涂山,禹后家也。古庙废圮,元至正壬辰①,郡守费著乃建庙②。

　　尝考娶于涂山之说,一谓在此,一谓在九江当涂。《东汉郡志》云③:"涂山,在巴郡江州。"杜预考曰:"巴国也,有涂山禹庙。"④又古《巴郡志》云:"山在县东五千二百步,岷江东圻⑤,高七里,周三十里。"郦道元《水经注》:"江州涂山有夏禹庙、涂后祠,九江当涂亦有之。"

　　杜预所谓巴国江州,乃今重庆巴县江州,非九江之江州。《汉史》、《蜀志》有稽。至今洞曰涂洞,林曰涂林,滩曰遮夫⑥,石曰启母⑦。复合《帝王世纪》、《蜀本纪》、《华阳国志》、《元和志》等书参考之,禹乃汶山郡广柔人⑧。其母有莘氏感星之异,生禹于石纽广柔。隋改广柔为汶川,石纽在茂州,域隶石泉军。所生之地方百里,夷人共管之,不敢居牧,灵异可畏。禹为蜀人,生于蜀娶于蜀,古今人情,不大相远。导江之役,往来必经,过门不顾,为可凭信。先是帝曾大父曰昌意,为黄帝次子,娶蜀山氏生帝颛顼,颛顼生鲧,鲧生帝。帝之娶于蜀,又有自来。又谓蜀涂山肇自人皇为蜀君⑨,当涂山之国,亦一征也。

　　至会诸侯于涂山,当以九江郡为是。东汉《郡志》云:"山在当涂。"杜预云:"在寿春东北。"⑩今有禹会村,柳子厚有铭,苏子有诗。且于天下稍向中,会于此宜矣。《通鉴·外纪》亦云⑪:"禹娶涂山之女生子启,南巡狩会诸侯于涂山。"如是,则娶而生子,生子而后南巡,南巡而后会诸侯。娶则在此,会则在彼,次序昭然。会稽乃致群臣之地,或崩葬之所,故曰禹穴。所谓涂山,一曰栋山,一曰防山,纷纷不一。意者,晋成帝时[12],当涂之民,彼居于此,故亦名其县曰当涂,好事者援此以为说,而实非涂山。世次绵远,地名改易烦乱,傅会不足征。况会稽、当涂,在禹时未入中国[13],禹安得娶于彼哉?

今特辩而正之。祠庙之建,得其本真,而禹后受享于诞生之地,尤不可阙尔。

(民国涪陵县续修《涪州志》卷二十《艺文志二》)

【注释】

①至正壬辰:元顺帝至正十二年(1352)。 ②费著:华阳(今成都市)人,博学多识,能诗文。任重庆府总管时,重修涂山禹庙。 ③《东汉郡志》:即《后汉书·郡国志》,南朝宋范晔著。 ④杜预(222—284):字元凯,晋京兆杜陵(今西安东)人,官镇南大将军。博学,多谋略。 ⑤东圻(qí):东岸。 ⑥遮夫:传说禹与涂山氏结婚四天便去治水,涂山氏在江边的沙滩上苦苦挽留,禹仍然走了。后来,人们把涂山氏留夫的沙滩叫遮夫滩。 ⑦启母:相传涂山氏在江边翘盼在外治水的丈夫禹归来,天长日久,便化成了朝天门对岸的那块"夫归石"。禹归来后,便对着那石大喊一声"启!"一婴儿应声而出,他就是夏朝的开国之君——启。 ⑧汶山郡:今四川北川、汶川、茂汶羌族自治县等地。 ⑨人皇:一说天皇、地皇、人皇;一说伏羲、神农、黄帝。此指黄帝。 ⑩寿春:今安徽寿县地。 ⑪《通鉴·外纪》:即《资治通鉴外纪》,十卷,宋刘恕著。 ⑫晋成帝:公元325年至342年在位。 ⑬中国:中原之国。

【阅读提示】

本文写于元顺帝至正十二年(1352),费著任重庆府总管时重修涂山禹庙,贾元为之作碑记。他在文中引经据典,大量引用史料,逐层批驳禹后祠在九江当涂之说,以确凿证据和严密推理证明:大禹庙、涂后祠当在江州(重庆)涂山。考证精详,论据充分,论证清晰,颇具说服力。

涂山禹庙

王尔鉴

王尔鉴,字熊峰,河南人,生卒年不详。雍正八年(1730)进士,初任山东济宁知州。乾隆十六年(1751)贬巴县知县。公余创修县志。乾隆十八年(1753)离任。乾隆二十一年(1756)复知巴县,续修县志。工诗书,在重庆多有题咏。

    字水城东岸①,涂山禹后家②。
    明禋合祀永③,古木依江斜。
    帘卷龙门月④,座移星汉槎⑤。
    登临想疏凿⑥,四日度三巴⑦。

【注释】

  ①字水:长江与嘉陵江蜿蜒交汇于朝天门,曲折如古篆"巴"字,故称此段长江为"字水",即如字之水。　②禹后家:指涂山上大禹之妻的庙宇涂后祠。　③禋(yīn):禋,古代祭天的祭名,泛指祭祀。明禋,公开的祭祀活动。　④龙门月:龙门浩月,为巴渝十二景之一。王尔鉴《小记》:"浩在太平门大江对岸禹庙前。水中二巨石,各大书楷行'龙门'二字,皆宋绍兴中刻。石断处可容艇子出入,曰龙门。右有大碛曰黄鱼岭,江水西南来,必扫碛澳徐折而出,水脉横涌江心,回旋圆转,其形如月。浩即港,巴人谓小港为浩也。"可见"龙门浩月"指龙门小港之处水流圆转如月,而非天上之月。　⑤星汉槎:星汉,银河。槎(chá),木筏。此句写涂山禹庙位置之高,可接银河。　⑥想疏凿:登上禹庙之高处,就想到大禹治水之事。　⑦四日度三巴:三巴,东汉末益州牧刘璋分巴郡为永宁、固陵、巴三郡,后改为巴、巴东、巴西三郡,称三巴。泛指今嘉陵江、綦江流域的大部分地区。此句写大禹结婚四日,即出门在巴郡大地治水。

【阅读提示】

  此诗写出了涂山禹庙之山川胜景,以及人们对大禹的永久祭祀,赞颂了大禹新婚四日即出门治水的公而忘私、一心为民的崇高精神。

第二编
巴渝时空,群星璀璨

　　巴渝时空,悠远辽阔。早在三千多年前,巴氏子务相掷剑中穴,尊为廪君,射盐神,君夷城,入清江,转郁水,进乌江,达枳城(今涪陵),建巴国,都江州(今重庆)。助武王伐纣,封姬姓族人于巴。巴地辽阔,辖今川东、川南、陕南、鄂西、湘西北、黔北等地。巴族强盛,《左传·桓公九年》载:"巴子使韩服告于楚,请与邓为好。"西晋杜预注:"巴国,在巴郡江州县。"即今重庆渝中区下半城。桓公,鲁桓公,在位时为公元前711—公元前694年,桓公九年为公元前703年。即3000多年前巴人就是一个强大的民族,2700多年前就建都江州,重庆就是一国之都的政治、经济、军事、文化之中心城市。可见,巴是古代华夏之邦的大国之一。

　　巴渝属地,人杰地灵,英才辈出,群星璀璨。巴蔓子刎颈护国,忠义千古;巴寡妇清疏财济困,卫国保家;春申君惠政于民,为国解危;大足石刻荣登世界级文化遗产;两宋"状元"冯时行、蒲国宝爱乡爱国;余玠、王坚、张珏鏖战钓鱼城,延续宋王朝三十多年;明玉珍建立农民政权大夏国;巾帼英雄秦良玉固守石柱,至死不降清;余栋臣在大足率先吹响反洋教的号角……正是他们舍身为国、守土安邦的壮举铸就了重庆的辉煌,谱续了重庆人的精魂,构成了中华民族的脊梁!

一、巴国寻踪

巴人的传说

李世平

李世平(1957—),四川资阳人,西南大学历史文化与旅游学院教授,参编出版《中国古代战争战役大辞典》、《中外文化俯瞰》、《巴渝历史沿革》等著作。

关于巴人的传说,最早的当是《山海经》了。

《山海经·海内经》:"西南有巴国。太皞生咸鸟,咸鸟生乘厘,乘厘生后照,后照是始为巴人。"

这里所说,巴人为太皞苗裔,太皞为传说时代东方部落的首领。宋人罗泌《路史·后记》卷一则说:"伏羲生咸鸟,咸鸟生乘厘,是司水土,生后炤,后炤生顾相,(降)处于巴。"这里巴人又源自伏羲。关于太皞和伏羲,绝大多数学者认为同为一人。……

根据《海内经》的记载,我们得到这样一个巴人先世的世系:

伏羲—咸鸟—乘厘—后照(巴人始祖)。

就巴人先祖世系而言,均处于原始社会末期,亦即传说时代。当中华大地进入阶级社会之时,主要居住在今重庆境内的巴人也已经有了自己的文明。……

巴人与中原同步进入阶级社会还可从《华阳国志·巴志》中看出来:"人皇始出,继地皇之后。兄弟九人,分理九州为九囿,人皇居中州,制八辅。华阳之壤,梁岷之域,是其一囿,囿中之国,则巴蜀矣。……其君上世未闻。五帝以来,黄帝、高阳之支庶,世为侯伯。"这里所说世为侯伯,反映出巴人的阶级分化,亦说明其已经进入阶级社会。由此,我们可以说,巴人虽僻处西南,但由于自身的发展,进入阶级社会的时间是较早的。

传说时代的巴人,主要活动于今三峡地区,其发祥地也应当与此有关。《后汉书·南蛮西南夷列传》载:"巴郡南郡蛮,本有五姓:巴氏、樊氏、瞫氏、相氏、郑氏,皆出于武落钟离山。……未有君长,俱事鬼神。……因共立之(巴氏之子),是为廪君。"

这里的武落钟离山就是传说中巴人最早的居住地。学者们普遍认为在今湖北长阳境内。……

至于廪君所处的时代,则当为原始社会末期的部落联盟时代。巴氏、樊氏、瞫氏、相氏、郑氏为巴人部落的五个氏族。后统称巴人是因为巴氏族的首领担任了部落联盟首领,估计廪君时代的巴人还是以渔猎经济为主的。但随着在盐水流域的定居,巴人的社会有迅速的发展,巴人亦随之迁徙散于四方。根据文献的记载,我们可知春秋战国时期巴人北至陕西南部的汉中,东到汉水流域的中上游(今湖北西北的房县一带),南有清江上游一带,西至四川盆地。南北东西,纵横千里,真正是地域广大,幅员辽阔。但巴人活动的中心区域却在今天的重庆市境内(全境)及四川省的嘉陵江流域广大地区。

根据《后汉书·南蛮西南夷列传》的记载,巴人是以白虎为图腾的部落。但这说的是以廪君为氏族首领的广义巴人中的"巴氏",也就是巴人中典型的一支。学者以"白虎之巴"称之。白虎之巴到汉代已散布在嘉陵江流域,称板楯蛮。《华阳国志·巴志》载:"板楯七姓以射白虎为业,立功先汉,本为义民,复除徭役,但出賨钱,口岁四十。其人勇敢能战。"巴人的勇敢善战至汉代已经非常著名。这里所说的"立功先汉",即是说刘邦为汉中王时,曾招募巴人军队,而巴人军队在楚汉战争中又屡立战功。因此汉王朝建立后,免除了他们的徭役,只征收每人每年四十钱的口赋,称为賨钱。因纳賨钱,故他们在文献中又有"賨人"之称。……

巴人是重庆地区早期的具有较强扩张性的部族,由于其较强的扩张性,故巴人在三峡地区进入阶级社会后,迅速地溯长江而上,至今重庆市区长江、嘉陵江两江汇合处再分道溯流而上,一支沿嘉陵江北上,一支沿长江西进。北上的一支后来征服了整个嘉陵江流域,并翻过大巴山,进入汉水流域,大巴山的得名应该是与巴人有关的。西进的一支进入成都平原,与蜀地早期文明发生了一定的关系。

……

"巴"在早期只是清江流域"夷人"的一个氏族,由于较早进入阶级社会,并取得了部落首领的地位,故又成为部落名称,随着迁徙和扩张,后来逐渐成为部落联盟的名称、国家的名称、地域的名称。

(节自《巴渝历史沿革》,重庆出版社2004年1月版)

【阅读提示】

　　本文从《山海经·海内经》的记载中,厘清了巴人传说的世系,即伏羲—咸鸟—乘厘—后照(巴人始祖),后再到廪君。再经清江上游一带进入四川境内(今三峡地区),其活动的中心区域在今重庆市全境及嘉陵江流域广大地区。梳理清晰,一目了然。

巴氏子务相

范　晔

　　范晔(398—445),字蔚宗,南朝宋顺阳(今河南淅川县)人。《宋书》本传说他"博涉经史,善为文章,能隶书,晓音律"。曾任尚书吏部郎。元嘉初年,降职为宣城太守。他广集学徒,参阅各家著作,撰成《后汉书》。

　　今本《后汉书》共一百二十卷,其中帝纪和列传部分系范晔所著。志的部分为后人所补。

　　巴郡南郡蛮,本有五姓:巴氏、樊氏、瞫氏、相氏、郑氏。皆出于武落钟离山①。其山有赤黑二穴,巴氏之子生于赤穴,四姓之子皆生黑穴。未有君长,俱事鬼神,乃共掷剑于石穴,约能中者,奉以为君。②巴氏子务相乃独中之,众皆叹。又令各乘土船,约能浮者,当以为君。余姓悉沉③,惟务相独浮。因共立之,是为廪君。乃乘土船,从夷水至盐阳。④盐水有神女,谓廪君曰:"此地广大,鱼盐所出,愿留共君。"⑤廪君不许。盐神暮辄来取宿⑥,旦即化为虫,与诸虫群飞,掩蔽日光,天地晦暝。⑦积十余日,廪君伺其便,因射杀之,天乃开明。廪君于是君乎夷城⑧,四姓皆臣之。

(摘自《后汉书·南蛮西南夷列传》)

【注释】

　　①武落钟离山:位于今湖北省长阳县境,地处鄂西山区。《太平寰宇记》卷一百四十七记《长阳县》:"武落山,一名难留山,在县西北七十八里,本廪君所出处也。"

②石穴:石洞。《水经注》卷三十七记《佷山县》(故城在今长阳县西八十里):"附近有石穴,相传即廪君掷剑处。" ③悉沉:全部沉入水中。 ④夷水:清江。《水经注》卷三十七解释说:"夷水,即佷山清江也。水色清照十丈,分沙石。蜀人见其澄清,因名清江也。昔廪君浮土舟于夷水,据捍关而王巴。" 盐阳:盐水县。晋代曾置盐水县,至唐始废,故城在今恩施以东四十里。 ⑤共君:与君同宿。喻两个部落联合。 ⑥暮辄来取宿:晚上就来投宿。 ⑦天地晦暝:天昏地暗。此句以神话传说的形式,写廪君部族与盐神部落的激战。 ⑧夷城:夷水之城。夷城即盐阳,即今之恩施。

【阅读提示】

　　《后汉书》此段摘自《世本》。《世本》,战国时史官所撰,记黄帝至春秋时诸侯大夫的氏姓、世系、居(都邑)、作(制作)等。原书约在宋代散佚。清代有诸家辑本。1957年商务印书馆合印《世本八种》。

　　巴氏子务相被尊为廪君的过程,反映了巴人最初的起源、风俗习惯,以及原始社会后期巴郡五个氏族集团的贵族争夺酋长职位的斗争。廪君与盐水女神的交往,虽有神话色彩,却意味着先进的社会制度战胜落后的社会制度。廪君占据夷城之后,以此为中心发展繁衍,后向鄂西、渝东扩展,直至定都江州(重庆),建立巴国。重庆与巴人的关系,寻踪溯源,脉络清晰。

巴人参加武王伐纣

常　璩

　　常璩,见《禹娶于涂山》介绍。

　　周武王伐纣,实得巴蜀之师,著乎《尚书》①。巴师勇锐,歌舞以凌殷人,前徒倒戈。②故世称之曰:"武王伐纣,前歌后舞"也。武王既克殷,以其宗姬封于巴,爵之以子。③——古者远国虽大,爵不过子,故吴、楚及巴皆曰子。

（摘自常璩撰《华阳国志》,刘琳校注本,巴蜀书社1984年7月版）

【注释】

　　①尚书:亦称《书》、《书经》,儒家经典之一。它是中国上古历史文件和部分追述古代事迹著作的汇编。《尚书·牧誓》载随武王伐纣的有庸、蜀、羌、髳、微、卢、彭、濮等八个西南部族,未言有巴。但据童恩正在《古代的巴蜀》一书中考证:"彭可能是巴

人的一支,也可能是巴人的代称。" ②勇锐:勇猛。 凌:逼近。 殷人:殷纣王之士兵。 前徒:前面的人,即前锋、前阵。 倒戈:投降,反过来打自己人。 ③克殷:平定了殷。 宗姬:姬姓宗族。 爵:爵位,等级。 子:爵位。周代有公、侯、伯、子、男等爵。《春秋》对于边远大国,如吴、楚等均称之为"子"或"男"。巴国能封子爵,可见已是当时之大国。

【阅读提示】

巴族参加周武王伐纣的战争,"巴师勇锐,歌舞以凌殷人",讨伐了殷纣的无道。克殷之后,武王又封宗姬于巴,使巴与周王朝保持贡纳关系,加速了巴与中原文化的融合,促进了巴的经济、社会的发展。

二、舍身卫国

巴 蔓 子

常 璩

常璩,见《禹娶于涂山》介绍。

周之季世①,巴国有乱,将军有蔓子请师于楚,许以三城。②楚王救巴。巴国既宁,楚使请城。③蔓子曰:"藉楚之灵,克弭祸难。④诚许楚王城,将吾头往谢之,城不可得也!"乃自刎,以头授楚使。王叹曰:"使吾得臣若巴蔓子,用城何为!"乃以上卿礼葬其头⑤;巴国葬其身,亦以上卿礼。

(摘自常璩《华阳国志》,刘琳校注本,巴蜀书社1984年7月版)

【注释】

①季世:末世。 ②请师于楚:向楚国请兵援助。师,军队。 许以三城:许诺以三城来报答楚国。 ③宁:安宁、平定。 请城:要求巴国兑现给三城的许诺。 ④藉:依靠。 灵:力量。 克弭:平定、消除。弭(mǐ),平息。 ⑤上卿:战国时高级长官的爵位。

【阅读提示】

这是我国史书中对巴蔓子"刎头护城"的最早记载。作者常璩(约291—361)是东晋时著名的方志学家,说明在一千六百多年前就有巴蔓子的传说了。应该说这是古代江州(重庆)的一段史话,也是一曲充满爱国主义精神的英雄壮歌。有人说,巴蔓子以头谢强楚,精神可嘉,但不讲诚信,不足取。果真如此吗?否!巴蔓子对楚使说得很清楚:"诚许楚王城,将吾头往谢之,城不可得也!"可见巴蔓子以头谢楚,就是实践自己的诺言。因此,他是一位既爱国又讲诚信的大丈夫,故千百年来受到人们的敬仰和称颂。

巴蔓子墓

王尔鉴

王尔鉴,见《涂山禹庙》介绍。

穹窿哉,蔓子墓,渝城巅,石封固①。
多少王侯将相陵寝穴樵儿②,独此屹立两江虹势迥盘护③。
头断头不断,万古须眉宛然见④。城许城还存,年年春草青墓门。
君不见背弱主,降强主,断主之头献其土。又不见明奉君,暗通邻,求和割地荣其身⑤。惜哉不识蔓子坟!

(选自《重庆题咏录》,重庆出版社 1997 年 12 月版)

【注释】

①穹窿:物体中高而四周低者,此指巴蔓子墓的形状。 渝城巅:墓的位置在重庆城的最高处。 ②穴:筑穴,此指居住。 樵儿:打柴的人。 ③虹势:如长虹一般。 迥:远。 盘护:盘旋、护卫。 ④须眉:胡须与眉毛。古代认为男子之美在胡须与眉毛,因以须眉指男子。此指巴蔓子的英雄气概。 ⑤荣其身:自己获得荣华富贵。

【阅读提示】

诗人将巴蔓子墓与王侯将相的陵寝进行对比:一是"渝城巅"、"石封固",春草繁茂"青墓门",长江和嘉陵江像长虹一般远远地盘旋护卫着;一是"陵寝穴樵儿",成了打柴的和乞丐的栖息地。这是因为:蔓子"头断头不断"、"城许城还存",受到人们的敬仰;而那些王侯将相们有的"背弱主,降强主,断主之头献其土",有的"明奉君,暗通邻,求和割地荣其身",受到人们的唾弃。鲜明的对比,盛赞了巴蔓子以身殉国的爱国精神,谴责了那些叛国投敌和卖主求荣的卑鄙小人。借古讽今,鞭笞有力。

三、巴人歌诗

对楚王问

宋 玉

宋玉，生卒年不详，战国时楚国辞赋家，曾为楚顷襄王小臣，屈原弟子。后人除确认"九辩"为其所作外，其余诸篇疑为伪作。

楚襄王问于宋玉，曰："先生其有遗行与①？何士民众庶不誉之甚也②？"

宋玉对曰："唯，然，有之，愿大王宽其罪，使得毕其辞。③客有歌于郢中者，其始曰《下里》、《巴人》，国中属而和者数千人；④其为《阳阿》、《薤露》，国中属而和者数百人；⑤其为《阳春》、《白雪》，国中属而和者，不过数十人；⑥引商刻羽，杂以流徵，国中属而和者，不过数人而已。⑦是其曲弥高，其和弥寡，故鸟有凤而鱼有鲲。⑧凤凰上击九千里，绝云霓，负苍天，翱翔乎杳冥之上；⑨夫蕃篱之鷃，岂能与之料天地之高哉？⑩鲲鱼朝发昆仑之墟，暴鬐于碣石，暮宿于孟诸；⑪夫尺泽之鲵，岂能与之量江海之大哉？⑫故非独鸟有凤而鱼有鲲，士亦有之。夫圣人瑰意琦行，超然独处，夫世俗之民，又安知臣之所为哉？"⑬

（选自《孙批·文选》卷四，大达图书供应社刊行，1935年版）

【注释】

①遗行：可遗弃之行为，即今之所谓隐私、绯闻之行。 ②士民众庶：众多读书人和老百姓。 不誉：不好的名誉。 甚：很、厉害。 ③唯：表示答应之语助词。 然：是的。 宽其罪：宽恕那些说我有遗行人之罪。 毕其辞：让我说完我的意思。 ④郢：春秋战国时楚国都城，在今湖北江陵西北。 《下里》、《巴人》：古代楚国民间

歌曲,为当时流俗音乐。　⑤《阳阿》、《薤露》:楚古歌曲名。《阳阿》亦作《扬荷》,《楚辞·招魂》:"涉江彩菱,发扬荷些。"这是一种合唱曲。　《薤(xiè)露》:春秋战国时齐国东部之歌谣,挽歌,出殡时由挽柩人所唱,流行地广。　⑥《阳春》:与《白雪》连称为《阳春白雪》,古代楚歌曲名,为当时高雅之音乐。　⑦商、羽、徵:均为五音之一。中国古时五音亦称五声,为宫、商、角、徵、羽五个音级。此句意为:弹奏商、羽之曲,再结合流畅的徵曲,构成更高雅的奏鸣曲。　⑧弥(mí):满、很、更加之意。　鲲:古代传说中的一种大鱼。　⑨绝:极端、最高峰、绝对高度。　杳冥:深远,不见踪影。　⑩鷃(yàn):古籍中之鸟名,即鹌,一种小鸟。　⑪壖:山下之基堤。　暴鬐(qí):鬐,本指马鬃,此指鲲鱼之鳍。暴鬐,在阳光下晒鳍。　碣石:海畔之山,在河北昌黎北。　孟诸:古泽薮名,在今河南商丘东北、虞城西北。　⑫鲵(ní):两栖类动物,亦称娃娃鱼。　量:丈量、估量。　⑬瑰意:瑰,美石。瑰意,美意。　琦(qí):本指美玉,此指卓异、美好。

【阅读提示】

宋玉不直接回答楚王之问,而采用比喻手法,先以流行歌曲与高雅歌曲之比,说明"其曲弥高,其和弥寡";再以凤与鷃、鲲与鲵之比,说明鷃与鲵不能同凤与鲲论天地之高、江海之大,再次说明:他具有圣人一样的"瑰意琦行",超然独处,为世俗之民所不理解,故对他有"遗行"之说。不过,他在用歌曲作比时,客观上带出了早在战国时期,巴人歌谣(《下里》、《巴人》)已遍布巴山楚水,纵贯东西,影响极为广大和深远。巴人早期文化之发达,此文是极可宝贵的佐证。

巴人歌谣(六首)

常　璩

常璩,见《禹娶于涂山》介绍。

(一)

川崖惟平,其稼多黍。①
旨酒嘉谷,可以养父。②
野惟阜丘,彼稷多有。③
嘉谷旨酒,可以养母。

（二）

惟月孟春，獭祭彼崖。④
永言孝思，享祀孔嘉。⑤
彼黍既洁，彼牺惟泽。⑥
蒸命良辰，祖考来格。⑦

（三）

日月明明，亦惟其夕。
谁能长生，不朽难获。

（四）

惟德实宝，富贵何常。
我思古人，令问令望。⑧

（五）

习习晨风动，澍雨润禾苗。⑨
我后恤时务，我民以优饶。⑩
望远忽不见，惆怅尝徘徊。
恩泽实难忘，悠悠心永怀。

（六）

狗吠何喧喧，有吏来在门。
披衣出门应，府记欲得钱。⑪
语穷乞请期，吏怒反见尤。⑫
旋步顾家中，家中无可与。⑬
思往从邻贷，邻人已言匮。⑭
钱钱何难得，令我独憔悴。

（选自常璩《华阳国志》，刘琳校注本，巴蜀书社 1984 年 7 月第 1 版）

【注释】

①川崖：江边。　惟平：平坦之地。　②旨酒：美酒。　嘉谷：好粮食。　③阜丘：高耸之地（丘陵）。　稷(jì)：泛指五谷食粮。　④獭祭：用水獭、鱼来祭祀。　⑤孔嘉：孔，深、甚之意。孔嘉，极度虔诚。　⑥泽：光润、肥壮。　⑦蒸命：蒸，祭祀名。《尔雅·释天》："冬祭曰蒸。"蒸命，按习俗进行祭祀。　来格：格，语助词。来格，来啊。　⑧令：美好。　问：名誉。　望：声望。　⑨澍雨：及时雨。　⑩我后：指太守。　恤：忧念。　时务：各季节的农事。　优饶：富饶，即丰衣足食。　⑪府记：官府宣

示命令的文书。　　⑫尤:更加,责怪。　　⑬无可与:没有可给的。　　⑭匮:匮乏,没有。

【阅读提示】

　　常璩在《华阳国志》采集巴人歌谣12首,这里选6首。第一首歌有三层含义:在江边和较为平坦之地多种黍,阜丘之野(丘陵)多种粟和高粱,表明巴人农耕技术已较发达;开始了用黍、高粱、小米酿酒的酿造业;酿造的嘉酒用来孝敬父母,表现了巴人质直好义、民风敦厚。

　　第二首为巴人祭祀之诗。其意为:孟春时节,巴人在山崖水边举行隆重的祭祀活动,以纪念祖先。祭品既有黍食品,又有肥壮的肉食品。良辰吉日进献祭品,迎接祖先来享用。表现了巴人祖先崇拜的礼仪文明。

　　第三首意为:日月那样光明,尚且有黑暗的夜晚;人们比不上日月,谁又能长生不老?

　　第四首意为:只有品德高尚才是宝贵的,宝贵岂能常在?我想古人的名誉和声望那样美好,道理就在这里。三、四两首诗表现了巴人好古乐道、淳厚好德之风,以及强调道德修养的生命意识和人生价值观。

　　第五首是对爱民良吏的赞美。东汉时,泰山吴资(元约)在汉顺帝永建年间(约129年)为巴郡守,由于他爱民、珍惜农时,使老百姓丰衣足食,所以,巴人为之颂歌,把这位良吏喻为"澍雨"(及时雨)。

　　第六首是对酷吏的谴责。东汉桓帝(147—167)时,河南李盛为郡守,贪财重赋,贪婪勒索,把百姓逼得财匮钱尽。巴人作诗进行深刻的揭露和鞭笞。

　　以上六首诗从不同侧面表现了巴人质直乐道、爱憎分明的思想情感。

四、先秦外交与实业家

春申君说秦昭王结盟

司马迁

司马迁(约前145—前90),西汉史学家、文学家和思想家。字子长,夏阳(今陕西韩城南)人。早年游踪遍及南北。元封三年(前108)继父职,任太史令,得读史馆所藏图书。后因替被匈奴俘虏的李陵辩解,得罪下狱,受腐刑。出狱后任中书令,发愤完成《史记》。这是我国最早的通史,开创了纪传体史书的形式,对后世史学和文学有深远影响。

春申君者,楚人也,名歇,姓黄氏。游学博闻,事楚顷襄王。顷襄王以歇为辩,使于秦。秦昭王使白起攻韩、魏,败之于华阳,①禽魏将芒卯,韩、魏服而事秦。秦昭王方令白起与韩、魏共伐楚,未行,而楚使黄歇适至于秦,闻秦之计。当是之时,秦已前使白起攻楚,取巫、黔中之郡,拔鄢、郢,东至竟陵。②楚顷襄王东徙治于陈县③。

黄歇见楚怀王之为秦所诱而入朝,遂见欺,留死于秦。顷襄王,其子也,秦轻之。恐一举兵而灭楚,歇乃上书说秦昭王曰:"天下莫强于秦、楚,今闻大王欲伐楚,此犹两虎相与斗。两虎相与斗,而驽犬受其弊,④不如善楚。臣请言其说,臣闻物至则反,冬夏是也⑤。致至则危,累棋是也。今大国之地,遍天下有其二垂⑥。此从生民以来,万乘之地未尝有也。先帝文王、庄王之身,三世不忘接地于齐,以绝从亲之要⑦。今王使盛桥守事于韩,盛桥以其地入秦,是王不用甲不信威,而得百里之地,王可谓能矣!王又举甲而攻魏,杜大梁之门,举河内,拔燕、酸枣、虚、桃,入邢。⑧魏之兵,云翔而不敢救。王之功亦多矣!王休甲息众,二年而后复之,又并蒲、衍、首垣,以临仁、平丘。⑨黄、济阳婴城⑩,而魏氏服。王又割濮磨之北⑪,注齐、秦之要,绝楚、赵之脊。天下五合六聚而不敢救,王之威亦单矣!

"王若能持功守威,绌攻取之心,而肥仁义之地,使无后患,三王不足四,五伯不足六也!王若负人徒之众,仗兵革之强,乘毁魏之威,而欲以力臣天下之主,臣恐其有后患也!《诗》曰:'靡不有初,鲜克有终。'《易》曰:'狐涉水,濡其尾。'⑫此言始之易,终之难也。何以知其然也?昔智氏见伐赵之利,而不知榆次之祸;吴见伐齐之便,而不知干隧之败。⑬此二国者,非无大功也,没利于前,而易患于后也!吴之信越也,从而伐齐,既胜齐人于艾陵,还为越王禽三渚之浦;智氏之信韩、魏也,从而伐赵,攻晋阳城,胜有日矣,韩、魏叛之,杀智伯瑶于凿台之下。⑭

"今王妒楚之不毁也,而忘毁楚之强韩、魏也,臣为王虑而不取也。《诗》曰:'大武远宅而不涉⑮。'从此观之,楚国,援也;邻国,敌也。《诗》云:'趯趯毚兔,遇犬获之。⑯他人有心,余忖度之。'今王中道而信韩、魏之善王也,此正吴之信越也。臣闻之,'敌不可假,时不可失'。臣恐韩、魏卑辞除患,而实欲欺大国也⑰!何则?王无重世之德于韩、魏,而有累世之怨焉!夫韩、魏父子兄弟接踵而死于秦者,将十世矣。本国残,社稷坏,宗庙毁,刳腹绝肠,折颈摺颐⑱,首身分离,暴骸骨于草泽,头颅僵仆,相望于境。父子老弱系脰束手为群虏者⑲,相及于路,鬼神孤伤,无所血食。人民不聊生,族类离散流亡为仆妾者,盈满海内矣!故韩、魏之不亡,秦社稷之忧也。今王资之与攻楚,不亦过乎?且王攻楚,将恶出兵?王将借路于仇雠之韩、魏乎?兵出之日,而王将忧其不返也!是王以兵资于仇雠之韩、魏也;王若不借路于仇雠之韩、魏,必攻随水右壤。随水右壤,此皆广川大水,山林溪谷,不食之地也⑳。王虽有之,不为得地,是王有毁楚之名,而无得地之实也。且王攻楚之日,四国必悉起兵以应王㉑。秦、楚之兵构而不离,魏氏将出而攻留、方与、铚、湖陵、砀、萧、相㉒,故宋必尽。齐人南面攻楚,泗上必举㉓。此皆平原四达膏腴之地,而使独攻。王破楚以肥韩、魏于中国而劲齐。韩、魏之强,足以校于秦。齐南以泗水为境㉔,东负海,北倚河,而无后患。天下之国,莫强于齐、魏。齐、魏得地葆利,而佯事下吏。一年之后,为帝未能,其于禁王之为帝有余矣㉕!夫以王壤土之博,人徒之众,兵革之强,一举事而树怨于楚,迟令韩、魏归帝,重于齐,是王失计也!

"臣为王虑,莫若善楚,秦、楚合而为一以临韩,韩必敛手。王施以东山之险,带以曲河之利,韩必为关内之侯;若是,而王以十万戍郑,梁氏寒心,许、鄢陵婴城,而上蔡、召陵不往来也。㉖如此,而魏亦关内侯矣。王一善楚而关内两万乘之主,注地于齐,齐右壤可拱手而取也㉗。王之地,一经两海,要约天下,是燕、赵无齐、楚,齐、楚无燕、赵也。然后危动燕、赵,直摇齐、楚。此四国者,不待痛而服矣。"

昭王曰:"善!"于是乃止白起而谢韩、魏,发使赂楚约为与国。

(节自《史记·春申君列传》)

【注释】

①白起:战国时秦国名将,郿(今陕西眉县)人。秦昭王时,从左庶长官至大良造。屡战获胜,夺得韩、魏、赵、楚的很多土地。秦昭王二十九年(前278),攻克楚都郢,因功封武安君。长平之战大胜赵军,坑杀俘虏四十多万人。后为相国范雎所妒忌,两人不和,被逼自杀。 华阳:地名,战国时魏地。在今陕西南郑县。 ②巫:地名,战国时楚国郡名,在今重庆市巫山县境内。 黔中:战国时楚地,故城在今湖南沅陵县西。 鄢:战国时楚国地名,在今湖北宜城县。 郢:战国时楚国都城,在今湖北江陵东北。 竟陵:战国时楚地,故城在今湖北天门西北。 ③陈县:地名,即今河南淮阳。 ④两虎相与斗,而驽犬受其弊:指秦楚两国相争犹如两虎相斗,这样一来,无用的狗(指韩、魏、燕、齐)就有机可乘。 ⑤冬夏:本指时令变化的往返,冬去夏来。这里用以比喻任何事物发展变化到极端,就会向相反的方向转化。 ⑥遍天下有其二垂:天下有两极(极东极西)。 ⑦以绝从亲之要:"要"即腰。意为断绝了燕楚相通的中腰(中间通道)。 ⑧大梁:战国时魏郡,即今河南开封县。 河内:地名,在今河南境内。 燕、酸枣、虚、桃:几处地名。燕,即南燕,故城在今河南延津东北。酸枣,故城在今河南延津北。虚,即殷墟,故城在今河南安阳北。桃,即桃城,在今河南延津北。 邢:即今河南温县平皋故城。 ⑨蒲、衍、首垣:几处地名。蒲,即故蒲城,在今河南长垣县境内。衍,即故衍城,在今河南新郑县北。首垣,故城在今河南长垣县东北。 仁、平丘:两地名。仁,即古任县,今山东济宁。平丘,故城在今河南长垣县西南。 ⑩黄、济阳:黄,即小黄,古邑名,故址在今河南开封东北,战国魏邑。济阳,古邑名,故址在今河南开封市东。 婴城:即防守。 ⑪濮磨之北:泛指今山东聊城市、河北大名县等地。 ⑫狐涉水,濡其尾:狐狸爱惜它的尾巴,每当涉水时,就将其尾翘起以免被水沾湿,然而尾巴最终还是被水浸湿。比喻做事情时,往往是能善始而不能善终。 ⑬榆次:古地名,在今山西榆次市。 干隧:地名,即今江苏吴县西北万安山。 ⑭艾陵:即艾陵亭,在今山东莱芜东北。 三渚之浦:三渚,指娄江、松江、东江三江。浦,即水边。 凿台:地名,在今山西榆次县南。 ⑮大武远宅而不涉:大武,即大军或大部队。远宅,驻地离攻击目标可以较远。不涉,即驻地与攻击目标之间不能隔着江河。 ⑯趯趯毚兔,遇犬获之:趯趯,跳来跳去。毚兔,狡猾之兔。遇犬获之,碰到猎狗被捉。 ⑰大国:指秦国。 ⑱摺颐:摺,即断。颐,即面颊。

⑲胂：颈项。　⑳不食之地：不产粮食的土地。　㉑四国：指韩、魏、燕、赵。　㉒留、方与、铚、湖陵、砀、萧、相：均为地名。留，古宋邑，故城在今江苏沛县东南；方与，古宋邑，故城在今山东鱼台县北；铚，古邑名，故城在今江苏丰县境内；湖陵，古宋邑，故城在今江苏沛县北；砀，古宋邑，即今安徽砀山县；萧，古萧国，故城在今安徽萧县东北；相，古宋邑，故城在今安徽宿县西北。　㉓泗上：楚邑。今安徽泗县。　㉔泗水：河名。在山东，源出泗水县的陪尾山。　㉕其于禁王之为帝有余：其，指齐国。意为一年之后，齐虽不能为帝，但他禁止(阻挡)你为帝(称霸)的力量是有余的。　㉖许、鄢陵：两处地名。许故城在今河南许昌县东；鄢陵故城在今河南鄢陵县东南。　上蔡：地名。故城在今河南上蔡县西南。　召陵：地名，故城在今河南郾师县东。　㉗齐右壤：地名，指古邑平陆，平陆故城在今山东汶上县北。

【阅读提示】

春申君（？—前238），黄歇，战国晚期楚国巫郡万顷池（今重庆市巫溪县红池坝）人，多才善辩，为楚左徒。楚顷襄王二十六年（前273），恐秦入侵，黄歇奉命出使秦国。此时，秦已击败韩、魏，正拟与韩、魏联合伐楚。秦将白起已攻楚，占领了楚之巫、黔中、鄢、郢、竟陵等地，迫使楚顷襄王迁都于陈县。面对严峻的形势，黄歇上书秦昭王，阐明灭楚不如善楚。本文就是黄歇对秦昭王的一番说辞，重在分析善楚之理。（一）天下莫强于秦、楚，两虎相斗，驽犬乘机得利；（二）秦王如恃武力称霸天下，定有后患；（三）灭楚不可取。因为灭楚必强韩、魏，莫若秦、楚合一以临韩，臣服魏、燕、赵，直摇齐、楚。这样，燕、赵、齐、楚就会臣服于秦。秦昭王听了黄歇的游说，不断称"好"。于是，秦、楚结盟。黄歇不费一兵一卒，仅以犀利的言辞从正面、侧面，从政治、军事，多角度地摆事实、讲道理，以透辟的分析解了楚国之危，充分表现了黄歇作为外交家的论辩才能。

用财自卫的巴寡妇清

司马迁

司马迁，见《春申君说秦昭王结盟》介绍。

巴寡妇清，其先得丹穴，而擅其利数世，家亦不訾。①清，寡妇也，能守其业，用财自卫，不见侵犯。②秦皇帝以为贞妇而客之，为筑女怀清台。③

（摘自《史记·货殖列传》）

【注释】

①巴寡妇清:巴郡的一位寡妇,名清。巴,秦郡名,郡治江州(今重庆市)。 其先得丹穴:先,先辈、祖辈。丹穴,丹砂矿。 擅其利数世:擅,专有、享有。数世,几辈人。 家亦不訾:家产也多得无法计算。訾(zī),计算。 ②用财自卫:疏财济民,救助无依无靠的老人和儿童;疏财卫国,曾将积蓄的几万两白银捐献给朝廷,作为修筑长城的费用。 不见侵犯:不受他人和外族侵侮。 ③秦皇帝:秦始皇。 贞妇:忠贞爱国之妇。 客之:待如宾客。传说秦始皇念她年高孤苦,特降旨接她到京城(咸阳)供养。 怀清台:在巴寡妇清故里龙山寨。《正义》引《括地志》曰:"寡妇清台山俗名贞女山,在涪州永安县东北七十里(今重庆市长寿区城南三公里)也。"巴寡妇清在咸阳病逝后,秦始皇按她的遗愿,将她安葬在故里,并御书"怀清台"三字作为墓名,以示其怀念之意。

【阅读提示】

巴寡妇清,本是战国末至秦初巴郡偏僻之地的一介女流,虽富甲一方,却不以富凌穷,以强凌弱,而是扶贫济国,慷慨疏财,卫国保家,连不可一世的秦始皇也感动得亲赐御书"怀清台"三字,以示怀念与敬意。这不能不说是巴地古代之一巾帼英雄也。可赞!可敬!

[附]巴寡妇清

刘德奉

巴寡妇清,战国末年巴国枳县人,秦始皇统一天下后为巴郡枳县人,即今重庆市长寿区人。巴为巴地之简称,清为其名,姓氏不详,出生在长寿区长江南岸山区的一个贫穷家庭,早年丈夫不幸去世,年轻时就开始守寡。膝下没有子女,独自一身承继着先辈数代留传下来的家业,并努力发扬光大,经营丹砂冶炼业成为全国巨富。当时,她经营的范围涉及现今重庆市长寿、黔江等地的武陵山区,面积近20000平方公里,占有巴地相当规模行政区域。其工人和管理团队、武装团队人员庞大,达万人之多,在当时社会没有哪一个人敢给她设置发展障碍。

巴寡妇清虽然居住在西南一隅,但凭借过人智慧,宽大胸怀,女性特有的慈善之心,积极支持秦始皇重点工程建设,把丹砂炼成水银,逆流长江而上,然后翻越巴山秦岭,最终运到陕西关中,为秦始皇陵墓修筑提供100多吨专用材料,制作成山川河流形态,期盼秦始皇永远成为中国大地的主宰。同时,她还是一个爱国之士,捐助大量资金修筑万里长城,成为一时佳话。平日里待人和善友好,时常接济穷困人家,深受乡人爱戴。

巴寡妇清不仅丹砂业经营成就巨大,是一位少有的实业家,而且她长得十分漂亮,秦始皇非常敬重她,也特别期待能与她相见。对此,专门把她请到首都咸阳,作为上宾对待,陪伴说话、散步、吃饭,形同家人。但巴寡妇清不服水土,到达咸阳不久便一病不起,虽然御医用尽办法,却也无力挽救她的生命,最终病故咸阳,后被送回故里安葬。秦始皇对巴寡妇清十分怀想,命令枳县官府为她筑台以资纪念,台成后愁思仍不可解,又御题"怀清台"三个字以寄情思。

怀清台建在她的家乡枳县龙山寨,即今重庆市长寿区江南镇境内。龙山寨濒临长江,形似卧龙,台在其上,可望长江西来东流,前方正对着北岸凤山。凤山正是巴寡妇清后2200年之长寿城区,真可谓圣地也。直到宋时还有其基台遗迹。宋人夏竦就有《女怀清台铭》:"女怀清台,秦所筑也。寡妇清,采丹擅利,以财自卫,始皇客之,为之筑台于巴蜀……客有延想往事,勒铭遗基,思有以戒之也……故摅秦罪,荒址是铭。"明人金俊明也有《登女怀清台》诗:"丹穴传赀世莫争,用财自卫守能贞。祖龙势力倾天下,犹筑高台礼妇清。"其台何时消失已无记载,只有其墓在其一旁。长寿区人民对此特别尊重,列为区级文物保护单位加以积极保护。2007年重钢集团厂区迁建长寿区江南镇,怀清台正在其厂区建设之内,是年8月将其墓石搬迁至长寿区望江路图书馆暂存,目前拟复建于长寿城西之菩提山南侧。搬迁时发现宋、明、清时期瓷片等文物20余件。

巴寡妇清,作为中国历史上第一位女实业家,生活和发展在重本抑末的时代,并且得到秦始皇帝的高度赞誉,司马迁也给予充分肯定,实属古代巴人少有的女杰。

五、世界文化遗产——大足石刻

游南山诗并跋

吕元锡

吕元锡,生卒年不详,申国人(周宣王时,河南南阳一带为申国),元锡乃申国公后裔,朝议大夫,正五品下。南宋淳熙五年(1178),挈家登南山并题诗,刻于三清古洞左外壁。

  龙穴潜幽通海潮①,璇宫突兀插云霄②。
  三千世界诸天近③,百二山河故国遥④。
  寥落偏城连谷口⑤,荒凉古寺倚山腰⑥。
  溪南可款门修竹⑦,何况丁宁已见招⑧。

跋:右淳熙五年六月十二日,挈家登南山回,少憩南禅寺,书示小子祖吉,晚赴真符孙丞之约。申国吕元锡。

【注释】

①龙穴:指南山造像15号龙洞,洞中一龙昂首曲身,势若欲腾飞,是道教四方护法神之一,所谓"左青龙"。此句表龙洞幽深与海相通。　②璇宫:玉饰之宫殿,泛指神仙居所,此指玉皇观殿宇。　突兀:高耸。　③三千世界:指释迦佛教化的巨大时空。世,是时间,表过去、现在、未来三世。界,是空间,表上下东南西北六合空间。佛经称以须弥山为中心,七山八海交绕之,以铁围城为外廓,以同一日月所照的四天下为一小世界,合一千个小世界为一小千世界。合一千个小千世界为一中千世界。合一千个中千世界为一大千世界。故称三千世界,或称三千大世界。　诸天:诸位天神。佛经称,欲界有六天,色界有十八天,无色界有四天。还有日天、月天、帝释天、韦驮天、摩利支天、吉祥天等,故称诸天。　④百二山河:百二,以二敌百,一说百的一

倍,后常用百二山河喻山河险固之地。　故国遥:家乡遥远。　⑤寥落:冷落,冷清。偏城:偏远之城。　谷口:山谷出入之口。指大足县城邻近南山麓。　⑥荒凉古寺:指南禅寺,该寺在南山腰处,今已不存。　⑦款:至也,到达意。张衡《西京赋》:"掩长杨而联五柞,绕黄山而款牛首。"薛综注:款,至也。　⑧丁宁:嘱咐,告诫,再三告示。　招:邀请。此句指当晚已受真符孙丞邀请。

（郭相颖提供并注释）

【阅读提示】

　　诗人合家游南山,深感龙洞造像之幽深,佛家殿宇之宏伟高耸,仿佛与诸仙零距离接触。但险峻的山势令人想起遥远的故乡,颇有寂寥之感。不过,有友朋相招约聚,顿生喜悦之情。此诗描佛境,抒观感,叙友情,自然亲切。

宝顶石刻

游　和

　　游和,生卒年不详,豫章人(今江西南昌一带),赐进士,明宣德时任重庆府通判,正六品。通判为府副职。宣德癸丑八年(1433)抚民到大足,登宝顶参观后作此诗,刻于圆觉洞甬道右壁。

> 石顶巍巍接上台①,玲珑楼殿凿岩开②。
> 三千诸佛云中现③,百万神仙海上来④。
> 崖隙有龙常喷水⑤,洞前无兽不生苔⑥。
> 梵宫寂静人稀到⑦,古砌禅房绝点埃⑧。

赐进士重庆府通判豫章游和书

【注释】

　　①石顶:《大足石刻志略》《大足石刻总录》皆为石壁。拓片为石顶,谓石山之巅峰。　巍巍:崇高伟大。　上台:星官名,即大熊星座l、k星,此处指天。　②玲珑:精巧细致。　楼殿:指造像中的大宝楼阁、舍利宝塔、毗卢庵、观经变、毗卢道场等图像中的建筑物。　③三千诸佛:三千言其多,佛语常言三千大千世界皆有佛,民俗认为佛在天上,故称云中现。　④百万神仙:百万言其多,民俗认为神仙居东海蓬莱仙岛,故称海上来。　⑤龙常喷水:指造像中的九龙浴太子。工匠导溪水入龙口,巧妙地将排水工程与艺术造像相结合,既表现出了龙吐水浴太子,又达到了排水目的。近

代雕塑大师刘开渠赞为"古今一绝"。　⑥"洞前无兽"一句:指圆觉洞、毗卢洞等洞口的狮、虎、象等灵兽,都长有苔藓,以显其古老。　⑦梵宫:原指梵天宫殿,后泛指佛教寺院。　⑧古砌禅房:指明代以前宝顶山用石砌成的圣寿本尊殿、经目塔、七佛壁、灌顶台、观想室等。　绝点埃:没有小点的尘埃。

(郭相颖提供并注释)

【阅读提示】

　　诗人抓住宝顶山的典型事物:巍巍石顶、玲珑楼殿、龙常喷水、洞口灵兽,再现了宝顶石刻的宏伟高大、灵巧奇异、寂静无尘,实乃称颂诸佛仙家修炼之所。全诗对仗工稳,音韵高昂,热情洋溢,充满对宝顶石刻的赞美之情。

宝顶烟云

李　德

　　李德,生卒年不详,字敬斋,湖南衡阳人。清雍正十一年(1733)进士,乾隆六年至十二年(1741—1747)任大足知县。在大足有诗23首,文3篇。纂修《乾隆大足县志》,该志首创大足八景,皆赋诗题咏。《宝顶烟云》是其一。诗存《乾隆大足县志》。

　　　　峥嵘宝顶迥超群①,鸾啸孙登断续闻。②
　　　　古壁苍茫含晓翠③,长林缥缈淡斜曛。④
　　　　垒峰远接千里锦⑤,峨岭遥连百斛文。⑥
　　　　碧涧青藤皆八胜⑦,香烟一片散层云。⑧

【注释】

　　①峥嵘:高峻险奇。　迥超:远远超过。　②鸾啸孙登:鸾,传说中凤凰一类的神鸟。《晋书·阮籍传》:"籍尝于苏门山遇孙登,与商略终古及栖神导气之术。登皆不应,籍因长啸而退。至半岭,闻有声若鸾凤之音,响乎岩谷,乃登之啸也。"此句大意是孙登虽避世隐居,其啸声却流传后世。　③苍茫:朦胧,若有若无。　晓翠:带绿色的拂晓晨光。　④长林:高大树林。　缥缈:虚幻若隐若现。　斜曛:夕阳余晖斜照。
　⑤垒峰:重岩叠嶂的山岳。　千里锦:千里锦绣河山。　⑥峨岭:高大山岭奇峰。百斛:斛,古量具名,古以十斗为一斛。百斛表多斛,丰收之意。此表文化底蕴深厚。
　⑦碧涧:清碧的山涧流水。　青藤:山间青绿林木藤蔓。　八胜:即大足八景。　⑧

香烟:敬神礼佛焚香形成的轻薄烟云。

(郭相颖提供并注释)

【阅读提示】

　　此诗赞美宝顶石刻之美。美在宝顶峥嵘,声名在外;美在苍茫含翠、缥缈斜曛;美在峰接千里锦绣河山,岭连百斛宏文;美在碧涧青藤胜过八景,香火兴旺,香烟可冲散天上的层云。诗人点赞了宝顶石刻的自然美,更提示了宝顶石刻深厚的文化底蕴、香客众多,声播远方的人文美。

白塔悬岩①

李　德

李德,见《宝顶烟云》介绍。

　　百尺重冈五凤材②,十寻塔影九天开③。
　　高标玉柱穿云出④,独耸瑶班捧日来⑤。
　　便欲倚天凌剑阁⑥,还教涌地作金台⑦。
　　漫登绝顶空诸界⑧,一点弹丸在我怀⑨。

【注释】

　　①诗存《乾隆大足县志》。《白塔悬岩》乃大足八景之一。塔立于北山顶石岩之上,塔高约32公尺,名多宝塔、报恩塔、北塔,因塔体通白故亦称白塔。塔南方为悬岩,岩上据《妙华莲花经·见宝塔品》镌造多宝佛与释迦佛并坐像,高12公尺,与塔共同构成宏伟奇妙景观。　②百尺重冈:百尺约33公尺,言其很高;重冈,重叠之山冈。五凤:唐代洛阳建有五凤楼,玄宗曾与三百里内县令、刺史带乐队聚饮于此。五代时后梁太祖朱温重建此楼,高入半空,上有五凤翘翼。此句形容白塔像五凤楼。材:古通哉,语气词。　③寻:古代长度单位,《说文·寸部》:"度人之两臂为寻,八尺也。"十寻形容白塔很高。　九天:九重天,言其极高。　开:开阔明朗。　④高标:能作为一方标识的高大山岳或建筑物。此指白塔是大足县的标志性建筑。玉柱:赞美白塔如白玉所琢成的柱子。　⑤瑶班:瑶池(神仙住所)侍者站队列班。　捧日来:白塔高耸山巅,每天都率先迎得旭日东升。　⑥倚天:靠着天。凌:登上,升高。剑阁:四川省剑阁县北有大小剑山,72峰断壁如剑,为川北之门户,自古称"剑门天下险"。此指险要奇峰。　⑦涌地:突然从地中冒出。金台:神话中的神仙住所。唐吴筠《游仙·之七》:"金台罗天中,羽客恣游息。"　⑧漫登绝顶:悠闲自得地登上

白塔顶。　空诸界:佛教主张色界无常,四大皆空,诸界即佛教所称的三千大千世界。
⑨弹丸:古炮轰射的铁丸。常用来形容地方狭小,所谓"弹丸之地"。此表作者登高远眺,细小事物皆入心怀之中。

（郭相颖提供并注释）

【阅读提示】

诗人以饱含情感之笔,展现了白塔之高峻宏伟、攀天捧日、金台罗天的奇妙景观,以及自己登绝顶、眺望远、一览众山小、弹丸入胸怀的豪迈之情。

大足石刻考察二则

杨家骆

大足龙岗（北山）区石刻记略

杨家骆(1912—1991),著名史学家,江苏南京人。幼习经史,治目录学。16岁毕业于东南大学附中,入国学专修馆肄业。1928年进教育部图书馆工作,1930年正式从事出版工作。1931年创办整理中国文化、介绍西方文化的学术机构世界学院中国学典馆,抗战时迁至重庆北碚。曾组织大足石刻考察团,对大足石刻进行全面的考察和介绍,使之扬名于世。抗战胜利后回上海,1947年2月,他首次向世界公布史失其载的大足石刻。1948年去台湾。他终生难忘大足石刻,1965年写《宝顶梦游》一文。1968年撰《大足唐宋石刻之发现》,讲学于马来西亚等东南亚各地,认为大足石刻比柬埔寨之"吴哥窟"更有价值。1990年10月,两次从美国来信,拟再组团来大足。不久,于1991年逝世。著有《大足石刻及其背景》,主编出版有《四库大辞典》、《世界学典》、《四库全书学典》、《古今图书集成学典》、《续四库全书学典》、《先秦著述学典》、《汉代著作学典》、《魏晋南北朝著述学典》、《中华大辞典》等大型工具书。

龙岗山亦称北山,在县北五里,造像分布山之四陬①,最多者为佛湾。

龙岗佛湾石刻之首,为韦君靖像及乾宁二年韦君靖碑等石刻,②可以据此证明唐末五代川东一带之形势,又可补新旧唐书及新旧五代史之缺略。韦君靖为在大足开始造像之人,曾在龙岗山建永昌寨。本团团员何遂考察后,曾撰《韦君靖传》及《永昌寨考》。

龙岗佛湾,为大足石刻第一重要地区。其石刻经本团编定窟号,鉴定窟名,统计碑像数,并丈量窟像尺寸。计窟凡二百五十五号,内有碑二,摩崖四,图一,石经一,经幢四,立体造像三千六百六十四躯,附见之题记亦多,数量之巨,诚堪惊人。

龙岗佛湾造像,文字上时代可考者,除最后明林总制一窟外,其余始于唐乾宁二年,迄于宋绍兴十六年③,凡二百五十二年,正当中国石刻史存亡续绝之交,其时代虽晚于云冈、龙门,然在艺术之演进与历史延续上观之,其价值堪称无匹。

龙岗佛湾造像,结构繁复紧凑,线条轻快流利,体态秀美,有曹衣出水、吴带当风之情趣,④盖能尽量吸收犍陀罗派作风⑤,而复能依据我国固有之艺术精神融合以成者也。其镌供养像者数十处,供养有仕官、妇女、武士、侍者、僧人等,栩栩如生,其官衔、郡望、门第、名讳、时代等,间有题记可考。

龙岗佛湾石窟中,最可注意者为"观无量寿经"一窟,此窟从其楣旁另一造像题"乾宁三年造"等字考之⑥,至晚亦应为是年所造,窟内将全部观无量寿经中极复杂之故事,雕刻精致绝伦,敦煌有此题材之壁画,而此更以同题材为立体之表现,弥足珍视。

龙岗佛湾之"星辰车窟"数像,妙相庄严,除敦煌壁画外,实少如此艳丽之作,而星辰车之蟠龙雕刻,尤为奇伟。

除上举二窟外,其他各窟之佛像,虽间有残毁,而大体完善,体态缨络之美⑦,多足与云冈相颉颃⑧,真服饰器物以及仪仗园囿之状,尤足考见唐宋间社会生活之一斑,为治唐宋社会史之重要资料。

其时造像匠师姓名考出者已不少,如宋伏元俊、伏世能父子,伏小六、伏小八等雕刻家,萃为于一门,尤为难得。

又有石恪所作文殊诣维摩诘问病图,石恪为宋名画家,原为壁画,经同时代之李太郎摩出。由罗复明刻石,高三丈,宽二丈,虽已渐湮灭⑨,然大体犹可想见,实为研究绘画史之重要资料,亦在龙岗佛湾沿岩上。

龙岗又有石刻古文孝经二十二章,为宋范祖禹书⑩,每字大三寸许,本团马衡君考察后,曾撰《大足石刻古文孝经校释》,谓其与敦煌北魏写本今文孝经,可称双璧。

龙岗山北塔寺前之多宝塔,外凡十三层,内凡六级,高达八丈余,始建于唐末韦君靖,宋冯楫完其第六级[11],明清皆有增修,各层塔心及内外壁,遍嵌石刻,为中国建筑史上之巨制,碑记有冯楫捐造多宝塔第六级记,宋绍兴壬申上石[12],楫为多宝塔历史上关系最大之人,关于楫之史料,骆已搜得十数篇[13]。

龙岗北塔寺后有石雕巨龙一,又有残像六七个,殆亦宋代物也。……

(原载前上海市博物馆研究室辑《文物周刊》第20期,1947年2月2日,选自赵甫华编《大足石刻》,1983年10月印行)

大足龙岗宝顶以外各区石刻记略

广华区石刻

广华山即南山,在大足县城南三里,石刻所在地名玉皇观。广华石刻,全为道教造像,就一般所见造像而论,佛教甚多,道教极少,故亦可贵。

广华造像凡四洞:曰龙洞,曰三清洞,曰圣母洞,曰真武洞。最奇者为一石龙。首如蜥蜴,身若立马,无蟠屈之形,有凌云之势,此尤他处所罕见也。

广华山有碑记三:一张宗颜、何格非唱和诗;二吕元锡和前诗;三何光震、钱王应梦记。题识有陈伯疆等六则。三碑上石年代,一为宋绍兴二十一年,二为宋淳熙五年,三为淳熙十年,题识则为乾道己丑、淳熙戊申、戊戌、庆元庚申、端平二年等,[14]兹据题识与造像之关系,可以断定南山造像之年代至迟当在乾道以前[15]。惟两洞壁之三百七十六天尊像,与中座老君像,及座左之真人像,精粗迥别,而与龙岗明林总制像结体相似,故疑为明代补刻。

舒成区石刻

舒成岩距城三十里,石岩甚高,亦全为道教造像,有五窟:一、玉皇;二、三清;三、不知名;四、东岳;五、淑明皇后。第五窟所刻略类狸猫换太子故事[16]。据题记,为绍兴十二年至二十二年伏元俊所雕[17]。

伏元俊在北山造像自署名有弥勒法会、地藏、孔雀明王三窟,皆甚精绝,此亦颇可观。弥勒法会一窟,本团何遂君曾指群像为韦君靖碑下百余,将校之供养像,但窟口镌"丙午岁伏元俊男世能镌造"[18],据舒成崖题识,可断此"丙午"为靖康之年,则群像非君靖将校可知。

又舒成崖淑明皇后窟,其衣冠与青衣帕首妇人均与龙岗送子观音窟大体相同,惟青衣帕首妇人,一立一坐,是小别耳。两窟所刻,或为同一题材之故事,而送子观音则后守庙者,为香火计而改装者也。

舒成崖淑明皇后窟有一捧盒侍人,与宝顶六师外道第一像无别,故据此亦略可推知伏元俊或亦曾参加宝顶之雕造,不然或为其子弟门徒之作品也。

石门区石刻

石门山在县东三十五里,石刻所在,名圣府洞,杂造仙佛三皇,山王土地等像,殊为混淆。凡三洞六龛,三洞：一、圆觉；二、孔雀明王；三、三皇。六龛：一、山王土地；二、玉皇；三、药师；四、释迦；五、五显大帝；六、炳灵殿。总计约一千躯。碑记有宋以通题石门山圣府洞六字,鄞柽石门纪行诗一通,及造像记二则。宋以通题字,淳熙五年上石,乾隆六十年重刻,鄞柽诗,淳熙九年上石。造像记,在山王土地龛者为绍圣二年,在释迦龛者为绍圣三年,[19]惟此二龛皆不类宋作,或明代就宋旧龛重镌而留其造像记者,余虽无年月,然或系北宋原刻也。

石门造像之匠师,据山王土地龛原造像记有"神匠文居道"等字。

石篆区石刻

石篆山在县西五十里,石刻所在,一为千佛岩,一为佛湾。石篆山造像与石门造像同出文氏一门,而两处皆造三教圣像,竟无一相同。石门山于佛教造释迦、药师,此则为毗庐、文殊及地藏。石门山于道教造五显大帝、炳灵太子,此则为老子、圣母。石门山于儒教造三皇,此则为文宣王像。

千佛岩镌川主、土主、药王、三圣及阿弥陀佛。佛湾凡七龛：即地藏、毗庐、文殊、普贤、文宣王、鲁班、圣母,共约千躯,碑记仅有重修佛会禅院碑一通。

千佛岩,据题记为永乐间造,佛岩所署匠师,有文惟简及男居安、居礼。居安居礼当与石门匠师文居道为兄弟行也,则其造像,亦始北宋时。

妙高区石刻

妙高山在县西六十里,石刻所在,名佛洞。妙高山造像皆毁,惟佛洞外存接引佛一尊,高约丈余,下截亦剥蚀矣。碑记有忠诚堂诗碑、罗汉颂、重建玉皇阁记三碑,又有李审持胜子仁题记二则。

其第二洞罗汉颂,署东坡居士赞。一题记署绍兴乙亥[20],则造像年代当在绍兴时也。

(原载前上海市博物馆研究室辑《文物周刊》第22期,1947年2月19

日,选自赵甫华编《大足石刻》,1983年10月印行)

【注释】

①陬(zōu):角落、山脚。　②韦君靖:生卒年不详,京兆(今陕西长安县)人。唐僖宗乾符(874—879)年间任昌元(今重庆市荣昌县)令。后破贼有功,特授工部尚书,拜当(昌)州刺史,充昌普渝合四州都指挥静南军使。任期勤政爱民,拔擢英才,在龙岗山建永昌寨,又在北山凿造佛像。当时昌(大足)、普(安岳)、渝(重庆)、合(合川)乃富裕之区,宗教意识浓厚,许多文化仕人和能工巧匠因北方战乱而纷纷南下,为石刻造像提供了大批人才。后经五代至南宋绍兴年间,历时250年,北山石刻佛像臻于宏大。　乾宁二年:乾宁,唐昭宗年号,二年为公元895年。　③绍兴十六年:绍兴,南宋高宗年号,十六年为公元1146年。　④曹衣出水、吴带当风:又称吴带曹衣,中国古代人物画中两种相对的衣服褶纹的表现程式。相传唐吴道子画人物,笔势圆转,衣服飘举;而北朝齐曹仲达则笔法稠迭,衣服紧窄,后人因称"吴带当风,曹衣出水"。　⑤犍陀罗派:古代佛像雕刻艺术的一个流派。公元1—6世纪盛行于犍陀罗(古印度地名,今巴基斯坦之白沙瓦及其毗邻的阿富汗东部一带),吸取古希腊末期的雕刻手法,对东方雕刻艺术的发展曾有影响。　⑥乾宁三年:即唐昭宗乾宁三年(896)。　⑦缨络:帽子上的带子和丝线缠绕的花纹。　⑧颉颃(xié háng):不相上下,相抗衡。　⑨漶(huàn)灭:图画、文字因磨损或受潮而模糊不清。　⑩范祖禹:1041—1098,成都华阳(今双流)人,字梦得,北宋历史学家,曾助司马光修《资治通鉴》,著作颇丰。　⑪冯楫:生卒年不详,宋高宗绍兴年间,任潼川府路兵马都钤辖泸南沿边安抚使。　⑫宋绍兴壬申:即宋高宗绍兴二十二年(1152)。　⑬骆:杨家骆自称。　⑭绍兴二十一年:1151年。　淳熙五年:1178年。　淳熙十年:1183年。　乾道己丑:1169年。　淳熙戊申:1188年。　戊戌:1178年。　庆元庚申:1200年。　端平二年:1235年。　⑮乾道以前:乾道元年为公元1165年,以前即此之前。　⑯狸猫换太子:是宋代的传说故事。宋真宗赵恒时,刘妃与内监郭槐合谋,以剥皮狸猫换掉李宸妃所生婴儿。并命宫女寇珠将婴儿处死,寇珠不忍,交与宦官陈林,带出宫外抚养。刘妃向真宗谎称李宸妃生狸猫之事,真宗大怒,将其打入冷宫。后被太监救出,送往陈州,落住破窑,双眼失明,乞食为生。恰逢包拯在陈州放粮,得知真情,为其平冤,迎李妃还朝,让陈林向其子仁宗皇帝讲明真相,母子团圆。　⑰绍兴十二年:1142年。　二十二年:1152年。　⑱丙午岁:宋钦宗靖康元年(1126)。　⑲淳熙五年:1178年。　乾隆六十年:1795年。　淳熙九年:1182年。　绍圣二年:1095年。　绍圣三年:1096年。　⑳绍兴乙亥:1155年。

【阅读提示】

这是杨家骆1947年2月首次向世界公布并引起世界关注大足石刻的两篇文章。1945年(乙酉)4月,杨家骆应大足县长郭鸿厚、县参议长陈习删之邀,组织大足石刻科学考察团,团员有齐鲁大学国学研究所所长顾颉刚、故宫博物院长马衡、立法委员何遂、复旦大学教授朱锦江、电影摄影家冯四知、雕塑美术家梅健鹰，以及张静秋、庄尚岩、傅振伦、雷震、何康民、苏鸿恩、程椿蔚、吴显齐，共15人。他们于4月27日至县，凡历7日，遍游诸山，主要对北山、宝顶等处唐宋石刻造像进行了鉴定、命名、记述、摄影、编号，编刊《大足石刻图征》、摄制《大足石刻》影片，在文史杂志上刊出《大足石刻考察专号》，在重庆各地举行大足石刻展览会，在北碚北泉图书馆附设大足石刻陈列室。"乙酉考"是对大足石刻第一次全面、系统的科学考察，确立了大足石刻与云冈、龙门鼎足而立的历史地位，使沉寂近千年的精美石刻艺术再次呈现在世人面前。

大足石刻的成就与刺史韦君靖、僧人赵本尊的贡献密不可分。赵本尊（智凤，1159—1249）从淳熙六年（1179）到淳祐九年（1249）止，凡70载，以一僧人之躯，呕心沥血，在宝顶山上凿佛像上万尊，建成一座完备而有特色的佛教密宗道场，其坚毅不懈的精神令人赞叹。为此，临归之日，考察团专门留下"大足石刻考察团题名"，由马衡书刻于龙岗山；不久，顾颉刚的《大足小志》、杨家骆的《大足石刻及其背景》、朱锦江的《大足石刻艺术批评》、马衡的《大足石刻古文孝经考》、傅振伦的《漫话大足石刻》等学术著作及论文陆续在全国各大报刊刊出，在重庆引起轰动，成为抗战胜利前夕重庆文化的一件盛事。

这里选载的两文，杨家骆详细介绍了龙岗（北山）的佛教造像构建特点，以及龙岗、宝顶以外的广华区、舒成区的道教石刻，石门区佛道二教合一造像，石篆山和妙高山的佛道儒三教合一的石刻造像，对石刻造像的时间、地点、主持人、造像的艺术特征均有简明的交代。新中国成立后，大足石刻又得到了进一步的保护，20世纪80年代，中外名人、学者纷至沓来，著家蜂起，形成"大足石刻艺术热"。但"乙酉考"对大足石刻的发掘和推广却是居功至伟的。1999年，联合国科教文组织世界遗产委员会正式将大足石刻列入世界文化遗产名录。自此，大足石刻这颗璀璨的艺术明珠，更加放射出夺目的光芒。

[附] 大足石刻概述

郭相颖

"大足石刻"是保存于重庆市大足县境内，自唐宋以来宗教石窟艺术品的总称。是与云冈石窟、龙门石窟"鼎足而三"的中国著名石窟。现存的最早作品是建于唐初永徽（650年到655年）和乾封（666年到668年）年间的尖山子摩岩造像。大足石刻自唐末有较大发展，经五代至南宋达其鼎盛，公元9世纪末至13世纪初是造像的主要时期，余波荡及明、清。全县共有佛、道、儒三教造像5万余尊；其中佛教题材占80%，道教题材占12%，三教题材占5%，余为历史人物等造像，铭文10万余字。各级政府公布为文物保护单位达75个之多。其中北山、宝顶山、南山、石篆山、石门山五处摩岩造像和多宝塔为全国重点文物保护单位。舒成岩、妙高山、尖山子、千佛岩四处摩岩造像为重庆市文物保护单位。余下的为大足县文物保护单位。

大足县地处东经105°28′06″—106°01′56″，北纬29°22′28″—29°51′49″。介于重庆与成都两市之间，东距重庆120公里，西距成都270公里。县域约1400平方公里，丘陵地貌，山峦起伏，溪谷纵横，石岩绵延。年平均温度17.3℃，气候温和，四季宜人。大足石刻多造于海拔500米左右的细砂岩之上，因石刻造像众多，遍布全县，故享有"石刻之乡"美誉，现已是遐迩闻名的古代宗教文化艺术与旅游观光的胜地。

大足唐末为昌、普、渝、合四州都指挥，静南军使韦君靖的治所，并于唐景福元年（892）在县城西北龙岗山（今名北山）建规模宏大的永昌寨贮粮屯兵，又于寨内凿造佛像，为北山摩岩造像之始。南宋绍兴年间，潼川府路兵马都铃辖泸南沿边安抚使冯楫亦常游弋与屯兵大足，并捐资建北山多宝塔。北宋元祐年间石篆山庄主严逊出资购买土地，并役工建造了规模较大，佛、道、儒三教均有的极具特色的石篆山摩岩造像。在众多的官绅僧尼造像中，影响最大者莫过于南宋绍兴二十九年（1159）出生于大足县米粮里的名僧赵智凤。他于淳熙至淳祐的七十余年间（约1179—1249）在家乡宝顶山营建了纵横五里，造像盈万的宏大石刻密宗道场——宝顶山摩崖造像，致使宋时昌州就享有"东州道院"之胜誉。从州县之兴废,和遍布全县的石窟、寺观以及大量的造像和铭文里,可以看到9世纪末至13世纪初的四百余年间,大足是四川东南部政治、经济和军事的重要地区,同时也是宗教和宗教艺术盛行的地区。

大足石刻中,有北山、宝顶山等为代表的佛教造像;有南山、舒成岩等为代表的道教造像;有石门山、峰山寺等为代表的佛、道二教合一造像;有石篆山、妙高山等为代表的佛、道、儒三教合一造像。而且这些造像都同时出现在宋代大足县这块土地上。这一现象,既是大足石刻的时代烙印,也是大足石刻的一大特色。儒、释、道三教是中国封建社会传统思想文化的主要内容。三者在其发展过程中,是既斗争又融合,其过程大致可概括为"三教一致"—"三教鼎立"—"三教合一"三个阶段。

大足石刻诞生在儒、释、道三教关系发展史中的"三教合一"时代,所以它有别于诞生在"三教一致"和"三教鼎立"时代的石窟艺术。就大足石刻整体而论,它是于"母腹"中孕育千余年,才一朝分娩出的一座宏伟精湛的三教造像艺术宝库。对这个庞大的三教造像群,无论是研究还是欣赏都不应按三教肢解对待,否则难以理解其博大精深的文化内涵,难以窥视其完美统一的艺术形式。就全国石窟史而言,道教兴建石窟造像纯系受佛教的启迪,隋、唐渐起,宋时为盛。大足石刻中的道教造像,具有神系完整、神阶明确、雕工精美、时代特色鲜明等特点,堪称中国道教石窟造像之代表。大足石刻中的儒教造像,除了孔子与释迦、老君同龛之外还有单纯的儒教龛,孔子居中俨然佛祖道君,两侧分立颜回、仲由等十哲弟子,亦俨然菩萨、真人。文庙中出现的孔子像可谓多如牛毛。但于石窟中出现孔子及十哲像实属凤毛麟角。在"三教一致"和"三教鼎立"之时,并无此现象,于此可见宋时儒家"宗教化"之深。

大足石刻成因主要者为以下诸端。就宏观而言,中国石窟自北魏时大兴,隋、唐达其鼎盛,但主要分布于新疆、甘肃和华北诸省。唐自"安史之乱"后国势日衰,继而黄巢攻占长安,分别迫使玄宗、僖宗二帝幸蜀避难,后又出现五代十国局面,至宋代又有宋与辽、金旷日持久之战,进而出现南宋偏安,至宋末元军入川前,四川无大战,相对安宁,众多的文化人士、能工巧匠、高僧大德纷纷来蜀避难和献艺、传道,如:李白、杜甫、贯休、黄筌、石恪等即名流之代表。在大足石刻众多的镌工题记中,大足石刻的作者以伏元俊、伏世能等和文惟简、文居政等为代表的两姓工匠造像最多,祖孙几代人均在大足造像,其"伏氏"根据姓氏专家考证,属西北姓氏而非本地姓氏。享有"中国宋代石窟艺术之冠"美称的大足北山佛湾136

号转轮经藏窟的作者是"颖川胥安",表明是来自河南的大师。自秦汉以来四川就被称为"天府之国",不仅农产丰富,而且煤、铁、盐亦不给仰外地。社会安宁、人才不缺、经济富足、统治者提倡,有此四者为四川石窟的兴盛提供了社会条件。

大足石刻的佛教造像中密宗题材较多,北山五代、两宋时期的造像,密宗题材占三分之二。宝顶山石刻更是"几乎将一代大教搜罗毕尽,凡释典所载无不备列",造像盈万的密宗道场。除此之外还有陈家岩、铁马岗等五处明显属"柳氏教派"[①]的密宗造像。再加上与大足西面接壤的安岳县(古称普州)石羊地区的"毗卢洞"、"华严洞"、"茗山寺"、"孔雀铺"等"柳氏教派"的造像,其规模之大,造像之集中,以及大量碑碣铭文的记载,充分显示了从唐末至南宋,在四川盆地内特别在大足和安岳一带密教十分兴旺。唐大中九年出生于乐山的柳居直,信徒尊称为柳本尊,"自盟佛前"持"五部大轮咒",建道场于川西新都县弥牟镇,传法于全川,得"瑜伽部主总持王"称号。柳死后217年传至南宋绍兴年间,在大足县米粮里诞生了赵智凤,他16岁前往弥牟学法,学成返大足用毕生的精力,以70年左右的时间主持营建了宝顶山石刻道场。这又表明柳本尊教派的诞生和兴盛是出现大足石刻的重要直接原因。

中国石窟艺术大约有两千年的繁衍史,大致经历了"形式模拟"、"融会贯通"和"自成体系"三个阶段。南北朝及其以前的作品,具有希腊和中亚造型艺术的特征。人物面像是高鼻深目,厚唇丰颐,波浪式发型,躯体裸露较多,衣饰或"湿毯裹身"或"薄纱透体"。女性丰乳细腰,扭身翘臀的舞蹈姿势,热情婀娜。男性则多蓄翘角胡须,身躯魁梧,张目远眺,刚毅果敢,"挺然丈夫像"。这种"胡貌梵像"到云冈石窟时期仍较明显。时至隋唐,大兴开凿石窟之风,可以龙门石窟为代表,其作品表现出印度文化与中国文化进一步融合,汉化特征明显,佛、菩萨像是面如满月,眉眼秀丽,肌体丰润,袒胸露臂,褒衣博带,其气度如达官贵人之热情开朗。无论人物面像,服饰佩戴,以及龛窟形制皆有别于前。到了五代、两宋之时,中国北方造像几乎停顿,但四川盆地却造像兴盛,尤以大足石刻为代表。大足石刻在庞大的石窟家族中其诞生虽较晚,但在吸收改造外来文化与融合三教义理方面却显示出了超乎前辈的成熟性。它在造像中既尊重继承佛教造像的仪轨,又根据时尚所需进行了成功的创新。雕塑大师刘开渠在《辉煌的大足石刻》中称此为"大足石刻时代"。如宝顶山造像生活气息浓郁,哲理深邃而系统,"表法"准确而深刻,重鉴戒,施教化,目的十分明确。在具体人物造型方面，除了面相、发型、冠冕、衣裙、鞋履完全中国化了之外，在人物性格和体态方面也有较大差异。人们常说唐代及其前的造像热情奔放，活泼多姿，宋代造像淡漠无情，姿态呆滞，徒有华丽外表。此说欠全面显肤浅，应该看到唐代以前的作品，外来审美要求与文化因素有较多的反映。到了宋代，理学形成，标志儒、佛两家合流基本完成。佛教的教义多为理学所吸收，自身也日益中国化。禅宗"见性成佛"之顿悟主张，重视内证功夫；理学之"尽心穷理"、"心主一切"；儒家的"正心为要"，"清心寡欲"；道家的"无为"、"清静"等崇尚"心性"、强调内心修养的三教哲理汇集而成了当时的审美时尚，在其影响下，故宋代的佛、菩萨造像肃静端庄，情感收敛，含蓄淡泊，追求"超凡"、"绝尘"、"宁静"的思想境界。形体上则力求美而不妖，故少扭腰翘臀、酥胸袒露的形象。眼睛亦多微闭下视，显示出内心淡泊宁静的"阴柔之美"。服饰却异常精美华丽，所谓璎珞蔽体，飘带满身，以示其典雅高贵。这也是仅就佛、菩萨而言。至于经变图和佛传故事中的人物，无论工商士庶、渔樵耕读无不喜怒皆有生气，更加贴近生活，多方面地反映出了当时的风俗民情。这是佛教艺术摆脱外来影响，对人物形象与内心刻画进一步中国化的成果，而不应视为中国石窟艺术衰退的征兆。

大足石刻是中国石窟艺术臻于成熟，自成体系，独树一帜的划时代的里程碑。大足石刻这座历时千余载，包融儒、释、道，"海纳百川"的艺术宝库，也曾"倾动朝野"，十分辉煌；也曾"湮没荒草"，鲜为人知，可谓历经沧桑。在历史进入20世纪80年代之际，这颗璀璨的明珠又重放异彩，中外名人、学者接踵而至，著家蜂起，对其艺术、历史和科学价值揭示愈加全面深刻，令世人瞩目。今为斯文意在对大足石刻的概况，特别对其产生的时代背景作一宏观总体评述，并希望有助于读者对大足石刻的了解。

1999年4月于大足

（选自《大足石刻雕塑全集》，重庆出版社1999年12月第1版）

【注释】

①唐末四川柳居直创立的一密宗教派，近代学者称其为"柳氏教派"。

六、两宋状元：冯时行、蒲国宝

论守令铨选疏①

冯时行

冯时行（1101—1163），字当可，宋恭州巴县洛碛（今重庆市渝北区洛碛镇）人。早年往居缙云山读书，晚年又去缙云山讲学，故自号缙云、缙云子，人称缙云先生。他命运乖蹇，一生坎坷，本来是状元及第，因无钱向权臣蔡京"贿拜"，状元资格被取消，只以进士身份出仕。历任今重庆奉节、万州，四川崇庆、丹棱、仪陇、汉源、彭州等地官吏，最后官至提点成都府路刑狱公事。他忧国伤时，力主抗金，反对投降，被宋高宗和秦桧两次罢官；他体察民生疾苦，关怀百姓生活，"有惠政"于民；他又是学者兼诗人，著有《易论》二卷（已佚），诗文集有《缙云集》四十三卷，今仅存四卷。

臣窃谓于民至亲，莫如守令。②守令之选，难得其人。当今铨选所行，并依格法。③格法所当与，虽庸谬之资，有司不得而夺；虽循良之才，有司不得而与。⑤天下论者皆言，欲救其弊，莫若任人，或使内外荐扬，或令主者铨择。⑥然风俗弊坏，为日既久，奉公竭节，盖鲜其人。⑦或恐铨择任情，荐扬非实，诚无益于救弊，徒妄至于纷纭而已。⑧

臣愚愿陛下谨择监司，勿以轻授。⑨监司，陛下耳目之臣也，苟得严明督察之才，风采一路，黜陟其廉污，废置其贤否，下吏有所矜式，小民有所告诉，则虽万里之外，如在咫尺之前。⑩州县非才，诚非所患。⑪自军兴以后，民力凋敝，重以渔扰，民愈不堪。⑫守令之多，陛下岂能为民尽择？今天下监司不过数十人耳，少加简拔，不患无才。⑬陛下付授之际，往往亦将视其资格之高卑，不复论其人才之可否，健者以趋期会为急，懦者以不生事为贤，至于刺举精明，使州郡望风畏肃者，未之见也。⑭

陛下爱民如子。民，国之本也；守令虐民，国之巨蠹也；⑮监司，刺举守令之精鉴也。⑯伏惟少留圣虑。⑰

（选自《宋代蜀文辑存》辑录《名臣奏议》卷一四三）

【注释】

①守令：指太守、刺史、县令等地方官。《新唐书·张九龄传》："臣愚谓欲治之本，莫若重守令，守令既重，则能者可行。" 铨选：唐宋至清选用官吏的制度。除最高级职官由皇帝任命外，一般都由吏部按照规定选补某种官缺。凡经考试、捐纳或原官因故开缺依例起复，均须到吏部报到，听候依法选用，称为铨选。铨，考量，量才授官。 ②至亲：最近的人。 ③格法：规定之法。 ④当与：依法应当给予的。庸谬之资：庸碌之人。 有司：各有专司的官吏，即负责选官的上级官员。 ⑤循良之才：官吏守法而有治绩的人。 ⑥荐扬：荐举、推荐。 主者：主持者。 铨择：考察选择。 ⑦竭节：尽节、忠于职守。 鲜(xiǎn)：少。 ⑧诚：真实、真正。 徒妄：白费力气。徒，空。妄，虚。 纷纭：议论纷纷。 ⑨监司：监察州县的地方长官。⑩风采：美好的举止。指监察官一路秉公执法。 黜陟：免除或提升。黜(chù)，罢免。陟(zhì)，升官。 废置：废弃或安置。 贤否：好或坏的官吏。否(pǐ)，坏、恶之意。 矜式：敬重和取法。 ⑪非才：庸才、无能之辈。 患：忧虑。 ⑫军兴：举兵抗金。 渔扰：用不正的手段去谋取、侵扰。 ⑬少(shǎo)：稍微。 简拔：考察选拔。简，检查。 患：怕。 ⑭付授：交付、授予，即授权。 期会：约会。 刺举：刺探举报有关官吏的过失与恶行。 望风：自远处瞻望其人行事。 畏肃：怕其威严。⑮巨蠹：巨大的害虫。蠹(dù)，害虫。 ⑯精鉴：精明的鉴定人。 ⑰伏惟：虔诚地希望。惟，想、愿望。 圣虑：皇上的思虑。

【阅读提示】

"民，国之本也；守令虐民，国之巨蠹也。"为此，冯时行在给皇帝的上"疏"里提出慎选监司的主张，即严格挑选监察官员，以监督地方官吏的廉、污、贤、否。这些监察官员应该具备"严明督察之才，风采一路，黜陟其廉污，废置其贤否"、"刺举精明"的智慧和胆略，以达到"小民有所告诉"、"州郡望风畏肃"、"下吏有所矜式"的效果。这样，才能富国强兵。早在八百多年前，冯时行提倡的这一"治吏"的方法，表现了他的"民为邦本"的民本思想和忧国忧民的忧患意识，这对于我们今天反腐倡廉也还具有强烈的借鉴意义。

见张魏公二首[①]

冯时行

（一）

危机易蹈退难安[②]，进退如公地最宽[③]。
忧国忧家双鬓白，通天通地一心丹。
久虚海宇苍生望[④]，专结庭帏彩绶欢[⑤]。
终始哀荣情罔极[⑥]，谁云忠孝两全难[⑦]？

（二）

四海于今望治安，当头退避也应难[⑧]。
是非历历开新听，变化纷纷入静观[⑨]。
孰把后图歌寤枕[⑩]，再将前事倚危栏[⑪]。
重拈今古看奇特[⑫]，幸记尘冠久不弹[⑬]。

【注释】

①张魏公：即张浚(1097—1164)，字德远，宋汉州绵竹(今四川绵竹)人。徽宗时进士。高宗时曾任知枢密院事，出任川陕、京西诸路宣抚处置使，力主抗金，重用岳飞、韩世忠等抗金将领。秦桧主议和，张浚被排斥在外近二十年。绍兴三十一年(1161)，金完颜亮攻宋，重被起用。十一月，由判潭州改判建康府。绍兴三十二年(1162)六月，孝宗即位，召见张浚，封魏国公，任江淮宣抚使。隆兴元年(1163)，张浚曾向孝宗推荐冯时行"可备近臣"。 ②危机：国家危机，指绍兴三十一年(1161)金完颜亮攻宋。 易蹈：容易重复。蹈，因袭。 退难安：指张浚被排斥在外近二十年，又被起用。 ③公：张魏公，张浚。 地：天地。 ④虚：空，缺。 海宇：海内。 此句是说空缺主战之人已很久了，老百姓盼望抗金主战之人。 ⑤专结：专门巴结。 庭帏：朝廷宫闱，指皇帝身边之嫔妃近臣。 彩绶：彩色的系印纽的丝带。指奸佞官吏。 ⑥罔极：古时特指父母对子女的恩德，以为深厚无穷。《诗·小雅·蓼莪》："父兮生我，母兮鞠我……欲报之德，昊天罔极。"此指朝廷给予的恩德非常深厚，因此常怀哀荣之心。 ⑦此句是说张魏公做到了忠孝两全。 ⑧此二句是说在全国盼望抗金胜利、取得太平之时，张浚不愿出山重挑抗金重担也很困难。 ⑨此二句是说张浚只好不管对他重新起用抗金的纷纷议论，采取静观的态度。 ⑩后图：后来的事。 歌：唱，念叨。 寤枕：犹言日夜。寤(wù)，睡醒。枕，睡时。 ⑪前事：以前

之事。指张浚被排斥在外近二十年之事。　倚危栏：放置在高栏之上，即束之高阁。倚，靠。危，高。　⑫重拈：重新拾起，重温。　⑬尘冠：积满灰尘之官帽。　弹冠：整洁官帽，将要做官。　此句是说幸好皇帝还记得张浚曾经久被闲置，不被重用。

【阅读提示】

　　绍兴三十二年（1162）六月，宋孝宗即位，封张浚为魏国公之时，冯时行在提点成都府路刑狱公事任上，不可能"见张魏公"。因此，此二诗应作于张浚被封魏国公之后，当为寄赠之作。

　　其（一）写张浚面对不断出现的国家危机，无论进（被重用）退（被排斥）都以国家利益为重，心地自宽。以致"忧国忧家双鬓白"，唯有"通天通地一心丹"的报国之心。眼见投降派的弹冠相庆，他只有报答朝廷厚恩之深情，做到忠孝两全。

　　其（二）写张浚不管是非议论，不顾个人受到的不平待遇，也不管今后人们如何评说，一切以"四海望治安"为重，一当皇帝"幸记"起他而给他"弹冠"之时，立即扛起抗金的重任。

　　这两首诗言辞亲切、委婉情深，在忠奸的对比中高度赞扬了张浚不计个人得失的宽广胸怀，以及一切以国事为重的忧国忧民之心的高风亮节。

金堂南山泉铭并序

蒲国宝

　　蒲国宝，生卒年不详，重庆市璧山县蒲坎坝（今蒲元乡）人。南宋开禧（1205—1207）年间进士第一，是宋代重庆的又一名状元。

　　兰陵钱治尝作《南山泉记》[①]，实仁宗天圣四年[②]，距今盖一百二十有一年也。钱又夸大其言，以谓陆羽作《茶经》第水之品三十[③]，张日新《煎茶记》又增其七，毛文锡作《茶谱》又增至三十有八，金堂南山泉当不在兰溪第二水下。然前之三人足迹曾不一履此地，宜皆不为所赏鉴，故此泉湮没而无闻，方可叹也。

　　先朝时，家恬户嬉[④]，一时人士，往往多以卜泉试茗相夸为乐事[⑤]。至靖康后[⑥]，天下骚然，苦兵生民困于征徭，邑中之黔惝然[⑦]，以货泉供亿[⑧]，县官不给，为恐泉不甘否[⑨]，何暇议耶？黄君才叔北方之修整士也[⑩]，绍兴辛酉于南山之南⑪,手披荆棘,锄其荒秽,卓江山景物之会⑫,作屋十余楹⑬,极幽居之胜,而岩窦之间泉之湮者⑭,复达引之庭除,其声涓涓。遇暇日,余率二三宾朋,登君之堂、洗心涤虑,便觉烦暑,坐变清凉,酌为茗饮,则又苾甘可爱⑮,诚如治之言者⑯。余以是知物之兴废通塞,亦自有时,何独一泉耶?是不可不铭⑰。铭曰:

峡水东注,鹤峰北峙,幽幽南山,为国之纪。自洌彼泉,出于岩底。清新香洁,酌之如醴⑱。吾侪小人,岂曰知味。宜洁而甘,即为佳水。近世钱治,盖尝品第。方之兰溪⑲,不在第二。陆羽既远,无复为纪;日新、文锡,兹亦已矣。今之易牙⑳,未知孰是。一泉小物,隐而弗示。不有奖鉴,孰发其闷㉑。勒铭山阿㉒,以告吾类。

(选自《钦定四库全书·全蜀艺文志》卷四十四)

【注释】

①兰陵:古县名,治所在今山东省苍山县西南兰陵镇。 钱治:姓钱的地方官。 ②宋仁宗:赵祯。 天圣四年:即公元1026年。 ③陆羽:733—804,唐代复州竟陵(今湖北天门)人。嗜茶,深研茶道,著有《茶经》一书,被视为"茶神"。 ④家恬户嬉:家中安静或宾客盈门,嬉闹之时。 ⑤卜泉试茗:选择泉水泡茶。 ⑥靖康:宋钦宗(赵桓)年号,即公元1126—1127年。 ⑦黔:黔首,指老百姓。 ⑧亿:亿万,泛指极大之数目,以言"征徭"(赋税)之繁重。 ⑨甘:通"干",干枯、枯竭。 ⑩修整士:农村技艺匠人,指木工、石工、泥工等。 ⑪绍兴辛酉:宋高宗(赵构)绍兴十一年,即公元1141年。 ⑫卓:卓越、优秀。 ⑬楹:量词,房屋一间为一楹。 ⑭岩窦:岩孔。 ⑮苾甘:苾(bì),芳香;甘,甜。 ⑯治:钱治,《南山泉记》的作者。 ⑰铭:在器物上刻上文字,以志不忘。 ⑱酌之如醴:饮之如甜酒一般。 ⑲方之兰溪:比之于兰溪的水。 ⑳易牙:春秋时齐桓公宠幸的近臣,长于品味、调味。 ㉑闷(bì):闭塞幽秘。 ㉒山阿:山石。

【阅读提示】

金堂南山,在今璧山县城南大约50公里处。本文分"序"和"铭"两部分。"序"说明写"铭"的目的在于:南山泉水质甘甜而"湮没无闻",作者深知"物之兴废通塞,亦自有时",即需伯乐的赏识,进行宣传。所以,为了让世人了解南山泉的美质,他"不可不铭",写下这篇文章。

"铭"文则以骈文的形式盛赞南山泉"酌之如醴"的清新香甜。而品茗专家陆羽、张日新、毛文锡已远离人世,今之易牙也不能品其优质,他只好"勒铭山阿","以告吾类"了!

这篇文章是蒲国宝留存下来的唯一的文章,深深地表现了他对乡土的热爱之情。

七、宋蒙鏖战钓鱼城

蒙哥无计屈王张①

冯 衡

冯衡,合州人,明代进士。

宋祚奄奄一线长②,鱼山高处壮城隍③。
三江送水开天堑④,千嶂排云控蜀疆⑤。
余玠有谋资琎璞⑥,蒙哥无计屈王张⑦。
英雄事业昭青史⑧,庙食何人为表章⑨?

【注释】

①蒙哥:1208—1259,元宪宗,蒙古大汗。成吉思汗孙,拖雷长子,1251年被拥戴为大汗。1258年,他亲率大兵进军四川,围攻合州(今重庆市合川区)半年,受到合州钓鱼城守将王坚、张珏和全城军民坚决抵抗。他在攻城时被炮击伤,死于军中。 王张:王,王坚(约1210—1264),邓州(今河南邓州市)人,少年从军入川,参加余玠军与蒙军大战,收复兴元府。宝祐二年(1254),任兴元都统兼知合州。1258年,蒙哥率军攻四川,次年进围合州。他坚守数月,蒙哥受伤而死,蒙军被迫撤退。后被权奸贾似道排斥,郁郁而死。张,张珏,见文天祥《悼制置使兼知重庆府张珏》注释①之介绍。②宋祚:南宋江山。祚(zuò),皇位、国统。班固《东都赋》:"往者王莽作逆,汉祚中缺。" 奄奄:气息微弱貌。 ③鱼山:钓鱼城高山。 城隍:守护城池的神。古代称有水的城堑为"池",无水的城堑为"隍"。 此句是说钓鱼城的高山增加了城隍的威力来保卫南宋奄奄一息的江山。 ④三江:指在合州汇流的嘉陵江、涪江、渠江。天堑:天然的护城河。堑,护城河。 ⑤千嶂:众多高险的如屏障的山峰。 控:控制。 ⑥余玠:余玠(1215—1253),南宋抗蒙名将,曾任兵部侍郎,四川安抚制置使兼

知重庆府,在钓鱼城等地抗击蒙军,政绩卓著。　资:费用,聘请。　珏璞:冉珏、冉璞两兄弟,播州(今贵州遵义)人,有文武才。闻余玠设招贤馆,便来重庆献策,筑钓鱼城守合州,并在四川险峻之处"立城徙府州治于上,屯驻蓄粮,何愁四蜀不保"。余玠帅蜀期间在全川建立20余座山城,钓鱼城居中,冉氏兄弟成为余玠建立山城防御体系的得力助手。　⑦屈:屈服,使王、张屈服。　⑧昭:光耀。　青史:历史。　⑨庙食:谓死后受人奉祀,在庙中享受祭飨。　表章:奏章。　意谓何人向皇帝上奏章,表扬彰显他们的英雄业绩,以便修庙祭祀他们。

【阅读提示】

　　钓鱼城坚持36年的抗蒙斗争,以少胜多,以弱胜强,既延长宋王朝的统治,又使远征欧亚的蒙古铁骑从战地撤军,创造了中外古战史上的奇迹。此诗描绘了钓鱼城的山川险胜,赞颂抗蒙将领余玠、王坚、张珏、冉氏兄弟的英雄业绩,但对他们被冷落的遭遇深表遗憾与不平。感情凝重,呼号急切,令人震撼。

悼制置使兼知重庆府张珏①

文天祥

　　文天祥(1236—1283),号文山,吉州庐陵(今江西吉安)人。南宋宝祐四年(1256)中进士第一名。历任刑部郎官,知瑞、赣等州。德祐元年(1275)元兵东下,他在赣州组织义军,入卫临安。次年任右丞相,被派往元军营中谈判,被扣留。胁北行,至镇江脱走。辗转至台州、温州,奉益王于福州,改元景炎,以枢密使都督军事,加少保,封信国公。祥兴元年(1278)自潮阳移师海丰,途中遇元军,军溃被俘。系至大都,囚四年,坚贞不屈,于至元十九年十二月初九(1283年1月9日)在柴市被害。

　　　　气敌万人将②,独在天一隅③。
　　　　向使国不亡④,功业竟何如!

【注释】

　　①张珏:约1221—1280,字君玉,陇西凤州(今陕西凤县)人,18岁从军钓鱼山,以战功累官中军都统制,人称"四川虓(xiāo)将"。1259年,他协助王坚守钓鱼城,击败蒙哥亲征大军。后任合州知州,多次击败元军。德祐元年(1275),擢升四川制置副使兼知重庆府,加检校少保。祥兴元年(1278),元军合围重庆,珏兵屡败。拒降。巷战

不支,遁涪州被执送京师,自缢于途中。　②气:气概。指张珏是一员敌万人之虎将,即猛勇之将。　③天一隅:天之一边,指钓鱼城坚持抗元。　④向使:假使。

【阅读提示】

　　1280年,张珏在被押往京师途中,至安西赵老庵自缢于厕。此时,文天祥正被囚于大都(今北京)元军狱中,得知张珏殉国,甚感叹,作此诗以悼念。

　　此诗赞颂张珏是在偏远之钓鱼城坚持抗元斗争之一员"气敌万人"的猛将,假使南宋于1279年不被灭亡,他将建立多么大的功绩啊!表达了对张珏的一腔惋惜之情。

八、明玉珍建立农民政权大夏国

大夏太祖钦文昭武皇帝玄宫碑

金紫光禄大夫太傅中书左丞相录军国重事臣戴寿填讳
金紫光禄大夫少傅中书右丞相录军国重事监修国史臣刘祯撰文书丹
荣禄大夫知枢密院事臣向大亨撰额

太祖随州随县梅丘人,姓明氏,御讳玉珍。①为人英武有大志,不嗜声色货利,善骑射。元末天下大乱,英雄崛起,生民无所依赖。岁庚寅,淮人立徐主称皇帝于蕲阳,颁万寿历,建元治平,国号宋。②明年,太祖仗剑从之,战功懋甚,越八年,官至奉国上将军统军都元帅。③天启三年二月,宋主命平西。④时西土劲敌暴横,群生涂炭。太祖既入蜀,军律严整,所至不独用武,惟以拯救为尚。远迩闻风,相继款附,如赤子之慕父母。⑤其年定夔、万,四月抵渝。其城蜀根本也,故元攻之四十三年,因其内变而始附。太祖一鼓而下,擒参政哈林都,送之朝,泸州降;冬,克叙南,拜广西两江道宣慰使。明年六月,击亳人李仲贤于普州,败还成都。⑥班师,拜陇蜀四川行省参政。值陈友谅谋为不轨,驱除异己,上表斥其罪状。⑦已而,友谅遣刺客陈亨等潜谋图害,卒不得近。乘太祖征广安,亨杀员外鲍玉等七人而遁。明年春,李仲贤、王虎、郭成奔平元,数十万兵一朝解散。友谅又要致王爵,即封还其诏书;请皇太子监国,皆不报。拜骠骑卫上将军陇蜀行省左丞相。夏,擒李君诚于五面山,袭舒家寨,田成、傅德错愕败走。友谅使来,宋主崩弑外闻,乃斩使焚书,三军缟素,为宋主发丧,拊膺哀悼,殆不堪忍。⑧冬十一月,进围九顶山,至明年夏四月,擒完者都、赵成以归。⑨平成都、隆庆、潼川,克向寿福于铁檠城。自是议讨友谅,移檄四方,会兵三峡。父老豪杰告留曰:"生民无主,欲将何之?"峻辞固让者再四。⑩诸将遂立誓推戴曰:"臣等不股肱王室,鬼神殛之。"始允众志,以其年十月望日即国王位于重庆之行邸,不易国号,不改元,谥宋主曰应天启运献武皇帝,庙号世宗,犹舜之宗尧也。⑪逾月,平播南,克巴州,俘熊文弼于牛头寨,克长宁州。十一月,郊望。癸卯岁正月朔旦,受皇帝玺绶,国号大夏,改元天统,历曰先天,礼乐刑政,纪纲法度,卓然有绪。⑫立太庙,追谥显考郎曰钦宪,显考妣鲁氏曰衍庆;皇考子成曰庄惠,皇考妣郭氏曰恭懿;王考如海曰昭顺,王考妣朱氏曰慈宁;考学文曰宣武,妣赵氏曰贞淑;皆追王曰皇帝,皇后,祀以天子礼乐,与郊社并隆。仁孝诚敬,盖天性也。越明年,典后,立东宫。盖仁心爱人而人慕之,人心所归即天命所在,故四年而西土悉平。惜乎大统垂集,一旦疾革。⑬传位皇太子,诏皇后同处分,俾维持以正大统,亦天下之大义也,可谓烈主矣。⑭生于己巳九月九日,崩于丙午二月六日。⑮谥曰钦文昭武皇帝,庙号太祖。寿三十八岁,在位六年。以九月初六日葬叡陵。爰命词臣述功德而碑刻之玄宫云。⑯

大夏天统四年　月　日

中书省左丞臣孙天祐,右丞臣刘仁,参知政事臣江俨、徐汪,臣明从叡,明从哲,臣马文敬

枢密院同知臣王元泰、朱辅,副使臣邓立、沈友才、刘铭、明从政、明从德,签院臣李聚、窦文秀、周景荣、田继坤立石

(此碑出土于重庆市江北区明玉珍墓,现藏重庆三峡博物馆,碑文选自小说《明玉珍》,重庆出版社2008年3月版)

【注释】

①太祖:明玉珍(1329—1366),元末随州(今湖北随县)人。至正十三年(1353)集乡兵屯青山,后参加徐寿辉红巾军,任元帅。至正十七年(1357)由巫峡西进,陆续占有巴蜀之地。至正二十年(1360)夏,陈友谅杀徐寿辉称帝,他自称陇蜀王。后三年称帝,都重庆,国号夏,年号天统。死后庙号太祖。其子明昇继位后,于明洪武四年(1371)降明。　②庚寅:元至正十年(1350)。　徐主:徐寿辉(?—1360),元末长江中上游红巾军首领。至正十年(1350),他在蕲水(今湖北浠水)被拥立为帝,国号天完,又称宋,年号治平。　③明年:元至正十一年(1351)。　懋甚:盛大。懋,通"茂"。　④天启三年:公元1359年。天启,徐寿辉年号(1357—1359)。　⑤远迩:远近。迩(ěr),近。　款附:诚心归附。《旧唐书·高祖纪》:"结纳豪杰,众多款附。"　⑥明年:公元1360年。　亳人:亳州人氏。亳(bó),亳州(今安徽亳县)。　普州:地名,今四川省安岳县。　⑦陈友谅:1320—1363,元末徐寿辉红巾军元帅。元至正十九年(1359),他迎徐寿辉迁都江州(今江西九江),自称汉王。至正二十年(1360)夏,杀徐寿辉,称帝,建都江州,国号汉,年号大义。　⑧宋主:徐寿辉。　崩弑:皇帝被

臣子杀害。　拊膺：拍击胸膛，表示内心悲痛。　⑨冬十一月：公元1361年农历11月。　明年：公元1362年。　⑩隆庆：今四川省剑阁县。　潼川：今四川省三台县。峻辞固让：严厉而坚决地推辞、退让。　⑪其年：公元1362年。　望日：十五日。谥（shì）：封建时代在人死后按其生前事迹评定褒贬给予的称号。　⑫癸卯：元至正二十三年（1363）。　朔旦：夏历（农历）的每月初一。　玺绶：皇帝的玉印。因印纽上有丝带，故称玺绶。　⑬垂集：刚刚结集、完成。　疾革：因病而危急。　⑭俾（bǐ）：使。　⑮己巳：公元1329年。　丙午：公元1366年。　⑯爰：乃，于是。

【阅读提示】

　　明玉珍是元末农民起义军——红巾军的领袖人物，1363年他在重庆建大夏国，称皇帝。

　　1982年暮春四月，重庆市江北区江北城的一家工厂在扩建厂房时，挖出了明玉珍的睿陵及"玄宫碑"，碑文是刻在玄宫碑上的文字。这篇"碑记"记述了明玉珍参加徐寿辉的红巾军；奉命西征，克定巴蜀；斥陈友谅之不义；悼被陈友谅弑杀之宋主徐寿辉；建大夏国，"礼乐刑政，纪纲法度，卓然有绪"，直至病逝的过程。全文记叙简要，述事清晰，情感沉郁，表达了大夏国臣民对明玉珍的深情怀念与敬仰。

明玉珍

张廷玉

　　张廷玉（1672—1755），安徽桐城人，康熙时进士，官至保和殿大学士、军机大臣，加太保。雍正时设军机处，规制均出其手。乾隆时深得信任，加太保。前后居官五十年。《明史》即在他任总裁时告成。有《传经堂集》。

　　明玉珍，随州人。①身长八尺余，目重瞳子。②徐寿辉起，③玉珍与里中父老团结千余人，屯青山。及寿辉称帝，使人招玉珍曰："来则共富贵，不来举兵屠之。"玉珍引众降，以元帅守沔阳。与元将哈麻秃战湖中，飞矢中右目，遂眇。④久之，玉珍帅斗船五十艘掠粮川、峡间，将引还。时元右丞完者都募兵重庆，义兵元帅杨汉应募至，欲杀之而并其军，不克。汉走出峡，遇玉珍为言："重庆无重兵，完者都与右丞哈麻秃不相能，若回船出不意袭之，可取而有也。"玉珍意未决，部将戴寿曰："机不可失也。可分船为二,半贮粮归沔阳,半因汉兵攻重庆,不济则掠财物而还。"玉珍从其策,袭重庆,走完者都,执哈麻秃献寿辉。寿辉授玉珍陇蜀行省右丞。至正十七年也。

已而完者都自果州来,⑤会平章朗革歹、参政赵资,谋复重庆,⑥屯嘉定之大佛寺,玉珍遣万胜御之。胜,黄陂人,有智勇,玉珍宠爱之,使从己姓,众呼为明二,后乃复姓名。胜攻嘉定,半年不下。玉珍帅众围之,遣胜以轻兵袭陷成都,虏朗革歹及资妻子。朗革歹妻自沉于江。以资妻子徇嘉定,招资降。⑦资引弓射杀妻。俄城破,执资及完者都、朗革歹归于重庆,馆诸治平寺,欲使为己用。三人者执不可,乃斩于市,以礼葬之,蜀人谓之"三忠"。于是诸郡县相次来附。

二十年,陈友谅弑徐寿辉自立。⑧玉珍曰:"与友谅俱臣徐氏,顾悖逆如此。"⑨命以兵塞瞿塘,绝不与通。立寿辉庙于城南隅,岁时致祀。自立为陇蜀王,以刘桢为参谋。

桢,字维周,泸州人,元进士,尝为大名路经历,弃官家居。玉珍之攻重庆也,道泸,部将刘泽民荐之。玉珍往见,与语大悦,即日延至舟中,尊礼备至。次年,桢屏人说曰:"西蜀形胜地,大王抚而有之,休养伤残,用贤治兵,可以立不世业。不于此时称大号以系人心,一旦将士思乡土,瓦解星散,大王孰与建国乎?"玉珍善之,乃谋于众,以二十二年春僭即皇帝位于重庆,国号夏,建元天统。⑩立妻彭氏为皇后,子昇为太子。效周制,设六卿,以刘桢为宗伯。⑪分蜀地为八道,更置府州县官名。蜀兵视诸国为弱,胜兵不满万人。玉珍素无远略,然性节俭,颇好学,折节下士。⑫既即位,设国子监,教公卿子弟,设提举司教授,建社稷宗庙,求雅乐,开进士科,定赋税,以十分取一,蜀人悉便安之。皆刘桢为之谋也。

明年,遣万胜由界首,邹兴由建昌,又指挥李某者由八番,分道攻云南。两路皆不至,惟胜兵深入,元梁王走营金马山。逾年,王挟大理兵击胜,胜以孤军无继引还。复遣兴取巴州。久之,复更六卿为中书省枢密院,改冢宰戴寿⑬、司马万胜为左、右丞相,司寇向大亨、司空张文炳知枢密院事,司徒邹兴镇成都,吴友仁镇保宁,司寇莫仁寿镇夔关,皆平章事。

是岁,遣胜取兴元,使参政江俨通好于太祖。太祖遣都事孙养浩报聘,遗玉珍书曰:"足下处西蜀,予处江左⑭,盖与汉季孙、刘相类。近者王保保以铁骑劲兵,虎踞中原,其志殆不在曹操下,使有谋臣如攸、彧,猛将如辽、郃⑮,予两人能高枕无忧乎?予与足下实唇齿邦,愿以孙刘相吞噬为鉴。"自后信使往返不绝。

二十六年春,玉珍病革,召寿等谕曰:⑯"西蜀险固,若协力同心,左右嗣子,⑰则可以自守。不然,后事非所知也。"遂卒。凡立五年,年三十六。⑱

　　子昇嗣,改元开熙,葬玉珍于江水之北,号永昌陵,庙号太祖。

　　(选自张廷玉总裁《明史列传第十一·明玉珍》,中华书局1974年版)

【注释】

　　①随州:今随县,在湖北省北部,桐柏山与大洪山间,溳水上游,与河南省邻接。　②重瞳:眼中有两个瞳子。传说舜、项羽均是重瞳子。　③徐寿辉:?—1360,元末长江中上游红巾军首领。至正十年(1350)被拥立为帝。　④眇(miǎo):指一眼瞎。　⑤已而:不久。　果州:今四川省南充市。　⑥平章:元代为地方高级长官。　⑦徇(xùn):夺取。　⑧二十年:元至正二十年(1360)。　陈友谅:1320—1363,徐寿辉红巾军元帅。　⑨悖逆:叛逆。　⑩二十二年:元至正二十二年(1362)。　⑪宗伯:官名,辅佐皇帝掌管宗室之事。　⑫折节:屈己下人。　⑬冢宰:官名,辅佐皇帝之官,为宰相之职。　⑭江左:古地区名。古人以东为左,以西为右,故江左即江东。　⑮攸、彧:曹操的谋臣荀攸、荀彧。　辽、郃:曹操战将张辽、张郃。　⑯二十六年:元至正二十六年(1366)。　病革:病急、病危。　寿:左丞相戴寿。　⑰左右:相帮、协助。　嗣子:古时继位之嫡长子。　⑱凡立:在位。　年三十六:与玄宫碑载"寿三十八岁,在位六年",略不同。

【阅读提示】

　　这篇"小传"记述了明玉珍起义、投奔红巾军首领徐寿辉,掠粮川陕,袭重庆,克成都,斥陈友谅弑徐寿辉,并为徐立庙、岁时致祀的义行,称陇蜀王,礼贤下士,重用刘桢之策,仿周制,设六卿;设国子监,教公卿子弟;设提举司教授,设社禝宗庙,求雅乐,开进士科,发展文化教育;分蜀地为八道,轻赋税(按十分之一交纳);外"结盟"于江左之朱元璋,构成东西联手抗元之势。社会稳定,生产发展,蜀人得以安居。这篇"小传"文字简洁明晰,明玉珍建大夏国之经过一目了然,他"性节俭,颇好学,折节下士"之优秀品质,令人敬仰。

　　明玉珍于元至正二十六年(1366)病逝后,其子明昇继位,因年幼(仅十岁),大臣不肯相下,内乱不止,严重损害了国力。明洪武四年(1371),朱元璋派重兵进攻成都、重庆,破夔州,兵进铜锣峡,在兵临城下之际,明昇母彭氏泣曰:"早降以活民命。"大夏国于是消亡。大夏国共存二世,历十年。第二年(洪武五年,1372),朱元璋徙明氏家族于高丽。1982年,明玉珍在原江北城的叡陵及玄宫碑被发掘以后,在韩国的六百多年后的明氏后裔每年清明节,都要来渝凭吊祖先,以追思祖先之德。

九、擎天女豪秦良玉

固守石砫檄文[1]

秦良玉

秦良玉(1574—1648),明代爱国女英雄,重庆市忠县人。自幼饱读经史,跟随父兄学兵法,习骑射,常以花木兰、穆桂英等女英雄自勉。24岁嫁与石柱县宣抚使马千乘为妻。万历二十七年(1599),随夫率兵平定播州(今贵州遵义)宣慰使杨应龙叛乱。夫死后代夫职,训练了一支强悍的白杆兵,先后两次受命援辽,打退后金,镇守榆关(今山海关);平定永宁土司奢崇明叛乱;崇祯二年(1629),后金逼近京师,她请缨勤王,攻克滦州,收复迁安、永平、遵化三城,解除了后金对明王朝的威胁。受到崇祯皇帝的嘉奖,封诰命夫人,委以总兵官。明亡后,南明隆武政权授予其上柱国、光禄大夫、太子太保、忠贞侯封号。死后葬石柱城东回龙山。

为传檄布告我父老军士同心御侮事。慨自献贼犯蜀,石砫震恐,有议降者,有议迁者。[2]呜呼!普天之下,莫非王土。我高皇帝以布衣提三尺剑,四征不庭,乃定丕基。[3]今皇上神圣英武,独运庙谟,献逆虽狡,指顾成擒。[4]我父老军士,奈何不详查虚实,妄听谣诼,滋长贼寇之威,挫馁军旅之气耶?[5]本使以一弱女子而蒙甲胄者垂三十年,上感朝廷知遇之恩,涓埃未报;下赖将士推戴之力,思其功名。[6]石砫存与存,石砫亡与亡,此本使之志也!抑亦封疆之责也!然有谓献贼善于用兵,战无弗利者,噫嘻!此实虎之伥,雉之媒,□□□□□也。[7]夫襄阳乞降,熊巡抚受其绐;澧州溃围,左军门傲其志。[8]若令其当本使,则其伎立穷矣。往者播州之役,歼厥精锐八千;蔺州赴援,解严不越九日。[9]他若重庆之捷、成都之捷、夔门之捷,均彰在人耳目。想我父老军士,共见共闻,非本使一人私言也。今者贼之前锋,已逾荆关,距石砫仅三日程耳。⑩乃复盘旋如蚁,游移如狐,欲前复却,欲进又退,本使不知其何所顾忌而若此?虽然临事而惧,好谋而成,圣人之格言,兵家之要道也!本使国愤家仇,痛心交并,汉贼不两立,其势直不可以终日。然而不敢恃血气之勇,昧壮老之意,而学匹夫抚剑之态!⑪其有盘涧硕人,泉石逸士,怀留侯之奇谋,隐淮阴之雄略,足以制贼之死命,而供诸本使前者,固当虚衷翁受,拱听明诲。⑫即降至舆台走卒,或有一策可师,片言足采,本使亦无不乐与周旋,崇以礼貌。⑬惟本使鳃鳃过虑,不得不与我父老军士约者,则以全蜀沦陷,群贼猥毛,其侦骑之密布,逻卒之四出,禁无可禁,防不胜防。⑭是在各奋报国之心,共作同袍之气。⑮毋惑妄论,毋听谣言,毋许越界,毋许私徙。临阵身必先,杀贼志必果。勿奸淫,勿劫掳,勿嚣张,勿浮动。遵所约则赏有差,悖所约则杀无赦。⑯本使令出法随,虽亲不贷。⑰檄至之日,其各凛遵!⑱

(选自《绿色石柱》,重庆出版社2007年1月版)

【注释】

①檄(xí)文:古代用于晓谕、征召、声讨的文书。 ②献贼:指农民起义军首领张献忠(1606—1646)。明崇祯十七年(1644),张献忠率军再取四川,在成都建大西政权,即帝位,年号大顺。 ③高皇帝:明太祖朱元璋(1328—1398),明王朝的建立者。死后,被谥称为高皇帝。 布衣:平民百姓。 不庭:不回家,不臣服。 丕基:大的基业。 ④皇上:明思宗朱由检(1611—1644),明代末代崇祯皇帝。 庙谟:庙算、庙略。指古代帝王或朝廷对于国家大事的策划。谟,计谋、谋略。 指顾:一指手一回头的时间,极言时间短暂。 ⑤谣诼:造谣毁谤。诼(zhuó),谗谤。 ⑥甲胄:古代战士用的铠甲和头盔。 涓埃:微末、细微。涓,细流;埃,轻尘。 ⑦虎之伥:为虎作伥,助暴为虐。伥,伥鬼。古代迷信传说中,人被老虎吃掉后变为伥鬼,又去引诱人来给老虎吃。 雉之媒:猎人所驯养的野鸡,用以招引未驯养的野鸡。媒,媒介。 ⑧绐(dài):欺骗。 傲:轻慢。 ⑨播州之役:平定播州(今贵州遵义)宣慰使杨应龙叛乱。 厥:其。 解严:解困。 ⑩荆关:荆州(今江陵县)。 ⑪昧:违背。 ⑫盘涧:居住在山林。 硕人:旧称盛德之人。《诗经·卫风·考槃》:"考槃在涧,硕人之宽。" 逸士:有过人之才的闲士。 留侯:张良(?—前186),字子房,刘邦重要谋士。汉朝建立,封留侯。 淮阴:韩信(?—前196),刘邦大将,善用兵。汉朝建立,封淮阴侯。 虚衷:虚心。 翁受:接受长辈的教诲。 拱听:拱手聆听。 明诲:明示。 ⑬舆台:古代奴隶中两个等级的名称。 ⑭鳃鳃(xǐ):亦作"谍谍",恐惧貌。 猥毛:如毛之多。猥,众多。 逻卒:巡逻之兵卒。 ⑮同袍:可同穿衣服的志趣相投之人。 ⑯赏有差:奖赏有差别,即按功行赏。 ⑰不贷:不饶恕。 ⑱凛遵:严格遵守。凛,严肃、严格。

【阅读提示】

秦良玉一生两次平叛,三次北上勤王,为维护国家统一、保障人民安居乐业,作出了重要贡献。

明崇祯十七年(1644)正月,张献忠率农民起义军攻破夔州,秦良玉驰援兵败后,退回石砫(现为石柱)。后,张献忠攻陷四川,建立大西政权。秦良玉凛然不为所惧,发布了这篇有名的《固守石砫檄文》。在这篇"檄文"里,秦良玉分析了当时严峻的军事形势,表达了一个蒙甲胄三十年的弱女子"守土之志,封疆之责"的态度和"国愤家仇,痛心交并"及与父老军士"同心御侮"的决心,晓谕父老军士不要听信"妄论"和"谣言",不要私自迁徙越界,"临阵身先"、"杀贼必果",以保家乡石砫之安全。虽然文中对农民起义军有不敬之辞,但这是可理解的。秦良玉曾受明王朝的嘉奖、诰封,忠心于明王朝而认为张献忠是"汉贼"、是叛逆,是很自然的。何况古代人们总是把"忠君"和爱国联系在一起,这是历史的局限。从全文来看,动情晓理,情真意切,令人感动。

赠秦良玉诗(四首)

朱由检

朱由检(1611—1644),明思宗,崇祯皇帝。1628—1644年在位。统治期间,爆发了农民大起义和后金犯境,他企图挽救明朝灭亡。崇祯十七年(1644),李自成率起义军攻克北京,他在煤山(今北京景山)自缢,明亡。

(一)

学就西川八阵图①,鸳鸯袖里握兵符②。
古来巾帼甘心受,何必将军是丈夫。

(二)

蜀锦征袍手剪成,桃花马上请长缨③。
世间多少奇男子,谁肯沙场万里行。

（三）

胡虏饥餐誓不辞④，饮将鲜血代胭脂。
凯歌马上清吟曲，不是昭君出塞时⑤。

（四）

凭将箕帚扫虏胡⑥，一派欢声动地呼。
试看他年麟阁上⑦，丹青先画美人图。

（选自《绿色石柱》，重庆出版社2007年1月版）

【注释】

①八阵图：八阵为古代战阵名。此指诸葛亮鱼复八阵图，分天、地、风、云四阵为正，在"井"字形四角；龙、虎、鸟、蛇为奇，在四边。中央为中军。另有游骑二十四阵布于八阵后方。此图在奉节县瞿塘峡口、长江北岸沙碛。碛上有若干石堆，夏水涨则没，冬水退方显。相传此为诸葛亮破陆逊之八阵遗址。　②鸳鸯袖：绣有鸳鸯的女将军的战袍。　兵符：将帅执掌的印信。　③长缨：长丝带，代指武器。　④胡虏饥餐：岳飞《满江红》词句："壮志饥餐胡虏肉，笑谈渴饮匈奴血。"　⑤昭君出塞：王昭君，西汉南郡秭归人。汉元帝时被选入宫。竟宁元年（前33），匈奴呼韩邪单于入朝求和亲，她自请嫁匈奴，对汉朝和匈奴的和好关系，曾起一定的作用。　⑥箕帚：装扫垃圾的器具。此表蔑视之意。　⑦麟阁：麒麟阁。汉代阁名，在未央宫中，萧何造，"以藏秘书，处贤才也"。汉宣帝时，曾绘霍光等十一功臣像于阁上，以表扬其功绩。后多以"麒麟阁"或"麟阁"表示卓越功勋和最高荣誉。

【阅读提示】

崇祯三年（1630），秦良玉率石柱白杆兵北上勤王有功，庄烈帝明思宗朱由检在平台召见她，并赐诗四首赞颂她抗金保国的伟大功绩。其一赞她胸有谋略，指挥善战，巾帼不让须眉，将军何必是丈夫！其二赞她主动请缨勤王，赛过世界多少奇男子！其三赞她得胜时的壮志豪情，马上清吟凯歌，已不是昭君出塞时的凄苦。其四赞她仅凭农家器具就平扫胡虏，因此麒麟阁上的功臣图首先要画的就是秦良玉。四首诗随口吟出，自然流畅，贴切感人。

题芝龛记
——赞秦良玉

秋 瑾

秋瑾(1879—1907),字璿卿,自号鉴湖女侠,浙江山阴县(今绍兴)人。1904年夏,只身到日本留学,创办《白话报》,鼓吹推翻清朝。年底回国。1905年春再去日本,见到孙中山,加入同盟会。同年冬返国,创办《中国女报》,后积极发动皖、浙两省起义,不幸被捕。于1907年7月15日就义于绍兴轩亭口。

古今争传女状元,谁说红颜不封侯?
马家妇共沈家女[①],曾有威名震九州。

执撑乾坤女土司,将军才调绝尘姿。
靴刀帕首桃花马[②],不愧名称娘子师。

莫重男儿薄女儿,平台诗句赐蛾眉[③]。
吾侪得此添生色,始信英雄亦有雌。

百万军中救父回,千群胡马一时灰。[④]
而今浙水名犹在,思见将军昔日才。

谪来尘土耻为男,翠鬓荷戈上将坛。
忠孝而今归女子,千秋羞说左宁南[⑤]。

忠孝声名播帝都,将军报国有良姝[⑥]。
可怜不倩丹青笔[⑦],绘出娉婷两女图[⑧]。

结束戎妆貌出奇,个人如玉锦驼骑。
同心两女肩朝事[⑨],多少男儿首自低。

肉食朝臣尽素餐⑩,精忠报国赖红颜。
壮哉奇女谈军事,鼎足当年花木兰。

(选自《绿色石柱》,重庆出版社2007年1月版)

【注释】

①马家妇:秦良玉,因其夫为马千乘,故称马家妇。 沈家女:沈云英,明朝浙江萧山县人,道州守备沈至绪之女。从父参加与农民起义军作战,其父被张献忠部所杀,她在万马军中夺还父尸,据城顽守,明廷授她为游击将军。后,其夫贾万策在荆州被农民军所杀,她才辞职还乡。 ②帕首:古代男子束发的头巾。指秦良玉束发整装。 ③平台诗句:指崇祯皇帝的赐诗。 ④此句指沈云英在百万军中夺还父尸之事。 ⑤左宁南:左良玉(1599—1645),明末山东临清人,字昆山。曾在辽东与清军作战,后在镇压农民起义军中扩大部队,升为大帅,封宁南伯,进侯爵,驻武昌。南明弘光政权成立后,马士英等执政。他以清君侧为名,进军南京,讨伐马士英,中途病死。其子率部降清。 ⑥良姝:美好的女子。 ⑦不倩:不好。 ⑧娉婷:女子美好的姿态。 ⑨肩朝:并肩共朝。 ⑩尽素餐:全是白吃饭。

【阅读提示】

自号鉴湖女侠的秋瑾,作为民主革命的先驱者自然对历史上的巾帼英雄情有独钟。所以,她在自己供奉秦良玉和沈云英画像的"芝龛"题下八首诗,赞颂秦良玉、沈云英忠孝两全的报国精神,谴责左宁南之流的"屠民"与投降丑行。第一首概述两女子"威名震九州";第二、三首赞秦良玉"始信英雄亦有雌";第四、五首赞沈云英"忠孝而今归女子";第六、七、八首盛赞两位巾帼英雄精忠报国精神堪比花木兰!并对"肉食朝臣"卑怯与懦弱的"耻为男"的行为进行了嘲讽。全诗一气呵成,充满豪情,满溢英雄之气!

咏秦良玉(四首)

郭沫若

郭沫若(1892—1978),四川乐山人。早年赴日本学医,回国后从事文艺活动。1926年参加北伐战争,任国民革命军总政治部副主任。1927年8月参加南昌起义,随即加入中国共产党。1928年因避蒋介石缉捕,旅居日本。抗战爆发后回国,先后任国民政府军委会政治部第三厅厅长、文化工作委员会主任。在周恩来领导下从事抗战文化工作,创作了《屈原》《虎符》等历史剧和大量诗文及历史专著。新中国成立后,任政务院副总理兼文教委员会主任、中国科学院院长兼哲学社会科学部主任、全国人大常委会副委员长、全国政协副主席等职。有《沫若文集》《郭沫若全集》等著作多卷。

（一）

石柱擎天一女豪①,提兵绝域事征辽。
同名愧杀当时左②,只解屠民意气骄③。

（二）

兼长翰墨世俱钦④,一袭征袍万里心。
艳说胭脂鲜血代,谁知草檄有金音⑤。

（三）

平生报国屡争先,隆武新颁瞬二年⑥。
八月关防来蜀日,南朝天子又宾天⑦。

（四）

萑苻满目咎安归⑧？涨地胡尘接紫微⑨。
无复当年风虎意,空余白杆映斜晖⑩。

（选自《绿色石柱》,重庆出版社 2007 年 1 月版）

【注释】

①擎天:高举入天。　②当时左:指左良玉。见《题芝龛记》注⑤。　③屠民:指左良玉镇压农民起义军。　④翰墨:文章。此句是说秦良玉能文能武,文武全才。　⑤草檄:檄文。指《固守石砫檄文》。金音:金戈铁马之音。　⑥隆武:南明政权唐王朱聿键的年号(1645—1646)。　⑦宾天:称帝王之死。　⑧萑苻(huán fú):泽名。《左传·昭公二十年》:"郑国多盗,取人于萑苻之泽。"杜预注:"萑苻,泽名,于泽中劫人。"后因称盗贼出没之处为"萑苻"。　咎:罪责。　⑨涨地:扩大地盘。紫微:紫微星。古人以紫微星垣比喻皇帝的居处。此指明王朝的京城。　⑩此句写明亡时(1644),秦良玉已经70岁了。所以,已无当年的风虎意气,只好"空余白杆映斜晖"了。

【阅读提示】

　　秦良玉的一生是坚持保境安民,坚持抗清的一生,她至死不降清并遗命其孙马万年继续抗清保民,使她成为具有强烈民族气节的一代英豪。郭沫若的四首诗,盛赞了秦良玉抗清保民的爱国主义精神。其(一)将她与只知"屠民"、其子降清的左良玉进行对比,赞颂她是"擎天一女豪"。其(二)写她文武全才,固守石柱,保境安民。其(三)写她在明亡后依附福州的南明隆武政权,隆武皇帝于1646年8月派人来加封她为"太子太保忠贞侯",并赐"太子太保总镇关防铜印"。秦良玉虽已73岁,仍肩负起"复明抗清"的重任。不料即将起行时,福州失陷,抗清之事才不了了之。其(四)写她晚年眼看盗贼蜂起,胡尘掠地,空有报国之志,已无杀敌之力的遗憾。全诗就秦良玉一生中的几大事件进行铺染,充满仰慕和颂赞之情。

十、除教安民之余栋臣

起义军檄文

余栋臣

（光绪十六年六月，即1890年7月）

余栋臣（1851—1912），四川省大足县（今属重庆）人，出身贫寒，幼年失学，靠挑煤卖为生。他生活于帝国主义入侵中国的动乱时代，耳濡目染了外国传教士在中国的罪行，积极响应反对外国传教士的斗争，于1886年参加了大足县龙水镇发生的第一次捣毁教堂的斗争，1888年又参加了龙水镇人民第二次捣毁教堂的斗争。两年后，他率领群众千余人，第三次捣毁龙水镇的外国教堂。事后，传教士与地方官府勾结，诬陷蒋赞臣（余栋臣表弟）是主犯，并要缉拿归案，激起广大群众的极大愤慨，他乘机领导大足县人民，第一次揭起武装反对洋教的大旗。起义失败后，他藏匿民间。1898年3月，他被官府诱捕，后被义军解救。回大足后，他又领导了规模更大的大足县人民反对洋教的第二次起义，波及30余州县，影响巨大。清廷一方面对他威逼利诱，进行劝降；一方面派重兵对起义军围剿。后被清廷所捕，关押在成都狱中。辛亥革命后获释，不久被川军第一师师长周俊捕杀。

夫法夷洋人者，今之寇仇，古之杨墨是也，而圣主仁皇帝之圣语中所谓当除异端者也。[①]试举其略，为我军民人等布告之。夫洋人禀乎犬羊之性，假以虎狼之威，不惟凭陵小国，敢又欺侮中华。[②]自火焚圆明园以来，盘踞京师，窃窥神器，以致咸丰王受惊而终，其罪不胜诛者一也。[③]……

有此骇天八大罪，欺君二三款，夫以五等之刑，因拟凌迟而处剥。[④]杂以万民之内,何异猪羊而同槽。是以酉阳打于前,贵州杀于后,白果巷夺其巢穴,重庆府毁其房廊。⑤江北创先陈子春,马跑受害雷健候。⑥不知改性,仍蹈故辙,煮酒熬糖,无所不至。杀牛窝贼,任意施行。⑦使司铎而钻衙门,颠倒是非。买保正以作心腹,别有阴谋。⑧所以大举龙水镇,昌州马跑场。经堂高过文武庙,霸功行了数十年,无法无天,自恶自毒。⑨罢灭灵祖会,杀伤看耍人。开门几大炮,死百多而伤百多。银枪数十杆,打一个而藏一个。此是六月之事实,乃千万人所共瞻。⑩上帝不容,雷抓梁头于古井。灵官大怒,仍见鞭借于冤家。此呼彼应,义士来自东南西北;担粮馈饷,妇女亦送箪食壶浆。⑪军声大振,教民远逃。此系我朝开国定鼎,贤圣之君七八代,生养之恩数百年,而始有此一举也。⑫不然,父老扶杖而观,儿童执铤相从哉! 兼知军令为严,民大安堵。其各秋毫无犯,俨若夏雨时行。⑬最可恨者,杨体尖老壳,陈典小匹夫,钱爷大啄棒,对教主而哭泣,受鼎新之刀摆,不惟助纣为虐,反而与贼同情。⑭……

(节选自《大足县志》卷五,1945 年铅印本)

【注释】

①法夷:法国人。夷,旧时泛指外族及外国人。　杨墨:即杨朱和墨翟。战国时期杨墨两派学说都很流行。他们都是儒家的反对派,受到孟子的激烈批评。　圣主仁皇帝:即康熙皇帝(玄烨),死后谥为仁皇帝。　②禀……性:先天生就的性情。假:凭借。　不惟:不仅、不只。　凭陵:侵扰。　③火焚圆明园:圆明园,清代名园之一,在北京西郊海淀附近。始建于康熙四十八年(1709),为环绕福海圆明、万寿、长寿三园的总称。周约 10 余公里,罗列国内外名胜 40 景,有中西不同风格的建筑群 145 处,被誉为"万园之园"。咸丰十年(1860),英法联军劫掠园中珍物,并放火焚烧圆明园。　京师:北京。　窃窥神器:窥视和抢劫圆明园和京师的珍宝。　咸丰王受惊而终:英法联军于咸丰十年(1860)入侵我国,咸丰皇帝于咸丰十一年(1861)病终。④骇天:惊天。　凌迟:剐刑,古代一种残酷的死刑。　处剥:处死而剥皮。　⑤杂以:传教士杂处于。　酉阳打于前:酉阳,今重庆市酉阳县。同治四年(1865)二月,酉阳教民奸污妇女致死,当地富绅冯士银等率领数百人愤起捣毁教堂,杀死庇护教民的法国传教士玛弼乐,打死教民多人,川东各县闻风响应。同治七年(1868),法国传教士李国在酉阳组织教堂武装,修筑寨堡,奸淫抢掠,无所不为。次年初,在乡绅张佩超等支持下,民团首领何彩率众攻破酉阳天主堂,杀死李国,并分队攻打州属教民。这就是有名的酉阳两次教案。　贵州杀于后:指贵阳教案,又名青岩、开州教案。咸丰十一年(1861),法国天主教主教胡缚理以《天津条约》为护符,在贵阳威逼官吏,欺压人民,激起贵州绅民公愤。青岩镇团丁焚毁教会学堂,杀死教徒四人。次年(同治元年),法国传教士文乃耳在开州(今开阳)唆使教徒抗拒春节赛会捐款,被知州戴鹿芝将他们逮捕判处死刑。　白果巷夺其巢穴:指重庆教案。1886 年,重庆人民为阻止

美国教会在鹅项颈(今鹅岭)等处建教堂以及英国教会在丛树碑修教堂,捣毁英、美、法等国的教堂数处,后发展为数千人"集团四处打教"的斗争,进攻城外白果树教堂,并遍及川东各县。　⑥江北创先:指1876年4月,江北厅四十八场农民数千人,手持刀矛枪炮,攻打教堂,火烧教会医馆。陈子春是其领头。　马跑:大足县一场镇。马跑教案指1890年8月,大足县西山煤矿工人百余人手持长矛大刀,捣毁马跑教堂,其成员雷建侯遭害。　⑦这句是说尽管群众进行反教会斗争,但传教士与教民仍不知悔改,继续作恶。　⑧司铎:天主教的神父。　钻衙门:被衙门(官方)保护起来。　保正:旧时农村户籍编制,十户为一甲,十甲为一保。保正,即一保之长(相当于今之村长)。　⑨龙水镇:今大足县龙水镇。1890年8月4日,在龙水镇灵官会上,教民将平民蒋兴顺杀死,激起群众愤恨,与教民发生械斗。8月8日,余栋臣率领西山煤矿工人数百人冲进龙水镇,杀教民12人。焚烧教堂,占据该镇,发布檄文,历数教堂教民罪行。　昌州:唐昭宗大顺元年(890),昌州治所已由静南迁至大足县。　经堂:教堂。　霸功:横行霸道。　⑩罢灭灵祖会:光绪十六年(1890)八月,教会第三次修建教堂后,法国传教士勾结官府禁止龙水镇百姓举行一年一度的灵官庙会,怕群众聚会,再度捣毁教堂。这成了余栋臣再度反洋教的导火线。　共瞻:共睹,共见。　⑪梁头:教民的一个头领。　古井:大足县一地名。　灵官:指灵官菩萨。　见鞭:电闪,或指灵官手执的钢鞭。　箪食壶浆:古时百姓用箪盛饭、用壶盛汤来欢迎他们爱戴的军队。　⑫定鼎:古代用鼎作为镇国的宝物,故以"鼎"喻王位、帝业。　贤圣之君七八代:指清朝开国以来的顺治、康熙、雍正、乾隆、嘉庆、道光、咸丰、同治,直到光绪年间。　数百年:自顺治元年(1644)到光绪十六年(1890),共计246年。　⑬执铤:手执钢铁武器。　民大安堵:老百姓丝毫不受干扰。安堵,指安居,不受干扰。　秋毫无犯:秋毫,最细微的东西。形容起义军纪律严明,丝毫不侵犯群众的利益。　夏雨时行:好像夏天的及时雨,应时而来。　⑭尖老壳:四川方言,形容人奸猾狡诈。　小匹夫:骂人之语,小坏蛋。　大啄棒:四川方言,指大笨蛋。　鼎新:更新革故。　刀摆:被革新的谎言所摆布。　此句是对群众中之胆小鬼的责骂。

【阅读提示】

本文是一篇讨伐洋教(天主教)的战斗檄文。檄文,古代用于声讨和征伐的文书。自19世纪50年代英、法等资本主义国家强迫清政府订立一系列不平等条约之后,外国传教士便可自由地深入内地传教,开展侵略活动,依仗外国势力无恶不作。因此,引起广大人民群众的反洋教斗争。从1840年鸦片战争到1900年义和团运动的60年间,全国发生重大教案数十起,四川各地爆发教案多起,范围遍及八九十个州县。而率先吹响四川人民反洋教号角的,则是重庆人民。本文所反映的正是大足县余栋臣领导的反洋教斗争。

1890年,大足县龙水镇教会第三次修建教堂,并要挟地方官严防再度被毁,强迫大足知县禁止龙水镇灵官庙会。当群众提出质问时,地方官竟下令捕人,且将平民打伤。8月8日,大足县西山煤窑、纸厂工人,以及苦力、挑贩数百人,在余栋臣的率领下,竖旗起义,第三次捣毁教堂,发布檄文,痛斥帝国主义以通商传教为名"夺小民农桑衣食之计"的罪行。

　　文章第一段阐述了洋人自古恃强凌弱,贪得无厌的"犬羊之性",而且陈述了自火烧圆明园以来,侵占我京师,为所欲为,进而想瓜分我中国的罪行。

　　第二段具体举了大量事实,揭露洋人的侵略行径和罪恶作为。作者在叙述时用了多个对偶句,如"使司铎而钻衙门,颠倒是非。买保正以作心腹,别有阴谋",增加了语气的强烈,给人以正气凛然的感觉。接着,作者举了几场轰轰烈烈的反教会运动,指出反洋教乃民心所向,入侵者是人人得而诛之。继而,引出自己领导的反洋教运动,而且用老百姓的支持"此呼彼应,义士来自东南西北;担粮馈饷,妇女亦送箪食壶浆"来反映此次运动声势的浩大,很得民心,给人以振奋昂扬的感觉。文章最后,痛斥了那些一味软弱,卑躬屈膝的小人,揭露清政府"纵海外之虎狼,戕国家之赤子"的卖国面目,声明"爰起义兵,誓雪国耻"的决心,号召群众起来"剪国仇"、"除民害"。

　　全文义正词严,铿锵有力,憎恶之情强烈,除恶之心坚决,充分反映了这场反洋教运动的正义性与群众性,是巴蜀地区反洋教斗争的重要记录。

我的被俘及其他

——法国传教士谈余栋臣起义

[法]华芳济著,周敏译

我的被俘

　　当时,我的生活很安宁,那天晚上,一个年青的传教士皮埃尔·路易(Père Louis)在我家里学习汉语,我完全没预料到余蛮子会来袭击我,尤其是在一个夜深人静的晚上。

　　7月3日晚上,因为天气很热,我和皮埃尔一直到11点还在屋外乘凉,厨子和其他用人都已经睡了,房门大大开着。这时一个胆大包天的强盗悄悄潜入皮埃尔的房间,躲在他的床下。我们回到屋里一个把小时,一阵救命声把我惊醒。我立即跳下床，我的板壁已被打碎，木板乱飞。我急忙跑出去，随手关上门，想跑到皮埃尔的房里躲一下，因为他那边有武器。哎呀！不好！强盗已进了皮埃尔的房间，一阵大喊地向他扑去，卡住他的喉咙。两人正打得激烈，门被反扣着，我无法进去。

我完全没有想逃跑的念头，因为我的教友不会汉语，而且大多数还在睡梦中，我一跑，他们就只有被打死。

我应该牺牲自己去救他们，我躲在教堂里，这伙强盗在祭坛下面发现了我。

我听到他们在外边大喊大叫地追捕我，害怕到手的战利品跑掉了。我抵抗了一阵子，后来实在是精疲力尽，遍体鳞伤地被他们捉住捆了起来。

皮埃尔大概是一边打一边就跑掉了。厨子和当天从荣昌来给我送信的那个教徒被砍了一刀。其他的佣人和长工及他们的家人后来还是得救了。

我的院子遭到洗劫，钱、衣物、宗教饰品统统被抄走，家具被砸坏，他们去龙水镇之前，还一把火把教堂也烧了。以至于到今天，我还住在这如此简陋的房子里，连衣服也没换的，就连做弥撒的衣物都没有，宗教饰品也不得不去借。

洗劫一空后，大队人马一路欢笑，一路鸣枪，朝龙水镇去了。艰难的路程开始了，我永远也不会忘记7月3日至4日的这天晚上所发生的事情，他们把汉语中最丰富的凌辱和骂人的词儿都用尽了。

乡民在大街上添油加醋地谩骂我，辱骂我，没有比这更残酷的折磨了。他们要把我剁成肉泥，烧成灰烬，并从精神上折磨我。仿佛所有的人都在绞尽脑汁，想方设法制造、发明最残酷的刑罚来折磨我。他们巴不得吃我的肉，喝我的血，余蛮子就口出狂言说，他一个人就要吃掉我的一大半！

请相信，我一点也没夸张，这类事情去年就在河北发生过。可怜的皮埃尔·维克多里就是这样死去的。一个自认为文明的民族，已经走到如此野蛮、残忍的地步，而一些欧洲人还像瞎子、聋子一样，还说是消息不灵，还仰慕他。

我一边听着他们的训斥，一边忏悔，请求上帝宽恕我的冒犯，为了拯救我的教徒，为了异教徒的依归，我愿献出我的生命。这次旅行的确是走到了苦难的顶峰：流血，受伤，光着身子走路，遭到了所有的凌辱，所有的不公平，留给我的是刑具，一副像耶稣基督一样戴着的刑具——枷锁。

拂晓，我们到达三吉村，正是个赶场天。人们很快地注意到我，余蛮子欣喜若狂地喊道:"这个欧洲人终于被我们抓到了,他跑不了啦!"只听到人群里发出一阵喊声:"杀死他!宰了他!不能让他留在此地,他系我大教之仇人。"这些话对我有利。因为他们不让我留在此地,仅仅因为我是一个欧洲人。揪住我的乡民也喊道:"杀了他!"

我太累了,我想抽烟。我在中国染上了这个坏习惯。我实在太想抽烟,就向余蛮子要,他立即给我松绑。把他自己的烟斗递给我。这是我第一次吸这个无赖的烟!几个月后,当余蛮子成为一个"伟人"时,哥老会的头儿们还送给他一个漂亮时兴的烟斗。这个烟斗他只给我抽过,其他的人,就连他的双亲也没抽过,更没摸过!这些事在中国是分得很清楚的,并不奇怪!

在三吉村,余蛮子向我提出了他的和谈条件,这是些完全不能接受的条件。一路上,大腿上的伤使我痛得难以忍受,我拒绝再走。他们给我找来一副滑竿,就这样光着头,在火辣辣的太阳下坐着走了两个多小时,我想要顶草帽,他们也不给,我只好作罢。我的头都被晒麻木了,简直要被晒死了。一路上所有的村镇士绅都来祝贺余蛮子取得了辉煌的胜利。同时,他们又都侮骂我。

下午二点正到了龙水镇,余蛮子受到全镇居民的欢迎。他大讲自己的功绩,他是如何机智勇敢地抓住了我。接着,他煽动说,如果官府试图释放我,乡民们就应该起来造反。我成了他的私有财产,他掌握着我的生死大权,就是法国也无能为力来试图搭救我。

余蛮子的爱国及变主思想

在余蛮子颁布的檄文里,首先,他把自己打扮成爱国者,认为是欧洲人在到处干预中国的事务,并且要按照他们的意志来左右皇帝,他要不惜任何代价把皇帝从这种束缚中解放出来。同时还要消除欧洲人在中国的影响。

第二条,也是很重要的,并且也十分可怕。基督教深入到各个省份,中国神的崇拜者越来越少,鬼的影响也在逐渐消除,逐渐被天主教取代。中国神已处于悲惨的境地,必须要阻止这种灾难,保住中国的菩萨,最有效、最简便的办法就是消灭全国的所有的基督徒。

因此,在中国教会面临全面崩溃之际,他把那些对国家的荣辱多少还有些关心的人,召集到了他的门下。异教徒没有什么可害怕的,变革一没改变他们的生活,二没触及他们的房产。他们造反,完全是为了拯救国家,是为了把皇帝从欧洲人的束缚中解救出来。最后,为了拯救宗教,余蛮子宣布,他要做宗教的保护人和捍卫者。

上述这些,其实是欺骗老百姓的。当余蛮子集合大队人马朝重庆挺进之时,一路烧毁城镇,公开举旗造反,对基督徒的屠杀又开始了。

要弄明白那些迫使中国人造反的理由及各种道理是有必要的。

长期以来,朝廷的上层人物,对政府向欧洲人作出让步也大为不满,他们也希望推翻满清,由汉人来当朝,迫使皇帝走改良的道路。老百姓对实施的这个改良办法也感到非常不满,认为这完全是在走回头路。同时,到处都在咒骂皇太后,指控她行为恶劣,把中国出卖给了欧洲人,甚至她也仿佛成了欧洲人。他们知道,当时,在四川,有人还说她是"我的妹妹"!皇太后,是个十分傲慢、精明能干的女人,她在作裁决时也是十分果断的。如果人们希望变革成功,就只有除掉她。那时,皇帝只是中国人手中的玩物,是废除他的时候了。

全国上下一片咒骂声,直至偏远小镇,群情激昂,憎恨这个女皇,都巴不得她早点死去。

余蛮子侃侃而谈

余蛮子的行动得到了哥老会首领的赞扬和鼓励之后,他便大肆宣扬自己,到处发表演讲。昔日的煤炭挑夫,摇身一变成了演说家与革命者。

"时代变了,"他说,"从前,在我烧教堂、烧教徒房屋时,我几乎可以说是孤零零的一个人。没有任何人帮助我。而今天,大家都已开始懂得要拯救皇帝,就必须摧毁洋教。现在蒋赞臣带兵去安岳而进发成都,唐翠屏的兵卒都去了泸州、叙府,我要去重庆,任何人休想抓住我们。在省内我们已经给了洋教毁灭性的打击。这仅仅还只是开始,我们将来还要把欧洲人从中国赶出去。欧洲人用钱收买了官吏和手下人,这些贪官污吏为了几两银钱就出卖皇帝,也不感到惭愧。但是他们没想到民众就是最讨厌这种官吏。中国有伟大的人民,辽阔的土地,是任何力量也阻挡不了的。全国人民团结起来,就一定能胜利。""至于你们,村民们,你们不用怕,我们所进行的战斗,就是为了解救你们。教徒就是在这些贪官的支持、保护下向你们进攻的,这样,不久的将来你们就会成为他们的奴隶!欧洲人是要分裂我们的国家,他们抢你们的财物,还要杀死大人、小孩和妇女。为了使你们避免这种不幸,所以我要揭竿起义。我不愿意国家遭受不幸,决不允许!为了不让国家灭亡,起义、造反是完全必要的。那些欧洲人和官老爷们,他们什么也看不见,什么也听不见,他们什么也不知道,他们只知道要瓜分我们的国家,由这伙人来统治我们,是不会有希望的。他们是卖国贼,是叛徒。因此民众要团结起来,奋起反抗,杀死基督徒,赶走欧洲人,以结束这种不幸。只要我们团结起来,我们就什么也不怕,欧洲人也就不敢再来侵犯我们,只要他敢来,就杀他个一个不剩。有人说,欧洲人的武器好,但是他那些枪还没有我这些盒子炮、管子炮打得远,我这些炮要打300多米远。所以我再说一遍,你们一点都不要怕。"听到如此侃侃而谈,我忍不住笑出了声。余蛮子转过头问我有什么好笑的。我说:"为什么不能笑,我知道欧洲兵,我看你有1万多号人,哼!那50个欧洲兵就可以把你们统统杀了,当然也是包括你!"

关于天主教徒的房地产问题也很快定下来了。余蛮子说:"教徒的所有财产统统充公。就是以后这些教徒又回来了,问到他们的房产问题,也不要理会他们,就是他们向官府提出诉讼,你们也不要怕,抓住这些教徒就打死他们,任何人也无权指责我们。相反,你们才是受之无愧的英雄。"他又补充道:"另外,我说话是算数的,是一定要实现的。"

你看这个余蛮子简直是贪得无厌,他最后说:"有许多教徒的值钱的东西是藏在你们家里的,这些东西应该统统交给我,因为现在教徒的财物就是我的财物,请你们赶快交给我,否则,我就要把你们都当成教徒处治。"

这些老实巴交的乡民只得规规矩矩地把他们的武器、钱财交给了余蛮子。这个家伙就是这样如此轻松地制服了那些善良的乡民,因为乡民们都希望杀绝教徒,并且他们也相信余蛮子一定能胜利。但是事隔不久,他们就会气得吐血,因为他们不但看到余蛮子成为了阶下囚,而且官府又放了我,教民们也重返了家园。那些左邻右舍认为教徒们再也回不来了,就悄悄地把教徒的土地侵占后当成自己的田土一样种上了庄稼。没想到,正当收割季节,教徒又回来了,还得感谢这些好心的邻居为他们种上了庄稼。

(节选自[法]华芳济著《我在四川被囚禁的经过》,周敏译,重庆市地方史研究会2003年印)

【阅读提示】

周敏在《译者附记》中说:"1898年在四川省重庆府大足县爆发的余栋臣反帝武装起义,在中国近代反洋教斗争史上占有十分重要的地位,也是重庆和四川近代史上的重要事件。这场起义的主要反面角色——被余栋臣逮捕的天主教川东教区法国传教士华芳济(P. Francois Fleury)——在获释以后,于1899年在重庆写下了《我在四川被囚禁的经过》一文。该文的中译本发表在上海天主教出版的《汇报》上,题为《华司铎被俘记》。这是研究余栋臣起义的一件珍贵资料。

由于中译本采用的是摘要意译,重要的脱漏不少,篇幅仅及原文的1/3,且译文又系文言,多有不尽准确之处。因此,几十年来,人们一直盼望找到华芳济写下的法文原件,看到原件译出的完整译本。随着近年反洋教运动史研究的深入,这种愿望更为迫切。

20世纪80年代,美国密歇根大学学者茱棣·魏来访,与重庆市地方史研究会周勇等同志合作,研究清朝末年重庆与西方的关系。她回国以后,经多方查寻,终于找到了华芳济原作(法文本)的首次刊行本,即《外国传教团年鉴(1900—1901)》(第13号)。她将该文复印件送给了周勇。

本刊发表的译文,就是根据华芳济的法文本翻译的,是第一个完整的中文译本。它将使研究者第一次看到这份珍贵资料的真实面目。"

《我在四川被囚禁的经过》(法·华芳济)全文共24节,这里节选其中的"我的被俘"(五)、"余蛮子的爱国及变主思想"(九)、"余蛮子侃侃而谈"(十三)三节,标题是编者所加。从节选文中可以看出:乡民对外国传教士的憎恨,侧面反映出传教士及洋教徒的种种恶行已激起乡民的冲天怒火。同时,从外国传教士华芳济的眼中,折射出余栋臣起义完全是基于维护中国传统文化之宗教以及爱国爱民的思想,这是十分难能可贵的。

第三编
千古三峡,神奇悠远

三峡是一个永恒的话题,一个千古说不尽的绮梦。

长江是世界第三大河,它与黄河一样,是中华民族的母亲河。长江万里,最为熠熠生辉的是三峡,它是长江的华彩,不了解三峡,就不了解长江。三峡不但以它的雄奇壮美成为长江的中枢与轴心,更以它的古老文明,成为世界上最富人文渊薮的大峡与美不胜收的文化艺术长廊。

三峡之名,最早见于魏晋时期的文人作品中,西晋左思的《蜀都赋》中就有"经三峡之峥嵘"的句子。在北朝郦道元的《水经注》中,已经勾画出三峡的轮廓。

三峡的内涵辽远博大,由郦道元《水经注》发轫,精选一大批古人诗文,对巫峡、巫山、白帝城、夔门、白鹤梁、玉印山、丰都等名胜风物绘影传神,让我们纵览巡游三峡的总体风貌。然后,深入三峡,近距离地探寻十二峰的神奇幽深,跟随文人墨客在三峡中急湍飞舟,感受飞瀑流泉与江山野趣,作一次人生与灵魂的探险。

三峡是最早的人类发祥地之一,三峡文化源远流长,绚丽多彩。自大诗人屈原发端,众多文人墨客、文章巨子留下了三峡文化深深的印痕与丰美的篇章。

三峡在大时代中日新月异,现当代的伟大政治家以及作家、诗人、学者,对三峡崭新的风貌、历史的内涵与精神的启迪,作了不懈的探索与诠释,吸引我们永不休止地去追逐三峡之梦。

一、走进三峡

伊川先生祠堂记

曹彦时

曹彦时,南宋诗人,四川荥经县人。南宋绍兴五年(1135)曾在涪州为属吏。

昔韩文公谪潮阳[1],潮人祠之。俎豆之事岁时不绝[2],盖重其道则尊其人也。

伊川先生程公颐蚤以道鸣[3],传孔孟之业于百世之下,毅然特立于一时。在熙宁、元丰间[4],隐于伊洛[5],杜门不求仕[6],虽退而处穷,确守所学,不徇时以变。元祐初[7],温、申二公立朝[8],思得一代之真儒,如甘盘之教傅说之诲[9],以启迪圣学。乃从天下之望,交章荐先生于朝上[10]。累诏趋召,辞不获命。起自布衣,入侍讲筵[11]。先生以尧舜事其君,惓惓敷纳忠言、正论,[12]日以警悟天聪。天子礼之,是崇是信。

绍圣中指为元祐党[13],乃谪于涪,因寓北岩之梵宇[14]。先生身虽穷[15],而道亦通矣。乃以平日自得于《易》者为传[16]。豫章黄公庭坚榜其堂曰"钩深"[17],迨今凡四十年矣[18]。

巴峡地连西蜀,文物风化[19],岂潮阳荒陋之比?然四十年间,寂无追奉先生而祠之者。峡之俗尚鬼而多淫祀[20],独事前贤往哲之礼缺而不讲[21]。官于此者,亦未尝过而问焉。呜呼,异哉!

绍兴五年[22],李公瞻来守兹土[23],尊道贵德,以崇名教、厉风俗为先[24]。因访先生遗迹,悯古风之沦替[25],悼后学之茫昧[26],乃审厥象[27],以置祠于"钩深堂"之上。俭而不陋,质而不华。俾学者瞻仰德容[28],洋洋乎如在其上㉙；诵其遗书，佩其遗训，知前言往行，所以扶翼先圣万世之教者㉚，实在于先生。不犹愈于以有若似圣人而事之乎㉛！

　　工既毕，乃择季冬某日以礼寅奉面安之㉜，庶无愧于潮人之事韩公也㉝。命彦时记其略以载岁月，其何敢辞？

　　绍兴五年十二月十五日，荥阳曹彦时记㉞。

（民国涪陵县续修《涪州志》卷二十《艺文志二》）

【注释】

①韩愈在宪宗元和十二年（817），随裴度平淮西，升刑部侍郎，因上书谏遣使往凤翔迎佛骨事，被贬为潮州刺史。　②俎豆：祭祀、崇奉。俎（zǔ），置肉的几；豆，盛干肉一类的器皿。都是古代宴客、祭祀用的器物。　③蚤：通"早"。　④熙宁、元丰间：公元1068—1085年。　⑤伊洛：此指伊水和洛水。因二程曾在伊洛间讲学，后以"伊洛"代指二程的理学。　⑥杜门：闭门。　⑦元祐：宋哲宗赵煦的年号（1086—1094）。　⑧温、申二公：指司马光（1019—1086）和吕公著（1018—1089），二人于哲宗继位后同掌国柄，尽废王安石新法。　⑨"甘盘"句：传说甘盘与傅说都是商王武丁的贤臣，他们两人辅佐武丁完成了中兴之业。敩（xiào）：教导。　⑩交章：指官员交互向皇帝上书奏事。　⑪布衣：老百姓。讲筵：讲席，此指讲儒家经义。　⑫惓惓：形容恳切。也作拳拳。敷纳：采纳。　⑬绍圣：北宋哲宗赵煦的年号（1094—1098）。元祐党：绍圣初，章惇用事，称司马光、吕公著"诋毁先帝，变更法度，罪恶至深"，二人虽已死数年，仍追贬其官。受此牵连，程颐、苏辙、秦观等三十余人或被贬官，或被削职，当时称为元祐党人。　⑭梵宇：指梵天的宫殿。佛经有梵众天，为梵民所居；梵辅天，为梵佐所居；大梵天，为梵王所居。统称梵天。这里指寺庙。　⑮穷：困厄、不顺利。　⑯《易》：《周易》，也称《易经》。　⑰黄公庭坚：黄庭坚，宋代诗人。"钩深"：在涪陵北隔江相望的北岩东，原称普净寺。是北宋理学家程颐讲学的旧址。后黄庭坚将普净寺改为"钩深堂"，并挥笔题名。此三字曲折纵横，至今清晰可见。　⑱迨：到。　⑲文物：指礼乐制度。风（旧音fèng）化：教育感化。　⑳淫祀：不合礼制的祭祀。　㉑事：侍奉、供奉。讲：讲求、注重。　㉒绍兴五年：公元1135年。　㉓李公瞻：公元1135年，李瞻任涪州牧，在钩深堂内建程子祠，塑程颐像崇祀。　㉔厉风俗：整肃民风民俗。　㉕沦替：沉沦、没落。　㉖茫昧：幽暗不明。　㉗审厥象：勘察周围的地势、状貌。厥，代词，其。　㉘俾（bǐ）：使。　㉙洋洋：美好的样子。　㉚扶翼：辅佐。也作"翼扶"。　㉛愈：胜过。有若（前518—？）：春秋鲁人，孔子弟子。据《孟子·滕文公上》记载，孔子死后，其门人子夏等"以有若似圣人，欲以所事孔子事之"，后因曾子反对，才没有这样做。　㉜季冬：隆冬。寅：恭敬。　㉝庶：或许、也许。　㉞荥阳：当指四川雅州荥经县。

　　（"注释"选自邓海荣、唐德正《历代巴渝散文选注》，新疆人民出版社2002年10月版）

【阅读提示】

伊川先生,即程颐(1033—1107),北宋洛阳人,字正叔,著名的哲学家、教育家。绍圣二年(1095)被贬涪州。他在涪陵对岸黄旗山北山坪南麓的北岩旁石洞(今名为"点易洞")中点《易》立说,历时六载,写成理学代表作《易传》。南宋哲学家朱熹继承和发展了他的学说,形成我国古代哲学史上有名的"程朱理学"。黄庭坚贬涪州别驾时,为其讲经之所题名为"钩深堂"。南宋绍兴五年(1135),涪州牧李瞻在此建"程子祠",为其塑像。此文即记李瞻建祠之事。

作者记叙著名的哲学家、教育家程颐为宦为学的经历,特别是被贬涪州,在北岩"点易洞"撰写《易传》的艰难历程。再叙涪州牧(州主官)李瞻为尊圣崇礼,建"程子祠"的史事。作者倡言尊道贵德,崇名教,励风俗,是一种崇文重道的不凡见识。

北岩题壁

朱 熹

朱熹(1130—1200),宋代著名哲学家,字元晦,一字仲晦,号晦庵、晦翁、遯翁,别号紫阳,徽州婺源(今属江西)人,侨寓建阳(今属福建)。绍兴十八年(1148)进士。他继程颐、程颢学说,集理学之大成,世称"程朱学派"。其诗风格清新恬淡,善用小诗说明哲理。有《诗集传》、《周易本义》、《近思录》等,后人辑为《晦庵先生朱文公文集》和《朱子语类》等多种。

渺然方寸神明舍①,天下经纶具此中②。
每向狂澜观不足③,正如有本出无穷④。

(《同治重修涪州志·艺文志》)

【注释】

①渺然:遥远的样子。 方寸:一寸见方,言其小。暗指人的心。 神明:指精神。 ②经纶:整理丝缕,理出丝绪叫经,编丝成绳叫纶,统称经纶,引申为筹划治理国家大事。此处指天下的真理。 ③每向:常常向。 狂澜:汹涌的波涛。喻指事物的外在形式。 ④本:事物的根基和主体。按朱熹的观点,"本"即指理,天理。

【阅读提示】

　　北岩在涪州(今重庆市涪陵)铁柜山之南。绍圣年间,程颐被贬至涪州,在北岩辟钩深堂讲学,并凿点易洞点注《易经》。本诗实际是一首理学诗,反映了朱熹的两个基本哲学观点——"心具理"和"理一分殊"。诗中试图表明心具有知觉的功能,能认识天下万理,而天理体现在具体的万事万物中,所以要在事物的形态变化上认真学习体会。小诗写出大道理,可见作者的学养与功力。

竹枝词二首①

黄庭坚

　　黄庭坚(1045—1105),字鲁直,洪州分宁(今江西修水县)人。北宋诗人,"江西诗派"开创者,著名书法家,幼学广泛,六艺之外,博涉老庄内典、小说杂书。治平四年(1067)进士。先任国子监教授,后改知吉州太和县,赴任途中曾游三祖山山谷寺的石牛洞,便以山谷道人为别名。宋神宗元丰八年(1085),以校书郎为《神宗实录》检讨官,迁著作佐郎、秘书丞、提点明道官,兼国史编修官。绍圣二年(1095),章惇、蔡卞等人执政,谤以"修实录不实"之罪名,贬为涪州(今重庆涪陵)别驾、黔州(今重庆彭水)安置。后又移戎州(今四川宜宾)。贬官前,在京城常同秦观、张耒、晁补之等与苏轼交游,故有"苏门四学士"之称;书法与苏轼齐名,世称"苏黄"。书法长行书、草书,为宋代四大书法家之一。著有《山谷集》、《山谷精华录》(诗文集)、《山谷情趣外编》(词集)等。

　　　　撑崖拄谷蝮蛇愁②,入箐攀天猿掉头③。
　　　　鬼门关外莫言远④,五十三驿是皇州⑤。

　　　　浮云一百八盘萦⑥,落日四十八渡明⑦。
　　　　鬼门关外莫言远,四海一家皆弟兄。
　　(选自《黄庭坚诗选》,古典文学出版社1957年11月第1版,上海)

【注释】

　①竹枝词:乐府近代曲名,本巴渝巫峡一带民歌,末有和声。唐诗人刘禹锡贬夔

州时,以民歌调改作新词,歌咏三峡风光和男女恋情,遂盛行于世。　②蝮(fù)蛇:一种毒蛇,俗称"草上飞",善爬行。　③箐(qìng):竹名,竿直巨挺。入箐,进入山中原始密竹之林。　猿掉头:三峡最险的山路有"蛇倒退""猢狲愁"。这两句说蛇和猴子都发愁掉头,极言其艰难险阻。　④鬼门关:接近黔州的一绝险之地。　⑤五十三驿:黔州东北到汴京3865里,古时每30里设一驿站,故言五十三驿是皇州,这是略说。　⑥浮云一百八盘萦:浮云缠绕,极言其高险。　⑦落日四十八渡明:夕阳坠落之地,极言其低洼险绝。据黄庭坚《书萍乡县厅壁》云:"初,元明(其兄)自陈留出尉氏、许昌,渡汉沔,略江陵,上夔州,过一百八盘,涉四十八渡,送余安置于摩围山下。"

【阅读提示】

　　诗人在这两首诗后作"跋"云:"古乐府有'巴东三峡巫峡长,猿鸣三声泪沾裳',但以抑郁之音,和为数叠。惜其声今不传。予自荆州上峡,入黔中,备尝山川险阻,因作二叠,传与巴娘,令以《竹枝》歌之。……入《阳关》、《小秦王》,亦可歌也。绍圣二年(1095)四月甲申。"从"跋"中可看出他写作这两首《竹枝词》的缘由。

　　在这两首《竹枝词》中,诗人以比喻、夸张手法,极言入黔州山势险绝、道路崎岖、滩多水险。诗人表面不以迁谪蛮荒之地为意,高唱"四海一家皆弟兄",故作乐观豪语,实为被贬谪不平之气的喷吐。此两首诗语言通俗明白,极富民族风。

[木兰花令]黔中士女游晴昼

黄庭坚

　　黔中士女游晴昼。①花信轻寒罗袖透。②争寻穿石道宜男,更买江鱼双贯柳。③　竹枝歌好移船就。依倚风光垂翠袖。④满倾芦酒指摩围,相守与郎如许寿。⑤

　　(选自唐圭璋编《全宋词》一卷,中华书局1965年6月第1版,1998年11月北京第7次印刷)

【注释】

　　①士女:未婚之青年男女。　②花信:花信风的简称,犹言花期。范成大《元夕后连阴》诗:"谁能腰鼓催花信,快打《凉州》百面雷!"又有"二十四番花信风"之说,即自小寒至谷雨,共八气(小寒、大寒、立春、雨水、惊蛰、春分、清明、谷雨),120天,每5天为一候,共24候,每候应一种花信(期),每气有3候,如小寒,一候梅花,二候山茶,三

候水仙。　③穿石:有穿孔的石头。　双贯柳:用柳条将两条鱼贯穿起来。　④依倚风光:指青年男女相依相恋的美好时光。　垂翠袖:翠袖依垂以遮掩相依相恋状。
⑤芦酒:葫芦装的酒。　摩围:黔州(今彭水)城西之山,又名云顶山,系娄山山脉之终点。古时当地獠人称"天"为"围","摩围"即为摩天,言山之高。　许寿:许,期望。许寿,期望之寿,犹言百岁,白头到老。

【阅读提示】

　　这首词展现了一幅黔中青年男女游春图。在春暖花开,花信风吹的季节,天气微寒,浸透罗衣。大家争寻"穿石",因寻到此石预示生男孩,再买两条鲜活的江鱼用柳条穿起来,以祈求多生子、留住儿子。"鱼"谐"余","柳"谐"留","双"为吉祥之意。上阕反映黔中民间"摸石求子"的民俗。

　　此词下阕则表现了青年男女之爱恋。唱着"竹枝"民歌的两船靠拢,青年男女用翠袖遮着,相依相恋,满倾葫芦之酒共饮,同指摩围山,以山作证,两心相许,白头偕老。诗人抓住几个典型生动的细节,充分表现了黔州士女热切、纯真的爱情。

　　此词按词牌"木兰花令"之要求,全押仄韵,情深意长,令人回味。

北　窗

黄庭坚

生物趋功日夜流①,园林才夏麦先秋②。
绿荫黄鸟北窗簟③,付与来禽安石榴④。

(选自《黄庭坚诗选》,潘伯鹰选注,古典文学出版社1957年11月第1版,上海)

【注释】

　　①趋功:追求功利,追求自己发展。此句是说世间万物根据自身的发展规律,像江河一样奔流不息。言外之意是逝者如斯,日子过得真快。　②园林才夏:园林中才是郁郁葱葱的夏天。　麦先秋:田野间的麦子已经收成了。《礼记·月令》:"孟夏麦秋至"。　③绿荫:指"绿荫轩",是诗人谪居黔州时所建之读书、会友、写作之地。门楣悬挂诗人手书"绿荫轩·山谷题"楷体匾额一方,今尚在。此轩在城南端,坐落在乌江东岸峭壁之巅,与摩围诸峰隔江相望。　黄鸟:黄莺。《诗·小雅》篇名,《齐诗》说是远嫁异乡的女子因遭轻侮而思归之作。朱熹《诗集传》则说是"民适异国,不得

其所,故作此诗"。余冠英《诗经选》则认为是"离乡背井的人在异国遭受剥削和欺凌,更增加对邦族的怀念"。众说都认为是:离乡背井之人,思归怀旧之意。　北窗:北面之窗。陶渊明《与子俨等疏》:"尝言五六月中北窗下卧,遇凉风暂至,自谓羲皇上人。"即像伏羲氏那样的太古之人,卧凉爽之北窗,无忧无虑,生活闲适。　簟(diàn):竹席。　④来禽:即林檎,俗名花红,盛产于黄河流域及长江中下游一带。安石榴:石榴是汉代张骞从西域安息带回来的,故称安石榴。林檎和石榴移植黔州,都是背井离乡者。

【阅读提示】

《北窗》诗从内容来看,应写于诗人离开黔州、移戎州(今宜宾市)安置的元符元年(1098)六月。这年春,诗人外兄张向提举夔州路常平官,为避亲嫌,奉诏移戎州。诗人约于六月中下旬离开黔州,六月底到戎州。这时正是麦收之后天热之时,故有"麦先秋"、"北窗簟"之说。诗人以"黄鸟"自喻,想到自己困居绿荫轩中的"黄鸟"要离开生活三年多的黔州,不免怅然。一感时间像"日夜流"的乌江水一样过得真快,二感"北窗簟"只好留给遭受贬谪、流居黔州的后来人了。"来禽"和"安石榴"都喻人之物象。诗人既表达了对"同命人"的同情与关怀,更委婉地表达了对宋王朝迫害无辜良臣的愤懑和谴责。

但有注家认为此诗写于宋哲宗元祐四年(1089),"政潮日起,苏东坡退出中央、外任杭州太守的时候",是为苏东坡而作的。此时诗人正参与编修《神宗实录》,久居京城汴京,哪有"麦先秋"之感?京城气候远不如黔州炎热,哪来的"北窗簟"?苏东坡知杭州,虽是背井离乡,绝不会是领受"北窗簟"的"来禽"、"安石榴"那样的穷愁潦倒者。再从全诗情调来看,虽自然清新,但情调沉郁,再贬戎州,满腔之愤无法言说,只好以此诗委婉表达出来。

登白鹤梁题咏[①]

王士禛

王士禛(1634—1711),清代诗人,诏命改称士禛,字子真,一字贻上,号阮亭,又号渔洋山人。山东新城(今桓台)人。顺治进士,官至刑部尚书。康熙十一年(1672)曾入川主持乡试,对三峡风物多有吟咏。论诗以"神韵"为宗,创清诗"神韵"派。有《渔洋山人精华录》、《池北偶谈》等。

涪陵水落见双鱼②,
北望乡园万里余③。
三十六鳞空自好④,
乘潮不寄一封书⑤。

【注释】

①白鹤梁:在重庆涪陵城北离岸百余米的长江中间,长约1600米,宽约10余米,自西向东伸展,与江流平行。平时石梁隐伏于江中。水特枯时,才现出水面。该石梁因昔有白鹤群栖于上,又因有尔朱真人在此得道成仙乘白鹤飞升而去的传说,故名。梁上自唐至清刻石鱼18尾,各体文字163段,记录了自唐广德元年(763)至今1200多年间70多个年份的枯水水文记载。对发展我国航运和水利事业,具有重要价值,素有"水下碑林"和"古代水文站"的美誉,为全国重点文物保护单位。 ②双鱼:指涪陵白鹤梁上唐代镌刻、清代重刻的双鲤。 ③乡园:家园。孟浩然《入峡寄弟书》诗:"因君下南楚,书此示乡园。" ④三十六鳞:白鹤梁上的石鱼每尾一般都刻有三十六片鱼鳞。 ⑤书:书信,此指家信。

【阅读提示】

这首七绝,首句写水枯石鱼现;二句写由观石鱼想到"鱼书",顿起思乡之情;三句写石鱼鱼鳞美观,但不能为我所用;末句写石鱼只能预报岁丰消息,不能为作者寄封家信,感到失望和遗憾。全诗景情交融,自然朴实,不假雕饰,淡淡写来,生动有趣,亲切感人。

游点易洞①(二首)

周 煌

周煌(1714—1785),清代诗人,字景垣,号海山,涪州(涪陵)人。乾隆二年(1737)进士,授翰林院编修,仕至一品。乾隆二十一年(1756)晋侍讲,随即以册封琉球国中山王副使奉诏出使琉球(琉球是东海中的一个小国,当时是清朝的属地,中山是其国号)。船在海中触礁遇险,周煌独携诏书坚守,幸得全身。其处险不惊、忠于职守之品格,受到朝野一致赞扬。乾隆四十年(1775)参与编撰《四库全书》,任总阅。有《海山诗稿》、《海东集》、《豫章集》、《琉球国志略》等。

一

雨余方胜出郊圻②,江上晴光逗翠微③。
只以羹墙寻道岸④,敢将风浴试春衣⑤。
苔痕没屐青还细⑥,桃涨浮舟碧正肥⑦。
鹿洞鹅湖真未远⑧,扶筇今始到岩扉⑨。

二

谁从伊洛讨渊源⑩,洞口犹应识旧痕⑪。
隔槛有风常入座⑫,落花如雪正当门⑬。
斗山直北人师重⑭,杖履之东吾道尊⑮。
亦拟尹谯来问字⑯,空岩岑寂竟忘言⑰。

(选自《乾隆涪州志·艺文志·诗选》)

【注释】

①点易洞:在今重庆市涪陵区长江北岸黄旗山北山坪南麓的北岩。宋哲宗绍圣四年(1097),著名理学家、教育家程颐被贬涪州,在普净院辟钩深堂讲学,并凿洞点注《易经》而得名。点易洞又名"周易园",是中国易学文化传播的重要一站。　②方胜:方好,刚晴。　郊圻:圻(qí),边界;郊圻,郊野。　③江:乌江。　逗:招引,辉映。　翠微:青葱山色。　④只以:只因。　羹墙:《后汉书·李固传》:"昔尧殂之后,舜仰慕三年,坐则见尧于墙,食则睹尧于羹,其所谓聿追来孝,不失臣子之节者。"后以"羹墙"为追念前辈或仰慕圣贤之意。　道岸:理学之门径。　⑤风浴:大风吹。
⑥此句意为点易洞前细细的青苔深深地掩没了鞋印。　⑦此句意为桃花水涨的三月,舟行江上,满眼碧绿。　⑧鹿洞:江西庐山白鹿洞。唐李渤与弟涉曾隐居读书于此,畜一白鹿,因名。五代在此建学馆,宋朱熹知南康军,建为讲学之所。白鹿与石鼓、应天、岳麓书院并称宋代四大书院。　鹅湖:江西一山名,本名荷湖山,有湖,多生荷。晋末龚氏畜鹅于此,故称鹅湖山。南宋淳熙二年(1175),朱熹与陆九渊的一次著名辩论之地。　⑨筇:筇竹。扶筇,拄着拐杖。　岩扉:点易洞之洞门。　⑩伊洛:伊水和洛水,相汇于洛阳。宋代大哲学家程颐、程颢曾讲学于此,故用伊洛指代二程理学。点易洞洞壁上有清代石彦恬题"伊洛渊源"四字。　⑪旧痕:指前人来此问道问学之痕迹。　⑫隔槛:隔着栏杆、门槛。　⑬落花如雪:指落花时节的秋天。此二句指无论春夏秋冬,前来问学者"常入座"、"正当门",是很多的。　⑭斗山:北斗泰山,喻众人景仰的人。　直北:指此北岩点易洞。　人师重:重人师,大家尊重的人师,指程颐。　⑮杖履:手杖和鞋子。杖履之东,指追随左右的人很多。　吾道尊:指程颐之理学地位很高。　⑯亦拟:打算像。　尹谯:尹,尹焞(1071—1142),宋代洛阳人,

受学于程颐,终身不应科举。靖康初赐号和靖处士,靖康后流离至蜀,曾造访过涪陵点易洞。谯,谯定(1023—?),北宋末年涪陵人,自号涪陵先生,人称谯夫子。少喜学佛,曾从郭曩学《易》,后赴汴梁(一说为洛)师事程颐,成为程颐川籍门人中造诣极深的哲学家(易学家)。绍圣中(1094—1097),程颐贬涪州,二人便联袂讲《易》于北山之穴,即今之"点易洞",遂使"程学"在巴蜀传播,刘勉之、胡宪、冯时行、张浚传其学,朱熹为其再传弟子。为巴蜀学、湖湘学派、闽学做出了重要贡献。 问字:问学、求学。 ⑰此句意为时代久远,大师早去,此地空余点易洞,已不能聆听程颐大师的传道了。 竟忘言:已没有先师的传道之言了。

【阅读提示】

周煌的《游点易洞》共四首,这里选二首。

其一,诗人在雨后方晴的春天,手拄拐杖,披着春风,踏着青苔,前去点易洞拜谒先贤理学大师程颐,探寻理学之道,表达了对大师的仰慕和崇拜之情。其二,诗人从"伊洛渊源"引起,盛赞程颐在点易洞传播理学的盛况,弟子云集,遂使"程学"成就了巴蜀学派,点易洞亦成为"伊洛渊源"之一站,并为自己作为后学未能聆听程颐讲学而遗憾。全诗文字古朴清新,意境深远,凝重中闪烁灵动之光,沉思中不乏自然、自勉之趣。

("注释"、"阅读提示",由文英、周迪谦撰)

[附]琉球国志略①
——"封贡"节选

周 煌

《书》云:"不宝异物,则远人格。"故越雉旅獒,②征风声之远,而古先哲王,辄因以日懋厥德焉。③国家文治郅隆,超唐、轶虞。④凡天之所覆、地之所载,莫不如众星拱极,悉主悉臣⑤,百余年来,赆琛献异,筐篚包匦,络绎来庭。⑥有涂山所未及辑,《王会》所难尽图者,猗欤盛已!⑦琉球,东南蕞尔,隋招之不至,元慑之不服。迄明初,始入贡称臣,世为属国,然亦由明祖遣使慰谕而后致之。⑧我世祖章皇帝应天受命,甫及三年,琉球则不需征会,叩闽守臣,输诚入贡。⑨非夫赫声濯灵、远迩怀畏,何以得此?⑩而其率先效顺,世修侯度唯谨,亦足多也。⑪圣祖仁皇帝六十余年以来,三锡恩纶,赉予稠迭;且免其贡焉;⑫及常贡内非其国所产,概予捐除。世宗宪皇帝嘉其恭顺,屡辍贡期。⑬该国君臣益深感激,恪共典礼,历久弥虔。⑭恭逢皇上御极,揆文奋武,万国梯航。⑮东抚暹罗,南怀缅甸,西扫伊犁、大宛,罔不率俾,矧琉球世守藩封者哉!⑯今兹臣忝膺介选,远赍简书。⑰开读之日,拜瞻三朝宸翰,鸾骞龙翔,后先辉映,洵为海邦世宝,荣宠莫踰。⑱爰集封贡事宜,并以前代招抚诸事附见于篇,重昭圣朝绥来雅化,度越前古,亦以征东风入律,海不扬波,良非虚语云尔。⑲志封贡。

明洪武五年,太祖遣行人杨载赍诏至国。诏曰:

"昔帝王之治天下,凡日月所照,无有远迩,一视同仁。自元政不纲,天下兵争者十有七年。⑳朕起布衣,开基江左,命将四征不庭,西平汉主陈友谅,东缚吴王张士诚,南平闽越,北清幽燕。㉑朕为臣民推戴,即皇帝位,定有天下之号曰'大明',建元'洪武'。是用遣使外邦,播告朕意;使者所至,称臣入贡。惟尔琉球在中国东南,远处海外,未及报知。兹特遣使往谕,尔其知之。"

中山王察度遣弟泰期奉表贡方物(《中山世鉴》云:"贡物:马、刀、金银酒海、金银粉匣、玛瑙、象牙、螺壳、海巴、椶子扇、泥金扇、生红铜、锡、生熟夏布、牛皮、降香、速香、檀香、黄熟香、苏木、乌木、胡椒、硫磺、磨刀石。")。

臣按:隋大业元年,海帅何蛮上言:"海上有烟雾状,不知有几千里;乃流求也"。㉒"流求"之名,始见于此。三年、四年,屡遣使招之,不服。元世祖至元中,曾命将往伐,无功而还。㉓成宗元贞初,亦以师征,卒不听命。㉔至明太祖洪武初,遣行人赍诏往谕,而方贡乃来。㉕此琉球通中国之始也。

(选自周煌辑、吴建华等校注《琉球国志略校注》卷之三,中国文史出版社2015年7月北京第1版)

【注释】

①琉球国志:琉球群岛位于中国大陆以东,自东北向西南蜿蜒横列在日本九州岛与中国台湾岛之间,是太平洋西部的一系列岛屿群。流求(琉球)的名字最初见于《隋书·流求国》中,明洪武五年(1372),中国与琉球国开始建立正式宗藩关系。12世纪,琉球群岛上出现了"中山"、"山南"、"山北"三个小国家,从明洪武五年(1372)开始,三国均接受明朝的册封,成为中国的藩属国。公元1429年,中山国王统一琉球群岛,建立琉球王国,依旧为明朝的藩属,向中国朝贡。清乾隆二十一年(1756)五月,清高宗(乾隆)派遣翰林院侍读全魁、编修周煌为正、副册封使,至琉球国册封尚穆为中山王。临行前,乾隆亲召周煌,命他出使归来,务必写出一部信而有征的《琉球国志》。周煌受命以后,"即于往返途次及使馆余闲,随时采辑,略具草稿",即为《琉球国志略》,但内容比以前的册封使所写的《使录》都要详尽。周煌认为:"《录》系使臣一人之事,而《志》则关一国故实所存。"即将琉球国作为中国之一郡、一县之体例而

实录。据统计,从明洪武五年(1372)到清光绪五年(1879)的507年间,琉球来华使团计有:明代537次,清代347次,共884次,平均每年1.7次,可见关系之密切。1879年,日本无视琉球宗主国中国的反对,强行将琉球纳入自己的版图。二战末期,美国占领琉球。1972年,美国竟不顾当时中国台湾当局的反对,将琉球的"行政权"交给日本,使琉球再次被日本据为己有。2013年5月9日《人民日报》发表文章指出:"按照第二次世界大战期间《开罗宣言》《波茨坦公告》等文件中对战后处置日本的规定,不仅台湾及其附属岛屿(包括钓鱼岛列屿)、澎湖列岛要回归中国,历史上悬而未决的琉球问题也到了可以再议的时候。"　②不宝:不珍惜。　格:来。　越雉:《尚书大传》:交趾之南,有越裳国,周公居摄六年,制礼作乐,天下和,越裳氏以三象重译,而献白雉。　旅獒:《尚书·周书·旅獒》,武王克商,西部旅国来献藏獒。　③日懋厥德:懋,勉励。日日加强道德修养。　④郅隆:兴隆。　超唐、轶虞:超过唐尧、虞舜。　⑤悉主悉臣:所有藩属国的君臣。　⑥贶琛:贶,赠送礼物;琛,珍宝。贶琛,赠献珍宝。　筐篚包匦:筐篚(fěi),盛物的竹筐。匦,匣子。包匦,装满贡物的箱子。　⑦涂山:《左传·襄公九年》:"禹合诸侯于涂山,执玉帛者万国。"《王会》:《逸周书·王会篇》,王会,周王之会,即周成王成周之会诸侯的盛况及各方的贡献。此句是说八方来朝的藩属国超过夏禹和周成王会诸侯的盛况。　⑧蕞尔:微小。　⑨世祖章皇帝:清顺治帝爱新觉罗·福临。　征会:征召会盟。　叩闽:主动从福建来朝贡。　输诚:真诚归顺。　⑩赫声濯灵:声威显赫震慑四方。　⑪此句是说琉球国历代均恭谨听候征召,率先效顺大清朝。　⑫圣祖仁皇帝:康熙帝。　三锡:三赐。　纶:系官印的青丝带。　赉予:赏赐。　稠迭:多次。　⑬世宗宪皇帝:雍正帝。　屡辍:多次停止。　⑭恪共:恭敬。　弥虔:愈来愈诚。　⑮皇上:乾隆帝。　御极:登基。　揆文奋武:兴文振武。　梯航:从陆、海路来朝贺。　⑯暹罗:泰国旧称。　大宛:古西域国名。　罔不率俾:无不顺从。　矧(shěn):何况。这句是说何况琉球世代均恪守藩封,自然要来朝贡的。　⑰悉膺介选:自愧被选。　远赍简书:带着精美诏书远赴海外。　⑱拜瞻:拜望、观看。　三朝:顺治、康熙、雍正三朝。　宸翰:皇帝亲笔手诏。　鸾书:凤飞。　洵为:实在是。　莫踰:无法超越。　⑲爰集:于是结集、综合。　绥来雅化:绥,安抚。以高雅文化来安抚、影响。　征:表征,标示。　东风入律:指乾隆时的太平盛世。　⑳元政不纲:元朝纲纪混乱,政治腐败。　㉑开基:建立明朝。　江左:古地区名。古人以东为左,以西为右,故江东又叫江左。明朝建都南京(金陵),在长江之东,自称江左。　不庭:不服从朝廷者。　㉒隋大业元年:公元605年。　㉓元世祖至元:元世祖忽必烈,至元(1264—1294),元世祖年号。　㉔成宗元贞:元成宗铁穆耳,元贞(1295—1297),元成宗年号。　卒不听命:结果没有征服。　㉕明太祖:朱元璋。　洪武初:指洪武五年(1372)。　赍诏往谕:捧奉诏书前去告谕,招抚。　方贡乃来:朝贡之礼物才来。

【阅读提示】

节选之"封贡"分三层:一是历代各诸侯藩属国朝贡中国之盛况;琉

球早在隋代已进行招抚,元代征之不从,直到明初才入贡称臣,世为属国,清四帝(顺治、康熙、雍正、乾隆)对琉球的恩赐,琉球益深感激,世守藩封,恭顺虔诚。二是明洪武五年遣使招抚琉球的诏书,并附琉球中山王奉表进贡之礼物单。三是作者的按语,指出隋时琉球已载入《隋书》,后经唐、宋、元数百年,直至明初,琉球始入贡中国。全文叙述简明,脉络清楚,将中国作为宗主国与琉球作为藩属国之悠久的历史渊源展示得一清二楚。

("注释"采用吴建华之校注较多,特此说明)

登玉印山[①]

杜一经

杜一经,系明代汶上(今山东西南部)人,身世无考。在忠州存诗二首。

缓步上石来,清风透满怀。
此景堪图画,别是一天台[②]。

【注释】

①此诗选自《忠州志》卷一。玉印山,在忠州城东90里长江之北,又名石宝寨。此山孤峰拔地,四壁如削,形似玉印,因名玉印山。传说是女娲炼石补天遗留下来的一尊五彩石,故名石宝。其又名寨,则是明末农民首领谭宏起义,自称武陵王,据此为寨之故。　②天台:浙江省东部有天台县,县内有天台山国清寺,有寒岩、明岩等名胜。

【阅读提示】

此诗展现了玉印山(石宝寨)之高险,缓步登山,清风满怀,山景如画,堪与浙东天台山之诸岩媲美。全诗清新爽朗,轻快欢欣,境界开阔,富有民歌风。

桓侯庙（三首）

张鹏翮

张鹏翮（1649—1725），字运清，四川遂宁人。清康熙进士，曾任河道总督，治理黄河。后擢刑部尚书。雍正时，官拜武英殿大学士。有《张文端公全集》。

一

铜锣古渡蜀江东[①]，多谢先生赐顺风。
愧我轻舟无一物，扬帆载石镇空舸[②]。

二

赫赫声灵震九州，江干庙食已千秋[③]。
神明岂爱行人祭，欲卷山河为汉留[④]。

三

先生正气足千秋，江上祠堂剑佩留[⑤]。
武定荆梁推虎将[⑥]，文成刁斗慕名流[⑦]。
云安故垒烽烟静[⑧]，天目城头甲马游[⑨]。
扶汉精灵犹未了，英风凛凛在神州。

（抄自云阳县张桓侯庙诗碑）

【注释】

①铜锣古渡：云阳老县城对面、长江南岸飞凤山张飞庙下之渡口名，因水漩回响，如铜锣之声，故名。 ②舸(tōng)：船。空舸，空船。 ③江干：江水边。干，水边。 ④卷：卷起。 ⑤剑佩留：张飞庙中有题匾为"威留剑佩"。此匾从左到右或从右到左念读均可，极言张飞之威武英气。 ⑥荆梁：荆，荆州；梁，梁州。古九州之一，辖区为今陕、川之部分地区。 ⑦刁斗：古时军中的用具，铜质，有柄。白天用以烧饭，夜则击以巡更。传说张飞曾写《刁斗铭》一文。 ⑧云安：云阳的古县名。 ⑨天目：天目山，在浙江省西北部。 甲马：兵马，言倭寇的侵扰。

【阅读提示】

《桓侯庙》（三首）是张鹏翮返乡拜谒张飞英灵时有感之作。

其(一)、(二)注明于辛酉岁作,即清康熙二十年(1681)。传说张鹏翮在拜相之后,回乡祭祖,船行至云阳张飞庙时,随员说张飞英灵显赫,常给过往船只送顺风三十里,应该上岸去祭祀。张鹏翮不以为然,说:"自古只有将拜相,而无相拜将者。"当船行至三十里外的三坝溪挽梢以后,第二天清晨船却退到张飞庙边的江中来了,如是者三次。张鹏翮不得不甘拜下风,备办了香烛酒醴,上庙拜谒以后,才一路顺风回到遂宁。自后,张鹏翮送了一副"助我清风"的匾额到庙中,并题了(一)、(二)两首七绝嵌在庙内,此亭后来就取名"助风阁"。

其(一)表明自己是返乡祭祖,舟中无一物,船上所载都是任河道总督时治理黄河用的石头,言外之意自己是一名清官,无物奉献,只好感谢先生"赐顺风"了!

其(二)是说张飞威灵震九州,已享受了千年的祭祀,已不在乎行人的祭奠,心中念叨的是重整汉室江山,称颂张飞一片忠耿之心!

其(三)副题为"山高水长",赞颂张飞的爱国精神永在神州。首联写张飞的浩然正气千古长存,正如祠堂上挂的"威留剑佩"的匾额一样。颔联写张飞的文韬武略。武是定国安邦的虎将,文是能写《刁斗铭》的"慕名流"的文才。颈联结合现实,虽然云安故垒的战火烽烟平静了,但在沿海的天目山一带倭寇侵扰,烽烟未平。尾联抒感慨:在倭寇不断侵扰下,像张飞这样扶持汉室的"精灵"们的任务尚未了结,还需要大量的英雄继承张飞的"凛凛英风",保卫神州。

三首诗自然流畅,表达了诗人对张飞卫国保家的爱国主义精神的敬仰和赞颂。

二、三峡七百里

江　水

郦道元

郦道元(466 或 412？—527)，北魏地理学家、散文家，字善长，范阳涿县(今河北涿州市)人。好学博览，文笔深峭，在各地"访渎搜渠"，留心观察水道等地理现象，撰《水经注》一书，为有文学价值之地理巨著。

自三峡七百里中，两岸连山，略无阙处①；重岩叠嶂，隐天蔽日。自非停午夜分②，不见曦月③。

至于夏水襄陵④，沿溯阻绝⑤，或王命急宣，有时朝发白帝，暮到江陵，其间千二百里，虽乘奔御风不以疾也⑥。

春冬之时，则素湍绿潭⑦，回清倒影。绝巘多生怪柏⑧，悬泉瀑布，飞漱其间。清荣峻茂⑨，良多趣味。

每至晴初霜旦⑩，林寒涧肃，常有高猿长啸，属引凄异⑪，空谷传响，哀转久绝⑫。故渔者歌曰："巴东三峡巫峡长，猿鸣三声泪沾裳！"⑬

(四库本《水经注》卷三十四)

【注释】

①略无阙处：没有一点中断的地方。阙，通"缺"。　②自非停午夜分：如果不是中午或半夜。停，或作"亭"。　③曦月：日月。曦(xī)，日光。　④襄陵：大水漫上丘陵。襄，升到高处。陵，大的土山。　⑤沿溯阻绝：无论顺流而下或逆流而上，都阻绝不通。沿，顺流。溯(sù)，同"溯"，逆流。　⑥虽乘奔御风不以疾也：即使骑着快马、驾着长风(同行船相比)，也不认为它们快。　⑦素湍绿潭：雪白的急流，碧绿的深潭。　⑧绝巘(yǎn)：峻峭的山峰。　⑨清荣峻茂：清，江水清澈；荣，树木繁荣；峻，

山势高峻；茂,青草茂密。　⑩晴初霜旦:雨后初晴或下霜的早晨。　⑪属引凄异:(猿鸣声)连续不断,凄凉异常。属,连续。引,延长。　⑫哀转久绝:哀啼婉转,很久才消失。　⑬渔者:打鱼的人。　沾:浸湿。

【阅读提示】

这是最早描写三峡风光的名篇,随季节阴晴的变化,三峡呈现不同的风貌,各有其美。文字简约清爽,描画准确,韵味悠长。

巫 峡

杨 炯

杨炯(650—692),唐代诗人,华阴(今属陕西)人。11岁举神童,授校书郎。武则天当政时期,被贬为梓州(今四川三台县)司法参军,后迁为婺州盈川县令,死任上。初唐"四杰"之一。"四杰"在诗歌创作上突破了南朝宫体诗风的影响,而有雄强之风。有《盈川集》。

三峡七百里,　唯言巫峡长。①
重岩窅不极,　叠嶂凌苍苍。②
绝壁横天险,　莓苔烂锦章。③
入夜分明见,　无风波浪狂。
忠信吾所蹈,　泛舟亦何伤。④
可以涉砥柱,　可以浮吕梁。⑤
美人今何在⑥,　灵芝徒有芳。
山空夜猿啸,　征客泪沾裳。⑦

(选自《全唐诗》卷五十,中华书局1960年4月第1版)

【注释】

①"三峡"二句:古代俗称三峡有七百里长,实际只有一百九十三公里。　②重岩:一重又一重的山岩。　窅(yǎo):深远的样子。　凌:迫近。　苍苍:天空。　③横:横亘。　莓苔:青苔。　锦章:锦缎的花纹。　④"忠信"二句:谓我所坚守的是忠信,即使孤身流浪也没什么值得悲伤的。　蹈:实行。　泛舟:乘船,指漂流在外。　⑤"可以"二句:谓自己可以像砥柱一样坚强不屈,也可以顺应自然,漂浮在吕梁。　涉:到。　砥(dǐ)柱:山名,原在河南三门峡东北黄河中,河水至此分流,包山而过,今已不存。　浮:漂流。　吕梁:有两说。一说在西河(今属山西),一说在彭城(今

属江苏)。　⑥美人:指巫山神女。　⑦征客:离家远行之人。　泪沾裳:泪水沾湿了衣裳。

【阅读提示】

　　作者眼中的巫峡,雄峻,苍茫,幽深。感慨自己像山岩一样坚毅,有灵芝一样的芬芳,但都不能一展怀抱。诗风境界宏阔,遒劲雄强,寄慨深远。

早发白帝城

李　白

李白,见《峨眉山月歌》介绍。

　　朝辞白帝彩云间①,千里江陵一日还②。
　　两岸猿声啼不住③,轻舟已过万重山。

(选自《全唐诗》卷一八一,中华书局1960年4月第1版)

【注释】

　　①白帝:白帝城,在夔州奉节县东。　彩云:指巫山早晨之五彩云霞。　②江陵:湖北江陵县。　还:返回。　③两岸猿声:三峡多猿,因峡窄山高,猿啼有回音,故曰"两岸猿声"。

【阅读提示】

　　唐肃宗乾元二年(759)春,李白因永王李璘案,被流放夜郎。当他溯经三峡到夔州之时,忽闻遇赦,喜极而作此诗。

　　全诗一气呵成,豪爽奔放,空灵飞动,畅美无比,乃唐诗绝句压卷之作,千古传唱。

上三峡

李　白

　　巫山夹青天①,巴水流若兹②。
　　巴水忽可尽③,青天无到时。
　　三朝上黄牛④,三暮行太迟。⑤

三朝又三暮,不觉鬓成丝⑥。

（选自《全唐诗》卷一八一,中华书局1960年4月第1版。又见毛泽东选《诗词若干首》,四川人民出版社1977年8月版;此书系毛泽东1958年在成都会议期间所选唐宋人写的有关四川的一些诗和词的辑录本）

【注释】

①巫峡：三峡中第二峡,自巫山县城东大宁河起,至巴东县官渡口止,全长46公里,峡长谷深,江流曲折,奇峰突兀,"重岩叠嶂,隐天蔽日,自非停午夜分,不见曦月"（郦道元《水经注》）。 ②巴水：巴地之水,这里指长江。 流若兹：流得像这样（湍急不停）,暗用孔子"逝者如斯夫,不舍昼夜"（见《论语·子罕》）之意。 ③忽：这里兼有突然与迅速的意思。 ④黄牛：巫峡中有黄牛峡,其下游西陵峡中有黄牛山、黄牛滩,南岸高崖间有大石头像一个人背刀牵牛的样子。 ⑤"三朝"两句：化用古歌谣"朝发黄牛,暮宿黄牛,三朝三暮,黄牛如故"之意,突显江流的迂回曲折;船行几个日夜,仍然看得见黄牛石,由此引发船行太慢的感叹。 ⑥鬓：靠近耳边的尖发。丝：本义为蚕丝,素丝白色,这里形容鬓发因愁而变白了。

【阅读提示】

这是一首五言古诗,写于诗人晚年遭贬谪流放夜郎途中。诗中描绘了巫峡的雄奇险峻,江水的迂曲湍急,抒写了流放中孤独、寂寞的心境。青天不可到和因船行迟缓而白了头的慨叹中,暗含了蒙冤受屈无处申说的苦闷与前路难测的忧愁。融情入景,简朴流转,有古歌谣的风味。

（林心治注析）

登 高

杜 甫

杜甫（712—770）,唐代诗人。字子美,河南巩县人。因曾居长安城南少陵,故自称少陵野老,世称杜少陵。35岁以前读书、游历。天宝年间到长安,仕进无门。困顿10年,才获得右卫率府胄曹参军的小职。安史之乱,他颠沛流离,竟为叛军所俘,脱险后,授官左拾遗。公元759年,他弃官西行,最后定居成都,一度在剑南节度使严武幕中任检校工部员外郎,故又有杜工部之称。晚年举家东迁,于公元766年4月到达夔州（今重庆市奉节县）,不到两年,写诗430多首,占杜诗全集的七分之二。768年正月杜甫出峡,漂泊鄂、湘一带,贫病而卒。

杜甫是中国伟大的现实主义诗人,其诗被誉为"诗史",其人被奉为"诗圣",并被尊为世界文化名人。

　　　　　风急天高猿啸哀,渚清沙白鸟飞回①。
　　　　　无边落木萧萧下,不尽长江滚滚来。
　　　　　万里悲秋常作客,百年多病独登台。
　　　　　艰难苦恨繁霜鬓,潦倒新停浊酒杯。②
　　(选自《全唐诗》卷二二七,中华书局1960年4月第1版)

【注释】
　　①渚:江滨。　②繁:多。　潦倒:落魄。　新停:刚刚停下。当时杜甫因肺病断酒,故曰"新停"。

【阅读提示】
　　这首七律是杜甫在唐代宗大历二年(767)九月重阳节登高时所作。他登上白帝山高台,展望峡江秋景,看到风急云飞,虎啸猿鸣,沙鸥翔集,落叶飘零,大江东去,引发他常年漂泊、老病孤愁的复杂情感。
　　这是杜甫夔州诗的经典之作,慷慨悲秋,意境宏阔深远。

白帝城最高楼

杜　甫

　　　　　城尖径仄旌旆愁①,独立缥缈之飞楼②。
　　　　　峡坼云霾龙虎卧③,江清日抱鼋鼍游④。
　　　　　扶桑西枝对断石⑤,弱水东影随长流⑥。
　　　　　杖藜叹世者谁子⑦? 泣血迸空回白头⑧!
　　(选自《全唐诗》卷二二九,中华书局1960年4月第1版;又见毛泽东选《诗词若干首》,四川人民出版社1977年8月版)

【注释】
　　①城尖:白帝城故址在今重庆奉节县东白帝山上,该城依山而建,从坡脚向上修到山顶,过了山顶又沿坡向下修筑,其中最高的楼兀立于山顶,所以给人"尖"的感觉。　径仄:指城头两边的走道倾斜而狭窄。　旌旆:旌旗。　②缥缈:高远不明的样子。　飞楼:凌空飞举的高楼。　③坼(chè):分裂。　霾:这里指云色昏暗。这

一句形容峡谷像裂开的地缝,峡中奇形怪状的石头隐在云雾里,好像龙虎在酣睡。 ④日抱:日光照耀着江面如同拥抱。 鼋鼍(yuán tuó):大鳖与鳄鱼。这句是对日照下江流湍急波光闪动景象的想象。 ⑤扶桑:传说中东方日出之地的神树。 断石:指裂开的峡谷,即三峡。 ⑥弱水:传说中西方昆仑山下的河水。 东影:指投向东面的弱水的影子。 长流:即长江。 ⑦杖藜:扶着用藜茎制成的手杖。 叹世:感叹时局。 谁子:哪一个,实际指诗人自己。 ⑧泣血迸空:血泪飞洒在空中,形容极度哀痛。 回白头:掉转白发披拂的头,表示不再眺望。

【阅读提示】

这是杜甫漂泊时期初到夔州(重庆奉节)时所作的一首变体七言律诗,用七律的形式而用古体诗的音节,习称拗体七律。这种诗体系诗人首创。诗之首联写登楼后的感受,突出城之尖峭、路之陡窄、楼之高峻;旌旆也"愁",既衬托地势高且险,也暗示时局乱且危。颔联写眺望中所见三峡景象,天晦地裂,怪石横卧,日光像拥抱着大鳖和鳄鱼在水中游动,给人一种阴森怪异的感觉。颈联运用想象写远景,化用曹植《游仙诗》"东观扶桑曜,西临弱水流"之意,从空间的广度来渲染楼之高和望之远。尾联感慨当世,表明对时局的担忧和对自己艰难处境的哀痛。诗人一生坎坷,颠沛流离,但始终怀着一颗忠君悯民、忧时感世之心。他登上白帝城最高的楼宇,独自站在楼头远望,眼前所见一片迷离惝恍之景,心中所思一番忧国忧民之情,不平和悲愤蕴含其间。诗中运用想象与夸张的手法写所见所感,构思精巧,用笔婉曲,音节拗峭,感情沉痛,历来受到好评。

(林心治注析)

秋兴八首(其一)

杜 甫

玉露凋伤枫树林①,巫山巫峡气萧森。
江间波浪兼天涌,塞上风云接地阴②。
丛菊两开他日泪③,孤舟一系故园心④。
寒衣处处催刀尺⑤,白帝城高急暮砧⑥。

(选自《全唐诗》卷二三〇,中华书局1960年4月第1版;又见毛泽东选《诗词若干首》,四川人民出版社1977年8月版)

【注释】

①玉露:白露。　②塞上:山岭险要之处。　地阴:地面最低处。　③丛菊:秋天的丛丛菊花。　两开:两度开花,犹言两年。　他日泪:他日,犹言"前日"。杜甫离开成都,本想棹孤舟出峡东归,谁知在云安和夔州滞留,不觉已经两秋,看见"丛菊两开",顿感时序催人,回顾既往,颇多伤感,故说"他日泪"。　④系:系住。　故园心:孤舟被系,滞留峡中,但拴不住向往故园、返家的心情。　⑤催刀尺:催促家人量布裁剪,制作过冬的寒衣。　⑥急暮砧:砧,捣衣石。秋天的傍晚,高高白帝城畔的妇女都到江边去捣洗衣服。急切的捣衣声和歌声最易引起游子思乡的乡愁。

【阅读提示】

《秋兴八首》是大历元年(766)秋天,杜甫旅居夔州时所作。(其一)是八首组诗的序曲,通过对巫山巫峡秋色萧森、秋声凄切、秋云动荡,自己却孤舟一片,羁留峡中,引起无限的乡愁和忧国之思。此时杜甫55岁,唐王朝战乱不已,严武去世,自己不得不离成都东下。不料多病缠绕,滞留夔州,知交零落,壮志难酬,只剩下一片寂寞、孤独的家国忧思。"丛菊两开他日泪,孤舟一系故园心"是此诗的"诗眼",是杜甫满腔愁绪之所在。他从"丛菊两开"联系到"故园",再联想到长安的衰落,再回到夔州黄昏的四处砧声。思绪往复,感情沉重,令人感慨。

夜入瞿唐峡

白居易

白居易(772—846),唐代诗人。字乐天,晚号香山居士。其先太原人,后迁居下邽(陕西渭南)。唐德宗贞元年间举进士,元和年间任左拾遗。后因得罪权贵,贬为江州司马,寻除忠州刺史。他是新乐府运动的倡导者,诗风平易,富有现实主义精神。存诗三千余首,有《白氏长庆集》。

瞿唐天下险,夜上信难哉。
岸似双屏合,天如匹练开①。
逆风惊浪起,拔念暗船来②。
欲识愁多少,高于滟滪堆③。

(选自《全唐诗》卷四四一,中华书局1960年4月第1版)

【注释】

①匹练:长的绢帛。　②拔念:拉纤。　暗船:夜行船。　③滟滪堆:瞿塘峡口巨礁。

【阅读提示】

此五律写夜间行舟瞿塘峡中所见所感。当是元和十四年(819)三月由江州启程,夜上瞿塘峡所作。

借行舟瞿塘峡之险、之难,抒发积郁于心中如山的烦忧。

巫山高

李 贺

李贺(790—816),字长吉,唐宗室郑王裔,家居河南福昌(今河南宜阳)昌谷,世因称"李昌谷"。元和五年(810)左右,以恩荫得官,仕太常寺奉礼郎。元和九年(814),赴潞州依泽潞节度使张彻,郁郁不得志,以病辞归,年二十七而卒。李贺长于乐府歌行,想象丰富奇特,句锻字炼,风格僻险凄艳,后人称为"长吉体"。又多写神仙鬼魅,人谓"鬼才"。但因过于矜奇,有时流于晦涩,褒贬往往不一。今有《昌谷集》四卷,《外集》一卷行世,存诗二百余首。

　　碧丛丛,高插天,巴江翻澜神曳烟。①
　　楚魂寻梦风飔然,晓风飞雨生苔钱。②
　　瑶姬一去一千年,丁香筇竹啼老猿。③
　　古祠近月蟾桂寒,椒花坠红湿云间。④

(选自《全唐诗》卷三九三,中华书局1960年4月第1版)

【注释】

①碧丛丛:指巫山十二峰一片碧绿,簇拥在一起。　巴江:长江。　翻澜:波涛翻滚。　神曳烟:神女化为行云,往来其间。②楚魂:楚王的魂魄。　风飔(sī)然:凉风吹过。　苔钱:苔点形状圆如铜钱,故称。③瑶姬:巫山神女。《水经注》:"宋玉所谓天帝之季女,名曰瑶姬,未行而亡,封于巫山之阳,精魂为草,实为灵芝。"　丁香:灌木名,即紫丁香。　筇(qióng)竹:竹名,可作杖。④古祠:神女庙。　蟾桂:传说中月亮中有蟾蜍、桂树。　椒花坠红:椒为巴蜀常见植物,春天开黄绿色小花,果实红色,即俗称之"花椒"。此处以其果实为花,故称"坠红"。此借《椒花颂》的典故赞美

神女。上司仪《江王太妃艳歌》："黄鹤悲歌挽，椒花清颂余。"

【阅读提示】

　　作者用诡异的形象营造出幽冷孤绝的境界，先写山高江险，次写神女与楚王幽会的神话，再写神女去后巫山的自然景象，最末化用椒花典故，对神女给予赞美。物是人空，使人顿生寒意。结句尤凄凉，为李贺诗歌中的名句。

峡中作

卢　象

　　卢象，字纬卿，盛唐时人，祖籍范阳（今河北涿州），家居汶上（今山东泰安、曲阜一带）。唐玄宗开元年间进士及第，历任秘书省校书郎、司勋员外郎等职，深得丞相张九龄的器重。安史之乱后被贬为果州（今四川南充）长史，再贬永州（今湖南永州）司户，后在吉州长史任上奉召入朝，于回京途中病死于武昌。他曾与王维、李白等交游，刘禹锡称其诗"与王维、崔颢比肩骧首"。《全唐诗》存其诗1卷。

　　　　高唐几百里①，树色接阳台②。
　　　　晚见江山霁③，宵闻风雨来。
　　　　云从三峡起，天向数峰开④。
　　　　灵境信难见⑤，轻舟那可回。

（选自《全唐诗》卷一二二，中华书局1960年4月第1版）

【注释】

　　①高唐：战国时楚国台馆名，在云梦泽中。宋玉《高唐赋》中描写了楚王游高唐时梦中与巫山神女欢会的故事，后人便常以"高唐"、"高唐十二峰"代指巫山和三峡，这里即指三峡。　②阳台：传说中巫山神女所居之处，也常用来指巫山高峰。这里即作为地理标志，表现峡中景色。　③霁：雨、雪停止，天放晴；江山霁，言江上山间雨都停了。　④"天向"句：几座山峰上的云散了，这一片天空变得晴朗起来。　⑤灵境：仙境，神仙所在的地方。　信：确实，实在是。

【阅读提示】

　　这首五言律诗约写于诗人离开果州后经渝州出三峡之时。诗之首联写望中所见,极言三峡峡长谷深,蜿蜒几百里,夹岸树木繁盛,青葱之色从江岸一直延展到高高的峰顶。二、三两联写峡中暮晴朝雨,云起云散,天阴天朗,气象变幻莫测。尾联表达了对灵境的向往和对峡江的留恋——随着诗思的延伸,诗人想到传说中神奇的巫山十二峰,想到在阳台边行云行雨的巫山神女,不由生出一丝仰慕之情,然而仙境仙女确实难以见到,而轻舟不停,直下峡江,"那可回"三字透露出深深的遗憾。这首诗切住三峡景象、气候和传说来写,写实与想象结合,娓娓道来,亲切自然,颇为传神。

(林心治注析)

巴　江

王　周

王周(？—948),魏州(今河北大名)人,进士及第。五代时期,先后在后唐、后晋、后汉各朝担任过郡守、节度使等职,曾经为官巴蜀,到过渝州、夔州、巴东等长江沿线地区,《旧五代史》、《新五代史》有传。《全唐诗》存诗1卷。

巴江江水色[1],一带浓蓝碧[2]。
仙女瑟瑟衣[3],风梭晚来织[4]。

(选自《全唐诗》卷七六五,中华书局1960年4月第1版)

【注释】

[1]巴江:《元和郡县图志》说渝州东面的长江曲折得像个"巴"字,故称这一段长江为巴江,据说巴国由此得名;《三巴记》所说的巴江指今嘉陵江;古人也常用巴江泛指巴地之水;此外还有其他说法。从本诗诗意和诗人经历、诗作看,这里当以指流经重庆的嘉陵江为宜。　江水:古时指长江。　[2]蓝碧:碧绿;蓝是一种草本植物,可提取蓝靛,染出青绿色。　[3]瑟瑟:碧绿色。　[4]梭:织布时牵引纬线(横线)的工具,两头尖中间粗,形状像枣核。这里想象晚风如梭,织出了仙女的绿裙。

【阅读提示】

这首五言绝句当是诗人任职渝州(今重庆)时所作。前二句写实景,后二句系想象。诗人眺望巴江,感叹它有着长江水一样的颜色,都是一湾浓浓的青绿。由此产生联想,或许想到长江三峡巫山上的神女,或许想到长江嘉陵江交汇处南岸涂山上的涂山女,那缓缓流动的江水就好像她们轻轻飘动的青绿色衣裙,而这美丽的衣裙,是清凉的晚风织成的。诗虽短小,却景象鲜明,富于情韵。

(林心治注析)

志峡船具诗·戙①

王 周

箭飞峡中水,锯立峡中石。②
峡与水为隘,水与石相击。③
溃为生险艰,声发甚霹雳。④
三老航一叶,百丈空千尺。⑤
苍黄徒尔为,倏忽何可测。⑥
篙之小难制,戙之独有力。⑦
猗嗟戙之为,彬彬坚且直。⑧
有如用武人,森森蠹戈戟⑨。
有如敢言士,落落吐胸臆⑩。
拯危居坦夷,济险免兢惕。⑪
志彼哲匠心,俾其来者识。⑫

(选自《全唐诗》卷七六五,中华书局1960年4月第1版)

【注释】

①志:记,记叙。 峡:指三峡。 船具:驾船器具。 戙(dòng):驾船用的一种木质器具,用直而坚韧的木材制成,尖头上用竹篾缠裹以耐磨损,作用同竹篙但更粗壮坚挺,遇湍流漩涡时用作支撑使船不致与礁石崖壁相撞,又可通过撑抵崖石或江滩时的反作用力加快船速。 ②"箭飞"二句:用倒装句法,意思是峡中之水像箭矢一样急飞,峡中之石像锯齿一样耸立。 ③隘:狭窄险要的地方。这里指峡石使江水变得逼仄而形成险要的隘口。 ④溃:急流冲激岩石猛然涌起的大浪,溃能造成和增加行船的艰险。 甚:超过。 霹雳:即落雷,一种响声很大的雷电现象。 ⑤三老:这里指有经验的船工。 一叶:指小船。 百丈:这里指用来牵引船的竹篾编扎的缆绳。 空千尺:把长长的水流甩在身后,形容船速很快。 ⑥苍黄:同"仓皇",匆忙

而紧张。　徒尔为：即徒为尔,枉自(白白地)像这样。　倏忽：迅速、忽然。　这两句的意思是：何必枉自如此匆忙紧张,江流湍急瞬息生变哪能够预测呢。　⑦篙：一种竹质的撑船工具。　制：控制(船与激流)。　独：独特、特别。　⑧猗嗟：叹词,有表赞叹的意思。　戚之为：戚这个东西(器具)。　彬彬：文质兼备的样子。这里用来赞美戚的外表和内质(作用)。　⑨森森：气势森严。　矗：高耸直立。　戈戟：戈矛与长戟,都是有长杆的兵器。　⑩落落：潇洒自然的样子。　胸臆：这里指意见主张。　⑪"拯危"二句：拯救危难使之处于平坦安全之地,救济遇险者使之免除惊惶恐惧。　⑫志：记录、记载。　哲匠心：智慧才能超常之人的思想信念,这里用来比喻戚的功能、作用。　俾：使、让。　来者：后来的人。

【阅读提示】

　　这首五言古诗选自王周叙写三峡行船所用器具的组诗,该组诗一共写了四种主要驾船工具,分别是梢、橹、戚、百丈。其中《戚》诗颇为后人称道。全诗22句,可分为三层：前10句为第一层,极力渲染三峡峡窄水急、怪石林立、波涛汹涌、变化难测,船行峡中十分艰险,为后面的感慨议论做了铺垫。诗中11、12句为第二层,承上启下,通过篙与戚的对比,凸显戚的功能与作用,进而转入对"戚"的评价与赞美。后10句为第三层,在赞美戚的外表和内质的基础上,采用拟人手法,将戚比为英挺威严的武士、正直坦荡的文人,能够拯危济难,化险为夷,具有哲匠一样的品格,希望后来之人认识和效法。其中结尾两句,还道出了写作这首诗的原因。这是一首咏物诗,但并没有局限于对物的描绘,而是更进一层,从中领悟出较为深刻的哲理,表达了对德行节操和高尚人格的赞颂。诗章描写精要,比喻新奇,散句中兼用排偶,具有较强的艺术表现力。

(林心治注析)

竹枝词八首(选四)

杨　慎

　　杨慎(1488—1559),字用修,号升庵,四川新都人。著名学者、文学家。明朝正德年间状元,授翰林院修撰,后召为翰林学士。世宗立,为经筵讲官,因议"大礼"事获罪,削籍遣戍云南永昌(今保山)。投荒三十年,死于戍所。诗文并工,兼擅词、曲,考证论古,著作达一百余种。对民间文学相当重视,所作竹枝词最有乐府遗韵。有《升庵全集》。

夔州府城白帝西，　家家楼阁层层梯。①
冬雪下来不到地，　春水生时与树齐②。

日照峰头紫雾开③，雪消江面绿波来。
鱼复浦边晒网去，　麝香山上打柴回。④

上峡舟航风浪多，　送郎行去为郎歌。
白盐红锦多多载⑤，危石高滩稳稳过。

无义滩头风浪收，　黄云开处见黄牛。⑥
白波一道青峰里，　听尽猿声是峡州。⑦

(《升庵先生文集》卷三十四)

【注释】

①夔州府城：夔州的州治府署所在，今重庆市奉节县。　白帝：即白帝城，位于今重庆市奉节县东北。　"家家"句：形容当地居民房屋傍山而建的特异景观。　②"春水"句：化用唐卢纶《送朝邑张明府》中"浮云与树齐"诗句。形容上涨的春水几乎将堤岸下、河滩上的树木淹没的景象。　③"日照"句：化用刘禹锡《浪淘沙》词"日照澄洲江雾开"诗句。　④鱼复浦：在奉节县东南沙洲处。白帝城址在汉代为鱼复县。麝香山：在奉节县东。　⑤"白盐"句：江中商船出川，多贩运当地特产白盐与蜀锦。　⑥"无义滩"二句：《水经注》载：夷陵县西"黄牛山下有滩，名曰黄牛滩"。诗中"黄牛"，当指黄牛山，在西陵峡中崆岭峡内黄牛峡南岸。　⑦"听尽"句：《水经注》引《宜都记》："自黄牛滩东入西陵界，至峡口百许里，山月绝壁，或千许丈。……猿鸣至清，山谷传响，泠泠不绝。"　峡州：州、路名。因在三峡之口而得名。明洪武九年(1376)改名夷陵州，治所在夷陵(今湖北宜昌西北)。

【阅读提示】

诗人学习民歌所作，诗风清俊晓畅，颇得民歌神韵。第一首写夔州民居与气候，第二首写渔民与樵夫生活，第三首写男女纯洁爱情，第四首写出西陵峡前后情景。诗中，夔州吊脚楼民居、打鱼人、樵夫、多情女子，景美情真，组成了多姿多彩的三峡风情画面。

三、巫山十二峰

巫山神女庙

刘禹锡

刘禹锡（772—842），唐代诗人，字梦得，洛阳人。反对宦官和藩镇割据，主张革新政治，因参与王叔文革新活动，牵连坐罪，被贬为朗州司马，又迁任连州、夔州、和州刺史。在夔州所作《竹枝词》，在唐诗中别开生面。有《刘梦得文集》。

巫山十二郁苍苍①，片石亭亭号女郎②。
晓雾乍开疑卷幔③，山花欲谢似残妆④。
星河好夜闻清佩⑤，云雨归时带异香⑥。
何事神仙九天上⑦，人间来就楚襄王⑧？

（选自《刘禹锡集》，上海人民出版社1975年11月第1版）

【注释】

①郁（yù）：很多。　苍苍：茂多。　②亭亭：耸立。　女郎：指神女。　③乍（zhà）：刚。　卷幔（màn）：卷起帷幕。　④谢：凋零。　残妆：未打扮的妆容。　⑤星河：星空。　清佩：清越的环佩声。　⑥云雨：指男女爱情。　⑦九天：天有九重。　⑧就：靠近。　襄王：楚顷襄王。

【阅读提示】

神女峰亭亭玉立，清佩声声，香气浓郁。她在九天上逍遥，何必来亲近楚襄王。诗人描绘了神女冰清玉洁的美丽形象，而且，对神女向楚王投怀送抱的成说提出了疑问，给读者以新的启迪。

后巫山高

范成大

范成大(1126—1193),宋代诗人。字至能,号石湖居士,江苏苏州人。宋高宗绍兴二十四年(1154)进士,曾任四川安抚制置使。有《石湖居士诗集》。

余前年入峡,尝赋《巫山高》,今复作一篇。十二峰中,东西各一峰最奇,不可绘画;左右前后,余峰之可观者尚多,不止十二峰也。不问阴晴,云物常相映带,尤为胜绝。但以涨江湍怒难舣泊,鼓棹而过,不复登庙。前余以水暴涨,得下瞿唐至巫山,县人云:"却须水退,始可入巫峡。"一夜水落十余丈,遂不复滞留。

  凝真宫前十二峰①,两峰娟妙翠插空②;
  余峰竞秀尚多有,白壁苍崖无数重③。
  秋江漱石半山腹④,倚天削铁荒行踪⑤。
  造化钟奇矗瑶巇⑥,真灵择胜深珠宫⑦。
  朝云未罢暮云起,阴晴竟日长溟濛⑧。
  瑶姬作意送归客⑨,一夜收潦仍回风⑩。
  仰看馆御飞楫过⑪,回首已在虚无中。
  惟余乌鸦作使者,迎船送船西复东。

(选自《范石湖集》,上海古籍出版社1981年8月版)

【注释】

①凝真宫:巫山神女庙。 ②娟妙:娟秀曼妙。 ③白壁:白色的石岩。 苍崖:青翠的石岩。 ④漱石:江水流石。 ⑤削铁:尖利的石峰。 荒行踪:荒芜无人迹。 ⑥造化:大自然。 钟奇:聚集奇迹。 瑶巇(xī):天上的险峰。 ⑦真灵:真正的灵异。 珠宫:珠翠的宫殿。 ⑧溟濛:昏暗迷蒙。 ⑨瑶姬:西王母的女儿。 ⑩收潦:收起洪波巨浪,让"归客"顺利航行。潦,同"涝",水过多。 回风:旋风,大风。 ⑪馆御:指神女庙。 飞楫:飞舟。

【阅读提示】

诗人舟入巫峡,近观十二峰,峰峰娟秀,万古苍茫,只有多情飞鸟,迎送舟船。诗人惊叹巫山是大自然的造化,用鲜活逼真的形象,描绘出巫峡神奇的景观,抒发对祖国山河的激赏之情。

过巫山凝真观(节选)

陆 游

陆游(1125—1209),宋代诗人。字务观,浙江绍兴人。乾道六年(1170),溯长江三峡而上,任夔州通判,作《入蜀记》。他是著名的爱国诗人。有《渭南文集》《剑南诗稿》等。

(十月)二十三日,过巫山凝真观,谒妙用真人祠①。真人,即世所谓巫山神女也。祠正对巫山,峰峦上入霄汉②,山脚直插江中。议者谓太华、衡、庐,③皆无此奇。然十二峰者,不可悉见④。所见八九峰,惟神女峰最为纤丽奇峭⑤,宜为仙真所托。

祝史云:"每八月十五夜月明时,有丝竹之音,往来峰顶。山猿皆鸣,达旦方渐止⑥。"庙后,山半有石坛,平旷⑦。传云:夏禹见神女⑧,授符书于此⑨。坛上观十二峰,宛如屏障⑩。是日,天宇晴霁⑪,四顾无纤翳⑫,惟神女峰上有白云数片,如鸾鹤翔舞徘徊,久之不散,亦可异也。祠旧有鸟数百,送迎客舟,自唐夔州刺史李贻诗已云"群鸟幸胙余"矣⑬。近乾道元年,忽不至。今绝无一鸟,不知其故。

泊清水洞,洞极深。后门自山后出,但黮暗⑭,水流其中,鲜能入者⑮。岁旱祈雨⑯,颇应⑰。权知巫山县左文林郎冉徽之、尉右迪功郎文庶几来。⑱

(四库本《入蜀记》卷四;选自《入蜀记》,上海远东出版社1996年11月版)

【注释】

①妙用真人:指巫山神女。 ②霄汉:天宇。 ③太华:泰山。 衡、庐:衡山、庐山。 ④悉见:全看见。 ⑤纤丽:俏丽。 奇峭:神奇陡峭。 ⑥达旦:一直到天明。 ⑦平旷:平展开阔。 ⑧夏禹:大禹。 ⑨符书:传令的凭证。 ⑩屏障:用以遮挡的屏风。 ⑪晴霁(jì):天晴。 ⑫纤翳(yì):很小的昏暗。 ⑬胙(zuò):祭祀用的肉。此指鸟食。 ⑭黮(dàn):黑的样子。 ⑮鲜:很少。 ⑯祈:祈请。 ⑰应:应验。 ⑱文林郎:官名。 迪功郎:官名。 庶几:大概。

【阅读提示】

陆游舍舟登岸,近观巫山十二峰,天朗云开,白云朵朵,诸峰挺秀,美丽神奇。作者观察细微,语言清丽,是一篇情景交融的记游之作。

巫峡同亥白兄作

张问陶

张问陶(1764—1814),清中叶诗人,字仲冶,号船山,四川遂宁人。乾隆四十五年(1780)进士,授翰林院检讨,历任吏部郎中,官莱州知府。晚年归隐吴门,自号蜀山老猿。"性灵派"代表诗人,有《船山诗草》。

云点巫山洞壑重①,参天乱插碧芙蓉②。
可怜十二奇峰外③,更有零星百万峰④。

(选自《船山诗草》卷八)

【注释】

①点:点缀。 巫山:山名,在巫峡内。 ②碧芙蓉:绿色的莲花,形容山峰秀丽如莲花。 ③十二奇峰:巫山有十二峰。 ④零星:散落。

【阅读提示】

亥白为张问陶兄问安的字。乾隆五十七年(1792)十一月,张问陶携妻女与兄亥白自成都出发,沿岷江、长江而下,经湖北、河南、河北到北京。问陶与亥白沿途赋诗,本诗即作于巫峡中。巫峡为长江三峡之一,西起重庆市巫山县,东至湖北省巴东县。

此诗以巫山山峰作为诗眼,意象宏阔奇特,更道出常人所不能道,即峰外尚有百万峰,此即诗家之慧眼,独出机杼。

巫　峡

[日本]竹添进一郎

竹添进一郎,见《序曲》中之《重庆府》介绍。

巫峡之山高且大，峰峰直矗青天外。
争奇献媚看何穷，天然一幅好图画。
青则染蓝白撒盐，凿以龟坼削以铁①。
癯然而长毛生胫②，秃然而童颔无髯③。
松峦相对翠屏翠，望霞还与起云媚。
飞凤翩翩舞态浓，登龙跃跃鳞甲坠。
矫如高士脱尘俗④，濯如美人新出浴⑤。
已将超逸兼雍容⑥，端庄又见娇态足⑦。
中有巫山第一峰，插天玉笋双玲珑⑧。
俨然占得九五位⑨，臣使诸山来朝宗⑩。
君不见瞿唐未免挟霸气，至此正惊王者贵。
又不见效颦颦亦好⑪，嫣然西陵假十二⑫。

诗人自注：松峦、翠屏、望霞、起云、飞凤、登龙，皆十二峰名。黄牛峡有假十二峰，极其明媚。黄牛一名西岭峡。紫髯曰，怒骂以嬉笑出之，使君于此不凡。

（选自［日］竹添进一郎《浅云峡雨诗草》，中华书局2007年1月北京第1版）

【注释】

①龟(jūn)坼：龟裂，地土开裂。　②癯(qú)然：瘦骨嶙峋貌。　胫(jìng)：小腿。　③秃然：头顶脱发貌。　颔(hàn)：下巴。　④矫(jiǎo)：强壮、勇武。　高士：志趣、品行高尚之人。　⑤濯(zhuó)：洗，洗浴。　⑥超逸：神态、意趣超凡脱俗。　雍容：大方、从容。　⑦端庄：端正庄重。　娇态：娇媚之态。　⑧插天：高耸云端。　玉笋：山峰像玉笋一样洁白。诗人在《浅云峡雨日记》三十日进巫峡时写道："北岸则巫山十二峰，前后蔽亏，其得见者特六七峰而已。最东一峰，肤白如雪，细皴刻画。顶插双玉笋，晶乎玲珑，与云光相掩映。"　⑨九五位：九五之尊，帝位。　⑩朝宗：诸侯朝见天子。　⑪效颦(pín)：颦，皱眉。效颦，东施效颦，指丑女模仿美女姿态。《庄子·天运》："西施病心而颦其里，其里之丑人见而美之，归亦捧心而颦其里。其里之富人见之，坚闭门而不出；贫人见之，挈妻子而去之走。彼知颦美而不知颦之所以美。"　⑫嫣然：美好之貌。

【阅读提示】

诗人从巫峡之高大峭壁入手，显现巫峡之壁一如瘦骨嶙峋、脚杆上长毛之人，又如秃顶童颜无须的老者，争奇献媚，一幅天然图画。再具体描绘巫山十二峰中能见之六峰：碧翠相对的松峦、翠屏峰，云霞柔媚的望霞、起云峰，翩翩起舞的飞凤峰，鳞坠跃动的登龙峰。各峰姿态奇异：有如高士脱俗,有如美人出浴,有的超逸大度,有的端庄娇媚。其中巫山第一峰(神女峰)则肤白如雪,顶插双玉笋,晶乎玲珑,俨然帝王之尊,接受群山朝拜,与瞿唐挟霸气不同,突显"王者贵"的气韵。后写西陵峡的假十二峰,虽远不及巫山十二峰之美,但其嫣然一笑,亦是美艳。全诗巧用比喻、拟人手法,生动形象。作为外国诗人,能用汉文创作,熟用语典,并将群峰之名嵌入诗句展开联想,自然贴切,可见其中国文化素养之高深。

四、人文三峡

山 鬼

屈 原

屈原（前340—前278），伟大的爱国主义诗人。战国时楚国人。他不仅学识渊博、品格出众，也是进步的思想家、政治家。但他的进步主张却触犯了楚国反动贵族势力，受到迫害，被长期放逐在楚国南方。楚国郢都被秦攻破时，他自投汨罗江而死。其作品有《离骚》、《九歌》（十一篇）、《天问》、《九章》（九篇）、《远游》、《卜居》、《渔父》，共25篇。

山鬼，即山中的神。可能不是正神，所以称鬼。本篇歌辞全由女巫扮成山鬼独唱。

若有人兮山之阿①，
被薜荔兮带女萝②。
既含睇兮又宜笑③，
子慕予兮善窈窕④。
乘赤豹兮从文狸⑤，
辛夷车兮结桂旗⑥。
被石兰兮带杜衡⑦，
折芳馨兮遗所思⑧。
余处幽篁兮终不见天⑨，
路险难兮独后来⑩。
表独立兮山之上⑪，
云容容兮而在下⑫。

杳冥冥兮羌昼晦⑬,
东风飘兮神灵雨⑭。
留灵修兮憺忘归⑮,
岁既晏兮孰华予⑯!
采三秀兮於山间⑰,
石磊磊兮葛蔓蔓⑱。
怨公子兮怅忘归⑲,
君思我兮不得闲⑳。
山中人兮芳杜若㉑,
饮石泉兮阴松柏㉒,
君思我兮然疑作㉓。
雷填填兮雨冥冥㉔,
猿啾啾兮狖夜鸣㉕。
风飒飒兮木萧萧,
思公子兮徒离忧㉖。

【注释】

①若有人:是说自己若隐若现的。 阿:《集注》:"曲隅也。"山之阿,山中深曲的地方。 ②带:以……为佩带。 女罗:即女萝,蔓生植物。《集注》:"兔丝也"。 ③睇(dì):《集注》:"微眄貌,美目盼然……"含睇,两眼含情而视。 宜笑:笑得很美。 ④子:与下文的"灵修"、"公子"、"君",都是指山鬼所思念的人。 窈窕(yǎo tiǎo):马瑞辰《毛诗传笺通释》:"《方言》:'秦晋之间,美心为窈,美状为窕。'"一说"善心为窈,善容为窕"。 ⑤赤豹:皮毛呈赤褐色的豹。 文狸:狸,狐一类的小动物。文狸,《山带阁注》:"狸毛黄黑相杂也。"狸一作貍。 ⑥辛夷车:用辛夷木做的车。 桂旗:以桂枝为旗。 ⑦石兰:香草名。 ⑧所思:即"公子"、"灵修"等。 ⑨篁:《山带阁注》:"幽,深也;篁,竹丛。"幽篁,竹林深处。 ⑩险难:形容处境的恶劣,说明独后来的原因。 ⑪表:《山带阁注》:"表,特也。升高特立,如植标然。"表,突出的意思。 ⑫容容:同"溶溶",形容云像流水似的慢慢浮动。 ⑬杳:《章句》:"深也,晦暗也。" 冥冥:幽暗。 ⑭飘:急风回旋地吹。 神灵雨:指雨神指挥着下雨。《集注》:"言风起而神灵应之以雨也。"这句是说山中风雨无常,变幻多端。 ⑮憺:安定。按,这句是山鬼的愿望。她希望灵修能到这里来,然后留住他,使他乐而忘返。 ⑯岁:年岁。 晏:晚,老了。 岁既晏,《山带阁注》:"言老之将至也。" 华予:以我为美。孰华予,谁还把我当成美丽年轻的人呢。按,以上诗句表达的意思是,山鬼本来处于"山之阿"的"幽篁"里,为了"折芳馨遗所思"而来,但由于路途险阻来迟了,没能会见她所思念的人。于是,她登高远望,痴痴久立高山顶峰,聊以寄情,可是云霞变幻,风雨交加之中,一无所见。这样,就引起她的离别之思和迟暮之感。

⑰三秀:《章句》:"谓芝草也。"即灵芝草。秀,是开花的意思。传说灵芝草一年开三次花,所以叫三秀。 於山:巫山,於(wū)通"巫"(据蒋骥说)。 ⑱磊磊:形容乱石攒聚。 ⑲怅忘归:这句主语是山鬼。 ⑳君思我兮不得闲:这句的意思是说,君之所以不来相会,是没有空闲的缘故吗?这是山鬼因怨恨而产生的怀疑,而不是自我安慰。 ㉑山中人:山鬼自称。《集注》:"亦鬼自谓也。" 芳杜若:《山带阁注》:"芳洁若此。"即是说自己像杜若那样芳洁。 ㉒饮石泉:这句是比喻品质坚贞,饮食居处都十分高洁。石泉,山石中流出的泉水。 阴:住在树下。一本作荫。 ㉓然疑作:《集注》:"然,信也;疑,不信也。至此又知其虽思我,而不能无疑信之杂也。"即疑信交加,半信半疑,实际上是山鬼的多疑。 ㉔填填:雷声。 ㉕狖(yòu):长尾猿。 ㉖离忧:《章句》:"罹其忧愁。"

(原文、注释均选自黄寿祺、梅桐生《楚辞全译》,贵州人民出版社1984年2月版)

【阅读提示】

楚国神话中早有巫山神女的传说,《山鬼》可能是最早描写巫山神女的诗篇。诗中"采三秀兮於山间","於山"即"巫山"。

"山鬼"即山神,因为不是正神,所以称之为"鬼"。诗中,她是一个缠绵多情的女神。她是自然美的化身,住在山的深处,蔓生植物为衫,香花香草为带,脉脉含情,微微露笑,美丽温柔极了。她久久地期待着爱人,她的爱巨大而长久。

屈原以楚地祭神乐歌为本,创作了这首诗歌。绚烂的想象,瑰丽的色彩,幽深的情感,使诗篇充满了神秘诱人的韵致。

高 唐 赋

宋 玉

宋玉,生卒年不详,战国楚国辞赋家,曾为楚顷襄王小臣,屈原弟子。后人除确认"九辩"为其所作外,其余诸篇疑为伪作。

昔者楚襄王与宋玉游于云梦之台,①望高唐之观②。其上独有云气,崒兮直上,忽兮改容,③须臾之间,变化无穷。王问玉曰:"此何气也?"玉对曰:"所谓朝云者也。"王曰:"何谓朝云?"玉曰:"昔者先王尝游高唐,怠而昼寝④,梦见一妇人,曰:'妾,巫山之女也,为高唐之客,⑤闻君游高唐,愿荐枕席⑥。'王因幸之⑦。去而辞曰：'妾在巫山之阳,高丘之阻,⑧旦为朝云,暮为行雨,⑨朝朝暮暮,阳台之下。'旦朝视之,如言⑩。故为立庙,号曰朝云。"王曰："朝云始出,状若何也？"玉对曰："其始出也,㿑兮若松树⑪；其少进也,晰兮若姣姬,扬袂障日,而望所思。⑫忽兮改容,偈兮若驾驷马,建羽旗；⑬湫兮如风,凄兮如雨；风止雨霁,云无处所。"⑭王曰："寡人方今可以游乎？"玉曰："可。"王曰："其何如矣？"玉曰："高矣显矣,临望远矣；广矣普矣,万物祖矣。⑮上属于天,下见于渊,珍怪奇伟,不可称论。⑯"王曰："试为寡人赋之。"玉曰："唯唯。"⑰

昔高唐之大体兮,殊无物类之可仪比。巫山赫其无畴兮,道互折而曾累。⑱登巑岩而下望兮,临大阺之稸水⑲。遇天雨之新霁兮,观百谷之俱集⑳。濞汹汹其无声兮,溃淡淡而并入。㉑滂洋洋而四施兮,蓊湛湛而弗止。㉒长风至而波起兮,若丽山之孤亩㉓。势薄岸而相击兮,隘交引而却会。㉔崒中怒而特高兮,若浮海而望碣石。㉕砾磥磥而相摩兮,巆震天之礚礚。㉖巨石溺溺之瀺灂兮,沫潼潼而高厉。㉗水澹澹而盘纡兮,洪波淫淫之溶㵒。㉘奔扬踊而相击兮,云兴声之霈霈。㉙猛兽惊而跳骇兮,妄奔走而驰迈。㉚虎豹豺兕,失气恐喙；雕鹗鹰鹞,飞扬伏窜。㉛股战胁息,安敢妄挚。㉜

于是水虫尽暴,乘渚之阳。㉝鼋鼍鳣鲔,交积纵横,振鳞奋翼,蜲蜲蜿蜿。㉞中阪遥望,玄木冬荣。㉟煌煌荧荧,夺人目精。㊱烂兮若列星,曾不可殚形。㊲榛林郁盛,葩华覆盖。双椅垂房,纠枝还会。㊳徙靡澹淡,随波暗蔼。㊴东西施翼,猗狔丰沛。绿叶紫裹,丹茎白蒂。㊵纤条悲鸣,声似竽籁。清浊相和,五变四会。㊶感心动耳,回肠伤气。孤子寡妇,寒心酸鼻。㊷长吏𡱃官,贤士失志。㊸愁思无已,叹息垂泪。

登高远望,使人心瘁㊹。盘岸巑岏,裖陈硙硙。㊺磐石险峻,倾崎崖陬㊻。岩岖参差,纵横相追。陬互横悟,背穴偃跖。㊼交加累积,重叠增益。㊽状若砥柱㊾,在巫山下。

仰视山巅,肃何千千,炫耀虹蜺。㊿俯视崝嵘,窒寥窈冥。(51)不见其底,虚闻松声。倾岸洋洋,立而熊经。(52)久而不去,足尽汗出。悠悠忽忽,怊怅自失。(53)使人心动,无故自恐。(54)贲育之断(55),不能为勇。卒愕异物,不知所出。(56)继继莘莘(57),若生于鬼,若出于神。状似走兽,或象飞禽。谲诡奇伟,不可究陈。(58)

上至观侧,地盖底平。箕踵漫衍,芳草罗生。(59)秋兰茝蕙,江离载菁。(60)青荃射干,揭车苞并。(61)薄草靡靡,联延夭夭。越香掩掩,众雀嗷嗷。(62)雌雄相失,哀鸣相号。王雎鹂黄,正冥楚鸠；姊归思妇,垂鸡高巢。其鸣喈喈,㊿当年邀游。更唱迭和,赴曲随流㊿。

有方之士,羡门高溪。㊿上成郁林,公乐聚谷。㊿进纯牺,祷璇室。醮诸神,礼太一。㊿传祝已具,言辞已毕。㊿王乃乘玉舆,驷苍螭,垂旒旌,旆合谐。紬大弦而雅声流,冽风过而增悲哀。㊿于是调讴,令人㥄㦖惨凄,胁息增欷。㊿于是乃纵猎者,基趾如星。传言羽猎,衔枚无声。㊿弓弩不发,罘罕不倾。㊿涉漭漭,驰苹苹。㊿飞鸟未及起,走兽未及发,何节奄忽,蹄足洒血。㊿举功先得,获车已实㊿。

王将欲往见,必先斋戒。差时择日,简舆玄服;建云旆,蜺为旌,翠为盖。㊿风起雨止,千里而逝。盖发蒙,往自会。㊿思万方,忧国害,开贤圣,辅不逮。㊿九窍通郁,精神察滞。㊿延年益寿千万岁。

(《文选》卷十九;四库全书本《历代赋汇》外集卷十四)

【注释】

①楚襄王:据《史记·楚世家》载,楚怀王薨,太子横立,为顷襄王。襄王在位三十六年(前298—前263)。 云梦:即云梦泽。《周礼·夏官·职方》:"正南曰荆州,……其泽薮曰云梦。"其范围历代诠释不一,大致包括今湖南益阳县、湘阴县以北,湖北江陵县、安陆县以南,武汉市以西广大地区。 ②高唐之观:宫观名,在云梦泽中,巫山之南。 宋范成大《吴船录》卷下:"戊午,乘水退下巫峡……三十五里至神女庙……庙乃在诸峰对岸小岗之上,所谓阳云台、高唐观。" ③崪(zú):山峰巉岩高耸的样子,此谓云气形似山峰。 忽兮改容:谓云气忽然又改变成各种不同的形容状态。 ④怠而昼寝:怠,疲倦;昼寝,指睡午觉。 ⑤巫山之女,高唐之客:《山海经·中次七经》:"又东二百里,曰姑媱之山。帝女死焉,其名曰女尸,化为瑶草。其叶胥成,其华黄,其实如菟丘。服之媚于人。"又《文选》李善注引晋习凿齿《襄阳耆老传》曰:"赤帝女曰姚姬,未行而卒,葬于巫山之阳,故曰巫山之女。"一说其精魂依草,实为灵芝。按,赤帝即炎帝,姚姬即瑶姬。屈原《九歌·山鬼》有"采三秀於山兮",清人顾天成《九歌解》谓"山鬼"即巫山神女。今人郭沫若《屈原赋今译》释"於山"即巫山,亦主张"山鬼"即巫山神女。因其为炎帝之女,死后葬于巫山,故自称"高唐之客"。 ⑥愿荐枕席:自愿进枕席之欢。荐,进。 ⑦幸之:宠幸之,谓与之合欢。 ⑧巫山之阳,高丘之阻:山之南曰阳,土高曰丘。《文选》李善注引《汉书》注曰:"巫山在南郡巫县。阻,险也。"按,先秦称巫县、巫郡,均包括今重庆市巫山、巫溪两县地域。 ⑨"旦为"二句:谓白天变为朝云,夜晚变为行雨。本是形容神女之形有变化莫测的神秘美,因与楚王有欢媾之事,后代诗词小说遂以"云雨"代称男女幽媾。 ⑩如言:如神女所说的那样。 ⑪"䎽兮"句:谓朝云初出茂盛的样子宛若松树耸立。䎽(duō),茂盛貌。 ⑫"其少进"四句:谓朝云那明晰的美色仿佛一个娇艳的美姬扬袖遮蔽日光,在凝望她那思念之人。 少进:稍稍渐进。 晣:昭晰,谓有光明美色。 扬袂:举袖。 ⑬"偈兮"二句:谓云气疾飞变成如驾着有羽旗的驷马。 偈:疾驱貌。

建羽旗:用五色鸟羽装饰建立的旗。 ⑭湫:凉貌。 霁:雨止曰霁。 ⑮普:广远。祖:始。此句谓万物皆始生此地,为万物神灵之祖最为有异。 ⑯属:连属,连接。不可称论:不能一一尽述。 ⑰唯唯:恭敬地应诺,犹言"是是"。 ⑱"殊无"三句:谓巫山高唐殊异不凡,道路交互层叠,横斜而上。 比:类比。 赫:高大显赫。畴:通"俦",匹敌。 曾累:层层重叠。曾,通"层"。 ⑲阺(dǐ):陵坂,山坡。稸(xù):通"畜",积蓄。 ⑳"百谷"句:指众山谷杂水汇集在山下。 ㉑濞(pì):大水暴发的声音。 淘淘:水波汹涌翻腾貌。 溃:水相交流过。 淡淡(yǎn):水安流平满之状。 ㉒滂洋洋:形容大水涌流,盛大壮阔的样子。 四施:四处漫延。蓊(wěng):聚集貌。 湛湛:深貌。 弗止:谓不静止而常行。 ㉓"若丽山"句:喻波浪像附着在山上的田埂。 丽:附着。 亩:垄界,田埂。 ㉔"势薄"二句:谓水势逼近岸边而相拒击,至急狭窄处,不得前进退却,复会合上流中止。 薄:逼近。隘:狭窄。 郤:同"却"。 ㉕"卒中怒"二句:谓两浪相合聚集,水怒浪高,如海边之望碣石山峰一样。 崒:聚集。 碣石:山名。古时在渤海边,今已为海水淹没。曹操《步出夏门行》有"东临碣石,以观沧海"。 ㉖"砾磕磕"二句:谓水急石流,自相摩砺,发出震天响声。 砾(lì):小石。 磕磕:众石貌。 嶸(hōng):水石相激之声。 磕磕(kē):水石相激之大声。 ㉗溺溺:淹没貌。 渗瀺(chán zhuó):石在水中出没发出的小水声。 沫:泡沫。 潼潼:高之状。 厉:扬起。 ㉘澹澹:水摇动貌。 盘纡:盘旋纡回。 淫淫:去远貌。 溶㵝(yì):水波动荡貌。 ㉙"奔扬"二句:谓波涛奔扬相击,其状若云翻卷而发出需需的水声。 需需:水声。 ㉚妄奔走:不辨东西漫然乱跑。 驰迈:奔驰远去。 ㉛兕(sì):犀牛类野兽,皮可制甲。《论语·季氏》:"虎兕出于柙。" 失气恐喙:(因大水声)丧气惊骇唯恐被吞没。喙,鸟兽的嘴,此处作动词吞没解。 雕鹗:鹰类鸷鸟。 伏窜:潜逃。 ㉜股战:犹股慄,腿发抖。 胁息:屏气,不敢出气。 妄挚:妄擅攫取。挚,攫取。 ㉝"于是"二句:谓鱼鳖之类水虫因巨浪翻腾而皆暴上了洲渚岸上。 水虫:鱼鳖之类。 暴(pù):暴露。 渚:水中小块陆地。 阳:水之北曰阳。 ㉞鼋鼍(yuán tuó):皆水中动物。鼋,亦称"绿团龟",俗称"癞头鼋";鼍,亦称"扬子鳄",俗称"猪龙婆",皮可张鼓。 鳣鲔(zhān wěi):古代皆属鲟鳇鱼类。 振鳞奋翼:张其鳞甲,鼓动羽翼。翼,鱼鳃两边之鬐。 蜷蜷蜿蜿:龙蛇蜿曲之状。 ㉟中阪:山坡中腰。 玄木冬荣:深青色的树木冬季很茂盛。 ㊱"煌煌"二句:谓草木花,光彩夺目。 荧荧:微光闪烁。 ㊲"曾不可"句:谓简直不可用语言竭尽描述其状。殚,竭尽。 ㊳榛林:灌木丛林。 葩华:栗花。 椅:桐类树木。 垂房:下垂房状果实。 纠枝:枝曲下垂。还会:盘旋交缠。 ㊴徙靡(xǐ mǐ):枝叶被风吹往来偃伏之状。 澹淡:水波细纹状。 暗蔼:指树荫倒映水波的昏暗貌。 ㊵东西施翼:谓树枝两面伸展,有如鸟翼。猗狔(yī nǐ):柔弱下垂貌。 丰沛:丰满。 裹:花房。 ㊶竽、籁:两种乐器。竽(yú),古簧管,形似笙而大,管数亦较多。1972 年长沙马王堆汉墓出土的竽有 22 管,分前后两排。籁,即箫。《汉书》颜师古注引张揖曰:"籁,箫也"。 "清浊"二句:《文选》李善注引《左传》晏子曰:"先王和五声也,清浊小大以相济也。吹小枝则声清,吹大枝则声浊。" 五变:谓五音皆变。《礼记》:"声相应,故生变,变成方,谓之音。" 四会:四方之声相会合。 ㊷孤子:《礼记·王制》:"小而无父谓之孤。" 寒心:指战栗。 酸鼻:鼻辛酸欲掉泪。 ㊸隳(huī)官:废官去职。 失志:失其本志,不知所为。 ㊹瘁:忧伤。 ㊺巑岏(cuán wán):山高峻貌。《楚辞·九叹·惜贤》:"登巑岏以长企兮"。王逸注:"巑岏,锐山也。" 裖(zhěn)陈:重叠陈列。 硊硊(wéi):高貌。 ㊻倾崎:倾斜崎岖。 崖隤:山崖下坠欲塌之状。 ㊼陬(zōu):崖角。 横牾(wǔ):指路有横石,逆当其前。 背穴:背后的深洞。 偃蹠:山石横卧貌。 ㊽"交加"二句:谓山石交错累积其上,重叠增高。 ㊾砥柱:山名。黄河急流中的石岛,在今河南三门峡市境内。以山在水中若柱得名。今已炸毁。此指巫山崖岸像砥柱山一样屹立。 ㊿肃:肃穆高耸。 何:何等。 千千:通"芊芊",形容草木茂盛,山色青苍。 炫耀虹蜺:如虹霓炫耀其上。"蜺"同"霓"。 (51)崝嵘(zhēng róng):深直貌。 窐寥(wā liáo):空深貌。窐,通"洼",低下。 窈冥:深远难测貌。 (52)"倾岸"二句:《文选》胡克家《考异》云:"倾岸之势,其水洋洋,避立之处,如熊之在树。" 经:引申为直立解。 (53)悠悠:悠远貌。 忽忽:迷惑貌。 怊(chāo)怅:惆怅失意。 (54)心动:心惊。 无故自恐:《文选》李善注:"言无有,故对此而惊恐。"无有,谓心中失意空虚,无有定见之意。 (55)贲育:古代勇士孟贲、夏育,勇于决断。 (56)"卒愕"二句:突然惊愕有异物从旁出现,不知所自从来。 卒(cù):通"猝",仓猝,突然。 (57)纚纚(xǐ)莘莘(shēn):形容怪石众多之貌。纚,同"纚"。 (58)谲诡(jué guǐ):怪诞,奇异。 究陈:尽陈,完全陈述。 (59)观侧:高唐观之侧。 箕踵:谓地势前阔后窄,如簸箕之脚跟。 漫衍:漫阔平衍。 (60)兰、茝蕙、江离:皆香草名。兰,泽兰。茝(chǎi),白芷。江离,蘼芜。 载菁(jīng):正在开花。载,则,正。菁,花。 (61)荃(quán):荃荪,香草名。 射(yè)干:草本,又名乌扇,乌莲,可入药。 揭车(jū):香草名。 苞并:丛生貌。 (62)薄草:丛生的草。 靡靡:低伏依倚之状。 夭夭:形容花草茂盛艳丽。 越香:香气发散。 掩掩:香气浓郁。掩,通"馣"。 (63)王雎(jū):雎鸠,一种水鸟,俗称鱼鹰。 鹂黄:即仓鹒,因其色黧黑而黄,故名鹂黄,又名黄鹂。 正冥:未详。 楚鸠:鸟名,又称哔啁(bì zhōu)。 姊归:即子规,传说为古代蜀王杜宇精魂所化,鸣声凄厉,口中出血,故又名杜鹃。 思妇:鸟名。 垂鸡:亦鸟名。 喈喈:鸟叫声。 (64)当年:正当盛年。 赴曲随流:《文选》李善注:"赴曲者,鸟之哀鸣,有同歌曲,故言赴曲。随流者,随鸟类而成曲也。" (65)有方之士:有法术的方士。 羡门高:秦始皇时的著名方士。《史记·秦始皇纪》:三十二年"始皇之碣石,使燕人卢生求羡门高誓"。 (66)"上成"二句:意谓共同乐于在山上筑巢,聚积谷食于山阿。 上成:或云亦方士名,未详。 郁林:形容仙人盛多如林。 (67)进、祷:皆祭祀之意。 纯牺:纯一色的牲畜作祭品。 琁室:玉饰宫室。琁,同"璇",即玉。 醮(jiào):祈祷。 太一:天帝。亦作"泰一",众神之尊。 (68)"传祝"二句:谓祭司(祝)传达神灵的言辞已周备完毕。 (69)玉舆:玉饰的车。 驷:四马拉的车,此作动词"驾"解。 苍螭(chī):传说中蛟龙之属。 流旌:边上饰有如穗子形状的旌旗。 旆:旗。 紬(chōu):引,弹奏。 雅声:正声,无淫邪之声。 洌风:寒风。 ⑦调讴:协调讴歌。 憭悷(lín lì):悲伤貌。 胁息:屏气,吸气。 增欷:益加叹气抽咽。 ⑦基趾:凡居下而承上的,如墙脚、城脚、山脚之类,都叫"基趾"。趾,亦作"址"。《左传·宣公十一年》:"略基趾"。杜预注:"趾,城足"。此句谓纵猎的人在山脚下排列如星。 传言:传达遍告众人之言。 羽猎:使士卒负箭射猎。羽,箭。 衔枚:枚,形如筷子,两端有带,可系于颈上。古代行军或打猎,为防喧哗惊敌或兽,常令士兵含在口中,是谓"衔枚"。《周礼·夏官·大司马》:"徒衔枚而进"。 ⑫罘罕(fú hán):捕兽的网。罕,小网。 ⑬漭漭(mǎng):水广远貌。 苹苹:草丛生貌。苹,蘋蒿。 ⑭节:所执的鞭节。 奄忽:急遽貌。 蹄足洒血:指兽蹄洒血。 ⑮获车已实:谓猎获物装满了马车。 ⑯简舆玄服:乘轻简的车,穿着黑色衣服。 建云旆:树起如云的旌旗。旆,古代旗末状如燕尾的垂流,此泛指旌旗。 蜺为旌:古代帝王出行仪仗的一种。"蜺"同"霓"。《汉书·司马相如传(上)》:"拖霓旌,靡云旗。"颜师古注引张揖曰:"析羽毛,染以五彩,缀以缕为旌,有似虹霓之气也。" 翠为盖:以翡翠羽毛装饰的伞盖。 ⑰盍发蒙:何不启发蒙昧。盍,通"盍",何不。 会:指与神女相会。 ⑱"开贤圣"二句:意谓广开圣贤进言之路,辅佐自己以补救不足之处。 不逮:不及。 ⑲"九窍"二句:谓只要九窍畅通,精神自然明察无郁滞。 九窍:中医学名词,见《素问·生气通天论》,指耳目口鼻七窍合前阴、后阴,总称九窍。 郁:郁结不通。 察滞:明察无郁滞。《吕氏春秋》:"凡人,九窍五藏,恶之,精神郁。"高诱注:"郁滞不通也。"

(原文"注释"选自熊笃、施懿超编著《历代巴渝赋选注》,重庆出版社2001年12月版)

【阅读提示】

全文以宋玉向楚顷襄王描述楚怀王当年游云梦高唐观梦巫山神女,醒后祭祀、游猎之事以及巫山一带的奇丽山川等奇观,结尾规谏襄王与其要求与神女交会,不若广开言路,用贤辅政,以求身心九窍通郁,精神明察无滞。

此赋变屈原骚体赋以抒情为主转为以铺叙咏物为主,铺张扬厉,句法长短错落多变。构思想象奇特丰富,写景状物生动传神,遣词用句华丽多彩,描写铺叙细婉曲折。其"巫山云雨"典故,对后世文艺影响深远。

神 女 赋

宋 玉

楚襄王与宋玉游于云梦之浦,①使玉赋高唐之事。其夜玉寝②,果梦与神女遇,其状甚丽,玉异之,明日以白王③。王曰:"其梦若何?"玉对曰:"晡夕之后,精神恍忽,④若有所喜,纷纷扰扰⑤,未知何意。目色仿佛,乍若有记⑥。见一妇人,状甚奇异,寐而梦之,寤不自识。⑦罔兮不乐⑧,怅然失志⑨。于是抚心定气⑩,复见所梦⑪。"王曰:"状何如也?"玉曰:"茂矣美矣,诸好备矣!⑫盛矣丽矣,难测究矣⑬。上古既无,世所未见,瑰姿玮态,不可胜赞。⑭其始来也,耀乎若白日初出照屋梁;其少进也,皎若明月舒其光。⑮须臾之间,美貌横生:晔兮如华,温乎如莹,⑯五色并驰,不可殚形。⑰详而视之,夺人目精⑱;其盛饰也,则罗纨绮缋盛文章⑲,极服妙采照万方。振绣衣,披袿裳,⑳䘸不短,纤不长㉑。步裔裔兮耀殿堂㉒,忽兮改容,婉若游龙乘云翔㉓。嫷被服,侻薄装,㉔沐兰泽,含若芳,㉕性和适,宜侍旁㉖,顺序卑,调心肠。㉗"王曰:"若此盛矣,试为寡人赋之。"玉曰:"唯唯。"

夫何神女之姣丽兮,含阴阳之渥饰㉘。被华藻之可好兮,若翡翠之奋翼㉙。其象无双,其美无极。毛嫱鄣袂,不足程式;㉚西施掩面㉛,比之无色。近之既妖,远之有望,㉜骨法多奇,应君之相,㉝视之盈目,孰者克尚㉞。私心独悦,乐之无量。交希恩疏,不可尽畅。㉟他人莫睹,王览其状。其状峨峨㊱,何可极言。貌丰盈以庄姝兮㊲,苞温润之玉颜㊳。眸子炯其精朗兮,瞭多美而可观㊴。眉联娟以蛾扬兮,朱唇的其若丹。㊵素质干之醲实兮,志解泰而体闲。㊶既姽婳于幽静兮,又婆娑乎人间。㊷宜高殿以广意兮,翼放纵而绰宽。㊸动雾縠以徐步兮,拂墀声之珊珊。㊹

望余帷而延视兮,若流波之将澜。㊺奋长袖以正衽兮,立踯躅而不安。㊻澹清静其愔嫕兮,性沈详而不烦。㊼时容与以微动兮,志未可乎得原。㊽意似近而既远兮,若将来而复旋。㊾褰余帱而请御兮,愿尽心之惓惓㊿。怀贞亮之絜清兮,卒与我兮相难。㉛陈嘉辞而云对兮,吐芬芳其若兰。精交接以来往兮,心凯康以乐欢。㉜神独亨而未结兮,魂茕茕以无端。㉝含然诺其不分兮,喟扬音而哀叹。㉞颓薄怒以自持兮,曾不可乎犯干。㉟

于是摇珮饰,鸣玉鸾;整衣服,敛容颜;顾女师,命太傅。㊱欢情未接,将辞而去。迁延引身,不可亲附。㊲似逝未行,中若相首。㊳目略微眄,精彩相授。(59)志态横出，不可胜记。意离未绝，神心怖覆(60)。礼不遑讫，辞不及究。(61)愿假须臾，神女称遽(62)。徊肠伤气，颠倒失据。(63)闇然而暝，忽不知处。(64)情独私怀，谁者可语。惆怅垂涕，求之至曙。

（《文选》李善注本卷十九；四库全书《历代赋汇·外集》卷十四）

【注释】

①楚襄王、云梦：并参见《高唐赋》注①。 浦：水滨。 ②《文选》作“王寝”，此据陈第《屈宋古音义》改，下文“王异”亦改为“玉异”，“白玉”改为“白王”，“王对曰”改为“玉对曰”。 ③以白王：将所梦之事告诉襄王。白，告诉。 ④晡（bū）夕：申时，黄昏时。 怳忽：即恍忽，心神不定貌。 ⑤纷纷扰扰：心绪纷乱，骚扰混乱的状态。《管子·枢言》：“纷纷乎若乱丝。”《列子·周穆王》：“存亡得失，哀乐好恶，扰扰万绪起矣。” ⑥乍若有记：谓忽然如有可记识之状。 ⑦寐：睡眠。 寤（wù）：醒。 ⑧罔：通“惘”，迷惘，失意。 ⑨怅然：惆怅失意貌。 ⑩抚心定气：用手摸胸，使心神安定。 ⑪复见所梦：再次见到所梦见的（神女）。 ⑫茂：美好，优秀。 备：俱全。 ⑬难测究矣：难以揣测，穷究其美。 ⑭瑰姿玮态：奇丽珍贵的姿容仪态。瑰，奇异。玮，珍贵。 胜：尽。 ⑮若白日：形容美艳鲜丽，光彩照人。 少进：稍微走进。进，前边。 皎若明月：状其容颜白皙，皎洁阴柔的神韵。《诗·陈风·月出》：“月出皎兮，佼人僚兮。” ⑯“晔（yè）兮”二句：形容鲜亮如花，温润如玉。晔：鲜亮。 华：花。 莹：玉色。 ⑰驰：施。 殚（dān）形：穷尽其形。殚，尽。 ⑱夺人目精：耀人眼目。 ⑲罗：经纬组织显椒眼纹的丝织品。 纨：白色丝绢。 绮：有花纹的丝织品。 缋（huì）：刺绣。 盛文章：盛丽的花纹色彩。 ⑳袿（guī）：妇女上衣。 裳：下衣。 ㉑襛：肥。 纤：细。谓衣服肥瘦长短合度。 ㉒步裔裔（yì）：形容舞步轻盈的样子。 ㉓婉：美好，形容婉曲优美的身态。 ㉔嫷（tuǒ）：美好。《方言》：“嫷，美也。” 侻（tuì）：可意合适。 ㉕沐兰泽：《文选》李善注：“沐，洗也。以兰浸油泽以涂头。” 若芳：杜若的芳香。 ㉖宜侍旁：适宜侍奉王之身旁左右。 ㉗顺序：和谐。 卑：柔弱。 调（tiáo）心肠：调合安慰人的情绪。 ㉘渥饰：得天独厚的美质。渥，厚。 ㉙被（pī）华藻：披着文彩、美丽的服饰。被，同“披”；华藻，华美的文彩，修饰。 翡翠：鸟名，即翠雀。雄赤曰翡，雌青曰翠。 奋翼：鼓动翅膀。 ㉚毛嫱：古代美女。《庄子·齐物论》：“毛嫱、丽姬，人之所美也。” 鄣袂：以衣袖掩面。鄣，即“障”字。 不足程式：不够作标准、模式效法。 ㉛西施：一作先施，春秋时越国著名美女。曾为越国谋臣范蠡送至吴国以惑吴王夫差，事见《越绝书》和《吴越春秋》等书。 ㉜“近之”二句：谓近看既美，复宜远望。 妖：妖媚，艳丽。 有望：有姿望，犹言有看头。 ㉝“骨法”二句：谓骨骼长相奇特，合于君王之后妃长相。 ㉞孰者：谁人。 克：能。 尚：通“上”，超过。 ㉟“交希”二句：谓交往稀少，恩爱之情疏远，不能尽兴畅志。 ㊱峩峩：即“峨峨”，指仪容盛美超绝。《诗·大雅·棫朴》：“奉璋峨峨，髦士攸宜。”孔颖达疏：“此臣奉璋之时其容仪峨峨然，甚盛壮也。” ㊲丰盈以庄姝：丰满而端庄美好。姝，美好。 ㊳苞：通“包”，包含。

温润:温和润泽。　玉颜:如美玉白洁的脸。　㊴瞭:目光明亮。郑玄《周礼》注曰:"瞭,明目也。"　㊵联娟:微屈貌。　蛾扬:蛾眉扬起,形容美人笑貌。　的(dì):鲜明。　丹:丹砂,红颜料。　㊶质干:躯体。　酞实:厚实,丰腴。　志:志趣,情操。　解泰而体闲:潇洒而恬静,不急躁。　㊷姽婳(guǐ huà):闲静、美好貌。《说文》:"姽,靖好貌。"《广雅》:"婳,好也。"　婆娑:盘桓,停留。　㊸"宜高殿"二句:谓适宜安置她在高华的宫殿中以舒广其意志,像飞鸟随意舒展放纵有宽广的空间。　㊹雾縠(hú):如薄雾的轻纱。縠,皱纱。　徐:徐徐缓步。　墀(chí):台阶。　珊珊:指其衣裙轻拂台阶发出的轻微的声音。　㊺延视:久视,延伸放远视线。　流波:眼波如流动的水波。　㊻正衽(rèn):整正衣襟,以自矜庄严。衽,衣襟。　踯躅(zhí zhú):踏步不前,驻足。　㊼澹:恬静貌。　愔嫕(yīn yì):安静和淑貌。　沈详:深沉安详。沈,通"沉"。　㊽容与:迟疑不定貌,意同"犹豫"。屈原《九章·思美人》:"因朕形之不服兮,然容与而狐疑。"　得原:找到根原、根本。　㊾"意似"二句:谓似欲亲近而又疏远,像要走来而又返回去。　将来:将要前来。　复旋:又回返。旋,回返。　㊿褰(qiān):撩起,用手提起。　帱(chóu):床帐。　请御:请求侍奉。　惓惓(quán):犹拳拳,恳切貌。　(51)贞亮:正直坦诚。　絜清:纯洁清白。絜,同"洁"。　卒:终。　相难:相拒斥。　(52)精交接:精神交接。　凯康:和乐。凯,通"恺"。　(53)神:精神。　亨:通达顺利。　结:交结。　茕茕(qióng):孤独貌。"茕"同"茕"。　无端:无有端绪,不知何计。　(54)然诺:承诺。　分:甘心。　扬音:高扬声音。　(55)頩(pīng):敛容貌。　薄怒:微怒。　自持:自负矜持。　犯干:冒犯。干,干犯。　(56)"顾女师"二句:召唤神女的老师和师傅。《文选》李善注:"古者皆有女师,教以妇德,今神女亦有教也。"《汉书音义》:"妇人年五十无子者为傅。"此指傅母。《太平御览》六九〇引《三礼图》:"士者傅母,选无夫与子而老贱,晓习妇道者,使之应对也。"　(57)迁延:退却。　亲附:亲近依附。　(58)逝:去。　相首:相向。　(59)眄(miǎn):斜视,指含情不舍貌。　精彩相授:《文选》李善注:"精神光彩相授与也,犹未即绝。"　(60)怖覆:恐怖而反覆。　(61)"礼不"二句:谓礼节尚来不及完毕,言辞也顾不得终了。　不遑:无空闲,来不及。　讫:完毕。　究:尽,终究。　(62)称遽:指神女说急速要走。遽,急速。　(63)徊肠伤气:指内心受到感动。　颠倒失据:神魂颠倒,举止失措。据,依靠。　(64)闇(àn)然:冥暗貌。　暝:日色昏暗。　忽不知处:忽然消失,不知何处。

(原文"注释"选自熊笃、施懿超编著《历代巴渝赋选注》,重庆出版社2001年12月版)

【阅读提示】

神女被誉为东方美神和爱神。该赋描写巫山神女精美绝伦的容貌、风韵和贞静端庄的品性,虽撩人情欲,却不可干犯。

本篇是《高唐赋》续篇。《神女赋》应是最早描写女性美最全面最生动的长篇范文。它以新奇生动的比喻,高度传神的夸张,毛嫱、西施的反衬,铺张扬厉的描写,淋漓尽致地刻画其容貌服饰、举止风韵、步态舞姿、神情意态,捕捉其复杂而微妙的心理变化,给读者留下了强烈的印象。神女形象、神女典故给中国文学以重大影响。

白帝城怀古

陈子昂

陈子昂(661—702),字伯玉,梓州射洪(今四川省射洪县)人。武后光宅元年(684)举进士入京,以上书论政,为武则天所赞赏,拜麟台正字。后解职还乡,为县令段简所诬,入狱,忧愤而死。子昂为诗,标举汉魏风骨,反对柔靡之风,其诗歌创作及其革新主张,一扫齐梁纤弱诗风,为盛唐诗歌开辟了道路。有《陈伯玉集》十卷。

日落沧江晚, 停桡问土风。
城临巴子国, 台没汉王宫①。
荒服仍周甸②,深山尚禹功③。
岩悬青壁断, 地险碧流通。
古木生云际, 归帆出雾中。
川途去无限④,客座思无穷⑤。

(选自《全唐诗》卷八四,中华书局1960年4月第1版)

【注释】

①汉王宫:指蜀汉皇帝刘备在白帝城的行宫——永安宫。 ②荒服:古代分京畿以外的地区为五服,五服中最远的地方为荒服,即离京畿两千五百里的地区。 周甸:周王室之郊野,意为巴国虽远仍受周朝重视。 ③禹功:大禹开凿三峡之功。 ④川途:水上交通。 ⑤客座:旅客。

【阅读提示】

作者于唐高宗调露元年(679),由家乡沿长江东下,经三峡出蜀后辗转到长安,准备去考进士。经过白帝城时写下这首诗。全诗由打听夔州"土风"而至怀古,转而写壮丽景色,再抒写客中愁情。诗思一波三折,诗风劲健爽朗,气韵畅达,峡江景物壮阔雄浑。

咏怀古迹五首(其四)

杜 甫

杜甫,见《登高》介绍。

蜀主窥吴幸三峡,崩年亦在永安宫①。
翠华想象空山里,玉殿虚无野寺中②。
古庙杉松巢水鹤,岁时伏腊走村翁③。
武侯祠屋长邻近,一体君臣祭祀同④。

(选自《全唐诗》卷二三〇,中华书局 1960 年 4 月第 1 版)

【注释】

①蜀主:指刘备。刘备因伐吴而御驾亲临三峡。 吴:指三国时吴国孙权。 崩年:死亡之年。刘备兵败,逃至白帝城,殂于此。 ②翠华:用翠羽饰于旗竿顶上的旗帜,为皇帝仪仗。 ③伏腊:夏天伏日与冬天腊日,均为祭祀节日。 ④武侯祠:诸葛亮祠。

【阅读提示】

《咏怀古迹五首》是一组七言律诗,作于大历元年(766)秋天。选录的这首诗是组诗中的第四首,诗借咏先主庙中体现出的刘备和诸葛亮君臣一体的遇合典范,来抒写自己的怀抱。诗人仰慕先主君臣的风云际会,咏叹自己的漂泊无依,写景寓情,虚实相生。

松滋渡望峡中①

刘禹锡

刘禹锡,见《巫山神女庙》介绍。

渡头轻雨洒寒梅,云际溶溶雪水来②。
梦渚草长迷楚望③,夷陵土黑有秦灰④。
巴人泪应猿声落⑤,蜀客船从鸟道回⑥。
十二碧峰何处所⑦,永安宫外是荒台⑧。

（选自《全唐诗》卷三五九，中华书局1960年4月第1版；又见毛泽东选《诗词若干首》，四川人民出版社1977年8月版）

【注释】

①松滋渡：在今湖北松滋县西北，距下牢关三峡尽处不远。　②云际：云边、天边。　溶溶：水流动的样子。　雪水：长江上游多高山，夏日积雪消融汇入江中，这里代指江水。　③梦渚：云梦泽中的小洲。　楚望：指楚国山川。　④夷陵：楚国先王陵墓名，后作县名，在今湖北宜昌境内。　秦灰：秦军焚烧夷陵留下的灰烬。　⑤巴人：巴地之人。巴，古国名，属地在今重庆及川东一带。　应：呼应、随着。这句化用古歌谣"巴东三峡巫峡长，猿鸣三声泪沾裳"之意。　⑥蜀客：蜀地之客。蜀，古国名，属地在今四川成都一带。　鸟道：指人兽不能到只有飞鸟才能通过的地方，李白《蜀道难》有"西当太白有鸟道"之句。　⑦十二碧峰：指巫山十二峰，神女峰为其中之一。　⑧永安宫：在白帝城内，为刘备托孤之所。　荒台：指巫山之阳台，在重庆巫山县城西的高都山上，传说中巫山神女所在之处，古时建有高唐观；"荒"，表明年代久远、世事变迁。

【阅读提示】

这首写景兼怀古的七言律诗，是刘禹锡任夔州（今重庆奉节）刺史期间，在松滋渡口遥望三峡时所作。有人认为系写于公元824年夏诗人由夔州调任和州（今安徽和县）赴任途中，但与诗中所写景物节候不符，故不从。该诗首联写松滋渡的景象和从渡口远望江水奔流而下的气势；"轻雨"、"寒梅"和"雪水"，点明系早春时节。颔联写站在云梦泽中小洲上，只见无边荒草遮住了楚地山川，不由得回忆起秦军灭楚、焚毁夷陵的往事，令人叹惋。颈联写巴蜀之地僻远难通、水险人愁，增人惆怅。尾联由峡中景物联想到巫山、巫峡、巫山神女的传说，并想到当年刘备托孤的情景。然而，传说中的巫山神女已不可寻，永安宫和阳台故址也已经荒废，无复当年景象了。全诗扣住一个"望"字，以景起笔，于景中叙事，复杂的情感蕴于其中，抒发了历史兴亡的感慨和遭受贬谪的不平与苦闷。

（林心治注析）

酬乐天扬州初逢席上见赠[①]

刘禹锡

巴山楚水凄凉地[②]，二十三年弃置身[③]。
怀旧空吟闻笛赋[④]，到乡翻似烂柯人[⑤]。
沉舟侧畔千帆过，病树前头万木春[⑥]。
今日听君歌一曲[⑦]，暂凭杯酒长精神[⑧]。

（选自《全唐诗》卷三六〇，中华书局1960年4月第1版；又见毛泽东选《诗词若干首》，四川人民出版社1977年8月版）

【注释】

①酬：答谢，酬答，这里是以诗答谢的意思。 乐天：白居易的字。 见赠：送给（我）。 ②巴山楚水：刘禹锡被贬后，迁徙湘、粤、川、皖多地，曾在夔州（今重庆奉节）住了两年多，在朗州（今湖南常德）住了九年多；夔州古属巴国，朗州古属楚国，诗中用"巴山楚水"泛指这些贬谪的地方。 ③二十三年：永贞革新失败后，刘禹锡两度遭贬，约22年，虽奉召入朝，但因路途遥远，要第二年春才能回到京城，所以说23年。 弃置身：指遭受贬谪的自己。弃置，遭抛弃、放置。 ④怀旧：怀念故友。 空吟：枉自（白白地）吟唱。 闻笛赋：指西晋向秀的《思旧赋》。三国曹魏末年，向秀的朋友嵇康、吕安因不满司马氏篡权而被杀害，后来向秀经过故友的旧居，听到邻人吹笛，感慨悲伤，于是写此赋追念。刘禹锡借这个典故怀念已死去的王叔文、柳宗元等人。 ⑤翻似：倒好像、反而像。 烂柯人：指晋人王质。传说王质进山砍柴，见两个童子下棋，他看棋看到终局时，手中的斧头柄（柯）已经朽烂了，下山回到村里，同代人都已经亡故，才知已过了一百年。刘禹锡以王质自比，说明遭贬离京之久，回去后可能和同乡人都不相识了。 ⑥沉舟、病树：都是比喻自己。 侧畔：旁边。 ⑦歌一曲：指白居易在宴席上所吟唱的诗。 ⑧长：增长，振作。

【阅读提示】

唐敬宗宝历二年（826）冬，刘禹锡奉召回京，途经扬州，与老朋友白居易相遇，悲喜交集，感慨万端。酒宴上，白居易用筷子敲击菜盘，即席吟唱了《醉赠刘二十八使君》诗，对老友长期遭贬深表不平和同情，刘禹锡便写了这首七言律诗回赠白居易。首联回顾长期遭贬的生活，僻远之地环境荒凉，贬谪之身心境凄怆，故用"凄凉"二字概括。颔联运用典故抒写对亡友的思念，对长期被贬离京、世事变迁的感叹。颈联强调虽然自己已经是"沉舟"、"病树",但社会总是要前进、新陈代谢是不可避免的,因而用不着悲伤失意,应该为"千帆过"、"万木春"而欣慰。尾联回应题意,表明对白居易赠诗的感谢,表示要振作精神去面对未来的生活。这首诗展现了诗人不因仕途坎坷和岁月蹉跎而消沉的精神气度,抒写了对社会人生的坚定信念和旷达乐观情怀。诗歌用典贴切,比喻新巧,富含哲理,精练畅达,"沉舟"一联成为传颂千古的名句。

(林心治注析)

竹枝词二首

刘禹锡

（一）

杨柳青青江水平,闻郎江上踏歌声①。
东边日出西边雨,道是无晴却有晴②。

（二）

楚水巴山江雨多③,巴人能唱本乡歌。
今朝北客思归去,回入纥那披绿罗④。

（选自《全唐诗》卷三六五,中华书局1960年4月第1版）

【注释】

①踏歌声:一作"唱歌声"。三峡一带民俗,男女恋爱多用边唱边舞的"踏歌"来表达情意。　②"道是"句:双关语,"晴"与"情"同音。"无晴"、"有晴"即"无情"、"有情"。"却"一作"还"。　③楚、巴:荆楚、巴蜀的略称。今湖南、湖北与重庆一带。　④纥那:曲调名。单片20字,风格与竹枝词相近。　绿罗:绿色的纱巾。

【阅读提示】

长庆元年(821)冬至长庆四年(824),刘禹锡在夔州(今重庆市奉节县)担任刺史期间,潜心采风,创作《竹枝词》11首。《竹枝词》是三峡地区的民歌,"含思婉转",优美动听。这里所选二首是他创作的《竹枝词》的第二组。

其(一)借谐音的手法,用天气的"晴"与"不晴"来谐对方"有情"与"无情",刻画出一个初恋女郎在江边听到情人唱歌时那种乍疑乍喜的复

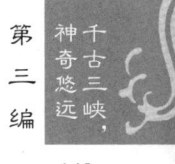

杂心情和活泼可爱的形象。其(二)写作为"北客"的诗人在"江雨多"的巴山,听到巴人唱"本乡歌"时引起的缕缕"思归"之情。因不会"巴人歌",只好填"纥那"曲来表达这浓浓的乡思。

离思(其四)

元 稹

元稹(779—831),字微之,河南(今河南洛阳)人,唐代诗人,与白居易友善,常相唱和,世称"元白"。有《元氏长庆集》,其传奇《莺莺传》为后世《西厢记》所取材。

曾经沧海难为水①,除却巫山不是云②。
取次花丛懒回顾③,半缘修道半缘君④。

(选自《全唐诗》卷四二二,中华书局1960年4月第1版)

【注释】

①沧海:大海。 难为:很难算是。 ②除却:除去。 巫山:巫山县东南。战国宋玉的《高唐赋》说巫山有神女,"旦为朝云,暮为行雨"。后以巫山美丽之云代神女。 ③取次:任意、随便、即使。 花丛:比喻美人之多。 回顾:回头看。 ④缘:因为。 修道:宗教徒虔诚地学习教义并把它贯彻在行动中。 君:指所爱之人。

【阅读提示】

此诗以形象的比喻,说明诗人所爱的人是任何美女无法比拟的。曾经经历过沧海的大水,其他之水很难算是壮阔之水;看过巫山美丽的云,其他地方之云很难是秀丽之云。即使从美女群中走过也懒得回头看,其原因一半是养心修道,一半是为了你。此诗一说是诗人哀悼亡妻韦丛的,一说是写男女恋情的。无论何说,都表达了诗人对旧情爱恋的执着和忠贞,十分感人。特别是开头两句成为千古绝唱,亦使巫山之云扬名宇内。

夜雨寄北①

李商隐

李商隐(813—858),唐代诗人,河南省沁阳县人,字义山,开成进士,曾任县尉、秘书郎和东川节度使判官,因受党争影响,终生潦倒。擅长律绝,构思精密,情致婉曲,风格独特。有《樊南文集》、《樊南文集补编》。

　　君问归期未有期,巴山夜雨涨秋池②。
　　何当共剪西窗烛,却话巴山夜雨时③。

（选自《全唐诗》卷五三九,中华书局1960年4月第1版）

【注释】

①一作《夜雨寄内》。冯浩《玉谿生年谱》将此诗系在大中二年(848),本年的另一首寄内诗《摇落》也描写了秋景,两首诗写作时间很接近。《摇落》诗有"滩激黄牛暮,云屯白帝阴"之句,可见当时作者正在湖北、四川之间的巴东一带浪游。一说写于梓州。一说写于渝州缙云山。据考,李商隐任东川节度使判官时,曾几次到渝州。早在明代北碚乡间就留藏有《李商隐夜雨寄北图》,图中有"缙云山××寺"字句。　②"巴山":三巴都可以称"巴山",在这首诗里应指巴东。另一说:据《方舆胜览》载,缙云山古名巴山,气候温和,雨量充沛,素有"巴山夜雨"之称。　③何当:犹言何时。末两句是说不晓得哪一天能够回家相对夜谈,追述今夜的客中情况。

【阅读提示】

诗人行旅在外,赋诗寄内(妻子),一往情深。巴山夜雨的意象,极为恰当地描摹了思念之情。而剪烛西窗,共话巴山,都是想象中相逢的情境,愈增旅人的思情与孤凄。

望夫台①

苏　轼

苏轼(1036—1101),字子瞻,号东坡居士,眉州眉山(今四川眉山市)人。嘉祐二年(1057)进士。神宗时知密州、徐州、湖州。因反对王安石

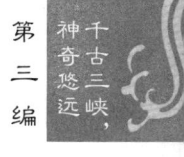

新法,贬谪黄州。元丰八年(1085)返京师,官至礼部尚书。后又贬谪惠州、琼州。元符三年(1100)北还,次年病卒于常州。苏轼诗、文、词皆精,亦工书画,以其创作实践完成北宋诗文革新运动,是继李白、杜甫之后又一大家。

山头孤石远亭亭②,江转船回石似屏。
可怜千古长如昨, 船去船来自不停③。
浩浩长江赴沧海, 纷纷过客似浮萍④。
谁能坐待山月出⑤,照见寒影高伶俜⑥。

(《苏轼诗集》卷一)

【注释】

①苏轼自注:"在忠州南数十里"。望夫台在忠州长江南岸之翠屏山上。山中有禹庙、朝真观、望夫台等遗迹。《郡国志》:"昔人往楚,累岁不归,其妻登山望之,久乃化为石。" ②亭亭:高远耸立之貌。 ③"可怜"二句:写望夫石千古如故的寂寞,船客往来亦漠不关心她的存在。 ④浮萍:浮生在水面的萍草,随风漂荡,喻身世漂泊。 ⑤坐待:坚守、等待。 ⑥伶俜:孤单。

【阅读提示】

此诗作于嘉祐四年(1059),苏轼母丧服除后,与父苏洵、弟苏辙一起回京途中,路过忠州时作。

面对忠州对岸的望夫石,诗人感慨殊深,任船去船来,长江浩荡,过客纷纷,但千古如昨,望夫石永远孤凄。对望夫女的执着,诗人由衷感佩,但她无望地等待,又让诗人无限同情。诗人对生命的哀怜,以及苍茫的时光感,引起我们深深的思索。

永安宫①

苏 轼

千古陵谷变,故宫安得存②。
徘徊问耆老,惟有永安门③。
游人杂楚蜀,车马晚喧喧④。
不见重楼好,谁知昔日尊。

吁嗟蜀先主,兵败此亡魂。

只应法正死,使公去遭燔⑤。

(《苏轼诗集》卷四十七)

【注释】

①永安宫:刘备伐吴兵败后回到奉节的行宫。 ②陵谷:山变为谷。 ③耆(qí)老:指老人。 ④喧喧:喧闹声。 ⑤法正:蜀汉名臣,刘备对他十分信赖。伐吴失败后,诸葛亮曾叹息说:"法正不死,必能劝阻先主伐吴。" 燔:烧,指惨败。

【阅读提示】

永安宫为蜀主刘备所建,故址在今重庆市奉节县城。

此诗是苏轼父子三人赴京求取功名,途经奉节永安宫时所作。诗人感慨沧桑巨变,期望像法正一样,辅佐贤君,成就一番伟业。诗风慷慨悲凉,诗意幽深。

[南吕·四块玉]巫山庙①

马致远

马致远(生卒年不详),元代散曲作家,号东篱,大都(今北京)人。有文场"曲状元"之称,与关汉卿、白朴、郑光祖共称"元曲四大家"。有杂剧15种,今存《汉宫秋》、《荐福碑》、《岳阳楼》等7种。

暮雨迎,朝云送②。暮雨朝云去无踪,襄王漫说阳台梦③。云来也是空,雨来也是空,怎捱十二峰④。

(选自隋树森编注《金元散曲》)

【注释】

①南吕:名调名。 四块玉:曲牌名。 巫山庙:即巫山神女庙。 ②"暮雨"句:指巫山庙终年都是在夜雨昼云的迎来送往之中。既写实景,又双关起兴。 ③"襄王"句:宋玉《高唐赋》云:昔者楚襄王与宋玉游于云梦之台,望高唐之观。其上独有云气,崒兮直上,忽兮改容,须臾之间,变化无穷。王问玉曰:"此何气也?"玉对曰:"所谓朝云者。"王曰:"何谓朝云?"玉曰:"昔者先王尝游高唐,怠而昼寝,梦见一妇人,曰:'妾,巫山之女也,为高唐之客,闻君游高唐,愿荐枕席。'王因幸之。去而辞曰:'妾在巫山之阳,高丘之阻,旦为朝云,暮为行雨,朝朝暮暮,阳台之下。'旦朝视之,如言。故为立庙,号曰朝云。" ④十二峰:即巫山十二峰。在重庆市巫山县境内。

山峰高出江面2000米左右,并列于长江两岸。诸峰峰名说法不一。宋祝穆《方舆胜览》载十二峰为:望霞、翠屏、朝云、松峦、集仙、聚鹤、净坛、上升、起云、飞凤、登龙、圣泉。元刘壎《隐居通议·地理》载十二峰为:独秀、笔峰、集仙、起云、登龙、望霞、聚鹤、栖凤、翠屏、盘龙、松峦、仙人。诸峰奇峰峭壁,其中神女峰顶兀立人形石柱,宛若少女,最为著名,为长江三峡重要景区。

【阅读提示】

马致远小令向来脍炙人口,特别是其[越调·天净沙]"秋思"被周德清《中原音韵》誉为"秋思之祖"。"巫山庙"仅为题咏之作,但马致远巧用"巫山云雨"典故,不仅用典关合时地,而且化景为情,情从景出,"暮雨朝云去无踪,襄王漫说阳台梦",写巫山庙云山雾绕的情景,使人联想无穷。"云来也是空,雨来也是空",一个"空"字又流露出马致远长期沉抑下僚,漂泊浪迹的幽深情怀。

(注:《巫山庙》"注释"与"阅读提示"选自段庸生、王亚培选注《历代巴渝词曲选注》,新疆人民出版社2002年10月版)

五、三峡新韵

三　峡

1982 年 11 月

方　敬

方敬(1914—1995)，当代诗人。重庆市万县人。新中国成立前长期从事文学、教育和党的地下工作。新中国成立后任西南师范学院副院长、党委副书记，四川省作协副主席，重庆市文联、重庆市作协主席。有《拾穗集》、《花的种子》、《飞鸟的影子》、《方敬选集》等著作多种。

山自在，
水自流，
人自行舟。

神女凝望着水，
万里水奔流不断；
神女凝望着山，
万重山岿然不动；
神女的船，
揭开云雨的面纱，
要向神女细看。
一个仰视，
一个俯瞰。

水劈开了山，
山峡巍然，
千座滩万道湾。
崔嵬蜿蜒的峻岭崇山，
壮志在绝壁悬崖；
惊险迂曲的骇浪狂澜，
豪情在涡漩急湍；
三峡的水，三峡的山，
萧森、庄严、邃远，
雄伟壮丽的奇观，
天赞叹，地赞叹。

山啊，
高高耸入云端，
水啊，
激流冲过夹岸，
奔出了山，
淌出了关，
点燃了火，
星光灿烂，
神女的船，
绕着大坝上的星座，
遨游天上的银川。

（选自《方敬选集》，四川文艺出版社1991年4月版）

【阅读提示】

以神女的视角，展现三峡的雄奇壮丽，构思新奇贴切。诗思飞扬，游峡巡天，将读者引入一个浩渺瑰丽的世界。

灵巫赋

蓝锡麟

蓝锡麟(1942年—)，四川南充人，中国作家协会会员，曾任重庆市文联党组书记。著有学术专著多部，主编《巴渝文化丛书》等多种。

天地鸿蒙，万物灵运。①人猿揖别，百艺巫成。钟山岳之神秀，极典常之奥冥。②偕自然之妙有，畅悬圃之高情。③固中襟欣惧，乃染翰为文。

夫灵之为气也，滂滂然，沛沛然，吐纳日精月华，融千古而汇八荒。暨巫之成风也，駓駓焉，荡荡焉，模拟兽舞禽歌，振一羽以济四洋。域无分非欧亚，种不论黑白黄，皆自石头磨过，思维奋翮欲翔。疾风迅雷方生方灭，惠蛄大椿若短若长④，杳不知其由来，神旺将求更张。于是天与人应，发为灵同巫傍，或祈猎狩多获，岁景丰穰，或祷疾者健起，老者寿康。美术音乐舞蹈神话悉因之肇端，医术占星历算史志亦因之发祥。斯固先民意识之觉醒，讵容一语迷信所概况？

壮哉我之中华，灵巫先于文明。阿齐尔图腾涂色砾石，老官台彩陶网状绳纹，马家窑器物三等分圆，大地湾葫芦两节造型。⑤北系岩画广布辽蒙甘青，牛马羊驼驰骋不羁之想象；南系岩画迭见苏浙滇黔，鱼龙鸟虫奔放无碍之朴诚。男女两面同体，崇生殖而显性器官；人蛇交缠共生，娱神祇而纵脑机能。文字岂仓颉所造⑥，盖写形图貌之衍化；《周易》非文王所著，乃占卜求筮之传真。摄提格蘖，识于《尚书》；商颂玄鸟，载于《诗经》。⑦操牛尾以歌八阕，见诸《吕览》；⑧化黄熊而巫何活，发乎《天问》。⑨洎乎先秦之世，楚人巫风最盛。

楚属荆巴，根在灵山。灵山即巫山，嵯峨接九天。晨兴则朝云蔚，夕降则暮雨绵。大江西来，巫溪北灌，覆盖葩华，飞漱洁泉。猿人生息于其间，远逾二百万年前。犀角龙骨，伴其遗齿；石刃陶纹，留其灵宫。时当三皇五帝，十巫首推彭咸⑩；巫载之比虞夏⑪，胜似并蒂双莲。播神农之百草，建高禖之社坛。⑫助鲧子之功烈，绘瑶姬之华颜。⑬白鹿导猎夫奔走，乃开盐利；⑭鸾凤率百兽腾欢，共享乐园。孟涂苴讼，犹见丰沮月落；⑮夏耕操戈，尚闻弈棋柯烂。⑯《山海经》志其谜，名标于奇纪；屈宋辞为之赞，事显于华篇。神女实为土神,太乙常视悬棺⑰,巴楚夔庸之国,莫非巫载后延。⑱

叹巫山云雨梦里⑲,竞高丘古今俯仰。昔鳖尸西浮⑳,血啼杜宇;及灵氛东渐㉑,道启老庄。秦时月照汉时关,天人合一之说渊远而流长。唐宋史鉴明清事,阴阳同构之教将隐而益彰。司马迁尝谓"文史星历,近乎卜祝之间";王国维通指戏曲鼓乐,远自巫觋之乡。㉒岂独巴讴傩戏,得传其精蕴?广察民风世俗,多引为滥觞。及今之世,文明大昌,壮侗苗彝之巫仍能歌善舞,纳西土家之乐亦依韵合腔。瑶家女儿作筒帽,似山鬼之被薜荔,爱求鲜求亮。傣族男子文体肤,如吞口之驱魑魅,皆若鹿若象。举一可得三反,散怀不任吟想。愿去伪以存真,共平湖而显扬。

【注释】

①鸿蒙:形容宇宙初始的混沌状态。 灵运:灵气运转。 ②钟:汇聚。 典常:常法、常道。 奥冥:深奥难明。 ③悬圃:神话中昆仑山顶神仙的花园。《汉书·郊祀志》:"览观悬圃浮游蓬莱"。 ④惠蛄:即寒蝉,春生夏死,夏生秋死。 大椿:大椿树,乔木,高三四丈。此四字语出《庄子·逍遥游》:"惠蛄不知春秋,此小年也。……上古有大椿树,以八千岁为春、八千岁为秋,此大年也。" ⑤阿齐尔图腾:欧洲中石器时代图腾造型,最初发现于法国阿齐尔洞穴,故名阿齐尔文化。主要分布在西欧,东欧南部也有发现。石器较小,有较粗糙的骨器和着色的砾石。 老官台、马家窑、大地湾:均为新石器时代中晚期文化。马家窑在甘肃临洮,这三处的陶器纹饰、图像、造型,均反映了原始巫术对于先民形象创造活动的导源作用。 ⑥仓颉:传说为黄帝的史官,汉字的创造者。因巫文化图形符号更为原始,故云"非仓颉所造"。 ⑦摄提格莩:古代星岁纪年法。摄提,天文学中星宿名,属亢宿。后星岁纪年法进化为干支纪年法,摄提格就称为寅年。 识:志、记。 玄鸟:《诗经·商颂》的篇名,叙殷商始祖契之母简狄吞燕卵而生契,带有神话色彩。 ⑧"操牛尾"句:原始部落葛天氏之民,三人操牛尾,投足以歌八阕。事载《吕氏春秋·古乐篇》。 吕览:即《吕氏春秋》。 ⑨"化黄熊"句:语出屈原《天问》:"化为黄熊,巫何活焉?"谓禹之父鲧盗天帝息壤以堙洪水,被舜处死,化为黄熊,求助于西岩神巫,但不知巫如何用不死之药救活他的。 ⑩十巫:《山海经·大荒西经》载,"大荒之中……有灵山。巫咸、巫即、巫盼、巫彭、巫姑、巫真、巫礼、巫抵、巫谢、巫罗十巫,从此升降,百药爰在。" ⑪巫载:舜子无淫所建的古代方国,《山海经·大荒南经》:"有载民之国,帝舜生无淫,(无淫)降是处,是谓巫载民。巫载民盼姓,食谷。"夏殷:指虞舜、夏禹两朝。 ⑫神农:即炎帝,他最早发明中草药,后人称神农本草,传说巫咸是神农时巫官,又是古代巫医。 高禖:各民族所祭祀的远古先妣。闻一多《高唐神女传说之分析》云:夏人所祀之高禖为涂山氏,即女娲;殷人所祀之高禖为简狄;周人所祀之高禖为姜嫄。 ⑬鲧子:即夏禹。 功烈:指治水。传说巫山女神曾助禹治水。 瑶姬:炎帝女,未行而

辛,葬于巫山,化为灵芝。是为巫山神女。又传说巫溪盐水女神即巫山神女。　⑭"白鹿"句:据《舆地纪胜》载,大宁河宝源山盐泉得以发现,起因在于猎夫追逐白鹿。
⑮孟涂莅讼:《竹书纪年》和《山海经·海内南经》均载,夏启八年,"使孟涂如巴莅讼"。今人袁珂《山海经校注》谓,"孟涂之所为,盖巫术之神判也"。　丰沮:神山,日月所落入之地。《山海经·大荒西经》:"大荒之中,有山名丰沮玉门,日月所入。"
⑯夏耕操戈:《山海经·大荒西经》载:"有人无首,操戈盾立,名曰夏耕之尸。……走厥咎,乃降于巫山。"时在夏、商之际。其中"无首,操戈盾立"即是夏耕之后用活人装扮先灵神像以兴祭祀的巫术活动。　弈棋柯烂:《述异记》载,晋王质伐木于信安郡石室山,见童子棋而歌,俄顷,视斧把烂尽,回到家,同年人均早已死亡。后遂以烂柯作为围棋的别称。　⑰太乙:亦作"太一",《史记·天宫书》:"中宫天极星,其一明者,太一常居也。"神话中又是天神。《星经》:"天帝神,主十六神。"　⑱后延:今人任乃强《四川上古史新探》说:"巴族承巫载文化而兴,其时间晚于巫载约一千年,比蜀文化的开展亦早几百年。"　⑲巫山云雨梦里:言神女与楚王欢媾之事。　⑳鳖尸西浮:据扬雄《蜀王本纪》和常璩《华阳国志》载,古代荆人鳖灵(令)死后尸体沿江上浮至蜀复活了,蜀王杜宇任之为相。后因鳖灵治水有功,杜宇不得已将王位禅让于他,于是鳖灵建立起蜀国开明王朝,号曰丛帝。这反映出巫文化对蜀文化的影响。　㉑灵氛:古代善占卜的女巫。这里代指巫文化。　㉒巫觋(xí):女曰巫,男曰觋,亦总为巫。皆从事奉祀天地鬼神及为人占卜、祈祷等。王国维认为巫觋是中国戏曲起源之一,见其《宋元戏曲考》。

(原文、"注释"均选自熊笃等《历代巴渝赋选注》,重庆出版社2001年12月第1版)

【阅读提示】

巫,是人类远古时代的文化人。作者首叙世界各民族无不以巫文化为发端,次写中华巫文化先于文明时代,再写距今200万年前的巫山猿人到三皇五帝时"十巫"降临。末写巫文化之深远影响。

此赋文采斐然,结构谨严,铺陈描述论理,颇具功力,且激情流溢,尤为感人。

江山红叶

周　勇

周勇,教授,西南大学博士研究生导师,重庆地方史研究会会长,著有《重庆通史》、《重庆——一个内陆城市的崛起》、《重庆开埠史》、《辛亥革命重庆纪事》、《第二次国共合作纪实丛书》等多种,著述多次获国家"五个一工程"奖和四川省、重庆市人民政府社科优秀成果一、二、三等奖。

    长江三峡,我们的家园。千百年来,我们生于斯,长于斯,耳鬓厮磨似乎熟悉得不能再熟悉了。文人墨客关于三峡的歌赋诗词何止千百,名篇佳作,流光溢彩。然而,吟咏冬日三峡的却是不多,尤其是对三峡冬日精灵的评点和咏叹,更是凤毛麟角。

    2006年冬,我来到渝东门户巫山县。那一天,上天对我似乎格外眷顾,难得的冬日阳光洒了一江一船。蓦然抬头,一抹红色抢入了我的眼帘,遂舍舟登岸,追寻而去。攀援悬崖绝壁,穿行荆棘丛林,跋涉荒山野岭,脚耙手软,心惊胆战。正惊怵间,眼前景色美轮美奂:大江之上、峡谷两岸、远山近岭、层林尽染。哦,三峡红叶——藏匿千年的精灵!

    一片纯朴厚重的红叶,一湾浓妆淡抹的三峡。这一刻,我忽然发现,我们需要重读新三峡,发现新三峡,进而发展新三峡。翌日,一则电视新闻从这里发出,壮美峡江的冬日景象,顿时惊动国人,誉满华夏。

    2007年冬,我又到三峡,再见峡江红叶。天下红叶,并无二致,无非是秋日之作,以红惹人。然而这一刻,站在峡江边上,十二峰下,瞿塘峡中,我似有新悟:天下红叶,虽红无二致,却千姿百态,各领风骚……

    北京的香山红叶,天下闻名。得益于千百年来文人墨客的吟咏和描摹,元帅外交家陈毅曾咏出"西山红叶好,霜重色愈浓"的名句。深厚的文化滋养使香山红叶有了人文之美。

    日本的京都红叶,享誉世界。得益于日本民族对细节的精心设计,尤其是对庭园布置的奇思妙想,每一片红叶的姿态看似自然,却并非天成,而是匠心独运的结果。我不能不叹服京都红叶的精致之美。

    四川藏区的米亚罗,也有一片红叶,这是近年来推出的新景区。它生在藏区,与寺庙、经幡相映成趣,米亚罗的红叶便有了神秘之美。

    我更爱三峡的红叶——一个养在深闺、人尚未识的精灵,一个追随秋天的冬日精灵。它虽无西山红叶的文气墨香,也没有京都红叶的精雕细琢,更没有米亚罗红叶的神秘粗犷。

    然而——

    三峡红叶有男儿的雄壮。重峦叠嶂之中,莽莽苍苍,如长城连绵,逶迤千里;虽身在荒野,却心雄万夫;如斜阳西沉,铁血雄浑。

    三峡红叶有女儿的柔美。红,是她的本色;秋,是她的本季。卓尔不群,俏不争秋,寒冬绽放,为肃杀的冬日挽住秋天的斑斓,为不舍的峡江拥留温暖的光芒,翘首迎望新春的曙光。

三峡红叶有傲岸的气质。虽为草芥,却不甘平庸;伫立悬崖,傲视大江;云山烟雨,相拥夔门,染尽"天下雄关"气势,世人不能轻慢。

三峡红叶有执着的精神。壁立于神女峰下,执着地守望,看江流千古,演绎吟哦。不弃不离,不急不躁,不卑不亢,一份信念存于心中:任世事沧桑,终是英雄的寰宇。

三峡红叶,吮吸大江精髓,依傍石壁千仞,独具山魂水魄。雄视古今,环顾世界,舍我其谁?

美哉,三峡红叶,江山之美。

壮哉,红叶三峡,江山品格。

(见《人民日报》2009年11月21日第八版,该文入选湖北教育出版社出版的《义务教育课程标准实验教科书·语文读本·七年级下册》,题目改为《三峡红叶》)

【阅读提示】

此篇写出了前人熟视而未写的三峡红叶,且称之为"三峡冬日精灵";作者一不"谈情",二不"说爱",匠心独运地揭示了三峡红叶独异的美,卓尔不群的品性,是在与北京香山红叶、日本京都红叶、四川藏区米亚罗红叶相比较后凸显出来的。那就是雄壮的美,柔媚的美,傲岸而执着的美。作者以三峡红叶的独特品质隐喻中国人的理想与情操,彰显出重庆这座江山之城的江山品格。这正是作者不用"三峡红叶",而用"江山红叶"命名全篇之要津。

这是一首充满激情,满含哲思隽语的散文诗,在鲜明具象的描摹中,使大自然的神奇造化与人的心灵之间达到了一种完美的契合,给人广阔的想象空间,给人启迪,给人奋进向上之力。

第四编
广纳百川，兼容开放

古语云："广纳百川，有容乃大。"一个人、一座城市，一个地区，甚至一个国家，要发展，要壮大，必须有"广纳百川"的大海般胸襟与气度。地处巴渝的重庆就是这样一座"有容乃大"的城市。早有廪君巴人进入和濮、賨、苴、共、奴、獽、夷、蜑等民族的聚居，秦皇统一中国后中原民族的迁进，三国蜀汉时期北方与两湖人口的入渝，明玉珍率红巾军在渝建都，"湖广填四川"的大移民，近代开埠后的西学东渐、洋教传入，抗战时期国民政府及各机关、各大专院校、各工厂的内迁和难民流入，新中国成立后的干部南下、"三线建设"的工厂内迁……巴渝作为"西南夷"之地，又是历代统治者贬黜官宦、文士之地……多次的移民，各民族和外来人的共生共荣，大大促进了巴渝文化与西蜀文化、中原文化、荆楚文化、吴越文化的交融，助推了巴渝地区科学文化的发展，铸就了重庆特异的文化气质。

儒佛道文化在巴渝。理学是儒学的延伸，宋代先后有理学家周敦颐在合川开坛讲学，程颐在涪陵北岩点《易》，授徒讲《易》，与徒同修《易》书，朱熹为北岩题壁；唐宋时期，巴渝社会稳定，经济繁荣，中原大批文人工匠入渝，为佛教石刻艺术的兴起提供了条件，衍及后代，先后有大足石刻、潼南大佛、合川大佛、钓鱼城卧佛、江津大佛，传播弘扬了佛教文化；道教祖师张道陵将老子《道德经》与巴渝流传的巫教《太平经》结合，创立天师正一道，即五斗米教，东汉末发动了起义，在汉中、巴郡建立了政教合一的政权。道教影响，连绵不绝于后世。

多民族、多地区、东西方以及儒佛道文化的交融与复合，使巴渝地区的文化具有鲜明的兼容性和开放性。比如，"开埠"后新学的兴起，以"会馆"为标志的商业文化的繁盛，开启了重庆的现代文明，尔后的抗战文化、新中国文化,更是将移民文化与地域文化、政治文化、生态文化和谐复合。"有容乃大",开放、兼容、吸收、融化、创新、发展,构筑了重庆文化多元、复合、亮丽、独特的风景。

一、开埠：西学涌进

重庆开埠

许增纮

许增纮(1941—)，四川富顺人，西南大学历史文化学院教授，著有《中国近代政治思想家评传》、《鸦片战争史》等多部学术专著。

  1840年和1856年第一、第二次鸦片战争，迫使清政府签订了《南京条约》、《天津条约》和《北京条约》等不平等条约。英、法等国在中国取得了割地赔款、开埠通商、内河航行、协定关税、领事裁判、片面最惠国待遇等侵略权益。但是，英法帝国主义并不满足，而是想进一步扩大对中国的侵略。特别是英国，觊觎中国广大的内地市场，急切地想溯长江西上，进入四川，开埠重庆，为其在西部倾销商品、掠夺原料开辟道路。为此，英国在1869年派遣上海英商商会代表和驻汉口领事分批到达重庆，了解重庆商情，搜集各类情报，为英国势力侵入四川和开埠重庆做准备。

  19世纪50年代，英国占领缅甸后，力图打通从缅甸经云南到四川的路线。1874年，英国派军官柏郎率领近200人的武装"远征队"从缅甸出发，企图进入云南探测路线，开辟滇缅交通线。英国驻北京公使派翻译官马嘉理从北京经云南入缅甸接应。次年2月，马嘉理带领英国武装探路队擅入云南腾越蛮允山寨，受到当地军民阻拦。马嘉理竟然开枪击杀数名群众。云南边防军民奋起还击，将马嘉理击毙，柏郎率领的武装远征队也被逐出境。这就是"马嘉理事件"，又称"滇案"。

  英国以"滇案"为借口，向清政府漫天要价，最后迫使清政府于1876年9月13日签订了中英《烟台条约》。在这个本为解决云南事件的条约中，却加进了许多与此事件毫无关系的条款，宜昌等地开埠和英国派员驻寓重庆就是其重要内容之一。在《烟台条约》第三端第一款中规定："又四川重庆府可由英国派员驻寓，查看川省英商事宜。轮船未抵重庆以前，英国商民不得在彼居住，开设行栈。俟轮船能上驶后，再行议办。"此规定为英国在重庆正式开埠以前就派领事进入重庆提供了条约依据，也为重庆的正式开埠埋下了伏笔。根据此规定，大约在1882年，英国就向重庆派驻领事了。

到了19世纪80年代，随着英法对侵略中国西南地区竞争的日益激烈，英国加快了开埠重庆的步伐。因《烟台条约》中有"轮船未抵重庆以前，英国商民不得在彼居住，开设行栈"的规定，所以英国极力怂恿英国轮船主径直把轮船开到重庆。于是，英国商人立德乐首先计划实施从宜昌到重庆的轮船通航，并正式向清政府提出宜渝间行驶轮船的申请。英国驻华公使也积极配合，向总理衙门发出照会，要求清政府发给立德乐执照。为此，中英间开始谈判并于1890年3月31日签订了《新订烟台条约续增专条》，其第一款规定："重庆即准作为通商口岸，与各通商口岸无异。英商自宜昌至重庆往来运货，或雇佣华船，或自备华式之船，均听其便"。至此，英国正式取得了将重庆开为通商口岸的条约依据。

1891年3月1日，由海关总税务司赫德任命的重庆海关首任税务司好博逊以朝天门附近的"糖帮公所"为关址，在重庆正式建立了海关。重庆海关的建立，标志着重庆正式开埠。其他国家也根据不平等条约中有关片面最惠国待遇的规定，取得了在重庆通商的特权。

然而，此时羽毛已丰并对中国虎视眈眈的日本，因尚未在中国取得片面最惠国待遇，所以不能分享重庆开埠之侵略权益。野心勃勃的日本当然不会善罢甘休，当其在甲午战争中打败清政府后，就把重庆开为商埠的内容写入了1895年签订的中日《马关条约》。该条约第六款对重庆辟为通商口岸及其对华通商事宜作了广泛的规定：①辟重庆等地为通商口岸，"以便日本臣民往来侨寓，从事商业、工艺制作"；②"日本政府得派遣领事官于前开各口驻扎"；③日本轮船可以搭行客、装运货物从湖北宜昌溯江而上至重庆，且其货物只须交纳所定进口税；④日本臣民可以在重庆等通商口岸"任便从事各项工艺制造，以及将各项机器任便装运进口"。由此可以看出：《马关条约》将帝国主义对中国（当然包括重庆）的侵略从商品输出与原料掠夺转到了资本输出方面，也使得其侵略方式更具帝国主义侵略特征。它们在加深重庆半殖民地半封建社会程度的同时，也在客观上促进了重庆的近代化历程,推动了重庆城市整体功能的进步,成为重庆城市近代化的起点。

（选自陆大钺主编《近代以来重庆100件大事要览》,重庆出版社2005年10月第1版）

【阅读提示】

　　此文简明地介绍了重庆开埠的过程。继第一、第二次鸦片战争后,英帝国主义急切想进入四川,开埠重庆,先派员到重庆搜集情报,再以"滇案"为借口,迫使清政府签订中英《烟台条约》和《新增烟台条约续增专条》,正式确定重庆为通商口岸。1891年3月1日,重庆海关建立,重庆开埠正式开始。其他列强也根据不平等条约中有关规定,取得在重庆的通商特权。接着,日本帝国主义在甲午战争后,在《马关条约》中将重庆定为通商口岸。重庆开埠,加深了重庆半殖民地半封建社会的进程,客观上也促进了重庆近代化的步伐,成为重庆城市近代化的起点。

重庆近代新学的勃兴

刘重来

　　刘重来(1941—　),山东省青州人。西南大学教授。曾任西南大学汉语言文献研究所所长。曾在中央教育电视台讲授《中国历史要籍介绍及选读》。曾参与国家重点古籍整理项目《中华大典·法律典》的点校,任《刑法分典》副主编。

　　清末民初,重庆是长江上游的重镇,又是川东道、重庆府、巴县三级行政机关所在地,因而其传统教育一向比较发达,且以官学、书院、私塾、义学等传统教育方式,构成了一个比较完整的教育体系。但随着重庆开埠,重庆教育也开始发生变化,以传播资产阶级新文化,包括自然科学和社会政治学科在内的新式学堂逐渐取代了旧的传统教育方式。1891年,美国基督教美以美会传教士鹿依士在重庆曾家岩,创办了私立求精中学;随后又于城内戴家巷创办了私立启明小学堂。受此影响,重庆一些有识之士,也仿欧美和日本模式,积极倡办新学。1892年,川东兵备道黎庶昌创办了川东洋务学堂,"聚颖秀之士凡二十人肄业其中,习中文、英文、算学三科"，而以英语、数学为主科。是为重庆的第一所官办新式学堂。

1901年，清政府明令改书院为学堂："着各省所有书院，于省城均改设大学堂，各府及直隶州均设中学堂，各州县均改设小学堂，其教法当以四书五经纲常大义为主，以历代史鉴及中外政治艺学为辅。"1906年，清政府宣布废除科举制之后，各类新式学堂，更如雨后春笋，纷纷建立。

由于官府倡导，各界响应，加之"渝城地居冲要，得风气之先"，故重庆新式学校发展迅速，四川全境创办的新式学校，以重庆"为占多数"。到辛亥革命前夕，重庆已有官立和私立小学堂24个，中学堂4个。其中最著名的，则是1907年重庆知府张铎在炮台街原川东书院创建的重庆府中学堂。该学堂学制为5年，课程设置有中国文学、外国语、历史、地理、算学、博物、物理、化学、法制、理财、修身、讲经读经、图画、体操等。初创期间，国内理化科教师极缺。该学堂只好聘请日本教师授课。日本教师比中国教师待遇高，且又要用翻译和仪器设备，故理化科教学花钱最多，但因教学方法是西方式的——启发式教学、注重实践、边讲边练，因此教学效果最好。在建校初期，正值新旧教育过渡时期，各科不但没有教科书，连教学大纲也没有。各科教学都由教师自定标准，自编教材，形形色色，花样百出，这也使教学思想极为活跃。该学堂学生均由重庆府辖各县、州、厅荐送考生。特别值得一提的是，在辛亥革命前夕，革命党人杨沧白出任该学堂监督（相当于校长），张培爵出任教导主任。在他们的影响下，不少师生接受了孙中山革命思想，走上了革命道路。该校也因此成为重庆辛亥革命的领导中心。

由于新学的倡办和新式学堂的急剧增加，急需大批合格教师。因此，兴办师范学堂就成了当务之急。1903年清政府《奏定学堂章程》明确规定：每州县必须设立初等师范学堂。1906年，川东道张振滋首先创办川东师范学堂。学堂初设在学政使试士院，后迁文庙，再迁学院街。为满足社会各界对师资的急需，师范学堂初招一年制和二年制师范科。第二年，才办5年制师范本科。生源由川东道辖各州县选送，大县10—20名，小县5名。课程有修身、教育、中国文学、历史、地理、算学、格致、图画、体操等9门。1907年开始分设文理科。川东师范学堂为新学培养了大批师资，为重庆教育事业作出了很大贡献。辛亥革命后，川东师范学堂改名为川东联合县立师范学校。

另外，清末以来，重庆还建立了一批专门学堂，如1905年开办的巴县医学堂，1906年开办的重庆官立法政学堂，1910年开办的重庆中等商业实业学堂等。至辛亥革命前,重庆各类新学堂多达45所。

重庆近代新学的勃兴,是在新旧社会发生巨大变革的重要历史时期完成的,因而具有十分重大的意义:一是促进了重庆教育近代化,打破了传统教育重道德伦理、轻科学技术的旧习,引进了大量西方科技文化和社会科学知识;二是为重庆经济发展培养了大批专门人才;三是改变了社会风气。新学的兴办,传播了新知识,启发了民智,开阔了视野,冲破了重庆因地处偏远,闭塞落后而形成的因循守旧、僵化腐朽之气;四是为辛亥革命培养了生力军。新学堂不仅带来了西方科技文化和民主思想,也带来了革命思想,新学堂成了宣传革命,孕育革命力量的摇篮。

(选自《近代以来重庆100件大事要览》,重庆出版社2005年10月第1版)

【阅读提示】

即使是天才的数学家,恐怕也无法计算出教育在促进人类文明和推动社会进步事业中的"贡献率"。重庆近代新学的勃兴,主要表现为传统教育的逐渐式微,新式学堂的"如雨后春笋,纷纷建立"。这种巨大变革的终于完成,其意义至少在四个方面得以显现:一是促进了重庆教育近代化;二是为重庆社会、经济的发展培养了大批专门人才;三是改变了社会风气;四是为辛亥革命培养了生力军。作者的研究是有价值的。值得我们在社会进步与教育发展的相互作用方面去作更深入的探讨。

二、移民：八方汇渝，互融互强

君自湖广　梦圆重庆

潇　涌

潇涌，教授，历史文化学者，主编有《中国抗战大后方历史文化丛书》、《重庆赋优秀作品精选》等，专著获全国和重庆市"五个一工程奖"，社会科学优秀成果一、二、三等奖。

对于今天的重庆人来说，十之八九都是"湖广填四川"的移民后代。而在千里之外的大别山南，却是"湖广填四川，麻城占一半"。湖北省麻城市，就是填川移民的"老家"，更是我们重庆移民的"乡愁"所在。

这里有千百万移民魂牵梦绕的"高岸河码头"，这里有唯一以"都"称名的"孝感乡"，这里有来自重庆的麻城守护神"救厄帝主"，这里留下了诗人杜牧"清明时节雨纷纷"的感叹。这里还有《闪闪的红星》中的"潘冬子"，有"黄麻起义"、"刘邓大军挺进中原"的现代华章。

这里更有秀甲天下的麻城杜鹃。在我梦中，那是"繁花似锦，连绵不绝，一派匍伏山野、花低人高的景致"。后来，我回乡寻根，终于领略了它的神韵：走上龟峰山巅，密密麻麻的杜鹃花扑面而来，花海荡漾，花浪翻滚，花云漫卷，花瀑奔流，真个是织锦堆绣，万千绚烂，如烈火，如红霞，如旌旗，如号角……更是引发了千千万万重庆父老乡亲、兄弟姐妹们的"乡愁——梦里湖广，麻城杜鹃"。

"湖广填四川"始于元末明初的洪武大移民，到了清代前期达于高潮，迄今已经600多年。这是一次先由政府主导，后成政府倡导与民间自发相结合的大规模移民运动。到19世纪20年代，魏源作《湖广水利论》

引用"湖广填四川"民谣,使这一运动进入全国民众的视野。

这一时期迁往四川、重庆的移民来自湖北、湖南、陕西、广东、福建、江西、广西、甘肃、江苏、浙江、贵州和云南等十余个省,尤以湖北、湖南为多,故有"江西填湖广,湖广填四川"之说。从明洪武年开始,政府就以湖北省麻城县孝感乡为湖广移民入川的主要集散地,因此四川、重庆居民大都以"湖北麻城孝感"为祖籍。对于今天的川人、渝人而言,"湖北麻城孝感"就不仅仅是一个地理概念,而成为重庆和四川移民祖籍的代名词。

在"湖广填四川"移民运动中,重庆有着极为特殊的地缘位置——重庆是湖广移民进入四川后定居、繁衍、创业的重要地域之一,也是再向全川扩散或"二次移民"的"中转站"。

——"湖广填四川"移民运动促成了川渝人口的迅速增长、土地的大规模开垦、农业和手工业的大发展、大小城镇的繁荣、民族与文化的交流融合。它合理地分布了民族、人口生存的空间,使长期陷于战乱与苦难中的"天府之国"在经济、文化、社会各方面走向复兴,为"康乾盛世"的到来准备了条件,对后来川渝历史的发展产生了深远的影响。

——"湖广填四川"移民运动改变了汉、唐以来由北向南移民的格局,开创了由东向西(包括由南向北)大移民的先例,实现了由政府强制移民到支持鼓励性政策移民的转变,由被动的政治性移民向自发性经济移民的转变。

——"湖广填四川"移民运动导致了川渝人口结构、人口空间分布的巨大变化,使四川生态和自然环境发生了根本变化,对社会结构和社会面貌产生了强烈的震荡,对上自秦汉,下至唐宋以来所形成的四川传统社会来了一次重塑。

——"湖广填四川"移民运动促成了自成一隅的四川对全国的一次大开放。外来人口的大规模迁入,促进了四川人口繁衍和人种的优化,为近代川渝名人辈出奠定了基础。

——"湖广填四川"移民运动促进了楚文化与巴蜀文化的大交融,是中华民族文化交流融合的典型。

对于重庆而言,随着清代巴渝地区的开发,农业快速恢复,手工业开始兴盛,交通运输业不断兴起,区域吸引和辐射能力不断扩大,为重庆经济的进一步发展奠定了基础。到清末,由于西方势力的刺激和民族资本主义经济的产生发展,重庆经济开始加快发展。特别是进入20世纪后,在翻天覆地的社会大变革中,重庆从一座封闭的城堡发展成为开放的连接我国中西部的战略枢纽,从古代区域性军政中心发展成为区域性经济中心,从偏居四川东部一隅的中等城市发展成为立足中国内陆面向五湖四海的特大城市。在21世纪的今天,重庆更成为中国最年轻的直辖市和国家中心城市之一。

其间的苦难、奋斗、曲折、艰辛、光荣、辉煌……可歌可泣,可圈可点!这就是"君从何处来——重走湖广填四川移民之路"大型采访活动产生的历史逻辑和时代条件。

2013年6月18日重庆直辖纪念日时我曾经写道:"回眸历史,笑问'君从何处来?'梦里湖广,麻城孝感。展望锦绣前程,耕耘八万里巴渝,众手梦圆,当今重庆",反映了我对这次系列报道活动的欣喜和赞赏。

(选自周勇主编《君从何处来》,重庆出版社2015年4月第1版)

【阅读提示】

君从何处来?重庆(多数)人的"根"在哪里?本文作了生动形象的回答:根在湖北麻城孝感乡!

"湖广填四川"是中国历史上的一次大的移民运动,是"移民文化"、"寻根文化"常说不衰的话题。"湖广填四川"将湖广先民历经艰难移迁到巴山蜀水。作者以史家眼光、诗人笔触、诗化语言、排比句式对清初"湖广填四川"这一大移民的时间、规模、重庆特殊的地缘位置及其重大意义作了概括而生动的诠释。"湖广填四川"对川渝人口的增长、结构、优化,生产的恢复、经济的繁荣,历史的前行、发展,都有着巨大的历史意义。它是封闭的四川对全国的一次大开放,是对长期形成的四川传统社会的一次重塑,为近代川渝名人辈出奠定了基础,促进了楚文化与巴蜀文化的大交融,是中华民族文化交流融合的典型。澎湃的热情激起无数移民后裔的缕缕乡愁和寻根问祖之念,追思怀远,谱写"君自湖广,梦圆重庆"的崭新篇章。

历史的追问:重庆人乡关在何方

郎清湘 范永松

郎清湘、范永松,《重庆晨报》时政新闻部记者。

我从哪里来?这个问题时刻拷问着每个人。根据考证,今天的重庆人,多数是"湖广填四川"移民的后裔,根在湖北"麻城孝感乡"。

历史的篇章翻到21世纪,位于中国大西南的重庆,虽有群山阻隔,但昔日的"蜀道难,难于上青天",已被畅通的巴渝立体通衢所替代。

同样严肃而深沉的历史追问,也成了每个巴渝人挥之不去的心结和疑问:我是谁,我来自哪里?

在历史的今天,这个问题演变成了"寻根"热潮。重庆湖广会馆中的"湖广填四川"移民博物馆,已然成了查询乡关在何处的好去处。

中国人对根的情意真挚而绵长,"湖广填四川"的移民对祖籍地的怀念体现在博物馆二楼展厅中一本本族谱、一本本县志上。

"从清代初期到中期,以'湖广填四川'为代表,遍及中国十几个省向四川的历史大移民,真正奠定了现代重庆人的根基。绝大多数重庆人都是这次移民的后裔。"对这段移民历史研究多年的重庆市政府原副秘书长、学者何智亚评论说,在重庆这座移民城市的历史上,从公元前316年秦灭巴蜀到抗战时期国民政府迁都渝城,先后有六次对重庆具有重要影响的移民。

战乱:清初重庆府不足3万人

重庆是座移民的城市,是通过移民而不断发展的城市。

寻根问祖,不忘先辈,这是每一个中国人的家族传统。近现代以来的重庆人,也时刻不忘追问先辈的踪迹,希望敬祖追宗,弘扬家族传统。

在川渝大地,数百年来更是曾经流行着这样一首古老的童谣:"三百年前一台戏,祖祖辈辈不忘记。问君祖先在何方,湖广麻城孝感乡。"

在重庆,经久不息地流传着上述关于根的民谣,以及口口相传的历史,都是关于家的故事。追寻的是亘古以来不变的话题:我们从哪里来?

"族源的根系往往是一个古老而常青的话题,像一颗深深埋藏在心中的家族血缘与文化种子,遇到合适的土壤与空气、雨水,就会生根、开花,发出嫩绿的苗、嫣红的花,产生一种'寻根'的冲动。"四川大学历史文化学院博士生导师李禹阶说。他曾著有《重庆移民史》,对重庆移民研究颇有造诣。

通过族人相传的历史、古老的童谣、族谱的记载、县志的描述、学者的研究等相互交叉印证,今天的多数重庆人都来自"湖广填四川"大型移民中一个至关重要的地方——湖北"麻城孝感乡"。

"长时期大规模的战乱,以及战乱带来的饥荒、瘟疫,是造成四川人口锐减的主要原因。"何智亚曾潜心研究过"湖广填四川"的具体成因,他说,从明朝天启年间(1621年)到康熙二十年(1681年)一甲子的岁月中,官府、叛军、农民军、土匪等之间的战乱一直在持续,给四川造成了前所未有的破坏和深重的灾难,以至于出现了"全蜀大饥,瘟疫大作,虎豹横行,乃至人自相食,赤野千里,数百里无人烟"的惨烈情景。

经考证,清初,重庆府辖区有14个厅、州、县,人口仅有29833人,还不足三万。

移民:重庆人口百年激增至372万

长时期的战争和饥荒、瘟疫,造成清初人口锐减、土地荒芜、百业凋零。为恢复生产,安定民心,巩固政权,清朝廷多次下诏书号召战乱中逃散的四川民众落叶回归,鼓励外省移民到四川开荒垦殖。

顺治三年至乾隆时期,清朝廷制定下达了许多鼓励移民入川和恢复生产的政策。100多年间,大量移民自愿"奉旨入川"、"应诏填蜀",但亦在康熙中期发生过强制性移民。

据湖广会馆特别研究员、移民文化研究会秘书长岳精柱分析,"湖广填四川"大移民以湖广、闽、粤、赣移民为多,与这些地区的社会环境有很大的关系。

湖广(主要指湖南、湖北两省)紧邻巴蜀,有地利之便,加上元末明初及明代的大量移民存留,又有人和之势,故在清初,大量湖广人移民巴蜀。

"虽有'湖广熟,天下安'表达地域富庶的民间谚语,但也正是富庶,导致湖广人口繁衍快,人多地少矛盾突出,且赋税高,一些贫民难以承受。"《吴氏族谱续编》中记载其入川祖吴玉贤之说,"因田赋年年巨征难完,只得弃楚入蜀",于康熙四十年,举家从湖南邵阳迁重庆府。

道光《夔州府志》三十四卷载,清初"楚省饥民"每天由三峡水道入川达到数千人之众。根据三峡沿岸区县如忠县、云阳、奉节、巫山、丰都等地方志记载,当时大部分的民众都是来自湖广等地的移民。

经过百余年的大移民和繁衍生殖,至嘉庆十七年(1812年),重庆府人口锐增至372万,移民及其后裔则占了大多数,约有266万人之巨。这次历史上最大的移民,不仅带来了巨大的人口变化,同时也带动了经济复苏和振兴,出现了"万家烟聚……集如蚁"的兴旺景象。

故土:寻祖问宗湖北麻城孝感乡

合川西里刁氏,原籍"江西吉安府太和县,旋迁湖广黄州府麻城县孝感乡柑子坪瑟琶大丘",康熙二十六年入川。

合川北城陈氏,原籍"湖广黄州府麻城县孝感乡鹅井大丘……清康熙五年自楚迁合"。

麻城,紧邻大别山区,因其据江南、扼中原的重要军事地位,历来是兵家必争之地。据《麻城县志》记载,明洪武年间,麻城一带就开始向四川大批移民,民间族谱屡见"某某世祖明洪武年入川"的记载。

近年来,到麻城寻宗问祖的人络绎不绝,来者都称祖籍是"湖北麻城孝感乡"。但在研究者看来,很多人疏忽了一个最简单的道理:一个小小的孝感乡,如何可能移民200多万之众到四川?

历史研究学家的共同见解是,麻城孝感乡并不是所有寻祖人的真正故土。最早到麻城的移民是为逃避高赋税的江西人,他们此后又向无赋税或赋税更低的四川移民,故有"江西填湖广,湖广填四川"一说,这说明了移民迁徙流动的历史。

《湖北通志》也记载,唐末,瘟疫致麻城一带人烟稀少,临近的江西人大批迁到麻城、孝感一带定居;麻城市文化研究中心主任、麻城市"湖广填川孝感乡现象"研究会会长凌礼潮研究认为,历史上的湖广移民,有一些是来自江西的移民,他们为逃避赋税于是向邻省赋税相对较轻的湖北黄州、麻城迁移。

"川渝最主要的移民来自湖北麻城,有的是当地人,有的是在移民过程中途经麻城或在此作短期停留之人。"何智亚分析说。

研究发现,清朝各省向四川的移民中,湖广籍占1/2,重庆一带则远远高于这一数据,达到了70%以上。除此之外,还有江西、广东、福建、江苏、山东、贵州等地百姓移民四川。

精神:大移民形成重庆人耿直热情性格

"吾祖挈家西徙去,途经孝感又汉江。辗转三千里,插占为业垦大荒。被薄衣单盐一两,半袋干粮半袋糠。汗湿黄土十年后,鸡鸣犬吠谷满仓。"璧山《郑氏家谱》记有先辈留下的大移民歌谣,从中可知筚路蓝缕,艰辛万状。

移民入川,别土离乡,迁徙路途遥远,历经千险万苦;到了陌生的新家园,又面临白手起家和创业之艰难。

今天,由重庆至湖北麻城最快的陆路有1000公里,驾车只需12小时。

而几百年前的麻城移民先贤们,入川道路有两条:水路——从麻城顺水而下,至长江溯江而上;陆路——顺"官道"驿站,翻越"登天"蜀路栈道入川。快则月余，慢则半载，抵达重庆，而后分散四川各地。

在今天，玉米、洋芋、甘薯已成为常见的食物，但这些是大移民时期带来的新品种。"湖广填四川"大移民，给农业社会带来恢复与发展，同时，各地市场的建立，推动了传统商业的恢复。

大量的移民涌入，因文化背景、风俗习惯、语言等差异，形成了"五方杂处，习俗各异"的社会文化现象，这一时期则形成了今天的川话——以湖广方言为基础的四川官话，还形成了包括昆腔在内的多声腔艺术的川剧。

曾于2005年率团访问麻城，追寻先辈移民足迹的何智亚评论，"移民社会，意味着广纳百川、包容四海、兼收并蓄、共谋发展；移民精神，意味着坚韧不拔、百折不回、勇于进取、勇于创新；几百年来，在不同地域、不同文化、不同血缘、不同民族的历史大融合中，奠定了巴渝丰富多彩的文化底蕴，形成了当今重庆人的耿直热情、坚韧顽强、吃苦耐劳、胸襟开阔的精神气质和性格特征"。

来渝研究湖广移民后代的湖北省麻城市党史办副编审李敏介绍，随着学界对湖广移民文化的深入研究，已经有越来越多的四川和重庆的湖广移民后代前往麻城"寻根"。

据麻城有关部门统计，2014年之前，川渝两地每年大约有500人怀揣家谱，自发前往麻城寻根问祖，其中重庆人占到三分之一。

（选自周勇主编《君从何处来》，重庆出版社2015年4月第1版）

【阅读提示】

本文以翔实的史料对清初"湖广填四川"这一规模空前的移民运动的成因、特点、意义作了清晰的言说，特别揭示了对重庆人文精神形成的巨大作用。这就是：移民社会，意味着广纳百川、包容四海、兼收并蓄、共谋发展；移民精神，意味着坚韧不拔、百折不回、勇于进取、勇于创新。几百年来，在不同地域、文化、血缘、民族的历史大融合中，奠定了巴渝丰富多彩的文化底蕴，形成了当今重庆人耿直热情、坚韧顽强、吃苦耐劳、胸襟开阔的精神气质和性格特征。这就是本文给今天的移民后裔巴渝人的重大启迪。慎终追远，穷不忘本，富不忘根，这是移民后裔巴渝儿女应有的本分。

重庆湖广会馆修复碑记[①]

蓝锡麟

蓝锡麟,见《灵巫赋》介绍。

大江滨,东水门,岁次乙酉[②],时维金秋,湖广会馆修复告竣,璨然重现。远望崇隆挺秀,近观典雅庄穆,感怀其盛,为文以记。

重庆母城高崖为镇,交汇两江,雄视三巴。自南宋以降,挟航运之利,西接岷峨,东通荆吴,蔚然生成商贸要津。无奈明末清初,兵连祸结,十室九空。既而山河一统,清政府策励"湖广填四川",百年涌动移民大潮。山水渝都敞开门户,历康、雍、乾三世,户口转为实繁。比及嘉庆中叶,郭中万户屯[③],郭外千舟舣,货贿空前兴旺,冠绝长江上游。

移民纷至,都市繁昌,会馆应运而生。面对涂山绝顶,背倚金碧高台,左携字水宵灯,右揽龙门浩月,湖广、江西、浙江、福建、江南、广东、山西、陕西八大会馆连云比肩,云贵争峙其间,州府迭起效尤。迎麻神,聚嘉会,襄义举,笃乡情,积成会馆宗旨,催生会馆活力。怀仁而衍德,推诚以弘商,非惟云润桑梓,抑且恩流社会,振兴重庆,功不可没。

会馆集群气象宏大,布局和谐,结构精致,装饰美奂,彰显明清建筑工艺,映日而增辉,御风以呈祥。殿宇楼阁歇山为脊[④],斗拱相承,画栋雕梁,飞檐翘角,或如探龙锁江,或似飞鸢戾天[⑤]。石拱门重,廊回道复。木雕石刻活灵活现,匾额题辞洵精洵博。遥想移民先辈,日夕出入其间,焚椒兰,品佳茗,叙乡谊,理商机,赏戏曲,骋逸兴,怡顺旷达,其乐何如?

可叹星移斗换,时移势易,延及二十世纪,会馆日渐式微,沦于危殆。个中内火焚烧,外寇轰炸,虫蠹蛀蚀,拆迁毁弃,侵凌难以历数。公元一九八六,幸逢文物普查,尘封建筑群始稍露真容。嗣后十余年间,保护之呼声时起,保护之举措维艰。迨至重庆直辖[⑥],方庆时来运转,市、区政府高度重视,立项规划保护抢救。五年运筹,五年蓄势,终得诸事俱备,只待决策东风。

二〇〇三春日载阳,市委、市政府决断,投入巨亿资金,修复湖广会馆,同步整饬东水门以及周边街区。恰值当年岁末,工程正式启动。缨其命者齐心协力,至诚至殷,情系历史沧桑,理究文化本原,设计、施工、检验,无不慎之又慎,精益求精。两易寒暑,几多辛勤,二〇〇五桂子飘香,修复盛事全面奏凯。禹王宫、南华宫、齐安公所复其旧貌,重展风采,移民博物馆充盈其间,东水门引领仿古民居,拱卫如翼。从兹传承一道文脉,留驻一派景观,共惠风和畅,逐浩流奔喧。

  试看今日之湖广会馆,九州禹甸⑦、千古巴蜀同声放歌,三楚云水、五羊穗稷连袂起舞,岂独念天地悠悠⑧,岁月滚滚?抚今追昔,鉴往思来,歌舞之不足,赋诗以成颂:天生重庆,人铸辉煌。移民兴城,会馆促商。涵纳有容,勇进多方。文明传衍,世代恒昌。

2005年9月撰

【注释】

  ①湖广会馆:位于重庆渝中区东水门正街4号。始建于清乾隆二十四年(1759),道光二十六年(1846)扩建。占地面积8561平方米。现有广东会馆、江南会馆、两湖会馆、江西会馆等。　②乙酉:指2005年。　③郭:外城,在城的外围加筑的一道城墙。后泛指城郭。　④歇山:一称"九脊式"。我国传统建筑屋顶形式之一。是硬山、庑殿式的结合,即四面斜坡的屋面上部转折成垂直的三角形墙面。有一条正脊,四条垂脊和垂脊下端处折向的戗(qiàng)脊四条。　⑤飞鸢戾天:语出《诗经·古雅·旱麓》:"鸢飞戾天"。是说苍鹰翱翔在广阔蓝天。鸢(yuān),老鹰。戾(lì),至,列。　⑥迨(dài):等到,及。　⑦九州禹甸:九州:《禹贡》:冀、兖、青、徐、扬、荆、豫、梁、雍,共为九州。禹甸:语出《诗经·小雅·信南山》。古时有"禹治而丘甸"之说。后称我国疆域为"禹甸"。九州禹甸连用,即指整个祖国大地。　⑧念天地悠悠:语本陈子昂《登幽州台歌》:"念天地之悠悠",极写宇宙苍茫辽阔,无边无际。　天地:天空,大地。也指天地之间。　悠悠:长远之意。

【阅读提示】

  商贾云集,会馆生辉,都是经济繁盛,商业文化、都市文化交汇齐昌的标志。"自古全川财富地,津亭红烛醉东风",晚清诗人赵熙留下的这两句诗,为这种"标志"作了生动的描述。这篇《碑记》由古及今,一路写来,既有写作这篇碑记的由来,以及"修复"的缘由、经过的交代,又将会馆昔时之兴衰与今日得以修复后的辉煌尽情抒写。情之所至,神采飞扬,文词典丽,浓淡相宜。会馆逢盛世而复生,为重庆存一道文脉;碑记得会馆而蜚声,为艺苑添一段佳话。

西南服务团——无私奉献的新重庆人

魏仲云　傅　真

魏仲云(1930—　)，江苏邳州人。原西南服务团第五支队分队长，到渝后参加江北区旧政权的接管。离休前任沙坪坝区党史研究室主任，副研究员。著有《重庆名胜风情录》、《红岩村轶事》、《重庆旧闻轶事》等多种著作。

傅真(1927—　)，河南汤阴人。原西南服务团成员，来渝后参加渝中区第二区旧政权接管工作。离休前任教于重庆纺织学校，高级讲师。著有《爱的光辉》、《爱的召唤》等。

60年来，来自上海等地的西南服务团同志们，为了共和国的诞生，为了重庆和西南地区的解放、接管、开发和建设，廉洁奉公，志愿奉献，献上了青春，献终身；献了终身，献子孙，成为扎根重庆的新重庆人。这一批志愿者们为什么来重庆？为什么热爱重庆？为什么扎根重庆？请看：

一　来自上海等地的志愿者

1949年是我国历史发生翻天覆地的伟大变革的一年。在辽沈、平津、淮海三大战役胜利后，中国人民解放军突破长江千里防线，迅速解放了南京、上海等城市，中央军委电令第二野战军进军大西南，全国胜利在望。在国民党统治区，伟大的学生爱国民主运动空前高涨，反饥饿、反内战、反迫害、争民主、争自由的巨浪，猛烈地冲击着摇摇欲坠的蒋家王朝。面对捷报频传、士气高昂的形势，党中央及时作出重大战略决策，于1949年6月11日颁发了《中央关于三万八千干部的布置》，要求从军队和老解放区抽调大批老干部，从上海、南京一带招收训练大批新干部，以适应解放和建设川、云、贵等省所急需的干部队伍。根据党中央的伟大战略部署，第二野战军，于1949年6月16日在上海组建了中国人民解放军西南服务团。西南服务团是人民解放军伟大胜利的产物，是学生爱国民主运动空前高涨的产物，是党中央重大战略决策迅速贯彻落实的产物。

西南服务团是一支建制完备、规模较大的干部队伍。西南服务团总团部主任宋任穷,副主任张霖之、曹荻秋、彭涛。第一团团长曹荻秋,下设川东和重庆等支队。第二团团长彭涛,下设云南、川南支队。总团部还设有贵州干部队、四川干部队、技术大队、财经大队、文艺大队等。

西南服务团是一支军队干部、老区干部和青年知识分子新干部相结合的干部队伍。它以6000余名军队干部和老区干部为骨干,以10000余名大、中学生,青年职工为主体,共计17000余人。

西南服务团是一支斗争经验丰富、政治素质与文化素质较高的干部队伍。来自华东局、华北局、东北局的六千余名老干部中有战功卓著、驰名中外的高级将领,有经验丰富、熟悉各种业务的老红军、老八路、老干部。他们担任了各支队、大队、中队的领导职务,是青年知识分子的导师和兄长。来自上海、南京、苏南、皖南等地的10000余名大、中学生,青年职工中,多数是中共地下党员,或者是参加党的外围组织的进步青年。他们的政治素质和文化素质都比较高,发扬了中国青年的光荣传统,真心实意地拥护中国共产党的领导,义无反顾地投笔从戎,毅然告别亲人和家乡,奔向硝烟弥漫的战场,跋山涉水,不畏艰险,长途行军,挺进大西南。

二 西南服务团的战斗历程

为了提高这支干部队伍的政治觉悟和理论水平,全团自1949年7月至9月在南京集中训练3个月。训练的主要内容是政治理论,形势任务和方针政策,由邓小平、刘伯承、宋任穷、张际春、彭涛、万里等首长亲自讲课。通过学习,同志们树立了全心全意为人民服务的思想和革命人生观,作好不怕吃苦、不怕牺牲的思想准备,坚定了解放大西南、建设大西南,将革命进行到底的决心。邓小平同志对西南服务团倍加关怀、爱护,倾注了满腔心血,多次给全体战士作报告,语重心长、谆谆教导。特别是邓小平同志1949年9月21日、22日在南京中央大学广场向全团战士作的《论实事求是》的长篇报告,深入浅出地阐明了党的实事求是的思想路线和作风,为青年知识分子的成长指明了道路和方向,使大家受到极为深刻的教育,终身受益。同志们牢记邓小平的亲切教导,把实事求是作为西南服务团团训,作为自己的座右铭,作为立身处世和工作生活的基本准则,把自己的一切献给党和人民。

1949年10月1日,在新中国诞生的晨曦中,17000余名干部大军,开始了七千里小长征。自南京乘火车,经郑州、武汉,到湖南岳阳后开始徒步行军。沿途崇山峻岭,层峦叠嶂,气候寒冷,阴雨连绵,路滑难行,吃住困难,还时有匪徒袭击的危险。通过严肃紧张的军旅生活和每天100多里的艰苦行军,同志们增强了严格的组织纪律观念,培养了艰苦奋斗,团结友爱,勇于战胜困难的精神。重庆、川东、川南等队于1949年12月底前到达目的地。

1949年11月30日重庆解放。12月3日,重庆市军管会,中共重庆市委及各部门主要领导干部进入市区。12月11日,重庆市人民政府成立。西南服务团的同志们放下行军背包,就立即接受接管重庆、建设重庆的艰巨任务。他们在党的领导下,有步骤有组织地对国民党市区级机关、厂矿、企事业、学校及其所属档案材料、物资、财产和全部人员进行了有条不紊的接管。1950年1月23日重庆第一届各界代表会议开幕,胜利完成了接管任务,历时1个月零23天。原重庆市委书记任白戈同志高度评价和赞扬了西南服务团这支接管重庆的主力军。在这些被接管的地区和单位,绝大部分由西南服务团的老干部担任领导工作,西南服务团的新干部则是这些地区和单位的骨干力量。

随军解放重庆及川东地区的是第一团重庆支队和川东支队的干部,加上分配在西南局和西南军政委员会直属机关的干部,共6300余人。这六千多人扎根重庆地区,成为解放后重庆地区的新移民,重庆成为他们的第二故乡。半个世纪来,除工作调动、回原籍、病逝外,尚有3400人,多已成为老重庆人了。他们在重庆献了青春献终身,他们的子孙已成为地道的重庆移民后代。

西南服务团的同志们,继承我党我军的优良传统,在接管工作中经手多少黄金白银、多少绫罗绸缎,尽管当时法规、制度尚不健全,但大家都能一尘不染,一身廉洁,不拿群众一针一线,不吃商人一顿饭,不收商人一份礼。

由于极"左"路线的严重干扰,不少忠心耿耿,忘我工作的同志,被错判、错处、错划为"右派"、"反革命",长达20多年。这些身处逆境的同志,以大局为重,胸怀坦荡,忍辱负重,没有失去对党的赤胆忠心,没有放弃人民的事业,没有停止自己的追求。

1978年12月,党的十一届三中全会的春风吹遍了神州大地,迎来了社会主义大发展、大繁荣的新时期。邓小平同志提出的"改革开放"理论,使中国发生了天翻地覆的变化,走上了民富国强的光明大道。邓小平同志提出的"拨乱反正"政策,使许多受过委屈和不公正待遇的同志,恢复名誉,落实政策,回到母亲——祖国的温暖怀抱。西南服务团的同志一经平反昭雪,焕发青春,重振雄风,积极投入改革开放的滚滚洪流。

他们发扬爱国爱民、实事求是、廉洁奉献、为人民服务的西南服务团精神,在对敌斗争中威武不能屈,在坎坷遭遇中贫贱不能移,在改革开放中富贵不能淫;经受住血与火、生与死的严峻考验,经受住委屈、艰苦的严峻考验,经受住权、钱、色的严峻考验。

三 西南服务团的主要奉献

(一)参加了解放重庆、解放西南的伟大进军。为重庆、西南的解放事业贡献了力量,成为重庆、西南建立人民政权的第一批干部。他们努力宣传、教育和组织群众,密切了我党我军同人民群众的关系,支援了解放战争的迅速发展,加速了全国解放的步伐,推动了中国革命的胜利进程。

(二)保卫了新生的红色政权,巩固了人民民主专政,为重庆和西南地区剿匪征粮斗争献上了鲜血和生命。他们在残酷激烈的对敌斗争中,英勇顽强、不屈不挠,同人民解放军并肩作战,生死与共,鲜血同流,共300多名西南服务团战友壮烈牺牲,献上了年轻的生命,其中重庆地区93人。

(三)积极投入了各项接管、建政工作,为重庆和西南地区恢复和发展国民经济和文化教育事业开创了新局面。他们忘我工作,辛勤耕耘,完成了维护社会治安、整顿财政金融、恢复交通秩序、进行土地改革等重要任务,使解放较迟的重庆和西南地区很快地赶上了全国迅速发展的大好形势。

(四)在改革开放大潮中,廉洁奉公,继续奉献新业绩。有的同志成长为党政领导干部、厂长、经理、专家、学者,更多的同志长期战斗在基层和边远贫困山区,在平凡的岗位上埋头苦干,默默奉献。

这一移民群体在重庆当代史上发挥着重要作用。除担任市、地、县党政领导如张霖之、曹荻秋、徐庆如、崔连胜、段大明、林琳、张海亭、潘椿等市领导外,中层干部占相当比例。新重庆人中涌现出许多全国知名的名人,有舞蹈家、出版家、作家、企业家、艺术家、诗评家、教育家、川剧研究专家、地方文史专家等一大批名人。有20多人被评为全国先进个人,有上百名成为高校教授、研究员,或著名的企业家、学者,有的甚至成为著名的"重庆通",还有三峡移民顾问,为重庆市、区经济发展作出重要贡献的,以及《人民日报》名记者等。

(五)关心党和国家的命运和前途。离休后,在关心教育下一代,捐资助学,引进资金,促进工农业建设等方面,发挥余热,为中国特色社会主义事业,创造了精神财富和物质财富,受到重庆人民的崇敬和赞誉。

60年来,扎根在重庆的西南服务团的同志们,与重庆人民风雨同舟、甘苦共尝,结下了深厚的感情。他们遵照邓小平理论,继承我党我军和我国青年的优良传统,以民之忧为忧,以民之乐为乐,为重庆人民做了许多好事、实事、新事,在党史、军史和青年运动史上写下了光辉的一页。老一辈无产阶级革命家、西南服务团总团宋任穷同志1992年8月13日在《情系大西南》序中说:西南服务团的同志,都无愧为投笔从戎的一代,自我牺牲的一代,无私奉献的一代,全心全意为人民服务的一代。

(2009年5月28日)

【阅读提示】

1949年上海解放不久,中国人民解放军第二野战军刘、邓首长决定,为即将解放大西南组建一支接管工作的干部队伍,即西南服务团。西南服务团南下重庆的同志,就像种子一样,播撒在巴渝大地上,生根、发芽、开花,为重庆的建设和发展做出了巨大贡献,促进了重庆多元文化的复合和交融。本文记述了西南服务团重庆支队挺进重庆后,参加城市接管和建设工作的情况,以及他们献了青春献终身献子孙的爱国奉献精神。艰难的历程,坎坷的命运,没有动摇他们对革命的信念。抚今追昔,可佩可感;作为新重庆人的突出战绩,令人不敢忘。

"三线建设"在重庆

——隐蔽在巨型山洞中的"816工程"

陈东林

陈东林,事迹不详。

1964年到1980年,在中国中西部的13个省、自治区进行了一场以战备为指导思想的大规模国防、科技、工业和交通基本设施建设,史称三线建设。虽然基于当时特定环境所采取的"靠山、分散、隐蔽"和进洞的选址原则给后来企业的经营和发展造成了严重的浪费和不便,不过,在短短的几年、十几年间,上千个大中型工矿企业、科研单位星罗棋布于中西部地区,成为推动中国西部工业化的"加速器"。在三线建设已成为历史、工业化奠基时代渐渐离我们而去的时候,三线已成为距我们最近的工业遗产。

"三线建设",这个词在20世纪80年代以前,因为保密,是不见于报端的。即使当时的人们说起,也十分神秘。今天的年轻人,更是少有所闻。2003年8月,"中国地下核工厂、世界第一人工洞解密"的消息,引起了世人的惊叹,勾起了人们揭开谜底的强烈欲望。

我们来到重庆涪陵白涛镇,沿着乌江画廊在崇山峻岭之间驱车约半小时,绕过著名的仙女山、芙蓉洞,才到达代号为"816工程"的建峰化工总厂。这个三线建设中的重点项目是中国第二个核原料工业基地。当年由中央军委决定、周恩来亲自批准兴建。一夜之间,荒芜的大山里涌来了2万多工程兵,在乌江边的尖子山上开凿了一个巨大的地下洞体。从1969年到1984年,漫长的15年中,6万多"愚公"不断地挖山,挖出土石方达151万方,可以筑成1米见方、1500公里长的石墙。最后,工程总投资达到7.4亿元人民币,总建筑面积10.4万平方米,洞内建成大型洞18个,道路、导洞、支洞、隧道及竖井130多条,最大的一个放置核反应堆的洞跨度达31.2米,有十几层楼房高。

其实,"816工程"只是三线建设1100多个大中型项目中的一个缩影。就像这个隐秘的洞体一样,三线建设也是一个在神秘面纱笼罩之下的国家巨大建设战略部署。

从行政区域看,由中国大陆的国境线向内地收缩,画两个圈,形成三个带。一线地区包括沿海和边疆省区,如北京、上海、天津、辽宁、黑龙江、吉林、新疆、西藏、内蒙古、山东、江苏、浙江、福建、广东等。三线地区包括基本属于内地的四川、贵州、云南、陕西、甘肃、宁夏、青海7个省区及山西、河北、河南、湖南、湖北、广西等省区靠内地的一部分,共涉及13个省区。西南、西北地区的川、贵、云和陕、甘、宁、青俗称为"大三线",各省份自己靠近内地的腹地俗称"小三线"。介于一、三线地区之间地带,就是二线地区。

如果从卫星上俯瞰,三线地区是甘肃乌鞘岭以东、京广铁路以西、山西雁门关以南、广东韶关以北的广大山区腹地。用今天的概念来说,它基本上是指不包括新疆、西藏和内蒙古在内的中国中西部。

在1964年至1980年、贯穿三个五年计划的16年中,国家在属于三线地区的13个省和自治区的中西部投入了2052.68亿元巨资;400万工人、干部、知识分子、解放军官兵和成千万人次的民工,在"备战备荒为人民"、"好人好马上三线"的时代号召下,打起背包,跋山涉水,来到祖国大西南、大西北的深山峡谷、大漠荒野,风餐露宿,肩扛人挑,用艰辛、血汗和生命,建起了1100多个大中型工矿企业、科研单位和大专院校,其中的佼佼者如:攀枝花钢铁集团,酒泉钢铁集团,金川有色冶金基地,酒泉航天中心,西昌航天中心,葛洲坝、刘家峡等水电站,六盘水工业基地,渭北煤炭基地,成昆、襄渝、川黔、阳安、青藏(西格段)等铁路干线,贵州、汉中航空工业基地,川西核工业基地,长江中上游造船基地,四川、江汉、长庆、中原等油气田,重庆、豫西、鄂西、湘西常规兵器工业基地,湖北中国第二汽车厂、东方电机厂、东方汽轮机厂、东方锅炉厂等制造基地,中国西南物理研究院、中国核动力研究设计院等科研机构,这些代表性的企业和科研力量,后来都被称为西部的"脊柱"。

1964年,严峻的国际形势逼迫中国领导人开始考虑建设西部后方的战略问题。8月2日北部湾事件爆发,美国驱逐舰"马克多斯"号与越南海军鱼雷艇发生激战,战火燃到了中国南部边界。毛泽东彻夜未眠,紧张关注着态势。6日清晨6点,他批示说:"要打仗了,我的行动得重新考虑。"这个行动指的是他的一个多年夙愿——骑马沿黄河考察,可惜就此中断。8月17日、20日,毛泽东在中央书记处会议上两次指出,现在工厂都集中在大城市和沿海地区,不利于备战。各省都要建立自己的战略后方。

1994年,尘封在美国档案馆中的一批机密文件终于被曝光解密,证实美国确实制定了对中国进行突然袭击的计划。1964年,了解到中国即将爆炸第一颗原子弹后,4月14日,一份《针对共产党中国核设施进行直接行动的基础》的绝密报告,送到美国总统约翰逊和国务卿腊斯克、国防部长麦克纳马拉的案头。该报告考虑了几种摧毁中国核基地的办法:公开的非核性质的空中打击;利用特工进行秘密进攻;空投破坏小组。9月15日,当中国的核试验即将实施的时候,美国最高决策者做出决定:对中国核设施的攻击,应该在"军事敌对"发生时才可以。于是,伸向战争按钮的手终于缩了回来。

但是,这种威胁已经足够使中国领导人警惕。9月16、17日,也就是美国高层最后讨论要不要对中国进行突袭的时候,周恩来亲自主持会议,研究是否按时爆炸原子弹。毛泽东和中央常委研究后指出:原子弹是吓唬人的,不一定用。既然是吓人的,就早响。批示"即办",按原计划10月16日爆炸。就在这次会议之前,中央决定在重庆加快建设中国第二个核原料基地——"816洞体"。

　　三线建设之所以艰难，不仅是因为西部地区缺乏工业交通基础，也因为当时为了备战，刻意追求在恶劣的地理环境中选址的原则。1964年7月1日，周恩来在接见越南国家计委副主任阮昆时说：工业布局问题，从战争观点看，要设想一、二、三线，不但要摆在平原，也要摆在丘陵地区、山区和后方。工业太集中了，发生战争就不利，分散就比较好。8月19日，李富春、薄一波、罗瑞卿在向中共中央、毛泽东的报告中提出："今后，一切新建项目不论在哪一线建设，都应贯彻靠山、分散、隐蔽的方针，不得集中在某几个城市或点。"当月，国家建委召开一、二线搬迁会议，提出要大分散、小集中，少数国防尖端项目要"靠山、分散、隐蔽"，有的还要进洞。

　　……

（节选自《中国国家地理》2006年第6期）

【阅读提示】

　　"三线建设"作为一段历史的见证，作为一种具有特殊意义的"工业遗产"，我们不应该忘记。"三线建设"作为一种"工业移民"，实际上成了推动中国西部工业化的"加速器"，成了重庆工业文明的推动器。

三、民族：民俗风情，多姿多彩

巴人的白虎图腾

余云华

余云华（1947—　），重庆长寿人，西南大学文学院副教授，主要从事民俗、民间文学研究。已出版著作《巴渝民俗风情》，主编《重庆市志·民俗志》等。

巴人以白虎为图腾者，即以白虎为自己光辉的祖先、本部族的图徽标志。巴人所到之处，无不深深刻下这种虎踪。以巴渝为中心，余如蜀地、湖北、湘西、贵州高原、陕西秦巴山地的一些地方都曾插过虎徽大旗，因而都积淀下丰厚的白虎民间文化。

先说当代的。巴人后裔土家族，巫师在领头跳摆手舞时，所持小旗上的图案多画虎图腾。即使在平常的摆手舞场合，如打到老虎，还要把整个老虎供奉在摆手堂上。祭祀祖先时，要把虎皮放在供桌正中。重庆有的地方，更是在祖宗牌位上永远供奉白虎牌位。下边是2000年底的一则报道，眉题是："搬走青龙白虎，请来土地菩萨"，正文的一段是：

"昔日土家族农民专门供奉祖宗牌位和传说中青龙白虎的神龛，而今却用来供奉'土地菩萨'——近日记者在黔江土家族自治区水田乡发现：《中华人民共和国土地管理办法》的塑片贴上了土家族农民家中的神龛……"

可以肯定的，文中提到的白虎就是其祖宗图腾。土家族还普遍信仰白帝天王，或即白虎夷王。今日重庆市范围内的汉族中，如酉阳、奉节等县，有被称为"古老户"者，他们共同之处在于以"白虎"为家神（祖先牌位)。又如长寿等县,有世代相传的巴渝土著,湖广填川来的人们直称他们为"古老虎"。据《华阳国志·巴志》所载,楚昭王末年,白虎云巴的虎夷因自大复山分布于汉水中游一带,故又叫白虎复夷,后多集中居住于朐忍县(今云阳县西),其中有大姓抉、先、徐等,此即楚记"弜(qiáng)头白虎复夷",其后又有散居巴山渝水者,今重庆地区土著抉姓,正是白虎复夷正支,该族古称"抉夷",为"虎夷"音转,"抉"即"虎"。

尤有可怪者,虽同为白虎巴人,后分化出专射白虎的白虎复夷(板楯蛮)和敬拜白虎的白虎夷等支系,于是敬白虎和射白虎的风俗一直传承到今天的土家族。例如湘西土家族有的流行赶白虎习俗,凡婚、丧、喜庆和节日,则于门口画一白虎,又画一副弓箭,兆示引弓射杀白虎之义。有人害病时,由土老师(土家巫师)念咒语在屋里赶白虎,并用草扎一只白虎烧掉,作为禳灾辟邪。每逢红白喜事、节日以及建屋开田和外出经商等最嫌寅日,因寅日即虎日,是被看作不吉利的日子,或看作凶煞的日子。早晨也不说"虎"字,讳言为"犬猫"、"大虫"等。重庆民间也有以"虎"为凶的,如商贩很注重的"八大块",即最忌口的八个字,第一个便是"虎",也讳言为"猫"(或为"巴山")。同样是讳称:虎巴后裔称猫为"太师爷",一字不同,情感迥异。如九龙坡区民间歌谣《我晓得我明白》:"我晓得,我明白……狗叫地羊子,猫叫太师爷"。

古代虎俗则更为丰富,略举几例。《后汉书·巴郡南蛮传》:"廪君死,其魂魄化为白虎,巴氏以虎饮人血,故以人祠。"这是湖北清江流域古代的巴族因为以白虎为至尊至亲的祖先大神,所以巴人的第一位国君廪君作为"虎"的子孙死后"化为白虎",必然只能回到"白虎"祖先那儿去;又因为自然虎饮人血,"白虎"后代们使用人牲祭奠。今奉节县南乡有上千户山民,中有向姓,其先,当西晋亡世,李雄据蜀,巴蜑(但)之族屯据三峡,蛮帅有向北虎等,攻陷信州(今奉节),后退据山中,迄于今世,"虎"裔绵绵。此"向北虎"即"向白虎",系将图腾名字贯为己名,显其尊贵不同凡人。宋人《太平寰宇记》卷一二〇黔州都濡县,内有15种少数民族,其中便有"白虎",此以图腾名代替族称。该书又载,通州(今达县)宣汉井场"货卖用杂物代钱,祖称白虎,死葬不选坟墓,设斋不以亡辰,虽三年晦朔不飧",是说宋代达县宣汉的白虎巴人后裔,以"白虎"指祖先,与前举当代达县麻柳乡供"白虎神"互证,知此地"白虎"世代昌盛,香火兴旺。巴人后裔中有"资"姓,《隶续:汉繁长张禅等题名》有(白虎)夷侯资伟山,又白虎夷资伟,有学者考证,土家族称虎为"毕兹卡",卡为"家",毕兹急读即为资,还是不离虎。白虎巴人对其虎王敬重有加,其墓因"虎"气而保全。

(节选自余云华《巴渝民俗风情》,重庆出版社2004年1月第1版)

【阅读提示】

远自巴人远祖廪君之时,迄至今日巴人后裔土家族,均以白虎为祖先图腾,以白虎为耀,甚至作为己名和族名。此文介绍了巴人白虎图腾的起源及分化,为我们了解巴人习俗提供了有力佐证。

雄姿劲舞铜梁龙(节选)

李明忠

李明忠(1955—),重庆铜梁人。重庆作家。著有《龙乡的诱惑》、《神龙之舞》等。

……

撩开春节的帷幕,挤进笑脸闪亮的铜梁街头。爆竹炸鸣,火闪烟腾,惊天动地的锣鼓声中,游来龙灯的前导——牌灯。灯上饰有轻云的写意,水波的飞卷。浪卷云飞之中,一群鱼鳖呼啸腾越而来。领头的鲤鱼,借着月色和烟雾的藻饰,潜隐为鱼,腾舞为龙,跃上那高高的龙门。雷声震响,烟霏云敛,一条条金鳞巨蟒扭滚迸发,炫炫龙光掠过茫茫大地。正龙头大颈长,昂首而立,裹着烟云,卷起雄风。它傲气十足,目不斜视,微微颔首,宛如天子出行威风八面。滑稽的是,尊贵的龙身只几个竹篾编织的春条圈。

铜梁龙舞最激烈火爆的是火龙。水花还在炉火中熬炼,舞龙场上已经摆满砖花和筒花,看龙人挤挤挨挨密密麻麻水泄不通。火流星闪烁飞翔作为前导,舞龙人上身赤裸,下着短裤一路奔来。龙口喷吐烈焰,砖花冲天怒放,筒花哧哧喷发,水花飞出火炉,啪,辉煌一片天,刷,燃起一地火。万千火花熊熊燃烧,红日粉碎,星光迸飞,带着尖啸,腾着烈焰,扑向舞龙人。鞭炮脚下炸鸣,筒花身边燃烧,水花劈头盖脑。舞龙人火花里钻,火阵里闯,与龙俯仰,与火纠缠。火星飞来,观众惊慌地大笑,狂喜地躲闪。欢呼声中,一把把花伞优雅地开放了。撑伞的小伙子拥着心爱的姑娘，拥着声声尖叫和甜蜜的战栗，在密如乱雨、紧似狂风的火花里收获美丽的爱情。

铜梁龙灯的繁盛，源于商会推动。每逢春节，各行帮有钱出钱，有力出力，龙灯会成了行业的竞赛会，道具制作，舞龙技巧要比试，龙灯会后，商会邀请所有舞龙队豪饮，还要比试酒量。那是在元宵夜烧龙仪式之后，鞭炮声歇紫烟飞，家家扶得醉人归。道具比试，要求体现行业特点：渔业帮扎水族灯，鱼鳖虾蟹，曲尽其妙；铁业社玩"火龙献瑞"；佛门有"八仙过海"、"蚌戏沙弥"；教育界耍"十八学士"、"鱼跃龙门"；百货帮舞彩龙、"二龙戏珠"；屠宰业耍"猪啃南瓜"、"犀牛望月"；丐帮没钱，扎草龙连夜狂欢……年复一年，周而复始，铜梁涌现出一代代民间工艺大师。铜梁龙灯人丁兴旺，繁衍着二十余个经典品类。

"大足朝佛，铜梁观灯。"这句俚语在明清时已经传遍巴渝。灯会开张，璧山、永川、江津、荣昌、大足、潼南、合川以及上川东、小川北一带客商云集铜梁，县城旅栈客满，街道堵塞。清代道光版《铜梁县志》有这样的记载："上元张灯火，自初八九至十五日，辉煌达旦，并扮演龙灯、狮灯及其他杂剧，喧阗街市，有月逐人，尘随马之观。"

铜梁舞龙有传统习俗。除夕夜，县城张灯结彩，迎春接福。正月初一至初八，团年拜年走亲访友。初九白天"龙出行"，踩街拜庙，沿途商铺、单位、民居燃放鞭炮，焚香明烛，一程程"接龙"。龙灯招摇过市不玩舞，只在庙宇前走走"之"字拐，摆动龙头，致意问好，然后开光点睛，获得飞腾的神力，自此，春节龙灯会大幕开启。十四、十五夜舞龙狂欢。牌灯开道，依次为水禽灯、走兽灯、十八学士、三条鲶、鱼跃龙门、正龙、彩龙、板凳龙、竹梆龙、大龙、火龙迤逦而来，翻飞腾挪，追逐嬉戏。元宵夜，当最后一束焰火凌空绽放时，舞龙人顺着龙脊浇油，然后，举起火把，点燃龙身，烛照茫茫夜空。舞龙场一片肃穆，目送神龙走完轰轰烈烈的一生。而此时，想生孩子的看客蜂拥而上，掰下龙角，摘走龙珠，恭敬地"请到"房中，等着龙种坐胎，早得贵子。

而今，铜梁龙舞早已风靡了异邦，在北美、西欧、南亚的文化交流中，它舒爪亮鳞，尽兴腾飞，留下了许多神奇的故事。

【阅读提示】

一句"龙的传人"，就将华夏子孙与"龙"的关系作了美丽而自豪的"无缝连接"。"龙"，是中华民族的象征，它象征着吉祥与尊贵，威武与庄严。"龙"，是华夏祖先图腾崇拜的神物，也是华夏民族用智慧创造出来的神奇艺术。翩翩起舞的铜梁龙,正是这一神奇艺术的延续与再现。作为一种"民俗事象",铜梁龙也正是一种民俗文化意识对象化的生动再现。20多个品类的"铜梁龙灯",30余个类别的"大龙舞",千姿百态,美不胜收,体现了"心智"与"行为"的完美结合,"龙"在铜梁人的手里心中"活"了起来,留给观众的就不仅仅是"美的享受"。

秀山花灯(节选)

孙 因

孙因(1930—),本名郭定远,土家族,重庆秀山县人。秀山县政协委员,重庆市文史研究馆馆员。已出版长篇小说《血染大渡河》、《秦良玉》、《豪门红女》,杂文随笔集《说古道今集》等10余部。

2002年,湖南省文物考古研究所在湘西龙山酉水河畔的黑耶镇,发掘出中国历史典籍上尚无记载的古城,并从古城一号井发掘出30000余枚战国至秦朝的竹简和木牍,据专家初步解读,竹简上的文字约20余万字,有些记载弥补了司马迁《史记》之不足,被誉为2002年十大考古奇迹,证明秦继楚之后在酉水流域建立了政权。

黑耶和秀山山水相连,距同样是酉水河畔的石堤古镇仅十五公里,从现存的岩棺和湘西发掘的七十多处古遗址(秀山境内尚未发掘)预测,石堤是酉水文化的重要发源地,酉水发源于湖北宣恩、鹤峰之间,流经来凤、龙山、酉阳、秀山、花垣、保靖、永顺、古丈,于湖南沅陵汇入沅江,属于洞庭水系。酉水在古代是楚、巴之间的通道,公元前235年,楚平王率舟师溯沅江而上,占领了酉水流域的广大地区,归入黔中郡版图。从此,巴、楚文化和土著文化相互渗透,形成了独特的酉水文化。

酉水是土家族的摇篮,舍巴舞(摆手舞)、鼓舞、哭嫁歌等是酉水文化的典型代表,秀山花灯当然也离不开酉水文化的熏陶。比如,秀山花灯名曲《黄杨扁担》中的黄杨木,就是酉水流域的特产,木质坚韧柔软,是做扁担的上等材料。不过,如前文所述,除两盏灯来自中原外,秀山花灯的音乐、舞蹈、歌词、表演形式与摆手舞大相径庭,前者文雅,后者粗犷,前者轻歌曼舞,后者气势恢弘,前者喜庆欢乐,后者庄严凝重。解放前,秀山花灯的表演以一旦(幺妹子)一丑(花子)为主,类似东北的二人转,和周边的花灯相比有许多独特之处,集音乐、舞蹈、韵白为一体。

音乐:流畅、欢快、喜庆、旋律优美,歌唱性强,如《黄杨扁担》、《一把菜籽》、《黄花草》、《雪花飘》、《绣荷包》等。但有一个奇怪的现象,歌词中很少歌唱武陵山区,除了唱花灯的起源和花灯表演程式外,大量歌词是歌唱汉族地区的历史、传说、人物,如《红灯调》、《会灯调》、《参神调》、《洛阳桥》、《采茶调》、《五更调》、《十字调》、《十绣》、《十打》、《祝英台调》、《唱古人》等等,歌唱的人物有蔡伯喈、赵五娘、刘备、关羽、张飞、杨六郎、杨宗保、穆桂英、孟子、梁惠王、八仙、魏征、李老君、扁鹊、华佗、孙思邈、灶神、秦叔宝、尉迟恭、土地、观音、张生、红娘、白娘子、孙猴子、嫦娥、包公、薛仁贵、佘太君、董永、七仙女等,找不到一句歌颂土家族英雄如彭公爵主、八部大王的词句。总之,花灯词不同于土家族民歌,更不同于摆手歌,如《热客额地客额》、《将帅拔佩》等这类歌颂土家族英雄的诗歌。

舞蹈:浓厚的生活气息,鲜明的地方特色,清新的艺术风格。成渝两地的艺术家们对秀山花灯的舞蹈进行过艺术概括:幺妹子的舞蹈,端庄、秀丽、乖巧;花子的舞蹈,朴实、健壮、诙谐,以矮桩步为主。有几百个舞蹈动作,如逗蝴蝶、蜻蜓点水、金线吊葫芦、双燕并飞、水圈莲花、边鱼上水、狮子滚绣球、黄莺展翅、犀牛望月、膝上载花、荷花出水等等,单看名字就令人美不胜收。但和土家摆手舞比较,却毫无相似之处,摆手舞又名军前舞,几百上千人舞蹈,那气势可以摧枯拉朽,压倒一切敢于来犯之敌,显示了土家族万众一心奋勇直前的民族精神,如同汹涌澎湃的酉水,不可阻挡。秀山花灯舞蹈优美有余,阳刚之气不足,显然不是土著文化。

韵白(也叫刷白):花子出场,说一段逗笑的白话吸引观众,如:

花子莫刷白,
刷白了不得。
一杆烟到湖广,
一泡尿到常德。
来到常德楼上歇,
碰到老鼠啃毛铁。
拾根灯草打老鼠,
灯草打成几半截。

这种刷白,以逗笑为主,显示花子的幽默风趣,引逗幺妹子出场,比戏曲的定场诗活跃得多,可以随意发挥。综上所述,笔者认为秀山花灯来自中原,与土著文化、移民文化相结合,形成了独具魅力的民间艺术。

(《重庆文化》2004 年第 2 期)

【阅读提示】

原题《秀山花灯今昔谈》。全文共分三个部分:一、秀山花灯起源初探;二、《黄杨扁担》中的"酉"、"柳"之争;三、秀山花灯现状及其前景。根据本书编纂宗旨,仅选片段,并改今题。作者以翔实的史料,对"秀山花灯"的表演、音乐、舞蹈、韵白作了详细介绍,说服力强。

土家摆手舞(词二首)

黄晓东

黄晓东(1952—),重庆市涪陵人。1971 年应征入伍,1976 年退伍后长期从事审判工作,曾任黔江区法院副院长、调研员。现为三级高级法官,重庆市黔江诗词楹联学会会长。著有诗词集《兰溪草》(中华诗词出版社)。

临江仙·观酉阳十万人摆手舞

摆手苍山民十万①,载歌龙凤呈祥。土家儿女拥曦阳②。鼓敲移舞步,旗动跳秋光。　　酉水涛声多古韵,激情流彩山乡。紫霞飞捷白云翔。菊开花自乐,风暖桂犹香。

鹧鸪天·摆手舞

摆手西风抱着秋,舍巴今日闹丰收③。桂花开放原生态,归雁相携意识流④。　　情切切,意悠悠,武陵清韵信天游⑤。喊声幺妹苍山跳,白鹤云边去复留。

【注释】

①苍山:青翠之山。　②曦阳:早晨的太阳。　③舍巴:土家族方言,摆手之意,此指土家族。　④意识流:本为西方一种现代艺术手法,指心理意识的流动。　⑤信天游:陕北的一种民歌形式。

【阅读提示】

秋阳正好,气爽天高,菊花盛开,桂蕊飘香,土家十万儿女齐跳摆手舞,闹丰收,歌盛世。情切切,意悠悠,那场景,那气势,那热烈,那勇猛,多么像当年巴人助武王伐纣"歌舞以凌殷人"的阵势!尽管今天的摆手舞,与当年的巴渝舞已有殊异,但艺术是人类心灵的真实反映,艺术的传承是生生不息的。我们从摆手舞刚健勇猛的风格不是可以感受到从巴人到土家族这个民族历史脉搏的跳动么?

重庆火锅与重庆人

林文郁

林文郁,重庆市巴渝文化研究院研究员、重庆通俗文艺研究会会员,原重庆国是文化传媒有限公司总经理,著有《火锅中的重庆》等。

遥想当年川渝古道和黔渝古道,南来北往的驿道上,我们似乎看到了当年的胜景,听到了马夫的歌谣……

重庆人之所以喜欢烫火锅,除了与生俱来的地理环境与人居环境珠联璧合,互为因果,互为关系外,几代人"相濡以沫"的遗传基因也早已注定重庆火锅与重庆人必须是相互成长的。另外就是烫火锅热闹,符合重庆人热情好客的性格。每一次烫火锅时,只见桌子上堆满了菜,看着五颜六色的菜蔬,看着锅里翻腾的红汤,顿时让人胃口大开。吃的时候,桌上交杯换盏,谈笑风生,嬉笑怒骂,好生了得。大家边吃边聊,吹"神话",摆"空龙门阵",说"闲话",冒"皮皮",吐"酸水",使烫火锅的情趣倍增,兴味更浓。说实在的,烫火锅在当下重庆城已不是仅仅为了果腹,而是早已上升为一种民俗文化与美食艺术。其时,吃与不吃已不显得太重要,重要的是要享受这一刻,享受这一锅的红红火火、麻麻辣辣和那裹挟着浓浓亲情、友情的氛围所带来的温暖与感动。

也正因为山水火城的特质,使得"一方水土养一方人"成为必然,因为由一方水土养育起来的一方人,其人文环境必是由最朴素的自然环境影响而形成的。因此,在重庆这块热土上,一定会哺育出具有质朴、自然、热情、耿介、豪爽、重情重义的巴渝人,必然会诞生火热、包容、和谐、美味的重庆火锅,实乃天意,实为天造地设般的绝配。

重庆人对美食很讲究,且讲究根本——滋味。体现在重庆火锅上,就是对火锅味道的要求。味道才是重庆人追求的主角,离开了让人回味无穷的味道,一切环境、装饰及陈设都是白搭。也正因为如此,以重庆火锅为发端的重庆江湖菜才能唤醒全国人民的味蕾,风靡全中国,享誉全世界。

对于重庆人吃以毛肚火锅为滥觞的重庆火锅的情景,以及哪些人才具有吃毛肚火锅或曰重庆火锅的本钱,我们来看看:

曾几何时,这种饮食方式曾经引得旧时一些以"嗓子"为本钱的艺人,如川剧艺人们的青睐。过去川剧界的一些名角也都是火锅馆的常客,这种情况一直延续到50年代还存在,在一本50年代出版的《戏曲音乐工作讨论集》(中国戏曲研究院编,音乐出版社1959年4月第1版)书中,有一篇文章有这样一段话,颇引人玩味:"有的演员平素不练嗓,也不爱护嗓子,烟酒、毛肚火锅,样样占全,以致在台上常常有声无气,有气无音,甚至时而发出裂帛之声,实令听众难堪。不可否认,川剧唱功已大大落后于其他若干剧种。"(李康生《川剧音乐的问题在哪里》)

在旧时重庆的报纸上曾经有一则消息,道出了昔日重庆人烫毛肚火锅的情形:

火锅毛肚虽届此时,仍照常应市,食者袒臂露胸,畅怀痛吃,若置大鼓于旁,效打鼓骂曹之痛快淋漓,其况当雄伟百倍。

在"火锅毛肚虽届此时"一句中,"虽"字后似乎差了一个"未"字。因过去毛肚火锅只在秋冬季节上市,而在此时能"仍"营业且"食者袒臂露胸",估计已是春夏季节,由此可看出重庆毛肚火锅的发展已到了十分兴旺的地步,且那时的重庆人也与现在的重庆人一样,豪爽、火暴。

四川老作家、被成都饮食烹饪界称为"饮食菩萨"的车辐先生在《川菜杂谈》一书中对当代重庆人吃火锅的形象描述活灵活现、生动逼真:

勇士们越吃越来劲,除女性外,男士们吃得丢盔弃甲,或者干脆脱光,准备盘肠大战。中有武松打虎式,怒斩华雄式;不少女中英豪,颇有梁夫人击鼓战金山之概,气吞河山之势。

他又说,重庆火锅的"重庆吃法,犹如词中之豪放派"。通过对重庆人烫火锅时情景的形象描绘,把重庆人的性格也生动、完全地勾画出来了。

魏仲云先生在其文章中,也曾引用一篇报道,描述了重庆人吃火锅的阵仗:

《光明日报》副刊曾有一篇文章中写道:"实在没有看到这样的吃,吃竟然使人感到一种悲壮气氛。临锅上坐，使你就处于高度临战状态，真正的赴汤蹈火的架势，汤沸沸扬扬，火熊熊烈烈。汤影与火光在食客脸上闪耀，各种菜肴满满当当摆了……歼灭敌人的战斗打响了，落地扇冲着你打开，一大卷卫生纸放在你的面前。一个个大汗淋漓，卫生纸撕下一片又一片，不停地揩头、揩脸、揩脖子，脖子上还是洪水泛滥，胸中的岩浆在沸腾，大呼'畅快、畅快'，索性脱掉上衣，光着脊梁大嚼大咽。"还写道："食客胜似勇士，一身威武……即使天上流火，重庆火锅也充满了诗情画意，那是一盆'火盆景'。"

对于哪些人能够烫重庆毛肚火锅，李劼人先生在《漫谈中国人之衣食住行》中说得很细致、很幽默、很有意思：

吃牛毛肚火锅，须具大勇。吃后，每每全身大汗，舌头通木，难堪在此，好过亦在此……性情暴躁，不耐烦剧的人，不便吃；神经衰弱，一受刺激便会晕倒的高等华人，不可吃；而吃惯了淡味甜味，一见辣子便流汗皱眉的外省朋友，自然更不应吃，以免受罪。牛毛肚火锅者，纯原始型之吃法也，与日本之牛锅仿佛，又似北方之涮锅，只是过分浓重，过分刺激，适宜于吃叶子烟的西南山地人的气氛。

重庆火锅人情味浓，凝聚力强（时间长、聊得久），又体现了浓浓的公平意识——在以锅为中心，手臂为半径的桌子围一圈，你来我往、情投意合。在无拘无束、开怀畅饮放声大笑中，整个身心得到了全面的释放。

重庆人烫火锅很少有单独去的，一般都是呼朋唤友或者和家人一块去，这除了重庆人喜欢热闹之外，也好像和烫火锅有点关系。火锅的菜品可以说是最丰富的，除了龙肉、熊猫肉吃不到，其他天上飞的，地上跑的，水里游的，一应俱全，应有尽有。一个人去烫火锅点菜都不晓得哪个点，讲实惠点一两个菜，好像好吃的、想吃的太多，难免留下遗憾，心情不爽，再加上一个人独处一隅，怎么也烫不出火锅独有的那份情怀。火锅里面虽然什么都能烫，什么都能通泰、化解，唯独没听说那位兄弟烫熟了索然。烫火锅，烫的就是那份如火的热情，烫的就是那份绝不拉稀摆带的豪迈，烫的就是兄弟伙并肩子上的果敢。

有人说，到重庆不烫重庆火锅，等于没有到重庆。又有人说，有客人到重庆，重庆人未请烫重庆火锅，则未尽到地主之谊。之所以来客到重庆后及重庆人请客要请吃重庆火锅，是因为火锅是重庆的象征，是重庆最为响亮的名片，只有它才能表达重庆人的热情好客和友好情感，只有它才能代表重庆。

（选自余勇主编、林文郁编著《火锅中的重庆》，重庆出版社2013年6月第1版）

【阅读提示】

　　重庆火锅，风靡华夏，扬威天下。鲜红红，火辣辣，勇猛刚毅，活色生香。重庆火锅，平等参与，雅俗共赏，满溢着浓浓的平民化、亲情化的人性色彩。作者以众多史实说明：火锅是重庆标志性的美食。有客到重庆来，首选品尝的就是火锅；到重庆而不烫火锅，等于未到重庆。火锅，是重庆人热情、豪爽、进取、拼搏、敢作敢为的性格精神之象征！只有它，最能代表重庆；只有它，最能表现重庆人热情好客和质直重义的特征！火锅，是重庆最响亮的名片。朋友，读完此文，赶紧去烫一次奇异独特的重庆火锅吧！

川江号子（三则）

陈邦贵　演唱

许世和　冉　庄　采录

　　陈邦贵（1915—2012），四川綦江县（今属重庆）人。民间歌手。重庆轮渡公司退休工人。

　　许世和（1921—　），重庆市渝中区党史办公室干部。

　　冉庄（1938—　），重庆作家。

四川省水码头要数重庆

（船工号子）

四川省水码头要数重庆，
开九门闭八门十七道门[①]：
朝天门大码头迎官接圣[②]，
千厮门花包子雪白如银[③]，
临江门卖木材树料齐整[④]，
通远门锣鼓响抬埋死人[⑤]，
南纪门菜篮子涌出涌进[⑥]，

金紫门对着那镇台衙门⑦,
储奇门卖药材供人医病⑧,
太平门卖的是海味山珍⑨,
东水门有一口四方古井⑩,
对着那真武山鱼跳龙门。

一年四季滩上爬

（船工号子）

脚登石头手扒沙,
八股索索肩上拉。
打霜落雪把雨下,
一年四季滩上爬。
周身骨头累散架,
爬岩跳坎眼睛花。
谁要稍稍松口气,
头脑打骂真凶煞。
船工终年如牛马,
不够糊口难养家。

闹岩湾

（船工号子）

纤头：抬头望。

纤尾：嗨！

纤头：把坡上。

纤尾：嗨！

纤头：大弯子。

纤尾：嗨！

纤头：九十个。

纤尾：嗨！

纤头：前松后紧！

纤尾：嗨！

纤头：腰杆使劲！

纤尾：嗨！

纤头：司到！

纤尾：嗨！

纤头：扯到！

纤尾：嗨！

纤头：只会号子不合脚，

纤尾：嗨着！

纤头：爬岩跳坎各照各。

纤尾：嗨着！

【注释】

①"开九门"句：乾隆《巴县志》记载："明洪武初，指挥戴鼎因旧地砌石城，高十丈，周二千六百六十丈七尺，环江为池，门十七，九开八闭，像九宫八卦。朝天、东水、太平、储奇、金紫、南纪、通远、临江、千厮九门开；翠微、金汤、人和、凤凰、太安、定远、洪崖、西水八门闭。"由于时代的发展，重庆城门早就失去"门"的含义而只能作为地名看待了。即使以门相称的地方，也不见得原来就是一道门。如九道门、国光门、望龙门根本不是门，而是临城垣的街名。望龙门这条街可以隔长江望对岸的龙门或龙门浩（小港），因以得名。它是望"龙门"的街，不是望"龙"的"门"。②朝天门：在旧城东北，嘉陵江、长江汇合口，面向长江，为水运总枢纽。是山城之正门、大门。内有接圣街（今信义街），圣旨街（今新华路），是朝廷官员来渝传旨、出行必经之道。③千厮门：在旧城东北靠东。城外沿江码头很多，有纸码头、炭码头、盐码头等等。因地处嘉陵江边，内河物资多由此出入。尤以棉花、牛羊皮为盛。④临江门：在旧城北靠西。从嘉陵江来渝首经此门。过去，城中人炊饮多烧木柴，修建房舍更需树料。从嘉陵江来的木筏、柴船多在此停泊、交易。⑤通远门：在旧城正西。城门建在山岭之上，门外山坡、岩沟荒坟累累，明、清之时，城内死人多葬于此。⑥南纪门：在旧城南靠西。由长江顺水下重庆首经此门。门外是屠宰业最集中的地方。⑦金紫门：在旧城正南。城门正对重庆镇署。⑧储奇门：在旧城正南。这一带，过去是山货、药材业集中的地方，仓库、堆栈、字号很多。⑨太平门：在旧城东南。历代之重庆府署、巴县署及所属部门均在此门内。达官、商贾多于此带居住。⑩东水门：在旧城正东。由此门上陕西街可直达川东道署。门外长江中有巴渝十二景之一的"龙门浩月"。乾隆十六年至廿五年（1751—1760）王尔鉴纂修《巴县志》说："浩在太平门大江对岸禹庙前。水中二巨石，各大书楷行'龙门'二字，皆宋绍兴中刻。""龙门右有大碛曰黄鱼岭"。王尔鉴诗曰："石破天开处，龙行俨禹门。魄宁生月窟，光耀自云根。雪浪盘今古，冰轮变晓昏。临风登彼岸，涂后有遗村。"

【阅读提示】

民间歌手陈邦贵13岁开始在重庆当木船工人，后拜号子头彭绍清为师，在四川宜宾至湖北宜昌之间的长江上唱船工号子。历经数十年磨炼，终于成为专门演唱船工号子的著名歌手之一。1956年4月,曾随四川省工人业余文艺演出代表团到北京,出席全国工人业余文艺会演,演唱《川江号子》。1987年7月,应法国文化部邀请,曾与蔡德元、程昌福组成"中国长江代表队",出席"阿维尼翁民间艺术节大河音乐会",演唱《川江号子》。法国《世界报》于1987年7月27日,以头版头条发表了题为《江河音乐:三人同舟》的专访报道。

　　船工号子是船工们拉纤、摇橹、推桡时唱的歌谣,是一种重要的劳动歌谣形式。优美激越的船工号子,是船工们在与险滩恶水进行殊死搏斗的过程中产生的。它的唱腔音调,因水势而异。号子内容,除民歌、小调和沿江风物名胜、古迹传说外,也也戏文。精明能干的号子头,大都能结合行船情况,遇啥唱啥,见啥唱啥,现编现作。驰名中外的川江船工号子,是我国民族民间文艺百花园中的一朵奇葩。虽然由于时代的发展,那种少则由几人、几十人力,多可达上百人力牵引、推动的木船,已被机动铁船代替了,能歌善唱的歌手(号子头)健在的也不多了,人们还是非常热爱川江船工号子这种民间文艺形式。

　　《四川省水码头要数重庆》又名《说门》。它是一首专门唱重庆城门的歌谣。对于老重庆人来说,算得上是尽人皆知的。不但船工号子唱它,民间艺人还往往在它的基础上借题发挥,创作出其他作品来。《一年四季滩上爬》是唱船工"终年如牛马"的苦难生活。《闹岩湾》是逆水上行时喊的号子,以协调步伐,与岩湾的激流搏斗。

四、文化:儒道释的并存与复合

重庆府试院联

蔡振武

蔡振武,清代学者,其他不详。

诵左思蜀都赋,江汉炳灵,文物媲西京,郡合有茂才异士①;
读王勃益州碑,寰渝变俗,儒风被东鲁,客休歌下里巴人②。

(选自《巴蜀名胜楹联大全》,四川人民出版社1992年6月版)

【注释】

①左思(约250—约305),西晋文学家,字太冲,齐国临淄人,构思十年,写成《三都赋》。 江汉炳灵:左思《蜀都赋》:近则江汉炳灵。吕向注:炳,明也。言江汉明灵,故代生贤哲。 媲(pì):比侔上。 西京:指西汉都城长安。 郡:指重庆。 合有:应该有。 ②王勃:唐代诗人。 被:覆盖。 东鲁:指孔子故乡山东,泛指沿海文教发达之地。 下里巴人:巴人所唱之歌。

【阅读提示】

上联意指由于文教的化育,重庆人才辈出;下联意指重庆学风渐盛,儒家文化兴盛,早已不是蛮夷之邦。此联用典贴切,用意新颖,充满对乡土的热爱与文化的自信之情。

重庆南山老君洞联[1]

佚 名

向函谷而来,百二里河山,至今犹留紫气;[2]
典守藏之史,五千言道德,在昔曾阐元经。[3]

(选自老君洞藏联)

【注释】

①重庆南山老君洞:道家寺庙,位于重庆南岸区老君山上,始建于唐代,明代成化十六年(1480)重修扩建后改称太极宫,后又名老君洞。 ②向函谷而来:道家的创始人老子,早年为春秋时期周朝廷管理历史文书的一个官吏,看到世风日下,道德沦丧的社会现实,愤然辞官,骑着青牛到函谷关沿途讲经论道。 百二里河山:即"百二河山",原指秦国凭据险要的关隘,以二敌百,比喻边防牢固,国力强盛,此处指函谷关那一片大好河山。 紫气:老子带去的祥瑞紫气,浸润着百二河山,至今还留着紫气的芳香。 ③典:掌管;元经:基本原理。

【阅读提示】

此联充分展示了道家宗师老子创立道家文化的经过,《道德经》深含社会人生的哲理,以及留存至今的重大影响,上下联言简意赅,内蕴丰厚,语言精练,对仗工稳。

(蒋元彬注析)

梁平双桂堂大山门联[1]

李惺翰

李惺翰,生平不详。

万竹换彩,金带重光,饶他大千世界;[2]
破祖创业,禅师继绪,还我不二法门。[3]

(选自中共梁平县委宣传部、梁平县文化局、梁平县旅游局、双桂堂寺庙管理委员会编《双桂堂》,见重庆出版社 2001 年 9 月第 1 版)

【注释】

①双桂堂：又名"福国寺"、"双桂禅院"。双桂堂在扩建时，掘得金带一根，故又名"金带寺"，位于重庆市梁平县城西南方10公里处，其地竹林茂盛，称为万竹山。双桂堂曾被赋予"西南丛林之首"、"西南祖庭"、"第一禅林"、"宗门巨擘"殊荣，饮誉佛门内外。　②饶他大千世界：不管，不理会无边无垠的人间尘事，专心致志传扬佛法，倡导平等、独立、自由，不受官府约束，不受政治干预，不受战争侵扰。　③破祖：指双桂堂创始人破山禅师。　禅师：指双桂堂第十代方丈竹禅法师。　不二法门：法门，修行佛法的门径。不二法门，不可言传的法门，独一无二、至高无上之法门。

【阅读提示】

上联写双桂堂万竹环绕，清幽雅静，正好是拜佛修炼，传播佛法的好地方；下联写双桂堂的创建、续修、成"不二法门"之地，多亏"破祖"及后继"禅师"之功。

破祖，即破山禅师（1597—1666），名海明，四川大竹人，祖籍重庆，是明初大学士天官府蹇义的后裔。他拜佛多年，广游多师，清初他在梁平金带乡创建双桂堂禅院，弘扬佛法，利国救民。禅师，即竹禅（1825—1901），俗姓王，号熹公，今重庆梁平县人，著名画僧。他20岁为僧，后外出云游，旅居京、沪、汉等地，后常居上海，以卖画为生。在他70多岁时，双桂堂负债，无力续修，他在向双桂堂捐献了贝叶经等物后，又汇银千两给双桂堂。第二年（1899），他应双桂堂之请，回双桂堂任第十代方丈。他继承破山祖师之业，重整道风，复兴法门，使双桂堂重光佛界，成为著名的禅学交流中心和佛教文化传播基地。

此联以史家眼光，禅宗的颖悟，充分肯定了双桂堂在佛学界的地位和作用。

清溪太极神图

刘建春

刘建春，中国作协会员、重庆市散文学会会长、《重庆散文》杂志主编、《重庆商报》高级编辑，已出版长篇小说《情断美国》、《纽约地铁的琴音》，诗集《五彩路》，报告文学集《忠诚》，散文集《烟雨情》、《纽约过客》、《浪漫法兰西》、《触摸欧洲》、《北美风情》等。曾获首届重庆小说奖、第六届冰心散文奖。

二月，还是寒意袭人，但綦江的清溪河畔已是春意盎然。一群灰色鸭子扑棱棱地跃入溪流，"嘎嘎嘎"地在水中奋力划游。"春江水暖鸭先知"，这与杜甫的"泥融飞燕子，沙暖睡鸳鸯"倒有异曲同工之妙，不禁令人莞尔。

我们荡舟徐徐前行，眼前的溪流，澄澈清莹，浓绿逼人，在阳光下泛着粼粼波光，静静地环绕着一座"V"形半岛蜿蜒而去。这就是最具特色的太极神图。

清溪河三弯九曲，从容舒缓。如一条青色长龙，匍匐潜行，逶迤婉转，在永新古镇打了一个回旋后，在沾滩闸坝上游约300米处的河段时，火烽山对岸横出一长条形半岛，随之蜿蜒弯曲成"V"形的小河，山水相间，阴阳相合，当地人称为"阴阳合"。清溪河渠与两岸的地形又恰好构成了一幅天然的太极图景，无论在水上还是到岸上或者到山上看，太极图都惟妙惟肖。这种奇妙的清溪河曲与两岸地形构成了一幅天然的蕴含阴阳玄机的太极图景。我不能不惊叹大自然的鬼斧神工！

"多形象、多逼真的太极景呀！"有人情不自禁地感叹起来。

"这么奇特的景观，是不是有点玄乎？"也有人疑惑地说。

"据说，有了太极图后，清溪河两岸无灾无害，风调雨顺，人寿年丰，成了人间福地。"艄公插言道。随之，小船也放缓了速度。

我伫立船头，凝视着这一奇妙的天然"阴阳合"自然景观，其意蕴令人遐想联翩：阴阳平衡是生命活力的根本。维护了阴阳的平衡，一个人的生命就会健康长寿。"太极神图"就是阴阳运动哲理的缩影。前不久，读《沉思录》，这位古罗马皇帝马可·奥勒留一生不迷恋权力，而是追求精神的安宁与自由。而东晋时期的陶渊明也敢于放弃官位，"采菊东篱下，悠然见南山"，过着"躬耕自资"的生活。

他们都追求天人合一，清静无为。在这穿越千年的不朽文字中，去探望人生，寻找精神的家园。这种进与退、得与失的人生哲学，不正应合了阴阳合的"太极神图"吗？……

从宋代周敦颐《太极图说》中我们就知道，太极图由两个平衡对立的阴阳鱼组成，象征阴阳互化而万物出。太极图与道家的"物极必反"理论相对应。也就是说道家认为：事物达到一定程度后，就会向相反的方向发展。乐极则生悲就是这个道理。只有阴阳的平衡才能构成和谐的"道"，即所谓道在心中，犹鱼在水中也。

《道德经》尊道贵德,道法自然,清静无为,与世无争。儒教里面也有同样的思想,人性的提升,心灵的净化,修身齐家治国平天下。佛家也讲大慈大悲,见性成佛。儒释道三教都注重心灵的净化,都是中华文化的精髓。正如一副对联所写:"才分天地人总属一理,教有儒释道终归一途"。三教如鼎之三足,缺一不可。

船过白鹤林时,一阵"扑啦啦、扑啦啦"的振翅声越过清溪河,一群群白鹤在上空翩翩飞舞,形成了极为壮观的"千鹤起舞"景象。当船离白鹤林越来越远时,那些在天空中恣意飞舞的白鹤又纷纷飞回到白鹤林里,安然栖息。正如这里的青少年,外出读书、打拼之后,又回归于此,尽享天伦之趣。一时,天地静谧,只有划桨的欸乃声,清冽如梵音。

人只有遵从天道,顺应自然,才能实践无为,也才能国泰民安,天下和谐,功成事遂。上船前,我们刚参观完永城镇中华村,那一栋栋仿古式白墙青砖小楼,像一栋栋小别墅,豪华地坐落在田野里,与猪圈毗邻,与羊牛相伴,与庙宇相望,远处是若隐若现的大山,近处是潺潺溪流和依依翠柳,空气里弥漫着清香的田野气息和断续的馨香之味。居住在这里的农民,依然日出而耕,日落而息,过着自耕自足,清闲自在的生活,似乎也正在诠释着老子的超越物欲,儒家的超越自我,佛家的得其自在,歌颂生命自我存在和超拔飞越的含义。

河水开始变宽,水流更加平缓,小船在河面上荡悠悠地缓缓前行,那一幅神奇的太极图渐渐离开了我们的视野,没入一片浓密的竹林丛中……

(发表于2013年3月4日《文艺报》,有修改)

【阅读提示】

綦江清溪河的"太极神图",山水相间,阴阳相合,真是大自然的鬼斧神工!它使清溪的人民乐乎天命,清静和谐,过着超越自我的躬耕生活。这里,也浓郁着儒家、佛家文化的精髓。远处断续的磬声,青少年的向上拼搏,构成了道、儒、佛文化并列与复合的绝妙图景!这篇散文,构思巧,描写细,思考深,文化含蕴厚,呈现了一幅三教归一、和谐统一的人生图画!

第五编
抗战烽火,不屈之城

"起来,不愿做奴隶的人们,把我们的血肉筑成我们新的长城!"自"九一八"、"七七事变"以来,日本侵略者的魔爪掠夺我大片河山。"中华民族到了最危险的时候,每个人被迫着发出最后的吼声!"

1937年11月20日,南京国民政府发布《国民政府移驻重庆宣言》,重庆成为中国战时首都,历时8年又5个月。共赴国难,慷慨悲歌。中国人民为正义和平而战,为世界反法西斯战争的胜利作出了世界性的贡献。重庆以其特有的山河结构,忠勇卓越的民众,巍然屹立,赢得了举世的钦仰。

抗战期间,烽火岁月,重庆面临着血与火的考验。从1938年2月18日到1944年12月19日,日本法西斯对重庆实施了长达6年多的无差别狂轰滥炸,"五三"、"五四"大轰炸,大隧道惨案惨绝人寰。在血腥恐怖的两千多个日日夜夜里,重庆人民用血肉之躯抵挡着从天而降的千万吨炸弹,依然挺起不屈的脊梁。亲历者的诗文,正是对日本侵略者狂轰滥炸泣血控诉的檄文。

抗战期间,烽火岁月,中国社会各阶层同仇敌忾,救亡图存,卫国保家,显示出最宝贵的民族精神。得道多助,天下一家。活跃在重庆的国际反法西斯友人,对中国人民、重庆人民的伟大斗争,给予了深切的同情、支持与赞赏。

在艰苦卓绝的8年烽火岁月中,全国著名文化人士云集重庆,他们含辛茹苦,呕心沥血,为中华民族的伟大斗争与重生创制鸿篇巨制,留下了多少风流,多少华章,这是他们的才华、正气与心血的结晶。

烽火岁月,中国战时的文教事业,在重庆独放异彩,为浴火重生积蓄着伟大的力量。一大批文教贤哲,办学育才,发展文教的丰功伟绩,充分显示出中国文化人舍身报国、毁家纾难的高风亮节与共度艰危、志在必胜的坚强意志。

重庆,是一座不屈之城、英雄之城,是世界反法西斯战争的名城,将与历史同辉,与日月同耀!

一、国府在渝

国府移驻重庆宣言

自"卢沟桥事变"发生以来,平津沦陷,战事蔓延,国民政府,鉴于暴日无止境之侵略,爰决定抗战自卫①。全国民众,敌忾同仇,全体将士,忠勇奋发,被侵各省,均有极急剧之奋斗,极壮烈之牺牲。而淞沪一隅,抗战亘于三月②,各地将士,闻义赴难,朝命夕至,其在前线,以血肉之躯筑成壕堑,有死无退。暴日倾其海陆空军之力,连环攻击,阵地虽化灰烬,军心仍如金石,临阵之勇,死事之烈,实足昭示民族独立之精神,而奠定中华复兴之基础。迩者暴日更肆贪黩③,分兵西进,逼我首都,察其用意,无非欲挟其暴力,要我为城下之盟。殊不知我国自决定抗战自卫之日,即已深知此为最后关头,为国家生命计,为民族人格计,为国际信义与世界和平计,皆已无屈服之余地,凡有血气,无不具宁为玉碎不为瓦全之决心④。国民政府兹为适应战况,统筹全局,长期抗战起见,本日移驻重庆。此后,将以最广大之规模,从事更久之战斗,以中华人民之众,土地之广,人人本必死之决心,以其热血与土地,凝结为一,任何暴力,不能使之分离;外得国际之同情,内有民众之团结,继续抗战,必能达到维护国家民族生存独立之目的。特此宣言,惟共勉之⑤。中华民国二十六年十一月二十日(中央社,十一月二十日)

(原载《中央日报》,选自《半月文摘》1937年第1卷第4期)

【注　释】

①爰(yuán):于是。　②亘(gèn):延续,连接。　③迩(ěr):近。　黩(dú):贪心。　④宁为玉碎不为瓦全:宁做美玉而被打碎,不做瓦器而被保全。比喻愿为正义而死,不愿屈辱苟活。　⑤共勉:共同努力、共同奋斗。

【阅读提示】

1937年11月，国民政府颁发"正式迁都重庆"的命令，发布《国府移驻重庆宣言》。

此"宣言"首叙抗战以来，全国民众敌忾同仇，作极壮烈之抵抗。次叙暴日西进，妄图逼我降服。为适应战况，统筹全局，国民政府决定移驻重庆。最后表达抗战必胜之决心。

"宣言"正气凛然，言辞慷慨，作金石之声，显示中华民族的堂堂正气，令人感奋，令人振奋。

国民政府明令重庆定为陪都

四川古称天府，山川雄伟，民物丰殷①，而重庆绾毂西南，控扼江汉，尤为国家重镇。②

政府于抗战之始，首定大计，移驻办公。风雨绸缪③，瞬经三载。川省人民，同仇敌忾，竭诚纾难④，矢志不移，树抗战之基局，赞建国之大业。

今行都形势⑤，益臻巩固。战时蔚成军事政治经济之枢纽，此后更为西南建设之中心。恢宏建置，民意佥同⑥。

兹特明定重庆为陪都⑦，着由行政院督饬主管机关，参酌西京之体制⑧，妥筹久远之规模，借慰舆情，而彰懋典⑨。

(选自《新华日报》1940年9月7日)

【注释】

①丰殷：丰富、殷实、富裕。　②绾毂(wǎn gǔ)：本意为缠住车轮，引申为管控。控扼：控制住。　③绸缪(chóu móu)：事先做好预谋。　④纾难：解除灾难。　⑤行都：临时首都。　⑥佥同：佥，都，完全。佥同，一致赞成。　⑦陪都：首都以外另设的一个首都。　⑧西京：西汉都长安，东汉改都雒阳(洛阳)，称东京，长安在西，称西京。此指南京为东京，重庆为西京。　⑨懋：盛大，典：指史书。

【阅读提示】

自1937年11月20日国民政府发布"移驻重庆宣言"后，至1940年8月，作为国民政府战时驻地的重庆，经历了将近三个年头血与火的锻炼，其秩序日益严整，其实力日益坚强，其地位日益崇高，成了名符其实、坚不可摧的中国抗战指挥中枢。为了循名责实，不仅从事实上更需从法理上确认重庆地位的这一历史性的巨变,1940年9月6日,国民政府令颁"明定重庆为陪都"。

这篇"定重庆为陪都令"充分肯定了重庆控扼双江,依恃天府,绾毂西南之战略形胜,又凭借民物丰殷之实力,人民之同仇敌忾,故能安度艰危,重振国运,树抗战基局之伟绩。重庆定为陪都,随着"恢宏建置",必将加速重庆城市的现代化,使重庆成为名符其实的大西南经济枢纽与工业中心。

国民政府抗战胜利后颁布"还都令"

国民政府前为持久抗战,于二十六年十一月移驻重庆。八年以来,幸赖我忠勇将士,前仆后继,坚韧奋斗。与夫同盟各国,海空齐进,比肩作战,卒使敌寇降伏,膺功克奏①。

兹者,国土重光,金瓯无缺②,抗战之任虽竟,建国之责加重,政府为定于本年五月五日凯旋南京,以慰众望。唯是大战之后,民生艰困,国力凋敝,亟宜与民休息,恢复元气,努力建设,保持战果,所望全国军民,同心一德,朝斯夕斯,庶不负抗战建国之初衷,实现三民主义之使命。

回念在此八年中,敌寇深入,损失重大,若非依恃我西部广大之民众与凭借其丰沃之地力,何以能奠今日胜利之弘基?而四川古称天府,尤为国力之根源;重庆襟带双江,控驭南北,占战略之形势,故能安度艰危,获致胜利。其对国家贡献之伟大,自将永光史册,弈叶不磨灭③。

当兹还都伊始,钟陵在望④,缅维南京收复之艰难⑤,更觉巴蜀关系之重要。政府前于二十九年九月明令定重庆为陪都,近更以四川为全国建设实验区,应即采其体制,崇其名实,着由行政院督同各省市政府妥为规划,积极进行,使全川永为国家之重心,而树全国建设之楷模,有厚望焉。此令。

(选自《中央日报》1946年5月1日)

【注释】

①膺功:膺,讨伐。膺功,讨伐日寇之功,即抗战之功。 ②金瓯:金属的杯子,比喻完整的疆土,泛指国土。 ③弈叶:累世、代代,千秋万代。 ④钟陵:南京钟山(紫金山)的中山陵(孙中山之陵墓)。 ⑤缅:缅怀,遥想,追思。

【阅读提示】

  1946年4月30日,国民政府颁布"还都令",定于5月5日还都南京。"还都令"一赞八年抗战忠勇将士前仆后继,坚韧奋斗,以及同盟各国比肩作战,致使敌寇降伏,国土重光;二说建国之责加重,诚望全国军民,同心同德,朝斯夕斯,以不负抗战建国之初衷,实现三民主义之使命;三赞西部尤其是川渝民众,为八年抗战做出之伟大贡献,将永光史册;四寄厚望于川渝,战后成为国家之重心,树全国建设楷模。

  此令语言恳切,情感真挚,对即将离别之川渝大地与民众,充满依依惜别之情。

二、政要诗文

致王安娜[①]

1942年3月2日

宋庆龄

宋庆龄(1891—1981),女,广东文昌人。伟大的爱国主义、民主主义、国际主义、共产主义战士。青年时代追随伟大的革命家孙中山先生。孙中山先生逝世后,一直与中国共产党人合作,对国民党右派进行坚决斗争。抗日战争时期,她先后在广州、香港组织"保卫中国大同盟"。她于1939年3月、1940年3月两次到重庆,视察了学校、孤儿院、防空洞,慰问江北第五陆军医院伤病员。1941年12月底香港沦陷前夕,她到达重庆,住两路口新村,联络同情中国革命的国际友人和进步人士,为中国人民的抗战事业做出了重要贡献。新中国成立后,历任中华人民共和国副主席、全国人大常委会副委员长等职。有《宋庆龄文集》、《宋庆龄书信集》等。

亲爱的王小姐:

蒋夫人将于五月一日以前来此[②],我们的旅行要推迟至她到来之后。在此期间,我有几封信要发往美国,因此别指望我为T写任何文章[③]。而且,我所看到的只有内部的腐败、不惜任何代价立即实现和平的渴望和对自由派持久的控诉,我看不到有什么有希望的东西可写。当我只看见乌云在地平线上翻滚时,我不能违心地描绘出一种五光十色的情景。也许旅行对我有好处,能让我看到事物的另一面,觉得情况还不错。我国人民吃苦耐劳的伟大精神正是基于他们对美好的未来寄予希望。

我听说中央银行在R有个分行[④]。所以,给戴爱莲的钱可以通过银行汇去⑤,也许史良小姐还有什么其他的办法⑥。

多谢。

(据英文原件)

【注　释】

①王安娜(Annaliese Wang,1907—1990):原名安娜·利泽。生于德国,曾在柏林研究历史和语言,获博士学位。从1931年起,她积极参加反对希特勒法西斯主义运动,为此曾两次被捕入狱。1935年和在德国从事革命活动的中国共产党人王炳南结婚,于1936年来到中国。曾到过延安,后在上海与宋庆龄相识。1938年,她在香港参加保卫中国同盟(以下简称"保盟")工作,受宋庆龄委派负责转运各种援华物资,奔波于越南的海防和我国的广西、贵州、重庆等地,并将华北前线和国际和平医院、保育院等情况报告"保盟"。太平洋战争爆发,香港沦陷,宋庆龄移居重庆。周恩来帮助在重庆重建"保盟"时,王安娜任"保盟"的中央委员。由于她的努力,许多原来的国外援华机构和人士很快与"保盟"恢复了联系。抗战胜利后,"保盟"改名为中国福利基金会,她任中国福利基金会司库。她是宋庆龄的得力助手与朋友,为支援中国人民解放事业做出了贡献。新中国成立后,她又为增进中德两国人民的友谊付出了很多精力。1955年她返回德国居住,于1964年在德国出版了她在中国生活和工作的回忆录。中译本经作者同意,书名改为《中国——我的第二故乡》。　②蒋夫人:即宋美龄。　③T:当时在美国出版的进步刊物《今日中国》。　④R:系国内一地名的英文缩写。戴爱莲本人现也难以确定。　⑤戴爱莲:女,爱国华侨,出生于特立尼达。青年时期在英国研修舞蹈。杰出的舞蹈家,中国芭蕾舞事业的奠基者与开拓者。抗战期间,响应宋庆龄号召,多次参加保卫中国同盟组织的抗战救难义演,成为宋庆龄信赖的朋友。　⑥史良(1900—1985):女,江苏常州人。1936年11月23日,与沈钧儒、邹韬奋等六人同时被捕,史称"七君子事件"。宋庆龄立即领导营救,曾发起颇有影响的"救国入狱运动"。抗日战争爆发后始获释。新中国成立后,曾先后任中央人民政府司法部长、全国人大常委会副委员长、全国政协副主席、民盟中央主席、全国妇联副主席等职。

(原文、注释均选自《宋庆龄书信集》,人民出版社1999年12月版)

【阅读提示】

致国际友人王安娜的信,对抗战时期国内政治的腐败深表失望,对我国人民吃苦耐劳的伟大精神深寄厚望。短短的信函,情长意深,凸显出作者崇高的思想与高尚的人格。

救济战灾儿童

1939年3月28日

宋庆龄

亲爱的朋友们：

现在中国有数以百万计的战灾儿童。其中有的是为了我们祖国的独立和自由而牺牲的战士的遗孤；有的是被空袭炸死的父母的子女；有的是流离失所并被饥饿和疾病夺去生命的难民的后代。

另外，还有成百万的儿童，虽然他们的父母还活着，但有的是战斗在前线的战士，有的是被日本侵略者赶出家园的难民。他们无力照顾这些孩子。

这些因战争变得无家可归和无所依靠的儿童的需要，比我们的同情和恩惠要多得多。他们代表着我们未来的一代。他们将来要在他们的父母正在战斗、受苦受难、流血牺牲的土地上建立一个新的中国。

全国孤儿救济总会进行了艰巨的救济孤儿的工作，但这种救济工作量之大，促使保卫中国同盟发起为战灾儿童服务的运动，即在现在还没有孤儿院的地区要建立孤儿院。

现在我们已在陕西三原建立了一个孤儿院。这个孤儿院收养了五百个儿童，为他们提供医疗、食物、衣服、住所，进行常规教育，以便训练他们成为未来的有用的公民，能够担当起国家交给他们的任务。

我们正计划在广西和四川建立孤儿院。我们还将在别的需要的地方——任何正在进行着为实现一个自由的新中国而战斗的地方，进行救济战灾儿童的工作，以便使我们的下一代能够保存下来，并成为未来的自由的人。

在开展这项工作中，我们只需要钱。我们的工作人员能够管理和教养这些孩子的。只要有相当于二美元或八先令的钱，就可以维持一个孩子一个月的费用，包括食物、衣服、医药和工作人员的费用。

我们绝不能让战士们的子女成为"迷失的一代"，必须把他们从由于饥饿而濒于死亡和由于无人照管而使肉体和精神上遭受摧残的恶果中拯救出来。

救救我们的战灾儿童。请你们把对中国的同情心表现在帮助保存中国未来的有生力量的行动中。我深信你们会这样做的。

(《保卫中国同盟年报》一九三八——一九三九年)

(选自《宋庆龄选集》上卷,人民出版社1992年第1版)

【阅读提示】

这是作者以"保卫中国同盟"和"全国孤儿救济总会"负责人的身份,为救济战灾儿童向国内、国际友人发出的一封呼吁书,指出:因日本侵略而受到战争灾难的儿童数以百万计,我们不能让他们成为"迷失的一代",要办孤儿院,解决他们的衣、食、住、医药和教育问题。因为拯救战灾儿童,就是帮助保存中国未来的有生力量,他们将要在他们父母战斗、受苦受难、流血牺牲的土地上建立一个新的中国。此文言短意长,情真意切,充分体现了作者对战灾儿童和中国未来的关爱之情。

敌机夜袭

黄炎培

黄炎培(1878—1965),字任之,别号抱一,上海川沙人。1902年举人,1905年参加同盟会,1941年与张澜等人组建中国民主政团同盟,1945年12月和胡厥文组建中国民主建国会。中华人民共和国成立后,历任中央人民政府委员,政务院副总理兼轻工部部长,全国政协副主席,全国人大副委员长,中国民主建国会中央委员会主任委员等职。

江城怒沸千家火,山月寒轰万壑雷。①
老许吾身亲战阵,广驱物命返尘埃②。
深岩鐍穴惊波动,盘石飞霄压屋来。③
一刹那前谁更忆,撑云金碧尽楼台。

(选自政协重庆市委员会办公厅、中共重庆市委统战部、西南大学编《重庆爱国民主人士诗词精选》,重庆出版社2011年3月第1版)

【注释】

①江城:临江的城市,指重庆。 万壑雷:轰炸声大而激烈,如震撼千沟万壑的雷声。 ②物命:有生命的物类。 ③鐍(jué)穴:鐍,本指箱子安锁的钮,此指被封锁

的洞穴,即防空洞。

【阅读提示】

　　这首诗作于 1941 年 8 月 16 日,描写日寇战机轰炸重庆时的情景,盘石飞霄,物毁人亡,金碧楼台顷刻倒塌,激起山城人民的万丈怒火。这是对日本侵略者对重庆狂轰滥炸的控诉!

(蒋元彬注析)

自　嘲

冯玉祥

　　冯玉祥(1882—1948),字焕章,河北省青县人。国民党一级陆军上将,抗战中任国民政府军事委员会副委员长。1938 年,随国民政府西迁重庆,先后在上清寺、陈家桥、歌乐山等地居住。在重庆的 8 年中,积极开展抗日救亡运动。他自称"丘八诗人",一生写了 1400 多首诗词。

　　盖房为何在坡头,怕占良田民心忧。
　　此心又有谁知道,不知我自乐悠悠。

(抄自陈家桥冯玉祥旧居展室)

【阅读提示】

　　作者到重庆后,在陈家桥征地建房。作为平民出身的军人,他知良田好土对于农民的重要,所以他选择在山坡上建房。此诗是他"怕占良田民心忧"的内心独白,表现了他忧民爱民的高尚情怀和乐观豪爽的诗风。

我

1940 年 5 月 30 日作
冯玉祥
平民生,平民活;
不讲美,不要阔。
只求为民,只求为国;

奋斗不懈,守诚守拙。
此志不移,誓死抗倭;
尽心尽力,我写我说。
咬紧牙关,我便是我;
努力努力,一点不错。

(抄自陈家桥冯玉祥旧居展室)

【阅读提示】

　　此诗可说是冯玉祥将军的"自誓诗",表明他平民生、平民活的本性,为国为民、守诚守拙的崇高思想和品质,誓死抗倭的决心和敢说敢干、努力奋斗的作风,一位爱国将军的高大形象巍然屹立于我们面前。诗风朴实,朗朗上口,易读易诵,激励力强。

三、时代吼声

雷 电 颂
（《屈原》节选）

郭沫若

郭沫若，见《咏秦良玉》介绍。

……

风！你咆哮吧！咆哮吧！尽力地咆哮吧！在这暗无天日的时候，一切都睡着了，都沉在梦里，都死了的时候，正是应该你咆哮的时候，应该你尽力咆哮的时候！

尽管你是怎样的咆哮，你也不能把他们从梦中叫醒，不能把死了的吹活转来，不能吹掉这比铁还沉重的眼前的黑暗，但你至少可以吹走一些灰尘，吹走一些砂石，至少可以吹动一些花草树木。你可以使那洞庭湖，使那长江，使那东海，为你翻波涌浪，和你一同地大声咆哮呵！

啊，我思念那洞庭湖，我思念那长江，我思念那东海，那浩浩荡荡的无边无际的波澜呀！那浩浩荡荡的无边无际的伟大的力呀！那是自由，是跳舞，是音乐，是诗！

啊，这宇宙中的伟大的诗！你们风，你们雷，你们电，你们在这黑暗中咆哮着的，闪耀着的一切的一切，你们都是诗，都是音乐，都是跳舞。你们宇宙中伟大的艺人们呀，尽量发挥你们的力量吧。发泄出无边无际的怒火把这黑暗的宇宙，阴惨的宇宙，爆炸了吧！爆炸了吧！

雷！你那轰隆隆的，是你车轮子滚动的声音？你把我载着拖到洞庭湖的边上去，拖到长江的边上去，拖到东海的边上去呀！我要看那滚滚的波涛,我要听那鞺鞺鞳鞳的咆哮,我要漂流到那没有阴谋、没有污秽、没有自私自利的没有人的小岛上去呀!我要和着你,和着你的声音,和着那茫茫的大海,一同跳进那没有边际的没有限制的自由里去!

啊,电!你这宇宙中最犀利的剑呀!我的长剑是被人拔去了,但是你,你能拔去我有形的长剑,你不能拔去我无形的长剑呀。电,你这宇宙中的剑,也正是,我心中的剑。你劈吧,劈吧,劈吧!把这比铁还坚固的黑暗,劈开,劈开,劈开!虽然你劈它如同劈水一样,你抽掉了,它又合拢了来,但至少你能使那光明得到暂时间的一瞬的显现,哦,那多么灿烂的、多么炫目的光明呀!

光明呀,我景仰你,我景仰你,我要向你拜手,我要向你稽首。我知道,你的本身就是火,你,你这宇宙中的最伟大者呀,火!你在天边,你在眼前,你在我的四面,我知道你就是宇宙的生命,你就是我的生命,你就是我呀!我这熊熊地燃烧着的生命,我这快要使我全身炸裂的怒火,难道就不能迸射出光明了吗?

炸裂呀,我的身体!炸裂呀,宇宙!让那赤条条的火滚动起来,像这风一样,像那海一样,滚动起来,把一切的一切,一切的污秽,烧毁了吧!把这包含着的一切罪恶的黑暗烧毁了吧!

把你这东皇太一烧毁了吧!把你这云中君烧毁了吧!你们这些土偶木梗,你们高坐在神位上有什么德能?你们只是产生黑暗的父亲和母亲!

你,你东君,你是什么个东君?别人说你是太阳神,你,你坐在那马上丝毫也不能驰骋。你,你红着一个面孔,你也害羞吗?啊,你,你完全是一片假!你这土偶木梗,你这没心肝的,没灵魂的,我要把你烧毁,烧毁,烧毁你的一切,特别要烧毁你那匹马!你假如是有本领,就下来走走吧!

什么个大司命,什么个少司命,你们的天大的本领就只有晓得拨弄人!什么个湘君,什么个湘夫人,你们的天大的本领也就只晓得痛哭几声!哭,哭有什么用?眼泪,眼泪有什么用?顶多让你们哭出几笼湘妃竹吧!但那湘妃竹不是主人们用来打奴隶的刑具么?你们滚下船来,你们滚下云头来,我都要把你们烧毁!烧毁!烧毁!

哼,还有你这河伯……哦,你河伯!你,你是我最初的一个安慰者!我是看得很清楚的呀!当我被人们押着,押上了一个高坡,卫士们要息脚,我也就站立在高坡上,回头望着龙门。我是看得很清楚,很清楚的呀!我看见婵娟被人虐待,我看见你挺身而出,指天画地有所争论。结果,你是被人押进了龙门,婵娟她也被人押进了龙门。

但是我,我没有眼泪。宇宙,宇宙也没有眼泪呀!眼泪有什么用呵?我们只有雷霆,只有闪电,只有风暴,我们没有拖泥带水的雨!这是我的意志,宇宙的意志。鼓动吧,风!咆哮吧,雷!闪耀吧,电!把一切沉睡在黑暗怀里的东西,毁灭,毁灭,毁灭呀!

……

1942 年 1 月 11 日夜

本剧本最初发表于1942年1月24日至2月7日期间的重庆《中央日报·副刊》

(选自《郭沫若剧作》,安徽文艺出版社 1997 年 9 月版)

【阅读提示】

"雷电颂"选自郭沫若名剧《屈原》。作者以火一样的激情,山海一样的诗句,呼唤风雨雷电,要烧毁一切旧世界,呼唤一个光明的宇宙。作者借屈原之口,表达了蒋管区人民共同的怨愤,是对国民党压迫人民的控诉。"雷电颂"是《屈原》的华彩,每演至此,便掀起观众心中的巨浪狂潮。

白杨礼赞

茅 盾

茅盾(1896—1981),著名文学家,原名沈德鸿,字雁冰,笔名茅盾,浙江省桐乡人,1913 年(17 岁)考入北大预科,1916 年暑期毕业后考入上海商务印书馆编译所。1920 年加入共产主义小组,1921 年 7 月转为中共党员,主编《小说月报》,成为直属中央的联络员。后发起成立"文学研究会",提倡"为人生"的现实主义文学。1927 年大革命失败后,被蒋介石通缉,转入地下,进行小说创作。1928 年夏东渡日本,1930 年 4 月回上海,加入中国左翼作家联盟并担任领导工作,与鲁迅一起开展反文化"围剿"的斗争。抗战初期,当选为中华全国文艺界抗敌协会理事。1938 年冬,赴新疆学院任教,1940 年 4 月离新疆,到延安,在鲁迅艺术学院讲学。约半年后离延安,于 1940 年冬到重庆,住枣子岚垭,担任郭沫若主持的文化工作委员会的常委,著名散文《风景谈》、《白杨礼赞》就写在这一时期。新中国成立后曾任文化部长,政协全国委员会副主席。他的一生是从事革命文化工作的一生,他是在共产党领导下的一名卓越的文化战士。

白杨树实在是不平凡的,我赞美白杨树!

当汽车在望不到边际的高原上奔驰,扑入你的视野的,是黄绿错综的一条大毡子,黄的那是土,未开垦的处女地,几十万年前由伟大的自然力所堆积成功的黄土高原的外壳;绿的呢,是人类劳力战胜自然的成果,是麦田,和风吹送,翻起了一轮一轮的绿波——,这时你会真心佩服昔人所造的两个字"麦浪",若不是妙手偶得,便确是经过锤炼的语言的精华;黄与绿主宰着,无边无垠,坦荡如砥,这时如果不是宛若并肩的远山的连峰提醒了你,(这些山峰凭你的肉眼来判断,就知道是在你脚底下的)你会忘记了汽车是在高原上行驶,这时你涌起来的感想也许是"雄壮",也许是"伟大",诸如此类的形容词,然而同时你的眼睛也许觉得有点倦怠,你对当前的"雄壮"或"伟大"闭了眼。而另一种味儿在你的心头潜滋暗长了,——"单调"!可不是,单调,有一点儿吧。

然而刹那间,要是你猛抬眼看见了前面远远地有一排,——不,或者甚至只是三五株,一株,傲然地耸立,像哨兵似的树木的话,那你的恹恹欲睡的情绪又将如何?我那时是惊奇地叫了一声的!

那就是白杨树,西北极普通的一种树,然而实在不是平凡的一种树。

那是力争上游的一种树,笔直的干,笔直的枝。它的干呢,通常是丈把高,像是加以人工似的,一丈以内,绝无旁枝;它所有的桠枝呢,一律向上,而且紧紧靠拢,也像是加以人工似的,成为一束,绝无横斜逸出;它的宽大的叶子也是片片向上,几乎没有斜生的,更不用说倒垂了;它的皮,光滑而有银色的晕圈,微微泛出淡青色。这是虽在北方的风雪的压迫下却保持着倔强挺立的一种树!哪怕只有碗来粗细罢,它却努力向上发展,高到丈许,二丈,参天耸立,不折不挠,对抗着西北风。

这就是白杨树,西北极普通的一种树,然而绝不是平凡的树!

它没有婆娑的姿态,没有屈曲盘旋的虬枝,也许你要说它不美丽,——如果美是专指"婆娑"或"横斜逸出"之类而言,那么白杨树算不得树中的好女子;但是它却是伟岸,正直,朴质,严肃,也不缺乏温和,更不用提它的坚强不屈与挺拔,它是树中的伟丈夫!当你在积雪初融的高原上走过,看见平坦的大地上傲然挺立这么一株或一排白杨树,难道你就只觉得树只是树,难道你就不想到它的朴质,严肃,坚强不屈,至少也象征了北方的农民;难道你竟一点儿也不联想到,在敌后的广大土地上,到处有坚强不屈,就像这白杨树一样傲然挺立的守卫他们家乡的哨兵!难道你又不更远一点想到这样枝枝叶叶靠紧团结,力求上进的白杨树,宛然象征了今天在华北平原纵横激荡用血写出新中国历史的那种精神和意志。

白杨不是平凡的树。它在西北极普遍,不被人重视,就跟北方的农民相似;它有极强的生命力,磨折不了,压迫不倒,也跟北方的农民相似。我赞美白杨树,就因为它不但象征了北方的农民,尤其象征了今天我们民族解放斗争中所不可缺的朴质,坚强,力求上进的精神。

让那些看不起民众,贱视民众,顽固的倒退的人们去赞美那贵族化的楠木(那也是直挺秀颀的),去鄙视这极常见,极易生长的白杨吧,但是我要高声赞美白杨树!

一九四一年三月,枣子岚垭。

(选自《文艺阵地》第6卷第3期,1941年3月出版)

【阅读提示】

1940年冬,茅盾从延安来到重庆。他深感重庆人民虽遭日本侵略者的大轰炸,仍积极从事抗日运动的勇敢坚强;同时,他也深感重庆政治昏暗,发国难财的暴发户、党政军的花天酒地,对进步书刊的压制,真是乌烟瘴气。特别是次年(1941)1月,屠剿新四军的"皖南事变"爆发,他将满腔激愤诉诸笔端,在枣子岚垭写下《白杨礼赞》,表达他对北方抗日军民以及大后方人民的热爱之情,对顽固倒退势力的鞭挞。

此文用象征手法,以树喻人,那一排排耸立像哨兵似的白杨树,笔直的干,笔直的枝,一律向上,紧紧靠拢,虽经风雪袭击,仍保持倔强挺立!白杨树是抗日军民坚强不屈意志的象征,是民族解放斗争中朴质、坚强、力求上进精神的象征!此文在重庆发表后,立即引起震动,传诵不断,经时间的磨洗,此文托物言志的手法,激荡的情感,雄健优美的文辞,使之成为不朽的传世名文。

从昆明到重庆

冰 心

冰心(1900—1999),著名文学家,原名谢婉莹,笔名冰心女士、男士等。福建福州人。1940年到重庆,住歌乐山,在重庆创作了《关于女人》、《冰心小说集》等。有《冰心小说散文选集》、《冰心选集》等。新中国成立后曾任中国文联委员、中国作协书记处书记、全国人大代表、第五届全国政协常委。

……
一种因缘,我从昆明又到了重庆。

从昆明机场起飞,整个机身浴在阳光里,下面是山村水郭,一小簇一小簇的结聚在绕烟之下。过不多时,下面就只见一片云海,白茫茫的,飞过了可爱的云南。

钻过了云海,机身不住的下沉,淡雾里看见两条大江,围抱住一片山地,这是重庆了,我觉得有点兴奋。"战时的首都,支持了三年的抗战,而又被敌机残忍的狂炸过的。"倚窗下望,我看见林立的颓垣破壁,上上下下的夹立在马路的两旁,我几乎以为是重游了罗马的废墟。这是敌人残暴与国人英勇的最好的记录。

飞机着了地,踏过了沙滩上的大石子,迎头遇见了来接的友人。

我的朋友们都瘦了,都老了,然而他们是瘦老而不是颓倦。他们都很快乐,很兴奋,争着报告我以种种可安慰的消息。他们说忙,说躲警报,说找不着房子住,说看不见太阳,说话的态度却仍是幽默,而不是悲伤。在这里我又看见一种力量,就是支持了三年多的骆驼般的力量。

如今我们也是挤住在这断井颓垣中间。今年据说天气算好,有几天淡淡的日影,人们已有无限的感谢,这使我们这些久住北平而又住过昆明的人,觉得"寒伧"。然而这里有一种心理上的太阳,光明灿烂是别处所不及的,昆明较淡,北平就几乎没有了。

重庆是忙,看在淡雾里奔来跑去的行人车轿。重庆是挤,看床上架床的屋子。重庆是兴奋,看那新年的大游行,童子军的健壮活泼和龙灯舞手的兴高采烈。

我渐渐的爱了重庆,爱了重庆的"忙",不讨厌重庆的"挤",我最喜欢的还是那些和我在忙中挤中同工的兴奋的人们,不论是在市内,在近郊,或是远远的在生死关头的前线。我们是疲乏,却不颓丧,是痛苦,却不悲哀,我们沉静的负起了时代的使命,我们向着同一的信念和希望迈进,我们知道那一天,就是我们自己,和全世界爱好正义和平的人们,所共同庆祝的一天,将要来到。我们从淡雾里携带了心上的阳光,以整齐的步伐,向东向北走,直到迎见了天上的阳光。

(节选自《冰心选集》第2卷《摆龙阵》一文,四川人民出版社1984年8月第1版)

【阅读提示】

　　作者从云南昆明来到战时重庆,她爱上了重庆的"忙",不讨厌重庆的"挤",喜欢那些工作着的人们。她从浓雾中感受到了一种心理上的阳光。这阳光就是支持了三年多抗战的骆驼般的力量,这阳光就是我们负起时代使命的人们坚信和全世界爱好和平的人们共同庆祝反法西斯战争胜利的一天,将要到来!

　　作者在平实朴素的娓娓叙述中,表达了她对重庆人民抗战精神深挚的爱以及抗战必胜的信念,全文如清泉流淌,却又坚定有力。

听人说五月三四两日事

沈尹默

　　沈尹默(1883—1971),原名君默,浙江吴兴人。著名书法家、诗人。早年留学日本,归国后曾执教于北京大学、北京女子师范大学,与陈独秀、李大钊、鲁迅、胡适等同办《新青年》。后由蔡元培、李石曾推荐,出任河北教育厅厅长、北平大学校长等职。抗日战争爆发后,应监察院院长于右任之邀,去重庆任监察院委员。新中国成立后,任中央文史馆副馆长、上海市人民委员会委员、第三届全国人民代表大会代表等职。

　　　　安居人事尽,多难寇氛延①。
　　　　阴渗藏深洞,丰隆响远天。②
　　　　腾腾连日火,落落几家全③。
　　　　赖有成城志,金汤未坠坚。④

　　(选自政协重庆市委员会办公厅、中共重庆市委统战部、西南大学编《重庆爱国民主人士诗词精选》,重庆出版社2011年3月第1版)

【注释】

　　①寇氛:敌人的气焰。　②阴渗:同阴森。　丰隆:古代神话中的雷神,此处比喻日本飞机的轰炸声。　③落落:稀疏,零落。　④成城:团结得像城堡一样坚固。金汤:金城汤池,像金属造的城,沸水流淌的护城河,喻城池险固。

【阅读提示】

　　1939年5月3日和4日,日寇战机从武汉起飞,连续轰炸重庆市中心,并且使用大量燃烧弹。重庆市中心大火两日,商业街道被烧成废墟,3991人死亡,2323人受伤,毁坏建筑4889栋,约20万人无家可归。这就是日本军国主义制造的震惊世界、惨无人道的重庆大轰炸。本诗真实地记录和控诉了重庆大轰炸的惨烈景象和滔天罪行,烈火腾空,房屋被毁,家破人亡。诗的结尾,号召人们众志成城,坚决抵抗日寇的侵略。

(蒋元彬注析)

悲 愤 歌

杨沧白

杨沧白(1881—1942),又名杨庶堪,资产阶级民主革命家、诗人,名先达,字品璋,后改沧白,重庆巴县人。早年加入同盟会,辛亥革命时期,与张培爵一起,发动武装起义,光复重庆,成立蜀军政府,后参加反袁护法运动,追随孙中山,任各种要职,1923年任孙中山大本营秘书长。抗战爆发后,他在上海严拒汪精卫南京伪政府之邀,于1939年11月,他抛妻别子,抱病只身潜逃,经香港返回重庆。他以衰病辞谢政府各种要职。1942年8月病逝于重庆南岸寓所。1943年7月,杨沧白先生纪念堂所在的炮台街改名为沧白路。有《沧白诗钞》、《杨庶堪诗文集》等。

六月五日敌机夜袭时,重庆城内大隧道窒息死万余人,闻之悲愤作歌

城鸟夜啄枭声恶[①],　狂寇机鸢唤忧作[②]。
忽闻隧道骇变生[③],　窒息骈尸莽盈壑[④]。
愁月云阴黯澹明[⑤],　天公忍泪不能倾。
孰意修罗在尘境[⑥],　万人一夕如秦坑[⑦]。
大块噫气群生息[⑧],　洞中炭养尤忧积[⑨]。
何缘牢锁不开关,　重门严闭无风入。
生道杀民昏岂知,　草菅人命安得辞[⑩]!
更传临命惨呼急,　军吏铁面方无私。
老夫聆此悲心骨,　夜半唯余万家哭。
长日城头纷鬼车[⑪],　裂衣啮齿惊相哗[⑫]。
防空奇耻污中华[⑬]!

(选自《烽火岁月——重庆大轰炸》,重庆出版社2005年3月第1版)

【注　释】

①枭(xiāo):一种凶猛的鸟。　②鸢(yuān):老鹰,此指飞机。忧作:忧愁开始。　③骇(hài)变:惊变。　④骈(pián):相接堆积。盈壑:塞满沟渠。　⑤黯澹(àn dàn):黑色的波光。　⑥孰(shú)意:谁能想到。修罗:恶魔。　⑦秦坑:秦始皇坑杀儒生。　⑧大块:大地、大自然。噫气:叹息。息:窒息。　⑨炭养:充满了二氧化碳气体。忧积:忧怨积累。　⑩草菅(jiān)人命:视人命如野草一样轻贱,指统治者横暴凶残。菅,一种野草。辞:推卸。　⑪纷:多。鬼车:接鬼之车。　⑫啮(niè)齿:咬齿。相哗:惊呼号叫。　⑬污:抹黑。

【阅读提示】

　　1941年春夏,日本又对战时首都重庆市区进行"疲劳轰炸"。6月5日的大轰炸,引发了震惊中外的较场口防空大隧道窒息惨案,造成992人死亡,其中儿童151人,伤近4000人。日军大轰炸造成的大隧道窒息惨案,千古仅有,惨绝人寰。

　　作为日寇轰炸重庆的亲历者,诗人以极大的悲愤,再现了大隧道惨案宛如人间地狱般的惨景,对当局草菅人命,严辞诘问。

　　此诗描画逼真血腥,悲愤之情,如江河冲决,不可遏止。

抗战将士

胡厥文

　　胡厥文(1895—1989),江苏嘉定人。1918年,北京高等工业专门学校机械科毕业后,先后创办各种机器厂、五金公司、砖瓦公司,走实业救国之路。1932年"一·二八"日寇侵沪,他联合同业支援十九路军抗敌。抗战爆发后,他带头将厂内迁,在重庆、桂林、祁阳等地创办机器厂。1945年,在重庆与黄炎培等人发起组织中国民主建国会,任常务理事。1946年4月迁回上海,坚持领导民建的工作。新中国成立后,曾任上海市政协副主席、副市长,全国人大常委会副委员长,民建中央主席等职。

　　　　古戍已烽烟[①],长鸣诉九天[②]。
　　　　豪情志千古, 誓不返林泉[③]。

(选自重庆红岩革命历史博物馆提供的诗人未发表的诗词)

【注释】

①古戍:指古老的中华大地的边疆。戍,边防地的营垒、城堡。　②长鸣:民众的怒吼声。诉:控诉。九天:最高之天空。　③林泉:林泉胜境,指退隐之地。

【阅读提示】

此诗可谓是抗战将士的誓词！在日本法西斯侵占我大好河山之时,全国人民控诉日寇侵略罪行的怒吼声震彻九天;抗战将士胸怀保国卫家之千古志,不赶走日本鬼子誓不还家！诗句短促,节奏明快,豪情激荡,充满对敌之恨、对祖国之爱！

"五四"之夜

老 舍

老舍(1899—1966),著名作家。原名舒庆春,字舍予,北京人。1938年来到重庆,组织了一系列抗战文艺活动,创作了一大批抗战文艺作品。新中国成立后,任中国文联副主席、中国作协副主席。北京市人民政府曾授予他"人民艺术家"称号。有小说《骆驼祥子》、《四世同堂》,话剧《龙须沟》、《茶馆》等多种。

"五四"。我正赶写剧本。已经好几天没出门了,连昨日的空袭也未曾打断我的工作。写,写;军事战争,经济战争,文艺战争,这是全面抗战,这是现代战争:每个人都当作个武士,我勤磨着我的武器——笔。下午4时,周文和之的、罗烽来了。周文来自成都,刚下车,即来谈文艺协会成都分会今后会务推动的办法,谈了没好久,警报！到院中看看,又回到屋中,继续谈话。5时,又警报,大家一同下了地洞;我抱着我的剧本。一直到6点多了,洞中起了微风——天空上必有什么变动;微风从腿下撩过去;响了！响了！洞中没有光,没有声,没有任何动静;都听着那咚咚的响声,都知道那是死亡的信号,全咬上牙！

7时了,解除警报。由洞里慢慢出来,院里没有灯火,但天空全是亮的。不错,这晚上有月;可是天空的光亮并非月色,而是红的火光！多少处起火,不晓得;只见满天都是红的。这红光几乎要使人发狂,它是以人骨、财产、图书为柴,所发射的烈焰。灼干了的血,烧焦了的骨肉,火焰在喊声哭声的上面得意的狂舞,一直把星光月色烧红!

之的、罗烽急忙跑出去,去看家里的人。知道在这刹那间谁死谁生呢。狂暴的一刻便是界开生死的鸿沟。只剩下周文与我,到屋里坐下,没得谈,我们愤怒,连口水也没得喝,也不顾得喝!有人找,出去看,赵清阁!她头上肿起一个大包,脸上苍白,拉着一个十二三岁的小学生。几句话就够了:她去理发,警报,轰炸,她震倒,上面的木石压在身上;她以为是死了,可是苏醒了过来。她跑,向各路口跑,都被火截住;火,尸,血,断臂,随时刺激着她,叫她快走;可是无路可通。那小学生,到市内来买书,没有被炸死,拉住了她;在患难中人人是兄弟姊妹。她拉着他,来找我,多半因为只有这条路可以走过来;冲天的火光还未扑到这边。

安娥也来到。她还是那么安闲,只是笑不出;她的脸上有一层形容不出来的什么气色与光亮;她凝视着天上的红光,像沉思着什么一点深奥的哲理。

清阁要回家,但无路可通。去看陆晶清,晶清已不知上哪里去了。我把周文请出来,打算去喝点水,找点东西吃。哪里还有卖水卖饭的呢,全城都在毒火的控制下!

院中喊起来,"都赶快离开!"我回到屋中,拿起小皮包,里面是我的剧本底稿与文艺协会的重要文件。周文一定叫我拿点衣服,我抓了一把,他替我拿着。

到院中,红光里见飞舞着万朵金星,近了,离近了,院外的剧团开着窗子,窗心是血红通亮的几个长方块!到门口,街上满是人,有拿着一点东西的,有抱着个小孩的,都静静的往坡下走——坡下是公园。没有哭啼,没有叫骂,火光在后,大家静静的奔向公园。偶然有声高叫,是服务队的"快步走";偶然有阵铃声,是救火车的疾驰。火光中,避难男女静静的走,救火车飞也似的奔驰,救护队服务队摇着白旗疾走;没有抢劫,没有怨骂,这是散漫惯了的,没有秩序的中国吗?像日本人所认识的中国吗?这是纪律,这是团结,这是勇敢——这是五千年的文化教养,在血与火中表现出它的无所侮的力量与气度!

在公园坐了会儿,饿,渴,乏。忽然我说出来,看那红黄的月亮!疯狗会再来的,向街上扫射;烧了房,再扫射人,不正是魔鬼的得意之作么?走,走,不能在这里坐夜!绕道出城。大家都立起来。

我们想到的,别人也想到了,谁还不认识日本鬼子的那点狡猾呢!出了公园,街巷上挤满了人,都要绕道出城,街两旁,巷两旁,在火光与月色下，到处是直立的砖柱，屋顶墙壁都被炸倒烧毁；昨天暴敌是往这一带发的疯。脚底下是泥水，碎木破砖，焦炭断线；脸上觉到两旁的热气；鼻中闻到焦味与血腥。砖柱焦黑的静立，守着一团团的残火，像多少巨大的炭盆。失了家，失了父母或儿女的男女，在这里徘徊，低着头，像寻找什么最宝贵的东西似的。他们似乎没有理会到这第二次空袭，没有心思再看今晚的火光，低着头，不再惊惶，不再啼泣，他们心中嚼着仇恨。我们踏过多少火塘，肩擦肩的走过多少那样低头徘徊的同胞，好容易，走到城郊。地势稍高，火头更清楚了；我们猜想着，哪处哪处起了火；每一猜想，我们心中的怒火便不由的燃起；啊，那美丽的建筑，繁荣的街市，良善的同胞，都在火中！啊，看那一股火苗，是不是文艺协会那一带呢？假若会所遭难？呕，有什么关系呢，即使不幸会所烧没，还有我们的手与笔；烧得尽的是物质，烧不尽的是精神；无可征服的心足以打碎最大的侵略的暴力！啊，我们的朋友呢？蓬子的家昨天已被炸坏，今晚他在哪里呢？是不是华林、平陵、沙雁在观音岩呢？那最远的一个火烽是不是观音岩呢？罗荪呢，纪滢呢，他们的办事处昨天都被炸毁，今天或者平安呢？我们慢慢的走，看看火苗，想想朋友，忘了饿，忘了渴，只是关心朋友们；差半秒钟，差几尺路，就能碰上死亡，或躲开死亡，这血火的"五四"之夜！

  转过小山，回顾火光，仍是那么猛烈。火总会被扑灭，这仇这恨永无息止。打倒倭寇，打倒杀人放火的强盗，有日本军阀在世上，是全人类的耻辱。我们不仅是要报仇，也是要为世界铲除恶霸呀；这是报仇，也是天职。

  领周文到胡风处，他一家还未睡；城外虽比较安静，可是谁能不注意呆视那边的火光呢？从火光中来了朋友，那热烈，那亲密；啊，有谁能使携起手来的四万万五千万同胞屈膝呢！

  那位小学生已能自己找到了家，就嘱咐他快快回去，免得家中悬念；他规规矩矩鞠了躬，急忙的走去，手里还拿着在城内买来的一张地图。

  安娥与清阁都到了家，倚窗望着刚刚离开的火城。路上不断的行人，像赴什么夜会那样。2点左右又有警报，大家都早已料到，警报解除已到天明，街上的人更加多了。

  次日早晨，听到消息，文艺协会幸免于火！在会中的梅林、罗烽、辉英，都有了下落。晚间到文艺社去，得到更多的消息，朋友中没有死伤的，虽然有几位在物质上受了损失，朋友们，继续努力，给死伤的同胞们复仇；记住，这是"五四"！人道主义的，争取自由解放的"五四"，不能接受这火与血的威胁；我们要用心血争取并必定获得大中华的新生！我们活着,我们斗争,我们胜利,这是我们"五四"的新口号。

(《七月》第 4 集 1 期,总第 19 期,1939 年 7 月版)

【阅读提示】

1939 年 5 月 3 日、4 日两天,日寇战机连续轰炸重庆城中心！此文是"五四"大轰炸的真实记录,是控诉日寇重庆大轰炸的檄文。悲惨的景象,悲愤的控诉,坚强的信念,都在这泣血椎心之夜喷发、凝聚、升华。烧得尽的是物质,烧不尽的是精神,无可征服的心足以粉碎侵略者的暴行！这是多么坚定的意志,"五四"给予中国人民的是仇,是恨,是用心血争取并获得大中华的新生！

放 火 者

萧 红

萧红(1911—1942),现代小说家。黑龙江呼兰人。1938 年到重庆,住歌乐山。曾在北碚复旦大学任教。著有长篇小说《生死场》、《呼兰河传》,短篇集《牛车上》,散文《回忆鲁迅先生》等。

从五月一号那天起,重庆就动了,在这个月份里,我们要纪念好几个日子,所以街上有多少人在游行,他们还准备着在夜里火炬游行。街上的人带着民族的信心成行的大队的沉静地走着。

"五三"的中午,日本飞机二十六架飞到重庆的上空,在人口最稠密的街道上投下燃烧弹和炸弹,那一天就有三条街起了带着硫黄气的火焰。

"五四"的那天,日本飞机又带了大量的炸弹,投到他们上次没完全毁掉的街上和上次没可能毁掉的街道上。

大火的十天以后,那些断墙之下,瓦砾堆中仍冒着烟。人们走在街上用手帕掩着鼻子或者戴着口罩,因为有一种奇怪的气味满街散布着。那怪味并不十分浓厚,但随时都觉得是吸得到,似乎每人都用过于细微的嗅觉存心嗅到那说不出的气味似的。就在十天以后发掘的人们,还在深厚的灰烬里寻出尸体来。

断墙笔直地站着,在一群瓦砾当中,只有它那么高而又那么完整。设法拆掉它,拉倒它,但它站得非常坚强。段牌坊就站着这断墙,很远就可以听到几十人在喊着,好像拉着帆船的纤绳,又像抬着重物。

"唉呀……喔呵……唉呀……喔呵……"

走近了看到那里站着一队兵士,穿着绿色的衣裳,腰间挂着他们喝水的瓷杯,他们像出发到前线上去差不多。但他们手里挽着绳子的另一端,系在离他们很远的单独的五六丈高站着一动也不动的那断墙上。他们喊着口号一齐拉它不倒,连歪斜也不歪斜,它坚强地站着。步行的人停下了,车子走慢了,走过去的人回头了,用一种坚强的眼光,人们看住了它。

被那声音招引着,我也回过头去看它,可是它不倒,连动也不动。我就看到了这大瓦砾场的近边,那高坡上仍旧站着被烤干了的小树。有谁能够认得出那是什么树,完全脱掉了叶子,并且变了颜色,好像是用赭色的石雕成的。靠着小树那一排房子窗上的玻璃掉了,只有三五块碎片,在夕阳中闪着金光。走廊的门开着,一切可以看得到,门帘扯掉了,墙上的镜框在斜垂着。显然的,在不久之前,他们是在这儿好好地生活着,那墙壁日历上还露着四号的"四"字。

街道是哑默的,一切店铺关了门,在黑大的门扇上贴着白贴或红贴,上面写着退房或搬家。路的两旁偶尔张着席棚或布棚,里面坐着苍白着脸色的被恐吓的人,用水盆子,当时在洗刷着弄脏了的胶皮鞋、汗背心……毛巾之类,这东西是从火中抢救出来的。

被炸过了的街道,飞尘卷了白末扫着稀少的行人,行人挂着口罩,或用帕子掩着鼻子。街是哑然的,许多人生存的街毁掉了,生活秩序被破坏了,饭馆关起了门。

大瓦砾场一个接着一个,前边又是一群人在拉着断墙,这使人一看上去就要低了头。无论你心胸怎样宽大,但你的心不能不跳,因为那摆在你面前的是荒凉的,是横遭不测的,千百个母亲和小孩子是吼叫着的,哭号着的,他们嫩弱的生命在火里边挣扎着,生命和火在斗争。但最后生命给谋杀了。那曾经狂喊过的母亲的嘴,曾经乱舞过的父亲的胳臂,曾经发疯般对着火的祖母的眼睛,曾经依偎在妈妈怀里吃乳的婴儿,这些最后都被火给杀死了。孩子和母亲,祖父和孙儿,猫和狗,都同他们凉台上的花盆一道倒在火里了。这倒下来的全家,他们没有一个是战斗人员。

白洋铁壶成串的仍在那烧了一半的房子里挂着,显然是一家洋铁制器店被毁了。洋铁店的后边,单独的三楼三底的房子站着,它两边的都倒下去了,只有它还歪歪裂裂地支持着,楼梯分做好几段自己躺下去了,横睡在楼脚下。窗子整张的没有了,门扇也看不见了,墙壁穿着大洞,像被打破了腹部的人那样可怕地奇怪地站着。但那摆在二楼的木床,仍旧摆着,白色的床单还随着风飘着那只巾角,就在这二十个方丈大的火场上同时也有绳子在拉着一道断墙。

就在这火场的气味还没有停息,瓦砾还会烫手的时候,坐着飞机放火的日本人又要来了,这一天是五月十二号。

警报的笛子到处叫起,不论大街或深巷,不论听得到的听不到的,不论加以防备的或是没有知觉的都卷在这声浪里了。

那拉不倒的断墙也放手了,前一刻在街上走着的那一些行人,现在狂乱了,发疯了,开始跑了,开始喘着,还有拉着孩子的,还有拉着女人的,还有脸色变白的。街上像来了狂风一样,尘土都被这惊慌的人群带着声响卷起来了,沿街响着关窗和锁门的声音,街上什么也看不到,只看到跑,我想疯狂的日本法西斯刽子手们,若看见这一刻的时候,他们一定会满足的吧,他们是何等可以骄傲呵,他们可以看见……

十几分钟之后,都安定下来了,该进防空洞的进去了,躲在墙根下的躲稳了。第二次警报(紧急警报)发了。

听得到一点声音,而越听越大。我就坐在公园石阶铁狮子附近,这铁狮子旁边坐着好几个老头,大概他们没有气力挤进防空洞去,而又跑也跑不远的缘故。

飞机的响声大起来,就有一个老头招呼着我。

"这边……到铁狮子下边来……"这话他并没有说,我想他是这个意思,因为他向我招手。

为了呼应他的亲切我去了,蹲在他的旁边。后边高坡上的树,那树叶遮着头顶的天空,致使想看飞机不大方便,但在树叶的空间看到飞机了,六架,六架。飞来飞去地总是六架,不知道为什么高射炮也不发,也不投弹。

穿蓝布衣裳的老头问我:"看见了吗?几架。"

我说:"六架。"

"向我们这边飞……"

"不,离我们很远。"

我说瞎话,我知道他很害怕,因为他刚说过了:"我们坐在这儿的都是善人,看面色没有做过恶事,我们良心都是正的……死不了的。"

大批的飞机在头上过了,那里三架三架地集着小堆,这些小堆在空中横排着,飞得不算顶高,一共四十几架。高射炮一串一串地发着,红色和黄色的火球像一条长绳似的扯在公园的上空。

那老头向着另外的人而又向我说:

"看面色,我们都是没有做过恶的人,不带恶相,我们不会死……"

说着他就伏在地上了。他看不见飞机,他说他老了,大概他只能看见高射炮的连串的火球。

飞机像是低飞了似的,那声音沉重了,压下来了。守卫的宪兵喊了一声口令:"卧倒。"他自己也就挂着枪伏在水池子旁边了。四边火光起来,有沉重的爆击声,人们看见半天是红光。

公园在这一天并没有落弹。在两个钟头之后,我们离开公园的铁狮子,那个老头悲惨地向我点头,而且和我说了很多话。

下一次,五月二十五号那天,中央公园便被炸了。水池子旁边连铁狮子都被炸碎了,在弹花飞溅时,那是混合着人的肢体,人的血,人的脑浆。这小小的公园,死了多少人?我不愿说出它的数目来,但我必须说出它的数目来:死伤×××人,而重庆在这一天,有多少人从此不会听见解除警报的声音了……

一九三九年六月九日　北碚

(选自《山城晓雾》,百花文艺出版社2003年1月版)

【阅读提示】

作者是日寇大轰炸的亲历者,她饱含悲愤,以小说家的笔触,逼真形象地描绘出日寇于1939年"五三"、"五四"、"五一二"、"五二五"四次大轰炸造成的人间地狱般的景象,画面如刀砍斧凿般的触目惊心。这是对日寇"放火者"的血泪控诉和谴责!但重庆人民并没有被炸倒,而是"带着民族的信心成行的大队的"在举着火炬游行、抗议。重庆是不屈的!

大江东去

刘冰研

刘冰研(1881—1952),字冬心,四川华阳(成都市)人。清末秀才,曾入吴佩孚、邓锡侯、刘湘戎幕。游历大江南北,相交众多名士。工诗文词曲及书画篆刻,著有《秋柳集》、《寒山馆丛书》等书。

晓雨初霁,远山如画,登佛图关晚眺①,慨然成词。

二江如带②,抱雄关百丈,乱峰吞日。民族复兴根据地,锁定神州半壁。故国山围,孤城潮打,俯仰沧桑劫。③巴渝形胜,至今谁敢争敌?

纵目左定嘉陵,右澄扬子④,天堑雄南北。千古英雄淘不尽⑤,一例奔流湍急。击楫豪情,投鞭壮志,慷慨吞胡羯。⑥风云激荡,斜阳一片沉碧。

(选自政协重庆市委员会办公厅、中共重庆市委统战部、西南大学编《重庆爱国民主人士诗词精选》,重庆出版社2011年3月第1版)

【注释】

①佛图关,即重庆渝中区的佛图关。 ②二江:指长江和嘉陵江。 ③故国山围,孤城潮打:化用刘禹锡《石头城》诗句"山围故国周遭在,潮打空城寂寞回"。劫:佛教名词,"劫波"的略称,意为极久远的时节。古印度传说世界经历若干万年毁灭一次,再重新开始,这样一个周期叫作一"劫"。后人借指天灾人祸。 ④扬子:扬子江,旧称江苏扬州以下至入海口的长江下游河段,后用为长江的别称。 ⑤千古英雄淘不尽:反用苏轼《念奴娇·赤壁怀古》词句"大江东去,浪淘尽,千古风流人物"。⑥击楫:借晋祖逖统兵北伐,渡江中流,拍击船桨,立誓收复中原的故事,表示收复失地、统一国家的雄心壮志。 投鞭:投鞭断流典故,前秦苻坚将攻东晋,部下石越认为晋有长江之险,不可轻动。苻坚说:"以吾之众旅,投鞭于江,足断其流,何险之足恃?"后以"投鞭断流"形容兵众势大。 胡羯(jié):旧时称来自北方的外族,此指日本侵略者。

【阅读提示】

"大江东去"是宋词《念奴娇》的一种格式,源于苏轼《念奴娇》"大江东去"格。作者登上佛图关远眺"天堑雄南北"的战时首都重庆的"巴渝形胜",激起依仗险要地势,据守这块"民族复兴根据地",坚决抗击日寇,击楫投鞭,"慷慨吞胡羯"的壮志豪情。此词豪情激荡,充满对重庆抗战精神的赞美,以及抗战必将取得最后胜利的坚定信念。

(蒋元彬注析)

残冬夜雨偶成
——呈正舍予兄①(二首)

胡 风

胡风(1902—1985),著名作家、文艺理论家。原名张光人,湖北省蕲春人。早年就学于北京大学、清华大学,后留学日本。1933年回国,任中国左翼作家联盟宣传部长、书记处书记。抗战时任中华全国文艺界抗敌协会常委。1938年来到重庆,恢复了《七月》,创办了《希望》。新中国成立之后,任中国作协书记处书记、复旦大学教授。1955年以"胡风反革命集团"案被判监禁,1980年平反。后任全国政协常委、中国作协顾问。有《胡风评论集》、诗集《为祖国而歌》、长诗《时间开始了》等著作。

其 一

权门残饭讨生存②, 落莫街头一难民③。
大恨未除顽敌在④, 微忠不死浩歌新⑤。
华冠犬马看群偶⑥, 敝履尊荣剩独生⑦。
我亦有情何所愿, 光明祖国抱孤坟⑧。

其 二

三更风雨又天荒, 斗室无声夜正长。
积毁满身心不碎⑨, 拂尘两袖面犹脏。
案头烂纸苍生哭, 寨里堆金大盗狂⑩。
欲向临安寻往事⑪, 党碑残迹太凄凉⑫。

(选自《北碚诗词》,西南师范大学出版社1991年10月版)

【注 释】

①此诗写成于1940年1月31日,当时作者授教于北碚复旦大学。 舍予,即老舍先生。 ②权门:权贵之家。杜甫《韦讽录事宅观曹将军画马图引》:"贵戚权门得笔迹,始觉屏障生光辉。" ③落莫:冷落。 ④大恨:日寇侵略中国、屠杀中国人民之大仇恨。 顽敌:日寇。 ⑤浩歌:声势浩大之歌。 ⑥华冠:华丽的官帽,指当权者。 犬马:古时臣对君的自卑之称,指当权者的下属官吏。 群偶:群氓,当权者对

老百姓的蔑称。　⑦敝履:破旧的鞋。　⑧抱孤坟:誓死而已。　⑨积毁:遭受很多毁谤。　⑩此句写暴发户疯狂地发国难财。　⑪临安往事:指南宋王朝偏安临安(今杭州),不思抗金之往事。　⑫党碑:政党之碑记,即史籍之记载。

【阅读提示】

　　这两首诗作于国民党顽固派于1939年冬至1940年春掀起第一次反共高潮之际。"其一"写自己虽为"难民",但遭日本侵略的国家民族的大仇未报,常存的"微忠"之心使"我"不断唱出抗日救亡的新歌!尽管权贵当局蔑视民众,即使剩下"我"独自尊荣的穷潦的书生,"我"也要誓死为光明祖国奋斗到底!"其二"写自己在三更风雨之长夜,独居斗室,虽遭不少毁谤,但心坚如石,决心以笔为武器,为苍生之苦难而呐喊,为权贵们之辱国而谴责!如今的当局正如偏安临安的南宋王朝一样,不思抗战,却大搞妥协、分裂、倒退,进攻屠杀陕甘宁边区的抗日军民,这种恶行只能在历史上留下不光彩的残迹!

　　诗人寓居北碚,任教于复旦大学,面对严酷的现实,难抑孤愤与不平,发出抗日救亡的正义呼声,严厉谴责国民党顽固派"亲痛仇快"的妥协投降政策。诗句沉痛激愤,凝重情深,表现了一个爱国诗人的高风硬骨。

庚辰春暮重庆夜归作①

陈寅恪

　　陈寅恪(1890—1969),江西义宁(今修水)人。国学大师。早年赴日本、欧洲留学,1914年归国后,曾任蔡锷秘书,参加讨袁之役。1918年赴美国哈佛大学,学习梵文和巴利文,1921年转往德国柏林大学研究院梵文研究所学习东方古文字。1925年归国,任清华国学研究院导师。抗战时期,曾任香港大学中文系主任,1941年任西南联大教授。1945年去英国牛津大学任教,1947年归国,任清华大学教授。1952年后,任中山大学教授、中央文史馆副馆长、中国科学院哲学社会科学部委员等。著有《金明馆丛稿》《隋唐制度渊源略论稿》《唐代政治史述论稿》《元白诗笺证稿》等。

自笑平生畏蜀游②,无端乘兴到渝州③。

千年故垒英雄尽④,万里长江日夜流。
食蛤哪知天下事⑤,看花愁近最高楼⑥。
行都灯火春寒夕⑦,一梦迷离更白头。

(选自政协重庆市委办公厅、中共重庆市委统战部,西南大学编《重庆爱国民主人士诗词精选》,重庆出版社2011年3月第1版)

【注释】

①庚辰:农历纪年,即公元1940年。 夜归:诗题原作《重庆春暮夜宴归有作》。1940年3月,陈寅恪赴渝出席中央研究院会议,参加蒋介石宴请后有感。 ②畏蜀游:李白《蜀道难》谓"蜀道之难,难于上青天"。此句一作"颇恨平生未蜀游"。 ③无端:无缘无故。 ④故垒:古代的堡垒。 ⑤食蛤(gé):不知许事。黄遵宪《罢美国留学生感赋》云:"我不知许事,且食蛤蜊。" ⑥看花愁近最高楼:化用杜甫《登楼》:"花近高楼伤客心,万方多难此登临"。吴宓抄本附注:"寅恪赴渝,出席中央研究院会议……已而蒋公宴请中央研究院到会诸先生,寅恪于座中初次见蒋公,深觉其人不足有为,有负厥职。故有此诗第六句。" ⑦行都:首都之外的另一都城,此指战时首都重庆。

【阅读提示】

此诗系诗人于1940年3月某日晚,在渝参加蒋介石宴请中央研究院与会诸先生后夜归所作。首联写他莫名其妙地到了重庆,颔联慨叹重庆这座古城已浪淘尽千古风流人物,唯余的只是"长江日夜流",暗示当时的战时首都已无"英雄"可言。颈联写自己虽不知"天下事",但与身处"最高楼"的蒋介石坐在一起,不是高兴、兴奋,而是忧愁众生。因为在这国难之际,深感蒋介石"不足有为,有负厥职",不能担当抗战重任。此时正是蒋介石发起第一次反共高潮之际,作者故而为国家抗战前途担忧,为民生之艰危焦虑。尾联写自己在春寒之夜,只有"迷离一梦"了!作为学者的诗人,深沉地表达了对时局的隐忧,对当局的失望,委婉曲折地反映了民众的愿望和时代的呼声。

四、忧元育才

两父女①

吴芳吉

吴芳吉(1896—1932),"白屋诗人",号碧柳,自署白屋吴生,重庆市江津市人。1919年秋,赴上海担任《新群杂志》诗歌编辑,其《婉容词》、《两父女》等相继发表,一时广为流传。1931年,任江津中学校长。1932年病逝于德感乡旧居。有《白屋吴生诗稿》、《吴白屋先生遗书》等。

一

乱山间松矫矫②,乱松间屋小小。
屋前泥作墙,屋顶瓦带草。
枯篱短短半围绕,一瓮窗儿现篱腰,一珠明月窗间照。

二

月光皎皎映土室,冷如冰浇。
衬出个断柏支床,离地盈尺高。
正父女两人,蜜甜甜睡悄悄。
烂絮一副用麻包,麦秆一扎作枕靠。
鼠子叨叨,翻弄他床头锅灶。

三

那小女眼撑开望了一交③,那鼠子耳斜着吓得一跳。
那小女的眼儿紧紧闭倒,皱起眉毛,攒向她阿爷怀抱。

呀呀呀呀，听不明了，只可怜如小鸟。

四

月光依旧皎皎，眼又开了。
忽想到，我妈妈夏天死时，那月光也是这般好。
想当时阿爷进城卖柴去了，剩妈妈与我晚饭方烧。
绿豆满碗，南瓜满瓢，方等候阿爷回家同饱。
那蛮兵忽来到，歪起个牛皮的脸，蠢对着妈妈笑。
妈指我柴堆中急逃，只听得妈妈几番骂吵。
便扑刺刺的一刀，便扑刺刺的一刀——
等我出来看时，妈妈斫倒，阿爷哭倒。
一柜儿手纺的棉花，新年的布袍，尽被那蛮兵卷起已跑。

五

几番计较，阿爷怜我幼小。
把我卖在城中，随着个发财家一样逍遥。
听说那公公待人真好，雪白的米饭任人嚼。
漆黑的大门有天高，那黄金子的火炉热过棉袍，白玉的电灯大如草帽。
他一天用的钱和钞，胜比我阿爷卖柴几百挑。
他家中打死了人，谁不敢和他官前闹。
到明朝，送我去了。

六

偏今夜北风咆哮，我妈的棺儿可太轻，坟泥太少。
她衣裳单薄，恐怕冻成冰窖。
更将来她的孤坟，谁人与看扫？
那小女便向着窗头低叫："妈呀！你哪里去了？你死时的月光也是这般好。"

七

忽惊起阿爷唤道："快睡好，天光未晓。
你的牙齿已冻得磕磕的敲。

快睡好,莫更受风寒,入城添烦扰。"

八

女儿答道:"我已经睡不着了。
我只望妈妈回来,我身上便暖如火烧。
我一闭眼就见着妈妈面貌,觉得满身是血好像血洗澡。"

九

那阿爷便起来,点火与她烘烤。
火光袅袅④,照出那女儿乱发如雀巢。
便圆圆如苹果的脸儿,一紫一红都似被风霜咬。

十

那父女且谈且烤。
那阿爷叹一口气,又低低说道:
"冷饿难保,不知几时命到。
眼见你两耳肿泡泡,两脚赤条条。
身上刀伤未好,手上冻疮溃了。
也无闲理料,也无钱医疗。
想有你妈妈在时,当为你缝些破布烂棉袄。

十一

"不怨她死的惨悼,便生的辛苦令人恼。
不怨她死的太早,便生的命运也难熬。
只悔你妈妈死时,我担柴城中去了。
那虎狼的兵丁,不把我父女齐杀掉,偏留此穷骨头要挨到老。

十二

"你伯父城中富豪,昨向他借钱一吊⑤。
站半天全不一瞧,他说是'蛮肠狗肚喂不饱。
谁叫你这样无聊,你们真个难缠绕'。

十三

"山坳水坳尽日采樵,只卖得百文钱过终朝。

想那些富贵儿曹,这般大尚撒娇。
你今年十岁,便随我斫柴劳劳。
是爷娘把你误了,谁忍相抛!"

十四

那小女听着长号,那阿爷揩着两点老泪,坐着心焦。
那小女正看着阿爷的脸,忽倚着阿爷的膝道:"爷呀!
我不去了,我去了谁是爷的珍宝?"

十五

那阿爷默默暗伤忉⑥,也呜呜咽咽共小女一齐哀号。
四壁萧萧火光都冷峭,不知哭了几遭,
才有些声气说道:"儿呀!
你经得几回饿槁? 便明朝早饭寥寥。
你莫哭,快睡好。你要哭,兵来了。"

十六

月光依旧皎皎,更斜入屋后篱梢。
一抔孤坟,两三松枝,罩上带着蓬蓬白茅。
这便是那小女的妈妈漂流的荒岛。
半垛墙高,竟隔作万里遥遥。
冷月寒宵风涌卷,松涛一声长啸。
千山震摇,如助那女儿呼号,只地下妈妈知未知晓?

(选自吴芳吉著《白屋诗选》,四川人民出版社1982年10月第1版)

【注　释】
①此诗作于1919年底或1920年初。　②矫矫:翘然出众貌。　③望了一交:纵横交错地望一遍。　④袅袅(niǎo niǎo):缭绕上升。　⑤一吊:旧时钱一千文叫一吊,北京话一百文也叫一吊。　⑥忉(dāo):忧伤。

【阅读提示】
　　一个冷如冰浇的夜晚,一对相依为命的重庆山区农村贫困的父女,对兵匪的憎恶,对亡母的思念,绝望的生活,全都浓缩在这特定的情境之中。凄婉的笔调,令人落泪的哭号,沁入读者的心脾,悲戚酸楚。此诗反映了20世纪20年代重庆山区贫苦农民的悲惨生活,表现了诗人忧患元元、关注民苦的悲悯情怀；倾诉了人民的疾苦和呼声，一发表即广为流传，还被一些中小学选作教材，并有"读《两父女》不流泪者，非人也"之说，可见其影响之大！

重庆大学筹备会成立宣言

吴芳吉

筹设重庆大学之提议，早在民国十五年间。同人念兹在兹①，所以一日未尝忘者，以西南交通散便之域，文化输入当首之冲②，货殖素号殷邦③，冠盖夸于列郡④，当有完备弘深之大学一所⑤，以研究学术，造就人才，佑启乡邦⑥，振导社会。此盖全川教育发展应有之进程，与吾七千万人最低之需要，不仅一时一隅之计而已⑦。乃有以城市繁华为言者，则上海、广州，固文明之先进，伦敦、纽约，亦庠序之中枢⑧，宁舍通都大邑而不居，适穷乡僻壤而有当？此不足为吾重庆大学病也。有以人才寥落为言者，则人才之聚，聚于事业，必事业愈兴，而人才愈至，未有事业不举，而坐待人才者。

渝中素无大学教育，故大学人才不聚于此。成都所以较胜，即以大学滋多⑨，有以安置人才之故。今使大学竟成，何患无师？有师何患无士？此又不足为吾重庆大学病也。有以经费无着为言者。则今之百政所费，谁为有着？诚欲先有巨款而后兴学，则实现之期，河清莫俟⑩。征之全国大学成例，何独不然。不闻款绌遂废之者⑪，有人斯有财也。夫重庆富力，远过成都，开源取用，不止一途。或就国、省税款，酌请划拨；或就地方捐税，移转接济，按年递进，由少增多，数微则始易兴，时长则后易继。此亦不足为吾重庆大学病也。有以数量影响为言者，谓重庆创办大学，必有损于成都。实则即此数量，仍患不足。以视英、日小岛，多寡何如？况大学成立，基于社会自然之需，不徒借以润色鸿业。成、渝俱有大学，正可相观而善，携手偕行，谋所以成德造材移风易俗之事。讵同业之相忌⑫，实同枯而共荣，此尤不足为吾重庆大学病也。

总之，重庆大学应成立，有其需要，有其可能，已届时机，非属梦想。其款项之如何筹划，地点之如何测量，学制之如何取舍，黉宇之如何兴修⑬，凡兹大任，所贵分肩，明知困难滋多，相期黾勉勿替⑭。至于乡里先达,当代名贤,不忍蜀才之销声匿迹,事事求人;不忍蜀学之落伍后时,长此荒秽⑮;不忍蜀中万千失学之青年,问津无路;不忍蜀之工商百业,无以长进决疑;必以惠助其始,乐观其成,加以教督而不我弃也。谨此宣言,统希明鉴。

中华民国十八年七月廿九日

(选自《吴芳吉集》,巴蜀书社1994年10月第1版)

【注　释】

①兹:此。　②冲:交通要道。　③货殖:经商。　殷邦:富裕之邦。　④冠盖:指仕宦的冠服与车盖,此指有作为的士人。　⑤弘深:规模大,学术水平高。　⑥佑启:帮助。　⑦一隅:一角。　⑧庠(xiáng)序:古代学校。　中枢:中心。　⑨滋:增益。　⑩俟(sì):等待。　⑪绌(chù):不足。　⑫讵(jù):岂。　⑬黉(hóng)宇:学校。　⑭黾(mǐn):勉励。　⑮荒秽:荒废。

【阅读提示】

为研究学术,造就人才,佑启乡邦,指导社会,重庆必须创立一所大学。此宣言分析重庆成立大学之必要,成立大学之各种有利条件。条分缕析,说理通透,忧患元元之心,烛光育才之志,跃然纸上。

育才学校创办旨趣①

陶行知

陶行知(1891—1946),著名教育家。安徽歙县人。留学美国哥伦比亚大学。回国后,任南京高等师范学校教授、教务主任,东南大学教育科主任。1920年任中华教育改进会总干事,推动平民教育活动。1926年起草发表《中华教育改进社改造全国乡村教育宣言》。"一二·九"运动后,积极参加抗日民主运动。在重庆先后创办育才学校和社会大学。在长期的教育教学实践中,创立了"生活教育"理论。明确提出"生活即教育"、"社会即学校"、"教学做合一",倡导全民教育、终身教育、创造教育、民主教育。1945年加入中国民主同盟,任中央常委兼教育委员会主任。著有《陶行知全集》(十二卷本)。

我们在普及教育运动实践中,常常发现老百姓中有许多穷苦孩子有特殊才能,因为没有得到培养的机会而枯萎了。这是一件非常可惜的事情,这是民族的损失,人类的憾事,时时在我的心中,提醒我中国有这样一个缺陷要补足。

抗战后,从国外归来,路过长沙汉口时,看到难童中也有一些特殊才能的小孩,尤其在汉口临时保育院所发现的使人更高兴②。那时,我正和音乐家任光先生去参观,难童中有一位害癫痫的小朋友③,但他是一位有音乐才能的孩子,不但指挥唱歌有他与众不同的能力,而他也很聪敏,任光先生给他的指示,他便随即学会。

又有一次,我在重庆临时保育院参观,院长告诉我一件令人愤愤不平的事。他说近来有不少的阔人及教授们来挑选难童去做干儿子,麻子不要、癫痫不要、缺唇不要,不管有无才能,唯有面孔漂亮、身材秀美,才能中选。而且当着孩子的面说,使他们蒙上难堪的侮辱,以至在他们生命中,烙上一个不可磨灭的印象。

以上三个印象,在我的脑子里各各独立存在了很久。有一天,忽然这三个意思凝合起来:几年来普及教育中的遗憾须求得补偿,选干儿子的做法,应变为培养国家民族人才幼苗的办法,不管他有什么缺憾,只要有特殊才能,我们都应该加以特殊之培养,于是我便有了创办育才学校的动机。当时就做了一个计划,由张仲仁先生领导创立董事会,并且得到赈委会许俊人先生之同意而实现,这是去年一月间的事。

创办育才的主要意思在于培养人才之幼苗,使得有特殊才能者的幼苗不致枯萎,而且能够发展,就必须给与适当的阳光、空气、水分和养料,并扫除害虫。我们爱护和培养他们正如园丁一样,日夜辛勤的工作着,希望他们一天天的生长繁荣。我们拿爱迪生的幼年来说吧,他小时在学校求学,因为喜欢动手动脚,常常将毒药带到学校里来玩,先生不理解他,觉得厌恶,便以"坏蛋"之罪名,把仅学了三个月的爱迪生赶出学校。然而,他的母亲却不以为然,她说她家的蛋没有坏,她便和她的儿子约好,历史地理由她教他,化学药品由自己保管,将各种瓶子做记号,并且放在地下室里。他欣然的接受了母亲的意见,于是这里那里的找东西,高高兴兴的玩起来。结果,就由化学以至电学,成为世界有名的大发明家。虽然那三个月的学校教育是他一生仅有的形式教育,但是由于他母亲的深切的理解他,终能有此造就。像爱迪生母亲那样了解儿童的精神,是值得我们学习的。假如他的附近有化学家电学家的帮助,设备方面又有使用之便利,则可减少他许多困难。我们这里便想学做爱迪生的母亲,而又想给小朋友这些特殊的便利。

我们这里的教师们,要有爱迪生母亲那样了解儿童及帮助儿童从事特殊的修养,但在这民族解放战争中,单为帮助个人是不够也是不对的,必须要在集体生活中来学习,要为整个民族利益来造就人才。因此,我们要引导学生们团结起来做追求真理的小学生;团结起来做自觉觉人的小先生;团结起来做手脑双挥的小工人;团结起来做反抗侵略的小战士。

真的集体生活必须有共同目的,共同认识,共同参加。而这共同目的、共同认识和共同参加,不可由单个的团体孤立的建树起来。否则,又会变成孤立的生活、孤立的教育,而不能充分发挥集体的精神。孟子说:"先立乎其大者,则其小者不能夺也。"我们中国现在最大的事是什么?团结整个的中华民族,以打倒日本帝国主义而创造一个自由平等幸福的中华民国。我们的小集体要成了这个大集体的单位才不孤立,才有效力,才有意义。与这个大集体配合起来,然后我们共同立法、共同遵守、共同实行,才不致成为乌托邦的幻想。

我们的学生要过这样的集体生活,在集体生活中,按照他的特殊才能,给与某种特殊教育,如音乐、戏剧、文学、绘画、社会、自然等。以上均各设组以进行教育,但是小朋友确有聪明,而一时不能发现他的特长,或是各方面都有才能的,我们将要设普通组以教育之。又若进了某一组,中途发现他并不适合那一组,而对另一组更适合,便可以转组。总之,我们要从活生生的可变动的法则来理解这一切。

但是,育才学校有三个不是,须得在此说明:

一、不是培养小专家。有人以为我们要揠苗助长,不顾他的年龄和接受力及其发展的规律,硬要把他养成小专家或小老头子。这种看法是片面的,因为那样的办法也是我们极反对的。我们只是要使他在幼年时期得到营养,让他健全而有效地向前发展。因此,在特殊功课以外,还须给予普通功课,使他获得一般知能,懂得一般做人的道理,同时培养他的特殊才能,根据他的兴趣能力引导他将来能成为专才。

二、不是培养他做人上人。有人误会以为我们要在这里造就一些人出来升官发财,跨在他人之上,这是不对的。我们的孩子们都从老百姓中来,他们还是要回到老百姓中去,以他们所学得的东西贡献给老百姓,为老百姓造福利;他们都是受着国家民族的教养,要以他们学得的东西贡献给整个国家民族,为整个国家民族谋幸福;他们是在世界中呼吸,要以他们学得的东西帮助改造世界,为整个人类谋利益。

三、我们不是丢掉普及教育,而来干这特殊的教育。其实,我们不但没有丢掉普及教育,而且正在帮助发展它。现在,中国处在伟大的抗战建国中,必须用教育来动员全国民众觉悟起来,在三民主义抗战建国纲领之下,担当这重大的工作,所以,普及教育实为今天所急需。是继续不断的要协助政府,研究普及教育之最有效之方法,以提高整个民族的意识及文化水准。育才学校之创立,只是生活教育运动中的一件新发展的工作,它是丰富了普及教育原定的计划,决不是专为这特殊教育而产生特殊教育,也不是丢掉普及教育而来做特殊教育。

【注　释】

①本篇原载1940年8月1日出版的《战时教育》第6卷第1期《育才学校专号》(期刊尾注出版日期为10月1日)。此系1940年5月1日起草的。　②临时保育院:保育院是抗日战争中,为抢救在战争中失掉亲人而成立的中国战时儿童保育会所属的负责收容和教养难童的机构。临时保育院是临时负责收容和教养难童的机构。　③害癫痫的小朋友:即育才创办时被选为音乐组的学生陈贻鑫。

(选自《陶行知全集》十二卷本,四川教育出版社2005年8月第1版)

【阅读提示】

陶行知先生抱着"捧着一颗心来,不带半根草去"的赤诚,在合川草街子古圣寺创办育才学校,兴学办学,是为国家民族育才,引导学生成为追求真理的小学生,自觉觉人的小先生,手脑双挥的小工人,反侵略的小战士。开宗明义的剖白,拳拳之心,殷切的寄望,全都充盈在朴实炽热的话语之中。

入川抒怀

张伯苓

张伯苓(1876—1951),创办重庆南开中学的著名教育家,原名寿春,天津市人。1936年在重庆创办南渝中学,1938年改名为重庆南开中学,规定"爱国爱群之公德,服务社会之能力"为校训,为国家造就了一大批人才。

大江东去我西来,北地愁云何日开。

盼到蜀中寻乐土,为酬素志育英才。

(选自宋璞主编《张伯苓在重庆》,重庆出版社 2004 年 10 月版)

【阅读提示】

　　1935 年 11 月,张伯苓先生由湘入川,舟过石首,赋此诗。面对日寇侵略,北方国土沦陷,有志之士西走巴蜀,寻求报国之途。此诗浑然天成,忧国伤时,而又积极奋起,"为酬素志",誓为国家培育英才。

为和平而教育世界

晏阳初

　　晏阳初(1890—1990),著名平民教育家。四川巴中人。1916 年就读于美国耶鲁大学,1918 年毕业到法国为参加第一次世界大战的华工服务。1920 年回国,他足迹遍及 19 个省,调查平民教育情况,兴办多所平民夜校,主编《平民千字课》。1940 年在北碚歇马场创办中国乡村建设学院,被称为"民主堡垒"。1943 年,被推崇为"世界平民教育之父"。1950 年,任国际平民教育委员会主席。1990 年病逝于美国纽约寓所。

　　在这里我们先提一段历史,1925 年,太平洋国交讨论会,因为受了欧战的教训,知道整个世界的和平不那么容易就能实现,不如先从维持太平洋沿岸各国的和平做起。于是美国国民发起,召集沿太平洋 9 国代表开会于檀香山,这是一个很好的理想,开会两星期,讨论了许多重要问题。出席代表都是各国在野名流,不是掌握政权的军人,或野心家,所以说话很痛快,很恳切。每晚有演讲,一共 12 次,最后一次请中国代表演讲,我就把中国的平民教育运动这一种精神、历史,以及在中国努力的经过给大家报告,并且说明这个运动如果成功,不但与太平洋,而且与整个世界和平有绝对关系。演讲完毕,在座 100 多位代表如狂一样的欢呼,对这个运动表示同情与赞佩。主席美国威尔伯博士起立结论,他是胡佛总统时代的内政部长,司丹佛大学校长,他有几句话值得记住:"我们开了两星期的会,讨论了 60 个不同的问题,听了 12 位演讲,但以今天这一次为最有价值。照我看,以中国物力的富足,历史的伟大,假使四万万民众都受了教育,我敢说,那,中国是维持世界和平唯一的主力。中国要世界乱,世界不敢不乱;中国要世界平,世界不敢不平。"

回溯欧战中的华工教育,荏苒便已二十多年了。到今天我们这一种以全民大众为对象的教育运动还没有达到目的。我深信如果这一个全民教育运动一天不实现,那中国必然地一天无办法。大家要知道平民教育的"平"字意味着什么?他是平等之平,平社会之不平的平,要世界各国都承认中国人的平等的平,世界一天不承认这一点,世界就不平一天,社会上如果一天没有承认平民教育的重要,不把平民教育作为立国的生命,立世的生命,社会就不平一天。非社会平等,人人受教育,世界决不能和平。中国三万万以上的平民,潜伏着的雄厚力量,必得下决心教育、开发、培养、组织、训练、运用,20年后的今天,国家又是一个新阶段。

全世界有四分之三的人是属于苦力阶级,苦力阶级是全世界的最丰富的未开发的资源。除非用教育的力量把苦力们加以教化,任何一个国家都无法获得进步,世界上的领袖们,拼命地在叫和平,和平,可是,除非你教育人民大众来参与本身的改造工作,否则就不会有真正的和平。

原子弹发明后,把世界一打就打成一片,一打就打成一家,国际潮流趋向民主,中国不得不民主。民主叫民"主"什么?怎样"主"?这是一大问题。中国人民如果还是在"贫愚弱私"里生活,同时习惯了成自然,贫惯了不知贫,愚惯了不知愚,弱惯了不知弱,私惯了不知私的醉生梦死地下去,中华民族没有前途。我们要三万万以上的广大民力,普遍地开发出来。运用教育三大武器:"一、文字:如报纸、杂志、丛书,使民有阅读的机会,发表的机会,培养民意,造成民力。我国最大的报纸,推销最多的不过几十万份,中国有四万万人民,为数实在可怜,我们要广大人民都能阅读,都能发表,平民的报纸,平民的杂志,平民的丛书,是不可缺少的。二、电影:使广大人民都有机会欣赏电影,电影可以启发国际精神,提高人类意识,灌输生产技能,培养科学知识,电影活动在平民教育的广大中是很有力量的。三、广播:中国语言的不统一,人民的知识水准低落,广播收效困难,不过二三十年后必然普遍运用的,新中国的新生命,是在三万万以上的平民身上,新人类的新前途是在四分之三的人民大众的身上,他们的基础教育,便是世界改造,人类和平的动力源泉。人人都能取得这样善良的教育,世界一切的自由,都从这里创造出来,国际一切的平等都从这里建设出来,所以,免于愚昧的自由,就是取得教育的平等,取得教育的平等,才是国际的真民主,人类的真解放。"

人们生长在战争与和平的交替时代中,都奔赴和平的急流,热烈地掌握住永恒的和平,掌握和平的力量,全寄托在整个世界所有的良善人民。就是我国古人的遗训:"民为邦本,本固邦宁。"20年来平民教育运动,在中国普遍地发动了,定县的实验,根据事实问题而施的适当教育与建设,目的在以文艺教育救愚,以生计教育救贫,以卫生教育救弱,以公民教育救私。这四大教育为实际上大多数民众所必需的教育,希望用教育的力量使一般民众能够有组织的自身得到解决这种根本问题的智识能力。

全世界四分之三的人民是缺乏智识的,缺乏温饱的,缺乏健康的,缺乏组织的,他的生活远低于不论种族颜色、宗教等等的任何人类最低限度的生活水准之下,他们还没有离开人下人的时代,这一个世界将是如何的局面?

人民是国家的基础,也是世界的基础,若这一个基础的强大稳固,人类便幸运地享受安宁,若失去这四分之三的广大基础,世界一切都拒之落空。今日,我们不仅是为和平而组织世界,更要为和平而教育世界。和平要永恒,就得奠基于民众之上。人类历史,经过了第二次世界大战的血洗人心,人们站在新的旅程上,迎接新的世纪,这是一个最新的契机,也是一个最后的契机。中国的大改造,世界的大改造,就从这最新的契机中开端。人民的大解放,人类的大解放,就从这最后的契机中起始。

平民教育运动已经是一种世界运动,世界需要它,它不得不存在,不得不发展,它的生命深入整个平民群。今后,各国朝野都要为此共同努力,由平民教育运动出发,打通一条新时代的文化路线,整个人类走向共存共荣共进步的康庄大道。

载《新教育》第1卷第1期,1947年

(选自《晏阳初教育论著选》,人民教育出版社1993年10月版)

【阅读提示】

作者站在寻求世界和平的高度,以世界历史的经验为参照,揭示和平教育的伟大意义,闪射着思想的光芒。

斯人虽去,风范犹存

——纪念梁漱溟先生百岁诞辰[①]

冯克熙

冯克熙(1922—2004),四川江安县人。1942年参加《新蜀报》编辑部工作。1943年任《国民公报》编辑、主笔。1945年任郭沫若主办的"群益出版社"总经理。1946年任民盟机关报《民主报》经理。新中国成立后，历任重庆市政府副市长、市人大常委会副主任，民盟重庆市主委等。

在中国现代史上，有一些杰出的学人、爱国主义者、社会活动家，以他们的非凡贡献，为人称道，为世垂范，梁漱溟先生便是其中的一位。

梁先生诞生于上世纪末，青年时期，就以学术上的突出成就和爱国忧时，称誉社会。他参加过辛亥革命，二十多岁，即破格为蔡元培先生延聘为北京大学讲师，与李大钊同志交往甚密，后从事乡村建设，探索建设新中国的道路。抗日战争期间，他到重庆，参加创建中国民主同盟，并在周恩来同志支持下赴香港创办民盟的第一张报纸《光明报》，积极呼吁民主、抗战。1941年10月10日，《光明报》上发表了民盟的十条政治纲领和梁先生执笔写的民盟成立宣言，宣言将民盟的十条纲领概括为"政治民主化、军队国家化"两个口号，认为："唯此乃永奠统一，必兴民族。"望"执政之国民党的武力属之国家，依大众趋向为依归。"抗战胜利，他作为民盟代表，参加旧政协，奔走和平、主张民主。在旧政协闭幕前的一次茶话会上，他提出：政府要保障人民自由权利，承认多党派合法地位，释放政治犯，当时的中共党报《新华日报》在1946年1月25日的一篇文章中，认为梁先生讲的是真理，反映了人民的心声，"全国人民高举双手，赞同梁先生的这种表示"。

梁先生的"改造旧中国，建设新中国"的爱国初衷，和为之奋斗不懈的努力，值得人们称道。他不畏强暴、气节崇高。解放前夕，他拒绝参加国民党策划的伪和谈，在重庆等待解放。梁先生在一些问题上有他自己的看法，但思想认识上的分歧并没有妨碍他在所有民主的斗争和社会主义建设中成为中国共产党的朋友，他在晚年就经常宣称：他现在仍然是中共的朋友，尽管，共同经历了不少辛酸和折腾。

我有幸在年青时代认识和追随过梁先生。作为当时民盟总部的年青工作人员，他对我们进行过许多亲切的教诲。作为民盟机关报《民主报》的经理，他对我的工作进行过不少关怀和支持。我认识的梁先生，不仅学识超越、爱国情殷，而且，铁骨铮铮、大义凛然。他还一生淡泊，布衣素食，两袖清风。在旧社会，他为爱国、民主奋斗，备尝艰险。解放后，长期受到不公正待遇，但他守正不阿，表里如一，充分显示了一个中国爱国知识分子应行的高风亮节。

斯人虽去,风范犹存,梁先生的道德文章将永垂史册,他的可敬形象也将永远活在我们心中。

1993年8月

(选自唐宝存著《我们知道的梁漱溟先生》,中国文联出版社2008年7月版)

【注　释】

①梁漱溟(1893—1988):广西桂林人,是我国著名的思想家、哲学家、教育家、社会活动家、新儒学创始人。早年参加辛亥革命,在北京大学任教时与李大钊交往甚密。抗战时期,参加创建中国民主同盟,并在北碚创办勉仁文学院,投身乡村建设。解放后,曾任全国政协常委。但一直受到"左"倾思想的批判。"文革"中,他主张只批林不批孔,并为刘少奇、彭德怀鸣不平。党的十一届三中全会后,他才受到公正对待。他一生著作甚多,有《东西文化及其哲学》、《中国文化要义》、《乡村建设理论》、《人心与人生》等。

【阅读提示】

作者青年时代曾追随梁漱溟先生,钦仰先生的道德文章。此文对梁先生追求爱国、民主的一生作了高度的评价。

由渝飞鄂[①]

吴　宓

吴宓(1894—1978),字雨僧,陕西泾阳人。著名学者,国学大师、教育家、诗人。1917年赴美,就读于弗吉尼亚大学,后转入哈佛大学文学院比较文学系,1921年获硕士学位。回国后历任东南大学、东北大学、清华国学研究院主任、教授,1930年赴欧洲游学,1931年回清华任教。抗战爆发,随清华西迁至昆明,任教于西南联合大学。抗战胜利后,任教于四川大学、武汉大学、重庆大学、重庆相辉学院。1952年,重庆湘辉学院并入西南师范学院(今西南大学)。他学贯中西,曾任《学衡》杂志主编,通多种外国语言,是中国比较文学创始人,《红楼梦》研究专家。著有《吴宓诗集》、《吴宓日记》、《文学与人生》、《欧洲文学史》(英文)等。

三峡高飞过,千程胜景微。[②]
层云阴漠漠[③],寒雾湿霏霏[④]。

杜老诗空读⑤,峨眉愿并违⑥。
急征缘底事⑦?作计此生非⑧。

(选自政协重庆市委员会办公厅、中共重庆市委统战部、西南大学编《重庆爱国民主人士诗词精选》,重庆出版社2011年3月第1版)

【注释】

①由渝飞鄂:据《吴宓日记》,作者应武汉大学征聘,1946年8月30日经重庆飞往武汉,此诗作于此时,后于9月11日修成。　②千程:千里行程。　胜景:美景。微:模糊,看不清。　③阴漠漠:昏暗。　④湿霏霏:细雨纷纷,雾气浓厚。　⑤杜老诗:唐代诗人杜甫之诗,杜诗称为"诗史",富有强烈的忧国忧民精神。　空读:是言自己不如杜甫那样忧国忧民。　⑥峨眉愿:峨眉指峨眉山,峨眉山与普陀山、九华山、五台山并称佛教四大名山。作者1944年离昆明西南联大,赴成都任燕京大学国文系教授,至1946年1—2月,多次赴西迁乐山的武汉大学讲《红楼梦》和外国文学专题,眼见民生多艰,曾产生看破红尘,去峨眉山出家为僧之愿。　并违:违背了出家之愿。
⑦急征:紧急征召。抗战胜利后,内迁高校纷纷迁回原地。武汉大学迁回武汉,该校文学院院长刘永济、著名美学家朱光潜坚请作者赴汉任教,作者未返清华而去武汉大学。　缘底事:因为何事。　⑧作计:谋划、考虑。全句意为:此生之错误决定。

【阅读提示】

作者一生从教,以"昌明国粹,融化新知"为宗旨,是忧元元、育俊才的一代大师。他去武汉大学之前,一可返清华,二可留成都去峨眉山了"为僧"之愿。诗中展现的三峡阴晦不明之景,正是他未能像杜甫一样忧国忧民,亦未遂"峨眉愿"的"作计此生非"的心理写照。诗意明畅,感情沉郁,表现了作者应聘武汉大学之矛盾心情。

五、友人情怀

致重庆人民纪念状

[美]罗斯福

罗斯福(1882—1945),第二次世界大战期间任美国总统。1941年太平洋战争以后,美国参加了反法西斯同盟。1944年,打破美国惯例,接连第四次当选总统,在任内病逝。

余兹代表美利坚合众国人民,敬致此卷轴于重庆人民,以表示吾人对贵市勇毅的男女老幼人民之赞颂。远在世界一般人士了解空袭恐怖之前,贵市人民迭次在日军猛烈轰炸之下,坚毅镇定,屹立不屈。此种光荣之态度,足证坚强拥护自由的人民之精神,绝非暴力主义所能损害于毫末。君等拥护自由之忠诚,将使后代人民衷心感动而永垂不朽也。

罗斯福(亲笔签名)

1944年5月17日

(原载《重庆市政月刊》第2卷第1期,1944年,选自《重庆文史资料》第9辑,西南师范大学出版社2006年10月版)

【阅读提示】

1944年4月,罗斯福总统看了美籍华裔女作家李灵爱和美国摄影师雷伊·斯科特共同拍摄的记录中国人民抗击日本侵略者、获1942年奥斯卡纪录片特别荣誉奖的彩色纪录电影《苦干》之后,深为抗战中赢得举世钦仰的重庆人民的大无畏精神所感动,亲笔题写这份《致重庆人民纪念状》,表彰重庆人民"拥护自由之忠诚,将使后代人民衷心感动而永垂不朽。"此卷轴是揭露日本侵略者发动重庆大轰炸、屠杀中国人民最宝贵的历史凭证!《重庆市政月刊》在刊发罗斯福总统之《纪念状》时,加注"附识"指出:"美国总统罗斯福氏于副总统华莱士来渝时,特托其携致一精美之卷轴,内书颂词,赠与重庆市民,以表示对本市全体市民坚毅精神之赞佩。"作为第二次世界大战同盟国之首的美国总统能亲题此卷轴,可谓空前,实属不易,珍贵!

致蒋介石并转重庆人民的信函

[美]罗斯福

委员长麾下:在此次战争中,给吾国奋斗精神以最大之鼓励之事,非此一端,而其中之一即为重庆市民——无论成年男女或幼童——在长期之封锁及迭遭日寇之轰炸下所表现之伟大之勇气。此种勇气固深印于吾人之脑际而不能磨灭也。美国人民对于重庆市民坚毅不屈之精神,实不胜钦佩之至。

为向中国人民——尤其重庆市民——对于联合国家作战努力之伟大贡献表示敬意起见,兹特附呈纪念状一帧。贵国人民对于侵略者之坚强抵抗,已为贵国之友人树立楷模。甚望麾下于转致此纪念状于重庆市民时,特为余代申诚挚之友谊。此种友谊充溢于中美两国之间,且余深信其必大有助于吾人之早获胜利也。

罗斯福

1944年5月25日于白宫

(选自《重庆文史资料》第9辑,西南师范大学出版社2006年10月版)

【阅读提示】

罗斯福信函对中国人民,尤其是重庆人民在抗日战争中表现出来的伟大勇气备极赞赏,彰显中美两国人民共抗法西斯的伟大友谊,是极有历史价值的重要文献。

中国屹立不移

[英]薛　穆

薛穆,爵士,英国在战时首都重庆之驻华大使。

……中国仍屹立不移,足以象征中国不屈不挠意志与决心之重庆,乃成为全世界各地家喻户晓之一名词。为各自由民族而言,重庆乃联合国家所为振奋之精神之象征;为独裁者而言,重庆乃若干民众甘冒危险忍受痛苦不接受侵略者之束缚之象征。……重庆直可与世界任何城市比较而无愧色。重庆之成为世界理想中之一项事物,实无足异。……

（选自周开庆《民国川事纪要》,台湾四川文献研究社 1974 年印行）

【阅读提示】

英国驻华大使薛穆爵士在 1942 年 6 月 14 日发表广播演说中,盛赞重庆在抗击日寇侵略的战争中表现出来的不屈不挠之意志和决心,使中国巍然屹立,为联合国家所为振奋之精神之象征,可与世界任何城市比较而无愧色。深情的赞美,是重庆人民的骄傲和自豪!

《苦干》解说词①（节选）

[美]雷伊·斯科特　　[美]李灵爱

雷伊·斯科特（Rey Scott,1905—1992）,美国摄影师,原为一家报纸记者兼夜班编辑。

李灵爱(1908—?),美籍华裔女作家、剧作家、舞蹈家。

前　言

几个世纪以前,中国人民在长达万里的边境线上修建了雄伟的长城,以此抵抗外敌的入侵。

今天,侵略者的铁蹄虽然跨过了长城,但他们仍然需要面临一堵新的长城——那就是"中国人民面对外敌时坚强不屈的英雄精神"。

《苦干》就是对这一坚强精神的真实写照,它记录了中国人民一步一个脚印建立新中国的不屈历程。

——林语堂[2]

中国曾经与我们相隔万里,可我们对那里的人民正在遭受的苦难漠不关心。但现在,中国就和我们的邻居一样,飞机一会儿就到。

世界越来越小,各国纠纷不断。从某种程度上说,现在发生在中国的事情对于我们同样至关重要!

中国幅员辽阔,比美国领土面积还大三分之一。这里有四亿五千万人民正在为自由而战,世界大战的战火就是从这里开始的。

世界本以为日本侵略者会轻易地打败中国。但几年过去了,中国仍然屹立不倒。

全世界对此感到惊讶,是什么原因创造了这个奇迹?中国巍然挺立的秘密到底是什么?

年轻的美国摄影师雷伊·斯科特正是为了回答这个问题而来到中国。

斯科特对中国有所了解。自中日战争爆发以来,他在北京、上海等地都进行过报道。他见证了八百壮士在上海四行仓库的顽强抵抗……

当飞机降落在重庆机场时,我发现在我离开的这段时间中,重庆城没有发生很大的变化。

我询问重庆当地政府后得知,传言中日军对重庆的轰炸比预期的要早。但街上的人们和平时并没有太大不同,在经历着长时间的持续轰炸后,人们逐渐意识到生活还是需要继续下去。

看看街上人们的表情。轰炸来临之前,人们在买水果。

第一个红灯笼升起来了,这是空袭即将到来的警报信号,警告人们准备撤离到防空洞里。日军的轰炸机从汉口起飞了,大约飞行两个小时到达重庆。街上的气氛逐渐紧张起来,人们急忙赶回家中。

重庆的消防队员们出动了,他们驻扎在可能受到轰炸的重要地点。

离日本飞机轰炸的时刻越来越近了,人们开始进入防空洞,随身只能带少部分贵重的东西。因为他们清楚,或许今天离家之后就再也回不去了。

红十字救护车紧急出动了,急救队员们整装待发,准备轰炸来临后的救治工作。

进入防空洞的大门,这是从岩石中开凿出来的,人们在里面躲避日机的轰炸。

现在第二个红灯笼也升起来了,这是日军即将轰炸的最后警报。城中有数十个地方都升起了这样的红灯笼。

中国仅有的战斗机升空迎敌,虽然他们能够击退敌人的几率仅有千分之一。

两个红灯笼升起,表明日本轰炸机已经进入四川境内,一个小时内就会出现在重庆上空。

现在,整个重庆城都行动起来了,但人们并没有恐慌。即将到来的轰炸可能只有几分钟,但生与死的区别就在这一线之间。

防空洞口排起了长队,秩序井然,每个人都有属于自己的位子。

急救队员们不会进入防空洞,他们在轰炸中会坚守在自己的岗位上。

另外一些人则搭乘渡船来到南岸,在更加开阔的地带躲避轰炸。一艘艘渡轮满载着城里的人们来到长江的对岸。

这就是日本侵袭的受害者,这是活生生的中国人,面对无情的战火,他们拿起武器,万众一心,英勇抵抗!

最后一艘渡船已经出发,现在离轰炸的到来只剩下几分钟了。

随着最后一波轰炸的结束,长江边上的重庆城陷入一片死寂之中,到处浓烟四起。

升腾的浓烟如双手般指向天空,希望得到上苍的怜悯,但这一切似乎都已太晚了。

他们见证了自己的城市在轰炸和由此燃烧的大火中经受的苦难,他们的家现在已经成为一片瓦砾,仅有的财产化为灰烬,亲人或朋友已经再也见不到了。

我们应该大声控告日本侵略者,看看你们对这里的人们做了些什么?!他们虽然在轰炸中幸存下来,但经历了恐怖的绝望。

看看这里的人们,他们表现出了惊恐吗?是的,他们经受了苦难,但他们并没有被打败。

对于你们这些侵略者来说,你们目的没有达到,而是让世界更加仇恨你们。

不,重庆没有死,因为他们有蒋夫人那样的领袖。

城里到处都是废墟,数以千计的遇难者的遗体躺在瓦砾之中。但人们已经开始在废墟中寻找任何有用的东西,哪怕是一根针或几片废金属。

这一天充满了痛苦,但也会有结束的时候。

这是空袭后的第二天早上。这里曾经是一座天主教堂,但是现在却因为轰炸而成为了一片废墟。我昨天才经过这里,这里曾经有一排排的房子,但今天只剩下断壁残垣了。

从长江南岸眺望重庆城区,这里的人们承受了难以置信的非人道待遇。日本人说,他们要把重庆从地图上抹去。

或许重庆城遭到了毁灭,但这里的人们会继续活下来。

城市里的建筑遭到了毁坏,但这里人们的精神不会被打倒,特别是画面中这些人们。

轰炸刚刚结束,每一个幸存下来的人已开始为重建家园做出自己的努力。

每当中国的一部分遭到摧毁时,另一部分便会出现新生。这些孩子就是最好的代表。

他们大多是战争造成的孤儿,但代表着中国今后的希望。轰炸并没有击垮他们,蒋夫人的首要工作便是照看这些因轰炸而成为孤儿的孩子们。这些孩子很快就会穿上干净的衣服,睡在温暖的床铺中。

同时,蒋夫人告诉这些孩子们,他们今后会有新的生活,他们需要为新中国的建立做出自己的努力,他们所重建的新中国将是一个更加美好的世界。或许这些孩子们还太小,听不懂蒋夫人说的话,但他们在接下来的一生中会记住这一刻,以及蒋夫人所说的话。

中国的年轻一代已经行动起来了。蒋委员长告诉他们,中国不是独自抵抗日本的入侵,中国是在为世界的自由而战。在中国的各个地方,不管是城市、平原、山丘,到处都在竭尽所能地抗战。不管是收成好的年代,还是饥荒的时候,甚至是洪水泛滥,人们都一直在努力地生存下去。

轰炸摧毁了这个国家,但轰炸能打垮建立这个国家的人吗?!

他们拥有强大的内心,我们看到了中国人是如何抗敌的,他们时刻都在创造着奇迹!

这就是"苦干",刻苦的奋斗!

中国人与生俱来的精神,深入在他们的灵魂与命运之中,永垂不朽!

(录自美国电影纪录片《苦干》,[美]雷伊·斯科特撰稿,周昌文记录、翻译)

【注释】

①苦干:由美籍华裔女作家李灵爱(li ling Ai)策划、投资,美国摄影师雷伊·斯科特拍摄的一部反映中国抗战的彩色电影纪录片。

李灵爱,美籍华裔女作家、剧作家、舞蹈家,其父是夏威夷的名医,曾与孙中山同学,在夏威夷创办明伦中文学校,母江隶香是产科医生。她在九兄弟姐妹中居第六,自小在明伦学习语言、舞蹈、音乐,受中国文化影响。后就读于夏威夷一所私立名校"普纳荷"(punahou),该校是曾任美国总统的奥巴马的母校。1937年,中国抗日战争爆发后,她受父之影响,深感中国孤军奋战,出于爱国热忱,她想让国际社会看到一个真实的中国,呼吁国际社会帮助中国抗战。于是,她动员祖母卖掉首饰,自己又登台演出募捐,换来资金和彩色胶片。她去找到雷伊·斯科特,动员和资助他到中国拍摄中国抗战的影片。

从1937年到1940年,雷伊·斯科特扛着一台16毫米的摄像机,四赴中国,足迹遍及上海、南京、广州、香港、南宁、贵州、重庆、成都、兰州、西宁等大半个中国,行程达三万多里,客观真实地记录了1937—1940年中国大后方的抗战场景。特别珍贵的是,1940年8月19日至20日,日机轰炸重庆主城时,他勇敢地趴在南岸美国大使馆的房顶上,拍摄了日机370架次、半小时投扔200吨炸弹、燃烧弹,将重庆轰炸成为一片火海的影像;后他又至市区拍摄大轰炸后的断垣残壁、满城火光、民众全力救火的镜头。

雷伊·斯科特返美后,将所摄内容剪辑成90分钟的纪录片,李灵爱取片名为《苦干》,由时居美国的中国作家林语堂写"前言"。《苦干》在美国放映后引起了震动。由于《苦干》真实记录了日军的侵华罪行,很多美国青年受其影响,纷纷加入陈纳德组建的美国志愿援华航空队(飞虎队),参加中国的对日作战。1942年,《苦干》荣获奥斯卡纪录片特别荣誉奖。1944年,美国总统看了《苦干》后亲笔题写《致重庆人民纪念状》,赞颂重庆人民"拥护自由之忠诚,将使后代人民衷心感动而永垂不朽"。

第二次世界大战结束后,《苦干》却销声匿迹,直到21世纪初,另一华裔女作家、导演罗宾龙(Robin Lung)因拍摄华裔女性题材的纪录片而查阅到李灵爱的故事,她历经艰辛,多方寻找,最后联系到摄影师斯科特的孙女米歇尔·斯科特,2009年底在她老家的地窖里找到一卷90分钟的《苦干》胶片,但破损严重,罗宾龙交由奥斯卡电影学院经三年修复,结合原寻获的35分钟的片段,整合成85分钟完整版,《苦干》才重见天日。

2015年4月,由重庆中国抗战大后方研究协同创新中心主任周勇教授联系,罗宾龙来访重庆,正式将使用权授予中国。

《苦干》是由西方人拍摄的记录抗战时期日军侵华罪行的纪录片,该片对日军实施重庆大轰炸的记录时间最准确、史实最完整、内容最翔实、画面最震撼、评论最客观,是真实记录日军轰炸重庆、屠杀中国人民滔天罪行的铁证,也是中国人民抗击日本侵略者大无畏精神的真实记录,弥足珍贵,极具重大的历史文献价值。

②林语堂(1895—1976):散文家、语言学家。毕业于上海圣约翰大学,后留学美国哈佛大学,继转赴德国莱比锡大学研究语言学,获哲学博士学位。1922年回国后,任北京大学英文教授。曾参加鲁迅支持的"语丝社"。后任教于北京女师大、厦门大学,曾任国民政府外交部秘书。1932年创办《论语》、《人间世》、《宇宙风》等刊物,提倡"闲适幽默"的小品文,受到鲁迅及左翼作家的批评。1936年去美国执教并从事创作。1954年任新加坡南洋大学校长。1966年到台湾,1976年病逝于香港。著作有《语堂文存》、《吾国吾民》、《孔子的智慧》、《老子的智慧》等多种。

【阅读提示】

《苦干》的主题,正如林语堂指出的:大无畏的牺牲精神,坚强不屈的意志,和中国人民的英雄主义,这是中国新的长城!影片记录了"中国人民一步一个脚印建立新中国的不屈历程"。这里节选的是日军对重庆大轰炸的情景。面对无情的战火、残垣断壁的废墟、亲友的离去,重庆人民没有惊恐、慌乱,而是秩序井然,拿起武器,万众一心,英勇抵抗;重建家园,不懈努力。这就是重庆!轰不倒、炸不垮的重庆!这就是影片告诉人们的"苦干"、刻苦奋斗的精神,这种精神深入到中国人的灵魂与生命之中,永垂不朽!这是作为西方编导人员对中国人民精神气质的深切体验和真情赞美,实属不易!

致中华民国朝野人士告别书

[韩]金 九

(1945年11月)

金九(1876—1949),号白凡,韩国黄海道海州邑人。大韩民国临时政府主席,韩国开国元勋。1894年参加东学党起义反日,1896年在鸱河浦手刃化装的日本陆军上尉土田让亮。1910年参加新民会在汉城召开的反日秘密会议。1919年3月1日,韩国"三·一"独立运动爆发,4月大韩民国临时政府在中国上海成立。他流亡到中国上海,任临时政府警卫局长,后任内务总长、国务领、国务委员、主席等职。1945年11月,抗战胜利后返国。1949年9月26日,他为韩国南北统一而奔走时,被极右翼势力暗杀,享年74岁。他的一生是从事反日复国、争取民族独立统一的一生,是韩国著名的独立运动家和政治家。

  亚洲之东,我韩国与贵中华民国为数千年兄弟之邦①。唇齿相依,亲睦无间,载于史乘②。乃50年前,凶暴倭寇,乘我失败,肆行侵略,遂至失国③。我革命志士,膺兹惨痛④,誓报国仇。喋血捐躯,前仆后继,始终奋斗,数十年如一日。其间多蒙贵国前大总统孙公⑤,与今主席蒋公⑥,垂念传统之友谊,概予提挈⑦,及朝野人士之多方协助。尤以最近抗战八年来,敝国临时政府,随贵国政府迁渝,举凡借拨款时,供应军备,以及维护侨民生活,均荷于经济百度艰窘之秋⑧,慨为河润⑨。且前岁开罗会议席上⑩,渥承蒋公主持正义⑪,首先提出保障韩国之独立,致得盟邦之赞同。似此义薄云天⑫,是九等与吾韩三千万民众,当永感不忘者也。今者,盟军胜利,日寇败降。正义昭宣,公理战胜,吾韩民族,因得大盟邦之助,获得解放。九乃以国内舆情之敦促,首途返国。复蒙蒋公宠召,殷勤祖饯⑬。并拨专机相送,又承党、政、军、学各界及文化团体人民团体热烈欢送。厚谊隆情,非常感激。第以时间仓卒,未遑逐一进谢,至深歉仄⑭。而依依惜别之情绪,实非楮笔所能罄⑮。九归国后,愿于联合国宪章之下,从事建设独立民主之国家。更愿与贵国保持永远密切合作之精神,为东亚和平之保障。临机待发,特述数言。望贵、我两民族鉴此精诚,互相亲睦,于亿万斯年也。谨此。

  敬祝
  大中华民国党、政、军、学各界及文化人民各团体诸先生健康!

(原载重庆《大公报》1945年11月6日)

【注 释】

  ①数千年兄弟之邦:据《尚书大传·洪范》等史书记载,中国殷末三贤之一的箕子,名胥余,殷纣王之叔,任太师之职,因劝纣王不要行暴政而被囚。周武王灭殷后,释箕子。箕子不愿身事二主,东渡朝鲜半岛,周武王封其为王。公元前1172年,箕子建国,统治朝鲜半岛99年。　②史乘:史书、史册。　③失国:1894年中日"甲午之战"后,日本强迫清政府于1895年签订《马关条约》,形式上让韩国独立,实为日本控制;1905年日本与韩国总理大臣李完用签订《乙巳保护条约》,置韩国于日本"保护"之下;1910年,日本又与李完用签订《日韩合并条约》,日本正式侵吞韩国。　④膺(yīng):承受。　⑤孙公:孙中山(1866—1925),我国伟大的革命先行者。辛亥革命后,被选为中华民国临时大总统。后被迫辞职。1920年回广东,就任非常大总统,承认韩国临时政府。　⑥蒋公:蒋介石(1887—1975),曾任国民政府主席。　⑦提挈:关照、帮助。　⑧荷:承受、负担。　⑨河润:施惠及远,犹河流之浸润。《庄子·列御

寇》："河润九里,泽及三族。" ⑩开罗会议:第二次世界大战期间,中、美、英三国首脑于1943年11月22日到26日在开罗举行会议。会议讨论了联合对日作战计划,击败日本后如何处置日本等问题,并发表了《开罗宣言》,其中重要一点是战后使朝鲜自由独立。 ⑪渥承:重重地承蒙。渥,厚重。 ⑫义薄云天:言无私援助之大义的厚重,已经高接云天。薄(bó),迫近,靠近。 ⑬祖饯:古代出行时祭祀路神叫"祖",后称设宴送行为"祖饯",即饯行。《宋史·胡瑗传》:"以太常博士致仕,归老于家,诸生与朝士祖饯东门外。" ⑭第:但,只是。 遑:空暇。 ⑮楮(chǔ)笔:纸笔。楮,楮树,其树皮是制造桑皮纸和宣纸的原料。代指纸。 罄(qìng),尽、空。

【阅读提示】

韩国临时政府于1939年3月西迁来渝,在中国政府和中国共产党的大力支持下,在重庆坚持七年的反日复国斗争。1945年抗日战争胜利后,金九与韩国临时政府国务委员及其他人员于11月5日分乘两架飞机,从珊瑚坝机场起飞赴上海,然后返国。金九在机场发表了这篇《告别书》,重温中韩两国数千年之传统友谊,特别是韩国临时政府迁渝后,中国政府和中国人民在生活、经济、军事、政治上对他们的竭力相助;抗战胜利后,又热情地欢送他们回国;表示返国后将从事建设独立民主之国家,并愿与中国永结友好,以保东亚和平。全文言短意长,情浓谊深,表达了对中国朝野各界人士深情厚谊的无限感激之情。

史迪威尔名犹存

张爱萍

张爱萍(1910—2003),中国人民解放军高级将领。四川达县人,早年在家乡参加学生运动和农民运动,1926年加入共青团,1928年转为中国共产党党员,1929年参加中国工农红军,1930年去中央苏区工作。参加长征,到陕北后任中央军委骑兵团政委兼代团长。抗日战争和解放战争时期,历任八路军、新四军、解放军高级领导,为抗战和解放战争的胜利做出了贡献。新中国成立后,长期从事国防科学技术和国防工业战线的领导工作。20世纪80年代,任国务院副总理、国务委员兼国防部长等。著有《神剑之歌》、《张爱萍军事文选》等。

史迪威尔名犹存[①],重洋难阻旧友情[②]。

京华欢宴将军女③,谈笑风生如故人④。

(周勇抄自美国史迪威女儿南希家客厅)

【注释】

①史迪威尔:即美国史迪威将军(1883—1946),太平洋战争爆发后,他于1942年1月被任命为中国战区参谋长。他毕业于美国西点军校。1920—1922年,曾来北京学习华语。1926—1933年,出任驻天津美军第15步兵团营长。1935—1939年,任美驻华武官。返美后晋升为少将、第三军军长,后又负责美国西部防御司令部南部战区防务。1942年3月初,他来到重庆,会见中国战区最高统帅蒋介石,任中印缅战区总司令兼盟军中国战区总参谋长,任务是维持滇缅公路、指挥归他节制的中国部队,改进中国陆军的战斗效率。 ②旧友情:指史迪威将军在抗战期间,在印度拉姆加尔训练中国军队,与中国军人一起抗日的友情。此外,也指他对蒋介石政权的腐败极为不满,对于共产党及其军队深表同情的友情。 ③京华:北京。 ④如故人:南希在交谈中表示:我心里是半个中国人。

【阅读提示】

1985年5月25日,史迪威将军的女儿南希(Nancy Stilwell Easterbrook)女士率一家三代人来华访问,时为国防部长的张爱萍将军和夫人李又兰同志设宴欢迎南希女士。他即席为南希咏颂了这首诗,诗文首先回顾了其父史迪威将军对中国人民的抗日友情,中国人民是不会忘记他的,他的英名永存在中国人民的心里。再就是写欢宴将军女儿南希的盛况、热情,如同故人重逢一般亲切。诗意明晰,诗风爽朗,情真意挚,气氛热烈。

张爱萍将军后又手书此诗,题款为:"邻席口赞赠史文思女士 李又兰 张爱萍 1985年5月25日。"1995年7月,周勇教授去美国时访问了南希女士,抄回此诗。今选入此诗,以示不忘国际友人史迪威将军支持我国抗战的友情。

苍心犹记将军情

端木蕻良

端木蕻良(1912—1996),小说家,原名曹京平。1932年在清华大学历史系读书时参加北方左翼作家联盟,1933年在天津创作长篇小说《科尔沁旗草原》。"八·一三事变"后,先后在山西临汾民族革命大学和重庆复旦大学任教。1940—1942年在香港主编《时代文学》等杂志。后在桂林、遵义、重庆、武汉等地主编文艺刊物。新中国成立后任北京市文联创联部、出版部副部长,作协北京分会副主席等职。著作多种。

　　史迪威名公路在①,苍心犹记将军情②。
　　一门四代来中国③,花簇长江打桨迎④。

(周勇抄自美国史迪威女儿南希家客厅)

【注释】

①公路在:指滇缅公路。抗战后期,滇缅路是中国唯一的"国际输血管",仅存的一条国际补给线,大批美援物资要通过滇缅路运往大西南。史迪威作为中缅印战区总司令,他的职责和任务是维持和保卫滇缅公路。同时,为了应付仰光失陷后的不利局面,他还修建从阿萨姆的利多,经缅甸北部,到中国龙陵与滇缅公路联接的利多公路。　②苍心:老百姓的心里。苍,苍生,老百姓。　将军情:指史迪威来中国协同中国军人一同抗击日本侵略的深情。　③一门四代:指南希率子孙、加上当年史迪威,共四代来中国。　④花簇:繁花簇拥。簇,簇拥。　打桨迎:船工不断划桨来迎接。

【阅读提示】

　　1985年5月,南希率子孙一家三代人来华访问、参观,他们从北京到重庆,乘扬子江号轮船东下,观赏三峡风光。在船上他们偶遇中国作家、美术家端木蕻良、公木、萧乾、罗工柳等一行,当中国文艺家得知南希是美国名将史迪威将军的女儿后,极为高兴,端木蕻良诗兴大发,挥笔写下了这首诗,萧乾等人也纷纷在题诗后面签名留念。

　　此诗前两句写史迪威将军当年捍卫的滇缅公路还存在,中国老百姓心里一直牢记着将军支持、帮助中国抗日的深情。后两句写南希"一门四代"来中国,两岸盛开的鲜花把长江都簇拥起来,船工也不断划桨来迎接和欢迎!

　　此诗是中美两国人民友谊的象征,表达了中国人民对史迪威将军的感激及对其家人的热烈欢迎之情。因签名人多,作品尺幅很大,但南希十分珍惜,装裱后几乎占去一面墙,在作品两边南希还用中国瓷盘进行装饰。

　　1995年7月,周勇教授去美国访问时,专门去南希女士家中拜访,发现了这首题诗,便同南希女士在题诗前合影留念,并抄回这首诗。我们特将此诗选入,一则是对史迪威将军来华支援我们抗战的深情的纪念,一则是中美人民友谊的历史见证!

第六编
红岩丰碑,巍然屹立

"红岩荒谷年,抗战显光辉"。1939年1月,中共中央南方局和八路军驻重庆办事处成立,周恩来任书记。原机关在市区机房街70号,后因日机轰炸,住房不敷,便于5月迁往红岩村。从此,红岩村便与周公馆所在地曾家岩、新华日报社所在地虎头岩合称"红色三岩"。

红岩,因以周恩来为首的中共中央南方局的驻足,成为中国共产党在国统区的指挥中心,成为统一战线的中流砥柱。红岩,似一盏屹立于雾都的灯塔,为迷雾中的人民指引希望的方向;红岩,似一块磁石,将各阶层爱国主义力量吸引到抗日民族统一战线的旗帜下,推动抗战、民主运动不断向前发展;红岩,似一泓清泉,滋润着国统区进步知识分子的心田,荟萃起进步文化群英;红岩,似一座丰碑,镌刻着中国共产党人的伟岸丰采和铮铮铁骨……

在这里,有风流人物指点江山的千古绝唱;在这里,有共产党人大智大勇、博大胸怀的运筹巧斗;在这里,有欣然将花果满山、绿树成荫之地划给中共修建办公住宿大楼的无私奉献;在这里,有高奏抗战号角、顽固派砸不烂、摧不垮的人民的喉舌与投枪……在这里,气壮山河的铮铮誓言、感天动地的英雄事迹,谱写成了彪炳史册的红岩精神:坚定的信念,崇高的理想,浩然的正气,伟大的人格;在这里,无数先烈用英勇赤诚的热血浇铸成的屹立天地间的红岩丰碑,成为代代子孙永志不忘的红色记忆!

在这红色记忆里,红岩这个平凡而伟大的名字,在春秋代序、风雨雷电中,岿然挺拔,闪烁光辉!她永远是重庆,以至整个中华民族的骄傲。红岩,英名不朽,精神永存!

一、邦国宏梁

感 时

饶国模

饶国模(1895—1960),字范英,又名绍文,重庆大足县人。早年就读成都益州女子师范学校,受其胞兄黄花岗七十二烈士之一的饶国梁的影响甚深,毕业后曾在威远、大足等地小学任教。20世纪30年代初期,她买下重庆市郊区红岩嘴300余亩荒谷坡地,创办花果蔬菜农场,取名"大有"。辛勤经营,成绩斐然。1939年,她欣然延纳中共八路军重庆办事处(中共中央南方局秘设其内)迁入自己的农场,并给予多方面的帮助和支持,使南方局和办事处得以托足红岩,坚持斗争。在此期间,她与周恩来、董必武、邓颖超等南方局和办事处的同志过从甚密,并时有诗词唱和。1945年8月至10月,毛泽东赴重庆谈判期间亦下榻红岩,并设便宴感谢饶国模对中共的支持。1948年,她加入中国共产党。新中国成立后,她将红岩大有农场等房地产无偿捐赠给国家。先后担任西南军政委员会监察委员会委员,重庆市和四川省人民代表,全国妇联执委,第二、三届全国政协委员等职。1960年病逝于北京,葬于红岩。

抗战风云几度春,凯旋歌声不曾闻。
窗前遥望西边月,可恨遮蔽有乌云。
桃花林前须问津,捍卫首都无干城①。
红岩有幸留英杰②,中流砥柱尚有人。

(选自重庆红岩革命纪念馆编《红岩历史诗抄》,见重庆出版社2004年6月第1版)

【注释】

①干城:指英勇善战、保卫国家的部队。　②英杰:指以周恩来、董必武为首的南方局和八路军重庆办事处的共产党人。

【阅读提示】

诗作一方面对蒋介石推行积极反共消极抗日的政策、首都南京沦陷、抗战未能取得胜利表示愤怒和担忧。但是,作者并没有悲观失望,坚信留在红岩的英杰们以及大批共产党人,是救国救民的中流砥柱,是国家和民族的希望,是邦国宏梁,抗日战争一定会取得胜利。全诗由时而感,由感而愤,由感而赞,充分表现了一位爱国民主妇女的忧乐情怀。

（蒋元彬注析）

悼若飞、博古、希夷、邓发诸同志及黄齐老之殉国①

1946年4月

王维舟

王维舟(1887—1970),四川宣汉人。家贫,19岁当学徒,后考入成都工兵学校。1915年参加讨袁(世凯)军队,任川东纵队司令。1920年加入朝鲜共产党上海支部,1927年加入中国共产党。土地革命时期,任川陕红四方面军33军军长。抗日战争时期,任八路军129师385旅旅长。抗战胜利后,1946年来重庆,任中共四川省委副书记。新中国成立后,任西南军政委员会副主席、中央监察委员会常委等职。

北国哀音至,悲痛填胸怀。
国家正多难,忽丧栋梁材。
和平基本固,团结岂容猜?
内战阴谋炽,反动嗜独裁②。
民主须争取,遗志属吾侪③。
若飞诸同志,魂兮其归来。

(选自重庆红岩革命纪念馆编《红岩历史诗抄》,重庆出版社2004年6月第1版)

【注释】

①1946年4月8日，中共出席旧政协代表王若飞、秦邦宪（博古），以及刚出狱的叶挺将军等人于重庆乘坐美军飞机回延安，因飞机迷失航向，撞于山西兴县黑茶山，全机人员均遭不幸，史称"四八"烈士。　若飞，王若飞（1896—1946），贵州安顺人，时为中共重庆工作委员会书记。　博古（1907—1946），秦邦宪，江苏无锡人，为中共参加旧政协代表。　希夷（1896—1946），叶挺，广东惠阳人。新四军军长，皖南事变中与敌谈判时被扣捕，后关押在渣滓洞监狱，在狱中坚贞不屈。经中共多次严正交涉，于1946年3月4日获释，立即重新入党。4月8日飞机失事遇难。　邓发（1906—1946），广东云浮人。1945年9月，代表中国解放区工人出席巴黎世界职工大会。1946年1月回国留重庆，4月8日即遇难。　黄齐老（1879—1946），黄齐生，贵州安顺人，著名的老教育家。1945年初携家属到延安。1946年2月，重庆发生较场口事件，他受延安各界委托赴渝慰问。事毕，4月8日返延安途中遇难。　②反动嗜独裁：指蒋介石代表的反动派嗜好、喜爱独裁统治。　③吾侪（chái）：吾辈、我们。

【阅读提示】

惊闻同志和战友不幸遇难，内心不胜悲痛。在蒋介石大搞独裁统治和内战阴谋，争取民主正需人才之时，他们却不幸殉国！他们是国家的"栋梁材"啊！不过，他们的遗志我辈来完成，中国定会成为一个独立、自由、民主、和平的新国家。作者寄哀思，谴独裁，呼民主，唤和平，表现了共产党人勇于担当，决心为新中国的建立奋斗不息的精神。诗末的呼唤："若飞诸同志，魂兮其归来"，表现了对同志、战友的一往深情。

悼"四八"烈士①

1946年

田 汉

田汉（1898—1968），湖南长沙人，字寿昌。著名戏剧家、诗人。早年留学日本，1921年回国后投身新文化运动，与郭沫若等组织创造社。1930年参加左翼作家联盟、左翼戏剧家联盟。1932年加入中国共产党。抗日战争时期，在郭沫若为厅长的国民政府军委会政治部第三厅任六处处长，在周恩来领导下，负责抗日宣传工作，组织十多个抗敌演剧队、宣传队、剧团到各战区演出，积极从事抗战文艺活动。抗战胜利后，在上海创作揭露国民党黑暗统治的戏剧和电影剧本，1948年转入华北解放区。新中国成立后,历任中国文联副主席、中国戏剧家协会主席、文化部艺术管理局局长等职。著有《田汉文集》及各种剧本100余部。中华人民共和国国歌歌词是他在抗战初期作,原名为《义勇军进行曲》(聂耳作曲)。

悼若飞先生

百炼千锤廿五年②,劲枝当日傲霜天。
此身端为人民碎③,星落黄河惜大贤。

悼邓发先生

省港英雄已不多④,如君钢铁耐千磨。
八年不打家门过,延水连宵起泪波。⑤

悼博古先生

誓为和平起聩聋,笑如春海语晨钟。⑥
奈何风雨过秦岭,堕泪碑应百丈丰。⑦

悼希夷先生

铁军旧侣几奇男,但拯元元九死甘。⑧
十二金牌双鬓雪,将军惆怅忆江南。⑨

悼齐生先生

炯眼苍髯一老儒,敢因人民惜微躯?⑩
何尝暴雨芳菲歇?桃李依然遍海隅。⑪

悼扬眉小妹⑫

挥旗迎父泪双垂,少女心肠战士悲。⑬
漫向银瓶夸艳烈,人间今有叶扬眉。⑭

(选自重庆红岩革命纪念馆编《红岩历史诗抄》,重庆出版社2004年6月第1版)

【注释】
①"四八"烈士:见《悼若飞、博古、希夷、邓发诸同志及黄齐老之殉国》注①。
②廿五年:王若飞1922年加入中国共产党,至1946年4月8日遇难,在革命斗争中千锤百炼25年。　③端为:只为。碎:玉碎,献身。　④省港英雄:邓发是1925年领

导省港大罢工的成员之一。　⑤八年:抗战八年。　延水:延河水。　连宵:连夜。　起泪波:为邓发同志遇难哭泣、哀悼。抗战时期,邓发同志在延安曾任中共中央党校校长、中央民运工作委员会书记、中央职工委员会书记。　⑥起聩聋、语晨钟:指博古同志1941年后任新华通讯社社长兼延安解放日报社社长。其发表的言论和文章有如晨钟一般,唤醒民众爱国抗日,为和平有振聋发聩的作用。　⑦百丈丰:丰碑应有百丈之高。　⑧铁军:1926年北伐战争中,叶挺任国民革命军第四独立团团长,率部在湖北汀泗桥和贺胜桥痛歼军阀吴佩孚的主力,获得"北伐名将"的称誉,所部被称为"铁军"。　元元:黎民、老百姓。　⑨十二金牌:借宋代民族英雄岳飞被奸贼秦桧用十二道金牌召回关押屈死风波亭之典,喻指叶挺将军在"皖南事变"中奉命北迁又被诬扣押数年,以致两鬓斑白。　悃怅:哀伤、愤懑。　忆江南:常忆江南("皖南事变"中)牺牲的战友。　⑩炯眼苍髯:指黄齐生先生是目光炯炯有神,胡须苍白的老儒生。　惜微躯:指1946年2月,重庆发生较场口事件后,黄齐生先生受延安各界之托赴渝慰问。此句为反问句,即为人民事业不惜微躯而前行。　⑪此二句意为:暴雨摧残芳菲(繁茂花草)何曾停歇过?喻指国民党反动派对进步人士的迫害。但先生一生从教培养的学生(桃李)却满天下、遍四海。　⑫扬眉:叶扬眉,叶挺将军的女儿。　⑬挥旗迎父:指叶挺将军出狱时,她挥旗欢迎父亲出狱。　⑭银瓶:本意为酒器。民间指观音菩萨手持之甘露瓶为银瓶,抛洒甘露,普救人间。此句意为:叶扬眉之"艳烈"已超过救苦救难之观音菩萨。

【阅读提示】

诗人对"四八"难中的六位烈士,作诗悼之。《悼若飞先生》赞他是经25年千锤百炼的、"端为人民碎"的党的"大贤",国家的宏梁;《悼邓发先生》赞他是工人运动领袖,只为革命不为家的钢铁汉;《悼博古先生》赞他是党的宣传家,他的抗日讲演和文章,常起振聋发聩之作用;《悼希夷先生》赞他是"铁军"奇男,一心为救百姓却蒙冤狱中。在狱中,他坚贞不屈,多次拒绝蒋介石许以高官厚禄的劝降,坚定表示:"叶挺头可断,血可流,志不可屈。"《悼齐生先生》赞他是为人民事业敢于赴汤蹈火的大儒,虽遇难了,但桃李满天下,将发扬他不惜微躯之革命精神。《悼扬眉小妹》赞她挥旗迎父,其"艳烈"远过上天之观世音菩萨。全诗悼中有赞,赞中有悲,悲中有愤,愤中有激励。诗人悲情难抑,诗句情浓意深,催人泪下。

何　须[①]

1945年10月1日

李少石

李少石(1906—1945),字默农,原名国俊,又名振,广东新会人。1925年就读于广州岭南大学,同年加入中国共产主义青年团,因参加广州"六二三"反帝大游行,被学校当局开除。1926年加入中国共产党,曾在全国海员工会、上海工人通讯社、中共香港交通站、中共江苏省委宣传部工作。1934年因叛徒出卖被国民党逮捕入狱。因其岳母何香凝托请柳亚子等国民党四元老竭力担保,免死罪。抗日战争爆发后,1937年8月,经中共营救获释出狱。旋赴香港、澳门等地工作。1943年春由中共中央南方局调至重庆红岩,化名少石,任南方局外事组工作人员和周恩来秘书。1945年10月8日,在送来访周恩来的柳亚子先生回沙坪坝寓所后返回途中,被国民党兵士枪击,不幸身亡。时在重庆的毛泽东为其题词:"李少石同志是个好共产党员,不幸遇难,永志哀思。"葬于重庆红岩公墓。

　　　　何须良史判贤愚,正色宁容紫夺朱[②]?
　　　　半壁河山存浩气,千年邦国树宏模[③]。
　　　　风云敌后新民主,肝胆人前大丈夫。
　　　　莫讶头颅轻一掷,解悬拯溺是吾徒[④]。

(选自重庆红岩革命纪念馆编《红岩历史诗抄》,见重庆出版社2004年6月第1版)

【注释】

①此诗是李少石牺牲前七日写的,并送给柳亚子先生"教正"。因诗中有"莫讶头颅轻一掷,解悬拯溺是吾徒"句,故柳亚子说此诗"非诗谶而何?"　②宁容:岂容。紫夺朱:古人以朱红为正色,紫为不正之色,孔子《论语·阳货》:"恶紫之夺朱也",意谓不是正色的夺去了正色。这里是指国民党反动派以假乱真,以邪夺正。　③宏模:远大的规模,指敌后建立的抗日民主根据地,是建立新中国的雏形。
④莫讶:不要惊诧奇怪。　解悬:解救悬梁之人。　拯溺:拯救将淹死之人。　吾徒:我们。

【阅读提示】

　　这是作者牺牲前七天写下的一篇浩气冲天的好诗。揭露国民党以"紫夺朱",以假乱真,以邪压正的反动本质,歌颂共产党人不惜抛头颅洒热血救民于水火的英雄创举。作者一生无私无畏,投身革命,用自己的实际行动实践了他视死如归的誓言。全诗正气凛然,充满敢于担当的救国救民的强烈责任感。

（蒋元彬注析）

二、喉舌投枪

祝《新华日报》两周年

1940 年 1 月

陶行知

陶行知,见《育才学校创办旨趣》介绍。

炮里闻呱呱,今天两岁了。
生来为真理,岗位在报晓。
笔杆如枪杆,挥墨亦挥汗。
粉碎敌人谋,一字一炸弹。
指点光明路,同向光明去。
协力是慈航,重洋可以渡。①

(选自重庆红岩革命纪念馆编《红岩历史诗抄》,重庆出版社 2004 年 6 月第 1 版)

【注释】

①慈航:佛教名词。佛教认为佛、菩萨以大慈悲教救度众生出生死苦海,有如舟航。 重洋:大洋。喻再大的困难均可渡过,可以战胜。

【阅读提示】

诗人以通俗的语言,盛赞《新华日报》是传播真理、报晓光明、粉碎敌人阴谋、指点光明路的炸弹与投枪,办报人员艰苦备尝,"挥笔亦挥汗"、"笔杆如枪杆"地工作、战斗,呼吁全国人民要同心协力,战胜一切困难,必然会取得抗日战争的最后胜利。诗句直白,意蕴深厚,充分肯定了《新华日报》的战斗功绩。

祝《新华日报》两周年

1940年1月

田 沃

田沃,生平不详。

两年努力自堪夸,雪压霜欺透嫩芽。
字拓残碑叹绝掌,舟沉冤狱赋怀沙。①
苍坪弹种焚书火,白日门停寄报车。②
幸喜朔风催腊去,春来景象放光华。

(选自重庆红岩革命纪念馆编辑《红岩历史诗抄》,重庆出版社2004年6月第1版)

【注释】

①字拓残碑:1938年12月5日,《新华日报》在重庆举行5000余人参加的隆重的追悼会。会后,《新华日报》设备虽差,仍出版悼念专刊、编印《纪念册》。 舟沉:指1938年10月23日《新华日报》同仁在西迁途中遭日机轰炸的"新升隆事件",遇难25人。 赋怀沙:怀沙,屈原《楚辞·九章》中的篇名,据司马迁《史记·屈原列传》:"乃作怀沙之赋,遂自投汨罗以死。"怀沙,怀抱沙石以自沉。此句意谓像屈原那样赋《怀沙》之曲,以示报国之志。 ②"苍坪"句:《新华日报》于1938年10月25日移渝发行后,将编辑部等部门设在城内苍坪街69号。1939年5月3、4两日日机猖狂轰炸重庆(重庆大轰炸),苍坪街被炸成一片废墟。

【阅读提示】

《新华日报》从武汉搬迁到渝的两年来,经历了十分艰难残酷的岁月,在西迁途中和在重庆市区均遭到日机惨无人道的轰炸和破坏,但是广大报人没有被吓倒,坚韧不拔,在极其艰苦的条件下,仍努力办好报纸,照样出版发行,门前停满寄报车,一派生气蓬勃景象,坚信黑暗即将过去,前景无限光明,春天就在眼前。全诗意气风发,充满乐观的豪情。

(蒋元彬注析)

祝《新华日报》五周年

1943年1月11日

梁 希

梁希(1883—1958),笔名凡僧,浙江吴兴人。抗战时期任教于重庆沙坪坝中央大学,与新华日报社关系密切,他同潘菽、金善宝、谢立惠、涂长望、干铎等人负责编辑《新华日报》副刊《自然科学》栏目。每逢《新华日报》创刊纪念日,他都要赋诗祝贺,并自携酒肉来报馆欢聚。中共中央南方局和新华日报社曾在化龙桥新华日报总馆为其设宴祝寿,南方局负责人亲自莅会祝贺,他是中国共产党抗战期间在重庆的亲密朋友。新中国成立后,任第一任林垦部部长。

忽闻高唱入云霄,滚滚洪流人海潮。
马列文章群众化,莺鸣凤调友声娇①。
火星有报来三峡,花月无愁笑六朝②。
辛苦五年毛颖力,年年神往鸭江遥。③

(选自重庆红岩革命纪念馆编《红岩历史诗抄》,重庆出版社2004年6月第1版)

【注释】

①友声:《诗·小雅·伐木》:"嘤其鸣矣,求其友声"。谓朋友之间,同气相求。这里指《新华日报》"友声"副刊。 ②六朝:吴、东晋、宋、齐、梁、陈都曾建都建康(南京),合称六朝,这里指南京汪精卫伪国民政府。 ③"辛苦"句:战国时期平原君门客毛遂曾言其将"颖脱而出"。毛,毛遂。颖,物之尖端,锥尖透过布袋显示出来。表明自己为革命做事是出自于内心,犹如毛遂自荐一样。 鸭江:鸭绿江,中国与朝鲜的界河,日寇自此入侵我国,作者盼望早日把日寇赶过鸭绿江去。

【阅读提示】

作为党的亲密战友,作者与共产党同呼吸,共命运,对《新华日报》在抗战时期的作用和地位给予了肯定和歌颂,为办好《新华日报》,不辞辛劳。在《新华日报》五周年之际,他赞颂该报将马列群众化、团结进步人士、坚持抗战,怒斥汪伪集团,是传播真理,读者如"人海潮",大受欢迎的好报。作为报纸的支持者和友人,他时刻盼望着把日本侵略者赶出中国去。诗风爽朗,情真意切,声声感人。

(蒋元彬注析)

和凡僧祝《新华日报》创刊五周年①

1943年1月11日

熊瑾玎

熊瑾玎(1886—1973),湖南长沙人。1918年加入新民学会,1920年与何叔衡等人编辑出版《湖南通俗报》。1927年加入中国共产党。1928年到上海,从事中共中央机关的交通联络工作。1932年任湘鄂西苏区宣传教育部长兼省苏维埃秘书长。1933年4月在上海被捕,抗日战争爆发后获释。1938年1月任中国共产党在国民党统治区唯一公开出版发行的《新华日报》总经理。1938年10月,《新华日报》移渝出版发行后,他一直在重庆工作,为《新华日报》的出版发行做了大量工作,做出了重要的贡献。1944年夏担任中共中央重庆工作委员会委员。中华人民共和国成立后,任中国红十字会副会长。

> 阳春一曲响晴霄,善颂年年感热潮。②
> 太素才高身亦健,灵均辞洁笔尤娇。③
> 为民喉舌原天职,爱国文章动市潮。
> 五载宣传饶兴趣,巴山未惜马蹄遥④。

(选自重庆红岩革命纪念馆编《红岩历史诗抄》,重庆出版社2004年6月第1版)

【注释】

①凡僧:重庆中央大学梁希教授笔名。 ②阳春:即"阳春白雪",格调高雅的歌曲,这里指梁诗。 ③太素:宋朝有才华的文学家梁颢,字太素,借指梁希教授。 灵均:屈原别号,用来赞美梁教授的才华和爱国热情。 ④"巴山"句:巴山,泛指四川,梁教授曾不辞辛劳,到四川各地奔走,宣传革命思想。

【阅读提示】

共产党在抗战时期的亲密战友梁希教授,1943年1月写了《祝新华日报五周年》的律诗(如前)。本文作者作为《新华日报》的领导作了这首唱和诗,称梁诗格调高雅,是"阳春"白雪,其人品才华堪与古代先贤哲人相比,对他为革命不辞辛劳,四处奔走,宣传革命思想,与《新华日报》并肩战斗,做出的不朽贡献给予了高度赞扬和肯定。和诗热情恳切,既赞扬了梁诗,又谦逊地表示《新华日报》"为民喉舌原天职"、"爱国文章动市潮"是本分,是本职工作,不必颂扬。倒是应该感谢梁教授五载宣传报纸而"巴山未惜马蹄遥"的热情和友谊。

(元蒋彬注析)

四川省委被迫撤返延安有感

1947年4月

吴玉章

吴玉章(1878—1966),四川荣县人。早年参加同盟会和辛亥革命,1925年加入中国共产党。1927年参加"八一"南昌起义,任革命委员会秘书长。1928年至1937年被派往苏联、法国等地工作,参加过共产国际第七次代表大会。抗战初期回国,先后在武汉、重庆任中共代表团代表、中共中央南方局委员、国民参政会参政员,1939年11月回延安。1946年旧政协期间,为中共代表。中共代表团迁南京后,任公开的中共四川省委书记,中共代表团驻渝联络代表。1947年3月9日,率中共驻渝全体人员返回延安。新中国成立后,任中国人民大学校长等职。

坚持党命驻渝州,日报宣传争自由。①
剥开画皮人称快,抗议美军众同仇②。
出动军警真无理,视同囚犯岂甘休③。
多承周董英明教,全师而退作新谋。

(选自重庆红岩革命纪念馆编《红岩历史诗抄》,重庆出版社2004年6月第1版)

【注释】

①"坚持党命"句:1946年4月,在周恩来、董必武即将率中共代表团离渝赴南京之前,中央决定吴玉章任中共四川省委书记、中共代表团驻渝联络代表,留守重庆,领

导西南地区中国共产党的各项工作。　日报：指《新华日报》。　②"抗议"句：指在全国各大城市掀起的抗议美军在北平东单广场附近强奸北大女学生沈崇的群众运动。　③"视同"句：1947年2月28日深夜，国民党重庆当局突然出动军警宪特，武装包围了曾家岩23号吴公馆、化龙桥《新华日报》等中共驻渝公开机关驻地，软禁中共人员达十日之久。在吴玉章坚持斗争和要求下，最后迫使国民党当局用美国飞机将中共驻重庆、成都两地的公开人员200余人送回延安。

【阅读提示】

　　吴玉章同志身为中共代表和中共四川省委书记，面对国民党反动派的疯狂迫害和镇压，进行了艰苦卓绝的斗争。此诗回顾了留守重庆近一年间的工作：争自由、剥画皮、抗议美军以及与反动军警作斗争。最后，在周恩来、董必武领导同志的指示下，为了保存革命力量，顾全大局，为了党的长远目标，率领代表团全体人员撤回延安。诗如其人，诗风朴实，以赋言事，真切感人。

（元彬注析）

第七编
歌乐忠魂,动地感天

　　不会忘记,60多年前(1949)的"11·27",歌乐山麓的两所监狱渣滓洞、白公馆发生的血腥大屠杀。国民党反动派在即将覆亡的时刻,竟端起罪恶的机枪对囚禁在这两口活棺材中的共产党人和革命志士进行了疯狂扫射,杀之不足,还在烈士遗体上泼上汽油焚烧。这是惊天的血案,这是人类史上最残暴、最野蛮的大屠杀!

　　共产党人和革命志士倒在血泊中了!但他们为革命、为人类解放的坚定信念、不屈的意志、浩然的正气,永存在人们的心中!

　　重温烈士们的狱中诗篇和书简,澎湃的激情、正义的呼唤,穿透时间帷幕呼啸而至。在铁镣、拷打、烙铁、老虎凳和严寒、饥饿,以至死亡的威胁面前,他们没有屈服,没有怨悔,有的只是愤怒,只是呐喊;他们虽然失去了自由,失去了武器,但他们没有停止战斗;他们用竹笺子当笔,以香烟盒作纸,以简陋的纸笔作刀枪,写下了一篇篇正气凛然的诗篇;他们揭露敌人,鞭笞丑恶,抒发信念,传播真理,呼唤自由,憧憬未来……他们崇高的理想,坚定的品格,舍生取义的精神,动地感天的正气,使他们纯净如玉的生命放射出炽烈如火、美如云霞的熠熠光华,与日月同辉,与山河同在!

　　重温烈士们的狱中诗篇和书简,我们仿佛在阳光下阅读黑暗,阅读罪恶,阅读那旧时代的苦难。正是烈士们的牺牲和奉献,才宣告旧世界的灭亡,迎来新中国的诞生,迎来今天明媚的阳光和安定幸福的生活!

　　毋忘过往,牢记历史。让烈士们的伟大人格强壮我们今天活着的人们,鼓舞我们做一个有骨气的"大写"的人;让烈士们满溢着理想追求的"血性文章"、"言炳丹青,德配天地,功昭日月,行作楷模"(吴玉章)的诗篇和书简,在我们的手中变成色彩斑斓的现实诗境!

一、坚定信念

囚 歌[①]

叶 挺

叶挺(1896—1946),字希夷,广东惠阳人。1924年加入中国共产党。北伐名将。1927年参加南昌起义和广州起义,失败后流亡海外。抗战时期以非党员身份任新四军军长。1941年1月,国民党反动派丧心病狂地制造了震惊中外的"皖南事变",叶挺在谈判中被扣押。囚禁中,先后于1942年1月和1945年8月两次被押解到重庆,关押在白公馆和蒋家院子囚室。经我党不断营救,1946年3月4日,他获释出狱。次日,即致电党中央申请重新入党,被批准。1946年4月8日,从重庆飞赴延安途中,因飞机失事不幸遇难。

为人进出的门紧锁着,
为狗爬出的洞敞开着,
一个声音高叫着:
——爬出来啊,给尔自由!

我渴望着自由,
但也深知道——
人的躯体哪能从狗洞子爬出!

我只期待着,那一天,
地下的火冲腾,

把这活棺材和我一起烧掉,
我应该在烈火和热血中
得到永生。

六面碰壁居士②
卅一、十一、廿一

（选自《百名英烈遗照遗书诗文选》,沈乃煜选编,中国文联出版社2000年版）

【注释】

①这首诗是在囚禁叶挺的渣滓洞监狱楼下2号牢房墙壁上发现的。　②六面碰壁居士:此系叶挺在狱中自用的"名号"。　六面:上、下、前、后、左、右六方,暗喻囚室。　居士:一指在家修行的佛教徒,一指有才德而隐居不仕的人,一指自命高洁之士。

【阅读提示】

此诗为作者被囚于重庆国民党军统集中营的渣滓洞囚室时作,表达了作者拒绝利诱、甘愿在烈火中得到永生的坚定的革命信念。被誉为"这是中国二十世纪的正气歌"。今人读之,仍有慷慨悲歌、壮怀激烈之感。

故国山河壮①

罗世文

罗世文(1904—1946),四川省威远县人。1924年任社会主义青年团重庆地委书记。1925年转为中共党员,同年赴莫斯科东方大学学习。1929年回川。历任四川省委宣传部长、省委书记,延安抗大教授,中共川康特委书记等职。1940年3月18日,在成都被国民党当局逮捕,先后关押在贵州息烽监狱和重庆白公馆监狱,长达7年之久。1946年8月18日同车耀先一起在重庆被杀害。解放后,周恩来为他们亲笔题了墓碑。

故国山河壮，　群情尽望春②。
英雄夸统一③，　后笑是何人。

（选自萧三主编《革命烈士诗抄》,中国青年出版社1959年4月第1版）

【注释】

①诗题为编者所加。　②群情:此指广大民众都盼望翻身解放。　③英雄:是对

蒋介石的讽刺。他们曾经夸口要"统一全国",把全国人民置于独裁统治之下。可是,他们的妄想注定失败。最后胜利必然属于人民,最后笑的必然还是人民。

【阅读提示】

  1946年8月18日,罗世文在重庆惨遭国民党当局杀害。临刑时,他从一本俄文册子上撕下一页,给党写下遗言:"据说将押往南京,也许凶多吉少!决面对一切困难,高扬我们的旗帜!老宋处尚留有一万元,望兄等分用。心绪尚宁,望你们保重奋斗!世文,八月十八日正午",然后在与韩子栋握别时,乘机将字条塞进韩的手里。他在赴刑途中,还放声朗诵了这首孕育已久的诗篇,表达了一个共产党人的大无畏的英雄气概和对革命必定胜利的坚定信念,有慷慨雄健之气。早在1927年,作者在《悼杨闇公》一诗中,亦具同样襟怀,抄录于此,以资互证:"涂山诀别两经秋,故国不堪江水流。可惜身无双羽翼,归来聚众斩顽酋。"

自誓诗

车耀先

  车耀先(1894—1946),四川省大邑县人。1929年加入中国共产党,任中共川西特委军事委员。1930年10月,参与策划发动广汉兵暴。1931年"九一八"事变后,从事抗日救亡运动。1934年后,在成都师范学校任教,出版《语言杂志》。创办《大声周刊》,任社长,宣传中共的抗日救国主张。1940年3月18日与罗世文一起在成都"抢米事件"中被国民党特务逮捕,辗转关押于重庆望龙门看守所、贵州息烽监狱和重庆白公馆监狱。1946年8月18日,同罗世文一起殉难于松林坡。解放后,周恩来为他们亲笔题写了墓碑。

    幼年仗剑怀佛心,放下屠刀求真神;①
    读破新旧约千遍,宗教不过欺愚民。②

    投身元元无限中,方晓世界可大同,③
    怒涛洗净千年迹,江山从此属万众。④

不劳而食最可耻，活己无能焉活人，
欲树真理先辟伪，辟伪方显理有真⑤。

喜见东方瑞气升，不问收获问耕耘，⑥
愿以我血献后土，换得神州永太平。⑦

写于1929年

（选自萧三主编《革命烈士诗抄》，中国青年出版社1959年4月北京第1版）

【注释】

①仗剑：习武、从军。 佛心：救苦救难的慈悲之心。 放下屠刀：作者参加旧军队，由兵士当到旅长，在军阀混战中负伤，一足残跛，乃退役。放下屠刀指此事。 求真神：追求救国救民的真理。 ②新旧约：即《新约全书》和《旧约全书》，是基督教的"圣经"。 欺愚民：欺骗老百姓。作者先笃信基督教，后发现许多神父牧师不过是帝国主义侵略中国的工具，乃集合基督教中有爱国热情的中国信徒，创立了"中华基督教改进会"，揭露宗教的骗局。 ③元元：指人民群众。 大同：没有剥削、没有压迫的大同世界，即共产主义社会。 ④怒涛：革命怒涛。 千年迹：千年陈旧的不合理的事物。 ⑤辟伪：破除虚假、错误的思想言行。即与违背马克思主义的各种反动的思想言论作斗争。 ⑥瑞气：祥瑞之气。 ⑦后土：大地。

【阅读提示】

这四首"自誓诗"是车耀先1929年入党后向党裸露心迹、表示革命到底的决心和誓言。第一首写他早年"怀佛心"从军，救苦救难不成，转而信奉基督教，后发现洋教是帝国主义侵略中国的工具，从而揭露宗教的骗局。第二首写他致力于理论的学习和研究，认定马克思主义才是一切被压迫民族和阶级获得解放的"福音书"，乃要求加入中国共产党，投身到工农群众的革命斗争中。第三首谴责"不劳而食"的人"最可耻"，表示与各种反马克思主义的思想言行作斗争，维护真理的纯洁性。第四首表示自己革命到底的决心，为革命工作只"问耕耘"、"不问收获"，愿以自己的一生献给祖国，以英勇战斗夺取革命胜利，"换取神州永太平"！

《自誓诗》表达了车耀先追寻革命的过程和决心，特别抒写了自己接受马克思主义后在做人、做事、认知、境界上的变化，发誓"愿以我血献后土"，并以自己的革命活动和在监狱的斗争实践了自己的誓言。这是何等的胸襟，何等的气概！诗言志，读其诗足见其人，车耀先的高尚人格在诗中显露无遗，闪耀着感人的光辉。

诗 二 首

杨虎城

杨虎城(1893—1949),陕西蒲城县人。1927年参加北伐战争。后任国民革命军第十七路军总指挥、陕西省主席等职。拥护中共的抗日民族统一战线政策,同中共达成联合抗日的协定。1936年,他与张学良一起发动了名震中外的"西安事变",促进了国共第二次合作,推动了全国抗日战争,有功于国家民族。后不幸遭蒋介石逮捕,囚禁达12年之久。在狱中,他大义凛然,坚贞不屈,坚持爱国民主立场,于1949年9月在重庆惨遭杀害。其夫人及次子、狱中所生幼女,秘书夫妇及幼子、两位副官均先后殉难。

一

西北大风起①,东南战血多②。
风吹铁马动③,还我旧山河!

二

大陆沉沉睡已久④,群兽无忌环球走⑤。
骨骸垒垒高太华⑥,红潮澎湃掩牛斗⑦。

(选自沈乃煜选编《百名英烈遗照遗书诗文选》,中国文联出版社2000年版)

【注释】

①在反对袁世凯称帝风潮中,发生于1916年5月的陕西独立运动。 ②指发生在东南各地的军阀战争。 ③铁马:意指配铁甲的战马,借喻雄师劲旅;又指檐马,即悬于房檐间的铁片,风吹动撞击而发声。这是指起兵推翻袁世凯,恢复民国。此诗抒发了作者满腔的爱国情怀和高昂斗志。 ④大陆:指中国。 ⑤群兽:指帝国主义列强。 ⑥太华:华山,为我国四大名山之西岳。此句言尸骨堆积得比华山还高。 ⑦红潮:指当时国民革命的洪流。 牛斗:太空列星二十八宿中的二宿,掩牛斗:即言革命洪流的高涨。此诗写于大革命时期,它表达了作者对帝国主义入侵并帮助军阀打内战的不满,对民不聊生、尸骨枕藉的同情,对国民革命洪流高涨的喜悦。

("注释"见《百名英烈遗照遗书诗文选》)

【阅读提示】

被周恩来誉为中华民族的"千古功臣"的杨虎城,一生志存高远,心系天下,无论治军、主政,所到之处总不忘为民兴利除弊,重视教育,支持民众抗日运动,支持中共工作,起用共产党员,掩护暴露身份的中共党员。能诗,有将军气概。"诗二首"表达了他对袁世凯称帝、军阀混战以及帝国主义列强侵略中国的愤慨,抒发了"还我旧山河"与"红潮澎湃掩牛斗"的爱国情怀和高昂斗志。

留得清白上九霄

宋绮云

宋绮云(1904—1949),原名元培,共产党员,江苏邳县人。1926年考入黄埔军校第六期,1927年3月加入中国共产党。1928年任中共邳县县委书记。1929年底,到杨虎城部队从事新闻宣传工作,先后任《宛南日报》主编、《西安日报》编辑主任、西北文化日报社副社长兼总编辑。1939年奉命任晋西南中条山第四集团军总部少将高参,兼干训班特别党部书记长。1941年9月,在西安被捕。不久,其夫人徐林侠及幼子宋振中也被捕入狱。他们先后被关押于贵州息烽监狱、重庆白公馆监狱。1949年9月6日,他和杨虎城及他们的亲属共6人,被杀害于歌乐山松林坡。

  我不能弯下腰,只有怕死才求饶。
  人生百年终一死,留得清白上九霄①!

(选自《红岩魂·铁窗下的心歌——白公馆、渣滓洞烈士诗歌与书信选》,解放军文艺出版社2001年1月第11版)

【注释】

①九霄:九重天,天空的最高处,极高远之地。指人死后灵魂升天之处。

【阅读提示】

不弯腰,不求饶,视死如归,为的是保留革命的坚定信念和一生清白,为人类解放的崇高理想献身!诗意晓畅,信念坚定,铿锵有力,言志抒怀,令人感佩。

除夕有感

许晓轩

许晓轩(1916—1949),江苏无锡人。家贫,父亲无力还债,郁闷而死。童年的苦难使他立下改变社会的志愿。15岁辍学当学徒,19岁进工厂当会计。1938年随厂迁居重庆。后经沙千里介绍,1938年5月加入中国共产党。抗战初期在重庆南岸、大渡口等地做工运工作。曾任中共川东特委青委宣传部长、中共重庆市区区委委员。1940年4月被捕,曾关押在贵州息烽和重庆白公馆监狱。1941年,巧妙地在息烽监狱的核桃树上刻下"先忧后乐"四字。在白公馆狱中任临时党支部书记,领导狱中斗争。1949年11月27日被杀害。临刑,留下遗言:"请转告党,我做到了党教导我的一切。在生命的最后几分钟,仍将这样。希望组织上经常注意整党整风,清除非无产阶级意识。"表现了一个共产党员对党的热爱与无限忠贞。

不悲身世不思乡,百结愁成铁石肠①。
止水生涯无节日,强颜欢笑满歌场。②
追寻旧事伤亡友,向往新生梦北疆③。
慰罢愁人情未已,低徊哦诵"惯于"章。④

(选自《红岩魂·铁窗下的心歌——白公馆、渣滓洞烈士诗歌与书信选》,解放军文艺出版社2001年1月第1版)

【注释】

①百结愁:忧虑国家、民族、人民的苦难,愁恨百结。 铁石肠:铁石心肠。指自己忘却了乡亲全身心投入革命工作。 ②止水生涯:止水,静水。止水生涯指秘密的地下斗争生活。 满歌场:指地下工作需要,还要在娱乐场所应付各种人事。 ③梦北疆:梦见向往北方陕甘宁边区抗日民主根据地。 ④愁人:作者自指。"惯于"章:1931年2月,鲁迅为悼念柔石等五烈士而作《为了忘却的记念》一文,文中引用的这首《无题》诗:"惯于长夜过春时,挈妇将雏鬓有丝。梦里依稀慈母泪,城头变幻大王旗。忍看朋辈成新鬼,怒向刀丛觅小诗。吟罢低眉无写处,月光如水照缁衣。"

【阅读提示】

不悲身世,不思乡,全身心地投入革命工作。作者写诗的1941年2

月,正是国民党反动派发动"皖南事变"、屠剿新四军后不久,眼见同志和战友一个个被国民党反动派杀害,自己只有愤恨,只好借用鲁迅的"惯于"章来表达悲愤的心情和"怒向刀丛觅小诗"的继续战斗的决心。感情浓郁,充满对国民党反动派屠杀抗日爱国志士的愤慨和坚定的革命信念,继续战斗的不屈意志。

二、不屈意志

宣　誓

古承铄

古承铄(1920—1949)，四川南川(今属重庆)人。出身贫苦,做过教师、银行职员。1947年加入中国共产党,担任《挺进报》刻写工作。他曾用陈灼、曾索等笔名谱写了许多革命歌曲,如《薪水是个大活宝》、《綦江河》、《磨房的瘦马》等,在国统区广为流传,鼓舞人们起来战斗。1948年5月被捕,囚于渣滓洞监狱。1949年11月27日被杀害,被誉为"人民的歌手"。

在战斗的年代，
我宣誓——
　　不怕风暴，
　　不怕骤雨的袭击。
一阵火，一阵雷，
一阵狂风，一阵呼号，
炙热着我的心：
脑际胀满了温暖与激情。

我宣誓——
　　爱那些穷苦的、
　　流浪的、无家可归的、
　　衣单被薄的人民；

恨那些贪馋的、
　　骄横的、压榨人民的、
　　杀戮真理的强盗。

我宣誓——
　　我是真理的信徒，
　　我是正义的战士，
　　我要永远永远，
　　为人类的自由幸福而战！
　　　　　　1948年作于渣滓洞楼下一号牢房

（选自《红岩魂·铁窗下的心歌——白公馆、渣滓洞烈士诗歌与书信选》，解放军文艺出版社2001年1月第1版）

【阅读提示】

《宣誓》激昂明晰，充分表达了一个共产党员在战斗年代的激情、爱恨以及为革命战斗不屈的意志和决心："我是真理的信徒，我是正义的战士，我要永远永远，为人类的自由幸福而战！"铿锵有力的诗句，成了所有共产党人的心声，极富号召力！

论气节（节录）

陈　然

陈然（1923—1949），河北香河县人。1938年参加"抗战剧团"，1939年加入中国共产党，1940年随"抗战剧团"来到重庆。1947年初，他与几位同志在南方局负责文化工作的何其芳领导下创办了《彷徨》杂志，宣传革命道理。同年2月，国民党查封了《新华日报》。7月，中共重庆市委机关报《挺进报》创刊，他担任该报书记，负责该报油印工作。1948年4月22日晚，因叛徒出卖，他正在印刷第23期《挺进报》时被捕，关押在白公馆监狱。1949年10月28日，他被敌人公开枪杀于大坪。

气节，是中国知识分子的优良传统精神。什么气节？就是孟子所说的："富贵不能淫，贫贱不能移，威武不能屈。"在平时能安贫乐道，在富贵荣华的诱惑之下不动心志；在狂风暴雨袭击下能坚定信念，而不惊慌失措，以至于"临难勿苟免，以身殉真理"。气节是建立在高度理性基础之上，而不是建立在情感基础上。……

（原载1947年《彷徨》杂志，选自重庆红岩联线文化研究发展中心编《千秋红岩》，人民出版社2005年5月第1版）

【阅读提示】

人生应该有怎样的追求和奋斗，作者在此文中做了很好的回答。这就是要牢记孟子所说的"富贵不能淫，贫贱不能移，威武不能屈"，安贫乐道，拒绝利诱，坚定信念，做到"临难勿苟免，以身殉真理！"这就是一个人要具有的气节！文短意深，大气凛然，朗朗上口，精辟有力，给人以极大的警醒！

仗剑虎山行

周从化

周从化（1895—1949），四川新繁县人，共产党员。曾任刘湘21军团长、参谋处长，第7战区长官司令部及川康绥靖公署参谋处长、第23集团军总司令部参谋长、国防部战史编委会中将委员、41军参谋长、川北团管区司令等职。1948年加入中国共产党，1949年加入民革，联络川军将领反蒋。1949年8月在成都被捕，囚于白公馆监狱。1949年11月27日牺牲于敌人的大屠杀中。临刑前，在白公馆墙上，用竹筷刻下"失败膏黄土，成功济苍生"的诗句，表达了他革命到底的决心。

神州嗟浩劫，四族胜狼群；[1]
民生号饥寒，民权何处寻？[2]
兴亡匹夫志，仗剑虎山行；[3]
失败膏黄土，成功济苍生。[4]

写于1948年夏

（选自《红岩魂·铁窗下的心歌——白公馆、渣滓洞烈士诗歌与书信选》，解放军文艺出版社2001年1月第1版）

【注释】

[1] 嗟（jiē）：叹息。　浩劫：大灾难。　四族：蒋（介石）宋（子文）孔（祥熙）陈（果

夫)四大家族。　②号:哀号。　③兴亡匹夫:顾炎武"天下兴亡,匹夫有责"的缩写。天下,指国家;匹夫,指平民百姓。顾炎武《日知录·正始》:"是故知保天下,然后知保其国,保国者其君其臣,肉食者谋之。保天下者,匹夫之贱,与有责焉耳矣。"梁启超《无聊消遣》:"顾亭林说,'天下兴亡,匹夫有责'。"　仗剑:拿起武器。　虎山:虎狼横行的国统区。　④膏:脂膏,肥沃。　济:救济、帮助。　苍生:老百姓。

【阅读提示】

　　作为国民党部队的军官,作者一旦接受革命思想,参加共产党,就会表现出大无畏的革命到底的精神。此诗正是他这种精神的写照。他谴责四大家族对中国的"浩劫",深感民生的"饥寒"和民权的丧失,从而立下救国救民的"兴亡志",在虎狼横行的国统区进行革命斗争。表示如失败,则以一腔热血肥沃大地;如成功,则全力为老百姓谋幸福。诗情豪迈,意志坚定,给人积极向上的战斗鼓舞力。

狱中诗三首

王白与

　　王白与(1902—1949),四川蓬安人。民革川东组织领导人。曾任刘湘21军政治部宣传科长、四川省政府编译室主任兼川康绥靖公署军官研究班政治部主任、四川教育学院教授、华西日报社社长、《新蜀报》总经理等职。是四川省文教、新闻界的知名人士。1948年加入民革,任民革川东负责人,做上层统战工作。1949年8月20日被捕,11月27日晚,被押往松林坡处决。走出囚室,他边笑边说:"痛快,痛快!"他博通经史,擅长诗文,自编诗集有《食力斋诗》、《话雨集》等。本诗原为四首,现缺一首。是根据烈士同室难友周绍轩背诵记录的。

一

由来志士苦心多,蜀络千秋恨不磨①。
心如止水无牵挂,犹惭百日坐东坡。②

二

斗室南冠作楚囚,纷然万念一身收。③

人经忧患殊轻死,书到危疑不解仇④。

三

天上星河看灿烂,江间波浪纵横流。
悠然翠秀南山影,何日芒鞋得再游?⑤

(选自重庆市政协办公厅、中共重庆市委统战部、西南大学编《重庆爱国民主人士诗词精选》,重庆出版社2011年3月第1版)

【注释】

①蜀络:蜀锦的缠丝,此两句言志士忧国忧民之心事犹如蜀锦缠丝,千丝万缕不断,对敌之恨千秋不灭。 ②止水:静止的水。喻心无旁骛,一心为革命工作。 百日:指作者入狱已百日。 坐东坡:坐,坐罪。东坡,宋代苏轼因乌台诗案贬官黄州,住东坡,故号东坡居士。此句借苏轼之典,说明自己入狱如苏轼被贬往东坡一样,是被诬陷的。 ③斗室:囚室。 南冠:《左传·成公九年》:"晋侯观于军府,见钟仪,问之曰:'南冠而絷者谁也?'有司对曰:'郑人所献楚囚也。'"后即以南冠为囚犯的代称。 楚囚:楚国的囚犯。 ④危疑:疑难、危难。此句是说,自己每一提笔书写,总有无比的愤恨涌上笔端,越写仇恨越多。 ⑤南山:重庆南岸涂山山脉中之汪山、黄山、岱山、真武山等,统称为南山。 芒鞋:苏轼《定风波》词:"竹杖芒鞋轻胜马,一蓑烟雨任平生。"芒鞋,草鞋。此两句意谓南山风光秀美,何日能穿上草鞋再去游呢? 言外之意是决心以死报国,游南山是不可能了。

【阅读提示】

诗(一)是诗人被关押百日后,感到不能再做革命工作,恨敌日增;诗(二)表达了诗人身陷囹圄,万念俱收,但敌仇不解,决心以死报国;诗(三)写诗人仰望星河,俯听江涛,想到"悠然翠秀"的南山,是不可能再去赏游了。全诗忧国忧民,仇肠百结,视死如归,乐观旷达。

绝命诗四首①

黎又霖

黎又霖(1895—1949),贵州黔西人。1918年入北京大学法政系,曾投身"五四"运动,参加了烧毁曹汝霖住宅、痛打章宗祥的行动。参加过北伐,1933年赴福建参加"闽变",失败后辗转于上海、贵州。抗战爆发,与董必武联系,以隐蔽身份担任国民党军委会战时工作干部训练团政治教官。1945年加入民联,后任民联临时工作组成员,同时加入民盟,任民盟重庆支部秘书处主任。1948年参加民革,任杨杰秘书,奉命组织西南区工作,与王白与等人筹划反蒋起义,1949年8月在重庆被捕。入狱后屡受酷刑,特务用烧红的铁刷刷其前胸和后背,几次死而复苏。特务拿出纸笔,要他招供,他只在纸上写道:"没有说的,请枪毙。"1949年11月27日殉难于重庆白公馆大屠杀。

一

斜风细雨又黄昏,危楼枯坐到天明[2]。
溪声日夜咽墙壁,似为愁人诉不平[3]。

二

祸国殃民势莫当,三分天下二分亡[4]。
狱中自古多豪俊,留待他年话仇肠。

三

卖国殃民恨独夫,一椎不中未全输[5]。
银铛频向窗间望,几时红军到古渝[6]。

四

革命何须问死生,将身许国倍光荣;[7]
今朝我辈成仁去,顷刻黄泉又结盟。[8]

(选自重庆市政协办公厅、中共重庆市委统战部、西南大学编《重庆爱国民主人士诗词精选》,重庆出版社2011年3月第1版)

【注释】

①绝命诗一、二是作者于殉难前三日在白公馆所写,后设法传递给邻室难友王国源,由王国源脱险带出。三、四是重庆刚解放的第二天,地下党员周永林前往白公馆、渣滓洞搜寻烈士遗物。在白公馆原看守的指引下,他在烈士铺下的稻草中发现了这两首写在草纸上的诗。原件已捐赠歌乐山烈士陵园,后去拍的照片尚存周永林之子周勇处。 ②危楼:高墙。楼,指监狱。 ③愁人:狱中革命者,此二句意谓:白公馆墙外有山泉水流,其声如呜咽悲鸣之声,为革命者鸣不平。 ④三分天下二分亡:指蒋家王朝已临崩溃前夕。 ⑤一椎不中:据《史记》载,秦始皇出巡时,路过博浪沙,张

良重金招募一大力士,持铁锥狙击秦始皇,惜未中。此喻作者虽被捕入狱,革命工作遭到破坏,但"并未输",革命事业终将胜利。　⑥锒铛:铁锁链。此指戴着刑具的革命者。　频向:多次向窗外望。　古渝:重庆古称渝州。　⑦倍光荣:加倍感到光荣。　⑧成仁:仁,仁爱,《论语·卫灵公》:"志士仁人,无求生以害仁,有杀身以成仁。"即用生命来成全仁德。现指为崇高理想和正义事业献出生命。　黄泉:指人死后埋葬的地穴,亦指阴间。　又结盟:指遇难同志的灵魂到了阴间,又结成革命团体,继续进行斗争,以示牺牲了也不放过敌人。

【阅读提示】

作者虽身系监牢,仍胸怀天下,念念在兹的是人间的"不平"事;对即将覆亡的祸国殃民的独夫民贼,充满仇恨,切盼红军早日来到;追求正义事业,毫不动摇,不问死生,情愿杀身成仁,到了黄泉又和同志结盟,继续和敌人斗争。真是咬断牙根恨敌人,浩气长存死不衰。全诗悲壮感人,撼人心魄!

三、浩然正气

入狱偶成[1]

傅伯雍

傅伯雍(1919—2014),四川垫江(今属重庆)人,1947年8月加入地下党组织,1948年11月被敌特逮捕,关押在渣滓洞监狱。在狱中积极参加各种活动。1949年春节时,他和艾文宣(烈士)发起,创建了"铁窗诗社"的秘密文艺组织。"11·27"大屠杀中脱险。解放后在垫江县文教局、垫江第三中学工作。1979年离休。

> 权把牢房当我家,长袍卸去穿囚褂;
> 铁窗共话兴亡事[2],捷报频传放心花[3]。

(选自《红岩魂·铁窗下的心歌——白公馆、渣滓洞烈士诗歌与书信选》,解放军文艺出版社2001年1月第1版)

【注释】

[1]1948年底到1949年1月,传来辽沈、淮海、平津战役胜利的消息,作者兴奋异常,写了《入狱偶成》诗,在难友中暗中传播。第二天放风时,有的难友用烟盒纸、草纸写成和诗,传递给他。经他和艾文宣等发起,1949年春节,利用大放风机会,在渣滓洞楼上一室召开了"铁窗诗社"成立会,开展一个以笔作刀枪的新战场。参加者有杨虞裳、何雪松、何敬平、古承铄、刘振美、陈丹墀、张朗生、余祖胜、史德瑞、张学云、艾文宣、白深富、蓝蒂裕、齐亮、屈楚、唐征久、蔡梦慰、张永昌、胡作霖、傅伯雍等二十人。这是在铁窗烈火中诞生的"铁窗诗社"的第一次,也是仅有的一次集体活动,作为狱中斗争的光辉乐章,永远载入了史册。 [2]兴亡事:国家兴亡的大事。 [3]捷报频传:1948年11月2日,辽沈战役取得胜利;1949年1月6日,淮海战役胜利结束;1949年1月31日平津战役以胜利告终。

【阅读提示】

听说三大战役胜利的消息,作为入狱已三个多月的地下党员,作者自然兴奋异常,欣然写下这首《偶成》。诗句明晰,简洁有力,充满视狱为家、不忘兴亡、欢呼胜利的豪壮之气和乐观主义精神。

只为祖国不为家

白深富

白深富(1917—1949),又名白石坚,四川璧山(今属重庆市)人。1939年加入中国共产党,从事学运工作。1948年8月在璧山被捕,关押在渣滓洞监狱。1949年在敌特"11·27"大屠杀中牺牲。

只为祖国不为家,消灭群凶与爪牙;
正气歌声震寰宇,要叫铁树开红花。

(选自《红岩魂·铁窗下的心歌——白公馆、渣滓洞烈士诗歌与书信选》,解放军文艺出版社2001年1月第1版)

【阅读提示】

这是"铁窗诗社"成员"和"傅伯雍《入狱偶成》诗的一首,表现了狱中难友"只为祖国"、"消灭群凶"的高尚追求、战斗决心,以及坚信革命会成功(铁树开花)的浩然正气。

就义诗

刘国鋕

刘国鋕(1921—1949),四川泸县人,出身富商家庭、名门望族,1940年在西南联合大学叙永分校加入中国共产党,后又入民盟。1944年,他被派到云南陆良开展工作;1947年11月,担任中共重庆沙磁区学运特支书记,领导抗暴游行、营救"六一大逮捕"被捕师生。1948年4月,因叛徒出卖被捕,先后关押在渣滓洞、白公馆监狱。家人用重金打通关节要带他出国留学,但他拒绝在"脱党声明"上签字,坦然说道:"我死了有党,等于没有死!我如果出卖了组织,活着又有什么意义!"1949年在"11·27"大屠杀中牺牲。

> 同志们,听吧!
> 像春雷爆炸的,
> 是人民解放军的炮声!
> 人民解放了,
> 人民胜利了!
> 我们——
> 没有玷污党的荣誉,
> 我们死而无愧!
> ……

1949年11月27日

(选自《红岩魂·铁窗下的心歌——白公馆、渣滓洞烈士诗歌与书信选》,解放军文艺出版社2001年1月第1版)

【阅读提示】

《就义诗》是刘国鋕在"11·27"大屠杀时作,后根据脱险难友背诵记录。在胜利即将来临的时刻,狱中难友不得不面对死亡。但他们欢呼人民的解放、人民胜利,面对死亡,"死而无愧",因为他们"没有玷污党的荣誉!"杀身成仁,舍生取义,正气凛然,感天动地!

示 儿

蓝蒂裕

蓝蒂裕(1916—1949),四川梁平人,出身贫苦,1938年在万县师范学校求学时加入中国共产党。1939年到重庆海员工会担任《新华日报》发行员,暗中从事党内交通联络工作。"皖南事变"后转移到重庆郊县以教书为掩护,开展农运工作。1947年底,参与策划川东达(县)大(竹)武装起义。1948年12月去梁平县太平寨传达上级指示后,主动留下营救狱中同志,被叛徒出卖被捕,关押在渣滓洞监狱,全身被铁烙得皮焦肉烂,仍坚贞不屈。1949年10月28日与陈然等同志一起被杀害于大坪。

> 你——耕荒,
> 我亲爱的孩子;
> 从荒沙中来,
> 到荒沙中去。
>
> 今夜,
> 我要与你永别了。
> 满街狼犬,
> 遍地荆棘,
> 给你什么遗嘱呢?
> 我的孩子?
>
> 今后——
> 愿你用变秋天为春天的精神,
> 把祖国的荒沙,
> 耕种成为美丽的园林!

1949年10月就义前夜

(选自《红岩魂·铁窗下的心歌——白公馆、渣滓洞烈士诗歌与书信选》,解放军文艺出版社2001年1月第1版)

【阅读提示】

这首诗是烈士在临刑前在渣滓洞楼上第6号牢房留交同志转给他的孩子的遗嘱。

面对死亡,没有慌乱,没有怯懦,而是镇静,将"遗嘱"留下来,告诫孩子牢记"满街狼犬,遍地荆棘"的现实,立下"把祖国的荒沙,耕种成美丽的园林"的宏愿,献身祖国的解放和建设事业。这就是共产党人临死不忘战斗,不忘祖国,不忘人民的高贵品质。诗句柔婉,充满温情,充满厚爱,充满希望,感人心扉。

愿把牢底坐穿

何敬平

何敬平(1918—1949),四川巴县(今属重庆)人。共产党员,曾任中共重庆电力公司地下党支部组织委员。早年参加过"重庆学生救国联合会"、"救国会"等活动。1948年4月被捕,囚于重庆"中美特种技术合作所"渣滓洞集中营,1949年11月27日壮烈牺牲。

> 为了免除下一代的苦难,
> 我们愿——
> 愿把这牢底坐穿!
> 我们是天生的叛逆者,
> 我们要把这颠倒的乾坤扭转!
> 我们要把这不合理的一切打翻!
> 今天,我们坐牢了,
> 坐牢又有什么稀罕?
> 为了免除下一代的苦难,
> 我们愿——
> 愿把这牢底坐穿!

1948年夏于渣滓洞

(选自萧三主编《革命烈士诗抄》,中国青年出版社1959年4月版)

【阅读提示】

这是何敬平在渣滓洞集中营满怀悲愤写下的一首脍炙人口的不朽诗篇,表达了共产党人"为了免除下一代的苦难","愿把牢底坐穿"的坚定的革命信念和革命乐观主义精神。此诗一出,即由难友谱曲在狱中广为传唱。

用枪托把牢门砸开

——黑牢诗篇（第二章）①

蔡梦慰

蔡梦慰（1922—1949），四川省遂宁县人。1946年任成都《工商导报》《遂蓉导报》记者，以笔为枪，写了很多揭露黑暗现实、向往光明的文章。1947年5月，转到重庆现代书局工作。书局被反动派查封后，又创办了重庆文城出版社。1948年5月，因秘密散发《挺进报》被特务监视，在掩护战友脱险时被捕，囚禁在渣滓洞监狱。1949年11月27日深夜，被杀害。

牢门，曾经为你打开，
只消一提脚
便可跨过这条铁的门槛。
管钥匙的人说：
——你想干点什么呢？
搞事业吗？还是玩政治？
我给你高官，
我给你公司、银行、书店、报馆……
——否则呀，哼！
一声冷笑掩蔽了话里的刀；
像修行者抵御了魔鬼的试验，
你呀，拒绝了利与禄的诱惑，
只把脖子一扬，
便将这杯苦汁一气饮下！
连眉头也不皱一皱呀。

从金子堆边走过而不停一停脚，
在红顶花翎的面前而不瞟它一眼。
爱人的眼睛，

母亲的笑脸……
多少年青的心灵呵,
都被感情的手撕裂得粉碎;
你呀,光荣的胜利者,
在一点头,一摇首之间,
曾经历了怎样剧烈的战斗!

凭仗着什么?
在一瞬间的若干次斗争中,
你终于战胜了双重的敌人。
像战场上的勇士:
一手持着信仰的盾牌,
一手挥砍着意志的宝剑。
从此,牢门上了死锁,
铜钥匙的光亮,
不曾在你眼前晃过。
——为了免除下一代的苦难,
我们要,要把这牢底坐穿!
二百多颗心跳着一个旋律,
二百多个人只希望着那么一天——
等待着自己的弟兄,
用枪托来把牢门砸开!

（选自萧三主编《革命烈士诗抄》,中国青年出版社 1959 年 4 月版）

【注释】

①蔡梦慰同志在狱中坚持写作,用竹签子笔蘸着棉花烧成灰烬调作的墨汁,写出血泪和仇恨的记录。1949 年 11 月 27 日深夜,他由渣滓洞被押赴松林坡刑场途中,将其未完成的长诗原稿——《黑牢诗篇》抛留草丛中。重庆解放后,这一珍贵的诗篇被发现,终于得以保存下来。《黑牢诗篇》共计 236 行,此为全诗之第二章,题目为编者所加。

【阅读提示】

《黑牢诗篇》全诗共分五章,以史诗结构,全面而辛辣地揭露了反动派制造的冤狱罪行。对敌人的狞恶面目、血腥暴行作了无情的揭露和批判。对难友们在魔窟里坚持斗争、红旗不倒的英姿,作了深刻细密的描写和热情的颂扬。第二章"用枪托把牢门砸开"表现了革命者拒绝敌人"利"与"禄"的诱惑,并战胜感情的折磨,"一手持着信仰的盾牌,一手挥砍着意志的宝剑",为免除下一代的苦难,"要把牢底坐穿"的革命信念,和等待自己弟兄用枪托"把牢门砸开"的乐观精神,正气浩然,充溢全诗,给人以极大的鼓舞。

迎接胜利

何雪松

何雪松(1918—1949),又名永柏、柏林,笔名蜀英,四川高县人。民盟盟员,"小民革"成员,解放后被追认为中共党员。1936年入刘湘军官教导队。1938年在武汉经阳翰笙介绍去政治部第三厅放映队工作。1941年流浪广西教书。1946年被国民党失业军官第五总队收容,任上校总编。1947年退役组织地下武装,开辟游击根据地。10月因"小民革案"被叛徒出卖被捕。在渣滓洞监狱参与组织"铁窗诗社"。1949年11月27日殉难于重庆渣滓洞大屠杀。

乌云遮不住太阳,
冰雪锁不住春天,
铁牢——
关住了战士的身子,
关不住要解放的心愿。
不怕你豺狼遍野,
荆棘满山,
怎比得,
真理的火流,
革命的烈焰。
看破晓的红光,
销铄了云层,
解放的歌声,
响亮在人间。

用什么来迎接我们的胜利?
用我们不屈的意志,
坚贞的信念!

1948年,于渣滓洞监狱

（选自重庆市政协办公厅、中共重庆市委统战部、西南大学编《重庆爱国民主人士诗词精选》,重庆出版社2011年3月第1版）

【阅读提示】

　　1948年,解放战争在东北、华北已取得重大胜利,但在重庆,国民党反动派还在作垂死挣扎,血腥镇压和屠杀共产党人和爱国民主人士。但作者和难友坚信:乌云遮不住太阳,冰雪锁不住春天。铁牢和遍野的豺狼将被"真理的火流"、"革命的烈焰"烧毁,解放的歌声已"响亮在人间"。诗人号召难友们用"不屈的意志"、"坚贞的信念"来迎接即将到来的明媚的春天! 全诗充满胜利的信念和憧憬,正气凛然,感情激荡,极富鼓动性和战斗力!

四、铁窗书简

遗书：先说几句（节录）

车耀先

车耀先，见《自誓诗》介绍。

民国二十九年三月，余因政治嫌拟[疑]被拘重庆。消息不通，与世隔绝。禁中无聊，寝食外辄以曾文正公①家书自遣。遂引起写作与教子观念。因念余出世劳碌，磨折极多，奋斗四十年，始有今日，儿女辈不可不知也。故特将一生之经过写出，以为儿辈将来不时之参考，使知余。出身贫苦，不可骄傲；创业艰难，不可奢华；努力不懈，不可安逸。能以"谦"、"俭"、"劳"三字为立身之本，而补余之不足；以"骄"、"奢"、"逸"三字为终身之戒，而为一个健全之国民。则余愿已足矣，夫复何恨哉?！

（选自《革命烈士书信》，中国青年出版社1999年12月北京第1版）

【注释】

①曾文正公：曾国藩（1811—1872），字涤生，湖南湘乡人，道光进士，对抗太平天国和捻军农民起义军的湘军头领。他以封建地主的卫道者自居，勾结外国侵略者，镇压中国人民革命，是中国近代史上反动人物的代表。

【阅读提示】

1940年（民国二十九年）3月，国民党特务以政治嫌疑犯逮捕了车耀先。在狱中对他进行了严刑拷打，一无所获。继之以"攻心"术，将一套《曾文正公家书》放置在他的牢房里。曾文正公家书启发了车耀先，他抓紧时间，给子女写下长达万言的"自传"。文中概述了自己走过的人生历程，嘱咐他们要继承遗志，"则余愿已足矣"。本文《先说几句》，系"自传"

的引言。这是一篇教育儿女怎样做人的宝贵遗言,以"谦"、"俭"、"劳"为立身之本,以"骄"、"奢"、"逸"为终身之戒,发自肺腑,字字千钧。读之,足以催人泪下。

给儿子黄耀华①

黄显声

黄显声(1894—1949),辽宁凤城人。1917年夏入北京大学预科,1920年考入东北讲武堂陆军预备学校,1922年毕业。先后任东北军连长,一直至骑兵师师长、53军中将副军长。"九一八"事变后,主张联合红军抗日,并吸引不少共产党员在身边任要职。组织义勇军,在辽宁及长城古北口一带抗击日寇。"西安事变"前,他联合友好参加张学良的核心组织"抗日同志会",还担任杨虎城创办的军官训练团教育长。"西安事变"后为营救张学良多方奔走。1937年底,他在武汉同周恩来取得联系,进行联合抗日的统战工作,并向延安输送了大批武器和百余名干部。1938年3月,正拟去延安,被军统特务逮捕,先后关押在武汉、益阳、息烽、重庆达12年之久。狱中,他常以"虎入笼中威不倒"自勉。1949年11月27日,殉难于白公馆。

华儿如晤:②

六月十八日信已收阅。家中情形早在我想象中。有那一群混蛋在侧,那会有好事作出。③你既自己能出去独立作事,就很好。家中尽他们搞去吧。这种年头,财产是无所谓的。我要能出去,剩下来的你也不会没份。至于你的生身母,她是自作自受,也是我一生最痛心的一件事情。

我现在虽然坐牢,并未犯法,是为团体、为国家、为义气而坐牢,问心不愧,将来生死存亡在所不计。

此问

近祺

父启

六·廿二

(选自《红岩魂·铁窗下的心歌——白公馆、渣滓洞烈士诗歌与书信

选》，解放军文艺出版社2001年1月第1版）

【注释】

①此信写于1940年6月22日，作者关在贵州息烽监狱。　②华儿：作者的儿子黄耀华。　如晤：如见面一般。　③指敌特分子对他家进行抄家。

【阅读提示】

1938年3月，黄显声将军以"联共和反抗中央"的"罪名"被逮捕。那时已实行国共两党联合抗日，这一"罪名"是不能成立的。所以，他说"虽然坐牢，并未犯法，是为团体、为国家、为义气而坐牢，问心不愧，将来生死存亡在所不计"。故他常以"虎入笼中威不倒"自励，坚持同敌特进行斗争。信中还告诫儿子"财产是无所谓的"，让那群混蛋"搞（抄、抢）去吧"，并为儿子能独立做事感到高兴。

这封信纸短情长，表现出黄显声将军决心为革命事业献身的精神，令人感动。由于他对抗日民族解放事业做出的贡献，解放后，经周恩来总理批准，黄显声将军的遗体安葬在北京八宝山革命公墓。

送含章同学赴金陵序①

宋绮云

宋绮云，见《留得清白上九霄》介绍。

人不可离世而独立，然性行端方，才智卓越之士，投闲置散，幽岩穴而不用者，又所在多有；②此世之相遗，非所以遗世也。③至若志存公忠，睿智英发，能为生民造福利者，其被世之摒斥也必益剧；④甚且必欲逐之蛮貊，弃诸四夷而后快。⑤然疾风有劲草，板荡出英雄⑥；世虽欲遗之，而又每不可得。孔氏所谓"虽欲勿用，山川其舍诸？"⑦余之认识含章，殆如是耶！

含章，姓梅氏，又名士珩，浙东天台之望族，幼生成于名山胜水间，秉赋坦率耿直，超然不泥流俗，对人诚恳，对事公忠。而勇往迈进不计个人利害之精神，尤有足多者⑧。倜傥头角之露，乡里固已交誉：⑨梅氏有子矣。

民十九年含章方十八岁，由高中毕业，投入军校八期。⑩二十一年受训期满，以成绩优异，留校服务，任区队长职务。越二年，投考训练总监部外语班。受训期满，考准留德，适抗日军兴，德乃日寇之与国，因未成行。[11]对日血战方殷之际，含章转入装甲师团，先任参谋，继调机械化营营长，数创顽寇，虽书剑小成，耻无闻焉。[12]乃于二十九年考入陆军大学，苦攻三年，三十一年毕业后，分发三十四集团军任装甲兵团副团长，旋又奉召至重庆军令部军研班受训三月，方拟束装返胡宗南部工作，因事牵连，幽居岩穴，已三年又越三月矣。兹者，阳春三月，雾散天清，始复奉命赴首都国防部报到，候派工作。然痛定思痛，感慨丛生，临别之际，余又乌得无言乎！

含章与余，在军校为先后同学，而小余八岁，在学校未及相晤，在社会又天南地北无缘聚会，独于岩穴幽栖之时，把晤于患难悲痛之中，同为世所遗弃，正不谋而合，此冥冥之中，聚合殆亦有数。[13]幽栖以来，各自检讨，仰观俯察，实无愧于天下，忠贞不改，以至于今，赤胆忠心，洁志砥行，为世之所不容也固宜。[14]此则余与含章又有同病[15]。物以类聚，人以群分，余与含章之相识，岂为偶然？每于傍晚，散步小院，谈论风生，辄恨相见之晚。庄生有言：空谷闻跫音橐橐则色然而喜，余与含章每有同感焉。[16]思家忧国，情怀万千，一经畅叙，辄复破涕为笑。是含章之励我助我者不亦多乎！

顾余等聚会甫经三月，含章又奉召赴金陵，而余独留，以含章之聪明才智，吾固知不能终相遗也。[17]愿效贡公之喜，敢为儿女世态，作惜别之悲乎？[18]唯人情所不能免者，余又岂能无动于衷耶！窃思，人生上寿，不过百年，七十三岁，已为稀矣！含章方当英壮有为之时，竟投闲三年，个人国家之损失，将如何弥补？余以衰颓无能，摒居六年，以视含章，岂为过乎？昔贤谓："天道无亲，常与善人"[19]。司马公独悲伯夷、叔齐、颜回之徒，经至贫困以死，所谓常与善人者为何如哉?![20]至若操行不轨，专犯忌讳，而终身逸乐富厚，累世不绝，如盗跖之徒，竟以善终者，比比皆是，天之报施，又何如哉?![21]司马公遂不禁喟然而叹曰："余甚惑焉！"[22]甚矣，司马公之不达也！孟氏不云乎："天之将降大任于斯人也，必先苦其心志，劳其筋骨，饿其体肤，空乏其身，行拂乱其所为，所以动心忍性，曾益其所不能"[23]。造物之所以困之者，适所以成之也，虽困奚伤？[24]且，社会进化自有其伟大之动律，一二人之喜怒，何与于奔腾澎湃之潮流乎?！一人之利害得失，从自我之立场观之，固不为不大，如从整个历史进程观之，直如沧海之一粟，诚渺乎小哉！昔司马公所谓天，即今日之所谓社会也，从整体言之，人类之残害倾轧，无不足以促进社会之进化。是个人之利害得失，有助于人类社会也，不亦大乎?![25]西谚有言："最后笑者，乃善笑之人"，至哉言也。含

章之行也,余既为诗以留纪念,复为文以壮行色,因不禁抚髀雀跃[26],更为之歌曰:

　　青山葱葱,绿水浃浃,
　　今日之别,敢云忧伤?
　　日之升矣!其将痛饮于东山之上!![27]

(选自《革命烈士书信》,中国青年出版社1979年12月北京第1版)

【注释】

①含章:即梅含章,原国民党将领,因不满蒋介石的反动统治,和王凤起等人组织了一个反对蒋介石的"青年将校团",后被军统特务发觉,被捕入狱,囚于重庆"中美合作所"的渣滓洞监狱。1946年,宋绮云同志从贵州息烽监狱转来重庆,与含章等同囚渣滓洞监狱,不久又一起囚于白公馆监狱。他们在宋绮云同志的启发和教导下,认清了国民党反动派的反动本质,决心弃暗投明。梅含章出狱后,根据宋绮云同志的指示,与地下党取得了联系,在我大军突破长江防线的战役中,在江阴要塞率部起义,使我解放大军顺利渡江。　赴金陵序:1947年3月,梅含章召去南京。出狱时,宋绮云同志为他写了一首长诗,作为临别赠言,鼓励他出狱后跟着共产党走革命路。这篇遗墨是为长诗作的序,由其子宋振中(即《红岩》中的小萝卜头)送交梅含章同志。梅将其缝在棉衣棉絮里,冒着生命危险带出牢房。1964年,梅含章得知宋绮云烈士的子女还在,便将这篇珍藏已久的《赴金陵序》送交给宋绮云烈士的子女,可惜长诗丢失了。金陵,即南京。　②投闲置散:置于闲散之地,指怀才不遇。　幽岩穴:被幽禁于岩穴洞中,指白公馆、渣滓洞之类的秘密监狱。　③此世之相遗,非所以遗世:世,人世社会。此指国民党反动派之统治,是他们迫害我们,不是我们遗弃社会。　④志存公忠,睿智英发:怀抱公忠之志,聪明有才干、英姿勃发,能为民谋福之人。　摒斥也必益剧:被排挤、被迫害者更多。⑤逐之蛮貊(mò),弃诸四夷:蛮貊,我国古代称东方蛮荒之地。四夷,四方边远的蛮夷之地。此指贵州息烽监狱,或泛指国民党特务机关的秘密监狱。逐之、弃诸,被放逐、被关押。　⑥板荡:指社会动荡不宁。岳飞《五岳祠盟记》:"自中原板荡,夷狄交侵,余发愤河朔,起自相台。"　⑦虽欲勿用,山川其舍诸:《论语·雍也》:"子谓仲弓,曰:'犁牛之子骍且角,虽欲勿用,山川其舍诸?'"意谓杂色牛之子长着赤色的毛,端正的双角,虽不想用他作祭品,山川之神会舍弃他吗?指有用之材,有人虽不想用他,最终还是不会被摒弃的。　⑧尤有足多者:有更多值得称赞之处。　⑨倜傥:有才华,潇洒大度。　交誉:众口称赞。　⑩民十九年:即中华民国十九年(1930年)。　军校:指黄埔军官学校。　⑪与国:盟国。　⑫书剑小成,耻无闻焉:读书和打仗均小有成就,但未干出闻名于世的功绩,引以为耻。　⑬把晤:握手相见。　冥冥:幽暗之处,泛指有鬼神的地方。　聚合有数:相逢相聚是上天

安排,有定数的,言识之不易。　⑭幽栖:被囚禁、关押。　仰观俯察:上下左右反思自己。　洁志砥行:光洁志向,不被污染;砥砺行为,严格要求自己。　⑮同病:指二人同怀不满国民党反动派黑暗统治之病。　⑯"庄生有言"句:《庄子·徐无鬼》:"夫逃虚空者,……闻人足音跫然而喜矣。"橐橐(tuó),脚步声。指人在空旷无人的山谷中,听到人的橐橐脚步声就喜形于色。喻难得遇见的人、难觅的知己。　⑰顾余等:反观我们。　甫:刚刚。　终相遗:最终被遗弃。　⑱贡公之喜:贡公,贡禹(前124—前44),西汉大臣,琅玡(今山东诸城)人,历任谏议大夫,御史大夫。与王吉是好友,世称"王阳(王吉,字子阳)在位,贡公弹冠,言其取舍同也"。此指含章能出去做革命工作,我会像贡公那样感到欢喜,为之庆贺,不会作儿女之悲的。　⑲天道无亲,常与善人:指上天不分亲疏,常关怀照顾善良之人。　⑳司马公:司马迁(约前145—约前87),西汉史学家,《史记》作者。　伯夷、叔齐、颜回:伯夷、叔齐是殷末孤竹君的两个儿子,不满周武王灭殷,立誓不食周粟,饿死在首阳山。颜回是孔子的优秀学生,因为贫穷,不到三十岁就死了。　㉑操行不轨,专犯忌讳:品行不端正,专干害人之事者。　逸乐富厚,累世不绝:安逸享乐,富裕优厚,代代相传。　盗跖(zhí):本春秋战国之际人民起义领袖,名跖。后诬称为盗跖。此指贬义,指盗贼之徒,如国民党反动派之敌特分子。　㉒喟然:很有感慨之貌。　余甚惑焉:我很迷惑不解。　㉓"孟子"句:见《孟子·告子章句下》,意思是说只有经历磨难,饱尝艰难困苦,坚韧性情,增强自己不足之人,才能承担重大的社会责任。　㉔造物之所以困之者,适所以成之也:上天之所以让他经受困苦,正是要他锻炼成长。　虽困奚伤:虽然困苦,有何悲伤之处。　㉕个人之利害得失,有助于人类社会:指革命者虽受摧残,但对革命之胜利是大有贡献的。　㉖抚髀雀跃:抚摩着髀骨(大腿)为含章的出狱去进行革命工作而雀跃欢喜起来,表示渴望战斗特别高兴的心情。　㉗诗意为:青山常在,绿水长流,革命事业必然胜利;今日之分别,怎能说忧伤呢?待到革命如日之升,取得胜利之时,我们在东山之上痛饮,庆祝革命之胜利。

【阅读提示】

"人不可离世而独立,然性行端方、才智卓越之士又常为世所遗",这是"序"立论之基础。"我"和含章之认识,就是在"为世所遗"的岩穴之中。本来,含章是不泥流俗,对人诚恳,对事公忠,能为生民谋福之才俊,竟被关押三年有余,今雾散天清,奉命赴南京国防部候派工作。惜别之际,焉得无言,故作长诗并"序"相赠。这是交代写"序"的缘由。

次叙"我"和含章之友谊。二人为军校先后同学,同为世所遗,把晤于患难幽栖之中。二人同患不满蒋家王朝之"痛",但仰观俯察,均忠贞不改,赤胆忠心,洁志砥行,无惧于天下。二人可谓知音,常于幽居晚步之际,谈论风生,思家忧国,情怀万千,一经长叙,常破涕为笑。可谓患难识知己,板荡识英雄。

再以孟子"天将降大任于斯人也"和西谚"最后笑者,乃善笑之人"相赠,相激励,既为纪念,又壮行色,并作"青山葱葱,绿水泱泱"之歌,鼓励含章为革命奋然前行,寄望于东山之上痛饮庆祝革命胜利之酒。

《赴金陵序》情深意挚,有一个人如何有益于世的论析,有对反动派幽栖有志之士的谴责,有对形势的清醒认识,有同志情谊的追述,有临别的赠言与希望,诚挚恳切。在监狱中极其艰难的条件下,无书籍翻检,无纸笔书写,仅用自制的竹签笔、香烟盒纸等极简陋的工具,却写得如此开合自如,丝丝入扣,既满怀同志的关爱温情,又充盈着为革命勇往直前的豪壮之气。读之,令人振奋,又深为宋绮云烈士之横溢才华而击节,为他之遭到残害而怒愤。

狱中致谭竹安[①]

江竹筠

江竹筠(1920—1949),女,四川自贡人。家境贫寒,做过童工。1939年读高中时加入中国共产党。1940年转入中华职业学校会计专业。1941年1月,她在学校散发周恩来关于"皖南事变"的题词,引起很大震动。同年秋,到曾家岩妇女慰劳总会工作,担任重庆新市区区委委员。1943年5月,由组织安排与重庆市委委员彭咏梧假扮夫妻,建立中共重庆市委的秘密机关。1944年初去成都发展党组织。秋,奉组织指示考入川大;1945年参与领导学生运动。1947年后,与爱人彭咏梧一起带一批人去川东发动武装起义,她负责联络工作,常送文件、药物下乡。1948年,武装起义失败,彭咏梧牺牲,她强忍悲痛,继续留下转移同志,清理组织。1948年6月14日,由于叛徒出卖,在万县被捕,立即被押送到渣滓洞监狱。在狱中经受了各种酷刑,坚贞不屈,被狱中难友尊称为中华儿女革命的典型。1949年11月14日英勇就义。

竹安弟:

友人告知我你的近况,我感到非常难受。幺姐及两个孩子[②]给你的负担的确是太重了。尤其是在现在的物价情况下,以你仅有的收入,不知把你拖成什么个样子。除了伤心而外,就只有恨了。……我想你决不会抱怨孩子的爸爸和我吧？苦难的日子快完了，除了希望这日子快点到来而外，我什么都不能兑现。安弟，的确太辛苦你了。

我有必胜和必活的信心，自入狱日起（去年六月被捕）我就下了两年坐牢的决心。现在时局变化的情况，年底有出牢的可能。蒋王八的来渝，固然不是一件好事。但是不管他如何顽固，现在战事已近川边，这是事实，重庆再强也不能和平、京、穗③相比，因此大方的给它三四月的命运就会完蛋的。我们在牢里也不白坐，我们一直是不断地在学习，希望我俩见面时你更有惊人的进步。这点我们当然及不上外面的朋友。

话又得说回来，我们到底还是虎口里的人，生死未定。万一他作破坏到底的孤注一掷，一个炸弹两三百人的看守所就完了。这可能我们估计的确很少，但是并不等于没有。假如不幸的话，云儿就送你了，盼教以踏着父母之足迹，以建设新中国为志，为共产主义革命事业奋斗到底。

孩子们决不要娇养，粗服淡饭足矣。幺姐是否仍在重庆？若在，云儿可以不必送托儿所，可节省一笔费用，你以为如何？就这样吧，愿我们早日见面。握别。愿你们都健康！

来友是我很好的朋友，不用怕，盼能坦白相谈。

竹姐
八月廿七日

（选自《革命烈士书信》，中国青年出版社1979年12月北京第1版）

【注释】

①此信写于1949年8月27日，由难友曾紫霞出狱时带出。　谭竹安：共产党员，彭咏梧前妻谭正伦的弟弟。　②幺姐：彭咏梧的前妻谭正伦。　两个孩子：指江竹筠与彭咏梧的儿子彭云和彭咏梧与前妻的儿子彭炳忠。　③平、京、穗：指北平、南京、广州。

【阅读提示】

这封遗信是江竹筠烈士在狱中用竹签子蘸着用棉花灰制成的墨水写在极薄的毛边纸上的。信中除了表达对亲人的感谢之外，一是表达坚信革命必胜和自己必活的信心；二是如不幸，自己早作好为革命牺牲的准备；三是拜托照护孩子，并寄希望："盼教以踏着父母之足迹，以建设新中国为志，为共产主义事业奋斗到底"，生活上"不要娇养，粗茶淡饭足矣"。全信饱含浓情与血泪，但无颓丧之感，而是充满革命必胜的乐观精神和对共产主义理想信念的坚守，感人肺腑。这对我们今天教育后代，颇资借鉴。

狱中书二札[1]

王 朴

一、在狱中带给母亲

王朴(1921—1949),四川江北县人(今重庆市渝北区)人,出生于一个大地主家庭,从小秉性刚直,爱打抱不平。读中学时因支持进步老师和同学,屡被开除。经刻苦自学,考入复旦大学(抗战时迁北碚夏坝),他积极参加学校中国学生导报社的活动,走上革命道路。1945年9月,他在江北县创办莲华小学,成为地下党的农村工作据点。1946年加入中国共产党。后因形势发展,莲华小学停办,改为莲华中学,组成特支。1947年秋,他任中共重庆北区工委委员,负责宣传和统战工作。1948年4月被捕,关押在白公馆监狱。10月28日,被押往大坪枪杀,英勇就义。

娘：

你要永远跟着学校[2]走,继续支持学校[3],一刻也不要离开学校,弟、妹也交给学校。

二、在狱中带给妻子小群

小群[4]：

莫要悲伤,有泪莫轻弹。你还年轻,你的幸福就是我的幸福。狗狗[5]取名"继志"。

(选自《红岩魂·铁窗下的心歌——白公馆渣滓洞烈士诗歌与书信选》,解放军文艺出版社2001年1月第1版)

【注释】

①这两封信是王朴烈士从狱中带出的口信,由烈士妻子褚群忆述。 ②学校:指莲华中学,实指党组织。 ③继续支持学校:1948年春,王朴动员母亲变卖了家中田产,作为党的活动经费,根据党的指示,组建南华贸易公司。 ④小群:烈士妻子褚群。 ⑤狗狗:烈士的儿子。

【阅读提示】

白深富烈士的"狱中诗":"只为祖国不为家,消灭群凶与爪牙;正气歌声震寰宇,要叫铁树开红花",在王朴烈士的身上得到了充分体现。他舍弃少爷的豪华生活,投奔革命;他动员母亲变卖家产,支持革命;他慷慨赴义,献身革命;临难前,他嘱托母亲和妻子,"有泪莫轻弹",跟着党走,教育儿子继承他的志向,继续革命……这是什么精神?这是共产党人为着崇高的理想信念而献身的无私奉献的顶天立地的大无畏精神!这种精神将光照后代,永存不朽!

第八编
英杰名流,灿若星辰

鲁迅先生在《中国人失掉自信力了吗》一文中说:"我们从古以来,就有埋头苦干的人,有拼命硬干的人,有为民请命的人,有舍身求法的人,……虽是等于为帝王将相作家谱的'正史',也往往掩不住他们的光耀,这就是中国的脊梁。"诚哉斯言!近代百年以来,外族列强的步步侵逼,国内统治者的懦弱无能、衰败腐朽,中华民族到了最危险的时候,重庆这块山水相依的沃土,也受到侵凌与摧侮。但自古以来,巴人就是一个质直好义、勤劳劲勇的民族,他们为民族的独立、国家的富强、人民的幸福,不惜抛头颅、洒热血,在这块土地上,有革命军马前卒、"民国第一功臣"的邹容,有民主革命家杨庶堪,有被孙中山誉为"儒宗"的向楚,有宣传家卞小吾,有创办维新喉舌《渝报》的宋育仁,有"长联圣手"钟云舫;更有为催生新中国诞生而勇于献身的无产阶级革命家赵世炎、杨闇公,有横刀立马、纵横华宇,为创建新中国浴血奋战的刘伯承、聂荣臻元帅,至于杏坛艺苑、科技前沿,为中华民族的伟大复兴而做出卓越贡献者,更不在少数。所谓地灵人杰,灿若星辰,辉耀山川,此之谓也。正是重庆这一方水土蕴含的山气、水气,以及深厚的文化底蕴,培育了重庆人的聪明、睿智、豪壮,成就了一种勇往直前,敢为天下先的担当和自觉与自信!正是这批英杰名流的埋头苦干,拼命硬干,为民请命,舍身求法,铸就了重庆的辉煌与重庆人的精魂,构筑了中华民族的脊梁!

英雄重庆,重庆英雄!

一、民主革命急先锋

大总统孙中山祭蜀中死难诸烈士文

1912年2月22日

孙中山

孙中山(1866—1925),伟大的革命先行者,名文,字逸仙,广东香山(今中山)人。在长期革命斗争中,确定"驱除鞑虏,恢复中华,建立民国,平均地权"的资产阶级革命政纲,提出三民主义学说。武昌起义后,被推为中华民国临时大总统。

维民国纪元之二月二十有二日,蜀都人士,以民国新成,大功底定,乃为其乡先烈开追悼大会于新京,以慰忠魂。①文既获与斯盛,谨以芜词,②致祭于诸先烈之灵曰:呜呼! 在昔虏清,恣淫肆虐,天厌其德,豪俊奋发,共谋倾圮,以清禹域。③惟蜀有材,奇俊瑰落,自邹迄彭,一仆百作,宣力民国,厥功尤多。④岷江泱泱,蜀山峨峨,奔放磅礴,导江千岳,俊哲挺生,厥为世率。⑤虏祚既斩,国徽屹建,四亿兆众,同兹歆羡。⑥魂兮归来,瞑目九泉。呜呼,哀哉! 尚飨。

(录自《孙中山全集》第二卷,人民出版社1981年版)

【注释】

①维:句首语气词,无实义,或作"在"、"于"解。 底定:落实、既定。 新京:新的京城,指南京。 ②文:孙中山自称,他名孙文。 斯盛:这个盛事。 芜词:杂乱之文。 ③虏清:满清政府。 恣淫:大大放纵,没有拘束任意胡为。 肆虐:任意残杀或迫害。 天厌:上天厌恶。 倾圮(pǐ):毁坏,倒塌。此指推翻满清王朝。 禹域:中国的别称。传说禹首先划分九州,并指定名山、大川为各州疆界,后世相沿称中

国为禹域。　④惟蜀有材：只有四川人才众多。　奇俊瑰落：奇特瑰伟，光明磊落。

自邹迄彭：邹，邹容（1885—1905），近代民主革命烈士，《革命军》作者。四川巴县（今属重庆）人。1902年留学日本，参与留日学生爱国运动。次年回上海，撰成《革命军》，号召推翻满清统治，建立中华共和国。自称革命军马前卒。彭，彭家珍（1877—1912），近代民主革命烈士，四川金堂人。1906年去日本考察军事，回国后倾向革命。武昌起义后，入同盟会，任京津同盟会军事部长，策划起义。1912年1月26日在北京炸死宗社党首领良弼，自己亦重伤牺牲。　一仆百作：一仆倒下百人奋起。　宣力民国：为民国鼓吹、宣传、出力。　厥功尤多：其功应该很多。　⑤泱泱：水面广阔而浩荡。　巍峨：巍峨高大。　导江千岳：岷江穿越千山而下。　俊哲：俊杰贤哲之士。为世率：为世间之表率。　⑥房祚：满清帝位（政权）。　砣（kū）建：历经艰苦建立起来。　四亿兆众：兆，一百万为一兆。此指四万万同胞。　韵美：欢欣、羡慕。

【阅读提示】

　　作为中华民国临时大总统的孙中山，亲自撰文为蜀中死难烈士祭奠，实属不易和珍贵。这是因为：他认为在推翻清朝、建立民国的革命斗争中，"惟蜀有才"，自邹容到彭家珍，是"一仆百起，宣力民国，厥功尤多"。所以，在这满清已被推翻、民国艰苦建立，四万万同胞欢庆并祭奠诸先烈之际，他呼唤烈士们"魂兮归来"，民国已建，你们可以瞑目九泉了！快来和大家一起享用这胜利之宴庆吧！全文以辞赋形式，感情深沉浓烈，极富感染力。

大总统孙中山令陆军部追恤邹、谢、喻、彭四烈士文①

1912年3月29日

孙中山

　　顷据川人黄复生等称②："四川前后运动起义者甚众，以邹容、谢奉琦、喻培伦、彭家珍四人功绩最为卓著，请照陆军大将军阵亡例，并请崇祀忠烈"等因前来。案查邹容，于国民醉生梦死之时，独能著书立说，激发人心。③喻培伦，则阐明利器，以充发难军实。④彭家珍，则歼除大憝，以收统一速效。⑤民国今日奏功，实倚赖之。所请赐恤崇祀各节，着即照准。惟谢奉琦，丙午在蜀运动起义，⑥组织各县机关等因，虽其功在民国不小，究与邹喻彭三烈士之功略有区别，着改照陆军左将军阵亡例赐恤，并准崇祀忠烈祠。除批示外,合行令仰该部知照。⑦原呈并发,此令。

(录自《孙中山全集》第二卷,人民出版社1981年版)

【注释】

①邹:邹容,见《大总统孙中山祭蜀中死难诸烈士文》注④。 谢:谢奉琦(1882—1908),近代民主革命烈士。四川荣县贡井乡(今属自贡市)人,字能九。留学日本后参加孙中山创立的同盟会。1906年回四川,组织武装起义,后被叛徒出卖,在叙永县被捕、牺牲。 喻:喻培伦(1886—1911),近代民主革命烈士。字云纪,四川内江人。1905年留学日本,1908年参加同盟会,曾专力制造炸弹。回国后先后在汉口、北京参加谋刺清两江总督端方和摄政王载沣,均未成功。1911年参加广州起义(黄花岗之役),炸开督署后墙,又攻督练公所,弹尽力竭,被俘牺牲。 彭:彭家珍,见《大总统孙中山祭蜀中死难诸烈士文》注④。 ②黄复生(1883—1948):四川隆昌龙市镇人,留学日本,参加同盟会,学习制造炸弹。回国后,从事"炸弹革命",积极参加推翻满清王朝的斗争。 ③著书立说:指邹容所著之《革命军》。此书是近代各种进步思想的凝聚物,是整整一代中华民族有志之士热血与理想的光辉结晶,是近代民族革命启蒙思想的经典著作。 ④利器:喻指培伦擅长制造炸弹(利器),广州起义前,穷两日夜,制弹百许。 发难军实:起义的军备武器(炸弹)。 ⑤歼除大憝:指彭家珍在北京炸死宗社党首领良弼。大憝(duì),大坏人。 ⑥丙午:清光绪三十二年,即1906年。 ⑦合行令:四位烈士联合行令,即邹、喻、彭陆军大将军阵亡例赐恤,谢照陆军左将军阵亡例赐恤。 仰:旧时公文用语,下行文表示命令之意。

【阅读提示】

此则"总统令"与前面之"祭文"不同,属公文性质,主要在于说明"追恤"事件的缘起、缘由及赐恤情况。缘起于四川黄复生等人的申报;缘由是:邹、喻、彭、谢四烈士于民国之建立,"其功不小"。邹容在"国民醉生梦死之时,独能著书立说,激发人心";喻培伦"阐明利器,以充发难军实";彭家珍则"歼除大憝,以收统一速效";谢奉琦"在蜀运动起义,组织各县机关"。但因谢与邹、喻、彭之功"略有区别",故追恤略有不同,邹、喻、彭以大将军阵亡例赐恤,谢以左将军阵亡例赐恤。"令"文简洁明晰,评价中肯,赐恤切当,表现了大总统孙中山对阵亡志士的爱抚与哀悼之情。

《革命军》绪论

邹 容

邹容(1885—1905),原名桂文,字蔚丹,四川巴县(今属重庆)人,近代著名资产阶级革命家。1902年留学日本,因同张继等剪了清政府南洋学生监督姚文甫的辫子,被迫回国。后结识章炳麟,与之一起鼓吹民族革命。著《革命军》一书,热情讴歌革命,揭露清王朝种种反动卖国的罪行,号召推翻封建帝制,建立"中华共和国"。这是近代中国第一篇系统地阐述民主主义革命的理论著作,他因之而被捕,被英租界当局判刑两年,1905年4月死于狱中。1912年南京中华民国临时政府追赠为大将军。著述及信札辑为《邹容文集》。

扫除数千年种种之专制政体,脱去数千年种种之奴隶性质,诛绝五百万有奇披毛戴角之满洲种①,洗尽二百六十年残惨虐酷之大耻辱,使中国大陆成干净土,黄帝子孙皆华盛顿②,则有起死回生、还魂返魄、出十八层地狱③,升三十三天堂④、郁郁勃勃、莽莽苍苍、至尊极高、独一无二、伟大绝伦之一目的,曰"革命"。巍巍哉!革命也!皇皇哉⑤!革命也!

吾于是沿万里长城,登昆仑,游扬子江上下,溯黄河,竖独立之旗,撞自由之钟,呼天吁地,破颡裂喉⑥,以鸣于我同胞前曰:呜呼!我中国今日不可不革命,我中国今日欲脱满洲人之羁缚,不可不革命;我中国欲独立,不可不革命;我中国欲与世界列强并雄,不可不革命;我中国欲长存于二十世纪新世界上,不可不革命;我中国欲为地球上名国、地球上主人翁,不可不革命。革命哉!革命哉!我同胞中,老年、中年、壮年、少年、幼年、无量男女,其有言革命而实行革命者乎?我同胞其欲相存、相养、相生活于革命也,吾今大声疾呼,以宣布革命之旨于天下。

革命者,天演之公例也⑦;革命者,世界之公理也;革命者,争存争亡过渡时代之要义也;革命者,顺乎天而应乎人者也;革命者,去腐败而存良善者也;革命者,由野蛮而进文明者也;革命者,除奴隶而为主人者也。是故一人一思想也;十人十思想也;百千万人,百千万思想也;亿兆京垓人⑧,亿兆京垓思想也;人人虽各有思想也,即人人无不同此思想也。居处也,饮食也,衣服也,器具也,若善也[9],若不善也,若美也,若不美也,皆莫不深潜默运[10],盘旋于胸中,角触于脑中[11],而辨别其孰善也[12],孰不善也,孰美也,孰不美也。善而存之,不善而去之,美而存之,不美而去之,而此去存之一微识[13],即革命之旨所出也。夫此犹指事物而言之也。试放眼纵观,上下古今,宗教道德,政治学术,一视一谛之微物,皆莫不数经革命之掏搦[14];过昨日,历今日,以致有现象于此也。夫如是也,革命固如是平常者也。虽然,亦有非常者在焉。闻之一千六百八十八年英国之革命,一千七百七十五年美国之革命,一千八百七十年法国之革命,为世界应乎天而顺乎人之革命,去腐败而存良善之革命,由野蛮而进文明之革命,除奴隶而为主人之革命。牺牲个人以利天下,牺牲贵族以利平民,使人人享其平等自由之幸福。甚至风潮所播及,亦相与附流合汇[15],以同归于大洋。大怪物哉!革命也。大宝物哉!革命也!吾今日闻之,犹口流涎而心痒痒[16]。吾是以于我祖国中,搜索五千余年之历史,指点二千余万方里之地图,问人省己,欲求一革命之事,以比例乎英、法、美者[17]。呜呼!何不一遇也?吾亦尝执此不一遇之故而熟思之,重思之,否因之而有感矣,吾因之而有慨于历代民贼独夫之流毒也[18]!

自秦始统一宇宙,悍然尊大,鞭笞宇内[19]。私其国[20],奴其民,为专制政体。多援符瑞不经之说[21],愚弄黔首[22]。矫诬天命[23],揽国人所有而独有之,以保其子孙帝王万世之业。不知明示天下以可欲可羡可歆之极[24],则天下之思篡取而夺之者愈众。此自秦以来,所以狐鸣篝中[25],王在掌上[26],卯金伏诛[27],魏氏当涂[28],黠盗奸雄[29],觊觎神器者[30],史不绝书。于是石勒、成吉思汗等类,以游牧腥膻之胡儿,亦得乘机窃命,君临我禹域,臣妾我神种[31]。呜呼革命!杀人放火者,出于是也!呜呼革命!自由平等者,亦出于是也!

吾悲夫吾同胞之经此无量野蛮革命,而不一伸头于天下也;吾悲夫吾同胞之成事齐事楚[32]、任人掬抛之天性也。吾幸夫吾同胞之得与今世界列强遇也;吾幸夫吾同胞之得闻文明之政体、文明之革命也;吾幸夫吾同胞之得卢梭《民约论》、孟德斯鸠《万法精理》、弥勒约翰《自由之理》、《法国革命史》、《美国独立檄文》等书译而读之也。是非吾同胞之大幸也夫!是非吾同胞之大幸也夫!

夫卢梭诸大哲之微言大义,为起死回生之灵药,返魄还魂之宝方,金丹换骨[33],刀圭奏效[34],法、美文明之胚胎,皆基于是。我祖国今日病矣,死矣,岂不欲食灵药、投宝方而生乎?若其欲之,则吾请执卢梭诸大哲之宝幡，以招展于我神州土。不宁惟是㉟，而况又有大儿华盛顿于前，小儿拿破仑于后，为吾同胞革命独立之标本。㊱嗟呼！嗟乎！革命！革命！得之则生，不得则死。毋退步，毋中立，毋徘徊，此其时也，此其时也。此吾之所以倡言革命，以相与同胞共勉共勖㊲，而实行此革命主义也。苟不欲之，则请待数十年百年后，必有倡平权释黑奴之耶女起㊳，以再倡平权释数重奴隶之"支那奴"㊴。

（选自周永林编《邹容文集》，重庆出版社1983年9月版）

【注释】

①有奇：有余。　②华盛顿：美国独立战争的领袖，是美国独立后第一任总统。此处以华盛顿指代国家主人。　③十八层地狱：指地狱的最深处，极言苦难之深。　④三十三天堂：即梵语中的"忉利天"，在须弥山顶，后用来极言幸福欢乐。　⑤皇皇：光明宏大的样子。　⑥破颡（sǎng）：撞破额头。颡，前额。破颡极言激动。　⑦天演之公例：自然界和社会进化的共同规律。天演，进化。　⑧亿兆京垓：这里形容人数极多。旧指十万为亿，十亿为兆，十兆为京，十京为垓。　⑨若：或。　⑩深潜默运：深思熟虑。　⑪角触：原指动物用触角去接触外物，这里指在头脑中对事物一一加以分析比较。　⑫孰：谁。　⑬微识：微妙的认识。　⑭掏攈：淘汰、选择。　⑮附流合汇：指各种小的革命力量汇合成强大的革命力量。　⑯口流涎：形容对革命的热烈向往。　⑰以比例乎英、法、美者：即能与英、法、美相比而类似的。　⑱民贼：人民的敌人。　独夫：众叛亲离、绝对孤立的暴君。　⑲鞭笞宇内：用暴力统治国家与人民。　⑳私其国：以国家为私有。　㉑多援：经常引用。　符瑞：封建帝王为了神化自己、欺骗人民而捏造出来的预言和征兆，借以表示他们所以取得统治权是由于上天的意志。　不经之说：荒谬而没有根据的说法。　㉒黔（qián）首：古代对老百姓的称谓。　㉓矫诬天命：假托天命，欺骗人民。　㉔可歆（xīn）：可喜、可爱。　㉕狐鸣篝中：据《史记·陈涉世家》记载，秦末，陈胜、吴广在大泽乡密谋起义反秦，为了取得人心，吴广躲在附近的神庙中，把灯火放在竹笼中，装作狐狸喊道："大楚兴，陈胜王。"　㉖王在掌上：据《隋书·高祖纪》记载，传说隋文帝生下来手上就有上长下短的"王"字形掌纹。其实这是隋文帝想要取代北周帝位而故意制造的神话。　㉗卯金：指"刘"字。"刘"字的繁体字是"卯"、"金"、"刀"三字合成的，这里指汉朝的皇帝。　伏诛：灭亡的意思。　㉘魏氏当途：魏氏，指曹操、曹丕父子。当途，当道。此句意思是魏当代汉而兴。　㉙黠（xiá）盗：狡猾的强盗。　㉚觊觎（jì yú）：非分的希望或企图。　神器：帝位。　㉛臣妾我神种：臣妾，古代男奴隶自称"臣"，女奴隶自称"妾"，这里当动词用。神种，文明的种族，对汉族的自夸。这句说外族统治者把汉族人民当作奴隶。　㉜事齐事楚：语见《孟子·梁惠王上》。滕文公问孟子说："滕是一个小国，处在齐楚两个大国之间，事齐呢，还是事楚？"比喻毫无独立自主精神。　㉝金丹：道家修炼的丹药，据说吃了可以脱胎换骨，变成仙人。金丹换骨比喻革命可以改变社

会性质。 ㉞刀圭(guī)：量药的器具，状如小匙。这里指丹药。 ㉟不宁惟是：不仅如此，不但这样。 ㊱大儿、小儿：古代有用作对好友的亲热称呼。 标本：一作"表木"，即标杆，榜样。 ㊲共勖：共同勉励。 ㊳耶女：指美国19世纪女作家斯托夫人，1901年林纾译她所著的小说《汤姆叔叔的小屋》时用的书名是《黑奴吁天录》，反映黑人的悲惨生活及其斗争，对当时美国的废奴运动与中国的资产阶级民主革命影响很大。因为斯托夫人笃信基督教，崇拜耶稣，所以称她为"耶女"。 ㊳支那：原是古印度语对中国的称呼，后来日本语也称中国为"支那"。

（"注释"据傅德岷主编《中华散文(爱国卷)鉴赏辞典》）

【阅读提示】

1903年，邹容的《革命军》刊行，成为当时我国政治思想界、文学界的一件大事，举世瞩目。"《革命军》这部作品，气势博大，形成了作者自己的思想体系和独特风格，使之成为：革命的宣言书，革命的颂歌，讨满的檄文，建设的蓝图。"（《中华文学通史》）笔锋犀利，而文词浅直；形式活泼，富有文学色彩。章炳麟先生大为赞赏，称它是"义师先声"。鲁迅在《杂忆》里说："倘说影响，别的千言万语，大概都抵不过浅近直截的'革命军马前卒'邹容所作的《革命军》。"本文系全书之第一章。文章开篇，揭示主题："扫除数千年种种之专制政体，脱去数千年种种之奴隶性质。"进而指出革命乃自然界以新代旧之进化规律；接着，以史家眼光剖析中国自古及今专制统治之流毒；最后，指出中国寻求新生之榜样、路径与信心。

民国成立，孙中山就任临时大总统，他高度评价了邹容在内的四川资产阶级革命派对辛亥革命的功绩："惟蜀有材，奇俊瑰落，自邹（容）至彭（家珍），一仆百作，宣力民国，厥功尤多。"对于邹容，他特别指出：邹容在"国民醉生梦死之时，独能著书立说，激发人心"，因而追赠大将军，"赐恤崇祀"，以示敬仰。邹容家乡的革命党人在谈到邹容对辛亥革命的贡献时也说："设非其人（邹容）提倡之早，其书（《革命军》）入人之深，今日收功，恐难若斯之速。"

1958年3月8日至26日，中共中央在成都召开了由中央有关部门负责人和各省、市、自治区党委第一书记参加的会议。在这次会议上，毛泽东亲自编辑了《苏报案》一书并发给全体会议代表。这本书的主体是邹容《革命军》、章太炎《驳康有为论革命书》，同时附录两篇文章（张篁溪《苏报案实录》、鲁迅《关于太炎先生二三事》）。毛主席在大会上说："四川有个邹容，他写了一本书，叫《革命军》，我临从北京来，还找这本书看了一下。他算是提出了一个民主革命的简单纲领。"他还说："邹容是青年革命家，他的文章秉笔直书，热情洋溢，而且用的是浅近通俗的文言文，

《革命军》就很好读,可惜英年早逝。"

邹容和他的《革命军》,为中国比较完全意义的资产阶级民主革命作了理论准备,在中华民族的第一次腾飞中发挥了思想解放的巨大作用。

涂 山[①]

邹 容

苍崖坠石连云走[②],药叉带荔修罗吼[③]。
辛壬癸甲今何有[④],且向东门牵黄狗[⑤]。

(原载《汉帜》第二期,1907年2月,选自周永林编《邹容文集》,重庆出版社1983年9月第1版)

【注释】

①涂山:山名,在重庆市南岸区,俗名真武山。此诗是邹容在狱中所作。1903年6月,清政府勾结英帝国主义制造了"苏报案",逮捕了《驳康有为书》和《革命军序》的作者章炳麟。7月1日,邹容自投捕房入狱,眷念家乡而作此诗。 ②苍崖:苍翠的山崖,指涂山高峻的山崖。 连云走:和天上的云一起坠落下来,言山崖之高险。 ③药叉:即夜叉,佛教指恶鬼,民间传说中的吃人鬼。 带荔:荔,薜荔,亦称木莲,桑科常绿藤本植物。《楚辞·九歌·山鬼》:"若有人兮山之阿,被薜荔兮带女萝。"说山鬼以薜荔为衣,此指药叉穿薜荔之衣。 修罗:即阿修罗,印度神话中的恶神。 ④辛壬癸甲:传说大禹与涂山氏结婚,婚后仅辛、壬、癸、甲四天就外出治水。以此喻指自己短暂的一生和追求真理的历程:辛丑(1901)年离渝,壬寅(1902)年赴日,癸卯(1903)年回沪,甲辰(1904)年在狱。 今何有:感叹这样的日子不会再有了。 ⑤东门牵黄狗:本指秦朝李斯受奸臣赵高忌害,临刑之前,他对儿子说:"我多想和你一起牵着黄狗出家乡上蔡(今河南上蔡县)东门去打猎啊。"邹容以此喻正值国家多难,理应为国奔走之时,自己却被困铁窗,再也不能自由自在地追求真理,投身革命了。

【阅读提示】

1903年7月1日,邹容18岁自投入狱,经半年的关押审讯之后,1904年初,他预感就义之期不远,就以家乡涂山为题,写下了这首七言绝句。先以涂山怪石崩裂,连云坠落的情境来喻全国和自己所处的险恶环境,再怒斥狱中刽子手如"药叉"、"修罗"般的号叫,感叹自己再也不能为拯救多灾多难的国家和民族奔走呼号了!全诗爱憎强烈,寄寓深邃,表达了邹容对自由和他憧憬的"中华共和国"的向往,对中外敌人的憎恨,对家乡的眷恋以及斗志未酬的惋惜之情。

狱中赠邹容①

章炳麟

章炳麟（1869—1936），字枚叔，一名绛，别号太炎。浙江余杭人。1890年肄业于杭州诂经精舍，受业经学大师俞樾。1899年初渡日本，得梁启超引介，始与孙中山识。1903年在《苏报》上发表《驳康有为论革命书》、《革命军序》，坐"苏报案"而入狱。他是我国近代杰出的资产阶级革命家和著名学者。一生涉猎甚广，著述颇丰。有《章太炎全集》。

邹容吾小弟②，　被发下瀛洲③。
快剪刀除辫④，　干牛肉作糇⑤。
英雄一入狱⑥，　天地亦悲秋。
临命须掺手⑦，　乾坤只两头⑧。

（选自《历代诗歌选》，季镇淮等选注，中国青年出版社1980年3月第1版）

【注释】

①1903年（光绪二十九年），章炳麟在《苏报》发表《驳康有为论革命书》，为邹容《革命军》所作的序文，且前文大骂光绪是"载湉小丑，不辨菽麦"，因与邹容同在上海租界被捕，关进西牢。同年7月22日于狱中作此诗。题下自注："（夏历）闰月二十八日"载《浙江潮》第七期。　②小弟：章太炎比邹容大17岁，两人志同道合，感情融洽，太炎就亲切地称邹容为小弟弟。　③"被发"句：意为邹容很年轻时就去日本留学。　被发：同"披发"，古时幼童头发自然披散，长大时才将头发束起来。所以用"被发"来形容年纪很小，犹未束发成童。　瀛洲：海上神山名，在渤海之东；这里借指日本。　④除辫：剪掉辫子。清王朝强迫全国各族人民按照满人习惯留辫子，不然就有被杀头的危险。辛亥革命前，剪掉辫子是一种突出的革命表现。邹容不仅自己剪了辫子，在东京时还剪掉留日陆军学生监督姚文甫的辫子，因而被迫回国。此兼咏二事。　⑤"干牛"句：意为以牛肉干充饥。用以形容邹容的忘我工作精神。　糇（hóu）：干粮。　⑥英雄：指邹容。　⑦"临命"句：意为临死我们也要手拉着手一同去赴刑场。　临命：临近绝命，临死。　掺：同"搀"。　⑧"乾坤"句：表示这次被捕下狱，我们二人为革命牺牲是顶天立地的壮举。　乾坤：天地。天地之间就只两颗头

颅,可见为革命牺牲,意义重大。

【阅读提示】

　　章太炎的文学成就,主要在论文和散文方面。诗歌作品仅得几十首,多富于革命激情,文辞通俗易懂。此《狱中赠邹容》诗亦不例外。这是一首作者在狱中为勉励战友邹容而写下的赠诗。诗中充满了对青年革命家邹容的热情赞扬,表达了两人决心为革命献身的豪情壮志。先写"被发下瀛洲"的小弟邹容,再写"除辫"、吃"干牛肉"的青年革命家邹容;续写自动投案"下狱"一身正气的邹容;末写诗人与"小弟"临命掺手的革命气节,并以"乾坤只两头"的诗句作结,对牺牲精神予以颂扬和褒奖。综观全诗,给人以正义凛然,理直气壮之感;笔墨中饱含对革命志士的颂扬和对旧势力的愤慨。当时,邹容曾以诗作答:"一朝沦地狱,何日扫妖氛?昨夜梦和尔,同兴革命军。"

哭邹蔚丹烈士(二首)

柳亚子

柳亚子见《赠毛润之老乡》。

一

咄咄英风忆长乐[①],幽幽黑狱贮奇愁[②]。
蜀中王气今何在[③],放眼乾坤少一头。

二

十五万重启罗格[④],那堪人尽作天囚[⑤]。
自由死矣公不死,三百年来第一流[⑥]。

(选自《醒狮》第二期《文苑》)

【注释】

　　①英风:俊杰之士的风格。　长乐:长年快乐,意谓邹容为百姓追求幸福的日子。　②贮奇愁:在牢中贮满奇冤仇恨。　③王气:古人所谓帝王所在的祥光瑞气;亦指王朝的气运。　④罗格:罗网。此句是说满清政府布下了十五万重的罗网。　⑤天囚:此喻无形的束缚。此句是说哪能让数万万人都被束缚起来作"天囚"。　⑥三百

年:语本庾信《哀江南赋序》:"将非江表王气,终于三百年乎?"此暗喻清王朝的三百年统治。清始于公元1616年,终于公元1911年,近三百年。

【阅读提示】

　　1903年,年仅17岁的柳亚子在上海爱国学社,与邹容、章太炎等交往甚密,革命情绪益加高涨,从而自觉地汇入革命派的宣传大军。在思想上,宣传爱国反帝,鼓吹排满革命。为了进行革命宣传,高旭在日本创办《醒狮》。柳亚子的这两首诗就发表在《醒狮》第二期上。(一)赞邹容为民众的幸福奔走呼号而入狱牺牲;(二)谴责清政府对革命志士的捕杀,但人民是要起来反抗的,不会"尽作天囚"。对邹容的"慷慨赴死"、"从容就义"深表哀痛,说是"放眼乾坤少一头"!并高度赞誉邹容是"三百年来第一流",是永垂不朽的。慷慨的诗风中,深藏着诗人对战友的哀伤痛惜之情。

纪念邹容烈士

1961年

吴玉章

吴玉章,见《四川省委被迫撤返延安》介绍。

　　少年壮志扫胡尘,　　叱咤风云《革命军》①。
　　号角一声惊睡梦,　　英雄四起挽沉沦。②
　　剪刀除辫人称快,　　铁槛捐躯世不平。③
　　风雨巴山遗恨远,　　至今人念大将军。④

(选自《吴玉章诗选注》,西南师范大学出版社1991年9月版)

【注释】

　　①胡尘:胡地的尘沙。北周庾信《王昭君》诗:"朝辞汉阙去,夕见胡尘飞"。这里指代清朝封建势力。　"叱咤"句自注:"邹容十八岁的时候(1903年),发表了著名的《革命军》一书,对宣传资产阶级旧民主主义革命思想起了很大的作用。"　叱咤:发怒声,形容声势威力很大。　《革命军》:书名。清末邹容著。1903年5月在上海出版。　②"号角"二句:这两句诗的意思是革命英雄志士仁人从四面八方奋起拯救将要沉沦的半封建半殖民地的中国。　号角:古时军队传达命令的管乐器,这里指代革命宣传的声音。　挽:挽救,从危险中救回来。　沉沦:陷入了苦难的世界。　③"剪刀"

二句自注:"1902年邹容留学日本时,曾因愤剪去清朝政府的留日陆军学生监督姚文甫的发辫。"章太炎在狱中赠邹容的诗中有"快剪刀除辫"之句。邹容于1903年在上海下狱,1905年死于狱中。 铁槛:指上海工部局的西牢。 ④"风雨"二句:意思是邹容虽因不幸逝世而在故乡留下革命尚未成功的遗憾,但全国人民至今都在怀念这位为革命献身的大将军。 巴山:这里指邹容的故乡巴县(今属重庆市)。 大将军:作者自注:"1912年初,南京临时政府即将解散之际,由四川同盟会员申请经孙文大总统批准,邹容被追封为大将军。"

【阅读提示】

邹容是中国旧民主主义革命的前驱和烈士。他撰写的《革命军》,被吴老赞为"革命的旗帜","以无比的热情歌颂了革命"。1961年,当辛亥革命50周年纪念来临之际,作者自然不会忘记"革命军中马前卒"的邹容,忆念之情油然而生,激情涌动成此佳作。首联写实,高度赞扬邹容誓死推翻清朝反动统治的"少年壮志",《革命军》即"壮志"之所托。颔联写邹容其人其文在当时的"号角"作用和振聋发聩、唤醒民众的巨大社会影响。颈联则继之从邹容所做的两件为世人称道的事:"剪刀除辫"和"铁槛捐躯",写出邹容异于常人的壮举。一个敢言敢为的英雄形象高大而丰满地矗立在读者的心中。尾联写烈士壮志未酬的千古遗恨,和革命自有后来人的坚定信心。后世子孙定能继承先贤遗志,完成先贤未竟之事业以告慰先贤先烈们。情意悠长,寄托遥深。此诗内容宏阔具体,风格遒劲。"意到、气到、神到,挽邹蔚丹诗,允为第一。"

通告统一蜀军书

张培爵

张培爵(1876—1915),字列五,今重庆荣昌县人。辛亥革命时期重庆起义主要领导人之一。他受当时"推翻帝制,建立共和"革命思潮的影响,积极投身于社会改革和革命活动。1906年加入同盟会。1911年11月,他组织革命党人与夏之时的起义部队一起宣布重庆起义,蜀军政府成立,他任都督,夏之时任副都督。不久,蜀军政府与成都建立的"大汉四川军政府"合并,他任四川军政府副都督,后任四川民政长。

辛亥革命后,南北协议,孙中山把大总统位让给袁世凯。张培爵致电孙中山反对此举,声言袁世凯必为中国之祸。袁世凯为除异己,于1912

年10月调他去北京任"总统府高级顾问"。1915年1月,袁指使天津军警将他逮捕并杀害。

为通告事:渝中反正,培爵徇众请为蜀正都督。①夙夜忧虑,恐奉职无状,黾勉从事,罔敢暇逸。念蜀中区区之地,不容有二军政府,协议合并,成约已有日矣。②今培爵自渝西上,不日可抵成都,统一之期,盖将不远;惟吾蜀僻远,民气朴弱,日前所受专制虐政,为天下最,此次发难在各省之先,而自去秋以迄今日,已将半载,秩序犹未回复,受祸亦远出各省之上。莩荇遍地,一日数掠,疮痍载途,不能抚恤,抚躬自问,未能尽责,痛心疾首,寝席难安。③窃惟以凉德之躬,赴至难之任,倘有陨越,何以副诸君子艰难缔造之苦心?何以慰七千万同胞之希望?自当诚布公,务求有济。④正都督一职,非雄才大略者,莫能胜任,已由培爵推尹昌衡为正都督,培爵副之,以勉尽国民之责。

然环顾蜀中大局尚形险恶,关、陇告急,甘、新未平,青海西番,顽梗为患。⑤故对外则非出师北上,无以救秦中;非经营藏卫,无以固边圉;对内则非筹立代议机关,无以伸民意;非分布重兵,无以清内匪;非整饬军旅,无以肃戎行;非澄叙官方,无以起吏治;非慎选法官,无以重审判;非清理款项,无以裕饷源;非招纳贤俊,无以资赞助;非兴复学校,无以育人才;非通商惠工,无以利民生;非化除党见,无以速进步。⑥拟行诸事,头绪纷歧,关系繁重,不如此措置,固不足以振蜀中之颠危,不协力同心,更无以集事功。⑦所望我父老兄弟,邦人诸友,慨念时艰,共维大局,不以都督视培爵,直以公仆视培爵,绳愆纠缪,各尽所言,平气降心,以求有济。⑧当知改革事业,必以渐而几,由专制而共和,由满房而民国,已非易事。⑨此后一切措施,苟以操切手段临之,疑忌一生,必多荆棘;如假以时日,助以智谋,培爵虽愚,必有所报。

至于省内外文武各职及诸军士,在成、渝会合以前,已勤劳民事,敬慎厥职;今两地为一,尤应日夜淬厉,努力奉公,毋因统一之故,遽生弛懈之心。⑩培爵用人惟能,决不因一人之见闻,妄有变易。其各尽尔能,一心所事,劳来安集,注重安民,出同胞于水深火热之中,其荡涤亡清之污秽,庶足以实行共和政治之精意,而无愧为中华民国之新人物矣。⑪

呜呼!"中国将乱,蜀先受兵;中国太平,蜀独后治。"我父老兄弟邦人诸友,毋使此言再验于今日,四川幸甚!中国幸甚!培爵一俟大局平定,即当召集公民,举贤自代,退归田里,为民国自由之民,以领略共和幸福之乐趣。区区苦心,宏达之俦,当能鉴谅。⑫特告。

(选自《民立报》1912年4月3日)

【注释】

①反正:复归正道,指辛亥革命重庆起义,成立蜀军政府。　徇:依从。　②黾(mǐn)勉:努力、勉力。　暇逸:懈怠,偷懒。　协议合并:指1912年初,成都"大汉四川军政府"和重庆"蜀军政府"在荣昌安富镇达成合并协议。张培爵于1912年2月12日赴成都,任四川军政府副都督。　③发难:指1911年秋武昌起义成功消息传到重庆后,革命党人于11月22日宣布重庆起义,28日成立蜀军政府。这在全国是最早响应武昌起义的义举。　萑(huān)符:泽名。《左传·昭公二十年》:"郑国多盗,取人于萑符之泽。"故称盗贼出没之处为"萑符"。　疮痍:同创痍、创伤,喻战后民生凋敝、灾害惨重。　④凉德:谦词,少德。　至难:最困难。　陨越:颠坠,引申为失职。　副:符合、切合。　济:作为、成功。　⑤关、陇:关中(陕西关中盆地)、陇西(甘肃西部)一带。　甘、新:甘肃与新疆接壤之地。　顽梗:顽固保守势力。　⑥秦中:陕西、甘肃地区。　边围:边疆。　戎行:军队、队伍。　澄叙:澄清、整顿。　⑦措置:举措,料理,安排。　颠危:艰难危险。　⑧绳愆(qiān):愆,过失、失误。绳愆,纠正过失。《书·冏命》:"绳愆纠缪。"　⑨以渐而几:几,几多。即从少到多。　满虏:指清政府。　⑩厥职:失职。　淬厉:本为磨炼兵刃,引申为刻苦进修。　弛懈:懈怠,松弛。　⑪荡涤:涤除。　⑫宏达之俦:俦,同辈。指具有宏达胸怀的人们。

("注释"据傅德岷主编《巴蜀人文天下盛》)

【阅读提示】

《通告统一蜀军书》发表于中华民国元年(1912)4月3日《民立报》,也就是张培爵于1912年2月12日赴成都任四川军政府副都督一个多月后,他就四川统一之事通告蜀军诸将领及父老兄弟、邦人诸友,就统一的必要性、统一后的形势任务、对蜀军诸将领军士的希望,以及他本人的打算一一表明看法与态度,表现出一个民主主义革命者忧国忧民的赤忱和不计个人名位的旷达襟怀。谢无量所作墓联云:"蜀国吊忠魂,化碧苌弘原不死;神州忧寇乱,问天屈子但兴悲。"对作者的人品作了高度的评价。

(辛亥)咏怀八首(其六)

杨沧白

杨沧白,见《悲愤歌》介绍。

伊余癯眇姿[1],气猛干云天。
十岁诵仓雅[2],十五罗陈篇。
二十始结客,瀛海讫幽燕[3]。
匪直慕游侠[4],志欲灭腥膻[5]。
咄哉三户雄[6],一举挫秦坚[7]。
大义揭日星,响应彻穷边。
蜀士建汉业,余亦乐执鞭[8]。
始难下三巴,鸡犬谧无喧。
俄顷阅沧海[9],千载光籍篇[10]。

(选自《先贤诗文选》,重庆出版社 2011 年 10 月第 1 版)

【注释】

①癯:瘦。 眇:细小,微小。这里指身材小。 ②仓雅:《三仓》《尔雅》等文字训诂的书。 ③讫:止,到。 ④匪:同"非"。 直:同"只"。 ⑤腥膻:指清王朝。 ⑥三户:《史记·项羽本纪》:"夫秦灭六国,楚最无罪。自怀王入秦不反,楚人怜之至今,故楚南公曰:'楚虽三户,亡秦必楚也。'" ⑦铧:通"挫"。 ⑧执鞭:《论语》:"富而可求也,虽执鞭之士,吾亦为之!" ⑨沧海:指由清末到辛亥革命成功的变迁。 ⑩籍篇:即"篇籍"。书籍,史册。

【阅读提示】

这首诗是作者《咏怀八首》的第六首。本诗由作者的体貌特征起笔,写到自己的革命热情及从小到大的读书交游和革命志向,一直到辛亥革命的爆发和自己的热情参与,以一个亲历者的身份讴歌了辛亥革命的历史功绩。诗情浓郁,沉雄豪迈,咄咄有英风豪气。

(王翃注析)

甲午感事（三首）

宋育仁

宋育仁（1857—1931），字芸子，晚号道复，四川富顺人。近代学者、思想家。早年读书于成都尊经书院，1886年中进士，选翰林庶吉士，改任翰林院检讨。1894年任英法意比四国参赞，考察西方社会，策划维新。1895年参加强学会，鼓吹君主立宪。1896年回川办理商务，兴办各类实业，推动四川民族资本主义工商业的发展。1897年创办《渝报》，成为重庆地区维新的喉舌。后又主持成都尊经书院，创办《蜀学报》。辛亥革命后出任国史馆纂修，1916年受聘主修《四川通志》。一生著述颇丰，有《时务论》、《泰西各国风采记》、《问琴阁丛著》及各种经史著作。

万马渡辽河，三军夜枕戈。
城亡诸将在，律丧两师和①。
伏阙书何用②，忧时泪苦多。
节旄真脱尽③，归雁望云罗④。

不见榆关隘⑤，千营溃一惊。
潜师谋郑管⑥，赠策失秦庭。
星火催和约，楼船息战声。
如何闻越甲，不耻向君鸣。

万里望君门，论都已枉论。
舻艎先失水⑦，猿鹤自乘轩⑧。
东海渐高蹈⑨，西邻畏责言⑩。
呕心余有血，夜作海涛翻。

（选自陈衍辑《近代诗抄》，上海商务印书馆1923年版）

【注释】
①律丧：即丧律，谓丧失军纪，军中律令不行。这里是军事失利的婉辞。 ②伏阙：拜伏于宫殿之下，拜见皇帝。指他上书清廷献策之事。 ③节旄真脱尽：《汉书·

苏武传》:"(苏武)杖汉节牧羊,卧起操持,节旄尽脱。"节旄,节以竹为之,柄长八尺。节上所缀牦牛尾饰物,称为节旄。 ④归雁:《汉书·苏武传》:"昭帝即位数年,匈奴与汉和亲,求武等。匈奴诡言武死……使者(汉使者)谓单于,言天子射上林中,得雁,足有系帛书,言武等在某泽中。"苏武遂归。 云罗:高入云天的网罗。 ⑤榆关:即山海关。 ⑥谋郑管:即作者欲偷袭日本长崎的计划。郑管,《左传·僖公三十二年》:"杞子自郑使告于秦曰:'郑人使我掌其北门之管,若潜师以来,国可得也。'"管,钥匙。 ⑦艅艎:船名。这里指北洋水师。 失水:船失去了水即处于危险境地。 ⑧猿鹤:《抱朴子》:"周穆王南征,一军尽化,君子为猿为鹤,小人为尘为沙。" ⑨东海:据上下文意,此处应指日本。 高蹈:登上更高的境界,指日本资本主义的发展快。 ⑩西邻:应指中国。 责言:谴责之言,问罪之言。

【阅读提示】

甲午战争期间,宋育仁曾上书清廷,提出抗倭防俄之长策。后又在国外招募水师,欲偷袭日本长崎。因清政府急于与日本媾和,"潜师之谋废",宋育仁"抚膺私泣,望洋而叹"。这三首诗即作于此时。第一首先说中日在朝鲜的战况。清政府在朝鲜的媾和让有志之士"忧时苦泪多",一片报国之心,无处可诉。第二首和第三首是说中日甲午战争在中国沿海陆地和海上的失利。作者的偷袭长崎未果,而清政府一味求和——"星火催和约",使想与日本奋起一搏的志士扼腕长叹。所有这些只能使作者一片苦心和忠心化为呕心之血,像江海一样翻腾。诗人追怀往事,感愤良多,沉郁悲愤,充满壮志难酬之憾。

(王翃注析)

题铁血斑斓图①

向 楚

向楚(1877—1961),字先乔,一作先樵,亦作仙樵,号觙公,巴县(今重庆渝中区)人。早年师从于东什书院山长赵熙。1902年中举,曾任清内阁中书,并先后在广东、重庆等地任教。1906年加入同盟会重庆支部。1911年蜀军政府成立,任秘书院院长,重庆镇政府秘书厅厅长。"二次革命"失败后,逃亡上海。1917年,广州护法政府成立,他返川任四川省财务厅厅长。后任孙中山大元帅府秘书。1926年任民国《巴县志》总纂。1937年任四川大学文学院院长。新中国成立后为民革中央委员,并先后被选为四川省人民代表,省政协委员。1952年调任四川省文史馆副馆长。

青天霹雳血花寒,猛虎声中藜藿干②。
博浪沙头期海客③,要离冢畔买青山④。
驰驱许国无双士⑤,忧乐关人十九年。⑥
成败死生今已矣,相看一念一心酸。

(选自《先贤诗文选》,重庆出版社2011年11月第1版)

【注释】

①此图为悼念辛亥革命烈士彭家珍等作。 ②藜藿:两种植物,青翠时可食,干枯时不可食。故有"猛虎居深山,藜藿无人采"的诗句。全句比喻烈士的威名能震慑敌人。 ③博浪:秦灭韩国后,韩国贵族后裔张良雇力士于博浪沙椎击秦始皇。博浪沙在今河南原阳县东。 期:等。 海客:浪迹天涯的侠士。 ④要离:要离曾刺杀公子庆忌。其墓在苏州胥门内梵门桥西城脚下的马婆墩。 ⑤许国无双士:《史记·淮阴侯列传》:何(萧何)曰:"……诸将易得耳。至如信,国士无双。"此指辛亥革命烈士彭家珍。 ⑥十九年:指1930年,辛亥革命(1911年)到1930年,刚好19年。此句是说怀念彭家珍烈士十九年。

【阅读提示】

《铁血斑斓图》是1930年为了悼念辛亥革命烈士彭家珍等而作的一幅画,此为一首题画诗。彭家珍为四川人,同盟会会员,1912年1月26日在北京炸死宗社党首领良弼,自己亦重伤牺牲。这幅图我们无缘看到,但据我们所知史料和本诗的描述,应是描摹彭家珍等烈士为国捐躯的场面。所以诗开首便说:"青天霹雳血花寒,猛虎声中藜藿干。"接着作者用张良和要离这样的侠客来显示彭家珍等烈士的豪气。接着以韩信这样的国士比拟烈士,说他们的行为关系着天下人的忧乐。最后又回到看画上来,沉痛悼念逝者的英魂。所以说"相看一念一心酸"。诗情沉郁,格调悲壮,给人深深的震撼。

(王翃注析)

纪念辛亥五十周年五首（选二）

向 楚

其一

星火燎原起路潮①，辽东王气黯然消②。
满洲三百年天下，如此江山付浪涛。

其二

蜀军文献手亲编，埋血黄花骨已寒③。
开国英雄应时势，弁言谁写大同篇④。

（选自《先贤诗文选》，重庆出版社2011年10月第1版）

【注释】

①路潮：指1911年广东、湖南、湖北、四川人民的保路运动，它是辛亥革命武昌起义的前奏。　②辽东：清王朝的发祥地，即今东北。　王气：象征帝王运数的祥瑞之气。　③埋血黄花：指黄花岗起义。1911年4月27日下午5时30分，黄兴率领120名敢死队员直扑两广总督署，发动了同盟会的第十次武装起义——广州起义。起义失败后，72位烈士的遗骸由潘达微等广州人民改葬于广东郊外红花岗，后把红花岗改名黄花岗，故这次起义称"黄花岗起义"。　④弁言：前言，序言。　大同：儒家的理想社会。《礼记·礼运》："大道之行也，天下为公。"孙中山的革命理想也受其影响。

【阅读提示】

向楚的《纪念辛亥五十周年》共五首，此处所选为前两首。第一首是说清末的保路运动如火如荼，沉重地打击了清王朝的统治，加速了辛亥革命起义的爆发，清王朝的三百年江山就此结束。第二首是说自己编写1911年辛亥革命蜀军政府的文献时，距离黄花岗烈士的死难已经很遥远了，那时开国英雄们应时而起，用自己的鲜血谱写了中国人民追求大同的革命理想的篇章。诗情激荡，高歌赞颂辛亥革命烈士的英雄壮举。

（王翃注析）

二、无产阶级革命家

盖世华章动山城[①]
——毛主席《沁园春·雪》的写作与在重庆的传诵

尹 凌

尹凌（1920—2014），本名周永林。四川巴县（今重庆市巴南区）人。党史专家。1936年秘密参加党领导下的"重庆学生界救国联合会"（秘密学联）。1938年由上级批准由秘密学联成员转为中国共产党党员。1940年，考入由晏阳初创办的中国乡村建设育才学院读书。1944年，参加南方局领导的"中国经济事业协进会"，筹组"中国农村经济研究会四川分会"，任总干事。1978年调任重庆市政协任副秘书长。曾任中国地方史志协会理事、重庆市历史学会副会长、重庆市地方史研究会名誉会长等职。著有《〈沁园春·雪〉考证》、《抗战时期国共合作纪实》等。

1945年毛泽东把《沁园春·雪》书赠柳亚子先生后，原词是否在重庆《新华日报》刊登过？《新民报晚刊》是如何首次刊出？刊出后的传诵经过及其斗争过程？这些年来我一直在不断查考。

首先需要澄清："文化大革命"期间那些所谓解释毛泽东诗词的小册子所说"这首光辉词章书赠柳亚子先生后，第二天《新华日报》就发表了"，完全是一种主观臆断，并非事实。这首词章从来没有在《新华日报》上发表过，而是由重庆《新民报晚刊》刊出而在重庆广为传诵的。它的公开面世，经历过一个十分复杂曲折的过程。

柳亚子是国民党元老、孙中山的忠实信徒、爱国诗人、坚定的民主主义者，是毛泽东相交多年的挚友。两人初识于1926年5月，国民党改组后在广州召开的二届二中全会期间。当时正值国共第一次合作,毛泽东任国民党宣传部代理部长,与恽代英、侯绍裘等人代表中国共产党出席会议。柳亚子作为国民党中央监察委员会的代表出席会议。那时正值孙中山逝世和廖仲恺被刺不久,国民党内部出现了很大分化。右派势力竭力否定孙中山生前制定的"联俄、联共、扶助农工"的"三大政策",公开提出分化革命阵营排共反共的主张。蒋介石在会上提出了以"改善中国国民党与共产党之间的关系"为借口的《整理党务案》,旨在削弱共产党在统一战线中的地位,阴谋篡夺国民党领导权,遭到毛泽东等共产党人的反对。毛泽东等共产党人的这一行动,得到国民党左派何香凝、彭泽民、柳亚子等人的坚决支持。从此毛、柳之间结下了深厚的革命友谊。

1945年8月28日毛泽东从延安飞来重庆,同国民党蒋介石进行和平谈判,柳亚子正住在重庆。这是毛、柳分别18年之后的再次相逢。柳亚子出于对蒋介石祸国殃民本性的认识,眼看蒋介石正在阴谋发动大规模内战,他最初对于"谈判"心存疑虑。据《柳亚子文集·自传·年谱·日记》(上海人民出版社,1986年)记载,柳亚子对于毛泽东这次来渝共商和平建国大计,开始是有些怀疑的。他曾说:"怀疑到毛先生这一次来,到底是不是能够完成他的伟大任务。……有人持着悲观的论调,我就是其中的一人。"8月30日,柳亚子到桂园拜访毛泽东,听了毛泽东一片赤诚的主张之后,觉得毛泽东"这次是抱着大仁、大智、大勇三者的信念而来的,单凭他伟大的人格,就觉得世界上没有不能感化的人,没有不能解决的事件"。通过这次谈话,柳亚子心中的疑团消除了,变得乐观了,"总之,我信任毛先生,更有信心中国内部没有存在着不能解决的问题,这不必诉之于武力了"。柳亚子一扫悲观情绪,回到家中,夜不成寐,当即赋诗抒怀,写了一首《七律·赠毛润之老友》,刊登在9月2日的《新华日报》上,原诗是:

一别羊城十九秋,　重逢握手喜渝州。
弥天大勇诚堪格,　遍地劳民乱倘休。
霖雨苍生新建国,　云雷青史旧同舟。
中山卡尔双源合,　一笑昆仑顶上头。

柳亚子8月30日拜访毛泽东后,9月6日毛泽东偕同周恩来、王若飞驱车前往沙坪坝南开中学津南村看望柳亚子。毛、柳再次见面,谈诗论政,相聚甚欢。

根据1980年5月全国政协文史资料研究委员会编辑出版的《文史资料选辑》第六十九辑刊载的廖辅叔《柳亚子先生言行小记》记载："毛主席9月6日到南开中学看望柳亚子时,他正在为完成他亡友林庚白遗愿,选编一本《民国诗选》。"林庚白的书稿是民国十五年着手的,那时限于条件,取材有限。柳亚子先生要把《诗选》的范围扩大,首先想到的就是毛主席的《长征》诗。他根据世上流传的版本抄了一份,请毛泽东校订。后来柳亚子在毛泽东在他的纪念册上题写的《沁园春·雪》的"附记"中说:

1945年重晤渝州,握手惘然,不胜陵谷沧桑之感。
余索润之写《长征》诗见惠,乃得其初到陕北看大雪,《沁园春》一阕。

在过去很长一段时间,文化、学术界都据此把毛泽东书赠《沁园春·雪》给柳亚子的时间理解为:"1945年9月6日"。后来柳无忌编的《柳亚子年谱》和金冲及主编的《毛泽东传》,以及我们编著的《重庆谈判纪实》(初版)中,也是这样讲的。

1983年12月《毛泽东书信选集》出版,内载毛泽东由重庆返回延安前夕,10月7日致柳亚子信称:

初到陕北时,填过一首词,似于先生诗格略近,录呈审正。

该书编者对"填过一首词"一句,特别注明:"指毛泽东1936年2月写的《沁园春·雪》。"至此,才真相大白。

为了如实介绍毛泽东在重庆书赠《沁园春·雪》给柳亚子的具体时间,纠正我们在《重庆谈判纪实》(初版)中的误传,我特地写了《索句渝州叶正黄——毛主席和柳亚子的战斗友谊》一文,刊登在1983年12月27日的《重庆日报》上。

柳亚子收到毛词《沁园春·雪》后,高度评价,"叹为中国有史以来第一作,高如苏辛犹未能抗耳"。立即和了一首。

10月21日柳亚子第一次将毛泽东书赠他的《沁园春·雪》手迹,连同他自己的和词一并让好友尹瘦石观阅。尹瘦石出于对毛泽东的崇敬,索求手迹,柳亚子慷慨赠与。尹进一步请柳对《沁园春·雪》写段"跋"文,柳亚子稍加思索,欣然命笔。

毛润之《沁园春·雪》一阕，余推为千古绝唱，虽东坡、幼安，犹瞠乎其后，更无论南唐小令，南宋慢词矣。中共诸子，禁余流播，讳莫如深，殆以词中类似帝王口吻，虑为意者攻讦之资；实则小节出入，何伤日月之明。固哉高叟，暇当与润之详论之。余意润之豁达大度，决不以此自歉，否则又何必写与余哉。情与天道，不可得而闻；恩来殆犹不免自郐以下之讥欤？余词坛跋扈，不自讳其狂，技痒效颦，以视润之，始逊一筹，殊自愧汗耳！瘦石既为润之绘像，以志崇拜英雄之概；更爱此词，欲乞其无路以去，余忍痛诺之。并写和作，庶几词坛双璧欤？瘦石其永宝之。

一九四五年十月二十一日，亚子记于渝州津南村寓所

柳亚子是第一个评论毛词《沁园春·雪》的诗人。这篇"跋"文是评论《沁园春·雪》的第一篇宏文。

柳亚子立即把毛泽东的《沁园春·雪》和他的和词，一并送到重庆新华日报馆，请求发表。这时毛泽东已经返回延安，报馆负责人告诉柳亚子，发表毛主席著作包括诗词，必须请示延安，得到毛主席同意后才能发表。经过协商，对毛泽东的原词暂不发表，只将柳亚子的和词在 11 月 11 日的《新华日报》上刊出。

柳亚子写了上述和词之后，不久又填了一首《沁园春·叠韵赠中共代表团》，这首和词当年没有公开发表，后来随《柳亚子文集·自传·年谱·日记》，于 1985 年由上海人民出版社出版而面世。

风马云车，从天而降，赤旗怒飘。喜延京高瞩，群才济济；嘉陵俯瞰，浊浪滔滔。天上星辰，人间麟凤，玄圃昆仑无比高。和平使，叱金钗十二，一例妖娆。皇华妙选多妖，诚黔首苍生肯折腰。看炎黄苗裔，豆箕惨淡；金汤城廓，风雨刁骚。民治评量，政权联合，美璞精缪共琢雕。涂山会，笑防同后至，载胄明朝。

11 月 11 日的重庆《新华日报》尽管没有刊载毛泽东《沁园春·雪》的原词，只刊登了柳亚子的和词。但柳亚子在他的和词"小序"中已经讲到"次韵和润之咏雪之作"，这就引起了人们的极大注意，都希望能读到毛泽东的原词。

"双十协定"签订后,毛泽东于10月11日返回延安,10月25日—28日,柳亚子与尹瘦石假重庆中山一路中苏文化协会举办"柳诗尹画联展"。柳亚子把毛泽东书赠他的《沁园春·雪》的两个手迹在会上公开展出,正式与世人见面,从此毛词《沁园春·雪》开始在社会上相互传抄,流传开来。

重庆《新民报晚刊》是一家中间偏左的民营报纸。"重庆谈判"期间,吴祖光接替黄苗子、郁风主编该报"西方夜谭"副刊。吴祖光是著名的剧作家,擅长旧体诗词,文思敏捷。"文化大革命"后,他在《新文学史料》1978年第一期上发表的《话说〈沁园春·雪〉》一文中说:

> 在(1945年10月11日)毛主席离开重庆不久,我从黄苗子,黄苗子从王昆仑处得到一首抄得不全的《沁园春·雪》。抄稿中遗漏了两三个短句,但大致还能理解它的意思。这首词从漫天飞雪的北国风光写起,从长城内外到大河上下,从妖娆多娇的壮丽山河到历朝历代的开国君主,从景到人,从古到今,归结为"数风流人物,还看今朝"。从风格上的涵浑奔放来看,颇近苏辛词派。但是遍找苏辛词再找不出任何一首这样大气磅礴的词作。真可谓睥睨六合,气雄万古,一空倚傍,自铸伟词。当听说这首词出自毛主席的手笔之时,我只有一个想法,就是:只有这一个人才能写出这一首词。

为了补足词中遗漏的几句,吴祖光跑了几处,找了几个人,都没有掌握全词,先后把三个传抄本拼凑起来,终于得到了完整的《沁园春·雪》。吴祖光说:"我唯一的念头便是在我编辑的'西方夜谭'上发表。"

吴祖光说:

> 可也就在这时,我受一位可尊敬的友人(周恩来——凌注)的劝阻。理由是:毛主席本人不愿意叫人们知道他能写旧体诗词。他认为旧体诗词太重格律,束缚人的性灵,不宜提倡。……而作为一个报纸副刊编辑,这样的稿件是可遇难求的最精彩的稿件,是无论如何也不能放弃的稿件。
>
> 友人为我举出在重庆的中共机关报《新华日报》为例,说柳亚子先生写了"咏雪"的"和词",要求《新华日报》把他的和词同

毛主席的原词一并发表。但是,由于上述原因,《新华日报》不得不拒绝了亚子先生的请求。

吴祖光说,我想《新华日报》是中共党报,当然应受党的主席的约束;而我编的却是一家民营报纸,发表这首词又何妨呢?! ……也就不顾友人的劝阻,而在11月14日的重庆《新民报晚刊》第二版副刊"西方夜谭"上发表了。鉴于种种因素,这首词章刊出时的标题为"《毛词〈沁园春〉》",词末写了一段"跋"文。

毛词　沁园春

北国风光,千里冰封,万里雪飘。望长城内外,惟余莽莽;大河上下,尽失滔滔。山舞银蛇,原驰蜡象,欲与天公共比高。须晴日,看红妆素裹,分外妖娆。山河如此多娇,引无数英雄竞折腰。惜秦皇汉武,略输文采;唐宗宋祖,稍欠风骚。一代天骄,成吉思汗,只识弯弓射大鹏。俱往矣! 数风流人物,还看今朝。

毛润之氏能诗词似尠为人知。客有抄得其沁园春咏雪一词者,风调独绝,文情并茂,而气魄之大乃不可及。据氏自称则游戏之作,殊不足为青年法,尤不足为外人道也。

毛泽东咏雪词在《新民报晚刊》刊出后,顿时轰动山城,传遍各地。世人从而知道毛泽东不仅是伟大的政治家、军事家,而且还是卓越的文学家、伟大的诗人。这首咏雪之作,无论置诸任何古今中外的伟大诗作之中,也都是第一流的杰作之中的杰作。它的公开面世,无疑吴祖光是立下了"汗马功劳"的。

但出人意料的是:正当这首《沁园春·雪》引起社会轰动,《新民报》老板陈铭德也十分高兴的时候,在国民政府国防部担任新闻局副局长的邓季惺的弟弟邓有德,却"奉命"前来,就该报刊载《毛词〈沁园春〉》一事,把陈铭德训斥一顿,认为不该"为共产党张目"。由此几乎为《新民报》带来极大的灾难。所幸经过陈铭德各方奔走,托人说情,才算了结。据传后来该报肖同兹的去职,也与此事有关。1979年冬天,我到北京去拜访吴祖光时,他很风趣地说:"这是我闯下的一场大祸!"

重庆《新民报晚刊》最初刊出的《沁园春·雪》,因系辗转抄得,拼凑而成。与毛泽东书赠给柳亚子的原件对照,有几个错字。

"大河上下，顿失滔滔"，误为"大河上下，尽失滔滔"。

"欲与天公试比高"，误为"欲与天公共比高"。

"红装素裹，分外妖娆"，误为"红妆素裹，分外妖娆"。

"江山如此多娇"，误为"山河如此多娇"。

"唐宗宋祖，稍逊风骚"，误为"唐宗宋祖，稍欠风骚"。

另外，"只识弯弓射大雕"，被误排为"只识弯弓射大鹏"。

毛泽东《沁园春》咏雪原词与柳亚子的和词，在重庆《新民报晚刊》和重庆《新华日报》相继刊出之后，重庆《大公报》于1945年11月28日以《转载两首新词》为题，刊登在显著版面上，这就为读者学习和传诵这首词章提供了极大的方便；但同时也造成了这首词章的唱和最初见于重庆《大公报》的讹传。

（选自周永林编著《〈沁园春·雪〉论丛》，重庆出版社2003年12月第1版）

【注释】

①本文标题为编者所加。原题为《毛词〈沁园春·雪〉研究》，共分"缘起"、"两篇文章，两本书"、"写作时间"、"传诵经过"、"唱和"、"手迹"六部分。本文系其第四部分"传诵经过"。

【阅读提示】

革命家兼诗人的毛泽东曾为他的诗词发表后的传播盛况有过"注家蜂起，全是好心"的精彩描述。"1945年毛泽东把《沁园春·雪》书赠柳亚子先生后，原词是否在重庆《新华日报》刊登过？《新民报晚刊》是如何首次刊出？"刊出后，在其传诵过程中，又有怎样"复杂曲折"的经历和斗争？这一直是读者和学界关注度很高的话题。一时间，众说纷纭，莫衷一是。作者"法春秋之严谨"，"仿班志刘略，标分部汇，删芜撷秀，跋其端委"（章学诚《文史通义》），为我们作了详尽而有说服力的解答。既有裨文献，亦有助于广大读者，亦有助于毛泽东诗词"阅读史"的研究。

我的青少年时期（节选）

聂荣臻

聂荣臻（1899—1992），四川江津（今属重庆）人。中华人民共和国元帅,伟大的无产阶级革命家、军事家。1919年11月,赴法勤工俭学。1923年在法期间加入了中国共产党。1924年9月,受党的派遣,到莫斯科东方大学学习。1925年7月回国,任黄埔军校政治教官。1927年先后参与并领导了南昌起义和广州起义。1931年底到苏区,后率部参加长征。抗日战争时期,任八路军115师副师长、政委,参与指挥平型关战役,率部开创敌后第一个抗日民主根据地——晋察冀边区,多次粉碎日伪军的"扫荡"。解放战争期间,负责指挥平津战役。全国解放后,先后担任过国务院副总理、中共中央军委副主席等重要职务,主管国防科技工作,是我国科技事业的奠基人和开拓者。1955年被授予中华人民共和国元帅军衔。有《聂荣臻回忆录》等。

一八九九年(清光绪二十五年)十二月二十九日,我出生在四川省江津县吴滩镇。

江津是一个丘陵起伏的地方,紧靠着长江,离重庆也近,自然风光很秀丽。吴滩则是一个比较典型的川东小镇。

在江津,聂姓是个大家族,到我这一辈,按家谱排是"荣"字辈,所以给我取名荣臻。我出生的时候,家庭已经破落了。从我记事时候起,打下深深烙印的,不是家乡的山水风光,孩提时代的欢乐,而是日月的艰辛,农村的动荡和农民生活的苦难。

我的父亲聂仕先,因度日艰难,每天除了干活的辛劳,就是为家庭生计发愁,留给我的印象是老成持重,沉默寡言。母亲唐氏,是个典型的旧式妇女。她把自己的精力和感情,全部用于操持家务,抚养我和妹妹上。年幼的妹妹,受着封建礼教的束缚,从小待在家里。虽然日子过得艰难一些,但一家人感情融洽,相处得很好。

我到上学年龄的时候,正处于辛亥革命酝酿时期。国家政治上的激烈动荡,各种社会思潮的日益活跃,各派政治力量的争斗,新学与旧学的交替和斗争,所有这些,都以辛亥革命为标志,汇聚成一股强大的历史潮流,封建社会正在瓦解,民主主义正在兴起。中国社会的这一变动,是我人生道路上的第一堂政治课。

由于家庭困难,父母把我送到外祖父家读私塾。外祖父家距我们家不远,是当地比较富有的一个地主家庭。教私塾的,是一位前清秀才,整日里摇头晃脑,咬文嚼字,教的都是四书五经、之乎者也一类的东西,沉闷得很。但在外祖父家,也有难得的乐趣。那时,我三舅在重庆法政学校读书,法政学校当时是重庆的最高学府。他经常回家,一回来,就带来许多社会消息。舅父的亲戚朋友,有的是共和党,思想倾向保守,有的是国民党,当时比较激进。他们碰在一起,常常争论各种问题。我虽然年纪很小,不懂政治,但觉得他们的争论很有趣,对城里来的消息也感到新奇。尽管搞不清共和党是怎么一回事儿,国民党又是怎么一回事,这也无所谓,但已模模糊糊地觉得社会正在发生变化。就这样,政治需要变革的想法,不知不觉地闯进我年幼的心灵之中。

孙中山先生领导的民主主义革命浪潮,不时向四川卷来。清王朝政府对四川的统治摇摇欲坠,整个四川处在辛亥革命的前夜。

由于四川的富饶,清政府不甘心放过这块肥肉,加上四川又是西南政治经济中心,它要统治西南,必须控制四川。但是,清政府又深感鞭长莫及,因为四川交通不便,它与外界的主要通道是靠长江,运兵进川和运物资出川,全凭着长江。除长江之外,就是"难于上青天"的蜀道了。同时,四川人民富有反抗精神,对清王朝的统治并不买账,不断掀起各种斗争。因此,清政府对四川人民是又气又恨,统治手段特别残酷。

我记得,很小的时候,就听大人们说,清朝的官员扬言,"你们四川人想中状元,除非是石头开花马生角",可见对四川人厌恨之深。可是,四川人还是争了一口气,有个叫骆成骧的四川人①,考中了清朝最后一科状元。这个人辛亥革命前就在成都办高等学堂,热心教育事业。四川人都觉得骆成骧给四川出了气,争了光,把他中状元的事情传为佳话,说什么"骆"字拆开是"马"字和"各"字,"角"和"各"在我们四川是谐音,也就说成是马真的生了角了。

以后,我听到的就是"保路"运动,这个运动在四川闹得最为轰轰烈烈。清王朝为了侵吞四川民间为办铁路而筹集的巨款,竟然宣布四川的铁路由民办收归国有。这样一来,四川人民对清王朝的愤恨,就像火山一样迸发了,各地纷纷成立了"保路同志会"。那阵子,一天几个消息,一会儿听说捉了赵尔丰,一会儿又听说捉了端方,以后又听到把这两个家伙先后处决的消息。当我们听到四川人民的保路运动促成了辛亥革命的爆发,心里真是痛快极了!

在这伟大变革的日子里,我们大家再也无心读那些"之乎者也"了,整天在一起议论这些激动人心的大事,老师也不怎么管。在当地,我们最关心的是"同志军"围攻合江。合江知县黄炳燮,凭借合江城三面濒江,城墙坚固,只有西门是陆路出入口,而这里又是高岗,在当时条件下,确实易守难攻,他坚守合江,拒不投降。同志军汇集各路民军几万人,围攻合江几十天,从九月下旬一直打到十二月初,黄炳燮才觉得大势已去,出城投降。但到后来,合江又落到云南军阀手里。

辛亥革命胜利后,老式的私塾随着科举制度的废除,逐渐被新式学校所代替。我也进入新式学校读书,知识面逐渐开阔起来。虽然还学文言文,但白话文越来越多,此外还增加了数学、历史、地理等课程,使我懂得了许多国内外的历史、文化和科学知识。

小学毕业后,我考入江津县立中学(即现在的江津第一中学)读书。这所中学设在江津县城,是20世纪初创办的。那时的学制为四年,规模比较大,有好几百人,学生都是住宿生。我进校的时候已经是第八班(即第八届)的学生了。

中学时代,我已十八九岁。在这里,我一面读书,吸收文化科学知识,一面从当时国内国外所发生的许多重大事变中,不断地思考,寻求真理,摸索自己要走的人生道路。

辛亥革命带着先天的软弱性。革命胜利不久,袁世凯签订卖国的二十一条,复辟称帝,接着就是连年不断的军阀混战。反对二十一条、抵制日货和反对军阀混战,对我的思想触动最大。

江津中学订有各种各样的报纸刊物,包括《新青年》这样的进步刊物。另外,四川虽然交通闭塞,但电报还是通的,各种消息通过电讯传到四川,这些消息又在报刊上广泛传播。我们这些青年人经常在一起议论时弊,抒发爱国热忱。

签订二十一条以后,大量日本货流入中国,也源源不断地流进四川。处在长江边上的江津县城,商业比较发达,所有百货商店摆的几乎都是日本货。这引起了我们强烈的反感。巴黎和会将德国在山东的特权转让给日本,消息传来,正值寒假前夕,同学们气愤已极,先是三三两两慷慨激昂地议论,后来就自发地在校园里集合游行,高呼口号,强烈抗议。

寒假中,由我们江津学生联合会出面,通知大家利用假期到各地演讲,宣传反对帝国主义的侵略,号召同胞们起来,打倒汉奸卖国贼,共赴国难。我在寒假中回到家乡,与别的同学一起,组织了一个宣传组,曾到各处作过几次演讲。我演讲时特别激动,不管人家听得懂听不懂,把我所知道的事情一口气诉说了一通,还获得了一阵阵掌声。这是我参加政治活动的开始。

寒假结束,回到学校。不久,北京发生"五四"运动。我们也在学校和江津县城街头集会游行。同学们撒传单,贴标语,进行演说,号召以抵制日货来作为反对日本帝国主义的实际行动。我们与江津甲种农业学校等学生联合在一起,派代表去动员一些商店老板不要贩卖日货,但是一些大商号根本不理学生的要求,一些小商店也跟着跑。这样一来,激起了学生们的愤怒。于是,对江津县城几家销售日货的大商店,进行了搜查,将查出的大批日货搬到"文昌宫"封存,同学们轮流看守,准备焚烧。我们还沿江巡逻,凡装有日货的船只不准靠岸。这时,江津县长聂述文出面调停,说是调停,实际上是想压服。谈判的时候,江津驻军团长王天培参加,会场外面站满士兵,一个个荷枪实弹,聂述文唱白脸,王天培唱红脸,企图迫使学生屈服。青年学生血气方刚,根本不理他们这一套,坚持要焚烧日货,商人们则在聂述文、王天培支持下,要求赔偿经济损失,双方相持不下,几经谈判,都没有解决问题。当我们得知凡尔赛和约正式签字的消息,同学们的愤怒情绪达到顶点,立即集合,要上街游行。津中校长邓黎仙(此人是国民党员)、学监李耀祥、罗中林百般阻挠,先是劝说威胁,后来干脆关上校门不准上街。我们一二百名学生,一气之下,冲出校门,串联其他学校的同学,游行到"文昌宫",将日货搬到河边,全部烧毁。这样一来,引起商人的极端仇恨,他们勾结反动军警,在校方配合下,准备对我们下毒手。好在暑假将至,我们就离开了学校。很显然,我们几个学生代表在学校是再也待不下去了,待下去肯定要受迫害,这也是促成我去法国勤工俭学的重要原因之一。

现在回过头来看,我们当时这种焚烧日货的行动,做得有些过火。这些东西,本来是中国人自己拿钱买的,烧掉不是可惜了吗?而对日本人毫无损失。相反,烧了日货,侵犯了商人的利益,反而造成商人对我们的不满甚至仇视。宣传抵制日货无疑是正确的,但爱国运动的目标应该自始至终对着日本帝国主义,应该把商人作为说服争取的对象,动员他们一起参加抵制日货的行动。那个时候,我们这些学生少年气盛,一怒之下,就不考虑后果如何了。

在中学时期,另一件对我影响很深的事情,是连年的军阀混战,它把国家搞得四分五裂,落后不堪。在四川,也是大小军阀混战不已。有个军阀叫刘存厚,长期盘踞川北,一直到我们红四方面军退出鄂豫皖到川北建立根据地时,才把他消灭。四川军阀有个特点,因为交通不便,经常是关起门来打,需要的时候,联合客军打对手,客军就是云南、贵州的军阀。而四川军阀自己则从来不打到外省去,这主要是因为四川富有的缘故。

在兵荒马乱之中,各地成立了许多民防团,大多用以自卫。在我们江津,也成立了民防团。记得在"文化大革命"中,有一回研究四川武斗问题,我对毛泽东同志说:过去有人讲过,"天下未乱蜀先乱,天下已治蜀后治",要解决四川问题,可不简单,不能掉以轻心。毛泽东同志听后笑了起来。

军阀们打来打去,最倒霉的是老百姓,弄得哀鸿遍地,民不聊生。所有这些发生在我中学时期的兵连祸结的事情,都使我感到苦恼,痛恨军阀,尤其是对外来军阀更加痛恨,总希望把他们赶出四川去。但是,那时我很年轻,看不清军阀混战的本质,找不出解决的办法,总感到对这些现象实在无能为力。出路何在?我当时只是把希望寄托在出国去学点本事,回来办好工业,使国家富强了,也许能改变这种局面。军阀混战造成国家贫困落后,更增强了我对"工业救国论"的信念。这是我决心去法国勤工俭学的另一方面的原因,也可以说是最重要的原因。

在中学时期,也知道俄国发生了十月社会主义革命,多少有这种印象:这个革命是进步的,成立了劳农政府,感到新鲜,但弄不清究竟是怎么回事。看到《新青年》上一些介绍社会主义的文章,又众说纷纭,各有各的主张,无政府主义、社会民主主义(即改良主义)也夹杂其间。尤其是无政府主义,当时在青年中的影响比较大,但我认为他们的办法并不能解决中国面临的问题,而且许多道理我还弄不太懂,所以当时的社会主义宣传没有对我产生很大的影响。要说有些影响,那就是我深信中国社会要变,只有变才有出路。至于孙中山的三民主义,看到的结果是到处碰壁,不能解决问题。进步思想界提倡反对封建,反对禁锢妇女,反对八股文,提倡新文化运动,提倡白话文,提倡向西洋学习科学文化知识等,这些我都是赞成拥护的。

正是在这种社会背景下,怀着变革现状的热情,一九一九年暑假期间,我决心去法国勤工俭学了。当时留法勤工俭学运动在中国各地逐步兴起。去法国人数最多的,一个是四川,一个是湖南。在四川,又数江津去的人最多,据最近不完全统计,江津一县就去了三十多人。我约了几个同学,先到了重庆,打听去法国勤工俭学的办法。事先我们知道四川有两个留法勤工俭学预备学校,一个在成都,一个在重庆。我们到重庆是想打听一下,究竟是经过预备学校好,还是直接去法国好,再就是了解一下去法国的手续、费用等具体问题。在重庆得知留法手续很简单,因为当时第一次世界大战刚刚结束,法国正缺劳力,只要通过法国驻重庆领事馆签个证就行了。在预备学校又主要是学法文,大家商量说,与其如此,还不如直接到法国学法文,比在国内学效果好,事情就这样决定了。哪知回到家里,父母不同意。我在家里是独生子,父母舍不得我远离家乡,担心我漂洋过海,会不会出什么意外。我反复向他们说明留在家里没有出路,因为烧日货,可能还有被捕的危险。父母听了,也觉得有道理,爱子心切,希望儿子能有点出息,最后还是同意了我去法国。自己去法国,要一大笔钱,家里穷,就靠我几个亲戚帮助,筹措了三百块银元。这样,我和十来位同学怀着富国强兵的理想,先到重庆,通过重庆商会会长汪云松,到法国领事那里办了护照。

(节选自聂荣臻著《聂荣臻回忆录》,解放军出版社1983年版)

【注释】

①骆成骧:字公骕。四川资中人。清光绪乙未科(1895)殿试一甲第一名进士,状元。

【阅读提示】

作者在《回忆录·序》中不无自豪地说:"我深切感到,我能参加中国革命是我一生的幸运和幸福。"其"青少年时期"正是作者革命生涯的起点,波澜壮阔的奋斗历程的重要组成部分。而当年家乡农村的山水风光,农村的动荡和农民生活的苦难,都在作者的记忆里"打下深深烙印"。求学、求知、求真理的历历往事,都在朴实生动的追忆中,思绪起伏,情意绵绵,感人肺腑。语言质朴,叙事简明,叙议结合,则是作者回忆录的一大特点。

说少年(节选)

赵世炎

赵世炎(1901—1927),四川酉阳(今属重庆)人。无产阶级革命家,上海工人三次武装起义领导人之一,杰出的政治家、理论家。1920年赴法勤工俭学。1921年在法国加入中国共产党,是我党第一批党员。1923年到莫斯科学习,列席了共产国际第五次代表大会。旅欧期间,与周恩来、王若飞、邓小平、聂荣臻等建立了深厚的战斗友谊。1924年回国。先后任中共北京地委书记、中共江浙区委组织部部长、军委书记等职。1927年7月2日,因叛徒出卖,被国民党反动派逮捕。同年7月19日,被反动派杀害于上海枫林桥畔。有《赵世炎选集》。

(二)现代我国的少年

(甲)总论

我要说"现代我国的少年",我又先要作"现代我国的少年"的总论,岂敢!岂敢!普通一个人要论一件事,总说是问世十年或八年。可怜我自从四岁起,读了三四年的《三字经》、《百家姓》、《龙文鞭影》,又读了三年的四书、五经,到了十一岁进高等小学,三年毕业又进了四年中学,现在刚脱离中学,我哪里会知道世是怎样问法?我既没有问过世,读的书又很少,我的家庭愉乐,抛离的很早,我的朋友交际,又很冷淡,叫我从何下手来论"现代我国的少年"呢?莫奈何我的脑筋一定要发出这个题目,我的手一定要拿起笔来写。细想起来我只好顺着脑说我自己的话。对与不对?大家原谅。

我有一个同乡曾慕韩先生,曾做一本书叫做"国体与青年",他所说的现代青年有三种:(一)堕落的青年;(二)迷惑的青年;(三)自杀的青年。我常常拿这三种,反省我自己:第一层堕落,我自己不能说自己,因为自己说的近于掩饰;第三层的自杀,我自己并没有这样计划,并且常由人生观上反对这事;唯有第二层的迷惑,可怜我自己实在不敢辩护!我现在要说的自己的话,就是要说迷惑的少年,与我这最幼稚观察所得的迷惑少年。我脱帽三鞠躬,向国中自命少年的深深请一个罪,因为我拿迷惑的少年来说"现代我国的少年"。

(乙)所处的家庭

不得不已!我既拿迷惑的少年来说现代我国的少年,我要说现代我国少年所处的家庭,就是迷惑少年所处的家庭。迷惑少年所处的家庭,也就是一个迷惑家庭,糊涂家庭。现在一般人所谓的"家庭教育",要没有迷惑的家庭,何至于有迷惑的少年?给以袭产,养以丰衣美食,逗一时情感的指腹为婚,抱子添孙主义的早早娶媳,这是迷惑家庭政策的第一种。希望子孙,达官贵显,光宗耀祖,步步高升,今年读字,而明年该读五经了。托张求李,送进学堂,几年速成?越快越好,毕业后可以拿多少钱?差事好不好?将来某某先生,准可以托他提拔提拔,一家子有希望了,孩子出头了!这是迷惑家庭政策的第二种。"子孙虽愚,诗书不可不读。"过了几年,四书五经念完了,或者是高等小学或中学毕业了,有的是家业艰难,有的说是"世道大变"。人上托人,设法求事,东拉西扯,找点小本,作朝不保夕的糊口生涯:张某是洋行买办,李某是钱店经理,叹惜连天,垂涎羡慕,这是迷惑家庭政策第三种。迷惑的路,千条万条,层出不穷,实在是描写不尽！还有张百忍的五世同堂，人人说是佳话，孰知道一般的家庭，只要时机成熟了，就举行"瓜分"：有的由父母主动，大批爱甲儿，恶乙儿；有的由兄弟争闹，或说父母偏爱，或因行为不合；有的是父子之间，发生问题，父说子不肖，子怨父固守，作儿子的，以为这财产是应得分的，有丝毫不平均也不行，作父母的，以为财产是应该给子孙的，若不然子孙何从生活。一般自命少年的，因此一天一天想，产业何时可以分？自己将来得了分产，如何的妻子、奴婢，享受快乐，这都是迷惑家庭所产出迷惑少年的行径，并且是一般自命少年所互相标榜，互相竞争的。大家由这种迷惑家庭钻出来，又各张旗鼓，创造自己的迷惑家庭，传之子孙，迷惑无穷。

（丙）所处的学校

教育！学校教育！"教育即是生活"，学校就是舞台了！由迷惑家庭培养的子弟，受迷惑家庭产出来的教师教育，与一般迷惑朋友"日居月诸"实行迷惑的生活。学校是一个进身之阶，学问是一种手段，时髦不可不趋，面子不可不讲，八十分是甲等，七十分是乙等，军国民教育，养成效命"国内沙场"的志士，慷慨悲歌，做几篇"元元之民，陷于涂炭"的文章，马褂尚黑，长袍尚白，自来水笔，亮光皮鞋，运动短裤，卫生毛衣，处处要挂学生的招牌，总怕人不知道我是学生！这都是时髦少年所受的教育与行为，是好是坏，我岂敢批评，不过我以为迷惑两个字，终不能免。至于在学业与操行各方面，我们迷惑少年实受赐不少；惩戒，记过，革除，我们知所警戒了；给赏，记分，褒奖，我们知所荣辱了；考试，发榜，甄别，我们知所发愤了。"黑者，黑也""读书人应受绳墨"，这都是至言至理，小事不敏，静而听之。像这样的教训，是非得失？我又岂敢批评，不过我觉得都是造成迷惑的根源，还得研究才好，要公开，不要秘密，要进取，不要保守。可怕杜威博士真厉害！他说"教育即是生活"。我以为中国的学校是些衙门，四班八房，典吏差役，无所不备，造册子，出训令，一层一级，森威谨严。我们在学校作了囚犯，出了学校，也就不免一个土匪！可怜！可怜！官僚式的教育！贵族式的学生！迷惑的少年！

（原载《少年》第3期，1919年11月1日，署名：赵世炎；选自《赵世炎选集》，四川人民出版社1984年4月第1版）

【阅读提示】

据《赵世炎年谱》记载，1919年10月10日，世炎同志创刊并主编了《少年》（半月刊），作为少年学会的会刊。16日，世炎同志针对当时一些青少年的糊涂思想，在《少年》上连续发表了《说少年》的论文，批判了当时一些封建糊涂家庭和衙门式的学校制度。时年19岁。蔡畅曾经这样评价:世炎和恩来全身都是聪明。萧三则有如此评说:赵世炎的文章非常有条理,非常通俗,中肯而动人(《悼赵世炎同志》)。细读此文,方知诸评甚是恰当。

忆赵世炎同志

吴玉章

吴玉章,见《四川省委被迫撤返延安有感》介绍。

赵世炎同志,四川酉阳龙潭人,生于一九〇一年。一九〇四年开始入私塾读书。一九一四年毕业于龙潭高级小学堂。一九一五年考入北京高等师范附属中学。一九一九年"五四"运动前夕,他被选为"附中"学生会的干事长,组织和领导了"附中"学生参加"五四"运动。在这期间,他先后创办并主编了《少年》(半月刊)、《工读》(半月刊)和《平民周刊》等进步刊物,投入了蓬勃兴起的新文化运动。

一九一七年,我在北京办了一所留法勤工俭学预备学校(法文专修馆)。世炎同志因受当时民族危机的刺激和新文化运动的影响,急于寻求国家和民族的出路,便来这个学校学习法文,准备出国留学。一九二〇年五月,他和一些志士赴法国勤工俭学,寻求救国救民的真理。他们这伙爱国青年,到法国后,正迎着当时汹涌澎湃的世界无产阶级革命的潮流,迅速地接受了马克思列宁主义思想,深入到留法学生和华工中进行广泛的宣传工作和组织工作。一九二一年二月,世炎和周恩来等同志组成旅法共产主义小组。党成立后,他是中共中央驻巴黎的通讯员。一九二二年,他和周恩来等同志组织了旅欧中国少年共产党(后改名旅欧共产主义青年团,亦即中国社会主义青年团旅欧支部),他被选为书记。同年,中国共产党旅欧总支部成立,他是总支部领导人之一,并且是中共法国组的书记。一九二三年,他到莫斯科入东方劳动共产主义大学学习,并随李大钊等同志列席共产国际第五次代表大会。一九二四年秋,他回到国内,先后担任中共北京地委书记和中共北方区执行委员会宣传部部长兼职工运动委员会书记。他除了对马克思列宁主义不断进行系统介绍和广泛宣传外,对于北方党的组织建设和工人运动,曾做出了卓越的贡献。

赵世炎同志,是我的学生,也是我的引路人。在他出国期间,我也在十月革命和"五四"运动的影响下,逐步走上马克思主义的道路。一九二三年,我在成都和杨闇公等同志组织中国青年共产党。后因受军阀迫害离开四川,于一九二五年初来到北京。这时,原中国青年共产党成员中的童庸生已加入了中国共产党。他对我说明:中国共产党完全是按照布尔什维克的建党原则组织起来的;并且提出了切合中国实际情况的革命纲领;同时已和孙中山领导的国民党建立了革命统一战线,从而推动了中国革命走向高涨。我听了非常兴奋,决定加入中国共产党,并认为中国青年共产党已无存在的必要,应写信回去将它解散。赵世炎同志知道了我的意见以后,十分满意,特来找我谈话,并介绍我加入了中国共产党。我的这位优秀的学生,这时便成了我的引路人。

一九二五年,上海"五卅"运动掀起了一场席卷全国的大革命风暴。赵世炎和李大钊等同志领导着北方的广大群众进行着反对英、日帝国主义和奉、直军阀的斗争,成为领导群众革命斗争的最活跃的人物,他在《政治生活》上,发表了许多揭露帝国主义和封建军阀相互勾结的罪恶行为以及指导革命斗争的文章。一九二六年三月十八日,为了反对日本帝国主义干涉中国内政支持奉系军阀打国民军,北京人民举行了盛大的抗议示威游行。赵世炎和李大钊、陈乔年等同志不仅领导了这次运动,并且亲自指挥和参加这次游行。游行队伍在铁狮子胡同执政府门前遭到卖国贼段祺瑞的残酷镇压,造成了著名的"三一八"惨案。从此,使全国人民进一步认识了反动军阀的凶残面目,觉悟到必须用武装斗争来解决中国革命问题,从而推动了北伐战争的到来。"三一八"后,赵世炎同志代表北方区工会组织,出席在广州召开的第三次全国劳动代表大会。会议结束后,他被调到上海工作,担任中共江浙区委组织部部长兼上海总工会党团书记。他到上海后,化名施英,积极开展江浙地区的组织工作和上海市的工人运动,同时,在《向导》上写了许多指导工人斗争的文章,成为上海工人最爱戴的一位领袖。一九二六年十月至一九二七年三月,上海工人举行三次武装起义,赵世炎同志是组织者和领导者之一。第三次起义时,他和周恩来同志担任总指挥。他们亲临前线,指挥着无比英雄的工人纠察队和成千上万的工人群众,打败了负隅顽抗的反革命武装,解放了中国最大的城市——上海,为中国工人运动史写下了光辉的一页。一九二七年五月,在党的第五次全国代表大会上,他被选为中央委员。

  "四一二"后,蒋介石疯狂地屠杀共产党人和工农群众。在极端残酷的白色恐怖下,世炎同志仍然坚持进行党组织的恢复和整顿工作。七月二日,由于叛徒的出卖,赵世炎同志被捕了。在被捕的时候,他利用空隙让夏之栩同志转告王若飞等同志及时迁移,避开敌人的搜捕。赵世炎同志在枫林桥淞沪警备司令部军法处拘留所中受尽了各种酷刑,但一切折磨都不能使英雄屈服。最后,在七月十九日晨,反革命把他推到枫林桥畔杀害。就在这样严重的时刻,赵世炎同志在刽子手的大刀面前,仍然昂首挺胸,高呼革命口号。

  赵世炎同志虽然与世长辞了,但从他生命里放射出来的光和热,却永远温暖着劳动者和工人阶级的心,永远照耀着革命人民前进的道路。每当春暖花开的时节,上海的人民,尤其是工人们总爱到枫林桥凭吊。他们看着枫林桥畔如海的桃林,想起烈士英雄的事迹,无不肃然起敬。他永远活在人民的心中。

  烈士的精神永垂不朽!

(选自《赵世炎选集》,四川人民出版社 1984 年 4 月第 1 版)

【阅读提示】

  作者于文中写道:"赵世炎同志,是我的学生,也是我的引路人。"亦师亦友,语极朴实,而深意内敛。正是由于有了这样非同一般的师生情、同志情,作者对赵世炎烈士的理解就自有非同寻常的浓厚与感人之处。让人"想起烈士英雄的事迹,无不肃然起敬"。

日记三则

杨闇公

  杨闇公(1898—1927),名尚述,四川潼南县(今属重庆市)人。中国共产党四川地方组织的创始人和大革命时期四川党组织的优秀领导者。年仅 15 岁,即远赴上海投奔革命。1917 年去日本留学,1920 年回国。1924 年 1 月 12 日,与吴玉章等建立中国青年共产党,以马克思主义为指导,创办《赤心评论》。1926 年 2 月,中共重庆地方执行委员会正式成立,杨闇公任书记。同年 10 月,任中共重庆地委军事委员会书记。1927 年 4 月 3 日遇害,壮烈牺牲。有《杨闇公日记》等。

1924 年 1 月 2 日　星期三　晴　38.4°F

我觉得十二年来的政局,固属愈趋愈下,而一般青年及受戟刺而觉悟的人,实在是很不少。这种源流不断,虽国破家亡,终有复兴的一天。所以,我们最重要的责任,是在预备与军阀作决斗的人才和工具,不在希冀他们大人先生们垂怜我们。因希冀是自杀政策,决不能解决我们的苦痛;非自动与……奋斗,不能实现人生的真义。目前一般不堪入目的表现,更足以使人坚牢意志,哪里说得上悲喜啊!大梦难醒的朋友们,曷不把兴奋剂吃点哟!

伯承①确是不可多得的人才,于军人中尤其罕见。返川许久,阅人不可谓不多,天才何故如此罕出。

1924 年 8 月 7 日　星期四　晴　91.1°F

城市的人们,大都狭小而多诈。乡间的人们,纯朴真诚和人类的天性——互助完全是存在的。昨日在东阳口下碇的时候,见着那般乡民,他那亲切和友爱的样子,着实令人心感得很。但社会上最苦的,也没有他们那样的可怜,不觉又令人鼓舞起为人流血的雄心来了。

今昨两日,心内时感不安,故一切事都没有做,终日都倚栏眺望山色,借解心愁。十一时许入巫峡,两面的怪石高峰,惊心夺目。一时许出峡口,入夔门,山势就不似峡内那样奇怪了,设于峡口加以工事的设施,虽百万的精卒,也难飞渡。本夜下碇于盘沱,登岸散步,居民就不是东阳口那样好了,可叹!

此轮行得太慢了,恐非五日不能到达渝埠,心焦甚。加以室内太热,夜间使人不宁甚。故精神也因之不好。

1924 年 9 月 23 日　星期四　晴　74.6°F

凡是一个作首领的人,对于自身的人格和修养,必要有能够使人人格化的精神才行。要达到这个目的,非躬行实践,以身作则不能够做到。故吾人今后当集全力于此。因我认定这种事业,是我终身的,不是偶然冲动的,所以对于一切的行动,皆要有最高的目的。到渝迄今,进行的工作固不少,但对于学业,则全付阙如。……今后当分工而进,一样也不偏废。不然将来学不足以济其才的时候,那就后悔迟了呵!注意!努力!怕什么呢!

精神不安定,由于思想集于一点去了——太偏重了,故病也因之而生。长此以往,真会叩死神之门的,我的使命,将何以完成呢?

(选自《杨闇公日记》,四川人民出版社1979年11月第1版)

【注释】

①伯承:刘伯承。1923年四川"讨贼之役",刘伯承同志任四川第一军第二混成旅团长,是年8月在大足县马颈垭、观音坡一带,驱逐吴佩孚派来侵川之黔军王天培部,于激战中腿受重伤,即到成都就医。经过吴玉章同志介绍,他与杨闇公同志相识。

【阅读提示】

著名学者顾颉刚在论及"日记"写作的作用时,曾这样说过:日记乃个人"生命史中最宝贵的材料"。这样的"日记观"当然是应该得到认同的。但同时也应该看到,日记的价值、作用,还会因日记作者的社会声望,日记内容的思想性、学术性、文献性之差异而大有区别。我们选录的这三则日记,正好从三个侧面见证了作为革命家的杨闇公在"识人"、"鉴才"、"自身修养"等方面的远见卓识和严格的自我修行。这样的日记,就是在今天读来,仍觉得是那样的有亲切感,是那样的有现实意义。其价值就远非"生命史中最宝贵之材料"而已。

(选自《革命烈士书信》,中国青年出版社1999年12月北京第1版)

访闇公故居①

罗世文

罗世文,见《故国山河壮》介绍。

紫燕归来识旧巢②,门楣禁锁泪双抛。
平生磊落仁心底,廿载师承刎颈交③。
陋巷春寒伤挂剑④,红旗日暖喜腾蛟⑤。
他年战士黄龙饮⑥,慷慨悲歌悼楚茅⑦。

(选自《巴蜀近代诗词选》,重庆出版社2003年7月第1版)

【注释】

①闇公:即杨闇公,又名尚述。省姓而称名,表示尊敬。1898年3月10日出生于四川省潼南县(今属重庆市)双江镇。中国共产党四川地方组织的建设者和最早领

导人之一。1917年东渡日本留学,开始接触马克思主义,于1920年回国。1924年,与吴玉章等组织"中国青年共产党",同年入党。1925年冬,中共重庆地方委员会成立,任书记。1927年春,蒋介石在发动"四·一二"反革命政变前夕,指使四川反动军阀制造了屠杀革命群众的重庆"三·三一"惨案,杨闇公不幸被捕,壮烈牺牲。时年29岁。　②紫燕:燕子之一种。小而多声,颔下有紫色毛,故称。喜筑巢于门楣之上。　③刎颈交:刎(wěn),割颈子。交,交情,友谊。古人用《史记》中"刎颈之交"的典故来称指能生死与共的朋友。　④挂剑:这里用的是"季札挂剑"的典故。春秋时期,有个叫季札(又称"延陵弟子")的人,与徐君交好。徐君对季札的剑很是喜欢,又不便启齿。后来,徐君死,季札不负前诺,便将剑"系之徐君冢树(墓前的树)而去"。这个故事被后人视为重友谊、守信用的典范,多用于对亡友而言。　⑤腾蛟:宛若蛟龙腾空而起。　⑥黄龙:有两种说法:一说为古城名,即龙城。唐诗人王昌龄《出塞(其一)》诗:"但使龙城飞将在,不教胡马度阴山。"一说为府名。治所在今吉林省农安县。此距金都会宁府约400里。南宋抗金名将岳飞曾对其部将说:"直抵黄龙府,与诸君痛饮耳!"本诗取此说。　⑦慷慨悲歌:韩愈《送董邵南序》:"燕赵古称多感慨悲歌之士。"感慨,也作"慷慨"。形容情绪激昂。悲歌,因悲情而歌。　楚茇:指楚囚,后用以喻处境窘迫的人。这里指为革命献身的战友。

【阅读提示】

　　此诗作于1938年春。其时,作者偕堂弟罗世良拜谒杨闇公故居(重庆市区二府衙),是一首感时缅怀之作。首联写眼前所见所感。作者以能识"旧巢"的"紫燕"自喻,直写"归来"时的第一印象"门楣禁锁",以致悲从中来,两眼落泪。著一"抛"字,写尽悲痛之情:兼具师友之谊的闇公为革命牺牲(1927年),距我今日来访,已足足十一个年头了。颔联忆往。写闇公光明磊落、心地仁厚的高尚人品,一写闇公与作者之间长达20年之久的师承交谊。颈联则写彼此在革命生涯中的患难与共,战友深情。尾联,展望未来("他年"),坚信革命事业必胜。诗情于悲痛沉郁中昂扬而上,韵味深长。笔调苍劲,巧于用典,概括性强,颇类放翁。任白戈在《纪念杨闇公烈士》一文中曾有这样的记载:"闇公同罗世文也很要好,称罗'是一位健者,很可造就的'。"这有助于我们理解杨闇公与罗世文之间的革命情谊,也有助于读懂这首诗。

忆杨闇公同志[1]

1964年2月

吴玉章

吴玉章,见《四川省委被迫撤返延安有感》介绍。

锦城五一举红旗[2],革命风云壮华西。
为救万民于水火,不辞千里转成渝。[3]
打枪坝上留英迹[4],扬子江中系健儿[5]。
血沃鹃花红四野,巴山蜀水现神奇。[6]

(选自胡国强主编《吴玉章诗选注》,西南师范大学出版社1991年9月第1版)

【注释】

①杨闇公:吴玉章在《忆杨闇公同志》一文中介绍:"杨闇公同志,四川省潼南双江镇人。生于1898年,牺牲于1927年。他是中国共产党四川地方组织的创建人之一,是第一次大革命时期四川党组织的优秀领导人。" ②"锦城"句:吴玉章在《忆杨闇公同志》一文中说:"1924年5月1日,'社会主义青年团'与'中国青年共产党'在成都联合召开了追悼列宁的群众大会。大会的筹备工作,实际上是由杨闇公同志与社会主义青年团负责进行的。"锦城,指成都。 ③"不辞"句:指1924年5月1日杨闇公在成都主持召开追悼列宁大会后,因工作需要旋去重庆,先后任共产主义青年团重庆地委组织部长和书记,为迎接大革命高潮到来,做了大量政治上、组织上的准备工作。 ④"打枪坝"句:1927年3月24日,国民革命军攻克南京后,当天英、美等帝国主义就公然出动军舰,炮轰南京,死伤群众达两千多人。为反击国内外反革命势力,中共重庆地委决定于3月31日在重庆打枪坝召开群众大会,举行游行示威。敌人得知信息后,奉蒋介石密令镇压。杨闇公不畏恫吓和利诱,继续镇静组织指挥到会群众。反动势力里应外合,刀枪并举,死难者达五百多人,伤者不计其数,此即为著名的重庆"三·三一"惨案。 ⑤"扬子江"句:"三·三一"惨案发生后,杨闇公不顾个人安危,于4月3日化装登轮船准备去武汉向中央报告。不幸被敌人发觉在江上遭捕。4月6日夜在反动军阀蓝文彬的浮图关司令部被秘密杀害。 ⑥"血沃"二句:意思是杨闇公烈士的鲜血不会白流。它将浇灌出无数的杜鹃花红遍祖国大地,巴山蜀水定会呈现一片新面貌。 血沃:意指鲜血浇灌。 鹃花:杜鹃花。此指代革命。

【阅读提示】

杨闇公英勇牺牲,作者曾写下《忆杨闇公同志》一文痛悼之。文之未尽,继之以诗。1964年2月,作者写下这首诗,以深切怀念闇公同志。诗作集中颂扬了闇公烈士的革命献身精神。在写法上,作者选取了烈士一生中的三件光照史册的英雄事迹:一写锦城"举红旗"、"壮华西",以展示闇公的组织才能、革命魄力;二写"不辞千里转成渝",以凸显闇公高度的组织纪律性;三写"打枪坝上留英迹",以彰显闇公在"三·三一"惨案中的英勇无畏、不怕牺牲之崇高精神。笔力凝重,字字感人。末二句,则用意象鲜明的杜鹃花,将英烈精神升华。牺牲多壮志,旧貌换新颜;山水"现神奇",处处红杜鹃,足以告慰英灵。诗情至此达到高潮,主题得以深化。悲壮奇丽,哀而不伤。

聂帅颂

魏 巍

魏巍,著名作家。原北京军区政治部顾问。

聂帅86周岁诞辰,我曾以诗为颂。今夕遂闻聂帅逝世,不胜悲痛。特抄出此诗以悼念之。

> 少从马列意纵横,青春如火献甲兵[①]。
> 万里长征开险道,敌后抗战建奇功。[②]
> 北华光复心犹壮[③],两弹上天游太空。[④]
> 一生厚道人钦敬,千秋风流说元戎。

(原载《聂荣臻同志永远和我们在一起》)

【注释】

①甲兵:部队,指红军、八路军和中国人民解放军。 ②指聂荣臻元帅在抗日战争期间率部粉碎日寇的进攻与"扫荡",并建立敌后晋察冀抗日根据地。 ③北华光复:指华北光复,抗日战争取得胜利。 ④两弹上天:指新中国成立后,聂帅组织研制成功了原子弹、氢弹。

【阅读提示】

此诗以"颂"代"悼",盛赞聂荣臻元帅一生献身人民军队,在万里长征和敌后抗战中建立的功勋,以及新中国成立后狠抓国家科技事业,取得两弹上天等的卓越功绩,最后赞美他"一生厚道"的高尚人品,以及人们将永远怀念他的深厚感情。诗意明白晓畅,感情深沉炽烈。

刘伯承元帅赋

三峡之子

三峡之子,原名李宣章,见《巫山猿人文化赋》介绍。

天佑龙脉,地毓军神。峦秀而育英才,万丈豪情兮壮巴蜀;峰铁以铸宝剑,三尺青锋兮破夔门①。戎马关山,驰骋疆场兮千万里;魂归故里,闪烁华夏兮一帅星。②功丰勋隆,共和脊柱;德高望重,雄师之魂。

天降大任,必先劳其筋骨,苦其心身。生逢乱世,性秉勤毅。私塾潜学,农地躬耕。承古邑之文明,综观百家诸子;扬祖先之懿范,胸怀四海苍生。修身齐家,少立忠贞报国之壮志;从戎投笔,威树护国讨袁之先声。因功勋卓著而统领,遂号令千军而众钦。起义泸顺,初显名将风度;探索真理,凝聚川军之魂。血染丰都,何呻刮眼之巨痛?③枪震南昌,运筹帷幄之战神。④

而立之际,习武儒文。赴苏研经,彻悟决胜千里之韬略;临危受命,若定智取遵义之奇征。乌江荡筏兮,巧越天堑;娄关克敌兮,妙运三军。且夫飞夺泸定,叱咤风云。先遣彝区,与彝首结盟歃血;夜话彝海,携叶丹弟亲兄尊。⑤独龙过江兮,留千古之佳话;万众夹道兮,壮一路之豪情。

迨至七七事变,密布战云。抗日图存,转战太行之崇岭;扬鞭策马,飞降百团之天兵。奇役神出,毙寇酋于隘下;战法独创,激群情于长城。卧雪爬冰,只为救民于水火;厉兵秣马,守望宝塔而灯明。夺隘雄关,铁军所向贼胆丧;御敌上党,伟略所施捷报频。然外御刚息烽火,内战又浮烟云。挺进中原,千里挥师于大白林莽;揽辔刘邓,双堆披挂于扬子江滨。于是鼓角齐鸣,解放之幕启序;三役决胜,蒋公之梦顿惊。雄师渡江,钟山告捷兮狂飙落;西南剿匪,中华奠定兮天下宁。

巍哉刘帅!才兼文武,德配圣伦。望勋既集,强国再振劲旅;军校耕隐,授徒谈论纵横。景党而忠贞,稽勋伟岸天地;见微以知著,巨擘妙著鸿文。决机谋攻,续孙武之兵盏;怀柔待虏,信黎民之厚淳。笑谈金戈铁马,沉吟故都韶春。功高不衿,韬晦当在子房之上;⑥望隆而谨,盛德赢得楷模之尊。无愧匡国英帅,盖世军神。誉美桑梓,德泽后昆。诗云:

灵秀之乡毓帅星,德功卓著仰军神。
关山戎马万千里,校苑传英数十春。
武略魅续孙武册,文韬名耀范文尊⑦。
铁峰凛凛浩然气⑧,一代元勋烁古今。

(此文原载《开州古今辞赋选》华夏出版社2016年版)

【注释】

①三尺青锋兮破夔门:引自刘帅诗《出益州》:"微服孤行出益州,今春病起强登楼。海潮东去连天涌,江水西来带血流。壮士未埋荒草骨,书生犹剩少年头。手执青锋卫共和,独战饥寒又一秋。"刘帅写这首诗时,年仅22岁。1913年8月,他随部队参加讨袁护法战争,因战绩卓著,而被敌人列入通缉名单。他机智地乔装改扮,巧妙地潜回家乡赵家场,因不能露面,只好躲在小华山的人家里。1914年春天,他接原所在部队同事的来信,约他去上海参加孙中山领导的革命党。这首诗写的就是那次乘舟东下,告别三峡的悲壮心情。 ②魂归故里:中央人民政府特建的刘伯承纪念馆,全国爱国主义教育基地,位于重庆市开县汉丰镇盛山公园内。1990年12月奠基,1992年12月4日刘伯承诞辰100周年纪念日正式开放。 ③血染丰都:1916年3月中旬,为了配合护国军主力在川南与袁军作战,刘伯承率护国军第一支队准备起义,攻打丰都。他身先士卒,带头冲锋,当他掉头招呼一个落在后面的士兵时,却不幸被一颗敌弹射中,子弹从颅顶射入,从右眼眶飞出,血流如注,当即昏厥倒地。经多方周折,转移重庆临江门外一个德国人沃克开的诊所里。沃克医生打开绷带,见伤势严重,必须立即打麻药动手术。刘伯承拒绝用麻醉剂,担心麻醉会影响脑神经。沃克医生愣住了,"你能忍受吗?你的右眼需要摘除坏死的眼珠,把烂肉和新生的息肉都割掉!"刘伯承点了点头。手术进行着,他手背青筋暴起,汗如雨下,床单竟被抓破,但一声未吭,并数着共割了72刀,被摘掉了右眼。术毕,沃克医生十分惊讶,肃然起敬,赞叹道,"你堪称军神!" ④南昌起义时,刘伯承担任国民革命军暂编第十五军军长(实质为空架子的军长)。由于周恩来希望在军事上能得到刘伯承的协助,于是他以身体不适请假为名,只身一人偷偷来南昌,担任起义军的总参谋长。起义失败后去香港,同年赴苏留学。 ⑤彝首结盟:小叶丹(果基约达,1894—1942),四川省冕宁县彝族首领。1935年,刘伯承率红军先遣队,开辟通往彝区的道路,他模范地执行党的民族政策,以真诚感动彝人,在彝海与小叶丹结盟,为红军顺利通过彝区铺平道路,并建立了第一支少数民族地方红色武装的红军果基支队,坚持5年与国民党斗争。小叶丹誓死捍卫红军授予他的"中国彝民红军沽鸡支队"旗帜。 ⑥子房:指张良,刘邦

军师,西汉初杰出的军事家、谋略家。　⑦范文尊:指范仲淹,字希文,谥文正,北宋著名政治家、文学家、军事家、教育家。　⑧铁峰:指铁峰山,万州与开县交界的名山,著名的风景名胜区,刘帅故居位于山麓。

【阅读提示】

刘伯承是我国功勋卓越德高望重的伟大军事家,军神元帅。他是中华民族的骄傲,重庆人民的自豪,是一部极富魅力的现实版爱国主义生动教材。本赋饱含深情地追述他身经百战、戎马倥偬、战功卓著的传奇一生,彰显他忠贞于党、爱国为民、功高不居、淡泊名利、潜于著述、精心育才的高尚品德。全文骈散协调,音韵谐和,一气呵成,激情豪荡,充满对刘帅的敬仰和歌颂之情。

三、杏坛艺苑

拟题江津县临江城楼联

钟云舫

钟云舫(1874—1911),又名祖棻,号耘舫。四川江津县(今属重庆)人。廪生。诗文俱佳,尤善楹联。存世联语1800余副,尤以长联著称,享"联圣"之誉。有《振振堂集》、《振振堂诗文联稿》等。

飞来冤祸,理所不解,偶一触念,痛敝心肝。迟迟春日,借此搜索枯肠,欲其不以冤情撄念耳。以泪和墨,以血染纸,计得一千六百余字,明知抛查取厌,而故曼其词,谬欲以长取胜。阅者笑我无耻,当谅我之无聊也。噫!
……

地当扼泸渝、控涪合之冲;接滇黔、通藏卫之隘。[①]四顾葱葱郁郁,俱围入画江城。看南倚艾村,北搴莲盖,西撑鹤岭,东敞牛栏。烟纵横草木烟云,仅供给骚坛品料。欹斜栋桷,[②]经枝梧魏、晋、隋、唐。仰睇骇穹墟,躔鬼宿间,矮堞颓堙,均仗着妖群祟夥[③]。祇金瓯巩固,须防劫火薦腾。范冶炉锤,偏妄逞盲捶瞎打。功名厄运数也?运数厄运名也?对兹浑浑茫茫,无岸无边,究沦溺衣冠几许!登斯楼也,羽者、齿者、赢者、介者、脰臆鸣者,傍侧行者,忿翅抶抢、喜喢攫裯者,[④]迎潮竭竭趋去,拂潮竭竭趋来。厘然垒集,而乌兔撼胸。[⑤]掷目空空,拍浪汹汹。挐橹嚾嚾,抓鼓冬冬。謇以霹雳,骤以丰隆。[⑥]溯岷蟠蜿艮根源,庶畅泻波澜壮阔襟怀耳。[⑦]试想想狂榛朴噩,[⑧]俄焉狂荡干戈;吴楚睢盱,[⑨]俄焉汪洋黼冕;[⑩]侏离腾踔,[⑪]俄焉森漾球图。谓元黄伎俩蹊跷,[⑫]怎恇怯拳鬖努眼!环佩铿锵之日,盈庭济济伊周。忽喇喇掀转鸿钧,[⑬]溪谷淋漓膏液。蛮氓则咆哮虓虎,公卿则谨视幺豚,[14]熊罴鹅鹳韬钤,[15]件件恃苍羲定策。迨檿枪扫净,[16]奎壁辉煌,[17]复纱帽下瘫瞌睡虫,太仓里营狡猾鼠,毛锥子乏肉食相,[18]岂堪甘脆肥脓。恁踹踏凤凰台,踩躏鹦鹉洲,距踊麒麟阁。鞋尖略踢,惨鸡肋虔奉尊拳,喑恶叱咤之音,焰闪胭脂舌矣。已矣!余祈蜕变巴蛇矣!斑斑俊物,孰抗逆觙馘凶鳞?设怒煽支祁,[19]例纠率魑魅魍魉。苟缺锯牙钩爪,虽宣尼亦慑桓魋,[20]这世界非初世界矣。爰悄悄上排闾阎,[21]沥诉牢愻。既叩和气氤氲,[22]曰父曰母,巽股艮趾,举钦承易简知能。[23]胡觍轴折枢摧,[24]又嫉儿孙显赫,未容咳笑,先迫号咷,恪循板板规模,诸任雷霆粗莽。稽首!稽首!稽首!吁浓恩派归甲族,侣伴虾蜻。泡响叧嘘,[25]尚诩蜉蝣光彩。[26]闷缘香藻,喧喤闹铁板铜琶;快聆梅花,潇洒饫琼箫玉笛。[27]疏疏暮苇,瀛寰隔白露蒹葭。嗟,嗟!校序党庠,直拘辱士林羑里。[28]透参妙旨,[29]处处睹鱼跃鸢飞。嗜欲阵,迷不着呆女痴男,撞破天关,[30]遮莫使忧患撩人,人撩忧患。懵懂自吉,伶俐自凶。脂粉可乱糊涂,乔装着丑末须髯。彼愈肮脏,俺愈邋遢。讪骂大家讪骂,某本吟僧一个,无端堕向泥犁。[31]恰寻此高配摘星,丽逾结绮,[32]咬些霜,咽些雪,俾志趣晶莹,附舟楫帆樯,晃朗虑周八极。[33]听,听,听!村晴莺啭,汀晚鸥哗,那是咱活活泼泼、悠悠扬扬的性。久坐,久坐。计浊骸允该抛弃。等候半池涨落,[34]拣津汁秘诀揉挼。传至乳洽胶融,缩成寸短灵苗。妪煦麋卵,[35]倏幻改绀发珠眸。远从三百六度中,握斧施斤,与渠镌刓囵没窍混沌。[36]

蒙有倾淮渍、溢沪洩之泪,堆衡岳、压泰岱之愁。满腔怪怪奇奇,悉属戕心涕泗。念蚕凫启土,刘孟膺符,[37]轼辙挥毫,马扬弄墨。[38]泄涓滴文章勋绩,[39]遂销残益部菁华。[40]逼狭河山,怎孕育皋、夔、契、稷![41]俯吟歊剑栈,[42]除拾遗外,郊寒岛瘦,[43]总凄煞峡鸟巫猿。故卧龙驰驱,[44]终让井蛙福泽。[45]阴阳罗网,[46]惯欺凌渴鲋饥鹏。英雄造时势耶?时势造英雄也?为问滔滔汩汩,匪朝匪夕,要漂零萍梗何乡?涉巨川耶!恍兮、惚兮、凛兮、冽兮、窔窱洞兮、突旋涡兮,迤逦欧亚、辽夐奥斐兮,帝国务壅民愚,阿国务牖民智。[47]奋欲乘桴,而羿羿掣楫。[48]履砐业业,寒裳惕惕,触礁虩虩,擎舵默默,动其进机,静其止屈。[49]貔渊洣潢污行潦,[50]谁拔尔抑塞磥砢才猷乎。叹区区锤凿崔巍,夸甚五丁手段![51]组织仁义,夸甚费蒋丝纶?[52]抽玩爻占,夸甚谯程卜筮?[53]在冈底峥嵘脉络,应多少豪杰诞身。[54]沲潜澎湃之余,[55]依旧荒荒巢燧。硬苦苦追踪盘古,弹丸摭拓封疆。累赘了将军断头,凄怆了苌弘葬碧。[56]礼乐兵农治谱,[57]纷纷把尧舜效尤。及淫潋轰平,黎邛顺轨,[58]第薛蕊代芙蓉增色,杜鹃伏丛棘呼冤。[59]峨眉秀鲜桢干材,[60]勉取赟毡潼布。反猢狲美面具,豺狼巧指臂,狮猰盛威仪。口沫微飞,统犍叙胥惊灭顶。⑥¹锦纨绰綵之服,宁称穷措体哉!⑥² 伤哉!予安获贡蜀产哉?巢巢巉岩,类钟毓嶙峋傲骨。即肖形凹凸,早娒恼邑贵朝官;假饶赤仄紫标,虽盗跖犹贤柳惠。⑥³素贫贱弗终贫贱哉?冀缓缓私赴泉宫,⑥⁴缴还躯壳。诳说神州缥缈,宜佛宜仙。虹彩霓辉,都较胜幽冥黑暗。讵识铅腥锡臊,遍令震旦衼襫,⑥⁵甫卸裔胞,遽烦汤饼。⑥⁶愧悔昏昏曩昔,泣求包老轮回。⑥⁷菩提!菩提!菩提!愿今番褪脱皮囊,胚胎蝼蚁,堂砌殿穴,永教宗社绵延。虱脑虮肝,垂拱萃蟭螟肵蠁。蚊眉蜗角,挤肩拥蛮蠋艅舮。⑥⁸小小旃檀,妻妾恣红尘梦寐。噫!噫!垟峒夔道,乃羁留逐客夜郎。⑥⁹种褽獞猺,喷喷厌鸦啼鸥叫。邱索坟,⑦⁰埋不尽酸酱醋骼,⑦¹猜完哑谜,⑦²毕竟是聪明误我,我误聪明。宇宙忒宽,瞳眬忒窄,精魂已所修炼,特辜负爹娘鞠抚。受他血肉,偿他髑髅,浮沉乐与浮沉。孽由酷滥九经,⑦³始畀投生徽裔。⑦⁴且趁此沙澄洗髓,渚澈灕肠。唏点月,哦点风,倩酒杯斟酌,就诗歌词赋,权谋站住千秋。瞧,瞧,瞧!蓼瘠砥敲,荷癯桨荡,⑦⁵却似仆凄凄恻恻、飘飘泊泊的情。勿慌,勿慌!量蓝蔚隐蓄慈悲。⑦⁶聊凭双阙梯崇,⑦⁷望银涛放声痛哭。哭到海枯石烂,激出丈长鼻腻,掬付龟鳌,⑦⁸嘱稳护方壶圆峤。⑦⁹近约十二万年后,跟踪躔迹,眠侬斯玲珑别式乾坤。⑧⁰

计每面八百零六字。共一千六百十二字。创稿一日,重检字七八日,尚有检摄不到之处。因此中无一书一册可撷拾,而牢偬郁结,意不开展,徒以此撩鄙怀、度永日耳。所望知我者之鉴烛一切也。自记。

(据《振振堂联稿本》)

【注释】

①藏卫:地区名,即西藏。西藏旧时分阿里、藏(后藏)、卫(前藏)和康四部。有时又合称阿里和藏为藏,卫和康为卫。 隘:本指险要之地,此作动词用,与"控"相当,有阻绝、隔断之意。 ②栋楠:栋梁和橡子,此指房屋。 ③睇:斜视、流盼。 骇:散也,言和风傍散。 穹:天空。 墟:土丘、废墟、故城。 躔:运行。 鬼宿:星座,二十八宿之一。 妖群祟夥:指鬼宿星群。 ④啮:咬。 攫:夺取。 翩:杀死。 ⑤厘然坌集,而乌兔撼胸:此句喻水天中的万类,按照大自然的规律,自然有序地聚类成群,自由自在地享受着日月的光华。厘,治理、厘正。坌,并也。集,聚集。乌兔,太阳与月亮。撼胸,摇荡心胸。 ⑥丰隆:云神。 ⑦庶:希冀之词,表示希望、向往。 ⑧狂:野兽。 榛:丛林。柳宗元《封建论》:"草木榛榛,鹿豕狉狉。" 朴:木皮。 罤:凶恶、惊恐。 ⑨睢盱:张目仰视。 ⑩汪洋:人的气度。 黼冔:古代官服。 ⑪侏离:西部少数民族的音乐。 腾踔:欢腾跳跃。 ⑫元黄:天地。 ⑬鸿钧:谓天

下太平。钧,同均。《文选·王褒四子讲德论》:"夫鸿均之世,何物不乐。" ⑭萤氓:纯朴敦厚的百姓。 虨虎:怒吼的老虎。 公卿:三公九卿。此指文官。 谨视:小心呆看。 幺豚:小猪。 ⑮熊罴:喻勇猛的武士。 鹅鹳:战阵名称。 韬钤:用兵的谋略。 ⑯欃枪:彗星的别称。 ⑰奎壁:奎星和壁星。 ⑱毛锥子:毛笔,此指文人。 ⑲怒煽支祁:激怒水怪。支祁,水怪。 ⑳桓魋:春秋时宋国的大司马,力大能拔树。 ㉑阊阖:天门。 ㉒和气氤氲:阴阳合德之气。氤氲,万物相互作用而变化生长。 ㉓易:和悦、美德。 简:诚朴。 知:知识。 能:才能。 ㉔轴折枢摧:喻家庭遭到打击。轴、枢,指门庭。 ㉕泡响景嘘:喻同处困境,互相救助。《庄子·天运》:"泉涸,鱼相与处于地,相响以湿,相濡以沫。"泡,水泡。响,张口出气。 ㉖诩:夸耀。 蜉蝣:生存期极短的昆虫。《诗·曹风》篇名序:"谓刺昭公国小而迫,无法以自守,好奢而任小人将无所依也。集传谓为时人有玩细娱而忘远虑者。故以蜉蝣为比而刺之。" 光彩:光荣。 ㉗冈:烦闷。 缘:因、循。荀子《正名》:"缘耳而知声可也,缘行而知行可也。" 香薷:乐曲名。 铁板铜琶:粗犷的乐器。 梅花:乐曲名。 饫:私宴或饱食。 琼箫玉笛:指乐器。 ㉘士林:文人学士。梁武帝曾"建士林馆,延集学者"。 羑里:殷纣王囚禁西伯侯姬昌文王的地方,在今河南汤阴县北。 ㉙透参:渗透灌输。 妙旨:美好的意旨。 ㉚天关:天门、脑门、头颅。 ㉛泥犁:佛家语,地狱,此指牢狱。 ㉜摘星、结绮:两座楼阁名,即殷纣王建的摘星楼和南朝陈后主建的结绮阁。 ㉝八极:最边远的地方。《淮南子·形训》:"天地之间,九州八极。" ㉞半池:嘴巴。 涨落:指津液运动。 ㉟姻煦:爱抚,养育。王筠《答释法云书》:"哀愍群生,姻煦庶物。" 麋卵:小鹿与鸟卵。孵卵和抚育。此句喻大自然对万物的抚育。 ㊱与渠:把它。 镌:凿、刻。《淮南子·本经训》:"镌山石"。没窍混沌:未开化的世界。 ㊲蚕凫:即蚕丛与鱼凫,是上古时代最早启土开疆的蜀王。 刘孟:即蜀国开国君主刘备与后蜀开国君主孟知祥。 膺符:承天命建国。 ㊳轼辙:即苏轼与苏辙。 马扬:即司马相如与扬雄。 ㊴泄:散发。 涓滴:水点、滋润培育。 文章:礼乐法度、文理开章。 勋绩:功勋、成绩。 ㊵遂销残益部菁华:此句是说散发和弘扬蚕凫、刘孟等先人所立礼乐法度和轼、辙、马、扬等先人的文墨教化勋绩的滋育作用,是达到销熔、开化四川残存蛮风的最好东西。遂,通达。销,销熔、开化。残,残缺。菁华,最好的东西。 ㊶皋、夔、契、稷:四位古代贤臣。皋,皋陶,亦作咎繇,舜之臣,造律立狱;夔,舜之臣,乐典官;契,舜之司徒,佐舜治水有功,封于商为商殷之先;稷,谷神。《礼·祭法》:"厉山氏之有于下,其子曰农,能殖百谷,夏之衰也,周弃继之,故祀以为稷。" ㊷剑栈:剑门关的栈道。 ㊸拾遗:唐代谏官名。分左右两位,此指杜甫和陈子昂。 郊:孟郊。 岛:贾岛。 寒、瘦:指他们二人的诗风有寒瘦之感。苏轼《祭柳子玉文》:"元轻白俗,郊寒岛瘦。" ㊹卧龙驰驱:指诸葛亮夺取西蜀。 ㊺井蛙:指句禅。 福泽:享了清福。 ㊻阴阳罗网:天地是一张网。 ㊼帝国:指大清王朝。 务雍民愚:想方设法阻塞人民智慧。 阿国:代指别的国家。 务牖民智:想方设法诱导、开启人民智慧。 ㊽桴:小筏子、小船。 羿奡：古代两个大力士，羿力大能射九日，奡力大能旱地划船。 掣：牵引。 楫：短桨。 ㊾砅(lì)：有石头的浅水。 履砅：履石渡水。 进机、止屉：前进，止步。 ㊿湔派：两条小河。 潢污：停滞不流动的水。 行潦：路坑里的水。 (51)崔巍：高山。 五丁：神话传说中的五个大力士。 (52)费蒋：西蜀名臣费祎、蒋琬。 丝纶：旧称帝王的诏书为丝纶，《礼记·缁衣》：“王言如丝，其出如纶。” (53)谯程：古代的谯定和程颐，善占卜。 (54)诞身：放荡无羁之身。诞，放荡。古有“诞马”，即不施鞍不驾车的散马。 (55)沱潜澎湃：指沱江和潜江泛滥。 (56)将军断头、苌弘葬碧：指三国时蜀将严颜和东周贤臣苌弘(一作宏)的故事。严颜被张飞俘后拒降，说：“但有断头将军，而无降敌将军。”苌宏蒙冤而死，有人收藏其血，三年之后化为碧玉。 (57)礼乐兵农：国家政事。 治谱：治国理政的规章、办法。 (58)滟滪、黎邛：即长江中的滟滪滩和川西的黎州、邛州。 (59)薛蕊：指唐代女校书薛涛和五代前后蜀主的夫人徐氏、费氏，徐、费二氏人称花蕊夫人。 杜鹃：鸟名，此指冤死而化成杜鹃的古蜀国国王杜宇。 (60)峨眉：峨眉山。 鲜：很少。 桢干材：栋梁之才。 (61)统：整个。 犍叙：概指犍为、叙永，即现在的自贡、宜宾一带。 胥：在官府中办事的小官。 灭顶：淹没，灭顶之灾。 (62)穷措体：旧指读书人。 (63)饶：富有。 赤仄紫标：钱的代称。 盗跖：跖是战国时的农民起义领袖，统治者诬他为盗。 柳惠：即柳下惠，春秋时鲁国大夫。 (64)泉宫：即地府。 (65)震旦：中国之别称。 褦襶：既不合身又不合时的衣服。喻既无能又不通时务。 (66)甫卸裔胞，遽烦汤饼：指父母的生育抚养。 (67)包老：即包公。 轮回：即转世。 (68)蟭螟肸蠁：均系小虫类。 蛮蠋：《庄子·则阳》篇：“有国于蜗之右角者曰蠋氏，有国于蜗之左角者曰蛮氏。” 艀航：指交通往来。 (69)牂牁僰道、夜郎：古地名，在贵州。《联稿》本作“僰道”，应是误字。 (70)邱索坟：即九邱、八索、三坟，均古代典籍。 (71)酸啙醋骼：喻寒酸的穷读书人。 (72)哑谜：令人费解、没有谜底的事，此指看透了让人无法理解的人生。 (73)九经：诗、书、易、礼、传等古典。 (74)徼裔：偏僻边远之地，此指未开化的西川。 (75)蓼瘠砧敲，荷癯桨荡：凋零的蓼叶边有人砧洗衣服，枯萎的荷叶下有船在荡桨。 (76)蓝蔚：蔚蓝色的天空，此指苍天。 (77)双阙梯崇：此句喻凭借临江城楼，扶梯登高。双阙，两座高楼。崇，高貌。 (78)掬付：捧给。 龟鳌：传说背负大地的是海中的大龟和鳌鱼。 (79)嘱：嘱咐。 稳护：保护稳定。 方壶圆峤：传说中的两座仙山，此喻中华大地。 (80)眂：看。 斲：凿。 玲珑：美好。 别式乾坤：另一种样式的崭新天地。

(“注释”据董味甘、杨启华所作“钟氏长联”注文)

【阅读提示】

著名学者、江津人氏王利器先生曾说：“在一些名胜古迹地方，得一两副抒情写意的楹联，便可收画龙点睛的效果，为江山生色不少矣。……江津钟云舫《拟题江津临江门城楼联》，竟达一千六百十二字，斯诚为天下之第一长联也。”(《天下最长的一副对联》，载 1989 年 3 月 3 日人民政协报)此长联系作者在待质所以泪和墨，以血染纸而成。全联共为 10 段

（上下联各5段）。上联："地当"至"衣冠几许"为第一段，写景伤世；"登斯楼"至"壮阔襟怀"为第二段，登楼所见所感；"试想"至"非初世界"为第三段，痛古伤今；"爱悄悄"至"白露蒹葭"为第四段，上天书愤；"嗟嗟"至"混沌"为第五段，极写盈腔悲愤，发誓要消灭黑暗愚昧的旧世界；下联："蒙有"至"萍梗何乡"为第六段，入狱申慨；"涉巨川"至"礌砢才猷"为第七段，游历尽见黑暗；"叹区区"至"终贫贱"为第八段，豺狼世界，只好以"自甘贫贱"处之；"冀缓缓"至"红尘梦寐"为第九段，入地投身；"噫噫"至"乾坤"为第十段，道尽满目辛酸，立志要开辟出另一美好的新天地。上联以写景开篇，发出握斧施斤，消灭愚昧与黑暗的强烈心声，倡言以"力"破。下联以含冤入狱着墨。立志要以诗文唤醒世人，造出一个新天地的书生情怀。思潮澎湃，气势恢宏；意境雄浑，场面开阔；时而触景生情，时而伤今吊古；时而上天入地，时而嬉笑怒骂，成就了一篇足以不朽的"联（语）体离骚"。

宣传家卞鼒

李殿元　李松涛

李殿元、李松涛，四川学者，有《巴蜀高劭振玄风——巴蜀百贤》等。

卞鼒（zī）（1872—1908），名章埥，字小吾，四川江津人，他是著名的资产阶级革命宣传家，其所办的《重庆日报》为当时四川影响最大的报纸。

卞鼒自小天资聪颖，气宇轩昂，深得其父卞元九钟爱，不惜重金聘请合江著名学者胡耿堂来家教授经史百家之书。久之，卞鼒深感这种家庭教育束缚身心，遂转学江津白沙聚奎书院求学。1888年考取秀才。但他并不热衷于科举应试，于是退出书院，留心经世致用之学，探讨历朝兴亡盛衰之道。他与杨庶堪、田心澄、董鸿词等组织"游想会"，每月初一、十五，相邀到重庆市郊，议论时政，针砭时弊，追求真理，从不稍懈。

卞鼒眼见清王朝专制残暴，国势衰微，列强交相入侵，因而热烈期望维新变法。尤其是到了1901年，清政府与帝国主义列强签订了丧权辱国的《辛丑条约》，亡国之祸迫在眉睫，卞鼒决心投入救亡运动。当时，四川青年邹容、吴玉章等人纷纷赴日本留学,接受新思想,卞鼐深受影响,决心背叛封建家庭,走上社会,投入救亡运动。1902年春,卞鼐到北京,盘桓数月,目睹官场种种恶行,对清政府的腐败无能,有了更深刻的认识,深感清王朝摇摇欲坠,革命高潮就要来临。这年冬天,卞鼐离京南下到上海,与马君武、谢无量等革命人士结识,畅谈革命,过从甚密,认识到孙中山当时领导的革命,才能真正救亡图存,从而坚定了投入民主革命洪流的信心。他经常参加南京路蔡元培、吴稚晖领导的"爱国学社"及该社师生每周在张园举行的演讲会,不管顽旧势力对师生高谈革命放言不忌,持极端反对态度,而卞鼐却津津乐道,几乎是每会必至,每次必有所得。

当时,上海《苏报》积极鼓吹革命,揭露清政府丑行,不仅满腔热情地把该报辟为"爱国学社"师生发表言论的园地,而且刊载了介绍邹容《革命军》和章太炎《驳康有为论革命书》等文章。清政府便勾结上海公共租界工部局,在1903年底逮捕了章太炎,邹容旋亦入狱,又查封《苏报》,制造了震惊全国的"苏报案"。卞鼐不避风险,三次入狱探望,同章太炎、邹容密商革命办法。章、邹认为清政府已与帝国主义沆瀣一气,共同对付革命,在北京、上海等地,清政府戒备甚严,而四川僻处西南,清政府防范不够,革命也尚未展开,大有用武之地。卞鼐接受章、邹建议,认为自己义不容辞,应当毅然承担回川图之的责任,遂决定回四川开展革命活动。

1903年夏,卞鼐回到重庆,与杨庶堪、朱之洪等商议,根据四川当时的具体情况:全川人民正与川督锡良为首的官僚集团所把持的川汉铁路公司收归自办而斗争,决定首先创办报纸以揭露清廷的腐败无能,宣传革命思想,唤起群众;其次是开办新型学堂,大力提倡新的文化以吸取欧美和日本等国的先进科学知识,以开民智;再次是建工厂,振兴实业,抵制外货,挽回利权,以纾民困。

卞鼐的这些想法和主张,深得重庆革命同志的赞同,但所需经费却一时难以筹备。卞鼐以为不可因此而拖延行动,导致众心涣散,贻误机宜,决定效法陈范(梦坡)先生捐资接办《苏报》之举,毁家以赴革命。他回到江津老家与其兄卞子宣商量后,将祖遗田产全部变卖,得银六千多两,全部携往重庆以作办报经费。卞鼐又复去上海,秘密购置《革命军》、《警世钟》、《苏报案纪事》等革命宣传书刊数百册,于1904年春冒险把这些书刊带回四川,在革命同志中广为散发,这是四川资产阶级革命宣传的第一次,产生了大的影响。

经过数月惨淡经营,1904年9月,在重庆新闻史上作为鼓吹民主革命的最早的一个日报——《重庆日报》在重庆方家什字麦家院(今渝中区民生路重庆宾馆对面)创刊发行。报纸是用四开土白纸活字印刷。为对付清政府官吏的干扰,针对他们惧怕洋人的心理,卞鼒特聘请日本进步人士竹川藤太郎任社长,权作掩护;又聘请萧九垓、燕梓材、周拱极等分任编辑、采访工作;卞鼒本人则以该报记者身份进行活动,并实际主持社务,报中社论也大多由他撰写。在卞鼒的主持下,《重庆日报》着重揭露清政府的黑暗腐朽和官吏的贪婪凶残,对重庆知府满人鄂芳的劣迹,也进行了大胆的揭露;同时还宣传妇女解放、男女平等,提倡开工厂、办学校,积极传播新思想,为革命人士提供了讲坛。报纸受到了社会上进步人士的欢迎,不到半年,就由创刊时的五百份陡增至三千多份,在四川地区影响很大,是一个宣传革命的重要阵地。

在创办《重庆日报》的同时,卞鼒又集资创办了东华火柴公司,发展民族资本主义工业;还积极筹办东文学堂、女工讲习所。1905年春,东文学堂在重庆黄桷街招生开学,由卞鼒主持授课,"注重精神教育,一洗奴隶腐败之风"。东文学堂被誉为"蜀中独一无二之学堂",以至"入学者,已纷纷不一其人"。稍后,卞鼒又在培德堂开办了女工讲习所。该所半工半读,既学文化,又学技术,一洗中国数千年来女子无才便是德的旧习。卞鼒深感中国人心未死,民气甚高,又积极组织讲演会等,大事鼓吹革命。

在重庆革命同志的协助下,卞鼒所办的各项事业都在蓬勃发展。上海革命组织认为这是西南的一支革命劲旅,"渝中知己,沪上党人,音书往来,密图组织,势力渐膨胀";"不数月,革命事业大有一日千里之势"。清政府官吏却对卞鼒恨之入骨,图谋陷害,只是迫于当时的形势和社长是日本人,怕引起外交纠纷,才迟迟未得下手。而此时,《重庆日报》转载了《苏报》题为《老妓颐和园之淫行》的报导,指名揭露慈禧在颐和园筹备祝寿大典的罪行,触怒清政府当局。四川总督锡良认为这是大逆不道,密令重庆知府在不引起外交纠纷和群众愤怒的情况下,取缔《重庆日报》。

适逢此时因日俄战争,日本侨民纷纷返国服兵役,清官吏贿赂日本驻重庆领事,要他令竹川回国服兵役。1905年5月,竹川奉命回国,《重庆日报》缺少了掩护手段,外界风传清政府当局要对卞鼒下毒手,亲朋好友均劝卞鼒暂避一下,他却说:"章炳麟坐监能避不避,邹容更自愿投案,何等伟大,吾岂能后人,又何惧哉!苟不幸,上可质皇天后土,下可以对四万万人民。"依然如旧进行革命活动。6月1日清晨,卞鼒在去女工讲习所途中,突然有十多个衙役拥上来,将卞鼒挟持到巴县衙门,遭到秘密软禁,十多日后又押往成都审讯。《重庆日报》也同时被清政府查封。

在狱中,卞鼒的革命斗志丝毫未衰,仍然关心着革命进展,不忘救国。他常说,在此黑暗世界体验生活亦好。他还教同狱犯人读书,学文化,启发他们的觉悟。卞鼒在狱中写下了《救危血》、《呻吟语》及其他诸章,都是宣传革命、救亡图存之作,传诵一时。

卞鼒在成都科甲巷待质所禁押三年,清官府既不审问,又不释放。成都知府兼巡警道台高增爵,既不愿把此案定为政治案,恐牵涉革命,引火烧身,又怕无辜定罪,难平众愤,故始终未得一合适罪名来处死卞鼒。而此时,因孙中山派熊克武等人回川成立同盟会四川支部,革命风暴一日千里,进展神速,熊克武、杨庶堪、谢持等人均设法营救卞鼒。但是,对卞鼒的营救越急,清王朝四川当局阴谋暗害卞鼒的心亦愈切,四川总督赵尔丰竟不择手段,授意高增爵嗾使狱吏,威逼利诱同狱判处永远监禁的犯人王佑生,在1908年6月13日夜用匕首将卞鼒杀死,卞鼒身伤七十余处,无一完肤。次夜,狱吏又将王佑生毒死以灭口,而扬言王佑生是畏罪自杀。群众闻卞鼒死讯,无不愤慨。狱中规定严禁刀剪铁器,何来匕首?王佑生行凶之时,卞鼒惨呼约两小时之久,竟无一人去制止!其蓄意陷害再明白不过了。卞鼒亲属鸣冤叫屈,投诉状于官府,官府均以"正凶业已抵偿"为借口,置之不顾。

历史的车轮不是任何反动政府所能挡住的。卞鼒死后三年,辛亥革命成功。1912年中华民国建立后,四川蜀军政府以卞鼒毁家革命,备历艰难,有功民国,特追赠以"辛亥革命烈士"的称号;北伐成功后,国民政府又明令卞鼒准予公葬。

(选自李殿元、李松涛著《巴蜀高劭振玄风——巴蜀百贤》,四川人民出版社2001年8月第1版)

【阅读提示】

我们只要记住"辛亥革命烈士"这个称号;我们只要记住"毁家革命,备历艰难,有功民国"的感人事迹;我们只要记住他与《重庆日报》的那段渊源。这是阅读本文的切入点。找准了这个切入点,我们就会为卞小吾的那种为事业而"忠肝义胆"、临死不惧的凛然正气所感动。如若不为所动,此人必为不义也。小吾同乡钟云舫先生就是其中被卞氏所深深感动者,这有他的挽联作证:"何事恼穹苍,竟碎荆山,黑暗界讵当发文字光,这千年沉渊堕海之冤,化为白气冲霄汉;同时遭巨测,幸逃军府,金石人已熬尽风波狱,余一把抢地呼天之泪,洒向朱棺涌血河。"题作《吊唁卞小吾》,

极赞他的高风亮节。

"中国梵高"陈子庄

李书敏

李书敏,编审,曾任重庆市广播电视局局长、重庆出版社社长等职,享受国务院特殊津贴。主编《巴渝文化丛书》、《老重庆丛书》等多种。

陈子庄(1913—1976),原名陈富癸,字子庄、思进,又号兰园、南原、十二树梅花书屋主人,晚年因推崇方方壶、石涛,又号石壶,重庆市荣昌县人。1919年随父到永川读私塾。因其父是陶瓷绘画艺人,他从小耳濡目染,对绘画产生了浓厚的兴趣。

1924年,入庆云寺念书学画。寺内僧人练习武术,他也跟着练习。经四年勤学苦练,便在川东一带行武为生,补贴家用。后来往来于成都、重庆之间,靠卖武度日。但军阀部队的武术教官常仗势欺人,他不堪忍受,遂改为卖画糊口。由于他的画艺日益精进,名声渐起,被当时的四川省主席王缵绪聘为私人秘书,为其鉴定文物字画,他得以接触不少名人真迹,并有机会与来四川的大画家齐白石、黄宾虹结识,使其艺术视野大为开阔。

1937年,抗战爆发后,陈子庄于1939年被邀参加抗日队伍,途经万县时被国民党宪兵团抓进重庆军法执行总监监禁三年。

1942年,陈子庄出狱后回荣昌老家,经营花果园艺,开茶铺为生。

解放前夕,陈子庄又置身军旅,任永川团管区少将司令,1949年底随王缵绪起义,被送到西南军政大学学习。1952年到重庆三心水泥厂当技工。1953年调任建新化工社技师。1955年,经人介绍,任四川省文史馆研究员。

陈子庄的绘画分"文革"前后两个阶段。"文革"前,他潜心研究传统书画理论,努力探索,其作品表现的是对中国传统绘画的继承,亦包含了一些个人怀才不遇而形成的逞才傲气,也有一些清新、灵宕之作。如1960年初创作的《荷塘鸳鸯》、《闲牛》、《荷花蜻蜓》等。"文革"后,他经过"文革"中被抄家、关牛棚、老妻精神失常、子女上山下乡、爱子溺水而亡等系列打击,沉寂几年之后,他于"文革"刚结束就奇峰突起,创作了一批违逆时俗的作品,为传统山水画的发展带来一股新鲜气息。比如《鹰》,为了表现出"栖身思狡兔,侧目似愁胡"的意境,他的构图是雄鹰转头向下,侧目睥睨的瞬间动态,突出鹰头猝然侧动下视的迅捷感,以展现鹰的机敏。《黑天鹅》,一只颈项竖挺,一只俯首水中,加上柔美的水纹、飘逸的芳草,俨然一幅明净美丽的童话境界。《青山叠翠》中的松林山石,淡淡的暮霭,淙淙的流水,牧童归来,山雀落巢,均体现黄昏的静谧之美。正如他题跋所云:"自有秀逸之气当于笔墨外求之。"

晚年,无论在题材的选择还是表现形式上,陈子庄更追求"平淡天真"的意境。他在20世纪70年代所画山水画册页中写道:"蜀中山水险峻易得而淡远至难,余去年游九顶山燕子崖,南行百余里群山万变莫测,惜老病之人不能多行,归而点染此景,得一淡字。"在《竹林水榭》图中也题跋曰:"平淡天真,迹简而意远,为不易之境界也。余写虽未称意,然心向往之。"可见"平淡天真"绝非浅层之作,而是更难企及的更高的艺术境界。

陈子庄在绘画之余,还深入钻研绘画理论,形成自己独特的画论。(一)画品与人品要统一。他认为:"处境困厄,心地益澈,画境随之而高逸超妙也。"又说:"名利心去一点,画品就高一点,名利心增一分,画品就低一分。"因此,他晚年自号"石壶",是对清末画家出家僧人石涛和元代大画家上清宫道士方从义(方方壶)的景仰,因这二人均是方外之人,淡泊名利,画的格调高,具有飘逸脱俗之气。(二)忌模仿,求创新。他认为:"作画不可照抄对象,要在写实的基础上变化对象的状态,使其突出动人。"他在《石壶论画语要》中说:"花鸟画我与吴(昌硕)、齐(白石)的不同在于:吴、齐画形,我则画影。画形之法,吴、齐已达登峰造极之境界。"他还针对有人说他的山水画是从黄宾虹学来的说法,指出:"黄宾虹是近代画坛卓有成就的一位大家,值得后人尊敬,并宜师法继承,我也向黄宾虹学了不少东西。当然,我和黄宾虹在艺术上的主张是不同的。黄先生主张'浑厚华滋',这是画坛正统派的观点,我主张'平淡天真',是在野派的观点。黄先生推崇二米、高房山、赵孟頫,我推崇方方壶、郑所南、吴仲圭、赵子固、孙龙、青藤、吴昌硕。黄先生不赞成扬州八怪,我推崇扬州八怪。"就是说,他学黄宾虹又不同于黄宾虹,有自己的创新。(三)重个性,显精神。他说:"绘画作品是作者全人格、全生命力的表现。""不画别人的画,也不画大自然的画,要通过大自然画自己,通过物质画精神——这才是自己的。"又说:"艺术家的心量是无穷的,一个小小印章,一幅小画,往往可以窥见其心量之浩大。"就是画是画家人格精神之再现。(四)提倡"意度"之说。即画家要"因景生意,因意立法",在艺术创造上大胆运用夸张、变形、拟人等手法,使出于笔下的形象,透露着内质的真和美。而"意度"的得来是和画家的人品、资质、学养、生活积累及其胸襟等是凝聚在一起的。因此,画家只以画法学画不行,须从文学、书法、哲学、历史学等多方面全面提高,才能有所成就。陈子庄的这些画论是从他坎坷的人生和几十年的艺术积累中总结出来的。这些观点后来由他口述,陈滞冬整理成《石壶论画语要》一书,由四川美术出版社于1987年出版。

陈子庄于1976年末逝世。12年(1988)之后,中国美术馆、中国美术家协会、四川省美术家协会在北京联合举办了"陈子庄遗作展",观众每天逾万人,轰动京城。《人民日报》、《光明日报》、《中国青年报》等30多家新闻单位纷纷撰文报道了展览盛况,留言簿上写满"子庄的画使我们一开眼界"等语。由于他际遇坎坷,被新闻界、美术界称为"中国的梵高"。

注:本文中引文,均见陈宇康《画坛倔才陈子庄》一文。

(选自《巴渝英杰名流》,重庆出版社2004年1月版)

【阅读提示】

他出生在荷兰一个穷苦的牧师家庭;1888年,他移居到了法国南部的阿尔,在那里住了12个月。那12个月却成了他一生中创作的辉煌期,也是他一生中,最为悲苦凄凉的岁月。他最终因不堪忍受精神病痛苦的折磨而用手枪结束了自己的生命。他就是欧洲20世纪"后期印象主义画派"代表人物之一的文森特·梵高(1853—1890)。中国版的"梵高"陈子庄,其凄美、传奇经历的意义指向在于:"穷而后工"、"艰难困苦玉汝于成"。让人印象十分深刻。

葡萄,一颗颗晶莹透亮的心
——记著名画家苏葆桢

辛 芜

辛芜,本名陈兴芜,女,编审,重庆出版集团党委书记、重庆出版社总编辑,享受国务院特殊津贴。组织编辑出版的图书多次获国家图书奖、中国图书奖等。已出版学术专著《中国现代浪漫主义小说模式》,发表论文《浅谈"三农"图书的策划、出版和发行》《关于推动社会主义文化大繁荣大发展的思考》等多篇以及散文、报告文学等40多万字。先后被国家新闻出版总署和中宣部评为有突出贡献的中青年专家、宣传文化系统"四个一批"人才和全国新闻出版行业领军人物等。

一

啊,葡萄,多么光润美妙的葡萄!盘装、篮盛、架载、栏挂,一嘟嘟,一串串,成堆,如山,闪着甜柔的光泽,散着温润的水香。这间客厅兼画室的四壁上挂着的十几幅精美的中国画佳作中,画葡萄的占去了一大半。画家在画案前运笔,走近一看,啊,又是两箧篓鲜嫩新脆的水墨葡萄。

画家身躯高大,背微驼,年届七旬而行动敏捷,脸膛红润。放下笔,坐到沙发上,他感慨地说:我画的葡萄虽然构思不同,姿态各异,但总的来说,都是表达我对新社会的美好感受。饱满地浸润在这些葡萄中的汁水是什么呢?是丰收,是喜悦,是繁荣感,是对共产党和新社会的热情的赞颂。画家又深情地说:我在艺术上的追求只有两个字,那就是——创新。只有创新了的艺术,才足以表现我对新社会的感受和信念。创新,意味着坚持不懈的刻意追求。古人画葡萄常是为了发抒一时的情趣。宋代已有画葡萄的工笔画,明代的徐渭是最早拿葡萄作写意画的著名画家,他的葡萄就只是用墨来进行点飞,虽然大体上也能表现出一定的意境,但缺乏质感和立体感,只宜远看而无法细揣。往后的吴昌硕、齐白石、张书旂等大家的葡萄,才逐渐向既写意又逼真的方向发展。我们今天画葡萄与古人不大相同。虽说花鸟画都具有比喻和象征的意义,都要有意境,但葡萄却是最能寄托我的信念和情怀。为了表达,就须追求。我把西画(例如油画)的某些技巧和优点吸收到我的创作中,力求生动逼真,传达出质感和空间感,让读者感受到丰收葡萄的沉甸甸的重量,感受到它的饱满的汁液,圆润、光滑、甜美。这就是我所刻意追求的自己的风格,自己的特色。这也是我的作品比较能受到国内外许多人士喜爱的主要原因。

画家在圆桌上铺好报纸,小心地抱来一本巨型的精美相册放在报纸上,翻开,啊,原来是画家主要作品的照相复制品。作为写意花鸟画家,其作品之精美丰富,真使人眼花缭乱:《老鹰》、《樱花孔雀》、《川西三月》、《紫藤八哥》、《五彩缤纷》、《硕果累累》、《牡丹和平鸽》等幅,尤为其中的佼佼者。翻着画册，饱览这些美好的艺术品，人们会逐渐领悟出：正是由于画家这些特具的清新深远的意境，独有的风格和创新的艺术特色，才使他的作品在国内外受到普遍的重视，享有很高的声誉。

"苏葆桢，著名画家，西南师范学院美术系教授，擅长花鸟，尤其葡萄称绝，多次举办个人作品展览，参加国内外重大展览。作品发行于国内外甚多。"这是香港《文汇报》1979年12月16日介绍苏葆桢教授的文字。

"《果实累累》中的葡萄画得水淋淋的，很富有真实感，真想用手去摘下来吃。用水墨画出如此的效果，简直太妙了。"这是苏葆桢教授的作品在日本展出时，观众的评论。

新加坡、日本、联邦德国、意大利、比利时、苏联、菲律宾、加纳、香港等国家和地区都展出过苏教授的作品。

他的作品被美术馆收藏的如：《葡萄》、《百合双鸡》（四川省博物馆）；《鲜花盛开、硕果丰收》（北京中国美术馆）；《玉羽迎春（白孔雀）》（南京江苏美术馆）。

1982年12月，人民美术出版社精印出版了他的《写意花鸟画技法》一书；1984年元月，四川人民出版社精印出版了他的另一部著作《怎样画水墨葡萄》。精印的《苏葆桢作品选》一套，由四川人民出版社出版后已在国内外发行，而另一部著作《用粉彩画花鸟的技法》正在加紧编写中，重庆群众艺术馆定于1985年"五一节"举办的苏教授个人画展，将展出的作品二百余幅，也正在积极筹备中。

各级外事机构、书报杂志、开发公司、旅游部门、新建单位、爱好者仰慕者……各种各样求画的人，络绎不绝，纷至沓来。

二

苏北农村的一家小小的庭院。庭院在各方面都与其他农民庭院毫无二致，唯一的一个显著的特点，是除了一般的蔬菜瓜果以外，在房前屋后种满了各色各样的花木，尤以葡萄为多。到了葡萄成熟的季节，你看那一团团，一挂挂，各种色泽，各类品种的葡萄，把支架都压弯了，庭院成了葡萄的海洋，多么逗人喜爱，引人馋涎欲滴。

1916年，苏葆桢出生在江苏省宿迁县农村的一个清贫的挂满葡萄的家庭里。他的父亲是一个前清秀才，村塾教师，并参加田间劳动。他家爱种花木果树，四季如春的花园，把童年的葆桢带入了芬芳的梦境中。父亲也有文人的情趣——喜欢收藏碑帖字画，时常拿出来欣赏，小葆桢也喜欢，六岁便开始了描红涂绿，临摹碑帖。父亲知道引导孩子的有益兴趣，为了葆桢学画，他借来左邻右舍亲戚朋友的古画，无论是山水、花鸟、人物，都给儿子临摹，他省吃俭用，攒下钱到上海书店替儿子购画帖。小葆桢读了两年私塾后进了小学。学校里美术老师发现有个孩子成天都在画画，这引起了他的注意。从此，给小葆桢额外增加了专门的课外辅导。

老师的鼓励，鼓足了少年葆桢的勇气。饭后、课余，一有空，他就拿着自己的画向老师请教，一次、二次……老师被他的好学精神打动了，耐心细致地给他讲解指导，还把自己珍藏的萧谦中、胡佩衡的山水和张书旂的花鸟画谱借给葆桢。一晃几年过去了，在老师的精心培育下，葆桢画画的进步很快。在初二学期结束时，他的画在全校成绩展览会上展出了。他荣获了奖品《书旂画集》一本。他的成绩得到了全校师生的肯定，他那渴求上进的眼里闪出兴奋的光彩。从此，张书旂先生的花鸟画就深深地印在他的心上。他想当个张书旂先生那样的花鸟画家！

1933年夏天，他初中毕业了。老师劝他去考上海美专，在那画家的摇篮里实现他的理想，但他没能去报考。"九一八"的炮声，日本帝国主义的侵略，不景气的农业，艰难的家庭无法供他读书！少年的葆桢，像一只刚学会飞翔的雏鸟被折断了翅膀，他开始感到世界上还有苦难！他只有留在学校读高级职业班，紧张的半工半读。他始终没停下画笔，坚持自学国画，盼望着深造的机会。优异的成绩，受到一个具有民主思想的留日学窑业的校长的赏识，拟派他到日本留学，以便振兴我国窑业。但"七·七"卢沟桥事变的枪声打掉了他东渡的梦，一切出境手续成为一纸空文。

到处是战火，到处是废墟，到处是尸首，同胞的血流成河，家乡宿迁也被日寇践踏在脚下。祖国山河破碎，民族遭熬煎。他随着江苏省立联合中学沿江而上，他的心就像那滚滚的江涛，愤怒、悲痛的热血在翻卷，在汹涌。1938年深秋，他来到了重庆。在民族危亡的时刻，他要用画笔做武器揭露、控诉日本帝国主义的罪行。

1939年8月他考入了中央大学师范学院美术系，开始了正规的美术学习。徐悲鸿、陈之佛、傅抱石、张书旂、黄君璧、吴作人、吕斯百等很多名家都是他的老师。在这众星灿烂、群贤咸集的艺术天地里，他兴奋、激动。徐悲鸿先生特别强调学习与创作结合，要有独创性；张书旂先生的花鸟画，他用白粉或用粉调色直接点写、生动活泼，表现出花瓣和鸟的羽毛的质感，用粉的巧妙是前无古人的……这些给苏葆桢很大的教益。在那多难的年代里，成天是飞机轰炸声、警报声，苏葆桢跟随着人们到防空洞里避轰炸,一次他从防空洞里出来发现离洞不远处一座结满果实的葡萄园被炸得七零八落、倒了,果实满地乱滚,叶子、藤子都被炸焦了。突然,少年时期家乡那满园的葡萄叠映在他眼前,那颗粒饱满的葡萄,水淋淋又大又红,晶莹剔透,生机盎然,而眼前的却这样……瞬间,对故乡的怀念之情猛地爆发出来,他饱含着对故乡的怀念,对民族前途的忧虑,第一次以《故园佳味》为题画了葡萄,寄托他对沦陷了的家乡的思念。

年复一年,他终于在中央大学毕业了。在那国破家亡的年代,他好不容易找到一个教书的工作,奔波于江津、璧山、北碚之间。再忙再累,他也要坚持画画,他的《牡丹花》、《丝瓜雏鸡》、《玉芝八哥》等作品被送往伦敦、加尔各答等地展览;《秋菊双鸡》获得全国青年作者一等奖。但飞涨的物价,仍使他生活在穷愁困窘之中。为了糊口,他忙碌、奔劳,房子又潮又破,妻子生小孩,连医生都请不来!

苦难一个接一个地向他袭来,但他追求艺术的毅力一点也没减退,艺术在他心目中是最崇高的,他继续追求下去。

三

事物的发展常有出人意外的曲折,不能尽如人意。在刚刚开国不久,历史就和我们画家闹了一场令人哭笑不得的误会。这个一直作画、教书的,几乎是不通人情世故的艺术家、教员,居然被说成是什么特务,于1951年3月被逮捕,关押数月,劳改半年,最后又判刑三年,直到1954年才刑满释放,其唯一的根据就是他当过私立学校的校长,人事关系复杂。在受屈服刑期间,他什么劳动活儿没有干过? 修路盖房、抬石头、抬大木料、担砖运瓦、拉板板车、种瓜喂猪,挑粪走十八里山路,一天来回好几趟。这个荒唐的错案直到十一届三中全会之后的1979年夏天,才得到彻底的改正,由法院改判,撤销原来有期徒刑三年的判决,并下达了改判的判决书。无论是在受屈服刑的逆境中,或是在等待落实政策的漫长时间里,他都未曾泯灭对新社会对共产党的信念。

西南师院坐落在湛蓝的嘉陵江畔,苍翠的缙云山麓。1956年苏葆桢来到这秀美如画的环境里,想起了旧社会历尽的艰辛,像久别亲娘的孩子,得到母亲的温暖,他,热泪盈眶……

新的生活,推动画家产生新的追求,他担任花鸟画教学,他要求自己在学好一家画法的基础上,再广泛吸取各家的长处,如任伯年、齐白石、徐悲鸿、潘天寿各家的特点,融合在一起,为新的生活创造出自己独具风格的图画。

新的生活,孕育着新的艺术,为了参加西南区美展,表达他对新中国的热爱之情,他第二次画了葡萄。那枝叶茂密的彩墨葡萄,果实累累,紫的、黄的、红的、蓝的、黑的,如一串串玛瑙,生动逼真地表达了劳动人民敢把荒山变果园的气概和美好幸福的生活。精湛的技艺和深远的意境,深受观众的好评,重庆出版社率先将它出版,以后又被上海出版社选入《现代中国画》中。

荣誉和成绩没有使他停步,夸父追日的精神在这炎黄子孙的身上潜流。他要做夸父,在艺术道路上不断追求。人民喜欢他的葡萄,他就在这上面下苦功夫。他牢记徐悲鸿先生的话:"古法之佳者守之,垂绝者续之,不佳者改之,未足者增之,西方绘画之可采入者融之。"他学习徐渭、吴昌硕、齐白石、王亚塵的葡萄画创作,他既讲究形似也讲神似。国画、西画在他手里达到了较完善的统一。他没有星期天,也无假节日,他把他的一切都献给了艺术。

功夫不负有心人,1956年到1965年之间,他的二十多幅画参加全国和省美展、优秀作品展,三幅画赴日本、加纳展出。在成都还举办四人作品联展。特别是他的《葡萄》在全国第二届美展展出,被北京人民美术出版社出版,在北京荣宝斋的画壁上出现了。他还编写了几本技法书籍出版。

苏葆桢用汗水和心血浇灌的艺术之花,朵朵开放,点缀着祖国欣欣向荣的百花园。

四

1966年,正当苏葆桢年富力强、创作激情正酣的时候,史无前例的狂飙洗劫了祖国大地,他也难以幸免,与我们的国家、民族一起面临了空前的灾难。在砸烂一切的口号声中,他的画被宣布为"黑画",一律烧掉。他被挂上了黑牌,游街示众,被拉上台去批斗。造反派要他承认画花鸟是腐蚀人民革命意志,但没料到这个文质彬彬的人却有铮铮铁骨!苏葆桢以沉默来对付这些人的愚昧无知!造反派气急败坏了,文的不行来武的,一个"勇士"一拳把他打得两耳轰鸣,他听不见高音喇叭的喧嚣了,也听不见对方的叫喊。又是一拳打在他的腮边,"咔"的一声,将他的钢丝假牙打成两半,鲜血从钢丝刺破的嘴里往外直冒……

随着"运动"的"深入",1951年对他的错误处理又升级了。1968年

11月他被批斗后,就被押送到西山坪劳改农场来审查历史。

监禁的生活,精神是痛苦不堪的,凌辱、批判、责罚……这一切如果加在服罪了的犯人头上,也许算不了什么,但苏葆桢是一个无罪的人啊。更使他难受的却是失去了人身自由。画家爱画,胜于爱自己的生命,失去了他的画笔,就像骑士失去了马,战士失去了枪,运动员失去了他的球和体育场一样,他愤懑、痛心,但是他坚信这一切终究会改变。

1978年冬天,党的十一届三中全会的春风化雨,给祖国带来了艺术的春天、民主的春天。苏葆桢的错案得到彻底的纠正。他恢复了艺术家的名誉。党终于使他脱掉了戴在头上几十年那无形的枷锁。

1979年夏天,成都锦江宾馆里,苏葆桢应省委宣传部特邀来这里为中央领导同志出国访问画礼品。他先摸摸宣纸,然后紧紧握住画笔。因为他太激动了,画笔仿佛有千斤重,手有点打颤,他怕驾驭不住。七寸画笔凝聚着党多少的关怀和信任啊!他屏住气,要用画笔说出他心中的千言万语!画什么呢?抗日战争时期,他画葡萄寄寓他对祖国和家乡人民的思念,解放以后,他奉献给社会主义祖国的第一份礼物也是葡萄,现在党又一次给了他生命,还是画葡萄吧!他终于下笔了,一笔两笔,两个多小时后,一颗颗翡翠般的葡萄画出来了,是那样晶莹、透亮;一串串葡萄紧密相连,色彩鲜艳,饱含着甜汁,玲珑剔透,表露出他和党的心是紧密连接在一起的。

中央领导同志喜欢这些画。尔后,他又特地找四川美协请苏葆桢画了一张葡萄和紫藤。画,送到了北京,这位同志回赠他一大听精制的咖啡。拿着这听咖啡,这饱经生活磨难的知识分子,抑制不住内心的激动,深深感谢党的关怀。是的,在解放前艰难竭蹶的日子里,他没有掉泪;解放后两度冤屈的牢狱生活他没有掉泪;在动乱的年月受到批斗,拳打脚踢,他没有掉泪,现在,他掉泪了!这是党的领导同志对艺术家的尊重、爱护啊!这是他一生中受到的最大尊重,他体会到了一个艺术家真正的价值!

春风化雨,催发了朵朵艺术的奇葩!春天里,苏葆桢来到成都后,拿着两个干馒头步行到郊区二十里外沙河堡附近的菜花地里写生。他望着金黄的菜花,花香千里,蝶舞蜂喧;花海边丛丛翠竹,苍劲、挺拔;近处是一排净洁整齐的蜂箱;远处还有几树红灿灿的桃花,好一派天府之国的繁荣景象啊!

他激动了,画了又改,改了又画,几经琢磨,多方推敲,一幅色彩鲜明、清新活泼,意境深远的、歌颂粉碎"四人帮"后川西人民幸福生活的《川西三月》画成了!这幅画受到国际友人的好评,外国朋友不惜用重金收买,省里已将它送往北京参加全国美展,文化部又将其定为首都饭店壁画;它还被许多杂志作为封面、插图。它是我国国画史上突出光的效果的一次成功的探索!

探索者是不知满足的。他到渡口市去讲学,南方迎接画家的是火焰般热烈的英雄花(木棉)。攀枝花钢铁公司拥有国际先进技术设备,为我国国防提供优质产品。工人们战高温,为国防现代化出力、流汗的事迹感动了他。他们不正是四化建设中的英雄吗?他马上拿出画夹,不顾火辣辣的烈日在攀枝花树前写生。画出了英雄花的雄姿。他还和其他几个同志一起,创作了一幅四条通景的《红霞万朵春意闹》。作者把对钢铁工人的歌颂,流畅地用英雄花表现出来。他的心,随着英雄花在开放,随着鸟儿在飞翔。

1979—1980年,他两次被调到成都锦江宾馆与省里老画家一起为北京人民大会堂四川厅搞装饰设计,创作有《玉兰绶带》磨漆画和与其他画家合作的竹子屏风,喜鹊闹梅等画稿,为四川厅增添了光彩。

犹如一提到郑板桥就想到他苍劲的竹,提到齐白石就想到他生动的虾,提到徐悲鸿就想到他那奔驰的马,一提到黄胄想到他逼真的驴一样,提到苏葆桢,人们就会想到他那水淋淋的葡萄。他被人们尊敬而又亲昵地称为:"苏葡萄"。

1983年仲夏,他以葡萄为题材创作的《百花齐放,硕果丰盈》问世了。1983年3月,九三学社推选它参加了在北京举办的各民主党派书画联展,同年7月被作为联展佳作在《人民画报》上刊载。

1984年,在共和国诞生三十五周年纪念的日子里,他又画了满篮《硕果累累》,工整地写下"为庆祝建国三十五周年而作",这是他献给社会主义祖国的又一份厚礼!

谁说葡萄只是葡萄,只表现笔情墨趣?它无不饱含着画家丰厚的情感;充满着时代的气息。封建社会,画家徐渭画葡萄的题句是:"笔底明珠无处卖,闲抛闲掷野藤中。"而苏葆桢今天画的葡萄却表现了繁荣、丰收、欢乐和歌颂的情绪,是他献给祖国母亲的一颗晶莹透亮的心。

苏葆桢教授是蜚声国内外画坛的画家了。在荣誉和鲜花面前,他丝毫也没有感到满足。他还希望到葡萄之乡的吐鲁番去,画吐鲁番那丰收的葡萄,他还要为人民画更多的花,更多的鸟,让他的画在花团锦簇的时代里放出更加鲜艳的异彩!

(选自报告文学集《教苑群英》,四川省社科院出版社、四川教育出版社1985年7月第1版,有删节)

【阅读提示】

在我国传统"画论"中,历来主张"作诗须有寄托,作画亦然"。著名画家苏葆桢画的葡萄"表现了繁荣、丰收、欢乐和歌颂的情绪,是他献给祖国母亲的一颗晶莹透亮的心",即是这一主张的生动诠释。正因为有了这一颗"心",才使画家在其一生的创作生涯中,虽历经坎坷而矢志不渝;在创新的道路上不断开拓新的"画境",取得新的成就。也正是因为这一颗"心",深深地触发了本文作者的创作激情,为读者再现了一位真实生动的"苏葡萄"。是一篇难得的"画坛"人物志,也是一篇别具风格的"画论"。"丹青之兴,比雅颂之述作,美大业之馨香;宣物莫大于言,存形莫善于画。"陆士衡先生所言极是。

四、科技前沿

我只是一个代表

邓稼先

邓稼先(1924—1986),安徽怀宁人。著名核物理学家、中国科学院院士。其祖父邓石如系清代著名书法家、篆刻家。16岁的邓稼先随姐姐赴四川,在国立九中(今重庆江津二中前身)读书,系该校第一分校第五届毕业生。1941年至1945年在西南联大物理系学习。1945年抗战胜利后,在北京大学物理系任教。1948年10月,赴美国印第安纳州普渡大学物理系读研究生,1950年获物理学博士学位。回国后,从事原子核理论研究。先后任核武器研究所主任、核工业部第九研究设计院院长、国防科工委科技委副主任等职务。有《邓稼先文集》。

昨天,万里代总理到医院看望我,今天,李鹏副总理亲临医院授予全国劳动模范称号,感到万分激动。

核武器事业是要成千上万人的努力才能成功,我只不过做了一小部分应该的工作,只能作为一个代表而已。但党和国家就给我这样的荣誉,这足以证明党和国家对尖端事业的重视。

回想解放前,我国连较简单的物理仪器都造不出来,哪里敢想造尖端武器。只有在共产党领导下解放了全国,这样才能使科学蓬勃地开展起来。

敬爱的周总理亲自领导并主持中央专门委员会,才能集中全国的精锐来搞尖端事业。陈毅副总理说,搞出原子弹,外交上说话就有力量。邓小平同志说,你们大胆去搞,搞对了是你们的,搞错了是我中央书记处的。聂荣臻元帅,张爱萍等领导同志也亲临现场主持试验,这足以说明核武器事业完全是在党的领导下取得的。

我今天虽然患疾病,但我要顽强地和病痛作斗争,争取早日恢复健康,早日做些力所能及的科研工作,不辜负党对于我的希望。谢谢大家。

1986年7月17日

(选自许鹿希编著《邓稼先图片传略》,安徽教育出版社2003年12月第1版)

【阅读提示】

本文系邓稼先《在接受全国劳动模范奖章时的讲话》手稿全文,选自江津二中校史档案资料,题目为编者所加。

作为一名科学家,应该具有怎样的品质?有人认为,"科学绝不是一种自私自利的享受。有幸能够致力于科学研究的人首先应该拿自己的学识为人民服务"(马克思)。作者邓稼先就是这样一位只知奉献,不求索取,"拿自己的学识为人民服务"的科学家。在成绩荣誉面前,他只认为自己"只能作为一个代表而已"。他在国防科研事业中,"做出了重要贡献"而获得的奖金1000元,亦由其家属捐给了九院的"邓稼先青年科技奖励基金会"。认识和理解一位有特殊贡献的科学家,我们可以从这里开始,进而仰望他的人格与奉献的高度。

附件:

国防科技成果办公室(通知)

关于国防专用国家级特等科学技术进步奖授奖项目奖金分配问题

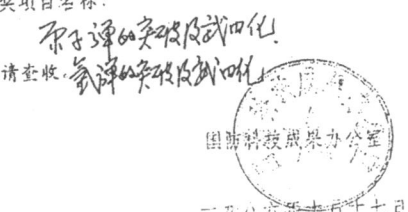

邓稼先的家属把这1000元的奖金捐给了九院的"邓稼先青年科技奖

励基金会"。

此附件,选自许鹿希编著的《邓稼先图片传略》(安徽教育出版社2003年第1版)。

《邓稼先文集》序[①](节选)

杨振宁

杨振宁(1922—　),生于安徽省合肥县。1942年于西南联合大学物理学系毕业后即入研究院深造。1945年赴美,入芝加哥大学做研究生,1948年获博士学位。1955—1966年任普林斯顿高级研究院教授。1966年任纽约州立大学石溪分校讲座教授、理论物理研究所所长。1984年12月27日被北京大学授予名誉教授证书。1957年获诺贝尔物理奖。1985年美国总统授予他国家科学技术奖章。有《曙光集》等。

从"任人宰割"到"站起来了"

100年以前,甲午战争和八国联军的时代,恐怕是中华民族五千年历史上最黑暗最悲惨的时代,只举1898年为例:

德国强占山东胶州湾,"租借"99年;

俄国强占辽宁旅顺、大连,"租借"25年;

法国强占广东广州湾,"租借"99年;

英国强占山东威海卫与香港新界,前者"租借"25年,后者"租借"99年。

那是任人宰割的时代,是有亡国灭种的危险的时代。

今天,一个世纪以后,中国人站起来了!

这是千千万万人努力的结果,是许许多多可歌可泣的英雄人物创造出来的,在20世纪人类历史上可能是最重要的、影响最深远的巨大转变。

对这巨大转变做出了巨大贡献的有一位长期以来鲜为人知的科学家:邓稼先(1924—1986)。

两弹元勋

邓稼先于1924年出生在安徽省怀宁县。在北平上小学和中学以后,于1945年自昆明西南联大毕业。1948年到1950年在美国普渡大学

（Purdue University）读理论物理，得到博士学位后立即乘船回国，1950年10月到中国科学院工作。1958年8月，被任命带领几十个大学毕业生开始研究原子弹制造的理论。

这以后28年间，邓稼先始终站在中国原子武器设计制造和研究的第一线，领导许多学者和技术人员，成功地设计了中国的原子弹和氢弹，把中华民族国防自卫武器引导到了世界先进水平。

1964年10月16日，中国爆炸了第一颗原子弹。

1967年6月17日，中国爆炸了第一颗氢弹。

这些日子是中华民族五千年历史上的重要日子，是中华民族完全摆脱任人宰割时代的新生日子！

1967年以后，邓稼先继续他的工作，至死不懈，对国防武器的研制事业做出了许多新的巨大贡献。

1985年8月，邓稼先做了切除直肠癌的手术，次年3月又做了第二次手术。在这期间，他和于敏联合署名写了一份关于中华人民共和国核武器发展的建议书。1986年5月，邓稼先再做了第三次手术，7月29日因全身大出血而逝世。

"鞠躬尽瘁，死而后已"，正好准确地描述了他的一生。

邓稼先是中华民族核武器事业的奠基人和开拓者。张爱萍将军称他为"两弹元勋"，他是当之无愧的。

（选自《邓稼先文集》，安徽教育出版社2003年12月第1版）

【注释】

①本文原刊于《二十一世纪》双月刊1993年6月号，总第十七期，第56—62页。香港中文大学中国文化研究所，应中国安徽教育出版社之约，接以为《邓稼先文集》序。——杨振宁

【阅读提示】

作者以其科学家的眼光，对邓稼先在科学研究上的贡献作了极其专业的评价；作者以"诺贝尔奖"获得者的开阔视野对邓稼先这样的科学家产生的时代背景、"两弹元勋"精神的深刻内涵，作了深刻而明白的阐述。文字简洁，见解独到，逻辑严密。从中，我们可以领略到一位自然科学家的行文风格。

土壤学家侯光炯

王 化

王化,本名王心富,四川武胜人,重庆出版社副编审,出版有《重庆》、《古汉语实词例解》等著作多种。

侯光炯(1905—1996),字翼如,江苏省金山县(今属上海市)人,出生于一个清贫的私塾教师家庭。旧中国贫困落后和屈辱的历史,使他从小就萌发了"科学救国"的思想。1918年,他考入江苏南通甲种农校,1924年转入北京农业大学,1928年毕业留校任助教。

1929年,他进入我国第一个土壤研究机构——实业部中央地质调查所土壤研究室工作。该研究室主任先后由美国的技师潘德顿(Pendleton)、梭颇(Games Thop)担任,他们按美国式的调查技术训练中国人,以达到为他们服务的目的。侯光炯在和美国学者共事期间,一方面吸取西方的土壤学研究手段和方法,但在实践中慢慢感到欧美学者的思路并不适合中国的国情,他开始了自己独特的思考和研究。他选定"水稻土土壤剖面形态与肥力关系"这一课题,未得到美国专家的认同,侯光炯坚持己见,与同事们一起,踏遍了河北、陕西、山西、江西、江苏、黑龙江等省的山山水水,采集了大量的土壤、岩石、植物标本,撰写了大量的土壤调查报告,最后写成《江西省南昌地区红壤性水稻土肥力的初步研究》。

1935年7月,刚满30岁的侯光炯带着这篇论文出席了在美国牛津召开的第三届国际土壤学会,他用娴熟的英语向世界40多个国家的400多名土壤学家宣读了这篇论文,反响强烈。因为这是第一篇由中国人撰写的在国际土壤学讲坛上宣读的论文,因为在这篇论文里中国人第一次提出了"水稻土"这一特殊的土壤名称,以及水稻土形成的淹育、潴育、潜育等概念,鲜明地提出土壤学研究应直接地为农业服务的观点,引起与会代表的高度重视。会后,侯光炯到美、英、荷兰、德国、瑞典、匈牙利、意大利进行土壤考察、访问和讲学。然后到苏联莫斯科土壤研究所访问,在这里进行了四个月的土壤研究。

1937年回国后,任中央地质调查所土壤室主任。

抗日战争爆发后,他随中央地质调查所迁至重庆北碚,从事紫色土、黄壤等土类及土壤肥力研究,发表了《四川重庆区土壤概述》、《中国土壤分类方法之商榷》等论文,创立了"土壤粘韧曲线的测定"方法。这段期间,他还兼任四川大学、重庆大学、川北大学土壤学教授。

1946年,任四川大学农化系土壤学教授。

1950年4月,应邀赴京参加中央人民政府召开的全国土壤肥料工作会议。

1952年,全国高校院系调整后,到重庆北碚西南农学院(今西南农业大学)任土壤农业化学系教授、系主任。这年,他通过调查研究,搜集了大量的农业土壤资料,提出了"农业土壤"的新观点,在《土壤学报》上发表了《土壤的粘韧率及粘韧曲线》,首先把粘韧曲线作为认识土壤胶体活性的一种新方法,创进了农业土壤的研究方法,为发展我国农业土壤学奠定了坚实的基础。

1953年至1958年,他自带学生完成了国家交办的西双版纳橡胶宜地林考察、长江上游水土保持调查,并积极参加第一次全国群众性土壤普查。此间,他还于1956年发表了《四川盆地内紫色土的分类与分区》论文,针对土壤学研究方法上的脱离实际、脱离农业生产的缺陷,对世界上为数不多的几种特殊耕作土——四川盆地的紫色土进行认真研究,提出了独到的见解。与此同时,他还担任中国科学院重庆土壤研究室主任,1955年当选为中国科学院生物学部委员(院士),1956年加入中国共产党。这年,他还出席了国际土壤学会第六届会议。

在党的教育与关怀下,侯光炯的科学探索精神更加高昂。1960年,他的《农业土壤生理性》一文,为他以后提出的"土壤肥力的生物—热力学"的新观点打下了基础。

1963年,他在《土壤胶体性质的变化及其在肥力上的意义》一文中,认为土壤胶体是土壤产生肥力的物质基础,保证农业丰收的途径应该是改进胶体品质,培养肥力机制。这实为治本之举,为农业生产的丰收从肥力方面作出了理论探讨。

1973年开始,他顶着"文革"的邪风,带领教师到四川省简阳县镇金乡联合四队蹲点六年,在那里建立了科研基地,研究出省水、省肥、高产的"大窝栽培法"、"棉花矮株密植"、"小麦梯开条播"等农业生产技术,在丘陵山区推广,取得很大效益。

1975年,他在《农民群众的生产斗争经验开辟了发展土壤科学的广阔道路》一文中，提出了"土壤肥力的生物——热力学"的新观点，引起国内外土壤学界的强烈反响。其研究成果获1978年全国科学大会重大科技成果奖。

中共中央十一届三中全会以后，从1980年开始，侯光炯在宜宾市长宁县扎根农村16年，先后提出并完成了自然免耕机理和水田免耕技术的研究，并在我国南方14个省、区大面积推广，增产粮食10多亿公斤。该成果于1986年获四川省重大科技成果一等奖，全国科技成果三等奖。

1994年，侯光炯出席了在墨西哥召开的第十五届国际土壤学会议。

1996年，他提出根治长江流域旱涝灾害、旱地自然免耕、生态治洪、免耕治土、建立长江上游生态农业示范区等重大科研课题，可惜科研课题尚未完成，侯光炯就以90多岁的高龄病倒在宜宾市长宁县相岭镇的土壤研究试验第一线，带着若干欣慰与遗憾与世长辞了！

侯光炯从事高等教育和土壤科学研究的60余年中，他走遍祖国的大江南北，访问过10多个国家，坚持扎根农村，把自然作为自己的土壤研究室，执着地探索土壤科学为农业服务的途径，撰写发表论文140余篇，编著出版了《中国农业土壤概论》、《土壤学》（南方本）、《农业土壤基础知识》、《侯光炯土壤学论文选集》等多部专著与教材，是中国土壤科学的开拓者和奠基人之一。他是西南农业大学的一级教授，博士研究生导师，名誉校长，第一届至第七届全国人大代表，中国科学院院士，曾获全国"五一"劳动奖章，"全国先进工作者"，"四川省自然科学界精神文明标兵"，"四川省有重大贡献科技工作者"等光荣称号。他崇高的爱国主义精神和顽强拼搏、严谨治学、坚持真理的高尚品德，为青年一代树立了光辉的榜样，他的人品和业绩为世人所敬重！

(选自《巴渝英杰名流》，重庆出版社2004年1月版)

【阅读提示】

"民以食为天"。土壤、粮食，是其重要"元素"，我们是那么熟悉。但对这些"元素"背后的一个个"科学家"的故事，我们一般人就未必那么明白了！作为"我国土壤科学的开拓者和奠基人之一"的侯光炯，其一生之所以有光辉，其故事之所以感动人，就因为他对土地的那份深情，对科学研究的那份心甘情愿的献身精神。其境界的高度是一般人所难以企及的。

"中医五老"之一:任应秋

鲍 石

鲍石(1942—),重庆江津人。文史工作者。长期从事诗词、楹联、书法研究。有《学林八大家诗钞》等著作。

一个人如果满怀德才而不被世人所知赏,是会令人遗憾的。我们一般会发出"知音难觅"的感慨。古人更会用"命薄错抛倾国色"、"缘轻不遇买金人"这样的幽默诗句,来发一通牢骚。

有一位中医学界的前辈,却与这种"遗憾"和"牢骚"无缘。因为他的医德、医学、医术都能得到世人的普遍赞誉。知赏者不仅在国内有,国外也有他的崇敬者。一位就读于美国北卡罗那大学的医学人类学博士,想从这位前辈成才之路的角度来探讨中医学的文化现象。她在得到该校教授委员会的通过和资助后,就不远万里来到中国,作了一次前辈出生地、求学地、行医地到尽职地的"探寻之旅"。这样的"探寻之旅",是美丽而动人的。她所要探寻的那位前辈,就是人称"中医五老"之一的任应秋先生。

德高望重的任应秋、秦伯未、于道济、陈慎吾和李重人,都是我国中医学界的大师级人物,尊为"中医五老"。在这"五老"中,任应秋先生在治学路径、医学成就上与另外四老却有些不同,有极鲜明的个性特征。这主要表现在两个方面:一是极其重视临床,追求临床疗效,因而具有卓越的临床信誉;二是致力于中医历史文献的梳理和中医理论体系的研究。这几乎耗去了他的毕生心血。因为他始终认为:"中医学的发展在于其理论的继承和创新。"且成果丰硕,多有建树。其领域涵盖了:中医基础理论的研究,中医经典著作的研究,中医各家学说的研究。其中的许多精彩论说都选入《任应秋论医集》(人民卫生出版社出版)一书中。我早年跟从伯父学习中医,曾读过任老所著《中国医学史略》,惊叹先生的博学与会通。甚至认为,此书可与鲁迅先生的《中国小说史略》齐驱并驾,因为开拓之功俱在。

作为医学教育家的任应秋先生,在教学上,他认为要"大力提倡读书风气",而且特别强调"背诵"之功。就是要"高声朗诵,口不绝言",烂熟于心,直至背诵。这种读书,不仅可以帮助记忆,帮助理解,而且"许多不懂的东西,可以读之使懂,不通的可以读之使通"。"背诵",作为一种传统的教学方法,虽有人持不同看法,但要彻底废除,恐非明智之举。

在医学与文学的关系上,任先生亦有自己独到的见解。先生认为,"要学好医学首先要学好文学",甚至认为"古文学是中医学的基础"。这种"文理"兼通,相互为用的观点,在我看来,是有极强的生命力的。

由于先生自己就极具这种"文理"兼通的优势,因此,他能用专业的眼光去解读古典文学名著《红楼梦》。在先生看来,《红楼梦》的作者对祖国医学的修养"也极有成就,绝非一般涉猎方书者之可比拟","书中涉及医药知识的,有二十六七回之多,均非肤泛之词";"无论察脉、辨证、论治、处方,既有论据,亦富经验"。先生还告诉我们:《红楼梦》里最著名的方药,要算薛宝钗常服的"冷香丸"。许多人都认为书中为薛宝钗开出的"冷香丸"是作者面壁虚构的,自然也就不具备实际的医疗价值。应秋老则不同意这种说法。他给我们讲了这样一个有趣的故事:当年,油溪镇(江津县所辖)乡间有一位姓韩的先生,本是学古文的,并非杏林中人。但这位韩先生却善治血症,不少病血患者都向他求治。这是怎么回事?原来他给患者提供的正是"冷香丸"。

先生所具有的"文理"兼通优势,不仅让他在解读古典文学作品上自有高于他人之处,而且在诗文创作上也别具才情。这里不妨将先生于白屋诗人吴芳吉逝世50周年时写下的"祭诗"(古风)移录在下面,让我们能从中领略到一点先生的文采风流。

  少读白屋诗,难忘《两父女》。一字一泪零,真情出挚语。及长识诗人,高洁而行矩。伤世衰道微,励俗竟自许。赠我新人谱,复性穷义理。过从未期年,一病遽不起。时令初解医,恨无术起死。吉人天不相,世风日以靡。巴山几水间,争传白屋体。雨僧曾语余,诗与人并美。格律汇中西,绳尺严人己。而乃寿不永,广陵散绝矣。沧桑五十年,倏忽如弹指。余亦两鬓霜,重听兼豁齿。久客古燕都,抱残守缺耳。驰书来征文,一惧一以喜。所喜祀乡贤,宏文叹观止。所惧腹笥俭,无以报桑梓。侧身西望白沙黑石之高巅,乔松郁郁护诗史。

任应秋(1914—1984)，江津县(今属重庆市，名江津区)油溪镇石马村人。他对自己的成长道路、求学经历，有过十分概括的陈述。他说："我17岁开始学习中医。在未学医之前，从4岁开始便以通读《十三经》为主，如《尔雅》那样难读的书，都曾熟读背诵。"后又曾"问难于经学大师廖季平"。这样的求学经历，给他的成功有什么帮助呢？用先生自己的话来说，就是"我的'古汉语'知识，便从此打下了基础，也是我后来学习中医较雄厚的资本"。另一方面，先生早年还有过从事新闻工作的经历，曾任《民言日报》、《华西医药杂志》主编。这对改善先生的知识结构，扩展其思想学术视野，无疑都是大有帮助的。

根据《中国大百科全书》"传统医学"卷中"任应秋"条的介绍，先生曾任卫生部学术委员会委员，国家科学技术委员会中医专业组成员，中国中医研究院学术委员会委员。中医理论家、教育家。

在应秋先生这样的著名中医学家面前，我们还能说点什么呢？"休将老大夸前辈，可畏从来属后生"，任老用这样的诗句替我们作答！

（选自江津县文史委员会编《江津文史》第七辑）

【阅读提示】

历代医话里说："医本仁术，生命攸关"；"为医固难，而为名医尤难"；"医有八要：一要立品；二要勤学；三要轻财；四要家学；五要师承；六要虚心；七要阅历；八要颖悟。"以上所言诸项，似乎都在为任应秋先生之所以成为"中医五老"之一作注。这篇文章用一个美国医学人类学女博士不远万里来中国"探寻"任老的生动有趣的"故事"，让任老"活"起来，则是"义"之所在。

"杂交水稻之父"袁隆平

文 英

文英，原渝州大学(今重庆工商大学)副教授，参编《重庆与名人》、《巴蜀人文天下盛》等著作多部。

袁隆平(1930—　)，中国杂交稻育种工程中心研究员，中国工程院院士。北平人。抗日战争期间，北平沦陷，他九岁(1939)时随父母来到重庆。他在重庆上完小学、中学后,考入湘辉学院(解放后,该校合并入西南农学院)。袁隆平于1953年8月毕业,被分配到湖南安江农校任教。他在重庆生活了14年,重庆是他的生长之地,为他后来事业的成功奠定了坚实基础。

袁隆平从事杂交水稻的研究,开始于20世纪60年代初。那时,三年困难时期,广大农民生活在饥饿线上,为粮食问题而焦虑。袁隆平作为一个农技科学工作者,深感自己有一份沉甸甸的责任。因此,为解决中国粮食问题而终生奋斗的决心和使命感,促使他日夜思考着如何提高水稻的产量问题。1960年7月的一天,他在早稻常规品种试验田里挥汗工作时,突然发现一株形态异样,穗数粒数都较多的与众不同的水稻植株,强烈的好奇心驱使他对此稻株进行研究和培育。

第二年(1961)春天,他把这一变异稻株的种子播到试验田里,长出来的秧苗表现各异。经研究分析,这是地道的"天然杂交稻"。袁隆平敏锐地想:既然自然界存在着"天然杂交稻",那么我们一定可以探索其中的规律与奥秘,培养人工杂交稻。然后利用其杂交优势,提高水稻产量。于是,袁隆平坚定地把精力和智慧转移到培养人工杂交稻这一挑战性的课题上。

然而,要培养人工杂交稻谈何容易!因为动植物的杂交优势是指两个不同动植物的种、亚种、品种(或自交系)、生态型之间杂交产生的杂种,较其双亲具有更大优势的生物学现象。而水稻是雌雄同花的自花授粉植物,要在大田生产中用人工一朵一朵地去雄授粉来进行人工杂交,获得杂种优势利用,是多么困难!当时,前人曾经试验过一条并不成功的途径:需要有一种雄花不育的"母稻"(不育系),加上一种可高产,又可恢复"母稻"育性、让其产籽的"公稻"(雄性不育恢复系);还需要一种让"母稻"世代持续不育性状的"公稻"(雄性不育保持系)。袁隆平在杂交高粱、玉米等作物取得成功的启示和鼓舞下,决定从"三系"配套的方案实施研究开始。

1964年6月到1965年7月,他和新婚妻子邓哲(农技员)以及助手们每天在田间劳作,共检查了1.4万个稻穗,结果在洞庭湖早籼等四个品种中,找到了六株天然雄性不育的植株。经过两年的观察研究,袁隆平在《科学通报》第17卷第4期上发表了《水稻的雄性不孕性》的文章,此文立即引起国家科委的重视。当时,"文革"风暴正烈,国家科委也给予他尽可能的大力支持。

1970年，袁隆平遭受到批斗、迫害，但他和助手们仍然坚持用1000多个品种，做了3000多次杂交组合，但仍未培育出不育株率和不育度都达到100%的不育系来。袁隆平焦急、疑虑：是否要蹈前人的覆辙？他经过冷静、科学的思考，总结数年来的教训，借鉴国外的做法，以及他的经验，他决定另辟蹊径，果断地提出了"远缘的野生稻与栽培稻杂交"的新思路，并派出助手四处寻找野生稻种。1970年11月23日，他的助手李必湖在海南岛崖县的普通野生稻群落中，发现了一棵雄花败育株。他们如获至宝，精心培育试验，终于使杂交水稻研究走上了康庄大道。

1971年4月和6月，湖南省举办了两期由袁隆平主讲的"杂交水稻培训班"，先后培训100多名科技骨干。袁隆平不顾个人得失和门户之见，及时通报了自己及助手们的最新发现，并慷慨地把饱含心血与智慧的"野败"奉献出来，分给有关单位进行研究。

1972年，袁隆平等人以及江西、福建等省的科技人员培育出了第一批数种不育系和保持系。在农业部的关怀下，召开全国杂交水稻科研协作会、成立由农技部门、科研单位、大专院校组成的全国范围的攻关协作网，大大加快了"三系"配套的研究和进程。

1973年，袁隆平在苏州召开的全国水稻科研会议上，发表了《利用"野败"选育三系的进展》的论文，正式宣告我国籼型杂交水稻"三系"配套成功。

从此，杂交水稻在全国大面积推广。到1996年，全国累计种植杂交水稻增产3000多亿公斤，杂交水稻生产技术也走向了全世界。因此，袁隆平于1981年荣获我国有史以来第一个特等发明奖；1985年获联合国知识产权组织一等"杰出的发明家"金质奖章；1987年获联合国教科文组织颁发的一等"科学奖"；1988年获英国皇家让克基金会一等"让克奖"（这是中国科学家首次获此殊荣）；1993年获"菲因斯特"世界饥饿研究奖；1995年在加拿大领取了联合国粮农组织设立的"粮食安全保障荣誉奖章"；2001年2月获2000年度国家最高科学技术奖（首届），被世界誉为"杂交水稻之父"。

现在，袁隆平按照他在1987年提出的著名论文《杂交水稻育种的战略设想》中的构想，即水稻"三系"、"两系"、"一系"杂种优势利用的"三个战略阶段"，正努力不懈地开展研究工作。据报道，"两系"法和"一系"法已被列为国家"863"计划（1986年，著名科学家王大珩、王淦昌、陈芳允、杨嘉墀联名给中央写了一封《关于跟踪研究外国战略性高技术发展的建议》,1986年3月5日邓小平作了批示,后形成我国高科技发展计划,根据批示时间命名为863计划)的重要内容;而"两系"法在理论上可比现在杂交水稻增产30%以上,并已进入"中试"阶段。这意味着中国、世界将迎来农业科技上的又一个辉煌!

袁隆平的成功在于他具有强烈的爱国主义思想,为中国解决粮食问题的使命感和责任感,不怕吃苦、顽强拼搏、求异创新的科学精神,独特新颖的研究思路,团结协作的态度,以及上级领导的大力支持。因此,艰难险阻挡不住他,"文革"风暴吹不倒他,他百折不挠,坚韧顽强,终于获得了成功。真是:忍辱负重几十年,只为人间少饥寒!

(选自《巴渝英杰名流》,重庆出版社2004年1月版)

【阅读提示】

世间什么问题最大?吃饭问题最大。我国人口众多,吃饭问题尤为重大。新中国成立之初,西方国家就断言中国共产党解决不了中国的吃饭问题。从重庆走出去的农业科学家袁隆平正是怀着解决中国吃饭问题的决心,进行"杂交水稻"的研究。从1961年开始到1973年,经历12年的时间,艰难险阻挡不住他,"文革"风暴吹不倒他,他带领团队,团结协作,百折不挠,顽强拼搏,求异创新,在有关部门的大力支持下,终于取得了"杂交水稻"的成功,获得了多项国内、国际大奖。袁隆平这种为国家、为民族、为人民的强烈的使命感和责任感和爱国主义精神,是我们各行各业的人应该学习和发扬的。尽管行业不同,专业有别,但"袁隆平精神"是共通的,是永存的。

第九编
时代新元,春光无限

新元伊始,万象更新。燕舞莺歌,春光无限。

1949年11月30日下午,中国人民解放军进入重庆市区。重庆,这座古老而又经历沧桑的城市,喜获解放。这是重庆历史上的重要时刻,这是重庆新纪元的开始。从此,重庆人民在中国共产党的领导下,向着建设新中国和新重庆的道路,昂首阔步向前进。

东风劲吹,百花竞放。新政新貌,硕果累累。名列首位的当是成渝铁路。重庆一解放,中共中央西南局作出的第一项重大决策就是修建成渝铁路,以带动百业发展。1950年6月15日,重庆解放刚半年的时间,在国家财政经济还十分困难的情况下,成渝铁路开工建设,1952年7月1日,成渝铁路建成通车。这是新中国成立后自己设计、自己建造、材料零件全部为国产的第一条铁路,实现了四川和重庆人民半个世纪的夙愿,拉开了新中国大规模经济建设的序幕。人民大礼堂紧随其后,1952年5月动工,1954年4月全面竣工。这是重庆市政建设的经典之作,其恢宏的气势和独具民族特色的建筑风格,享誉中外建筑史册。重庆人民劳动文化宫、重庆市体育馆、大田湾体育场、缆车、索道、跨江大桥、高速公路,一座座宏伟建筑拔地而起;工业振兴,钢花飞溅;经贸发展,市场繁荣;"一五"计划的完成,"三线建设"迁渝,计划单列市的设立,加强和拓展了重庆作为长江上游经济中心的地位和辐射作用。小说《红岩》、《一双绣花鞋》,川剧《金子》,歌剧《巫山神女》,弘扬了重庆的革命传统和地域文化,大大提高了重庆人民的精、气、神,为新时期改革开放的经济腾飞和文化发展打下了坚实的物质和文化思想基础。

重庆,雄屹华夏灿古今;重庆,解放炮声澄玉宇,建设新貌震乾坤。

一、重庆解放

重庆解放赋

三峡之子

三峡之子，原名李宣章，见《巫山猿人文化赋》介绍。

巍哉重庆！巴蜀形胜，毓秀钟灵。雄屹华夏，璀璨古今。扼兵家之险要，控天府之必争。巴山为屏，绵亘茫茫青藏；三峡著秀，蜿蜒巍巍昆仑。西卫藏羌兮北拱川陕，南倚滇黔兮东吻楚荆。独占天时地利，簇拥瑰丽文明。沧海曾经，纵横八万公里；流年逝水，跨越五千秋春。踏两江巨澜，豪接吴越之雄势；浣平湖碧浪，妙展宇宙之经纶。

溯乎鸿史，景其蕴深。探龙骨之遗脉，觅华夏之祖根。①禹鼎九州，古梁远史以列谱；②廪君率族，巴蔓忠肝炳汗青。③于是铸秉性，彰勇勤。翰墨濡染，文武萃名。北宋徽宗，更名渝为恭州，索因于赵谂叛诛之事；孝宗淳熙，自诩"双重喜庆"，接踵于封王登帝之欣。④而况风物荟萃，人杰纷呈。白帝彩云兮，刘备托孤于丞相；唐宋雅韵兮，风骚缠绵于夔门。钓鱼城坚兮，壮士折鞭于蒙帝；⑤讲易洞幽兮，知德注易第一人。⑥良玉女侠，保乡护国兮堂堂少保；⑦邹容义士，革命旅伍兮佼佼先军。

仰夫史册文明，心中回荡凛凛正气；叹乎难明长夜，眼前浮现滚滚烟云。金瓯破碎，黎庶无凭。民国安有吾国哉，苛政猛于狼虎；陪都何存都影也，祸患频于匪兵。苛捐杂税之盘剥，饿殍横露于旷野；官匪横行之惨状，哀民匍匐于呻吟。凋敝经营，市无存仓之旧米；贪腐乱政，村有漫山之新坟。更抗敌无能，引战火于渝内；日寇滥炸，毁琼宫于血腥。睹山河破碎之悲惨，哀生民失所之痛心。幸有擎天之共产党，怀仁爱之大胸襟。挽大厦于将倒,救危亡而图存。驰骋沙场,壮士出川兮赴国难;丰碑血染,健儿护都兮固长城。悼国殇而收离散,聚百姓以会群英。才俊英豪,涌之于三边九塞;仁人志士,汇之于八表四邻。郭老剧屈,抨黑击暗于雷电颂;毛公咏雪,借古寓今于沁园春。壮故国之豪迈,展陪都之韵神。

然则前门虎拒,后院狼行。兄弟阋墙,独夫践踏民意;国贼摘果,蒋氏涂炭生灵。哀鸿遍野,鹰犬满城。阴森渣滓洞兮,见证精钢百炼;恐怖白公馆兮,辨别奸忠鬼神。山川待拯,自由当争。洒热血抛头颅,巍峨缙云昂浩宇;反压迫抗饥饿,漫漫黑夜亮明灯。息内战兮,战士奋勇挺进;擒虎豹兮,铁军势贯沧溟。华蓥荡魂,双枪老太英姿恒在;烈火永生,坚贞江姐浩气常存。直捣恶魔老巢兮,前赴后继;推翻大山三座兮,义愤填膺。仰乎桂园谈判兮[8],胜留于遗址;伟人风范兮,光耀红岩村。

壮哉!重庆解放,玉宇澄清。大军西进兮气若虹,嘉陵东涌兮朝天倾。炮声隆隆,振魔窟而破蒋梦;军威浩浩,撼群岳而转乾坤。遂乃医伤创,护民生。主政西南,刘邓平匪以安社稷;百废待举,新政惠民而盼中兴。转眼之间,山河重振开新纪;俯仰之际,宗邦布彩降甘霖。载舞载歌,万众欢庆于解放;且废且立,废墟展景飞祥云。承接古老,初创欣荣。大礼堂中,洋溢欢声笑语;解放碑上,闪烁赤胆忠贞。朝天码头,川江号子溢霞彩;成渝铁路,巴风铿锵荡豪情。

噫嘘嚱!天广其覆,地厚其尊。血火铸丰碑兮,歌乐浩气传千古;丹心昭日月兮,红岩梅花芳万春。先辈岂能忘,后鉴当谨珍。潼南一英,闇公忠烈以昭后世[9];共和两帅,伯承誉梓而共荣臻。腐败与清廉,春秋史证;忠诚与背叛,泾渭明分。为民谋福兮魂固基业,为己蛀国兮梦断金陵。丰碑高耸,英烈含笑以沃圣地;红旗漫卷,巨轮扬帆而展山鹰[10]。

(此赋发表于《重庆文化研究》2016 年第 2 期,又见《重庆艺苑》2016 年第三期,重庆文史馆出版)

【注释】

①龙骨之遗脉:指巫山猿人龙骨坡遗址,它将人类起源推前至 200 万年之前,表明中国长江流域是人类最早发源地之一。　②禹鼎九州:指大禹铸九鼎,分别代表天下九州。　古梁:为重庆最早之谓。　③廪君:巴人最古老的首领。相传,远古的时候,土家族的祖先巴务相被推为五姓部落的首领,称为"廪君"。　巴蔓:即巴蔓子,为古巴国忠州人,东周末期的巴国将军。约公元前 4 世纪,巴国朐忍(今万州一带)发生内乱,巴蔓子遂以许诺酬谢楚国三城为代价,借楚兵平息内乱。事平,楚使索城,蔓子认为国家不可分裂,身为人臣不能私下割城。但不履行承诺是为无信,割掉国土是为不忠,蔓子告曰:"将吾头往谢之,城不可得也。"于是自刎,以授楚使。巴蔓子以头留

城、忠信两全的故事,在巴渝大地传颂。 ④双重喜庆:宋孝宗于淳熙十六年(公元1189年)二月禅位于宋光宗,光宗为孝宗第三子,封恭王,其封邑就是恭州;按宋代制度,由宗藩入承大统者,其原封邑即称为"潜邸",于即位大典中升为府,故同年八月就升恭州为重庆府。宋光宗藩封在恭州,是一庆,后又由恭州承嗣皇帝大位,这是二庆,故美其名曰"重庆"。 ⑤钓鱼城:位于合川城区嘉陵江南岸钓鱼山上。蒙帝指蒙哥。南宋时期,蒙哥(成吉思汗之孙,元世祖忽必烈之兄)铁骑所向披靡,却在钓鱼城遭遇顽强抵抗,最后死于合州(今合川)附近。钓鱼城保卫战长逾36年,写下了中外战争史上罕见的以弱胜强的战例,缓解了蒙古势力对欧、亚威胁。 ⑥知德:来知德,字矣鲜,号瞿唐,现梁平县仁贤镇人。明代著名理学家,享誉海内外的注《易》大师。所著《周易集注》世称绝学,是继孔子后,用象数结合义理注释《易经》取得巨大成就的唯独一人。 ⑦良玉:秦良玉(1574—1648),字贞素,四川忠州(今重庆忠县)人,明朝末年著名女将。丈夫马千乘是汉伏波将军马援后人,世袭石砫宣抚使(俗称土司),马千乘被害后,因其子马祥麟年幼,秦良玉于是代领夫职,率领兄弟秦邦屏、秦民屏先后参加抗击清军、奢崇明之乱、张献忠之乱等战役,战功显赫,被封为二品诰命夫人。皇帝朱由检曾作诗四首赞颂秦良玉,并加封少保。 ⑧桂园:为重庆谈判之所。院内有两株桂花树,桂园因此得名。是当年毛泽东与周恩来同志同国民党代表进行谈判和签订《国共双方代表会谈纪要》(即"双十协定")的地方。 ⑨闇公:杨闇公,中国共产主义运动先驱、四川党团组织主要创建人和大革命运动的主要领导人,重庆革命领袖。 ⑩山鹰:指重庆地势形象。直辖后的新重庆,其地图就像凌空展翅、翱翔天空的山鹰。

【阅读提示】

　　重庆有着五千多年的灿烂文化,乃千余年之文明古都,其风物之奇,人文之厚,堪为西南形胜,华夏宝地。而解放之前,重庆却政治黑暗,兵连祸结、山河破碎、生灵涂炭、民不聊生、暗无天日。本赋追述这段不平凡的历史,旨在彰显共产党人和无数革命先烈,为救亡图存、解放人民而前赴后继、奋不顾身的博大胸怀,展示刘邓大军挺进西南、解放重庆之恢宏气势、波澜壮阔的历史画面。进而提醒人们,胜利来之不易,不能忘本。要牢记使命与忠诚,珍爱和平与幸福,以无比自豪感和责任感,加快建设美丽富强的新重庆,让这座英雄的城市更加璀璨夺目!

庆祝重庆解放五十周年(二首)

一九九九年馆会上口占

董味甘

董味甘(1926—),四川荣县人,重庆师范大学教授,重庆文史研究馆馆员。曾任九三学社重庆市委常委、顾问,四川省第六届政协委员。中国写作学会和中国阅读学研究会及全国语文学习科学专业委员会的创始人之一,对写作学、阅读学的现代化、科学化做出了贡献,被称为"振兴写作学科的带头人",享有"西南写作一枝花"的美誉。已主编出版《普通写作学》、《阅读学》、《唐宋元小令鉴赏词典》、《历代妇女诗词鉴赏辞典》、《钟云舫天下第一长联解读》等十余部著作。与人合著《钟云舫联稿研究》,又为《钟云舫全集校注》、《马鹤凌抗战诗选》、《连横诗词选》等书作学术顾问,为全书校订补遗。其创作主要在传统诗词,主张"立足于今,切入于情,聚焦于意,审订于声",风格豪迈大气,自成一家。著有《董味甘诗词歌赋选》(中国社会科学出版社出版,共四卷),受聘为四川诗词学会、《天府诗苑》、重庆诗词学会、《新晴诗词》、寰球汉诗总会、重庆师范大学海峡两岸诗歌研究所等诗词组织及刊物顾问。

一

重庆回春五十年[①],彤霞捧日丽中天[②]。
红岩高矗千秋壮,绿野荣滋万象妍[③]。
喜颂陪都成直辖,敢期青史谱新篇。
遥望三巴多稔色[④],高歌一曲拂清弦[⑤]。

二

霹雳惊天五十弦[⑥],倾心吐胆话从前。
踏平险阻山三座[⑦],难忘征尘路八千。
收拾禹疆成乐土[⑧],敷将春色满晴川。
红岩屹立江湖涌,自上凌云入紫烟。[⑨]

(选自《董味甘诗词歌赋选》,中国社会科学出版社2015年3月第1版)

【注释】

①回春:春回,喻重庆解放。 ②彤霞:红通通的彩霞。 ③荣滋:繁荣滋润。妍:娇妍,美艳。 ④三巴:东汉末分巴郡为巴、巴东、巴西三郡,称三巴。其辖区与今重庆大体相同,故三巴即指重庆。 稔色:稔(rěn),庄稼成熟,稔色,一片丰收景象。 ⑤清弦:琴弦,拂清弦,弹琴高歌。 ⑥五十弦:弦,一根琴弦喻一年,五十弦为五十年。 ⑦山三座:指旧中国压在中国人民头上的封建主义、帝国主义、官僚资本主义三座大山。 ⑧禹疆:《尚书·禹贡》说禹分中国为九州。后即以禹疆代称中国。 ⑨紫烟:太空飘渺的紫色云霞。此句是说江潮奔涌的水气直上云霄,在日照之下形成绝妙无比的紫色云霞。

【阅读提示】

此二诗系作者在重庆文史研究馆庆祝重庆解放五十周年座谈会上口占之作,两首诗的首句就"五十"做文章:第一首出句即扣解放五十周年、喜迎直辖,成就骄人,其立足点在今,情感重在歌颂成就;第二首仍扣"五十"做文章,却借宋朝辛弃疾词作《破阵子·为陈同甫赋壮词以寄之》"五十弦翻塞外声"、"弓如霹雳弦惊"和岳飞《满江红》"八千里路云和月"的战场意境、气势,巧妙转接在回顾解放战争的艰辛上,情感寄托在感慨、回忆,立足点在"昔",与前一首立意自然呼应。即兴之作却能巧借数字联想、用典、寄情,兴会淋漓、气势流畅。

(董道书注析)

二、新政新貌

咏重庆人民大礼堂[①]

郭沫若

郭沫若，见《钓鱼城访古》介绍。

泱泱大礼堂[②]，净几又明窗。
天坛殊尾琐[③]，人物何轩昂！
解放增徽识[④]，劳工有耿光。
斩山成伟业，民意乐洋洋。

（选自林东海等编《郭沫若纪游诗选注》，上海文艺出版社1983年3月第1版）

【注释】

①本篇作于1960年2月6日，系《重庆行十六首》组诗之一，组诗有《序》云："春节中飞到重庆去住了几天。旧地重游，新光弥满，多所感发，得诗十六首。爰辑为《重庆行》，以资纪念。" 人民大礼堂：原注："人民礼堂解放后所建，在人民路（旧国府路）东侧，斩山而成。结构仿北京天坛，而雄伟过之，至其用途，则迥然有别。礼堂可容五千余人，附有宾馆，用以招待外宾。" ②泱泱：宏大的样子。 ③天坛：在北京外城东南部，是明清两代用以祭天和祈求丰年的建筑。 尾琐：疑即"委琐"，小而粗的样子，和前面"泱泱"对举。"殊尾琐"，显得特别小。这里为了夸赞人民礼堂，对于天坛有所贬抑，是夸张手法。 ④徽识：古时军中旗上书写官名姓氏，叫作徽识。后来"徽识"通常用为标志之义。

【阅读提示】

诗人将重庆人民大礼堂与北京的天坛对比，盛赞人民大礼堂的巍峨雄伟，是解放后重庆人民斩山劈险而修建成的重庆的标志性建筑。山城巨变,人民欢欣。诗风明快,激情荡漾。

风雨沧桑"解放碑"

周永林

周永林,笔名尹凌,见《盖世华章动山城——毛主席〈沁园春·雪〉的写作》介绍。

矗立在重庆市中心的"人民解放纪念碑",是中国人民在中国共产党领导下,经过长期奋斗,流血牺牲,谋求中华民族翻身解放的胜利象征。经过60年的变迁,它又是重庆人的精神家园,重庆城的形象标志。

我1920年出生在重庆磁器口,1936年参加革命后,就常常在今天解放碑一带从事抗日救亡运动,后来就住在解放碑下。虽几经搬迁,但始终没有离开解放碑地区,可以说,天天都听得到解放碑的钟声,亲眼目睹了这里几十年的沧桑变迁。

解放碑的前身是"精神堡垒",后来改为"抗战胜利纪功碑"。重庆解放后,1950年第一个国庆节时改建为"人民解放纪念碑",直到今天。

目睹了解放碑的变迁,听着碑上的钟声,我从一个青年变成了耄耋老人,从一个追求民主的学生成长为旧重庆的终结者、新重庆的建设者。这些年来,关于"精神堡垒"、"抗战胜利纪功碑"和"人民解放纪念碑"的话题屡屡被人提起,其中既有错讹,更有误解。作为这一段历史的见证人,我有责任把历史的真相告诉大家。十年前,我曾经著有《话说"精神堡垒"》一文,着重讲了"国民精神总动员"与"精神堡垒"的关系。今年我已年届九旬,又时值新中国建立60年,故将"精神堡垒"—"抗战胜利纪功碑"—"人民解放纪念碑"的历史变迁系统写出,以飨读者,以正视听。

"精神堡垒"的由来

1937年"七七"卢沟桥事变发生之后,国民党在全国人民抗日救亡运动热潮的促使和中国共产党抗日民族统一战线政策的推动下,实行第二次国共合作。团结抗战,共御外侮,给灾难深重的中国人民带来了新的希望,重庆便成为了国民政府的战时首都。但好景不长,国民党顽固派于

1939年发动了第一次反共高潮。与此同时,国民党掀起了"国民精神总动员运动"。这一运动于1939年2月在重庆召开的第一届第二次国民参政会上,由国民政府提出,由议长蒋介石宣读通过。定于5月1日起在全国施行。

这一运动虽然也有"抗战"的因素,但是就其根本来说,却是为制造反共高潮提供理论和舆论准备的重要举措。当时的国民党政府,坚持"一个党"(国民党)、"一个主义"(三民主义)、"一个领袖"(蒋介石)的法西斯信条,因此,所谓"国民精神总动员运动",就是以"国家至上,民族至上"、"意志集中,力量集中"、"军事第一,胜利第一"为目标,以"政令"、"军令"统一为旗帜,以此来达到"反共"、"限共"的目的。

对于国民党的这一举措,中共既肯定其抗战的一面,更保持了高度的警惕,揭露其反共的一面。因此,中共中央于4月26日发出了《为开展国民精神总动员运动告全党同志书》,毛泽东于5月1日在延安各界"国民精神总动员"及"五一"劳动节大会上发表了《国民精神总动员的政治方向》的演讲。

按照国民党的统一安排,5月1日这天,在国统区的重庆、成都、贵阳、桂林、兰州、昆明、吉安等地都召开了"国民精神总动员运动宣誓大会"。重庆的"宣誓大会"于当天晚上在林森路国民政府军事委员会委员长行营广场举行(今解放西路重庆日报礼堂前广场)。参加宣誓的有党、政、军、青、农、工、商、妇共八个界别,各派代表100人。会议由蒋介石亲自主持,五院院长、党政首要均出席。各界人士、社团代表、中外来宾参加观礼。蒋介石在会上发表了长篇讲话,通过无线电台,向全国人民广播,沸沸扬扬,煞有介事。

特别值得写上一笔的是,在参加"宣誓"的八界代表中有农民界别。但农民兄弟因劳动所累及住家分散,代表很难选出。国民党当局便命令由坐落在浮图关外茶亭的"巴县县立三里职业学校"学生充当。那年我19岁,正在该校念书,"承蒙指派,恭逢其盛"。为了把这100名莘莘学子装扮成地道的"农民",国民党当局也是颇费苦心,给我们每人发了一套"行头",身穿一套油绿色布制服,要求挽起长袖,卷起裤腿,脚下穿上一双草鞋,背后再背上一个斗笠。经这番打扮,"重庆农民代表"就包装成功了。那天下午,装扮一新的我们便早早地从学校出发,按时赶到行营广场,等待开会。

当天的大会会场"布置得像教堂一样,庄严肃穆"(次日《大公报》

语）。以广场正面军委会大礼堂前沿为主席台,背景是军委会礼堂的尖顶,上面镶嵌着国民党的党徽。房顶竖立着蒋介石戎装佩剑巨幅半身像。广场中央设置了高大的"火塔",塔身用玻璃搭成,共分三级。第一级为三角形,分别写上"国家至上,民族至上"、"意志集中,力量集中"、"军事第一,胜利第一"三大目标;第二级为四方形,分别写上"礼"、"义"、"廉"、"耻",国之四维;第三级为八角形,分别写上"忠"、"孝"、"仁"、"爱"、"信"、"义"、"和"、"平",人伦八德。参加会议的八界代表便围绕"火塔",依次排列。

晚上大会开始时,夜幕已经降临。7时半一到,位于四周的聚光灯,直射会场,如同白昼,军乐齐奏。随即,所有聚光灯又齐齐转向主席台,只见蒋介石等已经齐齐整整地站在主席台上。当天的会议由新生活运动总会总干事黄仁霖任司仪,首先是为阵亡将士及死难同胞默哀,接着是献金,然后是国民政府主席林森宣读训词。最后由蒋介石带领全场人员宣誓。这时"火塔"顶端光焰四射,各队派代表3人上塔引火,分别传给所属界别同仁点燃火炬,火炬用"纤藤杆"做成。然后以队为单位,反复齐唱《国民公约宣誓歌》、《领袖歌》和《抗战到底歌》,并在场内就地游行。

我记得当时的《宣誓歌》歌词就是当天的誓词:"我们各本良心宣誓,遵守《国民公约》,绝对拥护国民政府,服从蒋委员长领导,尽心竭力,报效国家。倘有背誓行为,愿受政府的处分。谨誓。"这首歌是用耶稣圣诞节《赞美诗》的曲调填词而成的,就在开会的前几天,重庆市新生活运动会专门派出教官到我们学校教唱。大会最后由蒋介石向全国民众作国民精神总动员的广播讲话。直到深夜10点左右才散会回家。

宣誓大会之后,国民党当局又明令各机关、团体、街道、学校普遍订立《国民公约》,每月初一、十五举行"精神总动员月会",政府指派专人作"精神讲话",唱《精神总动员歌》。大中小学则用每天早晚升降国旗的时间进行,"精神讲话"则由学校的训育老师担任。

与此同时,在市中心区繁华地段的原都邮街与小梁子的十字路口,辟一广场,建造"精神堡垒",以资纪念。

"精神堡垒"于1940年3月12日孙中山先生逝世纪念日落成。为木质结构,外涂水泥。底座为八角式,分别写着"忠"、"孝"、"仁"、"爱"、"信"、"义"、"和"、"平"。中部呈圆柱形,面临民族路一边,题有"精神堡垒"四个大字。其余三面分别写上"国家至上,民族至上"、"意志集中,力量集中"、"军事第一,胜利第一"。上面为五角状,临民族路一面绘有一大盾形标记,中间是蓝底红边,内有一指南针(即"新生活运动"会徽)。其余四方,分为"礼"、"义"、"廉"、"耻"。顶端周围为城堞式,端顶设有标准钟和风向仪、风速器、指北针等测候仪器与警钟。中央设一个大大的深蓝色磁缸,里面贮满酒精棉花。举行落成典礼那天,缸内火焰四起,以壮声威。当时,正是日本飞机轰炸重庆最凶的时候,为了便于防空,"精神堡垒"被刷成了深灰色。

这座"堡垒",是用木板钉制,外涂水泥。日子一久,经过日晒雨淋,水泥脱落,木板也慢慢腐坏了。长期失修,最后全部倒塌。对于国民党当局搞的这套玩意,广大民众本来就不感兴趣,也就没有再去复修。后来干脆把它撤除,利用原地辟成街心草坪,当中立上一根旗杆,悬挂国旗。所以抗战后期来到重庆的人,对于为什么把一根孤零零的"旗杆"叫做"堡垒"很不理解,原因即在于此。

"抗战胜利纪功碑"的建设

1945年8月,抗日战争以中国人民的胜利而告结束。1946年5月,国民政府"胜利还都"南京。

据档案记载,抗战胜利后重庆市参议会提出,"主席蒋公领导抗战劳苦功高",提请重庆市政府分别为蒋介石塑像、立碑、建筑朝天公园、修建两江铁桥,"以资隆重纪念"。

随后,重庆市参议会经与重庆市政府工务局商议,另定为四项:一是在都邮街广场塑蒋介石铜像(即当年"精神堡垒"处),二是在复兴关建纪功碑,三是将"黄山"改为"中正山",四是建筑两江铁桥。

此事报到行政院,蒋介石逐一作出批示,对在都邮街广场塑铜像一事,他批到"不可行";对在复兴关建纪功碑一事,他批到"可办";对将"黄山"改为"中正山"一事,他批到"不必";对建筑两江铁桥一事,他批到"以林森命名为宜"。

于是建设纪功碑的事宜便正式提上了日程。这一时期还有两件事促成了纪功碑的建立。一件是根据1945年12月蒋介石的指示,重庆市政府制定了《陪都十年建设计划》,纪功碑进入了建设计划之中;二是1947年10月31日是蒋介石六十寿辰,陪都各界发起祝嘏(祝寿)献金,市长张笃伦提出将全部献金用于修建纪功碑,并成立了"胜利纪功碑筹建委员会"。

纪功碑由都市建设计划委员会常务委员黄宾勋、专门委员刘达仁主持策划，由该会建筑师黎伦杰设计，工程由天府营造厂中标承造。1946年10月31日（蒋介石59岁生日），在市长张笃伦的亲自主持下，纪功碑奠基开工。一年后，1947年10月10日"双十"国庆节时，纪功碑竣工落成。共耗资经费2.02亿元（其中工程费1.83亿元、设备费0.19亿元）。

"抗战胜利纪功碑"选址于都邮街广场原"精神堡垒"旧址，为八面塔形高层建筑，分碑台、碑座、碑身及瞭望台。

碑台直径20米，台高1.6米，台阶有花圃。

碑座由八根青石砌结护柱组成，上有石碑八面，采用北碚出产的上等峡石，其上刻了6篇碑文，分别为：1940年9月6日国民政府行政院《明定重庆为陪都令》，国民政府文官长吴鼎昌撰写的《抗战胜利纪功碑铭》，国民政府主席重庆行辕兼代主任张群等人具名撰写的4篇"恭祝"蒋介石60大寿，"恭送"蒋介石胜利还都的颂词。

碑身高24米，直径4米，外为八角形。朝民族路方向，刻有"抗战胜利纪功碑"七个大字，由市长张笃伦题写。内部为圆形，内有悬臂旋梯140步，直升至顶部瞭望台。沿旋梯设抗战胜利走廊，廊上挂抗战英雄、伟大战绩及日本签降等油画，下则嵌藏各省市赠送之纪念碑石、社会名流题赠之石碑。

瞭望台较底部为宽，直径为4.5米，可容20人登临游览。碑设标准钟一座，四面可见。环绕钟之四面为纪念抗战之陆海空将士和后方农工生产之劳绩的浮雕四块。瞭望台之顶设风向仪、风速仪、指北针等测候仪器，顶悬警钟一座，以备全市集会及报警之用。

碑顶有八根水银太阳灯环绕，内部每层有水银太阳灯一根。外面用八盏探照灯从八方投射碑身，一到夜间更加庄严雄伟。

《申报》当年报道说，这是"唯一具有伟大的历史纪念性的抗战胜利纪功碑"。

"人民解放纪念碑"由纪功碑更名而成

重庆解放之后，人民群众纷纷要求更改旧有地名。根据第一次各界人民代表会议的提案，1950年3月2日，重庆市军管会、重庆市人民政府请示西南军政委员会要求批准更改。6月21日，西南军政委员会批复重庆市人民政府："现各方对更改旧有街巷路名提意见的人很多，希即根据前本会军政秘字第0479号函示各项，迅饬所属承办单位早改为要"。6月29日，重庆市公安局向市政府送了关于《新拟更改街巷名称一览表》

的报告,市政府立即批准了这个报告。

1950年7月5日,重庆市人民政府发布布告(府秘字111号):

兹为执行本市各界人民的提案建立本市解放后新的市容起见,决定对部分马路街道的反动名称予以废止,现特将中正路改为新华路,中正街改为新华街,林森路改为解放路,岳军路改为建设路,国府路改为人民路,国府村改为人民村,中央新村改为光明新村,中美村改为富强村,林园路改为新建路,地主宫改为幸福宫,德邻街改为前进街,中正路(黄桷镇、澄江镇、白庙乡、文星乡)改为民主路,中正亭改为新华亭,抗战胜利纪功碑改为解放碑,中央公园改为人民公园,饿鬼凼改为滨河坝,复兴关仍改为浮图关。希全体市民周知!

此布

市　长　陈锡联

副市长　曹荻秋

公历一九五〇年七月五日

布告发布之后,改名之事便进入操作程序。1950年9月18日,市长陈锡联、副市长曹荻秋正式向西南军政委员会请示:抗战胜利纪功碑文字"究应为'西南解放纪念碑'抑或'重庆解放纪念碑'"。几天后,经"西南军政委员会核准,改名为'人民解放纪念碑'"。

1950年10月5日,重庆市政府建设局实施了纪功碑改为解放碑工程动工。9日,重庆市政府请示西南军政委员会办公厅"转呈刘(伯承)主席赐题,以示纪念"。不久,西南军政委员会主席刘伯承亲笔题写了"人民解放纪念碑"和"刘伯承敬题一九五零年首届国庆节日"两张,均为竖写。18日,西南军政委员会函复重庆市人民政府并送交了刘伯承的题字。

至此,"抗战胜利纪功碑"改为"人民解放纪念碑"一事宣告结束。这是新中国代替旧中国,革命代替反动,人民战胜敌人,山河重光,大地增辉的胜利标志。

当年,西南军政委员会既没有将此碑定名为"西南解放纪念碑",也没有定名为"重庆解放纪念碑",而是定名为"人民解放纪念碑",特别是刘伯承主席在题写碑名时将落款日期署为"一九五零年国庆节",这些都应当是有深意的。这里的"人民解放纪念碑"是相对"抗战胜利纪功碑"

而言的,它不仅仅是指重庆的解放或者西南的解放,而且是全中国人民的解放,因此,这座解放碑是全中国范围内唯一一座以纪念中国人民解放的纪念碑。同时,1950年国庆节时,新中国除台湾和西藏外的全部国土都已经取得了解放,因此,纪功碑改为"人民解放纪念碑"并由刘伯承题写碑名,是对全中国人民解放最好的纪念。

今天,当我们看到"解放碑"时,就很自然地知道这就是人民的新中国,人民的新重庆了。

(选自《红岩春秋》2009年第1期)

【阅读提示】

作者是重庆著名的地方史学者,此文以史为据,详叙了重庆"精神堡垒"到"抗战胜利纪功碑",再到"人民解放纪念碑"的历史变迁。解放碑是重庆城市形象的标志,廓清历史源流,了解碑名所蕴含的巨大历史意义,是每一位重庆人应尽的责任。

仿沁园春·成渝铁路[①]

周裕良

周裕良(1948—),重庆大足人,法律本科,二级高级法官。曾任重庆市高级人民法院副巡视员、审判委员会委员,重庆法官作家协会主席和名誉主席。出版个人诗词集《一个法官的山水情怀》《纵情山水寄志趣》、《美丽山水和谐多》三种,均由西南师范大学出版社出版。

峭拔盆周,江河田畴,物华天屋。自古存双核,潮领巴蜀;[②]治蜀之要,畅通进出。首畅成渝,再连陕鄂,百姓同梦企疏输。为"保路",先驱擎义旗,后继前仆。[③]

新中国展宏图,首条铁路自主筑铺。适发展大计,民意顺服;中央首肯,刘邓骋途。军民协同,挑灯秉烛,可歌可泣英雄诸。惊天地,千里大动脉,辉耀史书。(依中华新韵)

(原载《三峡诗词》2016年第1期)

【注释】

①此词为纪念成渝铁路通车64周年而作。 ②自古双核:指雄踞四川盆地东部

的重庆和川西平原的古邑成都两座富庶的核心城市。③保路：指1911年四川人民掀起的"保路"爱国运动，保路运动又称"铁路风潮"，是武昌起义（辛亥革命）的前奏。

【阅读提示】

　　作者从成渝两地的山川形胜和成渝铁路在治蜀中之地位入笔，赞颂了"先驱擎义旗"，为"保路"而不惜牺牲的爱国主义精神。再写新中国刚成立，在党中央和刘（伯承）、邓（小平）首长的领导、运筹下，军民协同，挑灯秉烛，艰苦奋斗，终于建成"千里大动脉"，为展新中国的宏图拉开了序幕。赞昔颂今，晓畅明白，是成渝铁路的一曲赞歌。

仿满江红·重庆体育场馆建设①

周裕良

　　主政西南，邓政委，伯承贺龙。局势稳，政经突进，力倡体工。治穷治弱理念新，建场建馆功绩永。势恢弘，壮举成传世，万民拥。

　　强竞技，惠民众；举措著，收效弘。田径篮排足，队伍骁勇。专业赛事创佳绩，群众体育促和雍。②领潮头，贵踵事增华，敬元戎。③（依中华新韵）

（原载《三峡诗词》2016年第1期）

【注释】

　　①重庆体育场馆建设：此指位于重庆市渝中区两路口的重庆市大田湾体育场和大田湾体育馆。新中国成立之初，邓小平同志任中共中央西南局第一书记、西南军政委员会副主席、西南军区政委，刘伯承同志任中共中央西南局第二书记、西南军政委员会主席，贺龙同志任中共中央西南局第三书记、西南军政委员会副主席、西南军区司令员，西南局的领导十分重视体育事业的建设、发展，在贺龙同志的主持下，大田湾体育场于1951年辟建，1956年5月竣工，占地约12万平方米，场内设有标准足球场和椭圆形400米跑道，看台可容纳观众4.5万人。紧邻大田湾体育场建有大田湾体育馆（也即是重庆市体育馆），体育馆于1954年始建，1955年2月底竣工。体育馆占地108万平方米，建筑面积8704平方米，包括体操房、乒乓球房、篮球馆、排球馆、游泳馆和沙地排球场等。馆内有楠木嵌花地板灯光球场，看台可容纳观众4000余人。体育馆采用钢筋混凝土结构，方形拱面钢层架，人造大理石墙面，并用牌楼彩画等装饰，颇具民族特色。　②和雍：和谐、友好、团结。　③踵事增华：指继承前人事业而使之更加美好完善。

【阅读提示】

　　重庆体育馆和大田湾体育场是重庆解放后为"发展体育运动，增强人民体质"而新建的体育设施。作者以满腔热情盛赞主政西南局的领导"力倡体工",惠民众,创佳绩,促和雍的壮举。词风晓畅,语言明晰,情真意挚。

山城大街

陆　榮

陆榮(1931—　),原籍四川成都,出生于北京。1948 年就读于重庆大学化学工程系。新中国成立初参加共青团西南工委组织的青年文工团,在川东、川西等地参加土改和农业合作化运动,后长期在重庆的剧团工作。1958 年开始诗歌创作,先后出版诗集《灯的河》、《重返杨柳村》,后者是 20 世纪五六十年代全国最有影响的诗集之一。编写大小歌剧近 20 部,其中《火把节》、《我的幺表妹》、《哭嫁的新娘》等获全国及省级大奖。中国作家协会会员、中国戏剧家协会理事,一级作家。历任重庆市文工团、歌舞团、歌剧团创作员,重庆戏剧家协会主席、重庆市(直辖后)文联主席等。

多么壮丽啊,我爱山城的大街,
提起条条小巷,托着座座楼台,
伴随黎明,你冲出两江的波浪,
又跟着夕阳,投进无边的灯海!

灯海里,你是一道闪光的漩流,
阳光下,化作一条翻滚的彩带,
车轮在旋转啊,道路也在旋转,
绕山而上,一步一个新的境界。

新楼拖着灯影,刚从脚下飘走,
阳台带着花香,又从头上飞来,
道路在旋转啊,天空也在旋转,
月亮落下去了,太阳又升起来!

昨天的梦想,追逐明天的现实,
时代的旋律,谱写在你的胸怀,
山城,高唱着中华民族进行曲,
大街啊,就是一盘交响的磁带!

1983 年 4 月

(选自《当代重庆作家作品选·陆榮卷·陆榮诗选》,作家出版社 2000 年 1 月北京第 1 版)

【阅读提示】

著名诗人艾青说:"没有想象就没有诗。"《山城大街》就是一首极具想象力的诗。诗人将"大街"拟人化,热情歌颂新时期山城的新变化、新面貌。大街,"提起条条小巷,托着座座楼台";跟着夕阳"投进无边的灯海";阳光下,"化作一条翻滚的彩带",绕山而上,"一步一个新的境界。"大街在山上,山在大街中。新楼不断,灯影不断,花香不断,追梦不断……,"山城,高唱着中华民族进行曲;大街啊,就是一盘交响的磁带!"奇特的想象,高昂的情调,深化了诗思,拓展了诗意。山城新貌,令人击节赞美。

咏空中索道缆车

杨 山

杨山(1924—),四川省南充市人,重庆诗人,中国作协会员。出版诗集有《黎明的抒情》、《寻梦者的歌》、《雨天的信》等。

不需惊叹
索道缆车
腾着云
飞过江

跋涉者
乃有喜

看弯弯嘉陵月
辉映流水长

千丈巴山
变矮
峡谷千丈
通畅

伫立月下
谁在歌唱——
愿智慧的鸟儿
更高飞翔

(选自《人民文学》,1984年;诗集《杨山抒情诗抄》)

【阅读提示】

　　空中索道是重庆独特的都市景观,诗人歌咏索道,腾云飞过江,极具动感和气势。跋涉者看嘉陵月、巴山矮、峡谷通,视角转换,铺陈渲染,结句引诗思飞翔。

改革春风暖

杨光彦

　　杨光彦(1937—1999),贵州赤水县人。1955年9月考入西南师范学院历史系学习,1957年加入中国共产党,1959年7月毕业留校。历任西南师大历史系主任、文科学报主编、校党委常委、副校长等职。硕士研究生导师,享受国务院政府特殊津贴的专家。主编、参编、编著出版的主要著作有:《四川军阀史》《国共两党关系史》《中国现代史》《国共两党关系通史》《中学历史词典》《中国革命史简编》等多种,发表论文数十篇。

辉煌十五年,历史开新篇。
巨臂举红旗,神州腾紫烟。
百花姿绰约,万众舞翩跹。

改革春风暖,高歌奋往前。

1994 年 2 月

(选自《杨光彦诗词选》,西南师范大学出版社 2000 年版)

【阅读提示】

1992 年 1 月 18 日至 2 月 21 日,邓小平同志视察了深圳、珠海、上海等地,作了"南方谈话",我国的改革开放事业再次掀起高潮。作者有感于 20 世纪 80 年代以来的改革开放事业的伟大成就,赋诗以颂。一颂 15 年改革开放的辉煌历史,开创了新篇;二颂党的领导,神州大地意气风发,紫气冲天;三颂百业兴旺,人民欢乐;最后归于"改革春风暖,高歌奋往前"。全诗视野宏阔,气势恢宏,激情洋溢,是一曲改革开放的颂歌。

三、文艺奇葩

红岩（节选）

罗广斌　杨益言

罗广斌，四川忠县人，1924年生于成都。中国作家协会会员。新中国成立后曾在共青团重庆市委工作及重庆市文联任专业作家。与人合著《在烈火中永生》、《红岩》。

杨益言，四川武胜人，1925年生于重庆市渝中区千厮门水巷子。中国作家协会会员。曾在共青团重庆市委及中共重庆市委工作。曾与罗广斌、刘德彬合著《在烈火中永生》，与罗广斌合著长篇小说《红岩》。著有长篇小说《大后方》。

第一章

抗战胜利纪功碑[①]，隐没在灰蒙蒙的雾海里，长江、嘉陵江汇合处的山城，被浓云迷雾笼罩着。这个阴沉沉的早晨，把人们带进了动荡年代里的又一个年头。

在这繁荣的市区里，尽管天色是如此晦暗，元旦的街头，还是照例挤满了行人。

"卖报，卖报！《中央日报》！《和平日报》……"

赤脚的报童，在雾气里边跑边喊："看1948年中国往何处去？……看美国原子军事演习，第三次世界大战即将爆发……"

卖报声里，忽然喊出这么一句："看警备司令部命令！新年期间，禁止放爆竹，禁止放焰火，严防火警！"

在川流不息的人海里，一个匆忙走着的青年，忽然听到"火警！"的叫

喊声,当他转过头来看时,报童已经不见了,只是在人丛中传来渐远渐弱的喊声:

"快看本市新闻,公教人员困年关,全家服毒,留下万言绝命书……"

这个匆忙走着的青年,便是余新江。今天,他没有穿工人服,茁壮的身上,换了一套干干净净的蓝布中山装。浓黑的眉下,深嵌着一对直视一切的眼睛;他不过二十几岁,可是神情分外庄重,比同样年纪的小伙子,显得精干而沉着。听了报童的喊声,他的眉头微微聚缩了一下,更加放快脚步,两条颀长的胳臂,急促地前后摆动着,衣袖擦着衣襟,有节奏地索索发响。不知是走热了,还是为了方便,他把稍长一点的袖口,挽在胳臂上,露出了一长截黝黑的手腕和长满茧巴的大手。

穿过这乱哄哄的街头,他一再让过喷着黑烟尾巴的公共汽车,这种破旧的柴油车,轧轧地颠簸着,发出刺耳的噪音,加上兜售美国剩余物资的小贩和地摊上的叫卖声,仓仓皇皇的人力车夫的喊叫声和满街行人的喧嚣声,使节日的街头,变成了上下翻滚的一锅粥。

余新江心里有事,急促地走着。可是,满街光怪陆离的景色,不断地闯进他的眼帘。街道两旁的高楼大厦,商场、银行、餐馆、舞厅、职业介绍所和生意畸形地兴隆的拍卖行,全都张灯结彩,高悬着"庆祝元旦""恭贺新禧"之类的大字装饰。不知是哪一家别出心裁的商行带头,今年又出现了往年未曾有过的新花样:一条条崭新的万元大钞结连成的长长彩带,居然代替了红绿绸,从雾气弥漫的一座座高楼顶上垂悬下来。有些地方甚至用才出笼的十万元大钞,来代替万元钞票,仿佛有意欢迎即将问世的百万元钞票的出台。也许商人算过账,钞票比红绿彩绸更便宜些?可惜十万元钞票的纸张和印刷,并不比万元的更大,更好。反而因为它的色彩模糊,倒不如万元的那样引人注目。微风过处,这些用"法币"做成的彩带满空飞舞,哗哗作响。这种奇特景象似乎并不犯讳,所以不像燃放爆竹和焰火那样,被官方明令禁止。

余新江不屑去看更多的花样,任那些"新年大贱卖,不顾血本!""买一送一,忍痛牺牲!"的大字招贴,在凛冽的寒风中抖索。谁也知道,那些招贴贴出之前,几乎所有商品的价格标签上都增加了个"0";而且,那些招贴的后面,谁知道隐藏着多少垂死挣扎、濒于破产的苦脸?

几声拖长的汽车喇叭,惊动了满街行人,也惊散了一群抢夺烟蒂的流浪儿童。这时,纪功碑顶上的广播喇叭里,一个女人的颤音,正在播唱:"好花不常开,好景不常在……"

余新江不经意地回头，只见一辆白色的警备车，飞快地驶过街心，后面紧跟着几辆同样飞驰的流线型轿车。轿车上插着星条旗，涂有显眼的中国字："美国新闻处。"这些轿车，由全副武装的警备车开路，驶向胜利大厦，去参加市政当局为"盟邦"举行的新年招待会，余新江冷眼望着一辆辆快速驶过身边的汽车，仿佛从车窗里看见了那些常到兵工厂去的美国人。这时，他忽然发现，最后一辆汽车高翘着的屁股上，被贴上了一张大字标语："美国佬滚出中国去！"

"呸！"余新江向那汽车碾过的地方，狠狠地吐了一口痰，然后穿过闹市，继续朝前走。

他沉着地转过几条街，确信身后没有盯梢的"尾巴"便向大川银行5号宿舍径直走去②。这里是邻近市中心的住宅区，路边栽满树木，十分幽静，新年里街道上也很少行人。他伸手按按电铃，等了不久，黑漆大门缓缓地开了。一个穿藏青色哔叽西服的中年人，披了件大衣出现在门口。见了余新江，微微点头，让进去。关门以前，又习惯地望了望街头的动静，看得出来，这是个在复杂环境里生活惯了的人。

小小的客厅，经过细心布置，显得很整洁，小圆桌铺上了台布，添了瓶盛开的腊梅，吐着幽香；一些彩色贺年片和几碟糖果，点缀着新年气氛。壁上挂的单条，除原来的几幅外，又加了一轴徐悲鸿画的骏马。火盆里通红的炭火，驱走了寒气，整个房间暖融融的。这地方，不如工人简陋的棚户那样，叫余新江感到舒畅自由，但他也没有过多的反感。斗争是复杂的，在白色恐怖下的地下工作者，必须保卫组织和自己，工作有需要，寓所的主人甫志高当然可以用这种生活方式来作掩护。余新江走向靠近窗口的一张半新的沙发，同时告诉主人说：

"老许叫我来找你。"

"是啊，昨晚上看见对岸工厂区起了火，我就在想……"

甫志高挂好了大衣，一边说话，一边殷勤地泡茶。"你喜欢龙井还是香片？"

"都一样。"余新江不在意地回答着，"我喝惯了冷水。"

"不！同志们到了我这里，要实行共产主义，有福同享！"

甫志高笑着，把茶碗递到茶几上。他注视着对方深陷的眼眶，轻轻地拍拍他的肩头；"小余，一夜未睡吧？到底是怎样起火的？"

甫志高是地下党沙磁区委委员，负责经济工作。他关心和急切地询问工厂的情况，却使余新江心里分外难受。小余仿佛又看见了那场炽热的大火,在眼前毕毕剥剥地燃烧。成片的茅棚,被火焰吞没,熊熊的烈焰,映红了半边天。他一时没有回答,激动地端起茶碗,大口呷着,像是十分口渴似的。

"别着急!"甫志高流露出一种早就胸有成竹的神情,宽解地说:"工人生活上的困难,总可以解决的。老许的意思,需要多少钱?"

甫志高停了一下,又关心地问:"你看报了吗?说是工人不慎失火!"他顺手拿起一张《中央日报》,指了指一条小标题,又把报纸丢开,"我看这里边另有文章!你说呢?小余。"

余新江浓黑的双眉抖动着,忍不住霍然站起来,大声对甫志高说:"什么失火?是特务放火!我亲眼看见的。"

他记得,当他冲向火场时,遇到成群的人从火场拥来。炮厂的支部书记肖师傅,和许多同志都在那儿。两个纵火犯被全身捆绑着押解过来。工人们早把两个匪徒认出来了,他们是总厂稽查处的特务。

余新江像怒视着特务一样,看着对面的粉墙。过了好一阵,才转回头告诉甫志高:"两个纵火的特务,当场被抓住以后,供认出他们放火是奉了西南长官公署第二处的命令!"

"第二处?"甫志高一愣。"那是军统特务组织啊[③]!"

怒火未熄的余新江,没有注意甫志高的插话,他向前走了两步,语气里充满了斩钉截铁的力量:

"跑得了和尚,跑不了寺。工人的损失要敌人全部赔偿!"

他知道,失火以前,长江兵工总厂各分厂,早已出现了许多不祥的迹象。开始是大批军警开进厂区,强迫工人加班加点,后来又把炮厂工人的棚户区划进扩厂范围,逼迫工人拆房搬家。现在,敌人纵火,更使斗争白热化了!长江兵工总厂所属各分厂的工人,今天要聚集到炮厂去。尽管厂方人员溜了,可是愤怒的工人,决心把厂方准备的扩厂建筑材料,搬到火场去,重修炮厂工人的宿舍。不得胜利,斗争决不停止!余新江攒起结实的拳头,在小圆桌上狠狠地一击,震得瓶里的腊梅纷纷飘落。

……

沙坪坝正街上,新开了一家"沙坪坝书店"。

这家书店暂时还小,卖些普通的书刊杂志,附带收购、寄卖各种旧教科书,顾客多是附近大、中学校的学生。店员是个圆脸的小伙子,十八九岁,矮笃笃的,长得很结实。他是从修配厂调出来的陈松林。离厂以后,便没有回去过,谁也不知道他当了店员。初干这样的工作,他不习惯;脱离了厂里火热的斗争,更感到分外寂寞。他很关心炮厂的情况,却又无法打听,也不能随便去打听。偏偏这书店还只是一处备用的联络站,老许一次也没有来过,所以他心里总感到自己给党做的工作太少。

书店是甫志高领导的,他仍在银行作会计主任,兼着书店经理的名义。最近,他常到书店来,帮助业务不熟的陈松林。他的领导很具体,而且经验丰富,办法又多,很快就博得陈松林对他的尊敬和信赖。

陈松林在这里没有熟人,每到星期一,书店停业休假,他就到附近的重庆大学去。甫志高叫他送些上海、香港出版的刊物,给一个叫华为的学生。于是,他和华为成了每周都见面的朋友。

今天,又是休假日,陈松林换了身衣服,把两本香港出版的《群众》卷成筒,用报纸裹好,带在身边,锁上店门,向重庆大学走去。

离开沙坪坝正街,转向去重庆大学的街口,他看见沙磁医院对面的青年馆,又五光十色地布置起来了,门口交叉地插着两面青天白日旗,一张红纸海报上写明是请什么教授主讲:"论读书救国之真谛",还注明会后放映电影。陈松林瞥了一眼,便走开了。

校区的路上,往常贴满学生们出售衣物书籍等招贴的墙头,现在贴了许多布告。陈松林惊奇地发现,这些布告竟是号召同学为炮厂工人募捐的。一张最大的红纸通告上写着:"伸出同情的手来,支援饥寒交迫的工人兄弟!"还专门刊载了一篇通讯,介绍长江兵工总厂炮厂工人,因为拒绝生产内战武器和拆迁住房扩大工厂,被特务匪徒纵火烧毁房屋的经过。可是这张通告被涂上了反动口号:"打倒赤化的医学院!""造谣!"

旁边又贴了另一种标语:"保卫言论自由,反对内战!"

附近还有许多针锋相对的标语,显示出不同势力间的激烈斗争。这和他刚才遇到的什么"真谛"之类的空泛演说,气氛大不相同。他还看见一些报,可是有的被撕破了,有的被肮脏的笔乱涂着:"奸匪言论""侮辱总裁""破坏政府威信"。给陈松林的印象最深的,是一张糨糊未干的《彗星报》,被撕得只剩下刊头画和半篇社论。社论的标题是:抗议扩大内战的阴谋。

陈松林听华为说过:重庆大学和其他学校一样,也在酝酿支援惨遭火灾的工人的斗争。没想到,这一次来,学校里已经闹得热火朝天了!陈松林分外兴奋地沿途观看,又看见一张醒目的通知:

重庆大学学生自治会特请长江兵工总厂炮厂工人代表报告

炮厂惨案之真相　地点:学生公社　时间:星期一上午九时

旁边还有一张刚贴上的:

重庆大学三青团分团部敦请侯方教授主讲:论读书救国之真谛　地点:沙坪坝青年馆　时间:星期一上午八时半(会后放映好莱坞七彩巨片:出水芙蓉)

"杂种,专门唱对台戏!"陈松林气冲冲地骂了一句。一看就明白,三青团想用肉感电影来争夺群众!对台戏,双包案,向来是他们惯会用来鱼目混珠的拿手好戏!

还有许多杂七杂八的招贴,一张法学院伙食团催缴伙食费的通知也夹在中间,陈松林顺眼看见"过期停伙!"几个威胁性的字,继续朝前走。

正在这时,远处传来一阵阵的喧哗声,陈松林循声走去,只见林荫深处,一群学生拥挤在训导处门口。

成群的学生正从四面八方跑来,有的人还边跑边喊:"同学们!同学们!快到训导处!……"

陈松林不觉加快了脚步,随着愈来愈多的学生,向密集的人群走去。他到底不是重庆大学的学生,不像别人那样急迫,许多从后面赶来的学生,互相询问着出了什么事情,都跑到他前面去了。等他赶到时,黑压压的人群已经在前面堵成了一道人墙,把训导处围得水泄不通了。他好像看见,华为也在人丛中,直往前面挤,一晃就看不到了。

……

飞跑的特务一转弯,跑进树林深处去了。遥遥领先的那个瘦高学生,正要冲进树林,却摇晃了一下,撩起衣衫的双手突然抱着头,站住了,身子一软便扑倒在地上。

"这是怎么回事?"陈松林正在诧异,便听见人声喧哗:"特务行凶!同学们,快去救人呀!"仔细一看,树林里,果然有人影窜动,接着又传来一阵汽车引擎的响声,一辆吉普车,从树荫深处冲出,载着逃跑的特务和几个行凶的家伙,绕过校园,飞快地消失在远方。这辆吉普车,开来不久,刚才在训导处门口,陈松林还听到汽车响声,不过他和那些激动的学生一样,都没有注意到这辆汽车和正在发展中的事件的关系。

"《彗星报》主编被打伤了!"旁边有人在回答别人的询问,"我们法律系三年级的。"

《彗星报》?陈松林敏捷地想了一下,便记起来了,他刚才还见过那被坏蛋撕掉大半张的进步壁报。被打伤的那个穿蓝布长袍的瘦高学生,原来正是《彗星报》的主编。

受伤的人,被救回来了,石块打破了头,血流满面,一群人扶着他,不住地喊着:"黎纪纲,黎纪纲!"华为也跟在人丛中,他没看见陈松林,匆匆地跟那队沸腾的人群拥过去。

许多学生,再次聚集到训导处门口,大声叫喊着,要放跑特务的训导长出来答话。

愤怒的陈松林,什么也不想看了,绕过松林坡,径直朝华为的宿舍走去。他对那个受了伤的,被叫作黎纪纲的学生,发生了强烈的好感和同情。

(选自《红岩》,中国青年出版社 1961 年版)

【注释】

①抗战胜利纪功碑:现为重庆人民解放纪念碑。　②尾巴:指跟踪的特务。③军统:国民党军事委员会统计局的简称,成立于1932年,是国民党庞大的特务组织之一。

【阅读提示】

"为民主革命的胜利和中国人民的解放而进行的壮烈斗争,给长篇小说创作提供了丰富的题材。"小说《红岩》是在回忆录《在烈火中永生》的素材基础上,创作完成的一部思想内容和艺术水平都很高的艺术品。它所记叙的是民主革命斗争的最后一幕,也是极为壮烈的一幕。小说的历史背景是1948年至1949年解放战争的高潮时期。革命的大进军和反革命的垂死挣扎,是这一时期的特点。这是小说的第一章,一开始就把读者带到了浓重的时代气氛所笼罩的重庆山城,敌我斗争的严峻形势,党内不同思想的人物的面貌,已显露出端倪。

一双绣花鞋(节选)

况浩文

况浩文,重庆作家。新中国成立后在西南公安部五处及西南军区公安队司令部侦查处工作。曾任重庆市外贸局局长、重庆长发集团公司董事长等职。业余时间进行写作，著有《南巅之鹰》、《一双绣花鞋》等。

1949年暮春，黄昏时分，天低云暗。

长江南岸，文峰塔下，枪声大作。

身材颀长的沈兰，手腕拧着一个包袱，沿着陡峭的山坡，疾步流星，拾级而上。

一个鬼魅似的人影远远跟在沈兰身后，到了半山腰狭窄路口他怯懦地停下步来，闪身躲到一块岩石后面。他一边看着山上远去的人影，一边对着山下引颈以望，嘴里骂骂咧咧："妈的，你们再不赶到，'赏号'就溜呐。"

文峰塔下，老君洞旁，一个明目流慧、容貌婉娴的姑娘，身着学生蓝旗袍，外穿紫色毛衣，亭亭立于黄桷树下。听见枪声，她焦急地望着山下，不安地捻弄着手上的一束紫色杜鹃花。

江边环山而上的马路，传来了隆隆的马达声，远远可见三辆美制十轮卡车，满载着荷枪实弹的国民党警察，风驰电掣而上。

猝然间，老君洞旁密林一分，年轻的沈兰快步跃出，他略一审视持花伫立的姑娘，放慢步履过去，不经意地指着她手上的杜鹃问道："小姐，您喜欢这'相思红'？"

"不，这是映山红。"姑娘打量着沈兰。

"它又叫'断肠红'。"

姑娘抿嘴一笑："是呀，一样的红。"

接头暗语对上号后，沈兰紧紧握着姑娘的手："同志，我们在这山下兵工厂搞弹药，正和工人弟兄搬运时，被狗稽查发现了，我好不容易才甩掉'尾巴'来这里接头。"

正说着，半山腰又响起一阵急骤的枪声，远远可见车灯闪射的光亮。

姑娘不无疑惑地问："'尾巴'真甩掉了？"

"难道我会拖着'尾巴'来和您接头。"

"谨慎一点好！"姑娘用手一指沈兰的包袱，"装的外衣吧，穿好，还有其他道具吗？"

沈兰扬了扬一副金丝眼镜。

"戴上，擦干汗水，拿着这束杜鹃花，我们迎上前去。"姑娘果断吩咐。

沈兰："下山！您不回南川啦？"

"有新任务,到峦城。"

半山腰马路上。

在十轮卡车耀眼的灯光照射下,一个三十多岁的国民党中级警官逼问那个盯沈兰的"尾巴"、像个鬼魂似的小特务:"为什么不跟紧,让他脱了梢?"

"稽查长,我怕你们来了找不着呀。"

"你不会在岔路口做记号吗,怕死鬼。"稽查长狠狠扇了小特务一记耳光,随着他用手向山头虚画一圈,"给我包围起来,严密搜山,活要见人,死要见尸。"

一群厂警分散开来,像土拨鼠似的满山乱窜;稽查长自己带了一班警察,沿着马路旁的青石板路迅速上爬。

黄桷树下,青石道上,狭路相逢。

稽查长惶惑不安地注视着面前的一对"情侣"。

一个年轻美丽的女郎,依偎在一个全身戎装、戴着金丝眼镜的军官身旁。他们频频回首,不断指着山顶上的文峰塔,娓娓谈心。

"怎么,一个变成一对,抓吗?"一个年轻警官低声问道。

稽查长瞪他一眼:"抓到烫手的咋办?"他将手一挥,警察迅速包围,枪械"咔嚓"声响,全部推弹上膛,十几支黑森森的枪口一致对着迎面而来的沈兰。稽查长站直身躯,弹了弹衣襟上的灰土,像个"大人物"似的堵在道中,冷冷说道:"小姐、先生,晚上好。"

沈兰傲然地俯下头来看了一眼,问道:"你,什么人?是你们在山下噼噼啪啪乱放枪吗?真是……"他侧过头对姑娘道:"看个古迹也不清静。"

"我是山下这家兵工厂的稽查长,开枪打共产党员是我多年的爱好。"稽查长毫不示弱。

"呃,他住山下,正好问问,"姑娘款款走下两步,"稽查长先生,我们专门到文峰塔来看'白莎遗址',可什么也没找着,是这儿吗?"

她纤巧的小手一指新月初照的古塔,仿佛还沉浸在诗情画意中。

稽查长一时愕然:"什么'白莎'、'黑莎'?"

姑娘莞尔一笑:"你没看过《白莎哀史》那本小说吗,说是有个姑娘白莎,被医生欺骗失身,就在这文峰塔下唱了半夜的歌,最后服毒自杀,可惨啦。"

稽查长毫无表情地瞅着他们："我不知道那个该死的白莎是不是在这里唱过歌,服过毒,倒很想知道,"说着他猛然一顿,直视沈兰,"这里是不是有一个想逃跑的共产党?"

"共产党!"沈兰微微一怔。

稽查长上前一步,逼视沈兰："军官先生,不巧得很,他的身材和你非常相似。"

"我——共产党!哈,哈……"沈兰纵声长笑,惊起宿鸟夜飞,他侧身对姑娘说："云佩,我成了共产党,真有意思,同事们知道了会笑破肚皮的。"说着他把杜鹃花递给姑娘,顺手掏出一张洋文"派司",洒脱地亮了一亮,"看清楚,我是谁?"

稽查长拿着电筒仔细照看,"派司"上尽是蟹行文字,说实在的他什么也没看清;但有一点非常清楚,持有这种"派司"的人,都是在盟军顾问团干活,谁要招惹了他们,那可是买咸鱼放生——不知死活。

"请问,您是盟军顾问团的……"稽查长木木讷讷问道,态度明显软化。

"翻译官!"沈兰不屑地看了稽查长一眼。

"对不起,翻译官,打搅了你们的清谈。"

"不,我们正感到无聊哩。"姑娘扑哧一笑,手上的花枝乱颤。

稽查长并未死心,盯着追问："翻译官先生,你们为什么在这个时候选中这个地点来看古迹呢?"

"古人不见今时月,今月曾经照古人。月下看古迹不更有诗意么?"

"走吧,还要进城听音乐会哩。"姑娘挽着沈兰走开,行不几步回过头来,摇摇手上的杜鹃花,"再见,稽查长先生。"

沈兰意态消闲地哼起一首洋歌,边哼边走,穿过枪丛,扬长而去。

"The moon is high, The sky is blue, And I am here, But where are you?"

歌声飘渺,越唱越远,渐渐听不见了。月光下,稽查长抽烟发呆,欲前又止,最后狠狠扔掉烟蒂："妈的,又是杜鹃花,又是小月亮,古塔、洋歌,还要加上个该死的白莎,真把老子的脑袋搅得七荤八素呐。"他招手叫来那个盯梢的小特务,"他是不是你盯脱梢的那个到厂里来搞子弹的年轻人?"

"背影有点像,但我跟踪时天已黄昏,没有看清脸容。我觉得那人矮点,这人高些;那人年轻,这人年长;那个穿便衣,这个穿军装;那是一个,这是一双哟。"

年轻警官凑过身来:"抓吧,宁可错抓一千,也不错放一个啊。"

稽查长眼睛一愣,"要是无凭无据,真正抓了个盟军的翻译官,是你去作揖,还是我去磕头?"说着,他一指年轻警官的警衔,"老弟,别光想赏金,谨防输掉你这两颗星的老本。"

一个警察悄悄补上一句:"派个人,盯上。"

刚挨克的年轻警官正没好气,马上如法炮制:"人家听音乐会,你跟去还得现贴老本买票,老兄。"

(选自《一双绣花鞋》,重庆出版社2002年7月第1版)

【阅读提示】

有评论认为,作者笔下的《一双绣花鞋》是"文革"地下文学第一书。经过"文革"时期地下秘密流传的过程,经过一个又一个饥饿的民间口耳相传,一个又一个皱巴巴的笔记本字句相抄,便获得了伟大而自由的民间文学中那种来自大众的生命力,命很硬、很长。"绣花鞋的灵感刺激来源于重庆南岸下浩。我在南岸下浩建业岗地区住过几年,那里的风水气场,那里那些至今仍精美依旧的静庐式老房子里,至今还残留着《一双绣花鞋》那种凄迷诡异的氛围。"作者的这番话同样值得我们记住。因为这番话不仅与"故事"有关,也与"创作理论"有关。

川剧《金子》[①](节选)

隆学义

隆学义,重庆剧作家。

……

　　　　〔金子端酒菜上,闻声一惊。
帮　腔　急煎煎情仇碰面,
　　　　金子心,破两半:
　　　　一半儿爱倾情哥;
　　　　一半儿怨孽缘。
　　　　一半儿悬,忧逃犯危险;
　　　　一半儿乱,哀懦夫可怜。

痛煞煞爱恨搅拌!

金　　子　（白）你们两兄弟难得一会,来!喝杯碰头酒。

仇　　虎　（白）好一杯碰头酒,大星,干!

焦大星　（白）虎子哥,干!

　　　　　　　［三人碰杯同饮。

金　　子　（白）有一回,大星在堰塘洗澡差点被淹死,还是虎子哥你
　　　　　　　　这个水鸭子……把大星这个旱鸭子救上来的。

焦大星　（白）对!虎子哥,今天我就来补一杯感恩酒。

金　　子　（白）不!是和气酒。

焦大星　（白）对!和气酒。

仇　　虎　（白）和气酒……

金　　子　（白）虎子哥,小时候,我们在黄葛树下办"家家酒",我还咬
　　　　　　　　过你的耳朵……

　　　　　　　［民歌"高高山上一树槐"音乐起。

仇　　虎　（白）你装新姑娘。

焦大星　（白）我们抬"肉轿子"。

金　　子　（白）"肉轿子"坐起闪悠闪悠的,好安逸哟!

仇　　虎　（白）好,我就再抬一次"肉轿子"!

焦大星　（白）好,我们抬"肉轿子"!

　　　　　　　［二人抬起"肉轿子"。闪悠闪悠走起来……

仇　　虎（白）　新姑娘,"肉轿子"坐起安不安逸?

金　　子（一脸灿笑）　安逸!

焦大星（白）　嫁给哪个?

金　　子（羞涩）　不晓得。

仇　　虎（白）　嫁给我!

金　　子（左右一看,扪脸）　不晓得!

仇　　虎（白）　嫁给我!

金　　子（白）　不晓得!

焦大星（白）　嫁给我!嫁给我!

仇　　虎（白）　嫁给我!嫁给我!

　　　　　　　［二人一松手,金子跌坐地上。

三　　人　（唱童谣）

　　　　　　黄丝黄丝蚂蚂,

请你家公家婆来吃肉肉(肉读"嘎")。

坐的坐的轿轿，

骑的骑的马马。

三　人(同笑)　喝酒！干！

〔二人扶起金子，三人畅饮，焦大星不胜酒力，醉伏桌上。

仇　　虎(白)　大星。

焦大星(白)　喝酒……

仇　　虎(白)　大星兄弟！

焦大星(白)　喝酒。

〔焦大星抬头，变幻为其父焦阎王。仇虎复仇心顿起。

仇　　虎(恍恍惚惚)　焦阎王，拿命来！

金　　子(白)　虎子，不，他是大星！

仇　　虎(怒)　不，他是焦阎王！

金　　子(白)　焦阎王早就死了！他是焦大星。

仇　　虎(白)　不，他是焦阎王！

　　　　(唱)　报冤报仇快动手！……

〔仇虎拔刀欲杀焦大星，金子急阻。

〔焦阎王还原焦大星模样。

金　　子(白)　他是你的好朋友。

帮　　腔　错把无辜当对头。

金　　子(白)　你醉了。

　　　　(唱)　大星是你儿时友，

仇　　虎(恍然,唱)

当年风雨同过舟。

金　　子(唱)　上学放学手牵手，

仇　　虎(唱)　坡前坡后放歌喉。

金　　子(唱)　堰塘中虎子拼死把大星救，

仇　　虎(唱)　我怎能救他杀他反成仇？

金　　子(唱)　敬他心好人忠厚，

仇　　虎(唱)　悲他今生胎错投，

　　　　(背唱)

恨他占我金子久，

只怪我不罢休时却罢休……

　　　　　　［仇虎举刀，金子阻挡。

帮　　腔　是情敌，是好友？
　　　　　　是兄弟，是冤仇？
仇　　虎（背唱）　且饮杯中乾坤酒……
帮　　腔　一醉可解天地愁。
　　　　　　［仇虎提酒壶自灌，金子抢过酒壶。
金　　子（白）　大星是好人，他没有罪……
仇　　虎（愤愤地）　焦阎王死了，我不找他找哪个？迟早我会宰了
　　　　　　他！（下）
　　　　　　［焦母上，金子默然。
焦　　母（白）　大星！大星！（摸到他，推他）
焦大星（醒）　妈。
焦　　母（白）　莫冷凉了，床上去睡！
焦大星（醒）　妈，我难受，我心头有火！
焦　　母（怨天尤人）　老天降下个祸害哟！啷个不把她打进十八层
　　　　　　地狱啊！
　　　　　　［焦母拉焦大星下。
金　　子（心受重创，心乱神迷）　我是祸害！我该下地狱！我该下地
　　　　　　狱！
　　　　　　［风雨声大作。
帮　　腔　风叫魂，雨落泪！
　　　　　　［雷电乍起。
帮　　腔　雷喊冤，电发威！
金　　子（唱）　风雨雷电齐相会，
　　　　　　冤仇爱恨聚一堆。
　　　　　　听怨声骂声恶声心儿碎，
　　　　　　因爱难恨难情难心儿悲。
　　　　　　与虎子重逢十天心儿醉，
　　　　　　与大星一年相处心儿灰。
　　　　　　爱虎子豪情万丈无惧畏，
　　　　　　恨大星懦懦弱弱无作为。
　　　　　　怕虎子报仇心重真犯罪，
　　　　　　冤冤相报又轮回。

　　　　　　焦阎王纵有万恶与千罪，
　　　　　　　大星从未惹是非。
　　　　　　他为我剪过鸳鸯一对对，
　　　　　　　裁过衣料一围又一围。
　　　　　　思前想后心有愧，
　　　　　　　愧对大星我心亏。
　帮　　腔　　情绵绵欲悔难悔，
　　　　　　　心悬悬欲回难回，
　　　　　　意惶惶欲退难退，
　　　　　　　路漫漫欲归难归。
　金　子(唱)　说什么心儿悲心儿碎，
　　　　　　　道什么心儿愧心儿亏。
　　　　　　不死不活心儿累，
　　　　　　难死难活心儿灰，
　　　　　　清清白白心儿美，
　　　　　　自自由由心儿飞！
　　　　　　〔犬吠声。
　金　子(唱)　如狼似狗侦缉队，
　　　　　　　暗藏爪牙在周围。
　　　　　　不走虎子无路退，
　　　　　　不走大星生命危，
　　　　　　不走他们成冤鬼，
　　　　　　不走我心成死灰。
　　　　　　难走难留，难留难走，心流血，眼无泪，
　　　　　　助虎子逃脱官府追，生生死死死死生生长相随！
　　　　　　〔焦母上。
　焦　　母(白)　金子，你男人在喊你！
　　　　　　〔金子下。
　……

　　　　　　　　　　　　（选自川剧剧本《金子》第三场片段）

【注释】

　①川剧：戏曲剧种。流行于四川、重庆及云南、贵州部分地区。包括外地传入的昆腔、高腔、胡琴、弹戏和源于四川、重庆民间的灯戏五种声腔。清末时统称"川戏"，

后称"川剧"。其早期分四个支派：川西派、资阳河派、川北河派和川东派。成都和重庆为川剧的两大演出中心。

【阅读提示】

重庆原创川剧《金子》，曾获2003年国家"舞台艺术十大精品"殊荣，剧本获文化部"文华剧作奖"、中国剧协"曹禺文学剧本奖"、中国戏剧文学金奖。作品塑造了一位敢爱敢恨的"重庆版"少妇金子的形象。川味浓郁，文辞优美，极富艺术感染力。

巫山神女（节选）

张昌达等

张昌达，国家一级编剧，词作家、中国音协会员、重庆市文艺评论家协会副主席、《重庆文化》编辑部主任。作品有《巫山神女》（大型歌剧）等。

[大幕徐徐拉开。

[黎明前的一抹曙光中，九妹站在峡江岸，背对观众，正倾听山风的呼号、浪涛的轰鸣。一束追光打在九妹别着一串白花的一泻黑发上。

[幕后轻柔舒缓的合唱声起：
    星星月亮渐渐西沉，
    黎明就要来临。

九妹（唱） 风啊在耳边轻轻唱吟，
    浪啊在心头阵阵轰鸣。
    从来就没有这样的心潮翻滚，
    没有这样的思绪纷纷……
    千年来我就是这样的石头人石头心，
    就是这样无血肉无感情。
    是什么让我知道喜悦？
    是什么让我明白悔恨？
    是什么让我知道情比天高？
    让我懂得爱比海深？
    是你，是你，是你，

　　　　阿哥你改变了我也改变了"朝我来"的秉性，
　　　　你温暖了我也温暖了我孤寂的心灵；
　　　　你点燃我冰凉的胸怀，
　　　　你震醒我麻木的灵魂。
　　　　阿哥啊阿哥啊，
　　　　你就是爱的化身。
　　　　只是啊，你要同我一起毁灭，
　　　　化作那悠悠孤魂。
　　　　只是啊，相聚的日子那么短暂，
　　　　毁灭就要来临。
　　　　眼看就是黎明，
　　　　眼看就是毁灭的时辰。
　　　　从来没有这样的心如刀割，
　　　　从来没有这样的身似寒冰；
　　　　从来没有这样的情难自禁，
　　　　从来没有这样的悲痛万分。
〔此时，又响起那首熟悉的歌谣：
　　　　阿哥阿妹莫忧伤，
　　　　太阳落了有月光。
　　　　月亮落了星星亮呀，
　　　　星星落了又会出太阳。
九妹（唱）　多么想再听听你的歌声，
　　　　　多么想再看看你的身影；
　　　　　多么想再追逐一次浪花，
　　　　　再摘下一朵白云，
　　　　　再拥抱巫山的日月星辰。
　　　　　啊歌声，啊身影，浪花、星辰……
〔从远处飘来哑妹魂的歌唱：
　　　　啊……啊啊啊啊……
　　　　啊……啊啊啊啊……
〔又响起众鬼魂的声音：
　　　　奈何桥啊奈何桥，
　　　　尖刀山啊尖刀山。

九妹（唱）　耳边传来了哑妹的声音，
　　　　　　眼前浮现出鬼魂的身影。
　　　　　　他们是大树我是小草，
　　　　　　他们是月光我是流萤。
　　　　　　他们是闪电，照得我无地自容，
　　　　　　他们是霹雳，震得我动魄惊心。
　　　　　　我不后悔自己的选择，
　　　　　　哪怕选择的是痛苦的牺牲。
　　　　　　天在呼唤，地在呼唤，
　　　　　　爱在呼唤，心在呼唤！
　　　　　　我不再是冰冷的石头，
　　　　　　我已是有血有肉有灵魂。
　　　　　　啊，我好高兴啊！
　　　　　　朝霞伴我启程。
［幕后传来水旺的呼喊：
　　　　　"阿妹，你在哪里？"
九妹（唱）　阿哥，我在这里。
［水旺寻声上。
水旺（唱）　阿妹，你在哪里？
九妹（唱）　阿哥，我在这里。
水旺（唱）　阿哥我就要走了，
　　　　　　我来与你辞行。
九妹（唱）　我企盼你的身影，
　　　　　　我等待你的来临。
［水旺、九妹相互迎上。
水旺（唱）　阿妹啊，
　　　　　　终于盼来今天，
　　　　　　终于梦想成真。
　　　　　　"朝我来"就要化为灰烬，
　　　　　　峡江从此永太平，
　　　　　　我们该高兴。
九妹（唱）　我是高兴，高兴。
　　　　　　可我好怕——

水旺(唱)　你怕什么?
九妹(唱)　我怕这分手的时辰,
　　　　　想你把我抱紧,
　　　　　又怕你把我抱紧。
水旺、九妹(重唱)　（阿妹,阿妹,
　　　　　　　　　阿哥,阿哥,）

　　　　　　　　　（我心上的人呀,
　　　　　　　　　快来把我抱紧,）

　　　　　　　　　（让我把你抱紧。
　　　　　　　　　怕你把我抱紧。）

〔九妹、水旺渐渐靠近。

……

〔突然间黎明时的天空星光灿烂。
(合唱)　三万六千个鬼魂,
　　　　变成了三万六千颗星星。
　　　　十二姐妹化作了巫山十二峰,
　　　　神女峰上萦绕着七色彩云。

〔歌声中,九妹渐渐变成了山峰。众姐妹簇拥着九妹,她们变成了巫山十二峰。山峰在升高,在升高,神女峰立于最上面,七彩的云雾将她紧紧缠绕……

〔歌声中出现满天霞彩,满天红光。
(大合唱)　太阳出来了!
　　　　　太阳出来了!
　　　　　太阳为我们送行,
　　　　　为我们送行!

(选自歌剧《巫山神女》第四幕片段)

【阅读提示】

《巫山神女》由张昌达、柯愈勋、曹宪成合作,为四幕歌剧。本篇节选第四幕"星疏月淡的黎明"。作者以歌剧的形式重塑了追求爱情,追求光明的"巫山神女",充满了浪漫的激情。本剧曾应邀赴北京参加"1997中国国际歌剧舞剧年展演"。荣获中宣部"五个一工程"奖、文化部"文华新剧目奖"。

第十编
直辖新机,扬帆沧海

"乘风破浪会有时,直挂云帆济沧海。"具有地域标志的重庆母城渝中半岛,正是一艘蓄势待发的巨轮!历史终于赋予重庆以新的机遇,1997年3月14日,八届全国人大五次会议投票通过了国务院提出的设立重庆直辖市的议案。6月18日,重庆直辖市正式挂牌成立。自此,重庆开始了启碇乘风、扬帆沧海的新征程!

二十载日新月异,见证了直辖的辉煌。三峡工程磅礴崇高,高峡平湖,世界惊殊,圆了几代伟人的强国梦;百万大移民,破解了世界级的难题;三峡博物馆,浓缩了重庆三千年历史的沧桑;高速公路、高铁、轻轨、水运、航空,形成了水陆空的立体交通枢纽,八万里方圆新重庆,繁荣正从中心跑到边;工商贸易,大放异彩,傲雄西部;金融证券、外汇、科技、信息、房地产、创新产业日益活跃;大商贸、大市场、大流通,成为西部经济增长的领跑者,厚重了重庆作为长江经济带和"一带一路"交汇点的重要地位和辐射作用;林立的摩天大厦和吊脚楼,谱就了重庆现代与历史的交响!

山为魄,水为魂,重庆又是我国著名的山水之都和风光名胜之地。直辖以来,大江大山,林泉峡洞,得到了很好的维护,生态文明进一步发展。"人法地,地法天,天法道,道法自然",天人合一,人与自然协调。两个世界自然遗产——武隆喀斯特和南川金佛山,印象武隆,感受地球的心跳;朝拜金佛山,领悟"山即是佛,佛即是山"的玄奥;天下龙缸、云端廊桥,风光旖旎的仙女山,酉阳龙潭古镇,江津四面山,城口彩叶节,黑山谷,古剑山……都是养心养性、聆听天籁、乐山乐水,"天地与我共生,万物与我为一"之地。和谐山水,主观心志与客观物象统一,生态文明与身心健康共发展。重庆已具备"一点"(主城都市景观)、"一线"(长江三峡景观)、

"一圈"（环主城特色景观）的风光旅游大格局,赢得世人的青睐与喜爱。

热烈、雄壮、豪迈、坚韧,厚重而独特的历史文化积淀铸造了城市的灵魂,这就是不畏险阻的英雄之气和兼容开放的平民意识。

美哉,重庆！两江共吟《大江曲》;壮哉,重庆！雄姿英发渡沧海,自强不息朝前迈！

一、见证宏图

我所知道的重庆成立直辖市经过

蒲海清口述

蒲海清，四川省南部县人，曾任四川省副省长、重庆市直辖后的第一任市长、国务院三峡工程建设委员会办公室主任，全国人大环境与资源委员会副主任委员。

1997年6月18日，重庆直辖市正式挂牌成立。在此之前，我作为四川省委常务副书记，重庆市委副书记、代市长，参与了有关筹备工作。虽然时间已过去了十多年，但我对此仍然记忆犹新，不能忘怀。

知道重庆成立直辖市，我经历了三部曲

1997年重庆成为直辖市，其实是一种"回归"，因为历史上重庆曾两次直辖：国民政府时期，重庆为陪都，也是特别市（后改为行政院院辖市），同时也称为直辖市；新中国成立后直到1954年，重庆先为中央直辖市，后改为西南行政大区直辖市。

20世纪60年代的重庆，虽然不再是直辖市，但仍然是四川省甚至整个西部地区最好、最大的一个城市。当时重庆人口有400多万，而成都还不到200万。我是四川南部县人，但从1961年在重庆上大学开始，就长期在重庆学习、工作、生活，对重庆感情很深。

改革开放初期，重庆也是朝气蓬勃，给人印象深刻的事情很多。比如，1983年，重庆在全国第一个被列为计划单列城市，在试点过程中有很多改革。当时，我在重庆钢铁公司任总经理，率先推行厂长（经理）负责

制,有很多创新。那个时候大家普遍工作很忙、很累,但心情很好,积极性很高。

20世纪90年代,重庆作为一个老工业城市,又是军工企业比较多的城市,进入改革的困难磨合期,一下子出现几十万下岗职工。与沿海地区甚至成都相比,重庆落后了。当时重庆很困难,经济发展上不去,老百姓生活水平降低,社会不稳定。当时,我已经调任四川省委副书记、常务副省长。我爱人娘家在重庆。春节去重庆探亲的时候,我目睹重庆交通拥堵、城市环境又是脏乱差,实在是看不过去了,就主动找当时的重庆市市长刘志忠同志。我说:"志忠,重庆现在这个样子,你们要不顾其他任何事情,想想办法。你现在是市长,就得把这个责任担起来,把所有副市长召集到一起,找一个没有人上访的安静地方开个会,研究一下该怎么办。"可以说,当时上至政府官员,下至普通老百姓都在探究解决办法,普遍希望重庆成为直辖市。

包括我在内的绝大多数人当时不知道的是,早在80年代中期,小平同志就提出了把重庆从四川分出来、单独建省的设想。1985年1月19日,小平同志在参加了广东大亚湾核电厂有关合同签字仪式后,找时任国务院副总理、三峡工程筹备领导小组组长的李鹏同志,详细询问了三峡工程的情况。当李鹏说"正在考虑成立三峡行政区,用行政力量来支持三峡建设,做好移民工作"时,小平同志提出,"可以考虑把四川分为两个省,一个以重庆为中心,一个以成都为中心。"

中央正式酝酿设立重庆直辖市是1994年。1995年中央派人到四川进行调研工作。1996年6月19日,江泽民总书记主持召开中央政治局常委会,通过了重庆市改为直辖市的方案。这一阶段的筹备工作,李鹏写的三峡日记《众志绘宏图》里有所反映,我不是很清楚。

我知道重庆成立直辖市,已经是1996年了。对此,我可以说是经历了三部曲,开始是不相信,然后是高兴,再后来就是直接参与筹备工作,到重庆任市委副书记、代市长。

先说说"不相信"。1996年1月,具体哪天记不清楚了,我找了时任四川省省长的肖秧,他以前是重庆市委书记。我说:"肖秧同志,我向你报告一下重庆经济发展情况,请你考虑。"我提出是不是专题研究一次重庆的工作,研究重庆如何深化改革?如何扩大开放?如何加快发展?这个时候,肖秧说:"海清,你不要着急。我告诉你个事,你不要告诉别人。我从李鹏总理那里听到,中央正在研究重庆成立直辖市,国务院已经研究了。"这是我第一次听说重庆要成立直辖市。回来以后,我想了一下,觉得肖秧讲的话很难说一定准确,不大相信。

再说说"高兴"。1996年4月,我作为四川省委常务副书记,到北京向时任中央政治局常委、书记处书记的胡锦涛同志汇报干部工作和党建工作。他对我讲:中央原来准备让你作四川省省长,但是考虑到重庆要成立直辖市,重庆的工作任务更艰巨,中央准备调你到重庆市工作。这件事情要绝对保密。我说,能不能告诉一下四川省委书记谢世杰同志。胡锦涛说,对谢世杰同志也不要讲。因此,我当时没有向任何人讲,连老婆也没告诉。回到四川以后,我就马上把重庆体改委副主任、党组书记赵公卿(后来曾任重庆市副市长)和社科院廖院长一起请来。我说:现在重庆和成都的差距,我个人体会,一是县域经济发展差,二是体制改革方面比较差。你们是体改委主任、社科院院长,帮我做点调查。要有调查报告,同时要理出具体政策措施。我那时候还不敢说重庆成立直辖市。当时我是四川省委常务副书记,常务副省长还没有免,研究重庆经济发展问题也算是很正常的事情。赵公卿非常高兴,问我什么时候要。我说越快越好。实际上,那个时候我已经开始考虑重庆的工作了。

不久,我就到重庆,直接参与筹备工作。1996年6月26日下午,李鹏总理在他的办公室开了一个会,参加的中央领导还有胡锦涛、李贵鲜(时任国务委员),四川省参加的有谢世杰书记、宋宝瑞省长、重庆市委书记张德邻和我。在这个会上,正式宣布成立重庆市直辖筹备领导小组,张德邻任组长,我任副组长。

管辖范围的四套方案之争

中央考虑设立重庆直辖市的原因,主要是基于三个方面的考虑:一是四川省人口过多,1.1亿多人,相当于英国和法国的人口总和;面积大,有57万平方公里,管辖23个地级行政区、221个县级行政区,是中国管辖县级以上行政区域单位最多的省。我在四川当了11年副省长、副书记,还没有把所有的县走完。这次汶川大地震的震中汶川县,我只到过县城,其他地方都没有去过。其次,是为了便于三峡工程建设的统筹管理。再者,重庆是长江上游最大的城市,成立直辖市可以充分发挥其中心城市的辐射作用。

关于重庆直辖市管辖范围,中央先后共提出了四个方案:一个方案是以三峡库区为中心建立一级行政区,成立省或者直辖市,包括湖北宜昌,也就是和之前的"三峡省"模式差不多。但后来觉得牵涉地方太多,不能精简机构,中间管理成本过高,放弃了,没有怎么讨论。第二个方案,即大方案,除了把万县市、涪陵市和黔江地区等划过来外,还把广安、达川、南充等也拿过来。第三个方案,即小方案,直接把老重庆地区升格为直辖市,这个办法简单,不过无法解决三峡库区移民的问题,只能放弃。第四个方案,即现行的重庆市区划,老重庆地区、黔江地区、涪陵市、万县市合在一起成立重庆直辖市。

1996年6月26日下午,在李鹏办公室就管辖方案展开了讨论。当时谢世杰、宋宝瑞提出了大方案,建议把广安、南充、达川都纳入重庆直辖市范围。中央不同意。李鹏说,这是小马拉大车,贫穷的县太多了,人口也太多了。按照第四个方案,重庆市就有3000万人,如果把达川、广安、南充划过来,南充当时800多万人,达川七八百万人,广安600万人,这加起来就是5000多万人。

我将到重庆工作,感觉要是按照谢世杰、宋宝瑞的意见办,压力太大了。当时四川省达川、涪陵、万县都很穷。四川有一句俗话"养儿不用教,涪达万去走一遭",说明这几个地方的确很穷,妇孺皆知。但是,我想把广安划过来,因为当时广安产粮,而重庆缺粮(现在重庆农业发展了,实现粮食自给了)。当时四川省每年调一些粮食给重庆。要是重庆成立直辖市,四川省粮食就不能再按照国家粮价划拨了,必须要给补差。这中间就会有很多争议。因此,我发言提出,不赞成大方案,南充和达川还是由四川省管辖,而黔江地区本来就是从涪陵市分出去的,可以纳入重庆市,同时把广安接收过来。李鹏说:广安现在不纳入,以后再研究。后来我才知道,小平同志多次讲"我是四川人",广安如归入重庆市,也不合适。

经过讨论,李鹏作结论,意思是就按照现在涪陵市、万县市、黔江地区和老重庆市组建成立重庆直辖市。因为要成立重庆市直辖筹备领导小组,暂时不把涪陵、黔江、万县直接纳入,而是交给重庆代管。以后四川省开会,涪陵市、万县市、黔江地区还是去参加,重庆市开会,也可以列席,逐渐适应。

中央最后确定的方案是一个中间方案,从当时来说,是最好、最可行的一个方案。从目前来看,重庆实际上对广安的辐射很大,广安到重庆不到一个小时路程,而到成都要在高速公路上走两个半小时以上。重庆和广安经济往来频繁,广安的土特产在重庆销售很好,而重庆很多机械零部件也是在广安那边制造的。

为什么成立直辖市而不是省

1996年7月8日,四川省委正式下文件,成立重庆直辖市问题传达到厅局级干部。同一天,李鹏同志打电话问我筹备的情况怎么样了。我说:报告总理,筹备工作正在抓紧进行,省委已正式下文重庆代管涪陵、万县、黔江,并正式向全省地厅级以上干部作了传达。重庆正在抓紧做工作,重点一是解放思想,做好深化改革的准备;二是计划安排下一步的工作。

7月25日,李贵鲜、中央组织部副部长王旭东、中央编办主任张志坚等领导,到重庆来谈行政体制问题,正式和重庆市直辖筹备领导小组成员交换意见。当时大家就提出,重庆成立直辖市以后,行政体制怎么安排,万县市、涪陵市、黔江地区还要不要?有的人主张重庆直辖市直接管县,取消两市一地委;有的人不同意,说一下子管四十几个县怎么能管得了?当时我主张地市级机构还暂时存在一段时间为好,毕竟我们对万县市、涪陵市、黔江地区下属的这些县还不熟悉,但我的看法也不好多说。当时的情况是:这些县坚决要求重庆直管,不要地市级机构这一中间层了;而两市一地干部思想动荡,又特别提出县还要不要他们管,如果不管了,富余的干部怎么安排是个大问题。矛盾之下,我们同意中央的意见,作为过渡,地市先保留,县可以到地市级机构汇报工作,也可以到重庆来汇报。实际上,随着重庆直辖市机构编制的确定,我们很快就把地市这级中间机构取消了。地市这一级一大批干部怎么办呢?有的提前退休,有的逐渐做巡视员,有的去了人大、政协,通过10年全消化了。

李贵鲜同志要求我们按照小政府、大社会的思路,减少编制。当时我的想法是:减少编制是好事,但减下来的干部怎么安排是个问题,所以希望中央能多给点编制,不能缩得太小。我提了这个意见,中央后来同意了。我还私下悄悄跟张志坚同志讲:你放我一马,我不一定把编制用完,编制会逐渐减下来。实际上,重庆直辖市编制控制得很好,我任职期间,只给重庆市外办增加了30个人,其他的部门都减少了职数。至今重庆市编制还没有用完。

新的重庆直辖市领导干部的配备,以原重庆市干部为主。中央也给我们提了一些建议,李学举(曾任第一届重庆市委常委,现任国家民政部部长)、王云龙(曾任第一届重庆市委副书记、人大常委会主任)、李德水(曾任重庆市副市长,后任国家统计局局长)等同志都是中央统一配备的。同时,我们也从涪陵、万县、黔江调了少数干部,安排到市委、市政府及市级有关部门。我在省政府工作过,两市一地干部都熟悉,也不便多谈。我主动出面做工作,逐步调来一些人做适当安排,很快、很好地进行了工作的交接,确保了工作的连续性、有效性。

可能你们会问,为什么重庆成立直辖市而不是省?我觉得中央决策的英明就在这儿。按照我国现在的行政体制,省下面是市,市下面是县,县下面是乡镇,这就是四级体制;而直辖市不同,可以直接管县,是市、县、乡镇三级体制。从四川省来讲,要直接管221个县确实有困难;而重庆就可以,当时是管42个县。这样一来,重庆直辖市就没有地市级机构这一中间层了。地市这一级五套班子都是齐全的,公务人员不少,撤销了以后,整个直辖市的编制减少了三分之一,这样就初步形成了小政府、大社会的格局。当然我只能说是初步形成,今后还有很多工作要做。现在,我个人体会,设立直辖市而不是省有几大好处:一是去掉中间层,效率提高了。二是公务人员少了,现在重庆市公务人员占总人口的比例是全国最低的,比北京都低。这样就减少了国家的财政负担,可以把钱更多地用在建设上。三是干部责任感增强了,工作积极性提高。重庆成立直辖市十多年来发展很快,中央和全国各地给了很大的支持,但从我个人的工作经历来看,行政体制改革对经济发展的推动作用也是很大的,甚至更加重要。

9月18日,我被选举为重庆市代市长。9月20日至21日,胡锦涛同志视察重庆,主要是研究考虑重庆直辖市班子建设问题。他对我们的做法表示认可。这样,重庆直辖市行政体制就确定下来了。

财政体制的调整

1996年10月14日到20日,李鹏总理带领李贵鲜、国家计委主任陈锦华、财政部长刘仲藜等,到重庆和三峡库区视察,同我们一起研究了重庆财政体制问题。

当时重庆市的财政体制,是1983年被列为全国首批计划单列市以后形成的,简单来讲就是:上缴四川省1.8亿,上缴财政部13亿。

10月19日,李鹏把张德邻和我叫到船上,同李贵鲜、陈锦华、刘仲藜等领导一起研究重庆财政体制。李鹏说,既然重庆要设立直辖市了,财政体制直接和中央挂钩,交四川省的1.8亿就算了,给中央的13亿减1.5亿,一共减五年。我表示不能同意:重庆现在财政收入一年才74亿,人均财政收入在全国来讲是很低的,确实困难。我提出,交四川省的1.8亿就算了,由中央财政补给四川省;交中央财政的13亿减6亿。说着说着,我就和刘仲藜争论了起来。李鹏一下子生气了,批评了我一顿,他说:蒲海清,你不要讲了。你老讲困难,现在中央这么支持你,你还叫穷。给你每年减少1.5亿,减五年,你还不同意。李鹏的意思是这个方案是集体先行研究过的。听完批评后,我说:总理息怒。今天总理在,财政部长在,计委主任在,李贵鲜同志在,这是我最好的发言机会。现在我不说,等到哪个时候说呢?我感谢中央的支持,但我的困难是实实在在的,不是叫穷,希望中央多支持一点。这时,陈锦华悄悄跟李鹏说了一句:再加个"倒板"吧?我在旁边听到了。李鹏对刘仲藜说:算了,这个不研究了,散会。中午吃饭的时候,我到李鹏那诚恳地说:总理请您批评我,我太冲动,话说得多了一点,不过实在是困难,现在也确实是一个机会,请您谅解。李鹏当时很客气,表示理解我的困难。后来他们又研究了一下,告诉我重庆每年上缴中央财政减少3亿。同时,李鹏还答应从总理预备费中拨给重庆1亿元,作为建直辖市的开办费。

12月13日至22日,吴邦国副总理受中央委托,带领19个部委的同志,到重庆调研解决工业经济运行中的一系列问题。我跟吴邦国说,上次李鹏总理来,决定我们每年财政减少上缴3亿,但重庆实在太困难,我们建议全部减下来,不再上缴中央财政了。吴邦国说做不了这个主,回去研究。后来财政部研究决定重庆上缴中央财政再减少3亿,就是重庆上缴中央财政总的减少6亿,还要上缴7亿。

后来,重庆市又一再向中央反映,同时这一时期的国家财政大为好转。最后,中央同意重庆免予上缴中央财政,开始时说免上缴5年,后来财政体制改革,到现在一直没有上缴。

1996年10月底,三峡工程四川库区移民工作顺利移交重庆市接管,到同年12月底,我们把四川省副省长甘宇平调到重庆任副书记、副市长,继续分管移民工作。

实践证明,成立重庆直辖市的决策是正确的

经过一系列的筹备工作以后,重庆直辖市的成立是万事俱备、只欠东风了。1997年3月14日,八届全国人大五次会议投票通过国务院提出的设立重庆直辖市的方案。我是全国人大代表,当时就在现场,现在还清楚地记得,2720个代表投票,赞成的2403票,反对的148票,弃权的133票,没有摁按钮的36票。方案通过以后,很多重庆的人大代表跟我拥抱,还

有外省的代表跟我握手。大家都非常高兴。重庆整个城市沸腾了,老百姓到处放鞭炮、喊口号——"我们直辖了"。我也很兴奋,但相比较而言,我更大的感受是肩上的担子重了、压力大了。

1999年,我离开重庆到北京工作,至今已经10年。但我对重庆的感情还是很深,重庆哪怕有一点"伤风感冒"或者有一点什么天灾,我就和重庆人一样着急,想帮重庆解决好。我觉得,凡是在重庆工作过的人都对重庆有感情。汪洋担任重庆市委书记期间,曾找我了解情况。我说,你要掌握重庆人的特点。重庆古代属于民风彪悍的巴国,又是一个水码头,水上运输比较发达,所以重庆人比较彪悍,敢于做弄潮儿,创新能力很强,感情非常真挚。你要是愚弄他们,他们可以造反;你要是真心对他们好,他们可以自己不吃饭把饭让给你吃。总之,重庆人彪悍、富有智慧和创造性、纯朴,交朋友是可靠的。

重庆人也没有忘记我。现在我有时候回去,碰到重庆人,大家都非常热情,常常拉着我合影。他们告诉我,重庆成立直辖市10多年来发展很快。1997年重庆城市化率只有29.5%,比全国平均水平低三四个百分点;2007年重庆城市化率达到48%,比全国平均水平高三四个百分点。1997年重庆GDP才1400亿多一点,2007年是4200多亿。重庆财政收入1997年是74.5亿,2007年是788.5亿。老百姓的收入也增加很多,农村和城市年人均收入10年间都增长了2.1倍以上。

重庆10多年的发展,老百姓是亲身感受到了,所以他们真心拥护党中央、国务院,拥护改革开放。过去,重庆人出门,不敢说自己是重庆人,说自己是四川人;现在,他们出去都说自己是重庆人,不说是四川人了。

重庆设立直辖市10多年的发展,不仅使自身的经济、社会发展上了一个台阶,而且对长江上游、整个西南地区的辐射作用也逐渐显现出来了。现在以胡锦涛同志为总书记的党中央,又赋予重庆市新的重大任务。可以说,重庆市的发展前景一片光明。吃水不忘挖井人。现在回过头来看,中央的决策是伟大、英明的。小平同志是最早提出把重庆从四川独立出来的,他不愧是改革开放的总设计师,站得高、望得远。中央第三代领导集体认真贯彻执行,给重庆市各个方面大力支持,功不可没。全国人民给予重庆极大的支持,充分体现了社会主义制度的优越性。

汪文庆　刘一丁整理
(选自《百年潮》2009年第1期)

【阅读提示】

　　重庆直辖十多年了！十多年来重庆的经济、社会发展不仅上了台阶，而且对长江上游、整个西南地区的辐射作用正日益显现出来。重庆的前景一片光明！重庆大有希望！

　　"吃水不忘挖井人"。重庆为什么直辖？最早提出重庆从四川分离出来的人是谁？重庆直辖的过程是怎样的？直辖市的管辖地区是哪些？为什么成立直辖市而不是省？……蒲海清作为重庆直辖市的第一任市长，直接参与了重庆直辖的全过程。因此，他这篇文章将上述问题的"台前幕后"的故事讲得非常生动、清晰，颇具可读性和吸引力。

感受磅礴与崇高
—— 三峡工程挂职日记（二则）

杨恩芳

杨恩芳，见《寻找东方伊甸园》介绍。

2005年6月20日　星期一　阴转晴

　　当彩绘的长江流域水系图铺展面前，我眼睛为之一亮，只觉视屏上跃动着一只活脱脱的金龟——

　　那从青海雪域发端的沱沱河，至四川攀枝花的金色水域，就像金龟上扬而回卷的尾巴；那六色水域图板块，俨然龟背上的铜钱花纹，组成了椭圆厚重的金龟腹背；那分布江北的雅砻江、岷江、嘉陵江、汉江，江南的乌江、沅江、湘江、赣江，八条主要支流，像一架神奇的八卦，支撑着从湖北荆州开始宽阔的主干动脉，形成了金龟体内交错的经络血脉；最为生动的图案，是从南京到上海勾画出金龟那高昂的头和上海崇明岛突起的嘴；而最精彩的一笔，便是那太湖蓝图点出的眼睛，圆圆地瞪着，跃动着光波，专注地盯着大海！而那由南岭两端和昆明、楚雄组成的龟脚，则牢牢地站立在中国的黄土地上，成为金龟绵长生命最坚实的支点！

　　这就是中国的长江！她依偎在中国雄鸡版图的心腹之地，而成为中华民族生命中最重要的组成！她根植大地，稳健而凝重地从远古走来，向未来奔去；一步一个脚印地从高山走来,向大海奔去!

她那坚实的脊背,承载着中华民族厚重的历史,盛满这个伟大民族五千年的沧桑和辉煌! 她那高昂的头颅,扬起的是中华民族百折不挠的信念和傲骨挺拔的尊严! 她那清亮闪光、富有灵性的眼神,映照的是中华民族大彻大悟的智慧和博大精深的文化神韵!

长江作为中华民族生命之源的母亲河,不仅孕育了亿万生灵,而且造就了整个民族的精神世界,如同这只千年神龟所具有的全部内涵,她广纳百川的大度包容,负重忍辱的顽强韧性,奠定了中华民族的人性本色;她润泽大地的深情博爱,造福人类的无私奉献,铸就了民族儿女的高尚情操;更有她那面向大海的开放胸襟,一往无前的奋斗精神,集成了伟大中华的民族精魂!

然而,天有病,人知否? 龟有恙,人不安! 那金龟已不堪人口的重负,她无言,却有怨! 偶尔泄怒,便搅得人无处安身! 1870年、1935年、1954年、1998年,人们怎能忘怀这些不安的岁月和那些鲜血与生命的记忆!

于是,人得为天治病,给龟动刀! 三斗坪、葛洲坝,正居于金龟之心脏,要让其安心,须为其动个小小的手术。三峡大坝,就仿佛为金龟作的一个心血管搭接导引术,成功地使其血脉均匀流淌,而免其静脉扩张血液四溢;让其心律有序地搏动,而避其心肌梗阻血脉枯竭!

看今日长江,洪水归皈,江流宁静。无论天哭地啸如何撒野,恶浪惊涛如何逞威,坚固的三峡大坝将一挡百年一遇之洪峰,遏万丈水龙于高峡平湖,让千年荆江化险为夷,让万亩良田稻花飘香,让半个中国从此安宁!

看万里江流,千帆竞发,经年称霸江中的一座座暗礁伏底,一道道沟壑充盈,河势顺从,漩流不再! 重庆航运生机焕发,水运一举扭亏为盈,总量一跃3000万吨,一夜之间占据运输业半壁江山。重庆亦成为云、贵、川及中国西部航运之中枢,长江亦真正成了大半个中国迈向海外的黄金水道!

看三峡大坝,机组轰鸣,高悬的水头冲击水轮的千钧之力,使那千年金龟的巨大潜能神奇般转换为强大电流,源源不断送往中华大地,照亮了中国的每一个角落! 昔日能量的无节制发泄肆虐百姓,今日潜能的充分发挥造福万家! 我仿佛看见,龟背那五彩的铜钱花,正闪发着万道金光,呼应着晨曦中报晓的金鸡!

2005年9月12日　星期一　晴

1997年11月8日,2002年11月6日,人们永远不会忘记这两个震惊世界的日子——

三峡建设者以日投19.4万方的强度,阻截了水深60米、每秒11600立方米的急流!汹涌澎湃万年的长江即刻驯服于人们股掌之中!

中华民族治理长江的80年梦想从此变为现实;建坝发电的世纪蓝图从此奠基!

人类顺应自然规律的理性在这里闪耀彰显,控制自然灾害的伟力在这里彪炳史册!

长江作为中华民族生命之源的母亲河,她造就了中华儿女广纳百川的大度包容,负重前行的坚忍不拔,大彻大悟的聪慧灵性。

然而,长江也有失控凶猛的时候,1870年、1935年、1954年、1998年,人们也永远不会忘记那些疯狂和险恶、鲜血和生命的记忆!

截流筑坝将化险为夷——控洪荒四溢为航畅四海:无论天哭地啸如何撒野,恶浪惊涛如何逞威,坚固的三峡大坝将一挡千年一遇之洪峰,遏万丈水龙于高峡平湖,任千帆竞发、万舸争流,长江宽阔的黄金水道将把中国人的自信和尊严带到全世界!

装机发电将变利为宝——以千山之万水,变电光照万家:昔日,人们忍看长江流金泄银消散在大海;如今,让它推动巨型水轮机,每年以847亿千瓦时电源联通了中国电网,让江水化作了能源,支撑着万座工厂;化作光彩,美化着祖国大地;化作温暖,惠泽着亿万百姓!

8年过去,三峡工程防洪、发电、通航功能的综合显现,更衬映了截流瞬间的历史价值!她见证了崛起的中国科学与民主的前行脚步,见证了共和国几代领导人情为民所系的沥血呕心,见证了建设者们忘我工作的拼搏身影,见证了各方支援的力量汇聚和库区人民的奉献精神!

今天,三峡修建截流纪念园,是想向世人展出当年那一幕幕精彩的画面,那一组组刷新世界纪录的数据,那一尊尊举世无双的截流实物。以把那辉煌的瞬间永远定格在中华民族水利科技的光辉史册,定格在中华儿女的心灵深处!

(选自杨恩芳《感受磅礴与崇高——三峡工程挂职日记》,重庆出版社2005年5月第1版)

【阅读提示】

《感受磅礴与崇高——三峡工程挂职日记》以日记的形式,记录了一个挂职女干部在三峡工程挂职一年间的所见、所闻、所言、所感，及其理性的思索。作者以三峡工程的参与者和见证者的身份，希望与读者一起探讨三峡工程这个集人与自然、过去与未来、国计与民生、经济与社会等诸多矛盾于一体的问题。全书客观地反映了三峡工程的建设，宣传了三峡工程的发展成就和历史意义，歌颂了三峡工程建设者们的无私奉献和科学精神。该书的魂魄就是磅礴与崇高的"三峡精神"！

　　这里所选的两则日记，一是深情赞美中华民族的母亲河长江犹如一只跃动着的活脱脱的金龟，她孕育亿万生灵，造就了整个民族的精魂：大度包容、顽强坚韧、深情博爱、无私奉献，以及开放的胸襟、一往无前的奋斗精神。但龟有恙，得疗治。今日的三峡工程正是给金龟做的心血管导引术，使其心流畅通，造福人民。二是从"三峡修建截流园"回顾1997年11月8日和2002年11月6日，三峡大坝大江截流的宏伟壮观及其将载之史册的巨大的历史意义。两则"日记"视野宏阔、想象瑰丽、思绪深远，极具震撼力，是现代文学日记的典范。

解读"重庆中国三峡博物馆"

王川平

　　王川平(1950—　)，祖籍江苏。山东大学历史系考古专业毕业。曾任重庆博物馆馆长。有《在历史与文化之间》《王川平诗选》等。

　　"重庆中国三峡博物馆"的馆名，是经过国务院办公厅批准的，是全国唯一的冠以"中国"之名的大型综合性博物馆。其中"重庆"点明了它所位居的城市，"中国"标明了它的级别。这是一个位于重庆的、国家级的大型综合性博物馆。国家为三峡博物馆投资金额总计达6.5亿元人民币。

　　重庆中国三峡博物馆占地2.9公顷。这是在经济含量很高的重庆市渝中区修建的一个文化含量很高的建筑，体现了重庆的文化，体现了重庆文化的定位。它与重庆人民大礼堂处在同一中轴线上，并共用一个广场，使大礼堂、人民广场、三峡博物馆成为三位一体。

　　三峡博物馆的外形充满着象征意义。它的外墙体采用了砂岩装修，体现了文化氛围。墙体的弧形与人民大礼堂的圆形相呼应,同时象征着三峡大坝。正门上方是一幅巨大的玻璃面,瀑布从玻璃上挂下来,象征着长江之水源远流长。博物馆的顶上有一个圆形玻璃装饰,用来采光,同时它像一个玻璃盘,我们称它为"承露盘",它象征着我们从祖先那里承接甘露,文化之露,我们用文化之水滋润大地。

我们应该如何看待三峡？我认为有两个定位。一是自然美,三峡是美丽长江的标志性河段；二是人文美,三峡是长江文明的华彩乐章。

长江与黄河一样,也是中华民族的摇篮。根据最新考古成果,三峡是亚洲人类的发祥地。

三峡像一根扁担,一头挑着成都平原,另一头挑着江汉平原和洞庭湖平原。平原都是农业文明高度发达的地区,在三峡分别崛起了巴人和楚人,上演了无数经典战例。三峡对于战争的作用,一直延续到20世纪的抗日战争。

三峡地区最早的支柱产业是盐业。三峡盐业比自贡的井盐早了上千年。为什么楚人要对巴人发动连续不断的战争？就是因为他们缺盐。当时长江下游的小国家对楚人封锁海盐,所以他们必须向上游的巴人索取盐巴。三峡的盐是一场演出了四千年的经济大戏,直到20世纪末。

三峡又是全世界最富有人文渊薮和诗情的大峡,诞生了世界上最伟大的诗人屈原。屈原是巴人的后代,他用巴人语音记录了巫祭的场面。他所记录的是现实生活中的祭祖场面。屈原之后有宋玉,宋玉也是三峡孕育的伟大诗人。在三峡中留下过足迹的世界第一流的大诗人有三百多位,有名有姓的诗人三千多位。三峡激发他们的想象,催生诗歌,而这些诗人,把三峡铸进了他们的灵魂。

三峡的诗歌经历了三个高峰期：春秋战国时期、唐宋时期、五四时期。诗歌的高峰就是情感的高峰。三峡文明没有间断,从二百万年前的猿人,九千年前的陶片,一直延续到现在。

设计三峡博物馆展览的文化依据是重庆文化。重庆文化是由四种文化组成,即三峡文化、巴渝文化、抗战文化、现代都市文化,这四种文化构成了一个文化复合体。在中国的博物馆中还是第一次用文化理念来统领展览,因为我们认为历史是以文化的形态传承的。

说到重庆的历史,重庆人应该非常骄傲。重庆曾经五次深刻地影响了世界的政治、经济、文化格局。

一、巫山猿人时期。204万年前,当时整个亚洲都还没有出现人类。

巫山猿人的发现,代表着亚洲有了人类。

二、大足石刻。大足石刻是佛教艺术中国化完成的标志。

三、钓鱼城。钓鱼城是南宋末年抗击蒙古军队的重庆保卫战的前哨阵地。蒙古大汗蒙哥必然要在具有英勇强悍性格的重庆人面前折鞭,虽是偶然事件,却具有历史的必然性。世界的历史在这偶然与必然中谱写。

四、战时首都与陪都。抗战为重庆写下最光辉的篇章,既是世界反法西斯战争的远东指挥中心,又是中国人民抗日民族统一战线的重要场所。重庆是国际的和国内的两个统一战线的交叉点。根据多年来市民对恢复"抗战胜利纪功碑"的强烈呼吁,我们在三峡博物馆里树立了一座抗战胜利纪功碑。

五、直辖市。重庆是全国最大的直辖市,城乡二元结构,三千万人,依托一个大城市走共同文明富裕的道路,具有世界性的探索的意义。重庆直辖后8年来积极探索的成果有目共睹,应该向全世界提供具有文化价值的经验。

三峡博物馆的展览,分为四个基本陈列和七个专题展览。

一、壮丽三峡。

二、远古巴渝,包括一个领先于世界的全周数字电影的环幕电影。

三、抗战岁月,包括大轰炸半景画和大隧道惨案场景复原。这是一个动态展览,令观众惊心动魄。

四、重庆:城市之路。

此外还有历代书画、瓷器、钱币等展览。

我们要把三峡博物馆建设成西部领先、全国一流、具有世界影响的博物馆,建成收藏、研究、展示重庆及三峡历史与文化的殿堂,能够成为重庆与国内外文化交流的平台,成为重庆市民引以为自豪的标志性文化建筑。

我们将力争三峡博物馆具有世界性的知名度。

(原载《重庆文化》2005年第5期)

【阅读提示】

以保存、陈列、研究物质文化和精神文化"遗存"为己任,以"实物"这一特殊具体的"语言"来与观众对话的博物馆,人们总有说不尽的话题。本文作者取以文化视角,对重庆中国三峡博物馆予以解读,让人们为这一"引以为自豪的标志性文化建筑"有了更为全面深入的理解。与此同时,作者在《站在历史新起点的重庆文博事业》一文中的言说仍有关注的必要。文章说:卢作孚"他于1930年创建了峡区博物馆,开创了重庆文博事业的先河";"上百万的海内观众、数十万海外观光者来到重庆,看他们想看的,尤其是这种文物和文化遗址与高山大川峻峡相辉映时,观光者的愉悦和满足达到高潮。"事实上,博物馆已成为"重庆人回望历史、寄托美好情怀的载体"。

二、百万大移民

命运的迁徙(节选)

黄济人

黄济人(1948—),重庆江津人。一级作家,曾任重庆市作协主席,中国作家协会主席团成员。有《黄济人文集》(五卷),长篇报告文学《将军决战岂止在战场》,小说《重庆谈判》,报告文学《命运的迁徙》等,曾获全军首届文学奖、首届郭沫若文学奖等。

……

年轻人叫余杰,三十出头,眉清目秀,西服的款式不算新潮,但穿在身上大方朴实,一副文静的读书人模样。一问果然是高中毕业生。这种文化程度在过去十年的贫困山区并不多见,在访问重庆库区外迁移民中,还是我碰上的第一个。余杰住在易美贵的舅子余国泰的隔壁,因为同一个姓的缘故,我以为他们两人有什么亲戚关系。结果我猜错了。余杰并不是奉节县人,他的老家在巫山县,父亲是县城的长江航运公司的职工。高中毕业未考上大学,一次招工的机会,余杰应聘到奉节县磷肥厂当了合同工。磷肥厂与县城附近的白帝城一江之隔,每日晨起推开窗户,透过树枝,那座当年刘皇叔兵败托孤、诸葛亮八阵御敌的古刹便扑面而来,映入眼帘,嵌进心底,引发他几多遐想、几多志趣。他爱上了奉节,因为喜欢文学的缘故,他觉得他应该生活在这座留下了李白、杜甫、白居易、陆游、苏轼、刘禹锡等人足迹与诗篇的"诗城",所以,二十四岁那年,当有人给他介绍了一个家住永乐镇三义村的奉节姑娘时,见面当天,他便满心喜悦地答应了。婚后的日子应该说是幸福的。妻子温柔善良、勤劳朴实,文化程度没有丈夫高,也似乎不喜欢文学,但她喜欢听丈夫说话,特别是那天在永乐镇赶场,因为拥挤丈夫不小心踩了本村王二娃一脚,王二娃勃然大怒,不仅甩腿就朝丈夫的小肚子上猛踢,而且破口大骂丈夫是没得出息的"倒插门"。妻子气得浑身发抖,丈夫却笑脸相迎,当着围观上来的众乡亲的面,理直气壮地对王二娃说:"倒插门在我们巫山也不是好事,但我的看法,要看倒插在啥子地方,能够来奉节安家落户,我不以为耻,反以为荣。所以下次你要骂我,还是骂点别的什么吧!"众乡亲愣住了,可是马上啧啧连声,赞不绝口,望着王二娃自讨没趣、扭头便走的背影,妻子忍不住依偎在丈夫怀里,用小指头紧紧地勾住丈夫的小指头,然后悄悄说:"你是为我到奉节来的,二天不是说要移民吗,那时候你愿意到哪里我就愿意到哪里……"

离开奉节,余杰的心情却是与妻子不尽相同的。虽然不是故乡,但他的白帝城情结较之妻子,恐怕是有过之而无不及的。也许正因为如此,当他得知他们外迁的地方是湖北荆州江陵县时,这位年轻人竟激动得紧紧地搂抱着妻子,一反常态地呼喊道:"好地方、好地方,我要去,我肯定是要去的!"妻子问:"你去过江陵?""没有呀。""没有去过你怎么晓得是好地方?""李白去过的地方,岂有不好之理! 真是天助我矣,我从奉节移民到江陵,正好去追寻他老人家的足迹……"妻子听糊涂了,虽然晓得丈夫喜欢读书,尤其是唐诗宋词,但无论如何搞不清楚一个叫李白的老头儿究竟跟他们外迁移民有啥子关系。余杰见妻子表情木讷,反应迟钝,反倒有些着急了:"你读过小学,小学语文课本里头就有李白的这首诗:朝辞白帝彩云间,千里江陵一日还……那白帝就是我们奉节白帝城,朝辞就是早上出发,嗯,那天是大晴天,所以叫做彩云间;那江陵就是我们永乐镇三义村移民要去的地方,有千把里水路,因为是坐下水船,所以早上出发,当天晚上就到了。你想想看,这首诗简直就是为我们移民写的。别人体会出来没有,我不晓得,反正我是感觉出来了,都说李白的诗是最有意境的诗,而我,当然包括你和我们的孩子,却生活在诗的意境里……"妻子依然听不明白丈夫的话,不过她看得出来,他是乐意离开奉节去江陵的,其间没有移情别恋,爱情仍然坚如磐石,这就行了。至于她个人,自然还是那句话,丈夫愿意到哪里她就愿意到哪里。

去年八月,一个天气格外晴朗的日子,余杰携带家人登上了满载着外迁移民的客轮。人多货物也多,货物的重量是有规定的,任何人不得超标。为了不超标,余杰必须在他日积月累收藏起来的几捆书籍杂志和他妻子作为陪嫁带过来的那个红漆衣柜之间作出选择,结果与妻子的意见相左,他选择了书籍杂志。本来这件稍有不快的事情已经过去了,可是到了搬迁这天,特别到了客轮上面,看见别人大大小小的红漆衣柜,妻子的心理不平衡了:"我恨不得把你这些废纸渣渣丢到河里去!""那又何必呢。"余杰赔着笑脸道,"到了江陵,我再苦再累都要给你打一个新的红漆衣柜!"话音未落,笛声已起,客轮收回系在趸船上的缆绳,就要缓缓起航了。

奉节码头锣鼓喧天,彩旗飘舞,县上的所有领导都伫立岸边,向远离故土的外迁移民们招手致意。外迁移民们的三亲六戚也赶来码头,扶老携幼,别情依依。当人群中出现第一声哭泣之后,那哭声瞬时便连成一片,而且声音愈来愈大,完全压过了欢乐的鼓点。余杰的妻子本不想哭的,前来送行的只是她嫁到外村的两个姐姐,但是情绪会传染,姐姐见到别人哭也禁不住掉泪,而她见到姐姐掉泪也禁不住哭了。余杰作为外地人,在奉节除了妻子儿女,和任何人都非亲非故,所以没有人来送他,他也乐得省去一把泪水,免去一次煎熬。可是,就在客轮鸣响汽笛的那一瞬间,他分明听见有人在喊他,喊声来自岸边,来自欢乐的鼓点与悲伤的哭泣之间,顺着喊声的方向寻觅过去,他看见了人群中的王二娃!是的,喊他并且向他招手的不是别人,正是那次在永乐镇上与他结下了仇恨的王二娃。仇人相见,应该分外眼红才是,但是余杰看见的不是这样的目光,闪烁在王二娃眼睛里的是道歉,是和解,甚至还有少许坦诚的忧伤,而王二娃的声音早已喊哑了,现在依旧一遍一遍地重复着刚才的话,"余杰,各人将息身体!那边好的话,就安心住下来,不好的话,就带全家回奉节,房子拆了不要紧,可以住到我家里来,反正我有睡的你就有睡的,我有吃的你就有吃的……"余杰眼睁睁地望着王二娃,使劲点了点头,他想说点什么的,可是什么也说不出来,只觉得鼻子发酸,心里发热,两行眼泪不知道什么时候已经滚落下来。妻子目睹了发生在丈夫和王二娃之间的一幕。她看不懂,更想不通,客轮已经离开码头好远了,她还忍不住回过头来骂了王二娃一句"脑壳里头有毛病"。余杰纠正妻子道:"不,他是正常人,有血有肉,有爱有恨。""为啥子?""答案都在我带在船上的那几捆书籍杂志里头。它们是文学作品,文学是研究人的……"

(节选自黄济人著《命运的迁徙》,重庆出版社2003年6月第1版)

【阅读提示】

  作者以高度的社会责任感,去追寻移民的足迹,以独特的艺术视角去观察重庆移民离开故土、外迁别处时的思想情感。在"国家"与"小家"之间,在故土与外迁之间,引生出的各种矛盾,情感命运的纠葛,都在作者的笔下得到生动而丰满的展现,为三峡工程规模空前、移民难度很大这一世界级难题作了形象生动的、艺术性的诠释。

举城全迁的壮歌

何建明

何建明,江苏苏州人,作家、编审。作家出版社社长。有《落泪是金》、《国色重庆》等著作。

在三峡库区,几乎所有被淹的城镇,都是历史名城名镇,也就是说都是老祖宗们传下的宝贝疙瘩。怎么个搬?怎么个建?一句话:动一动,就是个怎么了得!

城市的迁移,决定着三峡库区的未来。每一个方案,每一个部署,都将影响子孙万代。科学的决策便显得至高无上。

开县的被淹可以说是"飞来横祸"。它距长江70多公里,许多当地的百姓,一辈子连长江是啥样都不知道,可三峡工程却使他们成了移民,干部们告诉大伙说是以后的三峡水库的大水要把这儿的房子和田地全淹没。这不是"飞来横祸"是什么?

开县是共和国开国元勋刘伯承的老家。这是一个"六山三丘一分坝"的特殊地区。在开县全境,即使登高远望,也见不到滚滚东去的长江。开县建县于东汉建安二十一年,是个距今1780多年的老县。现有人口140余万,人称"中国第一县"。此地虽山高路深,却是物产丰富,矿藏遍地的聚宝盆。县境内有个储量500亿吨的特大型天然气田。开县的柑橘产量在三峡库区名列第一,年产量达6万吨以上。素有"金开县"之称。

在三峡库区,那些依长江而居,吃长江水而生的人,此次因兴建三峡水库搬迁,是在情理之中。可开县人有些感情上不好接受:他们与长江"井水不犯河水",偏偏回灌而进的长江水,将淹掉他们开县的面积高达85%以上,受淹的人口12万,接近三峡湖北库区的全部被淹人口。

当三峡工程"175米方案"传出后,"金开县"的上上下下几乎全都沉浸在欲哭无泪的状态之中。一方面，建三峡水库是国家的百年大计，必须全力支持；另一方面，自古以来自产自足，年年丰裕的开县与长江"井水不犯河水"，恰恰现在要为长江而作出牺牲，而且这种牺牲几乎是"金开县"的全部代价——其实就是全部代价了，被淹的85%的地方都是开县原先最好的坝地和山丘，剩余的15%的地方都是高地荒山，是不可植种之地，更非适合人畜居住。而沿长江的其他被淹县市，一般都是"一条线"式的淹没，呈现梯级状态。开县则不然，它的淹没区呈一个巨大的葫芦体，地势平坦，高低悬殊几乎没有，一旦三峡水库蓄水，淹没将是一次性的彻底的淹没。开县领导算过一笔账：县城和10个镇（场）全迁，按开县自身的建筑施工能力，需要35年才能完成。如果引进一支3000人的建筑施工队伍，在资金保证的前提下也得19年。作为纯粹的回灌被淹区，开县的损失还有一个最让人有苦说不出的隐性问题：由于地处水库回水末端，随着三峡电站的蓄水与放水所形成的涨落（汛期水位145至150米，汛后冬季水位175米），如此每年30多米的"涨落"而造成的被淹区时裸时泡，必然带来严重的水土流失和气候变化。处在已退至高山丘地的开县人如何面对？而这一切又不是在当初"长江委"进行的实物指数调查中所能体现出的。

　　开县吃足暗亏。他们在高喊"支持三峡建设"的同时，心头裂开着一个血口。也许正是因为开县远离长江，所以在很长一段时间里，这个淹没大县和移民大县，却很少能见到高层领导巡视，相反那些淹没不算很大，而因在三峡名胜之地却不断有领导光顾……

　　开县人默默地承受着，期待着。

　　终于有一天，他们盼来了中央领导，盼来了能够表达心里话的机会。

　　"真是不到开县看一看，就不知道三峡移民有多难啊！"全国政协副主席、"老水利"钱正英面对开县风景如画的秀山丰田，感慨不已。

　　国务院三峡工程建设委员会副主任郭树言看了开县的坝子，听了县领导的汇报，又深入到被淹农民家里，然后站在大片大片挂果飘香的坝子面前，久久不语。末后，他深情地说：来开县两个没想到，一是没想到开县为三峡工程要牺牲那么大，二是没想到开县这么繁荣。

　　三峡整个库区都难寻像开县那么好的坝子，淹没了太可惜！郭树言立即指令随同一起到开县的三峡建委移民局和长江水利委员会的负责人：马上着手对开县淹没和移民情况重新作调查研究，以供国家最高层正确决策。

一场尽全力保护"金开县"的战斗在轰轰烈烈的三峡工程建设中悄然拉开序幕。

同年10月,当郭树言再次来到开县视察时,随行的长江水利委员会的人便带来了《小江大防护工程规划设计报告》。这个《报告》是建议在长江支流的小江下游云阳县的高阳镇修建"小江水利枢纽",从而实现将三峡库水拒在开县门外,用电排抽小江水于三峡库内的"保开县"之目标。这个方案被开县人称之为"大防护"。

"谁说我们开县没人管?'大防护'就是中央对我们开县最大的关心和重视!"开县人感激万分。但这并不能打消他们继续想从根本上解决问题的念头,他们为了保护好美丽的家园,力求争取得到更加完善的方案……

机会来了。1995年10月底到11月初,国务院三峡建委移民局和四川省人民政府在北京联合召开了"小江防护工程规划"专家级评审会。历时4天的会议上,专家组组长、中国工程院副院长潘家铮代表专家评审组表示:《报告》仍需继续研究。

会后的第七天,时任总理的李鹏和副总理邹家华便亲自来到小江坝址考察。

"开县的同志来了没有?"李鹏问。

开县书记、县长赶紧报告:"来了,总理!"

李鹏点点头,关切地问:"你们对'大防护'方案有什么意见?"

开县张书记先发言。他没有直接回答总理的提问,而是说:"报告总理,我们认为这是长江水利委员会提出的解决开县移民问题的一种方案而已,我们认为还有其他方案。"

李鹏转头朝邹家华副总理笑笑,又饶有兴趣地问开县的同志:"你们快把其他方案说说。"

开县正副县长就赶紧将开县的地图铺开,然后在总理面前一番陈词:长江水利委员会的大防护,固然是有可取之处,但我们开县被淹的面积中有十几个大小不等的坝子,如果也能用筑坝的方法加以保护起来,这样对我们开县移民和未来建设将有极大好处。

听完介绍,李鹏总理频频点头后,陷入了思考。"你们的意思我明白了。"这时,总理站起身,分别与开县的几位领导握手,然后对邹家华副总理说:"他们的想法有道理,我看对开县的问题要从长计议,从长计议才对啊!"

次年12月17日至21日,决定开县的三峡移民问题和未来建设命运的会议再次召开。我国水电界泰斗、两院院士张光斗教授出席并任专家组顾问,专家组组长仍由潘家铮院士担任。28名国内外著名专家和71个相关单位的代表参加审议。争议仍在"大防护"与"小防护"之间展开。开县出席的是县长刘本荣,这位肩负140万人民重托的县长声情并茂,慷慨激昂,他的倾向性意见得到了专家们的首肯和赞同。最后专家组认定:从开县实际出发和科学的、长远的角度考虑,"大防护"方案不宜采用,建议仍采用以移民为主的加之"小防护"并举的方案来处理开县的问题,以达到尽量保护好当地生态环境和减少耕地被淹之目的。

历时5年的"开县悬念",就这样被化解了,那是一个符合科学和符合开县人民根本利益的方案。经过运用小防护的方案,开县最富庶的17块坝子全部保了下来。县城和赵家、安镇、铺溪、厚坝4个移民集镇整体搬迁……

从1998年开始,开县投入了紧张的城镇搬迁和大规模的移民工作。他们并没有忘记党和国家给予他们的关怀,在一边依靠政策及时合理和科学地安排好移民与搬迁的同时,积极培育未来开县140多万人口的生存与发展新天地,先后组织了30余万非三峡移民的南下"务工大军"。今天我们来到三峡库区,看到的开县移民新村新城里为什么比别的地方楼房更多,道路更宽,生活更富裕?原来就是这支30余万人的"南下务工大军"每年挣回的几十亿人民币在起作用……

开县人从来目光远大,高人一筹。在三峡移民的举世战役中,他们又一次显示了非凡魅力。

(节选自《国色重庆》,重庆出版社2007年版)

【阅读提示】

从"史"的角度去判断,作者笔下的"三峡移民"工作,为中国的"移民史"留下了形象的、内容丰富的"文献资料"。从"文"的审美意象去解读,作者笔下的"移民壮举",云蒸霞蔚,气象峥嵘。在三峡移民的举世战役中,"为大家,舍小家"的崇高境界和远大目光;干群同心,共铸伟业的信心、决心和非凡智慧,都将永远书写在共和国的史册上。

三、和谐山水

山　城

方　敬

方敬，见《三峡》介绍。

你是山头的奔马，
你是朝天的飞鹰，
呵，闪闪耸动的红鬃，
呵，熠熠飘举的羽翎。
谁呀，从天上洒下
这许许多多——
是粒粒珠玉，
是璀璨繁星，
洒在马背，洒在鹰翼？

一九八〇年三月卅一日

（选自《方敬选集》，四川文艺出版社1991年4月版）

【阅读提示】

　　在诗人的心中，山城是奔马，是飞鹰，珠玉繁星，美好瑰丽的意象，自由飞扬的诗思，极赞山城重庆之美。

登缙云山

凌泽欣

凌泽欣(1946—　),原籍重庆江津,出生于合川。自幼喜好学习传统诗词、中华诗词学会常务理事,重庆市诗词学会会长,重庆作家协会会员。在《诗刊》、《中华诗词》等发表诗词数百首,已出版《旅途诗稿》、《凌泽欣诗选》、《凌泽欣格律诗选》等。

温汤浴罢入山中①,欲趁狮峰旭日红②。
铺地苍萝花似锦,参天老柏气如虹。
迷人竹海通幽径,贯耳松涛唱大风③。
俯瞰嘉陵浓雾散,峡波依旧只流东。

(发表于《诗刊》2015年11月)

【注释】

①温汤:北温泉。　②狮峰:缙云山高处之狮子峰。　③大风:既写实,风大。又隐含刘邦之《大风歌》:"大风起兮云飞扬,威加海内兮归故乡,安得猛士兮守四方。"

【阅读提示】

缙云山乃重庆一名山,有川东小峨眉之称。诗人登山,点赞缙云山铺地苍萝、参天老柏、迷人竹海、贯耳松涛之美,并俯瞰嘉陵江,极望知音同赏"峡波依旧只流东"之浩渺。诗句优美,对仗工稳,音韵谐和,充满豪壮之美。

彭水鞍子寨风情①

凌泽欣

雨后黔峰绕绿烟②,人随苗女踏歌还。
花姿招展红酸籽③,瘦骨嶙峋白石山。
棘刺横生遮路径,龙鳞活现出波澜④。

香茶火铺从蛮俗⑤,大碗珍馐飨土餐⑥。

(发表于《彭水文艺》2015年刊)

【注释】

①鞍子寨:彭水县苗族聚居区。 ②黔峰:黔州之山峰。彭水县为北周时置黔州的治所。 ③红酸籽:棘刺野果,呈红色,有酸味。 ④龙鳞:有化石如龙鳞身。 ⑤火铺:苗家之火塘。 ⑥珍馐(xiū):精美食品。 飨(xiǎng):同享,享用。

【阅读提示】

诗人到苗家山寨,受到苗家的盛情接待。在火塘边品茗闲话,大碗珍馐待客。苗家盛情似火,诗人的诗情亦热烈。苗寨之山路风光、苗女踏歌,人与自然和谐之美尽现笔下,颇显民族独特风貌。

哲思四面山

张一璠

张一璠(1942—),重庆江津人,字抱实,20世纪60年代毕业于西南师范学院中文系,先后在重庆师专、绵阳教育学院、绵阳师范学院中文系任教,学者。擅书法,志壮游,精文史,好风物。已出版散文集《边声集》、《边声集续编》、《汉字书法基础》、《古诗佳句名胜对联集锦》、《巴蜀名胜楹联大全》等。

一

山,是大自然的杰作,真正的脊梁。正是因为有了山,人们才对"仁厚"、"雄伟"与"坚定"有了更具体而生动的理解。我从小就生长在山的怀抱里。家的前面是中梁山,家的后面是缙云山。"开门见山"这个成语似乎就是专为我而"量身制作"的。长大后,随着行踪的不断延伸,又有了与"山外山"的零距离接触。五岳独尊的泰山,险而高峻的华山,无限风光的庐山,秀绝天下的峨嵋,还有北京的香山,新疆的天山,雪域高原的横断山,都曾留下"到此一游"的美好印象。但不知道是为什么,这些山总给我以"隔"的感觉。唯独家乡的四面山,给我的却是别样的亲近与激动。

二

也许是曹学佺的一时疏忽,在他的《蜀中名胜记》中,未对四面山作出过只言片语的评说。可是,四面山的大名在我的记忆中已珍藏得太久。对它的玄想也自然是丰富多彩的,但终归是在虚无缥缈间的美丽的幻觉。当我真正走进魂牵梦绕的四面山的时候,我真的惊呆了。啊,真实得比幻觉还要美丽,丰富得比玄想还要精彩。

三

当然应该感谢终于有了到四面山小憩消夏的恩赐。激动之余,我在日记里留下了这样一些字句:"璠未随集体行动,而是独自一人进深山,寻幽境,免喧嚣,观奇趣";"林密,山静,鸟鸣,花香。但见一枫树浑身翠色,唯其中一枝竟是片片红叶,甚是可爱:有'万绿丛中一点红'的诗情画意。璠拾得一片,以为纪念";"参加集体活动,到洪海湖泛舟荡桨,观山水,逐碧波,出入于'画屏'之中,自是一大乐事、趣事";"山水若有待,风景最无私"。

四

在有"华夏第一高瀑"美誉的望乡台瀑布面前,我油然而生联翩浮想:拿李白诗仙笔下的"庐山瀑布"与你相比,庐山瀑布显得"瘦细"了些;拿黄果树的瀑布与你相比,黄果树瀑布显得"矮小"了些。你不仅弥补了它们的那些不足,而且舞姿优雅,雄健中透露着柔美,给人以沛然的力量与无尽的遐想。

在我们的山水美学里,有"无山不刚,无水不柔"的说法。当我泛舟洪海湖的时候,当我伫立在"华夏第一高瀑"前,我终于找到了最有力的例证和最生动的诠释。

山水交融,刚柔相济,这正是四面山最为独特的优势。

五

如同人生就是一件写满遗憾的"艺术品"一样,任何名山胜水都不可能十全十美。四面山当然也就不能例外。在四面山的日子里,我感觉到"信息流"不够畅通。如果说,山水能自成文化,即"山水文化",那么四面山的"山水文化"已足够充盈。但我总感觉,她还欠缺点"人文文化"。当知草木者,山水之精华;文化者,山水之灵魂。由于"人文文化"的欠缺,其"山水文化"的厚重感就难免大打折扣。比如,就在望乡台瀑布景区内,有一大一小两株树紧紧地挨在一起,被作为一个景点精心地保护起来,这很值得称道。可就是那"老夫少妻"的命名,实在不敢恭维。我的一位同行者就说:"怎么取这么个名儿?如果取名'母子同乐',不是更有和谐的元素吗?"我们完全可以沿着这个思路拓展开去,想想我们的四面山在"人文文化"方面还有哪些不足,然后加以补救。这应该是"爱之深而责之切"的一种文化反思吧?

六

当我们要向四面山说"再见"的时候,有同伴向我发问:"能说说在四面山的最大感受吗?"我是这样回答的:"青山不语花常笑;绿水无音鸟作歌。"这是我在山中发现的一副石刻古联,字好,联好,意更好。

"江山留胜迹,我辈复登临。"这是古人的句子,却能表达我此次登临故里名山的那份自豪感。

"四面青山叠翠浪;千幅飞瀑溅玉珠。"这是我从心窝里掏出来留给四面山的"临别赠言"。不计工拙,任方家一笑。……

2008年9月8日凌晨4时15分于重庆民生学院寓所草就

(初刊2008年9月10日《重庆民生学院报》)

【阅读提示】

作者由山展开联想,直到亲临四面山,进深山,寻幽境,免喧嚣,观奇趣,在"华夏第一高瀑"前的浮想,在洪海湖泛舟时的奇思……深感"山水交融,刚柔相济"是四面山独特的优势。作者作为返乡游子,出于对故乡之爱,自然对四面山"人文文化"的不足,也提出了善意的建言。全文哲思片片,思绪活泼,四面山人天和谐,"青山叠翠浪,飞瀑溅玉珠"的自然奇观——展现。

彩山花海自多情
——城口彩叶节纪盛

孙善齐

孙善齐(1944—),四川遂宁人。作家,重庆市作家协会会员,重庆散文学会名誉副会长。已出版长篇小说《喋血钓鱼城》,中篇小说集《夔门诗魂》,散文集《阳光下的风景》、《三峡星空》,编著有《重睹大后方文苑芳华》、《重庆逸闻掌故》、《重庆文学志》(合著)等。

城口,掩藏在秦楚渝万山丛中,凡孤城绝塞,或有大美存焉。

金秋十月,我们要到巴山名城城口去!想象着她的好,思绪如潮水涌起。

对于大多数重庆市区的人来说,城口,只是一个遥远模糊的地名,绝没有什么情感上的关联和牵绊。猛地一下,要去城口参加中国大巴山首届彩叶文化节,城口,刹那间变得亲近了,一种冥冥之中的缘,生发出不绝如缕的绮梦。像远方有一个未曾谋面的恋人,在翘首以盼,情丝儿便缠缠绵绵地吐露萦回起来。

前方等待我们的,将会是一场何等激情演绎的相会!

那是一个烟雨霏霏的霜晨,城口城郊高观镇龙峡广场,首届巴山彩叶节盛典隆重登场,川渝陕一千多位嘉宾如约而至。

山水掩映的高山滨江小镇,迷失于水墨淋漓的画意之中。鲜艳的横幅、彩旗、展板,点染出节日的喜庆气氛。

深山的秋雨似乎惊艳于这热烈浩大的场面与氛围,急急地赶来赴这个盛会,飘飘洒洒,下得欢畅而抒情。于是,学生、居民、嘉宾的方阵便绽开了绿色、红色、黄色的轻便雨衣铺展出的花阵,在欢声笑语中攒动腾跃,呼啸成连天盖地的红浪绿波。

这是一个多么富有启示意义的巨大象征!

彩叶节,眼前不同凡响的景象,顿时便引领我们走入了神秘莫测的彩色之旅中。

大巴山的秋雨啊,你真是有情之物!

会后，品尝过浓郁的巴山农家宴，我们沿高观镇、东安乡所属的青龙峡景区的溪涧森林与峡谷，随车驶入大巴山腹地，去寻觅心中思念的巴山彩叶。心中，吟咏起刘禹锡的《秋词》："山明水泽夜来霜，数树深红出浅黄。试上高楼清入骨，岂知春色嗾人狂。"

秋雨无言，却深情款款，真心实意地迎候远方的客人，用她的柔情蜜意，洁净的水雾，把千山万壑、丛丛绿树、苍茫天宇，濯洗得湿漉漉，清亮亮、碧森森。

雨丝风片，牵惹起旅人的情思。我们心中最大的渴望，是在那云深不知处的彩叶之上。正所谓，身在万山中，心系巴山叶。我们紧紧盯住车窗外迅疾闪过的流动风景，触目于每一条溪涧，每一座山峦，每一段峡谷，每一棵绿树，每一株芊草，只为第一时间发现那向往中的巴山彩叶，好一睹她的芳姿，亲近她的芳泽。

青山隐隐，绿水迢迢。"我见青山多妩媚，料青山见我应如是。"

同行的城口文友自豪地告诉我，城口大巴山国家自然保护区位于重庆东北大巴山南麓。它是华南植物区系的核心区，是第三纪植物的避难所。在13万多公顷的自然保护区内，有植物4000多种。森林覆盖率达百分之八十以上。100多年前被宣布"死亡"的恐龙时代的"活化石"岩柏，于1999年在这里被成片发现。至于珍稀植物珙桐、红豆杉、银杏、独叶草，更是随处可见。入秋，枫林、漆树、栾树、水木叶、荔枝果、五倍子、木华叶子、青枫、红米子，各逞姿态，都喷薄出自己美丽的色彩，烘托出一个金碧辉煌的世界，涵盖天地。

唐诗人李峤云："解落三秋月，能开二月花。"巴山秋叶胜春花，巴山秋花之灿烂，世所罕见。大自然于此完美的呈现，城口人民有福了。

一片痴情，终于得到了回报，高峡深处，一湾银亮的浅水边，一棵红艳的小树猛然撞入眼帘，那一抹嫣红，似初升的朝霞，似落日金辉，似碧海中的红珊瑚，似焰火，点亮了我们的眸子，沸热了我们的胸膛，把大巴山照耀得通体透亮。

随后，这一株多情的仙子，像施展出无边的魔法，呼朋引类，牵牵连连，把千山万壑的彩色精灵全部招惹出来。一时间，大片大片的彩色林带纷纷登场了，或点染于孤峰，或招摇于大峡，或排列于山脊，或簇拥于林莽，或摇曳于溪畔，把十万巴山妆扮得五彩斑斓，喜煞人，爱煞人，惊煞人。

这是一场多么浩大的秋艳之舞，多么磅礴的秋艳之图。这是大地怒放的花朵！这是千年等一回的燃烧！这是巴山人的精魂！

大巴山存贮了千万年的激情能量色彩与生命的伟力,在这个艳秋之日,从大地的深处,一股脑儿地喷涌倾泻而出,绽开了蓬勃的生命之花,汇合成彩山与花海,向这个世界宣告生命的绚烂庄严,自由的无敌与激情的宝贵。

大巴山的彩山花海,绝不是一种单纯的色调,她包容了自然与生命的全部富有与宽广。猩红的,铁锈红的,橘红的,玫瑰红的,明黄的,鹅黄的,柠檬黄的,金黄的,全部闪射出金子般的光芒,将天上人间的色素全都采撷而来,自由地挥洒,尽情地涂抹。好一支横跨天宇的彩笔,好一个体悟大道精妙绝伦的画师!

在这些异彩纷呈的图画中,淡雅的,清丽的,空灵的,自然不少。而大笔纵横的,更见其多。那是中国泼墨大师的精心佳构,更是西洋油画的浓墨重彩与宏篇巨作。在这里,我似乎看到了19世纪俄罗斯批判现实主义大画家列维坦的名作《白桦丛》。一大片明黄色的白桦林满含着温煦的阳光,一大片绿草闪耀着阳光的金辉,色彩绚丽而明艳,笔触大气而遒劲,饱含着画家对祖国大地诗意的爱恋。我更看到了荷兰后印象派大师凡·高的名作燃烧的《向日葵》。画家的激情如狂涛般倾泻,急速蜿蜒的粗大笔触,灿烂的浅红与明黄,如狂舞般的花枝,紧张、动感,而又优雅和谐,灵气毕现,使人心灵为之震颤。

自然华章的巴山彩叶,真乃集天下之大美!

亿万斯年,千里巴山就是一个自在自为自足的世界,正因为她的蛮荒,她的偏僻,她的阻隔,她才有幸躲过了"现代"的戕害。她顽强地保有了一方原生的水土和美质。以她的本色真气灵慧苍茫与浩博,孕育出了混沌初开的美色,展示出本真野性的生命。

在这里,真可以安顿心灵,唤醒麻木,挽救沉疴。是的,在灰色、金钱和冷硬钢铁水泥围困重压下的现代都市人,都应该来到这圣域般的大巴山中,让万应灵药般的彩叶亮你的眼,让清流濯你的足,让清新的空气充盈于你的心胸,让无私无欲的自然疗你的伤,让巴山无边的秋色还你一个洁净激扬的生命。

在这秦风楚韵交汇的巴山,在这中国南北地域气候汇聚的万山丛中,在这渝陕鄂犬牙交错的一方福地,幸福之城城口,便是天地间掉落的一颗遗世而独立的珍珠。

巴山的美没有穷尽,巴山的情绵延不绝。让我们做梦也没有想到的是,在海拔两千多米的核心景区高山草场黄安坝,巴山善解人意地向我们奉献出2010年的第一场瑞雪……

多年没有见到雪景了,何况,是在这彩叶漫天的大巴山中。于是,在这锦绣的彩叶中,又增添了圣洁晶莹的雪花。这是造化何等宝贵的馈赠,这是巴山何等深厚的情意!

一点怨尤,一点失落,全在这纷纷扬扬的雪花中飘逝无踪。我们了无遗憾,我们物我两忘,身心澄澈,我们羽化成仙。

城口,巴山,沉醉于你的芳容,记住你的情意,够我们品味一生。

枕着巴山的彩叶,我们相约永久。

(选自重庆市文联《重庆文艺》,2010年第6期,有删节)

【阅读提示】

城口,掩藏在秦楚渝万山丛中的古城,因其地偏僻,离主城远,可谓是一位"深藏闺中人未识"的妙龄女郎,少有人亲睹她的芳颜。作者以生花妙笔,为我们展现了城口彩叶节的盛况,以及那千山万壑的彩色林带和无边无际的花海……巴山以其原生的水土与美质,孕育出彩山花海的苍茫与浩博,展示其本真野性的生命,这就是巴山城口人的精魂!作者饱含激情,语言优美流畅,富有气势,充满对城口的眷恋之情。

天下龙缸,云端廊桥

李宣章

李宣章,见《巫山猿人文化赋》介绍。

云阳龙缸,位于云阳清水土家族自治乡境内,是世界最大最险的岩溶大竖井、国家级风景名胜、重庆市地质公园、土家族文明发祥地之一。景区土家族文化底蕴浓厚,土家族民风习俗突出,系览胜探文极佳处。故为之赋,其辞曰:

巍乎龙缸[①]!天下第一雄缸,土族发祥之境。举盘古之阔斧,凿地开蒙;荟群峦之翠色,越壑造胜。巫山云雨牵梦,挟瞿塘浩气而凛大江;巴武神话萦怀,依云峰崔嵬而横齐岭。吸清江之水,龙腾于崇峻之中;隐幽府之渊,蟒舞于巨坑之顶。吐雾吞云,时现时隐。怪壁嵯峨,悬嶂险胜鬼技神工;蟒踞龙盘,峦巅常携紫电雷阵。豪胸忍故地②,壮大汉巴郡。

若夫沿陡脊以攀缸,观止而浩叹:雄缸天设,倚青冥而缓降;苍壁空凌,耸霄汉而邈远。莫测底深,峭柱垂抵于阴河;难攀怪岵,古树倒挂于缝岩。哀猿引于绝顶,空谷鸣愁;幽壑激于奔雷,飞泉漱瀫。绿茸茸,缸底赏草鲜花艳;阴森森,危栏感心惊脚软。护缸神鹰,状若鹰嘴兮态妙神肖;慑足鼻缘,试胆石上兮魂飞魄散。险渊无底兮,游人岂敢回首;揽胜寻幽兮,摄墨乐陶忘返。

至若云端廊桥③,悬挑奇星之隆。魅力杂技,上演世界T台服装之秀;惊心步步,体验天下独轮悬浮之功。央视惊动,游人拥蜂。增龙缸异彩,展云阳豪雄。更琼宫听政,崖畔洞龙④。鸟道通口,倒退两步品三重;众龙归寝,神柱一根镇六宫。生命之门户兮物换星移,映月仙阙⑤;龙凤腾舞兮天和地泰,老寨⑥雌雄。叹巨龙于莽苍里盘踞,展霓霞奇观,痴迷故园之美感;薄雾于阳光中折射,著丽瑰虹幻,平添天缸之韵风。

噫吁嚱,胜地龙缸!造景之奇,天下安得二选?风华之秀,华夏难觅一双。而况民俗朴奇,承乎土族;人文深厚,肇于烈强。廪君立国⑦,图腾豪迈兮夷山丽水;女神示爱⑧,娇舞缠绵兮地老天荒。哭嫁跳丧,耕播尚抒歌舞;穴居崖墓,死生长寄殊方。龙传调萦土家梦,竹枝乡音绕神缸。赴国难健儿气壮,征沙场策马挥枪。更绵亘岐山⑨,日内不齐雨霁,暑寒易节阴阳。千里草场,纵胸次以坦荡;春阳放马,逐白云而鞭扬。高秋极目,叶醉石笋⑩;御笔著彩,神谱妙章。扬名宇内,载誉梓桑。

及至夜幕初降,七星闪曜于碧穹,五彩缓升于天堂。忘情桃源兮,令迁骚释怀不遇;悠然世外兮,让游子疑似故乡。天缸呈瑞,龙凤朝阳。萃钟灵于复兴嘉梦兮,龙腾于赤县;卓毓秀于大美中国兮,姿翱于殊方。诗云:

巨龙盘踞险峰上,吐雾吞云自在翔。
古树依崖岩顶立,苍穹入井缸中藏。
神鹰展翅碧空舞,游者探脚仙界忙。
醉赏廊桥云端路,梦回天下第一缸。

(选自《三峡诗词》第41期,三峡诗社2015年12月出版)

【注释】

①龙缸:口椭圆,口下有一约两丈长的天然条石平伸入内,宽约尺余,可于此俯伏窥视坑内特异景物。缸壁上部藤萝覆盖,野花点缀;下则石壁如削,呈青灰色,向坑内投石,需数十秒钟方能听到回声。缸底通阴河,缸楞上竖立着一块巨石,约五米高,顶

端横卧一块近两米长的石条,一端偏向缸内,稍勾,酷似鹰嘴,人称"鹰嘴岩"。　②朐忍故地:即朐忍县。东周赧王元年(前314),在朐忍夷人之地建朐忍县(今重庆云阳县),属巴郡。　③云端廊桥:云阳龙缸景区新开发的一大景点,系世界第一玻璃悬挑廊桥。　④洞龙:是龙缸名胜之一,与其相距不到半公里,是一大型石灰岩溶洞。有前后两厅,前厅呈圆形,后厅呈五边形,洞壁呈波浪状,万顷波浪中,幻化出狮、象、龙、凤等形象。　⑤映月仙阙:指龙缸北门入口之映月洞。相传张果老要宴请其他七位大仙,在中秋之夜来品尝他的长生不老仙酒,还要在月光下吟诗作对。但酒至数巡,未见一丝月光,众仙借酒取笑。张果老一气之下疾奔天空去寻找月亮。结果跑到了龙缸这个地方,看见月亮被嵌在了穿洞里,于是他使尽仙法,好不容易才把月亮推了出去,月亮回到了天空。哪知张果老用力过猛,在穿洞里踩出了一双很深的坑,留下了他穿草鞋的脚印。　⑥老寨:即老寨子,土家族古寨,位于龙缸景区绝壁之上。一座全由石灰岩建成的碉楼,岩石之间没有使用任何黏合剂。这样的碉楼,如何在山风凛冽的绝壁上屹立了2000年而不倒,令人惊叹。　⑦廪君:古巴人首领。巴人崇拜白虎,拜为图腾。　⑧女神示爱:史载盐水神女爱慕廪君,馈送鱼盐,希望他留下为伴。　⑨岐山:岐曜山,又称齐耀山,位于云阳龙缸景区与湖北利川西部交界处,是中国南方最大的山地草场。　⑩石笋:即石笋河,上游因河畔耸立一巨大石笋而得名。

【阅读提示】

　　云阳龙缸,是世界最大最奇的岩溶大竖井、重庆市地质公园、国家级风景名胜区、土家族文明发祥地。以奇险秀之自然景观和浓郁的人文底蕴而闻名于世,中外旅游者慕名前往,络绎不绝。本文以骈赋形式,形象展示龙缸风景区独特的自然景观、亲历者的神妙体验,并对云端廊桥、龙洞奇观、石笋河妙趣、土家族文化等,作了铺陈描述,再现一方形胜之无穷魅力。

酉阳龙潭古镇掠影

罗荣汉

　　罗荣汉(1937—),四川省荣县人,西南师范大学中文系毕业。《实用中医药杂志》主编,重庆医科大学中医药学院教授,杏林书画摄影艺术研究会会长,曾当选为中国农工民主党四川省和重庆市第十和第十一届中央委员,四川省八届,重庆市一、二届人大代表,重庆市渝中区十三、十四届人大代表及常委会副主任。已出版《医用古汉语基础》、《晚春堂笔耕录》、《鼓呼与求索》、《可追集——罗荣汉诗文选》等多种。

千年古镇傍龙潭,禹宫寂寥碧水寒。
大酉洞开通幽处,沃野迷踪胜桃源。

(选自《罗荣汉诗文选》,中国艺术家出版社2011年5月第1版)

【阅读提示】

　　大酉洞在酉阳城近郊,其形与陶渊明《桃花源记》中所记酷似。诗人游龙潭古镇,抓住古镇、禹宫、大酉洞三处意象,落笔在"沃野迷踪胜桃源"的繁荣景象上。诗句精短,描形绘景,贴切自然,结句点睛,诗情敞亮。

武隆仙女山风光

罗荣汉

峰回路转上名山,绿野豁然天地宽。
古木铮铮多灵气,醉卧仙村梦婵娟①。

(选自《罗荣汉诗文选》,中国艺术家出版社2011年5月第1版)

【注释】

　　①婵娟:美好貌,亦指美女。孔尚任《桃花扇·传歌》:"一带妆楼临水盖,家家分影照婵娟。"另有眷恋、月亮之义。

【阅读提示】

　　武隆仙女山是我市重要旅游文化区。诗人游仙女山,除描摹仙女山之高、奇、险和绿野豁然、古木铮铮而外,紧扣"仙女"之名提炼结句:"醉卧仙村梦婵娟",大有楚襄王梦神女之遇,极富人与自然和谐的浪漫情调。

天生三桥

王明凯

　　王明凯,见《龙骨坡》介绍。

武隆天生三桥又叫天坑三桥，由天龙桥、青龙桥和黑龙桥组成，是全世界规模最大的串珠式喀斯特天生桥群，三座桥分布在同一峡谷1.2公里的范围之内，桥间又是天坑，桥身高度、桥拱高度、桥面厚度皆居世界第一。它与武隆芙蓉洞、后坪天坑共同构成了重庆武隆喀斯特奇观。

　　2007年6月，在第31届世界遗产大会上，由《保护世界文化和自然遗产公约》缔约国表决通过，中国申报的"中国南方喀斯特"被列入世界自然遗产名录。"中国南方喀斯特"由重庆武隆喀斯特、云南石林喀斯特和贵州荔波喀斯特共同组成。武隆天生三桥是"中国南方喀斯特"一绝。

　　　　山是石桥，桥是山
　　　　天生三座桥，桥连三座山
　　　　天龙、青龙和黑龙
　　　　亲亲三兄弟，高挂入云天

　　　　仰望你的高度
　　　　我自惭形秽，你这
　　　　挂在天上的龙
　　　　是大地长出的擎天柱
　　　　你是真正的男人啊
　　　　挺直让人惊叹的雄性与阳刚
　　　　刀削斧劈立千仞
　　　　顶天立地悬万丈

　　　　凝目你的深度
　　　　我头晕目眩，你这
　　　　长了翅膀的龙
　　　　是深潭飞起的黑旋风
　　　　你是真正的行者啊
　　　　挣脱喀喀作响的断裂与沉重
　　　　鱼跃龙门冲天起
　　　　雄鹰展超任翱翔

　　　　穿行你的厚度

我茅塞顿开,你这

　　穿越地心的龙

　　是逢山开路的拓荒牛

　　你是真正的强者啊

　　举起埋头向前的犄角和力量

　　山重水复疑无路

　　柳暗花明又一村

(选自《重庆晚报》2014年7月4日)

【阅读提示】

　　"天生三桥"是重庆市仅有的两处世界自然遗产之一。诗人以拟人手法从构成"三桥"的天龙桥、青龙桥、黑龙桥展开想象,从三者的高度、深度、厚度落笔,盛赞天龙桥是"挂在天上的龙,是大地长出的擎天柱";黑龙桥"是深潭飞起的黑旋风",是"展翅翱翔"的"真正行者";青龙桥"是逢山开路的拓荒牛",是"真正的强者",用"埋头向前的犄角和力量",在"山重水复疑无路"之处,开拓出"柳暗花明又一村"的美好境界。构思巧妙,诗路开阔,想象奇诡,诗情浓郁。

青龙横空出阿依

肖　用

　　肖用,教授,历史文化学者,编著有《君从何处来》、《探索历史的星空》、《巴渝丰碑》、《重庆历史名人典》等,获全国和重庆市"五个一工程"奖,社会科学优秀成果一、二、三等奖。

　　阿依河,因其"秀美"早已名满天下,而我对它的第一印象却是一条名不见经传,很不起眼的小河沟。

　　那是1969年春天的一个早晨,我们一群重庆知青乘着一条汽划子,从彭水溯乌江而上,第一站就停在一个叫"万足"的地方。那是浅浅的长溪河与青青丰沛的乌江的交汇处。岸边石壁千仞,草木葱茏,一条栈道生生地嵌在其间,显示着它的古老和不凡,人来人往,向上游伸去,看不到尽头。河边没有码头,甚至连趸船也没有,船停之处,搭块跳板到岸边便上下旅客。40多年过去了,我还记得那条古老的栈道,那些筋骨健硕、背负高架的汉子,那些白帕盘头、身穿大襟的女人。

8年前,有人告诉我,彭水出了个叫"阿依河"的地方,号称"千年不变的美丽",且可漂流。后来我去了,果然印象极深,因为漂程长达13.5公里,让我们付出了9个小时和皮肤晒得绯红并隐隐作痛的考验。而让我意想不到的是,终点收漂处竟是那个叫"万足"的地方。然而,昨是而今非,浅浅的长溪河如今已出落成"美丽的阿依河",而青青丰沛的乌江却丰沛不再,那长长的栈道只剩得短短的一截,落寞地躺在静静的江边,另一头却永远地埋在那高高的大坝之中。

今年,我又回了一次彭水,去到当年下乡的马家寨。听他们讲,阿依河在"秀美"之外又显"神奇"了——河边发现了大溶洞,因其对岸有白虎岩,此洞便被叫做"青龙洞"。彭水属喀斯特地貌,溶洞很多。记得插队的时候,寨上老乡就告诉我,四队有个大洞,里面有12根"金柱头"。于是,下乡后的第一个国庆节,我们几个知青就给自己放了一天假,邀约起来进洞探险。我们按照童恩正小说《古峡迷雾》中考古学家考察洞穴的方式,打着火把,沿途作好标记,果然见到了一根又一根高大的钟乳石,那就是寨上人说的"金柱头"。

这些年走南闯北,游溶洞不少。北方的本溪水洞,那是世界第一长的大型地下充水溶洞,洞内又分水、旱两路,故而闻名天下。南方的洞穴就更多了,广西有七星岩、芦笛岩,贵州有织金洞、龙宫,重庆有芙蓉洞、伏羲洞,湖北有腾龙洞、龙麟宫,老洞新穴,层出不穷。或以其"美"而秀甲天下,或以其"全"而举世无双,或以其"大"而称雄于世,或以其"奇"而惊艳绝伦,更有形神兼备的"似"而让人叹为观止。那都是美中之美,珍中之珍……因而对"青龙洞",并无更多期待。

然而,当我真的进得洞来,却是目不暇接,惊奇连连。

当头便是一座白蓝相间、晶莹闪烁的混沌巨石立于门口,犹如"梦回洪荒"。只见一汪清泉从天而降,那万年的造化让它既玲珑剔透,又云飞大风,不由得把人从当下直拉回远古时代。紧随其后的是长长石壁上如刀劈斧削的巨大裂缝,其间由四根石柱擎天撑地,而那些正在生长、对接的钟乳石,则似蔚然成林,苍莽悠远,藤蔓蜿蜒,好一派盘古开天辟地的大气象!

前面又是"猎猎旗阵"。那高达数丈,宽有数尺,而厚仅半寸的钟乳石片,通体透亮,和着水流悬垂空中。一眼望去,如十万旌旗,排列整齐,飘飞漫卷,雄阔威武,蔚为壮观。映着潭水倒影,亦真亦幻,更显神秘高大,耳旁仿佛响起那恣肆汪洋的猎猎翻卷和金石相交的远古铿锵。

到了中庭,只见"金柱辉煌"。在方圆数十丈的巨大厅堂里,散布着几十根硕大无朋的钟乳石,恰似一片高大挺拔、百怪千奇,而又生生不息、蓬勃成长中的大石林。细细品味,有的如擎天一柱,有的似银练飘忽,有的像蟠桃顶天,有的呈群龙相拥,还有的并蒂而立。在灯光的映衬下,层层叠叠,伸展开去,直达深邃的远方。啊,赤、橙、黄、绿、青、蓝、紫……那不是玉帝诏令,王母开宴,神仙把盏,吴刚伐桂的盛会?那不是仙女奏乐,裙裾蹁跹,玉兔欢跃,歌舞升平的雅集?恍若那九天之上辉煌灿烂、华贵高古的玉宇琼宫!

最后更有惊世奇观"洞天飞瀑"。一阵巨大的轰鸣把我们带到这绝世的厅堂。约2000平方米的大堂,周围呈圆锥形,向上升腾一二百米,指向高高的穹顶之巅。环顾四壁,有若隐若现的南国星火,有万里雪飘的北国风光,有奇峰突兀的东海碣石,有如火如荼的西域烈焰,更有那从洞顶飞泻而下的一练狂瀑。它是山顶的一条小河,到此便潜入洞中,从穹顶喷涌而出。似蓝色的脱缰野马,以万米冲刺之势,迎头撞向地面巨大的牛形玉石,发出震耳欲聋的声响,溅起冲天万丈的水雾。这深藏洞中、高程百米的瀑布,据说是中华之最,可与世界之最比肩。人到此时,几近无语,只能感叹,今生真有幸领略这"银河落九天"的旷古绝景!

至于那观音慈祥、少女婀娜、将军威武,那寿星祥瑞、时空隧道、迎宾宝塔,那彩带螺旋、海狮望柱、十八罗汉,栩栩如生,不可胜数……

走出洞来,回到当下,已是夕阳西沉,暮色苍茫。

哦,时代不同了,昔日的穷山恶水,如今已是青山绿水。

它在默默地告诫我们,有坚韧,恶水穷山就能成为绿水青山;有坚守,绿水青山就是银水金山;有坚持,绿水就会与银水长流,青山就会永远与金山同在。

啊,阿依情河,你有千年不变的美丽;青龙古洞,更有足载万千的神奇!

(选自《重庆日报》2013年10月24日)

【阅读提示】

40多年后,作者来到当知青时的长溪河(今阿依河),发现原"名不见经传"的小河沟变成了"名满天下"的阿依河。于是,激情满怀,以诗的语言描绘了阿依河的"秀美"和河畔青龙洞的"神奇"。阿依河的"秀美"在石壁千仞、草木葱茏,漂程长,水绿山青。青龙洞的神奇在洞口的"梦回洪荒",前庭的"猎猎旗阵",中庭的"金柱辉煌",最后的"洞天飞瀑"。作者神思飞扬,将溶洞中的钟乳石喻为清泉、古树、旌旗、银练、蟠桃、龙拥、雪飘、星火、碣石、烈焰……奇特的想象美化了青龙洞的神奇。难得的是,作者透过过去"穷山恶水",如今"青山绿水"的对比描写,点赞了"坚韧"、"坚定"、"坚持"的改天换地的精神,为彭水人民唱出了一曲深情的赞歌!

金佛杜鹃

周 勇

周勇,见《江山红叶》介绍。

早春二月,出差在外,一场大雪不期而至。虽然晴日飞雪,春裹银装,仍是料峭时节,不胜寒意。

阳春三月,本该草长莺飞,但一块黄葛,落叶飘洒,残黄遍地。虽是叶落芽生,不几天便又郁郁葱葱,新绿满枝,却也不免让人唏嘘。

直到四月,才真正听到了春天的脚步。那是我到基层采访,浓浓的春意浸湿了我的心田……而最动人心魄者,当数金佛山上的杜鹃花。

今年的金佛杜鹃出奇的盛,那金佛安卧的"杜鹃花海",据说十年难见,领中华之最。

金佛山,有108峰,位于重庆南川境内,古称九递山。因地理上处南北东西要冲,经亿万年演化,地貌、气候、植被独特。杜鹃,为华夏名花,遍植国中。常见者多为映山红等灌木种类,那是繁荣似锦,连绵不绝,一派匍匐山野、花低人高的景致。而这里与众不同,它是原始乔木杜鹃花荟萃之地,最高者20余米,胸径最大1米以上,一年四季花开不断,最盛时在4、5月间。那时,迎春杜鹃从山脚率先绽放,跟着是粗脉杜鹃、树枫杜鹃、长蕊杜鹃、粉背杜鹃等,循着山势次第盛开,向上登攀那仪态万方的阔板杜鹃,那异香独放的小头大白杜鹃,更有那一木独大、万花同树的金山美容杜鹃,把这金佛山装扮成跃动的七彩织锦,浑身散发着杜鹃王国的迷人风采。

那天,乘着落日的余晖,我沿着西坡盘旋而上,到了半山再乘索道,跃升千米,来到金佛山顶。

回望来路,远处斜阳西沉,漫天红霞,山色如黛,层层叠叠。俯观脚下,夕阳把最后一缕余晖投射在悬崖绝壁之上,洒落在原始丛林之中。红的、粉的、紫的、黄的,还有白的、蓝的、绿的、黑的……仔细看去,那是花的树、高大挺拔,秀立林海,一棵棵,一丛丛,一片片,真是织锦堆绣、万千绚烂、一望无涯,在落日的辉映下,平添了几多通透和明丽……

　　哦,我心仪已久的金佛山杜鹃花!

　　天色渐渐暗了下来。漫步山间,循花海徜徉。凭栏望月,清辉满山,习习山风,浮动旷野幽香。看月下的杜鹃,隐去了白日的妖娆,只现出淡淡的紫色,在晚风中摇曳多姿,端庄灵动,更见妩媚。

　　万籁俱寂,浮想联翩……

　　这里的杜鹃融进了山的躯体。她不因一枝一朵而骄傲,尤以繁花一树而示人。山高花为峰,花艳山成海,仁立天际是它的高度,花繁如浪是它的风韵。在苍茫山林的怀抱里,金佛山的杜鹃便有了群山的气势。

　　这里的杜鹃带来祥和。相传,金佛山的草木山石都与"佛"有缘,因此余秋雨先生题"山即是佛,佛即是山"。而在我的眼里心里,全然是"山佛花海,花佛同山"。它有佛的雍容、佛的悲悯,又有佛的吉祥、佛的和美,真个把诗人笔下"千树万树梨花开"的文学意境,变成了"今春杜鹃映金佛"的现实景象,金佛山的杜鹃便充盈着祥和。

　　这里的杜鹃情牵天地。杜鹃花们与崇山峻岭浑然一体,便有了包容天地的襟怀,有了独立山野的品格,有了扑向春天的勇气。40年前,那曲"岭上开遍映山红"不就诠释了杜鹃花的英雄豪气吗?金佛山的杜鹃尤显出重庆人挺立天地的坚强。

　　清早,晨雾带着细雨把群山滋润得苍翠欲滴。那濛动的雾、雾中的雨,那山中的树、树上的花,还有那花前的人,隐隐约约,飘飘洒洒。早起的布谷鸟,声声啼鸣,催人启程,更有另一番情趣。

　　古人常以"杜鹃"表达离愁,感伤之思。而金佛山的杜鹃花,因其山的气势、海的胸怀、佛的祥和与天地之气,独显出动人的风姿与独立的精神。

(选自《人民日报》2012年6月25日)

【阅读提示】

　　金佛山是重庆市上了世界自然遗产目录之山,而"金佛花海,花佛同山"更是金佛山之独特的自然奇观。作者在浓浓春意的四月朝拜了金佛山,并以饱含诗情的笔为我们展现了一幅花树花海,层叠绚烂、争相竞放、万花吐艳的"金辉杜鹃花海图"!然后笔锋一转,透过表象,由表及里,探觅出金佛杜鹃的"品格"与"精神"。这就是——

山的气势:"山高花为峰,花艳山成海";海的胸怀:"似排山倒海,似山呼海啸",吐纳从容,有大海般的胸怀;佛的祥和:"山佛花海,花佛同山",她有佛的雍容、悲悯情怀与吉祥,和美之韵;天地之气:她"情牵天地",有"包容天地的襟怀","独立山野的品格","扑向春天的勇气"!

金佛杜鹃的这些"品格"与"精神",不正是重庆人不畏艰难险阻、挺立天地的坚强品格之象征么?因此,作者赞美金佛杜鹃的"动人风姿"和"品格"、"精神",实在是为雄健耿直、宽容悲悯、和美吉祥、坚强独立的重庆人文精神唱的一曲赞歌!

《金佛杜鹃》视野宏阔,语言优美,情浓意真,格调高雅,内涵丰富,思想深邃,是一篇饱含思索与睿智的散文。

[附] 又见金佛杜鹃

周　勇

去年,一个偶然的机会,我来到金佛山上,受杜鹃花海的震撼,那篇《金佛杜鹃》一挥而就。其实,在我心里,却是不无遗憾的。那天,面对美景,不禁手痒,可惜没带相机,只能在太太拍照的间隙把她的相机抓过来抢拍几张。那仅有的几张照片,其景象虽也见所未见,让人眼前一亮,却并未完全表达我对金佛杜鹃的仰慕之情。更因那次上山,未曾见"佛"!金佛山,金佛山,到底隐藏着多少罕世奇观?你什么时候才能灵光闪现,露出真容?无奈,只能宽慰自己:只要心中有佛,就处处皆佛了。然而,这两个遗憾总是隐隐地梗在心里,难以了却,于是暗下决心:来年一定重上金佛山,圆梦了愿!

一晃,金佛山上的杜鹃花又该开了。我早早就开始准备行装,电视、摄影界的朋友们也跃跃欲试,邀约一同上山,分享美景。4月中旬,我便与南川联系,请他们预告花期。去年我去的那天是4月21日,可今年到了这天却一点消息也没有。直到快"五一"了,南川才传来短信:"今年的金佛山杜鹃花由于受前期气候的影响,花开得不好,目前山上只有零星的花开了。特此报告。"这让我沮丧了好一阵。但是,仍心有不甘,也不愿相信。我想，花果都有大年小年，即使小年，也不至于无花可赏，无非是花多花少罢了。于是，5月1日，我再次循着去年的老路，沿着西坡，开始了寻梦之旅。结果，确实让人失望。一路上，不仅没有波澜涛涛的杜鹃花海，甚至连一树一丛也未曾见到。这与去年"今春杜鹃映金佛"的景象实在相去太远，恍若隔世……

天公也不作美，头一天，下雨、大雾、山路泥泞，只能困守房中。是夜，辗转反侧，难以入睡。披衣起床，山风阵阵，浓雾弥漫，群山寂静，不见残月，不见星斗。

第二天一觉醒来，大雾散去，小雨初霁，我赶紧爬上山头。顶着阴沉的天空，感受劲吹的山风，寒意阵阵。但见远方，隐约有云雾缭绕，不一会就顺着山势，向上奔来。细雨浇灌过的大山，苍翠欲滴，风中的云雾，淡雅清新。拍下这赏心悦目的云山烟雨图，让我稍释心中的沮丧。但，梦未圆，花在哪里？佛在何方？面对群山，我在心里阵阵呼唤。

正郁闷时，一位当地老乡告诉我，你们可以到"金龟朝阳"景区看看，那是刚开发的地方。"金龟朝阳"在牵牛坪的西北方，是金佛山西坡上长达千米、高有数百米、垂直90度的一段绝壁。因其山顶之势像一只昂首前行的金龟，故而得名。我叹服金佛山人的勇气和毅力，硬是在这绝壁之上，架起一条栈道。斯时，栈道的雏形刚刚铺就，一米来宽，无遮无拦，行走其上，飘飘欲仙，心惊胆战，只顾盯紧脚下，不敢抬头。猛然间，悬崖绝壁之下，两道山梁之间，一片粉色跃入眼帘。我停下脚步，啊，杜鹃花！百转千寻，我终于找到了你——金佛山的杜鹃花！

去年观花，是从山脚开始的，或平视，或仰望，花繁如海，并不稀奇。今天，站在这2000多米的高山顶，处在金龟昂首的绝壁上，俯瞰脚下，已经没有了去年"山高花为峰，花艳山成海"的壮观，杜鹃花们三五知己，相依相偎，依然盛开。那高大挺拔的杜鹃树，依然是高大的挺拔的；秀立林海的杜鹃花，依然秀立林海，灿烂芬芳，把一个不大的深坳也闹腾得五彩缤纷，千姿百态。

伫立于绝壁之上，俯瞰着脚下花谷，心生感慨：月有阴晴圆缺，花也因时而异。虽有风雨严寒，群花不应之时，但总有那些处在绝壁之上，屹立天地之间者，不管花开花落，任它云卷云舒，依然傲迎风雨，独自绽放。

或许是受又见杜鹃的鼓舞，我隐约有了继续寻梦的冲动。漫步山间，天空阴沉灰暗，山风呼啸，寒气逼人，是撤是留？正犹豫间，天边泛起一线红晕。我说，"有着！"便咬紧牙关，坚持留下。

不知从什么时候开始,天边的那一线红晕由浅入深,由淡而浓,由窄变宽。远处的云雾又开始出现,不一会儿便成了气候,美丽如杜鹃花浪,循着山势,攀援而上。先是一朵朵,然后一线线,再是一群群,最后一片片,如山呼海啸,如万马奔腾。其向上的速度和天际变红的程度你赶我追,只几分钟就铺满了山脚的每一寸土地,掩盖了每一座峰峦,那蔚为壮观的高山云海啊……再看那太阳,背负着乌云的压制,奋力地抗争,终于在落山前的最后一瞬,撑开了那一线红晕,迸发出光焰无尽的能量——霎时间,到处充盈着金色的辉煌和灿烂的光芒!

就在这时,乌云笼罩的穹顶打开了一片湛蓝,犹如天眼。风起云涌之中,太阳透过浓厚的乌云,形成了放射状的漏斗光,斜射在一处翻滚的云头。渐渐隐去的云头转瞬间便将一座山峰幻化成一尊妙不可言的菩萨,那头上玲珑的璎珞,惟妙惟肖的面庞,平滑修长的脖颈,更有那凸显的双峰,真个是九天之上飘然而至的观音菩萨!此时此刻,她安卧于天地之间……云海簇拥在她的身旁,衬托出雍容华贵的身躯,云烟缭绕在她的胸前,安静和美,悲悯慈祥。金辉、彩霞、祥云,吉光、天眼、灵山……齐聚眼前,这才是真正的"山佛花海,花佛同山"!

这一刻,山,静了,静得只剩下自己呼吸的声音。也是在这一刻,山,沸腾了,如众生欢跃,涌动云天。

哦,金佛,这千载难逢的灵光一现!莫不是因我执着追寻而被赐予的厚爱?

金佛山的杜鹃花啊,是你引领我寻梦的脚步,让我生命的历程焕发新的光彩!

编后:去年5月17日,本报《两江潮》发表了周勇先生的散文《金佛杜鹃》,不少报刊纷纷转载。随后《人民日报》全文发表,重庆电视台《品读》栏目还专门做了一期赏析,一时好评如潮。今年,周勇先生再作《又见金佛杜鹃》,本报仍安排在5月17日发表。

(选自《重庆日报》2013年5月17日)

【阅读提示】

作者再次去金佛山,是一次圆梦之旅,了愿之旅。一圆尽赏金佛杜鹃奇观之愿,二圆"灵光闪现",见"佛"之愿。行文表现了先抑后扬之笔法,因气候、雨天之故,既未见杜鹃花海,更未见"佛"("先抑");正郁闷时,经老乡提示,在"金龟朝阳"的绝壁上终于见到了"如山呼海啸,如万马奔腾","铺满了山脚的每一寸土地,掩盖了每一座峰峦"的"蔚为壮观"的花海;同时出现的还有云山幻化成的观音菩萨,她安卧于天地之间,安静和美,悲悯慈祥("后扬")。如果说前文《金佛杜鹃》重在升华杜鹃的"品格"和"精神",那么《又见金佛杜鹃》则在具象"山佛花海,花佛同山"的壮美及执着追梦的所获。从艺术上看,此文同前文一样,文笔优美,以诗化语言揭示出"顽强执着,追梦必成"的人生哲理。

瞻望 会当凌云顶，遥瞰新山城

望云山，重庆是凌空展翅的山鹰，她将迎接历史的机遇和挑战，在创新、协调、绿色、开放、共享的发展理念下，坚持绿色发展，各界共荣，生活富裕，生态良好，人与自然和谐，蓝天、碧水、宁静、绿土、田园……艳丽美奂；

望长空，重庆是扶摇直上九万里的火凤凰，引来百鸟朝凤，领衔千雀共鸣……在长江经济带的上游，领跑西部经济增长极，大众创新创业热情高，万户千家齐心协力脱贫致富奔小康，城市和农村齐飞，物质与精神共富；

望海洋，重庆是扬帆劲发的巨舰，正载着山城儿女的追求与信念，载着120平方公里自贸区的金融、微电子、高新科技产品，穿长江，入大海，乘千里风，破万里浪，直奔理想的彼岸；同时，把海外的货物自由地运进自贸区，互利共赢，开创新一代的海洋文明；

望前方，重庆是汽笛轰鸣的高铁长龙，满载着山城的钢铁、煤焦、机器……满载着重庆创新创业的各类产品，多装快跑，快跑多装，在"一带一路"的大道上，奔向世界的东西南北方；

……伟哉，重庆！重庆人民正如满街满巷、遍山遍野的黄桷树一样，不畏艰难险阻，落地生根，枝繁叶茂，谦和平凡，强悍宽容，以忘我的劳动在巴渝大地上深耕开拓；

壮哉，重庆！山城儿女正继承巴蔓子、张珏、秦良玉、邹容、赵世炎、杨闇公、江竹筠等的英雄主义传统，弘扬正气，用汗水和血肉谱写一曲曲爱国主义的壮歌；

豪哉，重庆！质直好义的巴渝人，孕育和培植了深厚的历史文化积淀,巫山猿人、巴渝歌舞、神女峰、千手观音、钓鱼古城、白鹤梁、石宝寨、铜梁龙、川江号子、火锅……以及多家墨客骚人的吟唱,数千年汇聚成的"巴渝文化"高峰,正引领巴渝儿女以高亢的音符、快乐的节奏,演奏一组组兼容古今、复合中外文化,高歌中华民族伟大复兴的奏鸣曲,建造幸福家园的奋进乐章!

鹰 之 歌

傅德岷

傅德岷，四川崇州人，重庆工商大学教授，终身享受国务院特殊津贴专家。已出版专著《散文艺术论》（获2008年全国第三届冰心散文奖）、《外国散文流变史》，长篇小说《魂荡华鋆——"双枪老太婆"前传》、《脊梁——保路护国草莽英雄传奇》，长篇报告文学《砥柱中流——大韩民国临时政府金九主席在重庆》，散文集《旅韩随笔》、《淡泊如诗》及其他主编读物60余部，其中多部获全国及省市政府奖。

展开新重庆的地图，从东南角向上仰望，你就会发现重庆已不是"山是一座城，城是一座山"了，而是一只凌空展翅的山鹰！你看，梁平，那不是鹰的头？城口、巫溪、巫山，那不是鹰的右翅？潼南、荣昌、永川，那不是鹰的左翅？酉阳、秀山，那不是鹰的尾巴？也许是历史的赋予吧，山城经过长久的困顿、徘徊，终于要像鹰一样腾飞翱翔了！

鹰，一种勇猛刚烈、穿云破雾的禽鸟，人们常常把它作为英雄的象征。近代革命家黄兴《咏鹰》诗说："独立雄无敌，长空万里流。可怜此豪杰，岂肯困樊笼！一去渡沧海，高扬摩碧穹！秋深霜肃气，木落万山空。"[①]山城人民作为远古巴人的后代，是有着鹰的精神和传统的。

早在公元前四百多年的战国时期，巴将军蔓子因平国乱借兵于楚，许以三城。乱平后，楚使到巴都江州（今重庆）索城，蔓子曰："诚许楚三城，将吾头往谢之，城不可得也。"乃自刎，以头交楚使。楚王得知，喟然叹曰："使吾得臣若巴蔓子，用城何为！"乃用上卿礼葬其头；巴国亦在今渝中区七星岗莲花池以上卿礼葬其身。蔓子"以头谢强楚"、"为国靖干戈"的事迹，谱写了巴人第一曲保土卫国之歌！

南宋开庆元年（1259年），王坚、张珏继余玠之后，率众在合川城东钓鱼山筑城抗蒙，号称"上帝之鞭"的蒙哥大汗以十万之师围攻四月不下，竟"折鞭"于钓鱼城下。合川军民以他们"壮烈英雄气，千秋尚凛然"的爱国精神，创造了战争史上的奇迹，改写了人类的历史！

1903年，巴人邹容以"革命军马前卒"的气概，出版了《革命军》一书。

它以雷霆之声，发出了推翻封建专制政体的怒吼："我中国欲独立，不可不革命；我中国欲与世界列强并列，不可不革命。"可谓"少年壮志扫胡尘，叱咤风云'革命军'。号角一声惊醒梦，英雄四起挽沉沦！"

1926年9月，因云阳军民扣留在长江中撞沉我三只木船的太古公司的轮船，英方竟派军舰炮击万县，军民死伤近千人，民房商店被毁千余间。万县军民奋起抵抗，击伤英舰一艘，并通电全国，立刻掀起反帝爱国的新高潮。

抗日战争时期，以周恩来为代表的中共中央南方局深入虎穴，在山城红岩村点燃了大后方抗日救亡的明灯，谱写了"爱国、奋斗、团结、奉献"的光耀千古的红岩精神！新中国成立前夕，江竹筠、陈然等巴渝儿女为免除下一代的苦难，在渣滓洞、白公馆以血与肉继承和弘扬红岩精神，与敌人进行不屈不挠的斗争，表现出宁死不屈、为人民勇于牺牲奉献的耿耿丹心和光照日月的凛然正气！

……

一曲曲壮烈的鹰之歌，震撼着巴渝儿女的心灵，在中华大地留下了亘古不朽的动人旋律。如今，历史又赋予重庆开发三峡，舞动"龙尾"，带动西部地区豪迈地跨入21世纪。作为新重庆的3000多万巴渝儿女，定然会继承和弘扬先辈们的英雄主义精神，像"高扬摩碧穹"的山鹰一样，迎接历史的机遇和挑战，战胜重重困难，搏击云天，再奏一曲高亢激越、凌空浩荡的新世纪的鹰之歌！

（选自《重庆中等职业教育通用教材·语文》，西南交通大学出版社2006年7月第1版）

【注释】

①《咏鹰》：《咏鹰》写于1909年秋，作者黄兴受孙中山委托，去香港建立同盟会南方支部，以策划广州的新军起义。诗的开头，他就以独立无敌、叱咤风云的鹰自喻，表达他雄心勃勃，为国立功的心情。三四句的"此豪杰"喻被困于樊笼中的豪杰——鹰。"可怜"一词乃惋惜之意，即对搏击云天、翱翔万里的鹰被困表达了惋惜之情，同时亦由惜而怨，由怨而怒，怒而奋起反抗，故三四句表达了被困日深，反抗愈烈之意。五六句写鹰一旦冲破樊笼，就会渡海高飞，直搏云天，即"不飞则已，一飞冲天"，表达了作者的英雄气概和革命乐观主义精神。七八句实写作诗时的秋景，正是"秋深霜肃气，木落万山空"的季节，同时也暗寓革命正面临着清王朝的残酷镇压，革命者应有清醒的认识，为即将展翅腾飞的雄鹰提出了有益的告诫。全诗咏物抒怀，表达了一个革命者对国家民族的一往情深和革命必将取得最后胜利的革命乐观主义精神。

【阅读提示】

　　面对重庆直辖市的新地图,作者以一种新的视角从东南角向上仰望,突然发现重庆是一只凌空展翅的山鹰。由此展开艺术构思,并以近代革命家黄兴的《咏鹰》诗作为立意的基点,热情地赞颂了直辖后的山城人民将继承和弘扬巴人"山鹰"般的英雄主义精神和传统,开发三峡,带动西部地区豪迈地跨入21世纪,再奏一曲高亢激越、凌空浩荡的新世纪的"鹰之歌"。

　　此文最先发表于1998年6月的《散文百家》上,即重庆直辖一年之后。作者以新颖的构思,排比的段式,历数山城人民从古至今的英雄壮举,情感激越,气势昂奋。故从2002年起即被选入重庆中职教育通用《语文》教材,2006年正式出版,成为中职学生阅读、写作的范文。

永远的黄桷树

邢秀玲

　　邢秀玲,女,青海湟源人,高级记者,重庆散文学会会长。已出版散文集《情系高原》、《眼中的星空》、《紫调欧罗巴》等多种。《隆务河的怨愤》、《老屋》、《冬日过三峡》等多篇作品获文学奖。

　　常常思念大西北的白杨树,它高大、伟岸、正直,昂首云天,不畏风寒,在严酷的环境中张扬着坚韧不拔的性格。难怪茅盾先生对它倾注了满腔激情,极尽赞誉。

　　然而,白杨树只有半年的青春,那满树绿意姗姗来迟,五月份才能抽芽,十月份便被秋风染黄,还没等冬季的时轮碾过,已卸下一身金甲,只剩下光秃秃的杈杈,透出苍凉的意味。

　　在我看来,生长在重庆的黄桷树可谓名副其实的常绿树,尽管它没有享受过名家的礼赞,也无人冠它以"高洁"的雅号,但它足以和最有生命力的树相媲美。福建的榕树是翁郁的,但它有副老态龙钟的模样,缺少一份鲜活;海南的椰树是挺拔的,但它高高在上,给人可望而不可即的感觉;南京的梧桐树气象森然,青岛的樱花树绚烂若梦,但因都属于域外引进的品种,始终脱不了一丝半缕的贵族味。

与之相比，黄桷树太谦虚了，一点不懂得自我推销。我到重庆落户已经整整八年，几乎天天和它相遇，处处受到它的荫庇，却熟视无睹，从来没想到为它唱一支歌。

黄桷树枝繁叶茂，带给炎热季节的山城一片浓荫，一份凉意。即使阴雨霏霏的冬天，满树的绿叶也不会零落，仍是一副傲寒凌霜的姿态。仿佛一个永不疲倦的斗士，从没有卸下盔甲的日子。据说黄桷树也在年年长出芽叶，悄悄换下旧装，但在不经意之间就完成了，从来不事张扬。

重庆多山，地下多石，许多名花奇树似乎与此地无缘，只有貌不出众的黄桷树对山城情有独钟，长势喜人。因为它拥有绵长而柔韧的根须，能够从岩层中、石缝里吸收养料和水分，这是它的生命力旺盛的根本原因；而且它的叶片大而密，阳光对它格外慷慨，这也是它常绿的奥妙。

在我居住的校园里，有棵穿越百年岁月的黄桷树，受到人们的特别保护，石砌的护栏，树身挂上牌子，显得格外尊贵。尽管它受过雷殛，半边身子已被劈去，中间形成一个大大的空洞，可另一半依然长新枝，吐绿叶，在风晨雨夕尽情展示温柔的风姿。

就在我家窗外，也有一棵风华正茂的黄桷树，它的枝丫高低错落，舒展自如，织成硕大无朋的树冠，树上有鸟儿做巢，蝉儿唱歌，营造出一方绿韵袅袅的氛围，将酷夏的暑气和心中的烦躁一齐阻之于门外，让你始终拥有一份宁静愉悦的美妙心境……

我最近又发现，黄桷树不仅永远绿意盎然，而且具有极大的包容性。它和桐树、棕榈、玉兰树、皂荚树和谐相处，一起生长，从不因自己家族的强盛而挤对别人，也从不在众树的簇拥下陶然欲醉。它平凡普通得犹如山城的老百姓，而它的强悍和宽容正是重庆人性格的象征。

随着人们环境意识的日益增强，树木已成为城市的标志，黄桷树以默默无闻的奉献和吃苦耐劳的精神赢得了"市树"的美誉。从它身上，我感悟到人生的艰辛和凝重，生命的蓬勃和葱茏，也看到重庆直辖市的未来和希望。如果让我选择最喜爱的树，我会毫不犹豫地首选黄桷树！

（选自《中学生阅读文选》，山东教育出版社2001年7月版）

【阅读提示】

作者以轻松平实的笔调颂扬黄桷树，以树喻人，歌颂重庆人强悍和宽容的性格以及他们默默无闻的奉献精神。黄桷树在四季的特点及其性格特征，都拟人化了。它"具有极大的包容性"，既不"挤对别人"，也不"陶然欲醉"，"它平凡普通得犹如山城的老百姓，而它的强悍和宽容正是重庆人性格的象征"。它所蕴蓄的精神,使人"感悟到人生的艰辛和凝重,生命的蓬勃和葱茏,也看到重庆直辖市的未来和希望",精辟的议论,拓深了作品的意蕴,抒发了作者浓郁的热爱之情。

枇杷奏鸣曲

刘德奉

刘德奉,男,重庆市长寿区人,陕西工商学院毕业,一级文学创作,重庆市文化艺术研究院院长、中国散文学会会员、重庆市作家协会会员、重庆市散文学会副会长。已出版散文集《让灵魂洗个澡》、《行走》、《行走之间》,其中《行走》获第五届冰心散文奖。另有《历代松竹梅诗选注》、《墨痕新韵》(书法作品集)等著作出版。

三十年前,我来到枇杷山,那是因为敬重这座城市;三十年后,我工作在枇杷山,那是因为倾心追逐文化。

闲时,我常常登临这渝中半岛的高处,似乎想看看枇杷山上的枇杷花开,或者收拾一下白天繁忙的心境,每次只见林立的高楼,纵横的江桥,穿梭的车流,微笑着过往的人群,还有那从城市、远山、江水里生腾而起的气,是厚厚的浓浓的巴渝文化熔铸而成的气,这气形成一个场,把3000万人民的精神全都拉长了高高地伫立在中国的西部。

我的心已经随着亲切的长江顺流而下,那是想去祭拜我们的祖先,去阅读巫山猿人开创人类伟业的草屋与石斧。现在我才明白,为什么大巴山、武陵山高高的云、壁立的峡、湍急的水,还有薄薄的土地,养育了"质直好义"的巴渝人。好在还有渝西广袤的丘陵,给人一片舒展的空间,用一种江南才子般性格来温润大山深处的威猛身躯。有人说三千年前的巴渝舞哪是什么舞蹈,纯粹是一种文明的示强。还有滚滚的江河里、层叠的山峦里发出的劳动号子,这哪是什么委婉音乐,纯粹是一种向天宣战的誓言。我们这里还有一种力量,人们习惯把龙舞向天空,因为他们要彻彻底底地表达一种内在激情,展现一种不屈的巴渝人豪气。

朝天门,长江、嘉陵江汇合处,我时常从枇杷山来到这里,在喧嚣的人流中静静寻觅古城的影子、帆船的影子、墨痕的影子。哦,我真的看见影子了,那不就是李白、杜甫、白居易的影子吗?后面还跟着个苏东坡、黄庭坚……他们潇洒地划过朝天门,留下几片发黄的纸,或者歌吟的声音,便隐没在铜锣峡的山那边去了。他们到底是来干什么的?是来欣赏景致吗?或者专程来对歌?比如说来对话古老的巫歌,对唱阿依河的情歌。不,这不是他们的专长,他们一定是来进行文学采风的,神女峰的故事多么浪漫,《水经注》里的三峡多么诱人,夔门锁不住的滟滪堆多么悲怆……这是人间难得的创作题材。这不,李白真是文思敏捷,诗情浩荡,随手就来了"思君不见下渝州"、"朝辞白帝彩云间";杜甫沉稳实在,一来就住了近两年,守着夔门写了400多首诗,更是把诗情耗尽了,山水写疯了,身体消瘦了,才缱绻而去;白居易也不错,忠县任上一年多,不仅民声赞誉,闲时还写诗100多首……也可能正是受了这种创作精神的感染,后来的罗广斌、杨益言也写出了久久流传的《红岩》长篇小说。

  我是一个爱走动的行者,在陕西工作和生活的二十年,时常行迹于人文遗韵之间。刚回重庆的那几年,真还有些不习惯,总认为重庆的长江、嘉陵江、大巴山、武陵山,都是些没有人文底蕴的自然风光,而不像陕西西安城墙、大雁塔、兵马俑、华清池、乾陵、半坡遗址……一句话,满地都是历史文化,随处都可淘到两本线装书。十多年后的今天,彻底改变了我这样的认识。自然景观自然也是重庆特有的文化资源,而历史文化也够让你穷其一生而不可尽得的。从事文化工作近四十年,无论工作需要或是业余爱好,只要行之所至,都要尽可能看看当地的文化遗迹或者自然风光。所以,时常把枇杷山上的脚步与大足石刻的驻足联系起来,多次把这世界遗产的震撼作品藏之于心。比如,千手观音的指尖总是佛光万丈,溢出胸间,牵引着我去探寻合川的钓鱼城。是的,当我把脚印与宋朝士兵的脚印重叠,这才发现他们的信仰不仅仅是固守一个小小的阵地,而是一种伟大的民族精神。还有涪陵白鹤梁、丰都名山、忠县石宝寨、云阳张飞庙、磁器口古镇,甚至重庆人的言子、火锅,都是丰富我文化因子的优秀细胞。少小离家时,不识家乡文化之厚重。老大归来了,初时还是陌生,而此时我的文化血脉里,已经和所有的重庆人一样,活跃地流淌着先人们栈道上的艰难脚步、云雾深处的勤劳耕作、山间水边的生活栖息、善男信女的劲歌漫舞……啊,我多么幸运,数千年来汇聚的种种文化,形成了一座伟大的"巴渝文化"高峰,让我拥有一种心灵不感到惶恐的厚重的文化依靠。

  如今,我更加充满自信,因为我看到了今天重庆的人文正在大量地汲取着历史的神髓而不断丰厚起来。否则,就不会有现代化的大剧院、博物馆,繁星般的文化阵地、文化企业、文化人才;否则,就不会有穿越立体空间的广播电视、图书报刊、文艺作品;否则,就不会把人滋养得那么坚定有力、精气神十足。如果先人们能够回到现在,与今天的人们站在一起,看看今人如何把巴渝舞从战场移动到幸福广场上来,成为时尚的坝坝舞;或者把川江号子的劳苦诉说演化成休闲的流行歌曲……那么,他们一定会感到欣慰,欣慰他们所创造的文化财富正在绵延生长。

黄桷树是重庆的市树,重庆的文化就如黄桷树般,长在崖间,根植厚土,用宽大的树冠荫庇生命,让人们充满着文化自信,享受着文化快乐。

说到这里,我突然想起了一个古时的笑话。说的是有位别字先生参加科举考试,错把"琵琶"写成"枇杷",老师批点时留下这样一首打油诗:"先生学问有点差,琵琶不是这枇杷。若是琵琶能结果,满城管弦尽开花。"我却觉得枇杷山的枇杷真的已经进化成这琵琶了,而且"满城管弦尽开花",用高亢的音符,快乐的节奏,加上现代化交响乐团,伴着飘然而起的巴渝群舞,正在演奏着一曲曲兼容古今,复合中外文化的高歌民族伟大复兴的奏鸣曲,然后从南山上的广播电视地球站发射出去,覆盖在8万多平方公里的巴渝大地上,成为重庆人民建造幸福家园的奋进乐章……

(选自《重庆文化研究》2016年2期)

【阅读提示】

作者激情满怀,站在高高的枇杷山上,遥望巴渝大地,思接千载,浮想联翩。巫山猿人的草屋与石斧,巴渝人的歌舞,李白、杜甫、白居易、苏东坡、黄庭坚、郦道元……众多墨客骚人对三峡的吟唱,大足石刻千手观音佛光万丈的手指,钓鱼城壮士的足印,白鹤梁、石宝寨、磁器口古镇的风光,以及非物质文化遗产的川江号子、火锅等数千年积淀的历史文化因子,纷至沓来,齐涌笔端,加之作者更以奇特的联想,透过一则幽默诙谐的笑话,将"枇杷"幻化为"琵琶",从文化的角度,谱写了一曲厚重悠久的"巴渝文化"高峰的赞歌!全文语言优美,情感充沛,想象丰富,开合自然,收束高昂,颇具奋进向上的前行之力!

飞翔吧！火凤凰

梁上泉

梁上泉，四川达县人。一级作家，享受国务院特殊津贴，曾任四川省、重庆市作家协会副主席。1948年开始文学创作。著有诗集《山泉集》、《梁上泉诗选》、《你是一朵云》等31部；歌剧《红云崖》、《熊猫咪咪》（合作）、《狱中石榴花》和影视剧《神奇的绿宝石》、《媚态观音》等10种。

一位心怀大海的人，
对这座城市格外动心，
他说："千里为重，广大为庆"，
这诠释听起来很酷很新，
新的理念，酷的品评，
也扩展了我狭小的胸襟。
面对直辖后的重庆地图，
我把它的形象一再探寻，
观赏它的雄姿，
体察它的性灵，
看着，想着，想着，看着，
灵感竟油然而生，
你不就是……不就是
一只展翅的火凤凰[1]，
把五彩光焰汇集一身！
一身光焰，如火如荼，
一身活力，无穷无尽，
引来百鸟朝凤，
领衔百鸟和鸣。

你从远古飞来，
穿过千百年的雨雨风风，

带着神话传说，
向我们倾泻着浪漫豪情。
你是咸鸟？你是朱雀？②

你是古老民族崇拜的图腾？
你就是自然，
自然就是你。
所有的山岭，
都造就你骨肉的坚韧；
所有的江河，
都化为你热血的急奔；
所有的森林，
都变作你华丽的羽毛；
所有的灯火，
都聚焦成明亮的眼睛。

眼睛敏锐远视，
羽毛丰满轻盈，
热血激流翻滚，
骨肉刚柔相生，
组合成特异的躯体，
敢浴血火，敢抗雷霆。
你只会越战越强，
涅槃后也能再生，
再生后更显得精壮，
总富有永恒的生命。

翱翔呵，翱翔，
飞升呵，飞升，
在祖国西部广阔的世界，
任你大显奇能。
你金属般的吟唱，
应和着我们的歌声；

你回旋似的腾飞,
伴随我们的舞影。
像附着巴人的精魂,
扬着巴水的情韵,
流光溢彩,冲霄凌云,
英姿勃勃,美景重重。
十年直辖的实践,
都应验那精辟的评论:
"千里为重,广大为庆",
真是一日千里,永不停顿,
更是万众一心,创新争荣。

奋飞吧,火凤凰,
在新的世纪,新的年辰,
速度已超越时空!
火凤凰,奋飞吧,
在新的征程,与时俱进,
将扬起万里雄风!

2007年2月13日改成　重庆

（选自《你是一朵云》,香港银河出版社2007年版）

【注释】

①火凤凰:这是蔡跃宏先生的发现,他用网线把直辖后的巴渝地图40个城市节点相连后,形成一只美丽的"巨鸟"图案,酷似古代巴人的"朱雀"(火凤凰)图腾。
②咸鸟:凤鸟,是东方少皞氏部族的图腾,而少皞氏又是巴人的远祖。　朱雀:中国古代四大图腾之一。四大图腾是:东方之神为青龙,南方之神为朱雀,西方之神为白虎,北方之神为玄武。重庆地处祖国的西南,正居南方朱雀之神位。

【阅读提示】

　　诗是激情的喷吐,心灵的火焰。诗人抓住火凤凰这一意象,热情赞美重庆直辖后的飞速发展,"千里为重,广大为庆",万众一心,像火凤凰一样奋飞万里,在新世纪不断跨越时空,创新争荣!

重庆铁路赋

董味甘

董味甘,见《庆祝重庆解放五十周年》介绍。

中央直辖,重庆名都。天眷西顾,火凤①高举。促经济之腾飞,固其基础;兴铁路于内陆,急应所需。通则民心皆愉,塞徒向隅自侮。试看高歌奏凯,可知感也何如!

豪哉、快哉!重庆铁路!彩绘河山,部市合署;开发西南,急难同纾。荐昆岗之玉璞,举在网之珊瑚②。握瑾呈瑾,怀瑜献瑜。力合股肱,诚输肺腑。展经纶,出机杼;启宏遒,定远谟。殚其精而竭其虑,前其瞻而范其模。成整体之布局③,策万全分无虞。路之听从指挥,人乃决定因素。借此钢筋铁骨,牢依大地固附;好将不懈坚持,换作成功凭据。陈年积逋,一旦豁除;豪情得抒,快也何如!

难哉、奇哉!重庆铁路!放眼高峡平湖,惊心山重水复。二水东南流,巴字如书;三峡七百里,略无阙处。龙起长驱;天堑难逾;虎蹲雄踞,猿猱愁渡。盼友邻之交互,盛德不孤;问珠玑之盈肚,何时倾吐?愚公立志,惩其出入之迂;国人所望,除其闭塞之苦。万古江山,百年风雨。历史悠悠,发展徐徐。漫道长夜难明,终究朝阳透曙。谢如酥之甘露,感万象之顿苏。欲速不达,跃进翻成颠仆;乍暖还寒,"文革"招来气沮。改革峰回路转,开放泰来否去。铁道大军,红旗竞竖;破障攻坚,谨严有序。千难万险兮不让不避,奋进争前兮无畏无惧。水屈山俯,吁呼号诉:"我本无辜,幸勿我误;我欲见用,请勿我拒。"自然听命,愿改崎岖;难竟为祛,奇也何如!

嘉哉、喜哉!重庆铁路!其本可探,其源可溯。解放之初,功昭史簿。成渝铁路通车,盛况如火如荼。南迄渝中,北临天府。列车启运,领先西部。为当时之仅有,实亘古之绝无。褒奖荣誉,大众难忘总理;题词勖勉,人民感戴毛朱。惜其孤标独树,望其连理多株。待到直辖风熏,方始迎来机遇。丽日融融,明暄暖煦;和风阵阵,爽凉轻拂。繁荣内地,光大闾庐;畅通无碍,人心拥护。群策群力,有我有汝;聚侣邀侣,举炬传炬;造轨铺轨,自助天助;嘉其无忤,喜也何如!

壮哉、伟哉！重庆铁路！架桥穿隧，工程浩大；设站布点，规模宏巨。世界难题，从容裁度；擘划设计，完全自主。中心枢纽，乃专设之唯一；纵横干线，竟逾十而又五。两条支线，经络同趋。脉通任督，气爽神舒。内客外货，节点明著。组带成圈，辐射其余。若并网之互联，俾泽周而润普。四通八达九逵，千头万绪一梳。置身三基地，携手四港区④。优化物流，掌握规律。联结九大区域⑤，整合尧疆热土；贯连十大通道⑥，随意流分汇聚。高地稳居，骨架新铸，带头示范，个中翘楚。健全国内交通大动脉，完善对外开放新格局。策定胸有成竹，精选施工队伍。良将出，精兵组；心与俱，气同粗；除草莽，逐荒芜；排险阻，达通衢。追金乌，赶玉兔，新高铁，稳提速。铸造排排玉带，绾系条条飞龙腰腹；导引长长金线，串连颗颗都市明珠。驱山赶石，巧胜秦皇之鞭；辟地开天，猛逾盘古之斧。钻凿爆破，敢嗤五丁开山之徒；风行电掣，远超长房缩地之术。山精水灵，心悦诚服。焕然今日，感受容色之崭新；邈矣前尘，慨叹颜貌之远古。壮我神州，伟也何如！

盛哉、美哉！重庆铁路！虹展其躯，服从驾御；龙伸其脊，甘担重负。近固可往，远亦能赴。流转迅捷，来去须臾。货虽有库，无劳久储。人便其游，安其巡抚。年年冷热寒暑，日日晨昏朝暮。俯首匍匐，不忘献身服务；鞠躬尽瘁，只为苍生造福。问其何以如斯？答曰持之有故："生我者即我父母，予我者固我天赋。唯知奉献，不求索付。人皆能此，何劳多喻。"见轨道之迢迢，默默有悟；闻鸣笛之鸣鸣，声声如语：蹈此小康之纬，毋忘创新进取。履向大同之经，常思余勇可贾。乘兴而去，无虑关山难越；满载归来，但有欢欣可叙。有幸登临行役，赖此车乘代步。过桥钻地，出隧凌虚。幽谷无复啼猿，深山罢唱鹧鸪。消尽劳思缕缕，不见风尘仆仆。何况昔之耳闻，竟成今之目睹。华夏园墅，陈内地之琼琚；大家廊庑，传海上之方壶。浏览一路风光，各具奇趣；观赏沿途景物，无不特殊。赞中兴之大业，同倾积愫；味不世之丰功，如饮醍醐。盛德广敷，美也何如！

堂哉、皇哉！重庆铁路！物畅其流兮人安其旅，高速飞奔兮踊跃欢呼。时代精神兮英雄步武，标志宏彰兮引领前途。神女讴歌兮礼赞夔巫，伟绩千秋兮光耀巴渝。伟大复兴兮中华民族，百年追梦得圆兮永葆鸿图。

（选自《董味甘诗词歌赋选》，中国社会科学出版社 2015 年 3 月第 1 版）

【注释】

①火凤：原意指火凤凰，传说凤凰涅槃，浴火而重生，故云。因重庆直辖后的区县图用线连接，宛如凤凰展翼高飞，故此指重庆。　②珊瑚：本指热带海洋中珊瑚虫群

体的石灰质骨骼,此处比喻才学高的人。"在网之珊瑚"系"珊瑚之在网"倒置,比喻积聚了许多有才学的人;此处喻重庆市铁路规划经专家多方谋划。 ③2007年6月,铁道部计划司副司长严贺祥主持召开《重庆铁路枢纽规划方案》审查会,铁道部、市发改委、市规划局、成都铁路局及中铁二院等部门和单位参加了会议。会议同意重庆铁路枢纽"客内货外"的布局原则,明确了兴隆场为枢纽内主要编组站、团结村为主要货运站的布点,确定了铁路客运"重庆北、新重庆、重庆"的"三点"格局。 ④三基地:即团结村集装箱中心站铁路物流基地,江北国际机场航空物流基地,巴南区公路物流基地。 四港区:指结合长江水运资源和国家批准的内陆唯一保税港区优势,所规划布局的寸滩港港区、果园港港区、东港港区、黄磏港港区四个水运物流枢纽。 ⑤九大区域:指九大物流区域。《国家物流业调整和振兴规划》设九大物流区域,具体为:以北京、天津为中心的华北物流区域;以沈阳、大连为中心的东北物流区域;以青岛为中心的山东半岛物流区域;以上海、南京、宁波为中心的长江三角洲物流区域;以厦门为中心的东南沿海物流区域;以广州、深圳为中心的珠江三角洲物流区域;以武汉、郑州为中心的中部物流区域;以西安、兰州、乌鲁木齐为中心的西北物流区域;以重庆、成都、南宁为中心的西南物流区域。 ⑥十大通道:指十大物流通道。即:东北地区与关内地区物流通道,东部地区南北物流通道,中部地区南北物流通道,东部沿海与西北地区物流通道,东部沿海与西南地区物流通道,西北地区与西南地区物流通道,西南地区出海物流通道,长江与运河物流通道,煤炭物流通道,进出口物流通道。

【阅读提示】

　　此赋受命于市政府而撰,后经修改而成现状。赋重铺陈、文饰,此赋浮想联翩、洋洋洒洒,感慨良多。首段直抒重庆直辖之后铁路建设的重要性和难以抑制的欣喜,文眼在一"感"字,"试看高歌奏凯,可知感也何如!"既点明重庆铁路建设已经成绩斐然,又巧妙交代由此引发的撰文心境和下笔重心,以下无论抒写"感受""感慨""感叹""感佩""感怀",皆无一不可。故以下紧扣文眼,从第二段起分别以"豪哉、快哉""难哉、奇哉""嘉哉、喜哉""壮哉、伟哉""盛哉、美哉""堂哉、皇哉"落笔,承续浮想联翩之感。一赞重庆铁路在"开发西南,急难同纾"中之作用;二赞铁道大军破障攻坚,水屈山服之雄姿;三赞铁路建设之源,自成渝铁路到"直辖风熏",造轨铺轨,无碍畅通;四赞重庆铁路工程浩大,规模巨宏,建全国内交通大动脉,完善对外开放新格局;五赞重庆铁路展其躯、从驾御,伸其脊,担重负,不忘献身服务,只为苍生造福;六以"堂哉,皇哉"领起,高歌高铁高速飞奔,紧扣中华民族伟大复兴,圆百年追梦之理想,飞奔向前。全词在前面"豪、快""难、奇""嘉、喜""壮、伟""盛、美"的五重铺陈下,以"堂、皇"二字绾束,实际是直辖后新重庆之标志和缩影!作者颂重庆铁路,就是颂扶摇直上、腾飞万里之新重庆!

(董道书注析)

后　记

诗人艾青说:"为什么我的眼里常含泪水,因为我对这土地爱得深沉……"(《我爱这土地》)。作为巴渝儿女,我们怀着对生于斯、长于斯的巴渝大地这片热土的挚爱之情,用了一年时间,编撰了这本《记忆重庆》,用以传承深厚的历史文脉,牢记永不消失的文化乡愁。

历史是不能割断的,记忆是历史的延续。《记忆重庆》旨在展示古今文化名人、墨客骚人、外国人士写重庆、咏重庆的诗文,发掘重庆悠久而深厚的历史文化内涵,解读巴渝历史文化基因,深入展示巴渝文化精神;是巴渝儿女增强文化自觉与自信的载体,方便广大读者更好地了解重庆,热爱重庆,宣传重庆,服务重庆,建设重庆,使重庆成为华夏星群中一颗璀璨的明珠。

《重庆记忆》由周勇、傅德岷任主编,负责对全书构架、选目的确定,对绝大多数篇目"注释""阅读提示"的撰写,和全部"注释""阅读提示"的审定、润饰。林心治、李宣章、蒋元彬、董道书、王翃撰写了一些篇目的注析文字。孙善齐、张一璠曾参与撰写部分"注释""阅读提示"文字,本书部分"注释""阅读提示"参阅了有关书籍的"题记"和"注",特此说明,并向原作者致谢!

本书入选篇目,得到大部分原作者的支持和授权,我们表示衷心感谢!但因信息不畅,尚有少数作者联系不上,特致歉意,并望这些作者见到书后,直接与重庆出版社联系,以便寄书和薄酬。

本书在编撰过程中,得到重庆市图书馆、重庆市地方史研究会、重庆市中国抗战大后方历史文化研究会、重庆红岩革命历史博物馆的支持和帮助,特致诚挚的谢意!

限于时间和水平,本书遗珠之憾定然难免,祈望专家、学者不吝赐教。

编　者
2017 年元旦于重庆